HEYNE <

Das Buch

Seit Urzeiten wird in Mithgar eine geheimnisvolle Prophezeiung überliefert: Einst werden die Letztgeborenen Erstgeborenen zum Licht des Bären reisen, um dort dem Bösen für immer Einhalt zu gebieten. Gemeinsam mit den Elfen Aravan und Riatha stellen sich die beiden Wurrlinge Gwylly und Faeril ihrem Schicksal und machen sich auf die Suche nach dem grausamen Baron Stoke. Ihre Gegner sind jedoch schneller: In einem einsamen Kloster auf dem Großen Nord-Gletscher wird ihr tödlicher Feind nach tausendjährigem Schlaf aus dem Gletscher befreit. Mithgar scheint verloren, doch dann schließt sich Baeron Urus, der einstige Bezwinger Stokes, dem Kampf der Gefährten an, und gemeinsam nehmen sie die gefährliche Verfolgung auf. Stokes Spur führt in das ferne Hyree. Hier lauern ungeahnte Gefahren: Der Baron hat nicht nur Verbündete unter der Brut, auch Menschen erliegen seiner dunklen Macht ...

Dennis L. McKiernans MITHGAR-Romane:

Bd. 1: Zwergenkrieger
Bd. 2: Zwergenzorn
Bd. 3: Zwergenmacht
Bd. 4: Elfenzauber
Bd. 5: Elfenkrieger
Bd. 6: Elfenschiffe
Bd. 7: Elfensturm
Bd. 8: Magiermacht
Bd. 9: Magierschwur
Bd. 10: Magierkrieg
Bd. 11: Magierlicht
Bd. 12: Drachenbann
Bd. 13: Drachenmacht
Bd. 14: Drachenbund
Bd. 15: Drachenkrieg

Der Autor

Dennis L. McKiernan, geboren 1932 in Missouri, lebt mit seiner Familie in Ohio. Mit seinen Romanen aus der magischen Welt Mithgar gehört er zu den erfolgreichsten Fantasy-Autoren der Gegenwart.

DENNIS L. McKIERNAN

DRACHEN MACHT

Roman

Deutsche Erstausgabe

WILHELM HEYNE VERLAG
MÜNCHEN

Titel der amerikanischen Originalausgabe
THE EYE OF THE HUNTER (Part 2)
Deutsche Übersetzung von Wolfgang Thon

FSC
Mix
Produktgruppe aus vorbildlich bewirtschafteten Wäldern und anderen kontrollierten Herkünften

Zert.-Nr. SGS-COC-1940
www.fsc.org
© 1996 Forest Stewardship Council

Verlagsgruppe Random House FSC-DEU-0100
Das für dieses Buch verwendete
FSC-zertifizierte Papier *Holmen Book Cream*
liefert Holmen Paper, Hallstavik, Schweden.

Deutsche Erstausgabe 05/2008
Redaktion: Joern Rauser

www.heyne.de
Printed in Germany 2008
Titelillustration: Arndt Drechsler
Umschlaggestaltung: Nele Schütz Design, München
Karte: Andreas Hancock
Satz: C. Schaber Datentechnik, Wels
Druck und Bindung: GGP Media GmbH, Pößneck

ISBN: 978-3-453-52405-7

Martha Lee McKiernan,
Komplizin, Geliebte und Freundin

Ein Teil von Mithgar

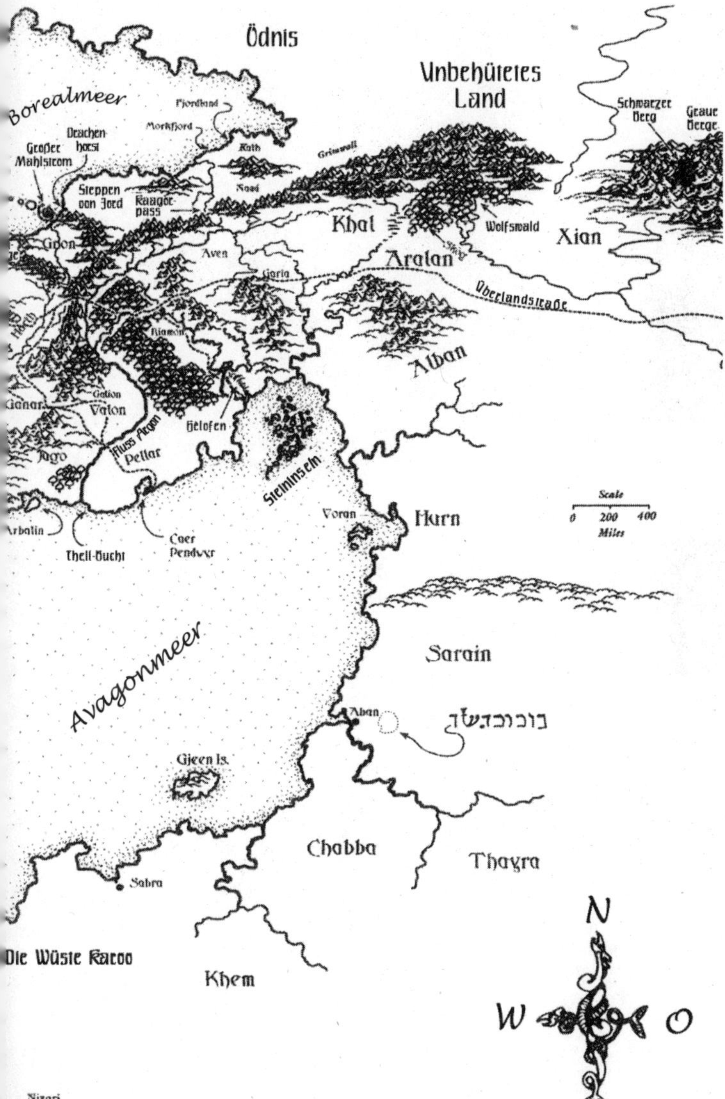

Ödnis
Unbehütetes Land
Borealmeer
Fjordland
Morkfjord
Drachenhorst
Großer Mahlstrom
Kath
Grimwall
Steppen von Jord
Raagorpass
Gnon
Aven
Garia
Khal
Aralan
Wolfswald
Xian
Schwarzer Berg
Graue Berge
Überlandstraße
Alban
Riamon
Galion
Valon
Fluss Aragon
Pellar
Helofen
Jago
Steininseln
Thell-Bucht
Caer Pendwyr
Voran
Hurn
Scale
0 200 400
Miles
Sarain
Avagonmeer
Aban
Gjeen Is.
Chabba
Thagra
Sabra
Die Wüste Karoo
Khem
Nizari
N
W
O
S

Vorwort

Ich wurde oft gefragt: »Woher kommen Ihrer Meinung nach Legenden? Gab es einmal eine Zeit, in der diese Sagen der Wahrheit entsprachen, wenn auch in einer einfacheren Form, nämlich bevor die Phantasie eines Geschichtenerzählers sie so sehr ausgeschmückt hat, dass sie nicht wiederzuerkennen waren?«

Und diese Fragen begleiten auch die folgenden: »Glauben Sie, dass es jemals Elfen, Zwerge, Wurrlinge und ihresgleichen gegeben hat? Wenn ja, was ist mit ihnen geschehen? Wo sind sie jetzt? Warum sind sie verschwunden? Wurden sie ausgelöscht?«

Ich bin ein Geschichtenerzähler und habe mich vielleicht des Vergehens verzerrender Ausschmückungen schuldig gemacht, andererseits ... möglicherweise arbeite ich auch auf einer höchst archaischen Ebene und berühre unbewusst die uralten Erinnerungen, die in meinen irischen Genen eingegraben sind. Vielleicht blubbern diese uralten Fragmente beim Erzählen hoch, oder die klopfen des Nachts an meine Gehirnlappen und verlangen Einlass – oder schlüpfen wie Helden in der Dunkelheit über die Grenzen des Unglaubens, um das Bewusstsein zu retten, das in seiner Eintönigkeit gefangen ist.

Falls es eine solche uralte Erinnerung ist, vielleicht gab es dann einst tatsächlich Elfen, Zwerge, Wurrlinge und dergleichen. Möglicherweise lebten sie auf der Erde – oder darin? – oder in der Luft oder im Ozean. Wenn ja, wo sind sie jetzt? Leben sie unter uns? Oder versteckt? Ausgelöscht sogar? Ich hoffe, dass sie sich nur verbergen und manchmal lediglich als Schemen im Augenwinkel auftauchen. Aber tief in meinem Herzen fürchte ich, dass sie verschwunden sind. Wohin? Das weiß ich nicht.

Es gab Zeiten, da habe ich Blicke auf das erhascht, was mein Unterbewusstsein weggesperrt hatte, Visionen, die in den Tiefen der Dunkelheit entstehen, wenn der Schläfer schlummert und die Zinnen des Bewusstseins nicht mehr so stark bewacht werden. Möglicherweise sind das die Fragmente, die dabei helfen, die Geschichte beim Erzählen zu formen, Blicke auf jene Visionen, die man in den Schatten der Nacht gesehen hatte.

Kommt, lasst uns gemeinsam das neueste uralte Fragment erforschen, diesen mitternächtlichen Stürmer der Bastionen, denn eingebettet im *Auge des Jägers* finden wir möglicherweise auch Antworten auf unsere Fragen, falls wir sie denn enträtseln können.

DENNIS L. MCKIERNAN

ANMERKUNGEN DES AUTORS

1. Die Quelle dieser Geschichte ist eine zerfledderte, verblichene Ausgabe des *Reisetagebuches des Letztgeborenen Erstgeborenen*, ein besonders glücklicher Fund aus einer Zeit noch vor der Separation. Es wurde von einem unbekannten Buchdrucker gedruckt, (das Deckblatt fehlt), der behauptet, es nach Faerils eigenem Tagebuch verfasst zu haben.

2. Es finden sich viele Vorkommnisse in dieser Geschichte, in denen sich die Wurrlinge, Elfen und Menschen unter dem Druck der Ereignisse in ihrer Muttersprache verständigen; um die Mühsal unbeholfener Übersetzungen zu vermeiden, habe ich, wo erforderlich, ihre Worte ins Pellarische übertragen, das ist die Gemeinsprache Mithgars. Einige Worte und Redewendungen jedoch sperren sich jeder Übersetzung; diese habe ich unverändert gelassen. Andere Worte wirken möglicherweise wie Fehler, sind jedoch richtig wiedergegeben, zum Beispiel ist BärMeister tatsächlich ein Wort, auch wenn ein großes M in seiner Mitte auftaucht. Ebenso finden sich Worte in der alten Pendwyrischen Form des Pellarion, die keineswegs falsch geschrieben sind.

3. Meine Studien über das *Reisetagebuch des Letztgeborenen Erstgeborenen* ergaben, dass die uralte Sprache der

Magie dem Altgriechischen ähnelt, wenngleich sie einen eigenen Stil hat. Mithilfe eines Fachkundigen habe ich diese Sprache ins Altgriechische übertragen, in das ich hier und da einige ungewöhnliche Wendungen einflocht.

4. Ich habe mich des übertragenen Arabischen bedient, um die Sprache der Wüstenbewohner wiederzugeben, da das *Reisetagebuch* keine Anleitung dazu lieferte.

5. Die »Gemeinsprache« der Elfen ist ausgesprochen archaisch. Um die Färbung dieses Dialekts zu erhalten, zum Beispiel bei der Verwendung der förmlichen Anrede »Sie«, habe ich auf die alten Formen »Ihr« und »Euch« zurückgegriffen. Beim besitzanzeigenden Fürwort habe ich »Euer« und »Ihrer« für die Elfensprache eingeführt. Widerstanden habe ich jedoch der Versuchung, andere archaische Worte wie »itzo«, »fürbaß«, »weiland« und ähnliche mehr zu verwenden.

6. Um Verwirrung zu vermeiden, möchte ich die Leser auffordern, auf die jeweiligen Angaben zu Daten zu achten, welche den zeitlichen Rahmen eines jeden Kapitels beschreiben. Zum überwiegenden Teil wird diese Geschichte linear erzählt, aber gelegentlich bin ich zu einem früheren Punkt in der Geschichte zurückgegangen, um für die Erzählung wesentliche Teile einzufügen.

7. Diese Geschichte handelt von der letzten Jagd auf Baron Stoke. Doch sie ist eng mit drei früheren Berichten verflochten, die die Jagd nach Stoke beschreiben. Diese Geschichten sind unter anderen in der Sammlung von Erzählungen aufgeführt, die als *Tales from the One-Eyed Crow* bekannt sind.

*»Weissagungen sind häufig subtil …
und auch tückisch – so mögt Ihr wähnen,
dass sie das eine zu meinen scheinen,
obwohl sie etwas vollkommen
anderes bedeuten.«*

1. KAPITEL

STOKE

4E1430 bis 5E988
(Die letzten anderthalb Jahrtausende)

»Der Baron ist tot!« Dieser Schrei gellte über den Burghof und mischte sich in das Geklapper der Hufe.

Baroness Lèva blickte hoch und sog erschreckt die Luft durch die Zähne. Mit Eisen beschlagene Hufe trappelten auf den Pflastersteinen, und die Schreie der Stallburschen und Reiter hallten durch den Burghof. In diesem Stimmengewirr war kein Wort zu verstehen. Polternd schwangen die schweren Portale des Burgfrieds auf, hallten wie die Glocken des Untergangs durch das große Gebäude und erreichten sogar die entlegene Kemenate der Baroness. Lèva legte Feder und Pergament zur Seite, sammelte sich und wandte sich vom Schreibtisch ab und der Tür zu. Schritte hallten über die Steine – sie wappnete sich gegen das, was nun kam.

Es klopfte. »Tretet ein!«, rief sie. Ein großer, ungeschlachter Mann in schlammbedeckter Reitkleidung, mit einem Blutfleck auf der Wange, marschierte mit ausgreifenden Schritten herein. Als er vor ihr stehen blieb und sich knapp verbeugte, fiel sein von silbergrauen Strähnen durchzogenes Haar um das bärtige Gesicht. »Lady Stoke, Baron Marko ist tot. Ein Bär hat ihn getötet.«

Lèvas Herz tat einen freudigen Sprung – *endlich!* Aber ihrem schmalen Gesicht war die Freude nicht anzusehen. »Wie, Hauptmann?«, fragte sie stattdessen kalt. »Durch welche Pflichtvergessenheit habt Ihr ihn sterben lassen?«

Bei dieser vorsätzlichen Beschuldigung riss Janok die Augen auf, doch er unterdrückte seinen Ärger, als er die Hexe betrachtete, ihre eisig blauen Augen und ihr pechschwarzes Haar. »Der Baron hat uns befohlen, beiseitezutreten. Dann stellte er sich dem Bären allein. Aber der Schaft seines Speeres brach, und so hat ihn die Bestie zerfetzt.«

»Ich will diesen Speer sehen, Hauptmann. Ich will die Waffe sehen, die ihm ihren Dienst versagt hat. Ich möchte, dass sie vor meinen Augen zerstört wird.«

Janek verbeugte sich zustimmend.

»Und der Bär, welches Schicksal hat ihn ereilt?«

»Er ist tot, Baroness. Er wurde von meinem Speer gefällt, gleich nachdem er den Baron getötet hatte.«

Vom Burghof drang das Klappern der Hufe herein, als Pferde durch das Tor hinausritten. Im nächsten Augenblick trommelten sie die Hochstraße hinab, die von der Burg wegführte. Lèva wandte ihren Kopf dem offenen Fenster zu. »Hauptmann, wohin reiten sie?«

Janok lächelte. »Sie reiten nach Aven und Vancha.«

Als Lèva ihre dünnen Lippen wütend zusammenpresste und den Hauptmann anstarrte, wurden sie weiß. »Ich habe keinen solchen Befehl gegeben!«

»Nein, Madame. Aber ich. Als Hauptmann der Burg war das meine Pflicht. Die Brüder des Barons, seine Erben, müssen benachrichtigt werden.«

»Hinaus!«, fuhr ihn Lèva an. »Aus meinen Augen!«

Erneut verbeugte sich Hauptmann Janok kurz. Während er sich dann zurückzog, lächelte er grimmig.

Als er fort war, fegte die Baroness wütend die Papiere vom Schreibtisch. *Dieser zudringliche Mensch! Hat die Brü-*

der verständigt! Jetzt wird Lenko Baron, es sei denn ich kann irgendwie ... irgendwie ... Warum habe ich das nicht vorhergesehen und geeignete Maßnahmen ergriffen? Lèva sprang auf und durchmaß aufgeregt ihre Kemenate. *Was soll ich tun? Was soll ich nur tun?* Sie blieb vor dem Kamin stehen und starrte auf den Feuerrost. *Beruhige dich! Beruhige dich erst einmal! Eins nach dem anderen. Wenn der zerbrochene Bärenspieß verbrannt ist, sind alle Beweise vernichtet.* Lèva kniete sich hin und entzündete ein Feuer. Die Flammen züngelten hoch. *Aber was soll ich mit Lenko anfangen?* Sie erhob sich und ging zum Klingelbrett.

Als die Magd erschien, stand die Baronin am offenen Fenster. »Räum den Schreibtisch auf. Dann schick einen Läufer los, der mir diese tödliche Waffe bringt, die meinen Gemahl nicht schützen konnte. Und sende Madame Orso zu mir.« Dabei wandte sie ihren eisblauen Blick nicht von den Skarpal-Bergen ab, die die Burg umringten.

»Sie möchte innerhalb von sechs Monaten ein Kind gebären.«

Blasse Hände mit langen Fingern streiften die Kapuze von einem ebenso blassen Gesicht zurück. Der kahl geschorene Kopf verlieh ihm ein hässliches Aussehen, fast wie ein Totenschädel. Gelbe Augen starrten unter haarlosen Brauen hervor, glitten von der Mutter zur Tochter und dann wieder zurück zur Mutter.

Lèva fühlte, wie das Blut in ihren Adern gefror, und dann riss sie ihren Blick von dem hageren Mann los, falls er wirklich ein Mann, also ein Mensch war. Ihre Mutter hatte ihn gerufen, aber wie, das wusste Lèva nicht.

Seine Stimme war wie ein Wispern und klang uralt, trotz seines jugendlichen Körpers. »*Ihro* braucht einen Erben von Baron Marko.« Seine Worte bildeten keine Frage, sondern eine Feststellung. »Sonst könnt *Ihro* den Besitz, die Ländereien und den Wohlstand nicht kontrollieren.«

»Ja, wir brauchen einen Erben«, antwortete Koska. Die ältere Frau war etwas kleiner als ihre Tochter, besaß aber ein ebenso schmales Gesicht – und schwarzes Haar. Ihre Augen jedoch waren, anders als die ihrer Tochter, ebenfalls schwarz – so schwarz wie die Hölle, wie manche sagten.

»Um den Besitz zu kontrollieren«, wiederholte die sanfte Stimme.

Koska trat unbehaglich von einem Fuß auf den anderen. »Ja doch, ja. Um den Besitz zu kontrollieren.«

»Ein männliches Kind«, setzte Lèva hinzu. Sie betrachtete ihre Mutter, nicht aber den Mann. Sie konnte seine gelbäugige Miene nicht ertragen. »In Garia hat ein Mädchen kein Anrecht als Erbin.«

»Was würdet *Ihro* geben?«

»Was verlangt Ihr?«

»Für *Aun*, Madame Orso, dasselbe, was *Ihro* gabt, bevor *Ihro Mehro* rieft.«

Lèva erschauerte, als krabbelten Spinnen über ihre Haut. Koska knirschte mit den Zähnen und nickte dann einmal brüsk, als sie seine Bedingungen annahm.

»Für *Aun* Tochter einen Ort, an dem zu bleiben ist, solange *Mehro* beliebt und wo *Icho Mai* Sohn auszubilden vermag.«

Lèva stieß ein Keuchen aus und wandte sich zu dem Mann herum. Sie erschauerte bis in ihre Seele bei seinem Anblick. »Eurem Sohn? Es wird Euer Sohn?«

Der Mann nickte. »Baron Marko Stoke hat keinen Erben. Sein Bruder Lenko ist der Nächste in der Erbfolge. Niemand außer *mehro* kann *Aun* ein Kind geben, ein männliches Kind, das innerhalb von sechs Monaten geboren wird. Geht *Ihro* zu einem menschlichen Mann und empfangt, so verlasst *Ihro Aun* auf den Zufall. Erstens, dass *Ihro* und er zusammen fruchtbar seid, wie *Ihro* und Marko es ja nicht wart, zweitens dass dieses Kind, falls einer solchen Paarung ein Kind entspringt, männlichen Geschlechts ist. Ungeachtet der Frage, ob es überhaupt männlich ist, würde ein Kind von einem Menschen viel zu spät geboren werden, um die Frucht von Markos Lenden zu sein. *Ihro* würdet den Besitz auf jeden Fall an Lenko verlieren.

O nein, wenn *Ihro* ein männliches Kind wollt, das so rechtzeitig geboren wird, dass es von Marko hätte gezeugt werden können, wird es *Mehro* brauchen, der es zeugt.«

Lèva wandte sich furchtsam zu ihrer Mutter herum. Madam Orso schüttelte bedächtig den Kopf. »Es gibt keinen anderen Weg, Lèva. Du musst wirklich schwanger sein, denn Lenko wird seinen eigenen Leibarzt mitbringen, um das zu bestätigen. Und dieser Medicus wird bei der Geburt ebenfalls anwesend sein, denn sollte das Kind eine Totgeburt oder weiblichen Geschlechts sein, so wird Lenko erben.

Du musst dich Ydral hingeben, wenn du den Besitz behalten willst.«

Angewidert nickte Lèva und nahm damit die Bedingung an.

Ydral lächelte, trat vor und riss Lèva ihr Gewand brutal vom Körper, schleuderte sie dann nackt auf den Steinboden, hielt ihr mit seinen langen, weißen Händen den Mund zu und erstickte ihre Schreie.

Als er schließlich mit ihr fertig war, wandte er sich ihrer wartenden Mutter zu.

Lèva schloss sich die nächsten sechs Monate in ihrer Kemenate ein, die man zuvor von allen scharfen Instrumenten und Dingen leer geräumt hatte. In der Nacht drang ihr Heulen und Jammern durch die Burg, am Tage weinte sie verkrampft, stammelte furchtsam von etwas oder jemand Grausigem, Gewaltsamem. Aber was oder wer es war, wusste niemand zu sagen. Dass sie schwanger war, konnte man nicht übersehen, und aufgrund der Größe ihres Bauchs konnte niemand anders als Baron Marko der Vater sein, wie Madame Orso behauptete.

Baronet Lenko kam von Aven und brachte in seinem Tross auch den Leibarzt mit, der bestätigte, dass Lèva ungeachtet ihres Wahnsinns tatsächlich schwanger war und in nur wenigen Wochen niederkommen würde. Lenko war zwar wütend, würde aber bis zur Niederkunft bleiben.

Markos jüngerer Bruder dagegen, Baronet Marik, blieb in Vancha und hielt es nicht für nötig, seinem toten Bruder die Ehre zu erweisen, ließ jedoch vermelden, dass er nach Garia kommen würde, falls Lenko etwas zustieße. Und nur dann.

In den entlegenen Gemächern in der Spitze des Ostturms der Feste wurde ein sonderbarer Mann gesehen: ein Mann, der sich abseits hielt, den tagsüber niemand zu Gesicht bekam, der in der Nacht jedoch manchmal dabei gesichtet wurde, wie er durch die dunklen Hallen und über die hohen Bastionen der Feste schlich. Einige behaupteten sogar, sie hätten gesehen, wie er vom Dach hinabgestiegen wäre; dieser Mann trug immer eine Kapuze, sodass niemand je sein Gesicht sah; er umgab sich in seinen Gemächern mit Schriftrollen, dicken Wälzern, geheimnisvollen Instrumenten und merkwürdigen Tieren. Er war zudem ein Mann, der des Nachts seltsame Experimente durchführte, bei denen diese Tiere entsetzlich kreischten. Doch Madame Orso, die Mutter der Baroness, erklärte, dieser Mann sei der Leibarzt von Lèva, und genau er würde sicherstellen, dass ihr Kind lebend geboren werde. Sie befahl, dass ihn niemand behelligen sollte. Und so ließ man ihn in Ruhe.

Die Wochen zogen dahin, die Baroness kreischte in der tiefen Dunkelheit, jammerte im Morgengrauen und wurde immer voller, während sie gleichzeitig auch mehr und mehr dem Wahnsinn anheim fiel. Sie wurde von beiden Medici untersucht, von Ydral und von Lenkos Leibarzt Brün. Ydral widmete sich ihr des Nachts, Brün am Tage. Ydral verabreichte ihr Tränke, einige klar und sprudelnd, andere dunkel und blubbernd; Brün dagegen versuchte, ihr Leid mit Kräutern zu lindern.

Lèva bekam am Abend ihre Wehen und gebar dann kreischend mitten in der Nacht. Angeblich wurde die Niederkunft des Kindes von zwei unheilvollen Vorzeichen begleitet: Eine anwesende Hebamme flüchtete schreiend aus dem Geburtszimmer heraus, plapperte etwas von Dämonen und einem Mund voller Reißzähne – sie wurde nie wieder gesehen. Und Brün kam ebenfalls aus dem Zimmer, bleich und zitternd. Sobald er Lenko bestätigt hatte, dass es ein männliches Kind sei, fiel er tot zu Boden. Ob diese Geschichten stimmen, weiß niemand. Dagegen ist jedoch verbürgt, dass Lenko in die Kemenate ging, um das Kind mit eigenen Augen zu sehen. Lèva hockte blass, zitternd und vollkommen von Sinnen in der Ecke des Kindbettes, dessen Laken von Schweiß, Fruchtwasser und Blut durchnässt waren. Madam Orso hielt ihrer wirren Tochter eine Schale mit Flüssigkeit an die Lippen, und Ydral, der auch jetzt seine Kapuze trug, hielt das Kind, das in weiche Decken gehüllt war, in seinen Armen. Als Lenko sich ihm näherte, fuhr Ydral mit seiner Hand über das Gesicht des Kindes und machte eine geheimnisvolle Geste. Als Lenko die Decke zurückschlug, um das Gesicht des neugeborenen Barons zu sehen, wirkte das Kind, das sich seinem Blick bot, vollkommen normal, bis auf eine einzige Absonderlichkeit. Es hatte gelbe Augen.

Béla, so nannten sie ihn, den neuen Baron Stoke.

Dies begab sich im Jahre 4E1430.

Nach Bélas Geburt ließ Ydral das Kind bewachen und machte Hauptmann Janok persönlich für die Sicherheit des neugeborenen Barons verantwortlich. Auf Ydrals Vorschlag und Madame Orsos Befehl hin wurde es Lenkos Gefolge verboten, sich dem Kind zu nähern, denn falls der kleine Béla starb, wodurch auch immer, natürlich oder künstlich herbeigeführt, wäre Lenko Baron. Dem Baronet selbst wurde nicht erlaubt, das Kind allein zu sehen. Immer wenn er sich im selben Raum aufhielt, waren auch Wachen anwesend. Außer sich vor Wut stürmte Lenko am nächsten Tag aus der Burg, und kehrte in seinen Erkerturm in den Grimmwall zurück, hoch über Vulfcwmb in Aven.

Die Verrückte Lèva starb innerhalb einer Woche. Die Umstände ihres Todes blieben ein Mysterium, doch es kursierten wilde Gerüchte. Vergiftet von ihrer eigenen Mutter, so behaupteten viele. Ermordet von Ydral, mutmaßten andere. Doch das vorherrschende Gerücht wurde von jenen weitergegeben, welche die Schreie der flüchtenden Hebamme gehört hatten: Der neue Baron war mit einem Rachen voller Reißzähne geboren worden und saugte infolgedessen ebenso viel Blut wie Muttermilch – und trank so seine eigene Dam leer. Diese Gerüchte gewannen an Glaubwürdigkeit, da in den folgenden Monaten Ammen auf rätselhafte Weise verschwanden. Deshalb hielt es sich während der Jahre und gewann sogar noch an Stärke.

Doch obwohl Lèva gestorben war, Ammen spurlos verschwanden und niemand jemals das Los der geflüchteten Hebamme aufdeckte, gab es auch jene, die diesen Tratsch ins Lächerliche zogen. Denn hatte nicht Madam Orso selbst gesagt, dass die Mutter von der Geburt eines so kräftigen Sohnes zu sehr geschwächt worden wäre? Kam es in Garia etwa nicht häufig vor, dass Mütter im Kindbett starben? Zudem war die Baroness Lèva äußerst verrückt gewesen. Hatte Koska nicht auch gesagt, dass die Ammen ausgetrocknet und in ihre ferne Heimat zurückgekehrt wären? Pah! Jeder konnte sehen, dass der Mund des kleinen Béla ein ganz gewöhnlicher war, obwohl seine gelben Augen einem schon einen Schauer über den Rücken jagen konnten: *Die Augen eines Dämons!*, so munkelten die Leute.

Durch den Tod ihrer Tochter wurde Madame Orso zur Prinzregentin, hielt des Nachts Hof und regierte im Namen von Baron Béla, wenngleich viele murrten, dass Ydral die eigentliche Macht in der Baronie besäße. Es schien, als werde keine bedeutsame Entscheidung gefällt, ohne dass sich Koska zuvor zu dem verhüllten Mann beugte und seinem geflüsterten Ratschlag lauschte.

Außerdem war Madame Orso angeblich eine zügellose Metze, die mit jedem und allen herumhurte, sich einen Mann nach dem anderen ins Bett nahm, manchmal auch mehr als einen – und darüber hinaus sogar noch verkommene Frauen. Diese Geschichten mögen zutreffen oder nicht, gewiss ist jedenfalls, dass seine Großdam mütterlicherseits erheblich schneller alterte, als sie an Jahren zulegte, während Béla heranwuchs.

Ydral wurde zum Mentor des Kindes und nahm es unter seine Fittiche. Béla war ein sehr wissbegieriger Schüler und verbrachte lange Nächte im Turm, dort, wo vor Wut, Furcht und Schmerz die Tiere kreischten.

Die Gerüchte blühten, während Béla heranwuchs, Gerüchte von Grausamkeit, Folter und geheimnisvollen Akten der Perversion. Diener schlichen durch die Burg, als fürchteten sie um ihr Leben, verschwanden hastig, sobald sich Koska, Béla oder Ydral sehen ließen. Verderben und Unterdrückung beherrschte die gehetzten Blicke der Bediensteten, und viele sehnten sich nach den alten Zeiten zurück, in denen Baron Marko regiert hatte, wenngleich auch mit eiserner Faust. Doch war eine Arbeit recht getan worden, dann war es eben so gewesen, wie es sein sollte. Und wenn nicht, dann waren ein Schlag ins Gesicht oder ein Tritt in den Hintern doch gar nicht so falsch gewesen, oder?

Marko jedoch war tot, und Koska regierte dem Namen nach, wenngleich tatsächlich Ydral das Zepter schwang und der kleine Béla zu einem gelbäugigen Monster erwuchs.

Die Skarpal-Berge rund um die Burg wurden zu einem Ort des Terrors, zu einem Platz, an dem Vulgs in der Finsternis heulten, dort wo einst keine Vulgs gewesen waren, zu einem Ort, an dem jetzt *Gritchi* und *Durdi* hausten, die Brut aus grauer Vorzeit. Landbesitzer verrammelten des Nachts ihre Besitzungen, trieben ihr Vieh in Scheunen und Schuppen, und schliefen selbst bei den Tieren. Obwohl sie die Regentin um Hilfe baten, entsandte sie niemanden, sondern befahl ihnen, sich doch selbst zu helfen. Es kam zwar keine Hilfe aus der Burg, dafür jedoch kamen die Steuereintreiber, eine Armee von Soldaten im Rücken.

Alle waren sich einig, dass Marko, so verhasst er auch gewesen sein mochte, ein weit besserer Herrscher gewesen war als die Kreaturen, die jetzt auf dem Thron der Baronie saßen.

Langsam, ganz langsam, zerfiel die Baronie, so wie auch Koska verfiel – und Béla. Getrieben von einem gelbäugigen Mann ... Falls er denn überhaupt ein Mann war.

Als Béla vierzehn Jahre alt wurde, enthüllte Ydral dem jungen Baron seine wahre Natur, und danach hallte das Heulen eines *Vulps,* eines Vulg, vom Turm herab, dem gleich darauf das Heulen seinesgleichen aus dem Bergmassiv antwortete. Einige Bedienstete berichteten, sie hätten grauenvolle, geflügelte Wesen durch die Nacht fliegen sehen.

Und in den Landen verschwanden immer mehr Menschen in der Dunkelheit, um am nächsten Tag ermordet aufgefunden zu werden.

Mit fünfzehn Jahren, kurz vor seinem sechzehnten Geburtstag, verwundete jemand Béla, durchbohrte ihn mit einem Schwert. Am nächsten Morgen wachten die Bediensteten auf und fanden voller Entsetzen Hauptmann Janoks sterbliche Reste auf den Zinnen verstreut, als wäre er von einer wilden Bestie zerfetzt worden. Seinen augenlosen, zungenlosen Schädel jedoch fand man auf einer Lanze aufgespießt.

Es wurde gemunkelt, ein Meuchelmörder hätte versucht, Béla abzuschlachten, aber ob es Janok war, dessen Bemühungen scheiterten, oder ob er einfach nur versäumt hatte, den Mordversuch zu vereiteln, das wusste niemand. Und zu fragen getraute sich wahrlich keiner.

Béla heilte rasch, sehr rasch, denn er war ein Verfluchter. Danach jedoch wurde niemandem, weder Bediensteten noch Soldaten, erlaubt, in seiner Gegenwart Waffen zu tragen – das heißt, den *Menschen* wurde es verboten.

Dann kam die Nacht, als ihm dämmerte, dass er seine schrecklichen Gelüste nicht mehr befriedigen konnte, und er stellte seinen Mentor in dem dämmerigen Gemach im Ostturm zur Rede.

Ydral wandte sich von dem Wälzer ab, den er gerade studierte, und sah Béla an, starrte mit seinen gelben Augen in ein anderes, ebenso gelbes Augenpaar. »Mein Sohn, es gibt Dinge, die sind weit erquicklicher, als das, was *Ihro* bisher getan habt. Es gibt da Dinge, welche ... nun, vollkommener sind.«

Béla stand da und wartete. Seine Augen glühten im Licht der Laterne.

»Ich nenne es ... die Ernte.« Ydral erhob sich und trat an eine Kiste heran. Er entnahm ihr eine schmale, flache, mit Leder bezogene Schatulle. Er öffnete den Verschluss, klappte den Deckel auf und hob ein langes Messer mit einer dünnen Klinge heraus. »Hätten wir ein Opfer, so würde ich dir zeigen, wie man jemandem die Haut abzieht, also wie man häutet. Und doch den Tod um eine höchst exquisite Spanne hinauszögert ... Wenn wir ein Opfer hätten.«

In diesem ungünstigen Augenblick betrat Madame Koska Orso das Turmzimmer.

Nach Madame Orsos Verschwinden nahm Béla das Geschick der Baronie in seine eigenen Hände.

Jetzt, trotz aller Dämonen, atmeten einige auf, denn jetzt, da ein echter Baron Stoke auf dem Thronsessel saß, sollten die Dinge anders werden.

Das wurden sie auch.

Sehr anders.

Bewohner aus Siedlungen und Dörfern rings um die Burg verschwanden in einer beunruhigend raschen Folge. In den nächsten fünf Jahren pilgerten zahllose Delegationen zu der Burg und flehten den Baron um Hilfe an. Er schob alle Schuld auf die *Gritchi* und *Durdi*. Nach der Audienz aber berichteten jene, die mit ihrer Rückkehr in die Dörfer und Siedlungen bis zum sicheren Morgengrauen gewartet hatten, von fernen, gequälten Schreien in der Nacht, von Schreien, die von Menschen kündeten, welche in einem unvorstellbaren Maß Schmerzen erlitten.

Die Bediensteten flüchteten aus der Burg. Ebenso die Soldaten. Und sie wussten von Dämonen im Turm zu berichten, im Ostturm, dort, wo Ydral hauste. Sie erzählten, sie hätten *Gritchi* auf den Bastionen und im Hof gesehen. Und sie erwähnten auch *Durdi* und sogar Vulgs.

Ein wahrer Exodus setzte ein; zunächst verließen nur einige Familien die Baronie, ihnen jedoch folgte eine ganze Flut. Die Bevölkerung nahm ständig ab.

Baron Stoke tobte, konnte aber nichts tun, um diese Flut von Flüchtenden aufzuhalten. Denn im Laufe der Jahre waren alle seine Soldaten verschwunden. Und jetzt dienten ihm die *Drik*, die *Gritchi* oder Rukh. Außerdem ordneten sich ihm auch die *Ghok* unter, die *Durdi* oder Hlöks. Und die *Vulpen*, die Vulgs. Sie alle waren von Ydral gerufen worden.

Alle Spezies der Brut gehorchten dem Baron Stoke, so groß war seine Macht.

Fünf Jahre zogen ins Land, und die Schergen des Barons dehnten ihre Kreise immer weiter aus, um für seine pervertierten Vergnügungen und wahnsinnigen Experimente Opfer zu finden. Denn mittlerweile hatte ihn Ydral in die Kunst der Nekromantie, der Schwarzen Kunst, eingeweiht.

Dann jedoch kam eine Nacht, in der Baron Stoke Ydral dabei überraschte, wie er eiligst etliche Habseligkeiten zusammensuchte und sich auf die Flucht vorbereitete.

»Es gibt einen *Dolh*, einen Elf, der mich seit mehr als dreitausend Jahren verfolgt, seit dem verfluchten Bannkrieg. Ich habe von meinen Leuten Kunde erhalten, dass er sich nähert, und ich kann mich ihm nicht stellen, denn er trägt ein Amulett, das ich nicht überwinden kann, und dazu eine Waffe, die selbst mich tötet. Zudem weiß ich Folgendes: Es ist mein Schicksal, durch die Hand eines zu sterben, in dessen Adern das Blut der *Dohl* fließt. Und dieses Schicksal wäre für mich unwiderruflich.«

Béla versuchte, Ydral zum Bleiben zu überreden, bot seinem Mentor den Schutz der Feste an, doch es fruchtete nichts: Der gelbäugige Mentor verließ ihn noch in dieser Nacht, ritt auf einem Hèlross nach Osten, ins Skarpal-Massiv. Jetzt endlich war Baron Stoke allein, allein bis auf die Brut.

Drei Jahre verstrichen, und Stoke beschloss, die menschenleere Baronie zu verlassen und nach Aven zu reiten, zu dem Erkerturm seines Onkels Lenko, an einen Ort, wo reiche Ernte wartete.

Zwei Jahre später ritt ein Elf ins Skarpal-Massiv, mit einem Speer bewaffnet, der eine kristallene Spitze besaß. Er betrat die verlassene Burg und suchte nach einem gelbäugigen Mann.

Doch es war niemand mehr da, der ihn hätte willkommen heißen können.

Nach dem Mord an Lenko und all seinen Verwandten blieb Baron Stoke einige Jahre in der Festung nördlich von Vulfcwmb. Er hielt blutige Ernte unter den Menschen der Region, bis es dort fast keine mehr gab.

Dann machte er sich auf den Weg durch den Grimmwall, bis er Mariks Besitz in den Bergen über Sagra in Vancha erreichte. Baronet Marik war bereits ein alter Mann, der Béla nur wenig Freude bereitete, als dieser ihn häutete. Die anderen Angehörigen seines Haushaltes jedoch waren jung und vital. Aus diesem Grund hielten sie länger durch.

In den nächsten Jahren sollte der Besitz als Düsterschlund berüchtigt werden, und der Berg dahinter als Dämonenklamm. Ein Ort des Schreckens. Dennoch reagierten die Menschen nur langsam auf die Gefahren, die er repräsentierte, und viele Jahre verstrichen, bevor auch hier die Ernte spärlicher wurde.

Stoke und seine Schergen wandten sich von dort aus nach Basq, dann weiter nach Gothon und in viele andere Länder, blieben überall zehn Jahre, bis die Beute geringer wurde, und zogen dann weiter, hin zu frischen Waidgründen, wo das Herdenvolk noch nicht so klug war.

So existierte Baron Stoke über die Jahrzehnte, jagend, fangend, häutend, und sich den Experimenten der Schwarzen Kunst, der Nekromantie widmend. Immer noch erschien er wie ein dreißigjähriger Mann mit gelben Augen, obwohl er weit mehr als hundert Jahre zählte; aufgrund dessen, was er war, alterte er nicht, und nur Silber oder das sehr seltene Sternensilber vermochte ihm dauerhaft zu schaden, dies und vielleicht noch Feuer.

Er war über zweihundertfünfzig Jahre alt, als es ihm schließlich gelang, den Trank zu vervollkommnen, der das

Leben jener, die er gehäutet hatte, jeweils so lange verlängerte, bis er ihnen die gesamte Haut abgezogen hatte; der Trank stärkte seine Opfer, hielt sie wach und bei Bewusstsein. Er stärkte die Opfer, gewiss, aber er linderte nicht ihren Schmerz.

Danach begann er, sie zu pfählen.

Obwohl er das Aussehen und die körperliche Statur eines Mannes in den Dreißigern behielt, war Baron Stoke fünfhundertvierzehn Jahre alt und hatte im Grimmwall gerade eine neue Kammer des Schreckens geschaffen, als ihm seine Späher von einem Wagenzug berichteten, der den Crestan-Pass überquerte. Ein überraschender Schneesturm zwang den Zug umzukehren. Seinen Häschern gelang es nicht, Opfer zusammenzutreiben, also nahm Stoke es auf sich, einige von ihnen selbst in ihr Verderben zu locken. Es waren Baeron, eine sehr kräftige Menschenrasse, und mit einigen wohlgesetzten Worten gelang es Stoke, ihren Häuptling zu täuschen. Zehn Baeron wurden in die Nacht hinausgeschickt und folgten Stoke in das grauenvolle Schicksal, das er ihnen zugedacht hatte.

Aber die Baeron waren stärker, als Stoke erwartet hatte, und einem von ihnen gelang die Flucht. Bald brachte er eine ganze Streitmacht dieser mächtigen Krieger zurück, und dazu einen wilden, ausgebildeten Kriegsbären. Stoke floh nun um sein Leben, denn dieser Gegner verfügte über silberne Waffen.

Es war das erste Mal, dass Stoke aus seiner Höhle vertrieben worden war. Bisher hatte er stets entschieden, wann er fruchtbarere Waidgründe aufsuchen wollte. Aber diesmal war er zur Flucht gezwungen worden. Seine Wut darüber kannte zwar keine Grenzen, doch gegen einen so mächtigen Feind wie die Baeron konnte er nichts ausrichten.

Stoke floh ins Rigga-Gebirge nach Gron. In den folgenden vier Jahren setzte er seine Experimente an den *Drik* fort, aber sie genügten seinen unheiligen Leidenschaften nicht.

Dann gelang es ihm und seinen Schergen, einen männlichen Elf zu fangen.

Im Vergleich zu einem Menschen war das Häuten eines der Unsterblichen geradezu eine Wonne, und als Stoke den Elf schließlich pfählte, wurde er von einer Wollust jenseits seiner wildesten Vorstellungen erfüllt.

Diese neu entflammte Begierde trieb Stoke schließlich aus den Gronspitzen hinaus, und dann kehrte er in seinen Erkerturm nach Vulfcwmb zurück. Er war mehrere Jahrzehnte nicht hier gewesen, also versprach die Gegend reiche Ernte.

Nachdem er mehrere Monate lang Opfer gefunden hatte, besaßen einige Menschen von Vulfcwmb die Kühnheit, sich ihm zu widersetzen, zogen sogar vor seine Feste und wollten ihn töten. Ihre Schreie entzückten ihn außerordentlich.

Schließlich brachten ihm seine Schergen einige vom Kleinen Volk, mit ihren Facettenaugen und den Elfenohren. Es waren zwei ältere Männchen und ein älteres Weibchen, aber auch ein junges Weibchen war dabei, das sich Stoke für zuletzt aufhob. Die anderen mordete er vor ihren entsetzten Augen.

Doch bevor er auch noch die junge Damman häuten konnte, drangen drei Retter in seinen Hort ein: ein Wurrling, ein junger Bokker; eine Elfe, die Schwester des Elfen, den er im Rigga-Gebirgsmassiv abgeschlachtet hatte; und Urus, das war der Häuptling des Wagenzugs der Baeron, den er so leicht hatte täuschen können.

Es kam ihm fast vor, als würden ihn diese Narren jagen! Sie machten Jagd auf Baron Stoke!

Stoke und seine Schergen fingen sie allesamt. Was für eine glorreiche Ernte.

Doch dann verwandelte sich der Mensch, jener Baeron Urus, in einen gewaltigen Bären und zertrümmerte die Tür seiner Zelle.

In jener Nacht wäre Stoke beinahe gestorben, von den Reißzähnen und Klauen einer anderen Kreatur niedergemetzelt, die ebenso verflucht war wie er. Es gelang ihm jedoch zu entkommen ... gerade so.

Er flüchtete nach Vancha, in den Düsterschlund auf der Dämonenklamm. Es war schon lange her, seit er in dieser Region seine blutige Ernte gehalten hatte, und Sagra war bereits wieder bewohnt.

Aber zwei Jahre, nachdem er aus Vulfcwmb geflohen war, wurde sein Hort angegriffen, und zwar von denselben vieren, die ihn in seinem Erkerturm beinahe zur Strecke gebracht hatten!

Diesmal kam er dem Tod noch näher, durch eine schreckliche Klinge aus Sternensilber, die die Elfe schwang; durch eine silberne Kugel, geschleudert durch den Bokker. Und durch Feuer.

Düsterschlund brannte bis auf die Grundmauern nieder, aber erneut gelang Stoke die Flucht.

Diesmal flüchtete er an die östliche Grenze des Grimmwall, zur Grenze des fernen Xian. Aber nach nur zehn Jahren wurde die Ernte spärlicher, also zog er weiter nach Westen, blieb im Schatten der Bergkette, erntete unterwegs neue Opfer, ging seinem perversen Vergnügen nach, seine Opfer zu häuten und sie anschließend zu pfählen, und übte seine wahnsinnige Schwarze Kunst aus.

Einige Jahre später erreichte er die Ruinen des Drachenschlunds, in den von Beben geschüttelten Regionen über dem Land Aralan. Er schickte seine Schergen aus, Opfer von den Höfen und Dörfern zu sammeln, Karawanen zu überfallen, und unter den vierzehn Völkern zu wüten, die nahe jener Furt lebten, die als Steinfurt bekannt war.

In den Bergen nördlich und östlich des Drachenschlunds entdeckte Stoke schließlich ein Kloster über dem Großen Nord-Gletscher. Er fing, häutete und pfählte die zwölf Mönche, die er dort vorfand.

Dann machte er das Kloster zu seiner Höhle, aber erneut wurde es angegriffen, und zwar tatsächlich von eben denselben vier Verfolgern: zwei Wurrlingen, der Elfe und Urus. Es waren nun schon zwanzig Jahre verstrichen, und sie waren ihm noch immer auf den Fersen!

Stoke verbarg sich in den Katakomben des Klosters, doch seine Verfolger fanden ihn. Dann floh er auf den Glockenturm und verwandelte sich. Doch als er wegflog, wurde er schwer verletzt: Ein silbernes Geschoss zertrümmerte einen Knochen in seiner linken Schwinge, und er taumelte auf den Gletscher hinab.

Sie verfolgten ihn erbarmungslos, wie sie es zwei Jahrzehnte lang getan hatten, und überwältigten ihn auf dem Eis. Dennoch wäre es ihm beinahe gelungen, die Elfe zu töten, trotz ihres Schwertes aus Sternensilber. Aber als er sie gerade mit ihrem eigenen Schwert köpfen wollte, da traf ihn ein silbernes Messer in der Schulter, geschleudert von der Damman.

Der Schmerz war ungeheuerlich, und dennoch vermochte er nicht, das Messer zu berühren, um es aus der Wunde zu ziehen. Er verwandelte sich erneut, das Messer jedoch blieb in der Wunde stecken. In der Gestalt eines Vulg sprang er vom Rand eines tiefen Abgrundes auf die andere Seite, um zu entkommen. Aber dieser Narr Urus fing ihn mitten im Sprung so ab, dass sie zusammen in die eisige, schwarze Tiefe stürzten.

Die Spalte schloss sich krachend über ihnen, nahm Vulg

und Mensch auf ewig im Eis gefangen – und ließ ihren Kampf so für immer erstarren.

Als sie auf das Eis in der Tiefe stürzten, wurde das Messer aus Stokes Schulter gerissen. In dem Jahrtausend, welches das Eis sie gefangen hielt, heilte der *Vulg*, allerdings langsam, sehr langsam, denn schließlich war er ein Verfluchter, und eine schnelle Heilung war eine seiner Eigenschaften. Nur wurde der Prozess hier in der eisigen Kälte drastisch verlangsamt.

Ein goldenes Glühen umhüllte beide, den Baron und den Baeron, Vulg und Mensch, und obwohl sein Leben unentschieden in der Schwebe hing, konnte Stoke dieses verfluchte Licht spüren.

Tausend Jahre verstrichen. Tief im Eis wurden der Vulg und der Mensch von einer langsamen, mahlenden Strömung erfasst, einer Strömung, die sie allmählich zum Rand des Gletschers trug.

Schließlich kam die Nacht, in welcher das Eis barst, kalbte, den Vulg ausspie. Stunden verstrichen, ohne dass Stoke sich rührte. Doch durch seine Fähigkeit zur Regeneration erlangte er am Ende sein Bewusstsein wieder, hörte in weiter Ferne die Stimmen von wimmernden *Drik* und *Ghok*, und das schwache Heulen von *Vulpen*. Stoke kläffte um Hilfe, und als sein Ruf beantwortet wurde, wandelte er sich erneut, wurde wieder zu einem gelbäugigen Mann – falls man Stoke denn überhaupt einen Mann, einen Menschen, nennen konnte.

Als er wartete, sah er einen merkwürdigen Stern, der seine Bahn über den nächtlichen Himmel zog. Aus der Stellung des Sterns schloss er, dass es sich um das Auge des Jägers handelte, und dass er mehr als tausend Jahre lang im Eis eingeschlossen gewesen war.

Schließlich kam Hilfe. Als er vom Eis gehoben wurde, sah er schwach die Gestalt von Urus, der noch im Gletscher gefangen war, wenngleich nur wenige Zentimeter tief. Seine Silhouette hob sich gegen einen verfluchten, goldenen Schimmer ab. Stoke befahl der Brut, Urus auszugraben und ihn zu köpfen, seine Überreste zu verbrennen. Doch keiner von der Brut konnte diesem goldenen Glühen widerstehen, und so musste Stoke den Mann in Ruhe lassen, denn auch Stoke – ja, vor allem er – wurde von der heiligen Aura abgestoßen.

In dieser Nacht trugen die *Drik* Stoke in die Höhlen des Kessels. Dort verkroch er sich und gewann seine alte Stärke zurück.

Zwei Nächte später meldeten seine Jagdgruppen den Geruch von Fremden. Sie sprachen von einer Elfe, die sich angeblich in Luft aufgelöst hatte. Kurz vor dem Morgengrauen humpelte ein verwundeter *Vulp* in den Kessel. Er kam vom Kloster und brachte Neuigkeiten von einer Damman, die entkommen war, und auch von einem wilden Bären, einem geradezu mörderischen Bären.

So erfuhr Stoke, dass er immer noch gejagt wurde, von Elfen, Wurrlingen und Urus. Er folgerte, dass auch dieser Ort beobachtet wurde, und schmiedete einen Plan.

In der nächsten Nacht, als er und seine Gruppe die Schlucht verließen, blieben *Drik, Ghok* und *Vulpen* zurück. Wenn Stoke schon verfolgt würde, sollten doch jene, die ihn jagten, zur Beute werden.

Ein grauenvolles, geflügeltes *Ding* flog nach Süden, durch den Schneesturm, in dem Wissen, dass dieses Weiß die Spuren seiner Schergen zudecken würde. Und er wusste auch, dass jeder, der ihm folgte, von hinten abgeschlachtet werden würde.

Also flog er Flügel schlagend durch die Nacht, während selbst das Heulen des Sturms der kalten Wut, die in ihm toste, nicht gleichkam.

2. KAPITEL

DAS VERSCHWINDEN

Frühlingsanfang, 5E988
(Gegenwart)

Aus der wirbelnden weißen Wand krachte ein knurrender Vulg gegen Faeril, schleuderte sie mit dem Gesicht nach vorn in den Schnee, landete auf ihr und nahm ihr so den Atem. Nur der tiefe Schnee und der Rucksack auf ihrem Rücken bewahrten sie vor dem sofortigen Tod. Sie hörte lediglich wildes Geheul und Schritte, die an ihr vorbeitrampelten. Und die Kreatur, die sie zu Boden drückte, versuchte, sie zu töten. Faeril wollte sich herumrollen, aber sie konnte dem Gewicht nicht entgehen, das sie beinah zerquetschte. Ebenso wenig konnte sie die Messer in ihrem Kreuzgurt erreichen, aber es gelang ihr, die silberne Elfenklinge aus der Scheide an ihrer Hüfte zu ziehen. Damit schlug sie nach dem Bein der Kreatur und riss eine tiefe Wunde. Heulend sprang das Vieh zur Seite, und Faeril konnte sich auf die Knie ziehen, noch während sich das Wesen mit aufgerissenem Maul auf sie stürzte. Ohne nachzudenken rammte ihm die Damman das Schwert ins Maul, vorbei an den Zähnen und tief in den Rachen, noch während ihr die Reißzähne die Haut zerfetzten. Jaulend fuhr das Vieh zurück, riss ihr die Klinge aus der Hand und brach unvermittelt zusammen.

Faeril rappelte sich auf, streifte ihren Rucksack ab, zog

ein Wurfmesser aus Stahl aus dem Gurt und sah sich in dem heulenden, blendenden Weiß des Schneesturms um. Das im selben Augenblick pechschwarz wurde. *Die Laterne! Sie ist aus! Oh, Gwylly!*

Sie hörte Kampflärm, das Klirren von Stahl auf Stahl, das Kreischen der Sterbenden; dann sah sie undeutliche Schatten in der Dunkelheit, spürte sie mehr, als sie sie erkannte. Aber wer dort gegen wen focht, das wusste sie nicht. *Ich sehe nicht genug, um mein Messer werfen zu können!* Sie rammte den Dolch in den Gurt und zog ihr Langmesser, das in den Händen eines Wurrlings zum Schwert wurde.

Vor ihr flackerte eine Fackel auf, und sie konnte dunkle Gestalten erkennen, die durch den Schneesturm sprangen, dann eine große, die sich auf den Fackelträger stürzte und mit ihm verschmolz. Und dann folgte ein Schrei, die Fackel fiel in den Schnee, es zischte, und nun herrschte wieder Dunkelheit.

Vor ihr tauchte jemand auf. »Adon!«, schrie sie und ahnte, wie sich die Gestalt umdrehte, stieß mit ihrem Schwert zu, fühlte, wie es einen Knochen traf, hörte, wie die Gestalt keuchte, und sah, wie sie zusammenbrach und ihr dabei fast das Langmesser aus der Hand wand. Aber sie hielt es grimmig fest, bis sich die Klinge mit einem Knirschen aus dem Gefallenen löste.

Faeril sank auf die Knie und tastete nach ihm. *Lass es einen Feind sein!* Sie betastete den Leichnam, der einen Lederharnisch mit Stahlplatten trug. Rukh!, dachte sie, als sie ihre Hand von der Wunde riss, aus der ein sterbendes Herz Blut pumpte.

Angewidert krabbelte sie zurück und stieß gegen jemanden hinter sich. Das Wesen knurrte, fiel seitlich über sie und landete im Schnee. Die Damman schlug blindlings zu, traf, und das Wesen heulte auf. Faeril stieß ihr Langmesser in Richtung des Geräuschs, aber wer es auch war, er rollte sich hastig weg, sprang auf und rannte durch die Dunkelheit davon, ein schwarzer Fleck, der in dem schwarz tosenden Sturm verschwand.

Jemand anders näherte sich, heftig keuchend. Faeril hob das Schwert. »Adon!«, schrie sie und wollte gerade mit dem Langmesser zustoßen.

»Adon!«, kam die Antwort.

»Gwylly!«

»Faeril!«

»Oh, Gwylly, ich wäre fast ...«

»Rücken an Rücken, Liebste«, fiel ihr der Bokker ins Wort. »Rücken an Rücken, obwohl das nicht viel helfen wird. Ich bin verwundet.«

»Oh, Gwylly ...!«

»Rücken an Rücken!«

Also stellten sich die beiden Wurrlinge Rücken an Rücken auf und starrten ins Dunkle. Gwylly keuchte angestrengt und hustete ab und zu; Faeril zitterte, um sein Leben fürchtend.

Weiter entfernt flackerte eine zweite Fackel auf, die nur Augenblicke später unter den qualvollen Schreien Sterbender erlosch.

Immer noch heulte der Schneesturm, und der Schnee fegte um sie herum: wie schwarze Rabenfedern, die im Nachtwind fliegen. Gelegentlich klirrte Stahl auf Stahl, manchmal ertönte ein Todesschrei, dann wieder hörten sie Schritte, wenn jemand an ihnen vorbeiflüchtete. Aber sie vermochten in der Schwärze nichts zu erkennen, und in dem Heulen des Sturms hörten sie auch nur wenig. Dennoch blieben die Wurrlinge Rücken an Rücken stehen.

»Allein die Dunkelheit und der Wind retten uns«, zischte Gwylly. »Ohne den Schutz des Schneesturms, der unseren Geruch vertreibt, wären wir der Brut schon in die Hände gefallen.«

Dann brach Gwylly zusammen.

Faeril wirbelte herum und kniete sich hin, tastete nach einer Verletzung, fand jedoch nichts.

Noch während sie Gwylly hastig untersuchte, hörte sie das gutturale Knurren, ein Schnüffeln, und dann das Heulen eines Vulg. Faeril kauerte sich über ihren Bokkerer, ihr Langmesser gezückt, und betete, dass die Bestie sie nicht fand, Gwylly nicht witterte. Doch vergeblich – denn das Knurren wurde lauter, die Kreatur kam näher. Dann tauchte ein schwarzer Schatten in der Dunkelheit vor ihr auf und jaulte. »Adon!«, schrie sie, sprang auf, über Gwylly hinweg. Doch im selben Augenblick sprang jemand anders herbei, und ein Speer durchbohrte die ungeschützte Flanke des Vulg. »Adon!«, schrie Aravan, noch während sich *Krystallopyr* in die heulende Bestie brannte – sich durch sie hindurchbrannte – und Faerils Klinge seine Kehle durchtrennte, sein Heulen verstummen ließ.

Jetzt standen Elf und Damman Rücken an Rücken, Gwylly zwischen sich. In der Dunkelheit tasteten sie ihn ab, konnten aber immer noch keine Wunde finden. Also bezogen sie Posten über ihm, denn sie konnten mitten in dem Gefecht nichts tun, um dem Bokker zu helfen.

Ab und zu hörten sie das Klirren von Stahl auf Stahl, manchmal sogar aus zwei Richtungen gleichzeitig. »Sie kämpfen gegeneinander«, zischte Aravan, »obgleich Riatha ihnen sicherlich ebenfalls zusetzt.«

Plötzlich übertönte eine barsche Stimme den Wind und heulte etwas. Ein Ruf, der von anderen aufgenommen und weitergegeben wurde. Was er rief, wussten Aravan und Faeril nicht, denn es war in Slûk, der Sprache der Brut. Kurz darauf ertönten mehr Schreie, weiter entfernt, in südlicher Richtung, erneut, aber schwächer. Dann keine mehr.

»Vielleicht sind sie fort«, mutmaßte Faeril.

»Möglicherweise ist es auch nur eine List«, antwortete Aravan.

Sie warteten weiter in der Dunkelheit, während schwarzer Schnee um sie herumwirbelte. Plötzlich schien sich die Welt zu drehen, Faerils Magen verkrampfte sich, als ihr plötzlich übel wurde. Sie stolperte einen Schritt zur Seite, einen zweiten, fiel dann auf die Knie und übergab sich.

Aus weiter Ferne drang eine hohle, donnernde Stimme in ihr Ohr. »Faeril, was ist los? Seid Ihr verwundet?«

Die Damman konnte nicht antworten, denn in ihren Ohren rauschte es, und ihr ganzer Körper schien in Flammen zu stehen ... Sie brannte. Der Schweiß brach ihr am ganzen Körper aus, eisiger Schweiß. Noch während sie in den dunklen Schnee stürzte, in die Finsternis, gelang es ihr, ein Wort zu flüstern: »Vulg.«

»STOKE! ... Stoke! ... Stoke ... stoke ... toke ... oke ... o ...«

Während das Echo seines Schreis zwischen den Bergen hin und her tanzte, drehte sich Urus um und machte sich im spärlichen Licht des anbrechenden Morgens auf den Weg nach Norden, über den unberührten Schnee, durch das breite, gewundene Tal. Er ging zu der Stelle zurück, an der er seine Kameraden zuletzt gesehen hatte.

Glühende Wut und kaltes Bangen rangen in seinem Herzen: Wut, weil Stoke ihm entkommen war, und Bangen, weil seine Kameraden noch immer nicht hier waren. *Ist es möglich, dass Stoke sie in seinen widerlichen Krallen hat?* Das wusste Urus nicht, er konnte es nicht wissen, und er brüllte seinen Ärger in einem unartikulierten Schrei heraus, während er forsch ausschritt.

Und wenn sie ihm in die Hände gefallen sind ... dann wo? Urus sah sich um. Er konnte eine Handvoll Täler und Schluchten sehen, in die sich Stoke vielleicht geflüchtet hatte, aber er wusste, dass unmittelbar dahinter Tausende von Fluchtwegen den Grimmwall furchten, und darin lagen abermals Tausende von Schlupflöchern. *Stoke könnte sich für immer in dieser Gebirgskette verbergen! Und dahinter liegt die ganze weite Welt!* Erneut brüllte Urus seinen Ärger heraus, aber nur das langsam abklingende Echo antwortete ihm.

Sein Zorn kühlte zu einer eisigen Entschlossenheit ab und zog sich an diesen inneren, geheimen Ort zurück, wo er ihn sorgfältig hegte, und ließ nur eine dumpfe Vorahnung in seinem Herzen übrig. *Wenn sie nicht gefangen sind, was dann? Ist es möglich, dass Petal ... sie ist ja nicht Petal! Sie heißt Faeril! Trotzdem, sie ist Petals Ebenbild. Und er, Tomlin, heißt Gwylly ...*

Kann es sein, dass Faeril recht gehabt hat? Dass uns eine Gruppe Wrg folgte? Und falls ja, kann das der Grund für die Verzögerung sein?

Oh, meine Riatha ... bist du ... bist du etwa ...?

Er marschierte weiter, Herz und Verstand von Sorge erfüllt, von Wut und Vorahnungen, von Logik und auch von Zorn.

»Stoke!«, brüllte er in die Berge hinauf. »Dreckskerl! Monster! Abschaum! Wir werden dich zerstören, wie die Zwerge deinen Turm vernichtet haben! Die Höhlen darunter! Wie wir Düsterschlund niederbrannten!«

Der Schnee lag tief im Tal, reichte manchmal bis zum Oberschenkel des Mannes – *es wird schwer für die Waldana, sich hindurchzukämpfen, aber ich kann ihnen eine Spur hinterlassen ... wenn sie noch leben* –, und doch kam Urus rasch voran.

Schließlich bog er um eine Kurve und sah in der Ferne eine dünne Rauchsäule, die aus einem kleinen Dickicht in die Luft stieg. Sein Herz tat in seiner Brust einen Satz. *Hoffentlich sind sie es!* Als er sich näherte, sah er eine Zeltbahn zwischen den Bäumen. Urus zog die Handschuhe aus, legte zwei Finger in den Mund und pfiff durchdringend. Das schrille Echo hallte von den Felswänden zurück, die sich um ihn herum erhoben.

Keiner rührte sich. *Nichts!*

Erneut pfiff er, und als der Widerhall diesmal verklang, trat hinter dem Schutzzelt eine große Gestalt hervor. *Aravan! Es ist Aravan!* Der Elf hob die Hand und winkte.

Urus winkte zurück und ging schneller, aber Aravan verschwand bereits wieder hinter der notdürftigen Schutzhütte. *Wo ist Riatha? Und wo sind die Waldana?* Die Furcht legte sich wie eine Klammer um Urus' Herz.

Endlich erreichte Urus das Gehölz, wo der Schnee etwas flacher war, und begann zu traben. Kurz darauf stand er vor dem Zelt und draußen hockte Aravan vor einem kleinen Feuer und rührte in einem Behälter, der über der Flamme hing. Urus warf dem Elf jedoch nur einen flüchtigen Blick zu, denn ihm trat grüßend ... Riatha entgegen. Urus zog sie an sich, sein Herz hämmerte in seinen Ohren, und glühende Freude sang durch jede Faser seines Wesens, als sie sich an ihn schmiegte.

Doch seine Freude verging, als er in dem Schutzzelt Gwylly und Faeril sah. Sie lagen da, mit Gesichtern so bleich wie der Tod.

»Sie haben uns in der Nacht überfallen«, erklärte Riatha, die neben Urus am Rand des Zelts saß. Sie verabreichte Faeril winzige Mengen der Flüssigkeit, die Aravan gekocht hatte, zwischen die Lippen. Die Damman wachte nicht auf, schluckte aber. »Von hinten, genauso wie Faeril vermutet hatte. Das Heulen des Sturms hat verhindert, dass wir sie kommen hörten. Aber ebenso hat er auch vereitelt, dass sie uns überwältigten. Denn sie konnten uns weder sehen noch hören, und die Vulgs vermochten auch unseren Geruch nicht aufzunehmen.

Dann wurde Faeril von einem Vulg gebissen, aber sowohl Güldminze als auch Sonnenlicht haben das Gift aus ihrem Körper gebrannt. Trotzdem wird sie heute noch mit Fieber darnieder liegen.

Gwylly hat einen Schwerthieb in die Lunge bekommen. Er wird frühestens in einer Woche reisen können, und auch dann nur sehr langsam.

Aravan und mir aber war Fortuna wohlgesonnen. Er hat nur zwei Hiebe mit einer Keule abbekommen, und ich einen Schlag aufs Handgelenk.«

Sanft nahm Urus ihre Hand und betrachtete die Bandage. »Hast du die Wunde auch sorgfältig gereinigt? Die Klingen der Wrg sind oft ...«

»Vergiftet«, mischte sich Aravan ein. »Aye, wir haben sie bluten lassen und anschließend Güldminze aufgelegt. Ich habe außerdem allen, die Schnittwunden erlitten haben, Breiumschläge aufgelegt.«

Riatha zog ihre Hand nicht zurück. »Was ist mit Stoke?«, fragte sie ruhig.

Der Blick des Baeron wurde hart. »Verschwunden! Der Sturm ... es gibt fünf Möglichkeiten, wohin er sich von dem letzten Ort, an dem ich ... wo der Bär ihn gewittert hat, hätte wenden können.«

Aravan blickte in den Himmel. »Haben wir Zeit, Ihr und ich, die Spuren zu suchen? Ihre Fährte?«

Urus legte Riathas Hand behutsam in ihren Schoß zurück. Dann sprang er auf und lief wie ein eingesperrtes Tier herum. »Spuren? Nein! Der Sturm hat alle Fährten verwischt. Falls Stoke heute Nacht weiterzieht, dann wird er allerdings Spuren hinterlassen. Und ich werde ihm folgen ... allein.«

Riatha schrak bei seiner Erklärung zusammen. »Allein?«

»Ja«, sagte Urus. »Allein. Die Waldana können ihn nicht verfolgen. Und sie brauchen Pflege. Ihr seid verwundet ...«

Riatha sprang auf. »*Akka!* Das ist nur ein Kratzer! Er wird mich nicht davon abhalten, Stoke zu verfolgen!«

Unvermittelt bebte die Erde – in der Ferne schüttelte sich der Drachenschlund. Es dauerte eine Weile, bis das Beben aufhörte.

Urus hatte seine Hand ausgestreckt und Riatha festgehalten. Als die Erdstöße nachließen, fragte er: »Und die Waldana?«

Eine piepsige Stimme meldete sich aus dem Zelt. »Was ist mit uns?« Gwylly versuchte mühsam, sich aufzurichten, aber ein Hustenanfall überwältigte ihn, und er sank zurück, blutige Flecken auf den Lippen.

Mit einem Schrei drehte sich Riatha herum und kniete sich rasch neben ihn. »Oh, Gwylly, bewegt Euch nicht. Ihr seid schwer verletzt. Eine Klinge hat Euch durchbohrt.«

Der Bokker schloss die Augen und stöhnte. »Ach, das ist es? Ich habe das Gefühl, als wäre ich an den Füßen durch die tiefsten Schlünde der Hèl gezerrt worden!«

»Es war ein harter Kampf, Kleiner.«

Gwylly öffnete ruckartig die Augen. »Faeril! Was ist mit Faeril?«

»Ruhig, still jetzt«, beruhigte ihn Riatha. »Sie schläft an Eurer Seite.«

Gwylly drehte den Kopf, dann streckte er die Hand aus und legte sie behutsam auf die ihre. »Geht es ... wird sie gesund?«

Riatha nickte.

»Was ist ihr geschehen?«

Riatha blickte zu Aravan hoch, der sich neben die Elfe gekniet hatte. »Nun, Gwylly, sie hat einen Vulg getötet.« Aravan griff über den Wurrling und hob ein silbernes Messer hoch, damit der Bokker es sehen konnte. Die Klinge blitzte im Sonnenlicht. »Sie hat ihm das hier in die Kehle gerammt, Talarins Geschenk. Ich weiß es, weil ich zurückgegangen bin, um unsere Rucksäcke und die anderen Habseligkeiten zu holen. Ich habe zufällig auf diese tote Bestie geblickt, als die Sonne die toten Kreaturen zu Asche verbrannte. Ich sah das Funkeln, und als ich zu der Stelle kam, wo der Vulg gelegen hatte, fand ich auch die Klinge.«

Gwylly keuchte. »Und ich dachte, ich hätte eine Heldentat vollbracht, drei Rukhs oder Hlöks zu erledigen. In der Dunkelheit habe ich das nicht gesehen. Aber Adon, ein *Vulg*!

Immerhin beweist es eines«, fuhr er schwach lächelnd fort. »Es zahlt sich nicht aus, einem Wurrling, schon gar nicht einer Damman, in die Quere zu kommen.«

Aravan lachte. »Da habt Ihr recht, Waerling.«

Gwylly versuchte, sich auf die Seite zur rollen, doch er gab es auf, als Riatha protestierte. »Sie sieht im Gesicht so rot aus«, meinte der Bokker. »Seid Ihr sicher …?«

»Aye, Gwylly«, gab Aravan zurück. »Sie ist ganz und gar außer Gefahr. Sie hat einen Vulg-Biss abbekommen, aber nachdem wir einen Umschlag mit Güldminze …«

»Einen *Vulg*-Biss?« Gwylly verspannte sich, was einen neuen Hustenanfall auslöste. Nachdem er wieder abgeebbt war, wandte sich Gwylly an Riatha. »Dieser schwarze Biss, das Gift – hat die Güldminze denn alles erwischt?«

»Ja. Sie und die Sonne.«

Riatha nahm die Hand des Bokkers in die ihre. »Ihr Fieber treibt den Rest aus, Gwylly. Wenn sie aus ihrem Schlaf erwacht, wird sie wieder gesund sein.«

Die Elfe trat ans Feuer und bereitete einen Kräutertrunk zu, schnitt Stücke einer getrockneten Wurzel in einen kleinen Wasserbehälter und erhitzte ihn. Als sich Urus neben den Bokker hockte und leise mit ihm sprach, kauerte sich Aravan neben die Elfe. »Dara, du musst bei den Waerlinga bleiben, während Urus und ich Stoke und seine Schergen verfolgen. Nur du besitzt das tiefe Wissen, mit dem die

Wunden der Kleinen behandelt werden müssen, sollte etwas Widriges geschehen.«

Riatha warf einen Blick zu dem Bokker sowie zu der schlafenden Damman und betrachtete auch Urus. Dann seufzte sie, schaute Aravan an, nickte und rührte weiter in dem Trank.

In dieser Nacht schlich ein wilder Bär um das Lager und beschützte jene, die darin schliefen.

Als am nächsten Tag der Morgen graute, brachen Urus und Aravan zu jener Stelle auf, an welcher der Bär die *Urwa* zuletzt gewittert hatte, und von wo aus Elf und Mensch hofften, die Fährte der Brut aufnehmen zu können. Sollte es Spuren geben, würden Urus und Aravan Riatha, Gwylly und Faeril deutliche Hinweise hinterlassen, damit sie ihnen folgen konnten, sobald sie reisefähig waren.

Eine Stunde nach Sonnenaufgang wachte Faeril auf. Die Damman zitterte nach dem Fieber vor Schwäche und auch wegen Mangel an Nahrung. Riatha füllte einen Teller mit Linsen und legte einen Zwieback dazu.

Faeril betrachtete Gwyllys Gesicht und lauschte seinen Atemzügen, vergewisserte sich, dass er nur schlief. Dann rappelte sie sich stöhnend auf, schwankte zu den Bäumen und erleichterte sich. Als sie zurückkehrte, hockte sie sich langsam hin und nahm den Teller mit Essen, den Riatha ihr hinhielt.

»Wie geht es Gwylly? Was für eine Verletzung hat er erlitten?«

»Einen Stich mit einer dünnen Klinge zwischen die unteren Rippen. Er ist in die Lunge eingedrungen. Es war ein Dolch, denke ich, obgleich es auch ein Rapier gewesen sein kann. Er wird wieder gesunden, wenn wir ihn ruhen lassen.

Doch Euch, Faeril, wie geht es Euch?«

»Leidlich, aber ich habe das Gefühl, als hätte sich ein Pferd auf mich gesetzt.«

Riatha lächelte. »Nein, Faeril, kein Pferd, sondern ein Vulg.«

»Vulg oder Pferd, gleichwie, ich habe jedenfalls überall blaue Flecken.«

»Das ist nicht verwunderlich. Vulgs sind so groß wie Ponys, wenngleich sie nicht so viel wiegen.«

Faeril versuchte, ihre schmerzenden Muskeln zu entlasten, und veränderte ihre Haltung. »Wie schwer sind sie denn?«

»Genau weiß ich es nicht. Vielleicht vier Hundertpfund, vielleicht auch fünf.«

»Na, es fühlt sich jedenfalls an, als wäre es ein Tausendpfund gewesen, allerdings wäre ich dann nur noch ein Fleck im Schnee. Ich glaube, es hat mich nicht mit seinem ganzen Gewicht erwischt.«

Die Damman schob sich einen Löffel Linsen in den Mund und sah sich dann kauend im Lager um. »Wo ist Aravan? Und habt Ihr schon etwas von Urus gehört?«

»Aye. Urus ist gestern zurückgekehrt. Er hat berichtet, dass der Sturm alle Spuren von Stoke und seinen Schergen verweht haben muss. Dennoch ist er mit Aravan nach Süden gegangen, um eine Fährte aufzuspüren, damit wir Stoke endlich zur Strecke bringen können.«

Zufrieden biss Faeril von dem Zwieback ab und schwieg, da sie sich auf das Essen konzentrierte.

Später am Morgen wachte Gwylly auf. Er wollte nicht liegen bleiben, sondern zwischen die Bäume gehen, um sich zu erleichtern. Gestützt von den beiden Frauen tat er das auch und hustete dabei leise.

Anschließend braute Riatha einen Tee aus Moos und bestand darauf, dass Gwylly den scharfen Dampf einatmete. »Das wird Eurer Lunge von innen helfen zu heilen«, erklärte sie. Außerdem entfernte sie den Verband mit Güldminze von seiner Wunde und ersetzte ihn durch einen Umschlag aus eben diesem Moos. »Das ist für außen.« Dann brachte sie ihn dazu, den Tee zu trinken, obwohl er schrecklich bitter schmeckte und der Bokker sein Gesicht verzog. »Das wird das Wasser aus Euren Lungen ziehen.«

»*Gack!* Es wird meine ganzen Innereien zusammenziehen, wenn Ihr mich fragt«, protestierte Gwylly und schüttelte sich.

Die Elfe lachte, und Faeril kicherte, aber beide sorgten dafür, dass Gwylly alles bis auf den letzten Tropfen austrank.

Dann wandte sich die Elfe an Faeril. »Euer Verband muss auch gewechselt werden.« Sie wickelten ihn zusammen ab, und eine tiefe Wunde an Faerils rechtem Arm kam zum Vorschein. Sie reichte vom Ellbogen bis zum Handgelenk.

»Oi!«, rief Gwylly. »Eine üble Wunde. Aber offenbar hat sie jemand genäht!«

»Aye«, bestätigte Riatha. »Mit feinem Darm. Sonst wäre diese Wunde für üble Dämpfe offen. Vierundzwanzig Stiche hat es gebraucht, Gwylly, wohingegen Eure Wunde nur neun bedurfte.«

Gwylly sah auf seine Brust und versuchte vergeblich, unter die von dem Tee getränkte Bandage zu linsen. »Ich bin auch zusammengeflickt? Wie ein alter Mantel?«

Wieder kicherte Faeril und Riatha lachte schallend. »Ja, Rotkopf. Wie ein alter Mantel.«

Gwylly lächelte. »Rotkopf? Man sollte mich lieber Flicken nennen.«

Faeril schaute grinsend von ihrem Arm hoch. »Dann also Flicken, Gwylly, wenn du darauf bestehst. Aber es klingt ein bisschen wie ein Hundename.«

Jetzt lachte Gwylly, doch seine Fröhlichkeit wurde von einem neuerlichen Hustenanfall unterdrückt.

Sie warteten den ganzen Tag über und unterhielten sich nur flüsternd, als würden die Felsen um sie herum lauschen. Während Faeril ihre Langmesser ölte und wetzte, die Aravan beide aus dem tiefen Schnee des Schlachtfeldes geborgen hatte, erzählte Gwylly, wie er seine drei Gegner besiegt hatte. Und wie verwirrend und verzweifelnd es war, in dieser pechschwarzen Finsternis zu kämpfen. Seine Wunde hatte er im zweiten Kampf davongetragen. »... es war wie ein Feuer, das mich zwischen die Rippen traf.«

Riatha hatte aufgrund des schärferen Augenlichts der Elfen ihren Feind sehen und ihn auch besser hören können – und so insgesamt sieben Rûpt getötet. Aravan hatte, so sagte sie, vier von der Brut getötet, und den Vulg, den er mit Faeril zusammen erledigt hatte. Zusammen mit Faerils Vulg und den toten Rûpt ... »Oi!«, stieß Gwylly hervor. »Das summiert sich somit auf zwei Vulgs und fünfzehn Rukhs und Hlöks!«

Faeril sah Riatha an. »Das bedeutet, dass Stoke nur noch fünf Vulgs und zwölf von der Brut bei sich hat.«

»Möglich, Faeril, aber vergesst nicht: Wir sind im Grimmwall, und sollte er rufen, so werden sich weitere Rûpt um ihn scharen.«

Während des Tages sprachen sie über vieles: von Familie und Heim bis zu einfachen Mahlzeiten aus Brot und Eintopf, die ihnen jetzt wie der reine Luxus vorkamen. Als Riatha Schnee schmolz, um die gebrauchten Verbände auszukochen, sprachen sie von Bädern; Gwylly erzählte von seinem Hund, Black, der als Welpe Enten am Teich gejagt hatte. Die Ente flog aufs Wasser, Black sprang hinterher, und die Gänse, die den Enten zu Hilfe kamen, hatte Black für immer davon kuriert, das Vieh vom Hof zu jagen. Sie redeten von ihren Ponys und Pferden, und wie es war, mit ihnen zu reiten, von Gärten und Pflanzen und solchen Dingen. Doch immer wieder kehrten ihre Gespräche zu Baron

Stoke zurück, und sie spekulierten, ob Urus und Aravan dieses Ungeheuer bereits verfolgten.

Knapp zwei Stunden nach Einbruch der Dunkelheit wurde ihren Spekulationen ein Ende gemacht, denn ein ferner Pfiff kündigte die Rückkehr von Mensch und Elf an.

»Wir haben keine Spuren gefunden, gar keine«, meinte Aravan, der sich die Hände an einem Becher Tee wärmte.

Urus knurrte. »Aravan und ich haben uns getrennt, und verschiedene Schluchten durchsucht. Ich habe viele Meilen abgesucht, allerdings fruchtlos.«

Riatha schöpfte Linsen in flache Näpfe. »Nichts? In irgendwelchen Spalten, Schluchten oder Höhlen – gar nichts?«

Aravan nahm einen Napf entgegen. »Nein, obwohl der Stein keine Spuren verrät.«

Urus schüttelte den Kopf. »Ich habe auch keine gesehen.«

Sie aßen schweigend. Die Enttäuschung und unterdrückte Wut war ihnen deutlich anzumerken. Schließlich ergriff Urus das Wort. »Morgen werden wir zwei weitere Strecken absuchen. Falls wir auch dort nichts finden, bleibt nur noch eine einzige übrig.«

»Vielleicht«, meinte Aravan. »Aber es besteht die Möglichkeit, dass wir seinen neuen Schlupfwinkel in den Schluchten übersehen haben, die wir heute absuchten.«

Urus hielt inne. »Verflucht! Der Schneesturm hat alles verwischt.«

Riatha sah ihn an. »Und doch hat er uns das Leben gerettet.«

In dieser Nacht hielten Aravan und Riatha Wache. Ihre Elfeneigenschaften erlaubten ihnen, während des Wachens zu ruhen.

Ab und zu bebte die Erde. Und das Auge des Jägers, das seine Bahnen zog, tauchte später auf und glitt tiefer über den Himmel.

Als Urus und Aravan in der nächsten Nacht zurückkehrten, setzte sich der Baeron mit finsterer Miene ans Feuer. »Die Schlucht, der ich folgte, endete nach acht Meilen in einer Sackgasse. Die Route, der Aravan folgte, führte durch ein Tal hinauf, und hinter diesem Pass entdeckte er sechs weitere Strecken, die Stoke genommen haben könnte. Mist!« Er schlug mit der Faust in seine offene Hand.

»Sechs!«, bestätigte Aravan verzweifelt. »Sechs weitere Fluchtwege, die ihm und seinen Schergen offen standen.«

Gwylly lehnte aufrecht an seinem Rucksack. »Sagt, mir fällt da gerade etwas ein. Kann Stoke nicht seine Brut verlassen haben und einfach weggeflogen sein und gar keine Spur zurückgelassen haben? Ich meine, wenn wir Spuren finden, muss das doch nicht bedeuten, dass Stoke bei ihnen ist. Er könnte auch seine Schergen …«

»… eine falsche Fährte gelegt haben lassen«, fiel ihm Aravan ins Wort. »Ihr habt recht, Gwylly. Urus und ich haben bereits darüber gesprochen. Nur haben wir keine andere Wahl, als ihre Fährte zu suchen. Sonst können wir nur davon ausgehen, dass Stoke bereits entkommen ist und ihm dabei die ganze Welt offen stand, in die er sich flüchten konnte.«

Sie suchten zehn Tage weiter und fanden überhaupt keine Spuren. Die Schluchten und Täler hinter den Schluchten verzweigten sich scheinbar unendlich, boten Hunderte von Fluchtwegen, die Stoke durch dieses von Beben erschütterte Land hätte nehmen können.

Jede Nacht kehrten Urus und Aravan ins Lager zurück. Verdruss und Zorn lagen in all ihren Blicken, in jeder ihrer Bewegungen. Und in jeder Nacht stieg das Auge des Jägers später empor, zog tiefer seine Bahn und verschwand im Morgengrauen wieder.

Schließlich, in einer Nacht, berieten sie sich lange und

kamen unter Flüchen und Tränen der Enttäuschung zögernd zu der bitteren Einsicht, dass ihnen Stoke bis auf Weiteres entkommen war.

Aber was sollten sie jetzt tun? Wohin sollten sie sich wenden?

Faeril durchwühlte ihren Rucksack und zog Petals Reisetagebuch heraus. In dem flackernden Licht des Lagerfeuers las sie daraus vor und übersetzte dabei die Worte aus dem Twyll in Gemeinsprache.

Am folgenden Tag ritt eine kleine Gruppe von Kriegern, bewaffnet und gewappnet, in Rot und Gold gewandet, über die Lichtung und in die Siedlung. Es war Aurions Eskorte, die ihn nach Caer Pendwyr zurück begleiten sollte. Fünf Tage später ritten sie wieder davon, den Prinzen in ihrer Mitte.

Aber bevor er uns verließ, kam er zu Tommy und mir. »Ich bin nur ein Prinz des Reiches«, sagte er. »Aber mich deucht, mein Vater wird sich an den Schwur halten, den ich heute leiste, und der lautet folgendermaßen: Solltet Ihr, Urus oder Riatha, jemals der Hilfe des Hochkönigs bedürfen, so kommt nach Caer Pendwyr oder der Feste Challerain und fordert sie ein. Wir werden Euch helfen, dieses Monster, das Ihr sucht, zur Strecke zu bringen. Dies gelobe ich im Namen von allen Hochkönigen von Mithgar, für jetzt und alle Zeiten.«

Er war erst zehn Jahre alt, aber jeder Zoll ein Prinz, und Tommy und ich wussten, dass wir Hilfe bekommen würden, sollten wir darum bitten. Wir umarmten und küssten ihn, und dann stieg er auf sein Pferd.

Wir sahen zu, Tommy, Riatha, Urus und ich, als Aurion davonritt, nach Süden, über die weite Lichtung. Der Prinz saß auf einem Apfelschimmel, zwischen Füchsen und Braunen und Rappen; die Banner flatterten an den

Speeren im Wind, zeigten einen goldenen Greif auf einem purpurnen Feld.

Als wir den zukünftigen König nicht mehr sehen konnten, als die letzte Standarte hinter dem Horizont versunken war, drehten wir uns um und kehrten in den Wald zurück, wo unsere Pferde auf uns warteten.

Faeril klappte das Tagebuch zu.

Riatha sah Urus an. Ihre silberfarbenen Augen glitzerten im Licht des Feuers. »Wir erinnern uns noch sehr gut an diesen Tag.«

Urus nickte, denn auch er war dabei gewesen, als Aurion den Schwur leistete, obwohl es ein Jahrtausend her war.

Faeril sah sie alle der Reihe nach an und sagte dann leise: »Ich glaube, es wird Zeit, dass wir nach Caer Pendwyn gehen und den Hochkönig aufsuchen.«

Als Riatha in dieser Nacht Wache hielt, öffnete sie sich endlich der Tatsache, dass Stoke ihnen endgültig entkommen war. Und als die Nacht verstrich und der Morgen graute, wurde ihr vollends klar, dass auch das Auge des Jägers verschwunden war.

3. KAPITEL

TRECK

Frühling, 5E988
(Gegenwart)

Als sie aufbrachen, ritt der Bokker auf dem Rücken eines großen, braunen Bären, der außerdem zwei Rucksäcke trug, die so vertäut waren, dass sie an seinen Flanken herunterhingen. Der Bär schleppte diese Last nicht gern, aber er schien doch zu begreifen, dass es notwendig war. Gwylly war schwer verletzt, und obwohl seine Heilung fortschritt, bereitete ihm jeder tiefe Atemzug Schmerzen, und einen langen Marsch durch den tiefen Schnee konnte er nicht bewältigen. Also trug der Bär den kleinen Zweibeiner.

Seit dem Kampf waren dreizehn Tage verstrichen, dreizehn Tage, seit Faeril von einem Vulg gebissen wurde und Gwylly eine Stichwunde davongetragen hatte, dreizehn Tage, seit sie eine ungefähre Ahnung von Stokes Aufenthaltsort gehabt hatten. Als sie an dem Morgen ihr Lager abbrachen, um sich auf die lange Reise nach Süden zu machen, lastete ein Gefühl des Scheiterns und der Niederlage schwer auf ihren Schultern; ihre Mienen waren düster, niedergeschlagen. Aber keiner spielte mit dem Gedanken, die Suche abzubrechen, aufzugeben, sondern jeder wurde von dem Wunsch getrieben weiterzumachen, das Monster zur

Strecke zu bringen. Zwei der Gefährten wurden von der Geschichte einer langen Verfolgung vorangepeitscht und auch von dem Gelübde, das sie währenddessen abgelegt hatten; drei dagegen von Ereignissen, die sich vor einem Jahrtausend zugetragen hatten, sowie von der Vergeltung, die sie üben wollten. Und sie alle wurden vom Schicksal gedrängt.

Selbst der Bär.

Bei der Beratung in der verflossenen Nacht hatte Riatha ihre Karten ausgerollt, und sie hatten gemeinsam versucht, Stokes Ziel zu erraten ...

In der Nähe befanden sich die Reste des Drachenschlundes, eines Feuerbergs, der explodiert war und nun in Trümmern lag. »Zu locker«, bemerkte Riatha. »Ich bin häufig dort vorbeigezogen und habe gesehen und gefühlt, wie die Erde bebte. Alle unterirdischen Verstecke könnten jederzeit zusammenbrechen.«

Im Norden lag der Große Nord-Gletscher, mit dem Kloster auf der Klippe darüber. »Es ist unwahrscheinlich, dass er dorthin zurückkehren wird«, meinte Urus, »denn dort hat er durch uns eine Niederlage erlitten. Weiter im Norden jedoch ...«

Aravan machte eine ablehnende Handbewegung. »Das ist ebenfalls unwahrscheinlich. Dort gibt es nur eisige Einöden, die kaum bewohnt sind, und wenn, dann nur im Sommer, wenn die Aleuti ihre Renherden dorthin treiben.«

Riatha fuhr mit dem Finger über die Karte. »Seine Flucht ging in Richtung Süden ...«

Gwylly deutete auf eine schraffierte Zone der Karte. »Was ist das?«

»Die Khalian-Sümpfe«, antwortete Aravan. »Ein Ort, an dem vor langer Zeit fürchterliche Dinge geschahen.«

Faeril hob die Brauen. »Fürchterliche Dinge?«

Aravan nickte. »Das erzähle ich Euch ein andermal, Faeril, denn unsere Aufgabe ist es jetzt, Stokes Ziel ausfindig zu machen, und nicht, aus der Geschichte zu berichten.«

»Wenn diese Sümpfe ein so fürchterlicher Ort sind, dann könnte sich Stoke dort vielleicht verbergen.«

»Das könnte er tatsächlich, Faeril, aber sollte er sich dort verbergen, dann werden wir ihn vermutlich niemals finden. Denn hört«, Aravan fuhr mit dem Finger über die Karte, »die Sümpfe erstrecken sich fünfzig Werst von Norden nach Süden, und zwanzig von Osten nach Westen. Es ist ein ausgedehntes Dickicht, übersät mit unzähligen Schlupflöchern. Außerdem finden sich dort keine Fährten, denn der Sumpf füllt sofort jede Spur, die ein Fuß hinterlassen hat, und zwar noch während sie gemacht werden. Zudem weiß Stoke, dass wir ihn verfolgen, sonst hätte er diesen Hinterhalt gar nicht gelegt. Von daher glaube ich, er wird sich so weit wie möglich von hier entfernen. Wenn wir als Nächstes von seinen Untaten hören«, Aravan deutete auf die Karte, »dann von einem fernen Ort, nicht von einem so nahen wie den Sümpfen.«

Faeril nickte zögernd und konzentrierte sich wieder auf die Karte. »Im Osten liegt der Wolfswald.«

Riatha schüttelte den Kopf. »Nein, dorthin geht Stoke nicht, denn dort lebt Dalavar, der Wolfsmagier. Er, seine Draega und dergleichen. Das Böse macht einen weiten Bogen um diesen Wald, denn Dalavar toleriert es nicht.«

Gwylly sah sie staunend an. »Draega?«

Aravan antwortete an Riathas statt. »Silberwölfe, Gwylly. Erbitterte der Rûpt, vor allem der Vulgs. Sie wurden von der Spaltung hier in Mithgar überrascht und sind hier gefangen, in einem ewigen Exil, es sei denn, natürlich, sie können genug Elfen aus Hohgarda finden, die das Muster und die Anrufung mit ihnen abhalten und jeden

Einzelnen von ihnen zurückführen könnten. Sie sind loyal bis aufs Blut und würden niemals einen der ihren zurücklassen.«

Auch dies war eine spannende Geschichte, und obwohl Gwylly vor Neugier beinahe platzte, war jetzt nicht der rechte Augenblick, sie zu erzählen. Erneut blickten alle auf die Karte.

Riatha deutete auf zwei Gegenden. »Hier ist der Skög ... und dort das Kleine Moor.«

Urus knurrte wütend und fuhr mit der Hand längs über die Karte. *»Hèl!* Hier haben wir den ganzen Grimmwall, der sich Tausende von Meilen nach Osten und Westen erstreckt. Stoke bevorzugt Berge.«

»In diesem Fall«, meinte Faeril, »kommen viele Gebirgsketten auf Riathas Karte infrage: das Rimmen-Gebirge in Riamon, die Skarpal-Berge in Gria, die Grauen Berge in Xian, die Gronspitzen und der Rigga, die an Gron grenzen. Hier gibt es den Gûnarring, dort sind auch die Jillian-Hügel. Hier die Brin-Klamm und die Roten Hügel, die Signalberge und ...«

»Ah!« Urus sprang auf. *»Stoke!«*, brüllte er die Felsen an, die das Echo seines Schreis zurückwarfen.

Verzweiflung zeichnete Riathas Gesicht, denn Stokes Ziel konnte überall in der großen, weiten Welt liegen.

Und dann las ihnen Faeril den Schwur von Prinz Aurion vor, den er vor so langer Zeit getan hatte, und sie entschieden, die Hilfe des Hochkönigs zu erbitten.

Sie zu bekommen reisten sie jetzt nach Süden: zwei Elfen, zwei Wurrlinge und ein Bär.

Sie schafften zwanzig Meilen am Tag, kämpften sich durch den tiefen Schnee. Der Bär brach ihnen Bahn und sie folgten den verschlungenen Pfaden durch das Felsmassiv des Grimmwall. Riatha führte sie, denn sie war hier häufig gereist, zum Großen Nord-Gletscher, als Urus noch in dessen Eis gefangen war.

Sie waren in einem weit ausholenden, westlichen Bogen nach Süden gereist. Die Elfe wollte zum Dorf Inge im Land Aralan, wo sie ruhen, sich erholen und Pferde für ihre Reise zum Hochkönig erwerben konnten. Während sie marschierten, bebte unter ihren Füßen die Erde, denn die Ruinen des Drachenschlundes lagen zwischen den Bergen vor ihnen.

An diesem Abend entzündete Riatha mit dem Holz, das Urus und Aravan in dem Unterholz um sie herum sammelten, ein kleines Feuer. Während das Wasser für den Tee erhitzt wurde, blickte Urus in die Sterne am Himmel. »Sie scheinen sich in all den Jahrhunderten, die ich geschlafen habe, nicht sonderlich verändert zu haben«, knurrte er. »Ich kann kaum glauben, dass schon tausend Jahre verstrichen sind. Mir kommt es fast wie gestern vor, dass wir Stoke bis in das Kloster verfolgt haben. Erzähl mir, was seitdem in der Welt geschehen ist, Riatha.«

Riatha setzte sich auf die Hacken. »Ich kann nicht für die ganze Welt sprechen, Urus, denn ich habe lange in Ardental gelebt, fern von den Dingen, die Menschen und Drimma taten ... und auch die Waerlinga.

Aber es gab zwei bemerkenswerte Ereignisse, während du im Eis schliefst.

Etwa vierzig Jahre, nachdem du Stoke in den Abgrund rissest, brach ein großer Krieg aus ...«

»Der Winterkrieg!«, mischte sich Gwylly ein.

»Richtig, Kleiner«, stimmte ihm Riatha zu. »Es war der Winterkrieg. Der Hexer Modru verschaffte sich Kontrolle über ein Symbol mit großer Macht, den Myrkenstein, und erzeugte mit ihm eine ungeheure Dunkelheit, den Dusterschlund, welcher die ganze Welt überzog, das heißt: *fast* die ganze Welt.

Ich war damals in Riamon und focht an der Seite von Elfen und Menschen, um die Drimma aus Minenburg Nord zu befreien, die von einer Horde Modrus belagert wurden.«

»Aravan ...« Riatha hielt inne.

Der Elf blickte vom Feuer hoch. »Ich befand mich damals auf der Avagon-See und kämpfte gegen die Rover.«

»So wie dein Volk, Urus«, fuhr Riatha fort, während sie Teeblätter in das kochende Wasser gab, »im Grimmwall über der Insel Delon kämpfte, die Verstecke der Brut suchte und ihre Ausgänge für immer verschloss. Jedenfalls glaubten wir das damals.«

Urus nickte. Er selbst hatte vor langer Zeit dort gekämpft. »Dann haben sich die Wrg deshalb damals dort gesammelt. Sie haben sich auf den kommenden Winterkrieg vorbereitet.«

Riatha nickte. »Richtig, nur wusste das damals außer Modru niemand.«

»Erzählt ihm von Tuckerby Sunderbank!«, drängte Faeril sie. »Ich meine, er war der Held des Winterkriegs und hat Modru ganz allein besiegt und seine Pläne vereitelt. Und, übrigens, Urus, Tuck war ein Wurrling!«

Aravan lächelte. »Ganz allein, Kleine. Nicht ganz allein, will mir scheinen. Er hatte die unbedeutende Hilfe des Hochkönigs und der Vanadurin aus Valon, ganz zu schweigen von den Elfen von Ardental und den Menschen aus Wellen, die den Kregyn-Pass gegen eine Horde hielten, die ihn nehmen wollte.«

Faeril nickte zustimmend, fuhr jedoch fort: »Aber Tuck war der Schlüssel und – wie der Hochkönig später sagte – die anderen haben ihm dabei nur geholfen.«

Gwylly lächelte strahlend, drückte Faerils Hand und sagte mit stillem Stolz: »Und er war ein Wurrling.«

»Modru ist tot? Hai, das sind gute Neuigkeiten!« Dann lachte Urus, denn was für ihn Neuigkeiten waren, war für die anderen nur mehr Geschichte. Er hielt seinen Zinnbecher hoch; Riatha schenkte ihm Tee ein und gab ihm einen Zwieback. Dann lehnte sich der Baeron zurück. »Also, dieser Winterkrieg. Fangt ganz von vorne an und erzählt mir einfach alles.«

Sie sprachen bis spät in die Nacht. Riatha schilderte die große Auseinandersetzung und berichtete von dem finstersten aller Tage, der ihn beendete. Schließlich jedoch rollten sie sich in ihre Schlafdecken, bis auf den Ersten, der so lange Wache hielt, bis er von den anderen abgelöst werden sollte.

Als sie ihrem Bogen am nächsten Tag weiter nach Süden folgten, begann die Erde unter ihren Füßen stärker zu beben, die Erdstöße erschütterten das Land heftiger und in der Ferne hörten sie dumpfes Donnern und sahen finstere Wolken am Himmel.

Dem Bären gefiel dieses Zittern der Erde überhaupt nicht, ebenso wenig wie das Grollen im Süden. Er knurrte und schnüffelte, und wann immer der winzige Zweibeiner von seinem Rücken glitt, richtete er sich auf, nahm Witterung auf und brüllte. Aber er konnte das, was den Boden unter seinen Füßen zum Beben brachte, nicht verschrecken. Ebenso wenig jedoch ließ sich der Bär davon beeindrucken.

In dieser Nacht erzählte Riatha Urus von dem nächsten großen Krieg, dem Kampf um Drimmenheim, schilderte, wie dieser Zwergenhorst zurückerobert wurde, wie die Drimma ihn aus den Klauen von Gnar und seinen Bütteln befreiten. Auch hier warf Faeril die Namen der Wurrlinge ein, die dort mitgefochten hatten: Peregrin Schönberg und Zwirn Spangengrat, die König Dureks Heeresmacht führten.

Zwei Tage verstrichen, in denen sich die fünf durch die bebenden Berge vorarbeiteten und dem Drachenschlund immer näher kamen. Am folgenden Tag bogen sie um einen Felsvorsprung und konnten diesen gewaltigen, zerstörten Feuerberg sehen, aus dessen zertrümmertem Krater gewaltige schwarze Wolken quollen und der immer noch gewaltige Felsbrocken in den Himmel spie. Die Luft waberte unter dem Dröhnen, und hier und dort quollen rot glühende Flüsse geschmolzener Lava aus seinen Eingeweiden und rannen seine Flanken hinab. Der Bär bäumte sich so auf, dass Gwylly herunterpurzelte, brüllte, und machtvoll mit den Klauen durch die Luft schlug; er würde sich nicht von diesem dröhnenden Feuerberg einschüchtern lassen. Zufrieden damit, wie er seinen Mut demonstriert hatte, ließ er sich wieder auf die Vorderläufe fallen und schwang seinen Kopf zu dem kleinen Zweibeiner zurück, der mit dem Gesicht im Schnee lag. *Whuff.* Sein Schnaufen sollte bedeuten, dass er jetzt bereit war, den Weg fortzusetzen. Gwylly rappelte sich hoch und kletterte wieder auf sein höchst unberechenbares Reittier. Aravan lachte leise und amüsierte sich noch über das Verhalten des Bären, während die fünf ihren Weg fortsetzten.

In dieser Nacht lagerten sie in Sichtweite des Trümmerfeldes. Der Wind wehte den Gestank von Schwefel zu ihnen herüber. Ab und zu flammte, in der Dunkelheit gut sichtbar, blaues Feuer aus dem Krater hoch. »Das ist Kalgalaths Geistfeuer«, erklärte Riatha. »Man sagt, dass sich an jedem Frühlingstag Kalgalaths Geist aus dem Feuer erhebt und zum Himmel hinauffliegt, bis er nicht mehr zu sehen ist, nur um sich anschließend in den Rachen des Feuerbergs zu stürzen. Damit rammt er den Kammerling in die Welt hinein und vernichtet den Drachenschlund bis auf diesen Hang im Osten.«

Wie eine zermalmte Hand erhob sich der Osthang in die Höhe, eine Felswand, die den Tod von Kalgalath irgendwie überstanden hatte. Denn hier hatte diesen gewaltigen Drachen sein Schicksal ereilt, durch die Hände von Elyn und Thork war der gewaltige Feuerdrache hinabgestürzt und hatte den Berg zerstört, in dem er hauste.

Immer noch bebte das Land, schüttelte sich hier am Grimmwall, und dies, obwohl der Feuerberg vor dreitausendvierhundert Jahren explodiert war. Hier war das Epizentrum des Bebens, der Drachenschlund, wie Riatha sagte: »Bis zu diesem Tage erinnert sich die Erde an diese verheerende Katastrophe, das gewaltige Malmen, wie sich eine Glocke an ihren Schlag erinnert.«

Dass dieses Gebiet so lange von Erdstößen heimgesucht wurde, war an sich bereits ein Mysterium, wie Riatha erneut anmerkte: »Die Geschichtenweber meinen, die Utruni, die Steingiganten, waren bei Kalgalaths Tod hier und sind bis zum heutigen Tag hiergeblieben. Und doch ist seit diesem Augenblick das Land unsicher geworden und hat immer wieder gebebt. Das ist ein Rätsel: Denn die Utruni gestalten das Land, erheben die Berge und schneiden die Täler. Und mit ihrer Arbeit versuchen sie, die Erde zu besänftigen, das Beben der Welt zu lindern, es gar zu ersticken. Dennoch, hier lassen die Utruni das Land beben, obwohl mittlerweile beinahe dreitausendvierhundert Jahre verstrichen sind.

Es scheint fast, als warteten sie darauf, dass etwas geschehe ...«

Die fünf marschierten über dieses bebende Land, an dem Feuer, dem Schwefel und der geschmolzenen Lava vorbei, sowie an den Felsen, die aufgeworfen worden waren, dem kochenden Gestank, vorbei auch an der zerstörten Ruine des Drachenschlundes, an jenem Ort, der in so vielen Liedern von Barden besungen wird. Etwa eine Woche lang beherrschte der zerstörte Feuerberg die Landschaft, zuerst vor ihnen, dann rechts von ihnen, bis er allmählich zwischen den Bergen hinter ihnen verschwand. Langsam nahmen sie Kurs nach Südwesten, zur Ortschaft Inge, die am Südhang des Grimmwall lag, wo sie einige Tage verschnaufen wollten und hofften, Pferde für ihre Reise nach Süden zu finden.

Als sie das Gebirge verließen, hielt der Frühling Einzug, Schmelzwasser floss zu Tal, Wasserfälle rieselten, Pflanzen grünten. Hier und da zeigten sich bereits die ersten Blumen, deren Blüten der Kälte trotzten. Und wo der Schnee ganz geschmolzen war, wuchs bereits Getreide.

Gwyllys Genesung machte ebenfalls Fortschritte, und mittlerweile konnte er weite Strecken allein gehen. Der Bär lief an seiner einen Seite, Faeril an der anderen.

Sie kamen durch einen Wald. Der Bär witterte und stieß dann die Luft aus. Gwylly hatte gelernt, was das bedeutete: Er sollte ihm folgen. Der Bär führte die beiden Kleinen zu einem großen Baumstamm und rollte ihn mit einer lässigen Bewegung seiner Pranke zur Seite. Darunter wimmelte es in der fruchtbaren Erde, die plötzlich der Sonne ausgesetzt war, von Leben. Überall krabbelten Käfer herum, wanden sich weiße Maden. Der Bär labte sich an diesem köstlichen Mahl, hielt nur einmal kurz inne und sah die beiden Kleinen an: ohne Zweifel eine Einladung zum Essen. Die Wurrlinge lehnten höflich, aber bestimmt ab.

Im Lager hörten Gwylly und Faeril zu, als Riatha und Aravan Urus weiter vom Lauf der Geschichte berichteten. Sie erzählten von der Zerstörung Rwns; vom Großen Krieg, der Spaltung, von der Verbannung Gyphons durch Adon in den Schlund unterhalb der Spähren; vom Krieg des Usurpators, vom Drachenstern, dem Winterkrieg, der Schlacht um Drimmenheim; von Aravans Verfolgung eines Mannes mit gelben Augen; von den letzten Begegnungen mit Stoke.

Als Riatha von der Vernichtung Rwns sprach, bemerkte Faeril, dass ein untröstlicher Ausdruck in Aravans Augen schimmerte. Er stand auf und ging in die Dunkelheit hinaus, weil er nicht länger zuhören wollte.

In einer anderen Nacht, als Riatha vom Tod ihres Bruders Talar sprach, konnte die Elfe seinen Todessermon nicht erwähnen, sondern weinte, stand auf, verließ den Kreis und blieb in der Dunkelheit stehen.

Als Urus ihr folgte, redete Aravan leise mit den Wurrlingen. »Riatha ist die Einzige unter uns, die Stokes Wahnsinn tatsächlich erlebt hat, Stokes grauenvolle Taten, das Häuten lebender Wesen, seine abscheuliche Art, sie zu pfählen.« Als der Bokker und seine Damman ihn verständnislos ansahen, nahm Aravan Gwyllys Hand und die von Faeril. »Versteht mich recht: Sie hat es erfahren! Es war fast so, als wäre es ihr selbst widerfahren. Es war ihre Haut, die abgezogen wurde, ihr Körper, der durchbohrt wurde, sie und ihr Bruder gleichzeitig. Das ist das Vermächtnis des Todessermons, den ihr Talar übermittelte.«

Gwylly und Faeril zuckten unwillkürlich vor Aravan zurück, als sie endlich begriffen. Tränen traten Faeril in die Augen, und Gwylly nahm sie in die Arme. »Was für eine fürchterliche Gabe!«, sagte Gwylly, dessen Blick ebenfalls verriet, wie elend er sich fühlte.

Als die Ortschaft Inge schließlich in Sicht kam, hielt Riatha die kleine Schar an. »Es wird nicht möglich sein, die Ortschaft mit einem Bären in unserer Mitte zu betreten.«

Sie wandten sich zu dem Bären herum, banden ihm die Rucksäcke ab, mühsam, denn der Bär hockte da, kratzte sich, und half ihnen nicht, widersetzte sich allerdings auch nicht. Er schien einfach keine Notiz zu nehmen.

Als sie die Rucksäcke endlich abgebunden hatten, sprach Riatha mit dem Bären. »Urus!«, rief sie. »Urus!«

Ein dunkler Schimmer hüllte den Bären ein. Faeril und Gwylly verfolgten die Transformation ehrfürchtig, obwohl sie diese Wandlung während der letzten Tage jeden Morgen und jeden Abend gesehen hatten. Und kurz darauf saß dort, wo eben noch der Bär gewesen war, Urus.

»Inge.« Riatha streckte die Hand aus.

Urus nickte, stand auf, nahm seinen Rucksack, schnallte ihn an und griff dann nach dem Gwyllys. »Nein, Urus«, rief der Wurrling. »Ich glaube, es geht mir mittlerweile so gut, dass ich meine Bürde selbst tragen kann.« Er schwang sich knurrend den Rucksack auf den Rücken. »Puh!«, machte er. »Ich habe ganz vergessen, wie schwer die sind.« Aber er lehnte jede Hilfe ab.

Dann stiegen sie nach Inge hinab.

Obwohl kein Bär bei ihnen war, erregte bereits die bloße Ankunft von Fremden Aufsehen bei den Dorfbewohnern. Nicht weil sie Reisende waren, das nicht, nein, denn Inge lag an einem der kleineren Handelswege von Osten nach Westen, und es kamen häufig Reisende durch den Ort. Aber diese Gruppe aus fünf Fremden hier war so bemerkenswert, weil darin zwei Elfen, zwei vom Kleinen Volk und ein riesiger Mensch zusammen reisten. Es waren keine gewöhnlichen Besucher, wie Bauern und ihre Frauen, Handlungsreisende und Kaufleute, manchmal auch eine Händlerkarawane. Das waren meist Menschen, ab und zu auch ein Zwerg. Aber dies hier war Elfenvolk! Und Kleines Volk! Und, meine Güte, dieser Mensch war groß!

Sie kamen in die Stadt, stiegen in der Herberge ab, kauften Pferde, Maultiere und Vorräte, und dann waren sie wieder verschwunden, nach insgesamt nur drei Tagen. Sie waren so schnell wieder weg, dass nicht einmal alle Dorfbewohner sie zu Gesicht bekommen hatten. Und was sie hier wollten, was ihre Mission war ... nun, die war höchst geheimnisvoll.

Wie Borlo Hensley, der Besitzer des Widderhorns, der einzigen Herberge in der Ortschaft, sagte, nachdem sie weitergezogen waren: »Wir haben sie mit offenen Armen empfangen, und das Erste, was diese Fremden taten, war, nach Neuigkeiten zu fragen. Ob wir welche von der Brut gesehen hätten? Ob Überfälle geschehen wären? Hatten wir Vulgs heulen hören? Waren Leute verschwunden? Hatten wir einen gelbäugigen Mann gesehen? Irgendwelche geheimnisvollen, fliegenden Wesen gesichtet? Und anderen Unsinn. Oh, Witwe Trucen sagte, sie hätte einen Vulg heulen hören, vor einigen Nächten, aber Burd, der Stellmacher, hielt dafür, es wären nur Wölfe gewesen. Er hat ihr den Kopf gewaschen, das hat er getan, und das hat sie ihm bis heute nicht verziehen. Wenn sie an ihm vorbeigeht, hebt sie den Kopf und grüßt ihn nicht.

Es waren wahrlich merkwürdige Fragen, denn sie schienen jemanden zu jagen, einen Rutch oder Drôk, oder sogar einen Guul. Aber wir konnten ihnen nicht dabei helfen.

Dann wollten sie Zimmer und ein Bad, obwohl ich nicht weiß, wieso sie baden wollten. Sagten, sie wären mehrere Wochen durch die Wildnis gezogen und hätten in der ganzen Zeit kein einziges Mal gebadet, ob wir das nicht röchen. Ich meinte, sie würden doch gut riechen, und dass zu viele Bäder einen krank machten. Aber sie wollten es trotzdem.

Die Kleinen haben geplanscht und gesungen, die ganze Zeit über. Und danach ... Na ja, sagen wir mal, sie sind recht lange auf ihrem Zimmer geblieben.

Die Elfe, meine Güte, sie hatte eine Stimme wie eine Abendgall, spielte auf Ellas Harfe und sang Lieder. Es war reine Magie, mit der sie die Harfe schlug – oder ich will ein Gimpel sein. Und der Elf, er hat Poesie rezitiert, manche Gedichte so wild, dass einem das Blut kochte, und andere so traurig, dass im ganzen Haus kein Auge trocken blieb.

Pferde haben sie gekauft und Maultiere, von jedem drei. Sie haben Burd reich gemacht, möchte ich meinen, weil sie dies und das kauften, was noch dazugehörte. Und bezahlt haben sie mit guter Münze, obwohl Burd meinte, er wäre mit einem Edelstein bezahlt worden. Ha! Das glaube ich erst, wenn ich es sehe.

Der Große, ja, der war, sagen wir mal, ein wirklich starker Kerl. Hat eine Karre angehoben, die Burd gerade reparierte. Als wäre das gar nichts. Einfach an der Ecke angehoben. ›Na und?‹, sagte ich, als Burd mir das erzählt hat. ›Das kann Dardar, der Schmied, auch.‹ Ich sag dir ›na und‹, meinte Burd daraufhin. ›Der Karren war voll mit Brenntorf beladen. Eine ganze Ladung!‹

Ich will Burd keinen Lügner nennen, oder auch nur behaupten, dass er übertrieben hätte. Aber ein Mann muss so stark wie ein Ochse sein, wenn er eine Ladung Torf anheben will, das ist kein Scherz.«

Die Zuhörer im Schankraum vom Widderhorn murmelten zustimmend, verstummten jedoch, als der Wirt weitersprach.

»Etwas anderes hat Burd auch noch über den Großen gesagt, etwas sehr Merkwürdiges. Scheint, als wären die Pferde und Maultiere recht nervös geworden, wenn er in die Nähe kam, als hätten sie Angst vor seinem Geruch gehabt. Oder so was. Aber sie haben sich beruhigt, wenn er seine Hand auf sie gelegt und mit ihnen gesprochen hat … Sie haben sich sofort beruhigt.

Wie dem auch sei, sie blieben drei Tage und sind dann weitergezogen. Nach Süden. Ich habe ihnen geraten, die Sümpfe zu meiden. Ist ein übler Platz, das, mit ihren Morästen, die einen Mann in einem Lidschlag verschlucken, und all den Kreaturen, die dort leben und dich fressen, ganz zu schweigen von den Vipern und Nattern, und den Mücken und Moskitos und den Blutsaugern, den giftigen Schlingpflanzen und all dem Zeug.«

Wieder lief ein Murmeln der Zustimmung durch Borlos Gäste. »Fast so übel wie der Drachenschlund«, meinte einer. »Schlimmer als der Drachenschlund«, sagte ein anderer. Sofort flammte der alte Streit auf, was schlimmer war, der Drachenschlund oder die Khalischen Sümpfe, ein Krieg der Worte, der bereits seit fast dreitausendvierhundert Jahren tobte – ohne Lösung.

Noch während sie miteinander stritten, schüttelte sich das Land, Balken knarrten, Geschirr klapperte, aber keiner achtete darauf, denn dort, wo sie lebten, bebte die Erde fortwährend.

Am Vormittag des Tages, an dem sie Inge verlassen hatten, überquerten sie mit ihren drei Pferden und drei Packmaultieren die Furt des Flusses, der die Grenze zwischen Aralan und Khal bildete. An der Spitze ritt Aravan, der ein beladenes Maultier hinter sich her zog. Ihm folgten Urus und Riatha, denen ebenfalls je ein Maultier folgte. Auf diesen beiden Maultieren saßen, eingekeilt zwischen der Fracht, Gwylly auf dem einen und Faeril auf dem anderen. Denn in Inge gab es keine Ponys.

Das reißende Wasser war tief und kalt, der Fluss durch die Schneeschmelze angeschwollen. Aravan ließ sein Maultier bei den anderen zurück und ritt voraus, maß die Tiefe des Wassers und schätzte die Strömung und die Gefahr ein. Am gegenüberliegenden Ufer wendete er und ritt durch den Fluss zurück. An der tiefsten Stelle reichte das Wasser bis zum Bauch seines Pferdes. »Sollte ein Maultier stolpern«, sagte er zu den Wurrlingen, »haltet Euch am Packrahmen fest. Das Tier richtet sich wieder auf, und wenn das Wasser zu tief ist, schwimmt es an Land. Wir kommen Euch zu Hilfe oder werfen Euch Stricke zu, falls das nötig sein sollte.«

Seine Worte waren zwar vorausschauend, erwiesen sich

jedoch als überflüssig, denn die Überquerung des Flusses verlief ohne Zwischenfall.

Sie ritten weiter nach Süden, durchquerten die Hügelkette und wollten dem Ufer des Flusses Venn bis zu seiner Mündung in der Avagon-See folgen. Insgesamt waren sie, dem Flug des Raben nach gemessen, zweitausend Meilen von Caer Pendwyr entfernt und etwas mehr als das von der Feste Challerain, den beiden Hauptresidenzen des Hochkönigs. Die Feste war sein Sommerquartier, in Caer hielt er im Winter Hof. Die beiden Städte lagen knapp fünfzehnhundert Meilen auseinander, und der König reiste im April und September zwischen ihnen hin und her.

Obwohl die fünf Gefährten also zweitausend Meilen von beiden Residenzen entfernt waren, in Vogelfluglinie gemessen, betrug die Distanz zu Wasser und zu Land oder auch in einer Kombination aus beiden noch viel mehr. Es würde sie fast vier Monate kosten, eine der beiden Städte zu erreichen.

Urus hatte geknurrt, als Aravan vor sechzehn Tagen seine Pläne erläutert hatte.

»In vier Monaten kann Stoke überall sein«, hatte er gemurrt.

»Dennoch haben wir keine große Auswahl. Wir brauchen die Hilfe der Reichsmannen.«

»Der Reichsmannen?«

»Aye, der Reichsmannen. Nach dem Winterkrieg, vor beinahe einem Jahrtausend, hat der Hochkönig Galen, der Sohn von König Aurion, eine Gruppe von Männern gebildet, die er die Reichsmannen nannte – das sind Wächter des Königreiches, Paladine der Gerechten Sache. Sie durchstreifen das Reich und verteidigen das Land.«

»Als ich im Eis war ... Diese Reichsmannen, wie können wir uns ihrer Hilfe versichern?«

»Ihr Hauptquartier in Pellar liegt in Caer Pendwyr. Es

wäre das Beste, dorthin zu reiten, ihnen Stoke zu beschreiben und ihnen seine Taten zu Ohren zu bringen. Und ein Bildnis von ihm an alle Reichsmannen im Machtbereich des Hochkönigs zu senden. Zudem sollten wir dorthin reiten und um eine Audienz beim Hochkönig selbst ersuchen, denn ganz gleich wohin wir auch reiten, wir sind von beiden Residenzen mehrere Monate entfernt. Sollten wir uns jedoch zur Feste Challerain in Rian wenden und unterwegs aufgehalten werden, so ist er bereits wieder in Pellar, wenn wir eintreffen.«

»Ich mag diese Verzögerung nicht, Aravan, aber ich habe auch keinen besseren Plan und zudem haben wir keine Alternativen. Stoke ist uns entwischt, und nun könnten wir ewig nach ihm suchen. Wir brauchen Hilfe, und vielleicht finden wir diese ja in Caer Pendwyr. Reiten wir dorthin und ersuchen um eine Audienz beim Hochkönig ... und setzen wir uns mit den Reichsmannen in Verbindung. Vielleicht können wir den, den wir suchen, mit ihrer Hilfe aufspüren.«

Und jetzt ritten sie nach Süden, bis zu einem Hafen an der Avagon-See, um dort eine Überfahrt zu jener Stadt zu buchen, in welcher sich Hochkönig Garan aufhielt.

Am nächsten Tag sahen sie ein Moor in der Ferne und ritten am Mittag an seinem Rand entlang. Große, silbergraue Bäume, schwarze Zypressen und dunkle Sumpfweiden erhoben sich aus dem Schlamm hoch hinauf und verdeckten die Morgensonne. Ihre knorrigen Wurzeln verschwanden im schleimigen Schlamm. Ein graues Moos hing von den Zweigen und Ästen, die von Flechten überwuchert waren, wie Seile und Netze, die den Unachtsamen in ihre Fänge verwickelten. Ein schwacher Dunst hing über dem Moor, leckte an allen, die versuchen würden, es zu überqueren, versuchte, sie einzuhüllen. Obwohl es Anfang Frühling war, glitten Schlangen von Ästen und Stämmen, die im Schlamm trieben, in das grünliche Wasser, Schwärme von Moskitos, Fliegen und Mücken summten wie grauer Nebel in der Luft, denn die Hitze der verfaulenden Vegetation versorgte diese düstere Umgebung mit der nötigen Wärme, um das Leben selbst mitten im Winter zu erhalten.

Sie ritten an diesem Sumpf vorbei, dorthin, wo die kalte Luft sie vor den Schwärmen der Blutsauger schützte. Zwischen den Bäumen hindurch sahen sie, dass der Sumpf selbst ein gewaltiges Labyrinth aus Wasser und Schlamm und Land und Dickicht war. Als die Sonne in dieses grüne Rätsel hineinschien, dampfte zur Antwort der Schlamm; es schien, als würde die Luft selbst zu dick zu werden, ihre Feuchtigkeit zu hoch, um atmen zu können. Die Marsch bebte von Gasen, die beständig aus dem schleimigen Wasser aufstiegen. Blasen zerplatzten und ein fauliger Gestank wehte zu ihnen hinüber.

Sie ritten nach Süden, während die Sonne im Westen versank und die Schatten der geduckten Hügel länger wurden, der knorrigen Bäume, der scharfrandigen Gräser und des Schilfs, und Dämmerung sich über den Sumpf legte. Das kaum zu vernehmende Summen der Blutsauger wurde bald von anderen Geräuschen überlagert: einem Zirpen und Kreischen und Pfeifen von Sumpfbewohnern, zusammen mit dumpfem Platschen, Suhlen und Gleiten.

»Himmel!«, stieß Gwylly hervor. »Ich bin froh, dass wir hier draußen sind und nicht da drin.«

Die Sonne ging unter. Lange Schatten fielen über das dunkle Land und den morastigen Sumpf, überzogen die Landschaft mit finsterster Schwärze, während Schatten durch das Schilf krochen, an dem faulenden Moos vorbei, das von leblosen Ästen herabhing, über blubbernden Schlamm und auch über das moorige Wasser. Der Khalian-Sumpf strahlte des Nachts etwas sehr Unheimliches aus.

Als die fünf an seinem Rand ihr Lager aufschlugen, blickte Faeril immer wieder zu dem bedrohlichen Dschungel hinüber. Plötzlich sprang sie auf und streckte die Hand aus. »Meiner Treu, da ruft jemand um Hilfe, denn ich sehe eine Laterne!«

Alle sahen dorthin, wohin sie deutete. Gwylly sprang auf und machte Anstalten, sich in den Sumpf zu begeben.

»Nein, Kleine«, meinte Aravan, »bleibt! Das ist keine Laterne dort drüben, sondern nur eine Geisterkerze.«

Faeril wandte sich zu dem Elf herum. »Eine Geisterkerze?«

»Aye. Das sind angeblich die Geister von solchen, die gestorben sind. Und locken die Unschuldigen und Unachtsamen in das Moor, also in ihren sicheren Untergang.«

»Aravan hat nur einen ihrer Namen genannt«, bemerkte Riatha. »Andere heißen sie auch Irrlichter oder Phantome. Aber unter jedem Namen sind sie eine Gefahr, falls man ihnen tatsächlich folgt. Sie führen Euch auf eine nutzlose Jagd, verwirren den Verstand, sorgen dafür, dass Ihr Euch verirrt, und locken Euch in tiefes Wasser, wo Ihr ertrinken könnt. Also bleibt, denn Ihr seht dort keine Laterne, sondern einen listigen Geist des Sumpfes.«

Zögernd setzten sich die Wurrlinge wieder hin. »Sagt, Aravan«, meinte Gwylly, »wie kommen die Geisterkerzen denn an diesen Ort?«

Aravan beobachtete, wie das Licht des Lagerfeuers auf den Gesichtern der Wurrlinge tanzte. »Lasst mich Euch eine Geschichte erzählen, eine, die schon vor langer Zeit geschehen ist. Denn ich habe gehört, wie die Kahlian-Sümpfe entstanden sind, obwohl ich nicht auf Mithgar war, als es geschah, und infolge dessen die Ereignisse, von denen ich Euch berichte, nicht selbst mit angesehen habe. Also kann ich mich für ihre Wahrheit auch nicht verbürgen.«

Riatha schenkte ihnen Tee nach, und alle machten es sich bequem, als Aravan begann.

»In der Zeit des Davor gab es ein Kristallschloss mit einer Regenbogenbrücke, das mitten in einem wunderschönen Land lag, ähnlich den sanft geschwungenen Hügeln im Westen. Doch es war dicht bewaldet. Die Burg und ihre Brücke waren wundersam anzusehen und wurden von einem sehr schönen Volk bewohnt. Einige behaupten, es wären Elfen gewesen, andere sagen, es waren Menschen, aber keiner, den ich kenne, vermag mit Sicherheit zu bestimmen, um was es sich nun tatsächlich handelte. Denn Ihr müsst wissen, aus der Zeit des Davor ist nur wenig bekannt, außer dass es in der Zeit geschah, bevor die Elfen wussten, wonach zu streben sich lohnt, und einfach alles erobern wollten.

Gleichwie, in der Mitte eines Waldes also stand dieses Kristallschloss mit seinen wunderschönen Bewohnern. Und um das Schloss herum und jenseits seiner Brücke lagen Gärten mit bemerkenswerten Blumen und Bäumen und Flüssen und sprudelnden Fontänen und einem Rasen – so grün, dass ihn selbst die Smaragde darum beneideten.

Hinter diesen Gärten lag der weite Wald, ein Holz, in dem es von Wild nur so wimmelte: Hasen und Hirsche, Rotwild und Fasane, Wildschweine und mehr, oh, noch viel, viel mehr.

Durch dieses Reich floss ein kristallklarer Fluss, dessen kühles Wasser allen Durst löschte, und in dem Fische und Aale und Krabben, Frösche und Schildkröten lebten. Zudem gab es Schwimmvögel, Enten, Gänse, Schwäne, Eistaucher und Teichhühner und andere Tiere ihrer Art.

Vögel lebten ebenfalls in diesem Wald, Raubvögel ebenso wie Singvögel.

Früchte und Nüsse wuchsen in Hülle und Fülle an den Zweigen, Beeren an den Sträuchern. Honig füllte so manch hohlen Baum, und auf dem Boden wuchsen seltene Kräuter, Moose, Pflanzen und gar wundersame Pilze. Wo die

Erde gerodet und bebaut wurde, da gediehen Gärten und Felder und brachten reiche Ernte.

Rinder und Ziegen und Schafe fanden üppige Weiden vor, die Scheunen der Bauern waren mit Federvieh gefüllt und deren Nester mit Eiern.

Jeden Abend, so schien es, erfrischte ein sanfter Regen die Erde.

So üppig war dieses Land, dass selbst der ärmste Schlucker nicht auf seinen Hasen, seinen Hirschen, seine Gans oder ähnliche Tiere verzichten musste. Und sie alle waren saftig und schmackhaft ... kurzum, niemand musste Hunger leiden.

Der König, der über dies alles regierte, war gesegnet.

Doch es gab welche, die dieses Kristallschloss beneideten, mit seiner Regenbogenbrücke und den prächtigen Gärten ringsum, dem fruchtbaren Land, dem Wald und den Feldern und dem klaren Fluss, und die es für sich haben wollten.

Einer dieser Neider war ebenfalls ein König, und er forderte den rechtmäßigen Herrscher zu einem Duell heraus. Er wollte seine Armee vor das Schloss bringen, um sich dann im Kampf zu messen. Der Sieger sollte alles erhalten.

Also versammelten sich Ritter und Knappen, Fußsoldaten und Bogenschützen auf der großen Wiese. Die beiden Armeen trafen aufeinander und fochten einen erbitterten Krieg. Die blutige Schlacht tobte hin und her – und Zehntausende fielen. Doch am Ende gewann der rechtmäßige König, obwohl von seinem großen Heer nur noch sehr wenige übrig geblieben waren. Sein Widersacher jedoch hatte noch viel, viel weniger Getreue.

Nur war dieser Feind heimtückisch und hatte einen Zauberer in seinen Reihen, den mächtigsten seiner Zeit. Er bedeutete die eigentliche Macht hinter dem feindlichen König. Als der Zauberer sah, dass die Schlacht verloren war, dass die Wälder und Felder, die bemerkenswerten Gärten und das Kristallschloss mit der Regenbogenbrücke nicht mehr das seine werden würden, wirkte er einen mächtigen Bann. Mit ungeheurem Getöse brach das Land zusammen, Wälder, Felder, Gärten – alles. Die Gärten versanken und die Regenbogenbrücke und das Kristallschloss zerbarsten in Myriaden von Scherben.

Der Bann war jedoch so mächtig, so niederträchtig, dass alle lebenden Kreaturen in seinem Bereich vernichtet wurden; alle überlebenden Ritter, Knappen, die Fußsoldaten und Bogenschützen, die Pagen und Leibeigenen, alle Edelleute einschließlich der beiden Könige wie auch ihre Königinnen und zum Schluss der Zauberer selbst.

Der kristallklare Fluss strömte weiter von den Bergen herab, floss jedoch viele Monate lang nicht mehr, sondern ergoss sich stattdessen in das Land. Langsam füllte sich die große Senke, und der Wald, die Pflanzen, die Kräuter und Moose, die wundersamen Pilze, sie alle ertranken. Die toten Pflanzen und Tiere, Menschen oder Elfen verrotteten.

Zeitalter verstrichen. Schlamm sammelte sich. Die Senke, die am Anfang noch recht flach gewesen war, wurde allmählich zu einem gewaltigen Sumpf, einem Moor, einem Morast. Schwarze Zypressen siedelten sich an, Binsen, und ein graues Moos, das von den Zweigen herabhing und die Unachtsamen fing und erwürgte. Schilf und Schlangen und Blutsauger kamen sowie Bestien, die so tödlich waren, dass man ihren Namen nicht einmal kannte. Was einst das gesegnetste aller Länder war, wurde das verfluchteste von allen, und dies aufgrund des Zaubers eines Hexers.

Man sagt, dass die Geister der Gefallenen für immer in diesem Sumpf gefangen sind, die Geister all derer, die in diesem Krieg gefochten haben. Und das ist das, was Ihr in den dunklen, von Laubwerk überschatteten Gewölben schimmern seht – Geisterkerzen, Totenkerzen, Irrlichter werden sie genannt: Aber wie man sie auch nennt, es sind die Geister der Toten, Lichter, die Euch in Euren nassen Tod locken, falls Ihr ihren Verlockungen erliegt.

Doch das ist nicht alles, was in jenen Sümpfen haust. Es gibt da auch noch die Untoten. Verfaulende Kadaver, die mit Fäulnis bedeckt sind, sonst aber rätselhafterweise erhalten bleiben und gleich unter dem schwarzen Schlamm und den stehenden Gewässern liegen, in der Nacht aufstehen und durch den saugenden Schlamm, den blubbernden Morast und die Schlingpflanzen hinwegschreiten, über die Fäulnis und den Schleim, manchmal lautlos, manchmal rufen sie auch nach den Lebenden und suchen Opfer. Denn es sind die Untoten, die jeden zu ergreifen suchen, den sie erwischen können, um das Leben aus dem Blut, den Sehnen und den Knochen der armen Kerle zu saugen, derer sie habhaft werden.

Und dies, meine Waerlinga, ist die Geschichte von den Schrecknissen der Khalian-Sümpfe. Hütet Euch vor dem Ruf der verfaulenden Untoten, vor den geisterhaften Lichtern, vor dem Fluch des Zauberers, aber vor allem«, Aravan beugte sich dicht zu den Wurrlingen herunter, und seine Stimme sank zu einem Flüstern herab, während die Augen der Wurrlinge so groß waren wie Untertassen, »vor allem aber hütet Euch vor denen, die solche Geschichten erzählen, denn die sind es, die Euch FANGEN!«

Aravans Hände zuckten vor, packten die Wurrlinge, jeden an einem Arm. Die beiden kreischten auf, panisch vor Entsetzen. Dann jedoch brachen alle in schallendes Gelächter aus; Urus' Lachen dröhnte durch die Nacht, Riathas silberne Stimme trillerte, Aravan bellte vor Lachen und Gwylly und Faeril wälzten sich kreischend vor Vergnügen auf dem Boden.

Die Pferde und Maultiere sahen sich um, als wollten sie sagen: *Was für Narren!* Und als Riatha es sah, und – unfähig zu sprechen – auf sie zeigte, verstärkte sich das Lachen noch, bis die Kehlen ganz rau waren und die Rippen schmerzten.

Doch mitten in den Kahlian-Sümpfen, tief in den verfallenen Ruinen einer uralten Burg, stand ein gelbäugiger Mann in den Trümmern einer Krypta und murmelte uralte Worte in einer geheimen Sprache – und dies alles über einem offenen Sarkophag, einem Sarkophag, in dem jemand lag. In dem blakenden Licht der Fackeln zuckten *Drik* und *Ghok* furchtsam zurück und versuchten, sich unsichtbar zu machen und sich in die tanzenden Schatten zurückzuziehen. Denn sie wussten nicht, was als Nächstes käme.

4. KAPITEL

LÓGOI TÔN NEKRÔN

Frühling, 5E988
(Gegenwart)

Stoke beugte sich über den uralten Sarkophag und starrte mit seinen gelben Augen auf die verfallenen Reste, die darin lagen. Verwelktes Fleisch, verhüllt von verrotteten Tuchfetzen. Auf der Brust des Leichnams umklammerten gefaltete Knochenhände ein Zepter. Getrocknete Haut, braun von Alter, spannten sich über einen Schädel, dessen Haut wie geschrumpeltes, ledernes Pergament wirkte. Leere Augenhöhlen starrten blicklos hinauf, und gelbe Zähne schimmerten unter mumifizierten Lippen, die zu einem ewig starren Grinsen verzogen waren. Der zerschmetterte Deckel des steinernen Sargs lag auf dem Boden daneben. Die ritterliche Figur, die ihn verziert haben musste, war in tausend Trümmer zerborsten. Das schwach flackernde Licht der Fackeln ließ Schatten in der Kammer tanzen, und dunkle Höhlen wiesen die Eingänge zu den unzähligen Gängen, welche die Katakomben durchzogen. In dem blakenden Licht fuhren *Drik* und *Ghok* furchtsam zurück, versuchten unsichtbar zu bleiben und sich in der Dämmerung zu verbergen, weil sie nicht wussten, was jetzt passieren würde.

Es waren nur sieben *Chûn* – *Drik* und *Ghok* – übrig geblieben, und dazu fünf *Vulpen* – Vulgs. Dabei hatte Stoke seinen Marsch durch den Schneesturm mit siebenundzwanzig *Drik* und *Ghok* sowie sieben *Vulpen* begonnen. Zwanzig *Chûn* und vier *Vulpen* waren in der entlegenen Schlucht zurückgeblieben, um diejenigen in einen Hinterhalt zu locken, die Stoke folgen würden. Die restlichen sieben *Chûn* und drei *Vulpen* waren mit Stoke in den Schneesturm hinausgezogen und hatten eine deutliche Spur hinterlassen, um ihre Verfolger anzulocken. Aber die Falle hatte sich schließlich als ein Desaster erwiesen, denn Stokes Schergen hatten in dem nächtlichen Sturm überhaupt nichts sehen können. Fünfzehn *Drik* und *Ghok* und zwei *Vulpen* waren getötet worden. Von den fünf *Chûn*, die diese tödliche Begegnung überlebt hatten, war einer an einer Stichwunde gestorben, die er im Kampf erhalten hatte, und die anderen vier hatte Stoke selbst ermordet, nämlich aus Wut, weil sie versagt hatten. Die beiden überlebenden *Vulpen*, Stokes Lieblinge, waren dagegen verschont worden. Also hatte Stoke jetzt nur noch sieben *Chûn* und fünf *Vulpen* zum Gefolge.

Sie hatten die Verfolger abgeschüttelt, indem sie den Durchgang unter einem Berg zu einem versteckten Tal nahmen und dann durch einen anderen Tunnel weiterzogen. Danach waren sie nach Süden gegangen, obwohl sich die Tunnel der Erdbeben wegen in einem gefährlichen Zustand befanden. Während sie flohen, waren Felsbrocken auf sie herabgeprasselt. Zweimal hatten sie sich mehrere Tage durch einen gewaltigen Erdrutsch graben müssen, noch während die Erde bebte und zitterte und die Berge drohten, sie unter sich zu begraben. Dennoch hatten sie überlebt, waren in der Nacht über Tage und tagsüber unterirdisch weitergezogen. Schließlich hatten sie den Grimmwall verlassen, das Dorf Inge umgangen, weil Baron Stoke keinerlei Spuren hinterlassen wollte. Die Khalian-Sümpfe hatten sie sehr bald erreicht, Stoke war mit den *Vulpen* vorausgeeilt und hatte die *Drik* und *Ghok* zurückgelassen, die ihm langsam durch die Sümpfe mit all ihren tödlichen Bewohnern gefolgt waren. Während des Tages hatten sich die *Chûn* unter schlammigen Grashügeln verborgen, um der Sonne zu entgehen. Sie hatten Zuflucht gesucht, stattdessen jedoch Blutegel gefunden, die mit ihren blinden Saugmäulern nach Blut suchten. Zwei Nächte nachdem sie die Sümpfe betreten hatten, erreichten sie endlich die uralten Ruinen der Burg und flohen in die Verliese und Katakomben, wo Stoke und die *Vulpen* bereits auf sie warteten.

Und jetzt waren sie hier, in dieser stockfinsteren Krypta.

Wasser floss von ihren Beinen herunter und sammelte sich in Pfützen auf dem Boden, denn obgleich die Kammer trocken gewesen war, als sie die Tür aufgebrochen und eingedrungen waren, mussten sie auf dem Weg hierher durch Tunnel mit brackigem Wasser waten, deren Wände von Schleim überzogen waren und von deren Decken es tropfte. Vor dem schwachen Licht ihrer Fackeln waren einige Kreaturen hastig ins Dunkel geglitten. Sie hatten die Tür zur Krypta zerschmettert, in der der Sarkophag stand, und der Baron allein hatte den schweren Deckel heruntergestemmt und zu Boden geschleudert, wo er zerbarst. Und jetzt stand Stoke vor dem Leichnam und rezitierte uralte, mächtige Beschwörungsformeln, denn nur die Toten waren imstande ihm zu verraten, was er wissen wollte.

Stoke verzerrte vor tödlicher Konzentration das Gesicht. *»Ákouse mè!«*, intonierte er dröhnend und befahl dem Toten, ihm zuzuhören.

Er ballte seine langen, klauenartigen Finger zu einer Faust, während er dem Toten gebieterisch befahl, ihm zu gehorchen: *»Peíso moî!«*

Schweiß trat Stoke auf die Oberlippe, als er rief: *»Idoû toîs ophtalmoîs toîs toû nekroû!«* Damit befahl er dem Kadaver zu sehen, was nur ein Toter sehen konnte, Vorstellungen jenseits von Zeit und Raum.

Stoke konzentrierte die schwarze Energie in seinem Wesen, während ihm der Schweiß über die Stirn lief, und stieß dann den nächsten Befehl aus: *»Idoû toùs polémious toùs emoùs toùs mè nùn diokóntous!«* Der Tote sollte den Raum nach den Feinden durchsuchen, die Stoke verfolgten.

Salz brannte in seinen Augen, aber Stoke wischte sich den Schweiß nicht ab; hätte er es getan, hätte er damit die Kontrolle verloren, und zwar mit katastrophalen Folgen. Stattdessen verlangte er mit beschwörender Stimme: *»Heurè autoús!«* Finde den Feind!

Stoke knirschte vor Anstrengung mit den Zähnen, als er die zwingenden Worte ausstieß: *»Tòn páton tòn autôn heurè!«*, mit denen er dem Leichnam befahl, die Fährte seiner Feinde aufzuspüren.

Stoke schwitzte am ganzen Körper vor Anstrengung, und seine Hände zitterten, als er gebot: *»Eipè moî hò horáei!«* Dies war der Befehl an den Kadaver, nun auch zu enthüllen, was er sah.

Mittlerweile bebte Stoke am ganzen Leib, denn diese uralten Beschwörungen erforderten mehr Energie, als die meisten Menschen aufbringen konnten, und seine Stimme brach, als er ausstieß: *»Anà kaì lékse!«* Damit befahl er dem Toten, sich zu erheben und zu sprechen.

Der Schweiß strömte jetzt in Bächen von seinem Körper, seine Muskeln waren verkrampft, die Augen traten ihm aus den Höhlen, seine Kiefer mahlten und sein Verstand schrie förmlich nach Rast, als Stoke den letzten Befehl ausstieß: *»Egò gàr ho Stókos dè kèleuno sé!«* Damit rief er den Namen von Stoke an, der dem Toten jetzt gebot.

Als würde eine Legion in der Ferne qualvoll leiden, erfüllte sich die Kammer mit dem wispernden Stöhnen unzähliger Stimmen, während sich der Leichnam erhob. *Drik* und *Ghok* wichen vor Furcht zurück. Selbst die *Vulpen* suchten in den Gängen Schutz. Stoke, in dessen gelben Augen ein geisterhaftes Licht glomm, wiederholte den letzten Befehl. *»Egò gàr ho Stókos dè kèleuno sé!«*

Eine verschrumpelte Hand hob sich, umklammerte den Rand des Sarkophags, eine Staubwolke stieg auf und welkes Fleisch sank herab. Langsam, quälend langsam, griff auch die andere Hand nach dem Rand des Sargs; das Zepter rollte zur Seite, frei von dem Jahrtausende währenden Griff. Zerfetztes Tuch zerfiel zu Staub und entblößte mumifizierte Arme. Skelettierte Finger packten den Rand, die trockenen Knochen knackten. Erneut erhob sich das Stöhnen einer Vielzahl von Stimmen, und zögernd, ruckend, zog sich der Kadaver Stück um Stück nach oben. Verfaultes Fleisch, Knorpel, Sehnen und Knochen zerbröselten bei diesem Bemühen. Schließlich hatte sich der Tote in eine sitzende Stellung aufgerichtet, und langsam, während die Sehnen mit einem trockenen Geräusch rissen, drehte er seinen Schädel, zog die gespannten, trockenen Lippen von den braungelben Zähnen zurück, und so starrten die leeren Augenhöhlen den an, der gerufen hatte. Der Kiefer öffnete sich, pergamentenes Fleisch zerfiel, und dann sprach eine Stimme, die wie ein grauenvoller, flüsternder Chor klang und die ganze Krypta erfüllte. Die *Chûn* wimmerten bei diesem Geräusch und sahen sich nach einem Fluchtweg um. Die Stimme sprach in einer Sprache, die die *Drik* und *Ghok* nicht verstanden.

»Pego an vilar ...?« Warum ... warum ... warum ... habt Ihr Uns gerufen ...? ... Uns gerufen ... Uns gerufen ... Uns gerufen ... hallte das grauenhafte Echo durch die Klammer, zischend, durchsetzt von verschiedenen Stimmen, die lauter und leiser wurden, sich hoben und sanken. Murmeln folgte auf Murmeln – und alle fragten.

Stoke antwortete in derselben Sprache, einer Sprache, die nur noch denen bekannt war, die die Toten nicht ruhen lassen wollten: die Gelehrten der Uralten Magie, die nach einem Wissen suchten, nur um des Wissens willen, und jene, die sich der verbotenen Kunst der Schwarzen Magie widmeten, der *Psukhomanteía*, der Nekromantie. Für sie war diese Sprache manchmal ... einfach nützlich. »Versucht nicht auszuweichen, Toter. Stattdessen erfüllt mein Begehr! Wo sind die Feinde, die mir jetzt folgen?«

Immer noch starrten die leeren Augenhöhlen Baron Stoke an, doch der Blick seiner gelben Augen wankte nicht. Schließlich, unter dem Knirschen und Knacken von Knochen, dem leisen Reißen von pergamentener Haut, wandte der Kadaver den Schädel, suchte, spähte nach Nordwesten und etwas weiter hinauf. Eine Myriade von Stimmen wisperte Antworten, und ihre qualvollen Echos mischten sich hinein, murmelten, als würden zahllose Murmler vorwärtsdrängen, alle gleichzeitig sprechen, danach verlangen, gehört zu werden. Sie wurden schwächer und lauter, während diese Vielzahl von Stimmen durch denselben Mund sprach, und jedes Flüstern beschrieb etwas anderes: So wurde ein Chaos aus zischendem Plappern erzeugt.

»... Häuten ... vier folgen ... einer folgt ... brenne ... drei ... durchbohre ... Dämon ...«

Stoke jedoch lauschte konzentriert dem dominanten Flüstern, das aus dieser Vielzahl von Stimmen nicht leicht herauszufiltern war, wie sein Mentor, Ydral, ihm vor langer Zeit gesagt hatte. *»Traue dem Wort einer toten Seele nur wenig, denn für die Toten hat die Zeit keinerlei Bedeutung. Sie sehen die Vergangenheit, die Gegenwart und die Zukunft gleichzeitig, und für sie ist alles dasselbe. Wenn der* Psukhómantis, *der Nekromanzer, nicht den Willen, die Kraft, die Ausdauer und die Macht besitzt, diesen Stimmen einen Fokus zu geben, dann bringen die Worte der Toten ihrem Rufer nur wenig, das von Nutzen ist, denn sie können auch eine Botschaft verkünden, die für jemand anderen bestimmt ist. Ihro müsst also sehr sorgfältig lauschen, um den Sprecher* *zu erkennen, der für Ihro wichtig ist. Falls Ihro diese Stimme herausfiltern könnt, dann erhaltet Ihro vielleicht Worte von Wert, so wie es der Fall war, als jai entdeckte, dass derjenige, der Elfenblut in sich trägt, maj Untergang sein wird. Seid konzentriert und stark, sonst wird das, was Ihro erfahrt, noch zu einer Katastrophe führen.«*

Also lauschte Stoke genau, versuchte aus der Myriade qualvoll wispernder Stimmen die des Wahrsprechers herauszufiltern, die seine Fragen beantwortete. Das Murmeln erfüllte die Kammern: Murmeln, Zischen und Fauchen.

Doch zwischen den wispernden Stimmen fand Stoke eine, die die andern zu dominieren schien, nämlich eine, die diesem Kadaver vor ihm zu gehören schien. »Eure Feinde ... *brechen zusammen ... Zwerge zerbrechen* ... zwei Elfen ... *sie wird schneiden* ... zwei Kleine ... *hüte dich vor dem langen Durchbohrer ... der zerstörte Spieß bricht* ... und ein Mann-Bär – kampieren am Rand eines großen Moores ... *häuten ... Balken stürzen herab* ... Ein Moor ... *Silberne Kugeln ... silberne Dolche* ... das der hier bis jetzt nicht gesehen hat.«

Stoke lachte. »Also, meine Feinde lagern am Rand dieses großen Moores, eines Sumpfs, den du bisher noch nicht gesehen hast! Hah! Es ist dieser Ort, du Narr! Sieh dich doch um und betrachte den Morast, zu dem dein Reich geworden ist!«

Der Leichnam stieß ein Stöhnen aus, wie aus zehntausend Kehlen, drehte den Kopf, während die Haut von seinen vergilbten Knochen fiel, und sein vertrocknetes Gewebe am Hals zu Staub zerfiel. Leere Augenhöhlen schienen durch den Stein der Wände zu starren, durch die Erde, sie sahen das Dickicht, den Sumpf, den Morast und die schlammigen Wasser. *Aiee ...!*, schrien die Stimmen der zahllosen Verdammten, und ihre Echos erfüllten die Krypta mit gequälten Schreien. *Drik* und *Ghok* zuckten vor Entsetzen zurück, pressten sich an die Wände, andere flüchteten aus der Krypta in die Gänge, blieben jedoch stehen, wollten zwar fliehen, vermochten es jedoch nicht, die finsteren Tunnel zu ertragen. *Vulpen* wimmerten und kauerten sich auf den Boden, mochten jedoch ihren Herrn nicht verlassen.

Stoke genoss das gequälte Heulen, wenngleich es jedoch seine unheilige Lust, Schmerz zuzufügen, zu häuten ... und aufzuspießen nicht befriedigen konnte. »Das reicht!«, befahl er. »Beantworte meine zweite Frage: Wohin wollen meine Feinde?«

Schluchzendes Stöhnen aus zahllosen toten Kehlen drang aus dem aufgerissenen Kiefer, doch es kam keine Antwort.

Stoke stieß eine Anrufung in der Sprache der *Psukhomanteía* aus, der Sprache der Nekromani, befahl *tón nekròn,* dem Toten, zu antworten: *Tòn páton tòn Autôn heuré!*

Allmählich verklang der klagende Chor. Schließlich wandte der Leichnam den Kopf, als suchte er etwas, seine Sehnen knirschten, sein Fleisch zerbröselte, während Tausende von Stimmen wisperten: ... *Gunnaring* ... *Gron* ... *Ardental* ... *Fjordland* ... *Vancha* ... *Rian* ... *Wildnis* ... Immer noch drehte der Tote den Schädel, knirschend, sich auflösend. Schließlich richtete er seinen leeren Blick nach Süden. Stimmen drangen aus seinem Mund: ... *Karoo* ... *Garia* ... *Pellar* ... *Sarain* ... *Chabba* ... Doch Stoke hörte scharf zu, suchte das Flüstern des Wahrsprechers und vernahm die Worte: »Nach Süden ... *Westen* ... *Norden* ... *Osten* ... reisen sie ... *reiten* ... *mit dem Schiff* ... zu einer der großen Städte ... *Wüste* ... *Weiler* ... *Wald* ... wo ein Hochkönig ... *Seher* ... *Orakel* ... am Stand des ... *Nordmeer* ... *Westonischer Ozean* ... *Grimmmeer* ... Avagon-See.«

Stoke sog zischend die Luft zwischen den Zähnen ein. »Sprich weiter!«, verlangte er. »Warum suchen sie den Hochkönig auf?«

Der Leichnam antwortete nicht.

»Egò gàr ho Stókos dè kèleuno sé!«, befahl Stoke.

Langsam, während seine Knochen knirschten, splitterten, und seine pergamentene Haut riss, wandte der Leichnam wieder seinen verfaulten Schädel und richtete seine leeren Augenhöhlen auf den gelbäugigen Mann. Tausende hohl wispernde Stimmen erklangen. »Wir haben Euch alles gegeben, was Euch gebührt ... *Euch gebührt* ... *Euch gebührt* ... *gebührt* ... Jetzt versucht Ihr, jenseits dessen zu greifen ... *zu greifen* ... nach dem, das Ihr nicht beschworen habt, als ihr Uns rieft ... *Uns rieft* ... *Uns rieft* ... Es liegt nicht ... *nicht* ... in Eurer Macht ... *Macht* ... *Macht* ... mehr zu verlangen und es auch zu erhalten. Wir werden jetzt gehen ... *jetzt gehen* ... *jetzt gehen* ... *gehen* ...« Das grausige Wispern verklang, und der Leichnam sprach nicht weiter.

Stokes Augen glühten vor Wut, doch er war erschöpft und hatte nicht mehr die Kraft, weiteren Gehorsam zu erzwingen und würde noch mehrere Wochen lang diese Macht nicht mehr aufbringen können. Außer sich vor Zorn starrte er das verfaulte Ding vor sich an und zischte: »Dann sollt Ihr wieder zurück in den finsteren Abgrund fallen, in dem die Seelen der Toten hausen!« Dann sprach er die Beschwörungsformel. *»Pése pálin eis tòn keuthmòn tòn mélanta éntha oikéousin hai psukhaì hai tòn nekròn!«*, schrie er. Mit lautem Klappern brach der Kadaver zusammen. Die Knochen zersplitterten, Haut, Sehnen und Gewebe zerfiel, und eine Wolke aus Staub erhob sich aus dem Sarkophag, Hautfetzen wirbelten durch die Luft und sanken teilweise in einem langsamen Tanz auf das lang vergessene Zepter hinab, dessen Amtsträger nicht einmal mehr eine Erinnerung war.

5. KAPITEL

PILGERREISE

Frühling und Sommer, 5E988
(Gegenwart)

Vier Tage lang ritten Aravan, Riatha, Urus, Gwylly und Faeril in Sichtweite der ausgedehnten Khalian-Sümpfe weiter, diesem riesigen Moor, fast einhundertfünfzig Meilen von seiner nördlichsten Grenze bis zu seinem Südzipfel. Etwa fünfzig Meilen dahinter lag das Kleine Moor, aus dem der Venn strömte, dessen Quelle im Grimmwall entsprang, der, in viele Nebenarme geteilt, trübe und träge durch die beiden riesigen Sümpfe floss, sich danach vereinte und als ein großer Strom seinen Weg fortsetzte. Unmittelbar hinter den Sümpfen lag am Ufer des Venn die Ortschaft Arask, wo die fünf hofften, Ponys für die Wurrlinge kaufen zu können. »Maultiere«, hatte Gwylly gesagt, »sind feine Packtiere, aber ich reite lieber auf einem Pony.« Außerdem hofften sie, für Urus ein größeres Pferd zu finden, denn der Baeron war für das Tier, auf dem er jetzt ritt, eine große Bürde. Das Pferd musste letztlich das Gewicht von zwei Personen tragen. Also legten sie oft Rast ein oder gingen eine Weile zu Fuß, um das Pferd von den zwanzig Steinen Gewicht des Mannes zu erleichtern, von seinen dreihundertzehn Pfund Fleisch, Muskeln und Knochen.

Nachdem sie westlich von Inge und nördlich der Sümpfe Steinfurt überquert hatten, hatten sie keine weiteren Weiler oder Dörfer auf ihrem Weg gesehen, wenngleich sie auch an einsamen Gehöften und den Katen von Jägern und Trappern vorübergekommen waren. Bei jeder hatten die Gefährten Halt gemacht und mit den Bewohnern gesprochen, nach Neuigkeiten gesucht, die sie vielleicht zu Stokes Aufenthaltsort führen konnten. Doch vergeblich. Also ritten sie weiter an den Mooren entlang nach Süden, über die sanft geschwungenen Hügel, und legten zehn bis zwölf Werst pro Tag zurück.

Mittlerweile herrschte Frühling, die Blätter an den Bäumen begannen zu sprießen und einige blühten sogar bereits. Apfel- und Birnbäume, Kirschen und Pfirsiche. Bienen umsummten die Blüten, auf der Suche nach Nektar und Pollen, und verschwanden, wenn sie so viel eingesammelt hatten, wie sie tragen konnten.

Am vierten Tag des Mai erreichten sie Arask, zehn Tage, nachdem sie Inge verlassen hatten, das etwa dreihundertfünfundzwanzig Meilen entfernt lag.

»Hier bleiben wir ein paar Tage«, knurrte Urus. »Lassen die Pferde rasten. Und gönnen auch uns Ruhe.«

Sie erkundigten sich nach einer Herberge und wurden an den Roten Ochsen verwiesen, der an der Hauptstraße lag. Während sie ihre Pferde und Mulis in die Stallungen hinter dem Wirtshaus brachten, erfuhren sie von dem Stalljungen, dass es tatsächlich Ponys zu kaufen gab. Allerdings vermutete er, dass der Preis recht hoch sein würde, »für ein Pony, meine ich.« Es gab auch größere Pferde, wie schnell die jedoch waren, stand auf einem anderen Blatt. Doch der Pferdehandel musste warten, denn vor allem stand unseren Kameraden der Sinn nach Zimmern, einem Bad, einem guten Essen und dem ein oder anderen Krug Bier.

Als sie an jenem Abend speisten, bemerkte Faeril: »Gwylly und ich sind spazieren gegangen. An einem kleinen Kai liegen ein paar Boote angedockt. Wenn wir mit dem Boot fahren, würden wir Pellar schneller erreichen.«

Aravan nickte. »Aye, das stimmt. Doch wenn wir den Flussweg nehmen, müssen wir wohl oder übel unsere Pferde zurücklassen, denn auch ich habe diese Kähne am Kai gesehen, und sie sind zu klein, um auch unsere Pferde, die Mulis und Ponys zu tragen, die wir vielleicht noch kaufen.«

Gwylly sah von seinem Lammeintopf hoch. »Und ...?«

»Und«, fuhr Aravan fort, »sollten wir Kunde über Stokes Aufenthaltsort bekommen, so können wir nicht gerade schnell dorthin gelangen. Es sei denn natürlich, er befände sich ebenfalls auf dem Fluss – was mir eher unwahrscheinlich dünkt.«

»Also gut«, antwortete Gwylly und stopfte sich ein Stück Brot in den Mund, das er in die fettige Soße getunkt hatte.

Sie verbrachten zwei weitere Tage in Arask, füllten ihre Mägen mit heißen Mahlzeiten, schliefen in weichen Betten, badeten täglich, zum Staunen des Wirtes und seiner Angestellten, und erwarben die benötigten Vorräte. Dazu erstanden sie ein größeres Pferd für Urus und zwei stämmige Ponys, die von Faeril sofort Eisenfuß und Mordskerl genannt wurden. Sie hielt es für würdelos, ein namenloses Ding zu reiten, und außerdem war Eisenfuß tatsächlich gerade frisch beschlagen worden, und Mordskerl hatte die Stalltür eingetreten, als sich Urus ihm näherte. Obwohl er sich sofort beruhigt hatte, nachdem Urus mit ihm sprach.

Täglich brüteten sie über Riathas Karten, studierten die Alternativen, die vor ihnen lagen, und suchten die geeignetste Strecke nach Pellar. Urus zählte ihre besten Möglichkeiten auf und fuhr dabei mit dem Finger über die Karte.

»Hier in Arask können wir über den Fluss nach Aralan übersetzen und dem Venn dann eine Weile folgen. Dort, wo er nach Westen mäandert, verlassen wir ihn und stoßen hier, wo er in seine alte Richtung zurückkehrt, wieder auf ihn. Er fließt durch dieses Tal zwischen den Skarpal-Bergen und dem Bodorian-Massiv und mündet schließlich bei Thrako in die Avagon-See. Von dort aus segeln wir nach Pellar. Alles in allem sind das etwa acht- oder neunhundert Meilen bis zum Meer ... und dann noch einmal eintausenddreihundert Meilen. Angesichts des Geländes, das wir bewältigen müssen, und wenn wir die Pferde, Ponys und Mulis schonen wollen, sind wir fünf bis sechs Wochen über Land unterwegs, und die Seereise dauert ...« Urus hob eine Braue und sah Aravan an.

»Das hängt von dem Schiff ab, wann es in See sticht, seiner Route, der Zahl der Zwischenstopps und ... wie lange es in jedem Hafen bleibt. Es könnte knapp zwei Wochen dauern, ebenso gut aber auch ein oder zwei Monate.«

Urus knurrte bei Aravans Antwort. »Arr. Also ungefähr acht bis fünfzehn Wochen. Von Juli bis September.«

Aravan nickte.

»Was ist mit diesem Fluss?«, erkundigte sich Faeril. »Dem Hanü? Können wir ihn überqueren?«

Aravan sah die Damman an. »Aye. Ich habe ihn auf meinem Weg in die Skarpal-Berge selbst durchquert. Irgendwo hier etwa«, er deutete auf die Karte, »befindet sich eine Furt.«

Gwylly betrachtete die Karte. »Und was ist mit den anderen Strecken?«

Wieder fuhr Urus' Finger über die Karte. »Wir könnten dem Venn auch bis nach Vorlo in Garia folgen, bis zu dieser Stelle, wo der Ulian zu ihm stößt. Dann reiten wir nach Osten, schwingen nach Süden, umgehen die Skarpal-Berge und kommen nach Dask, ans Binnenmeer, wo wir erneut auf ein Schiff warten müssen, das uns mitnimmt. Erst hinaus auf die Avagon-See und dann nach Caer Pendwyr. Die Strecke über Land macht etwa ...«, Urus maß die Entfernung mit seinem Daumen ab, »elf- bis zwölfhundert Meilen, und dann noch einmal zwölfhundert Seemeilen. Allerdings ist die Gegend hier etwas freundlicher, sodass die Reise insgesamt vielleicht acht Wochen dauert. Die Seereise«, Urus warf Aravan einen Seitenblick zu, »eine Woche bis zwei Monate, hm?«

Aravan nickte.

Urus seufzte. »Also wieder Juli bis September.«

Gwylly deutete auf die Karte und nickte. »Wir könnten auch nach Rhondor statt nach Dask reiten. Ich wollte schon immer einmal Rhondor sehen, die Stadt der Kaufleute.«

Urus lächelte. Aye, das könnten wir, falls wir es schaffen, den Storcha zu überqueren. Die Entfernung ist in etwa dieselbe.«

Faeril verfolgte eine Strecke über Land von Rhondor nach Caer Pendwyr. »Es sind etwa neunhundert Meilen. Wenn wir die ganze Zeit reiten ...«

»Ich habe diese Strecke schon einmal in knapp drei Wochen zurückgelegt«, warf Riatha ein. »Damals war Krieg, und die Pferde waren am Ziel vollkommen erschöpft. Ich würde sechs bis sieben Wochen für uns ansetzen.«

»Und wenn wir den Storcha nicht überqueren können?«, erkundigte sich Gwylly, beantwortete die Frage aber selbst. »Oh, wartet, ich verstehe. Wir könnten über das Binnenmeer von Dask nach Rhondor segeln.«

»Alles in allem«, brummte Urus, »macht das ebenfalls vierzehn bis fünfzehn Wochen, falls wir über den Storcha kommen. Etwas mehr, wenn nicht. Also würden wir etwa im August oder September in Caer Pendwyr eintreffen.«

Aravan zuckte die Achseln. »Ganz gleich, welche Route wir einschlagen, wir müssen auf den Hochkönig warten, denn er kommt erst anschließend dorthin.«

Urus wog die Alternativen ab und meinte schließlich: »Aravans ursprünglicher Plan scheint mir am vielversprechendsten für eine schnelle Ankunft in Caer Pendwyr zu sein: Wir setzen von hier nach Aralan über, reiten nach Thrako zur Avalon-See und buchen eine Passage nach Caer Pendwyr.«

Gwylly zog ein langes Gesicht. »Ich hatte so gehofft, nach Rhondor zu kommen. Aber ich nehme an, es ist besser, die Reichsmannen so schnell wie möglich zu verständigen. Also auf nach Thrako.«

Als die fünf Arask verließen, führte Gwylly Mordskerl auf die Fähre, Faeril Eisenfuß ebenso – und ihnen folgten Riatha, Aravan und Urus, mit ihren Pferden und den Maultieren. Trotz der frühen Stunde war das ganze Dorf auf den Beinen, um sich von ihnen zu verabschieden, von den beiden Kleinen mit ihren diamantenen Augen, der Elfenbardin, dem Elfenpoet und dem gewaltigen Baeron.

Es war eine große Fähre, und eine Überfahrt genügte. Die Fährleute sangen, während sie die Fähre am Seil hinüberzogen. Aravan zahlte die Maut, ein paar Kupferstücke, und dann waren die fünf schon wieder im Sattel, ritten am Ufer des Venn durch Aralan.

Sie hielten sich nach Südosten und wichen nur von ihrem Kurs ab, um den mäandernden Verlauf des Flusses abzukürzen. Doch immer war das Flusstal in Sicht, um ihnen am Tag den Weg zu weisen. Wären sie in der Nacht geritten, sie hätten sich an den Sternen orientieren können.

Sie legten etwa dreißig Meilen am Tag zurück. Die Landschaft bestand aus sanften Hügeln, und oft legten sie Rast ein, um den Pferden eine Ruhepause zu gönnen, und gaben ihnen Hafer, den die Maultiere schleppten. Mordskerl und Eisenfuß hielten leicht mit, obwohl sie nur Ponys waren, aber sie stammten von der Rasse der zähen Bergponys ab, die in Alban im Bodorian-Massiv gezüchtet wurden. Sie legten am Tag etwa dreißig Meilen zurück, zehn Werst von Sonnenaufgang bis Sonnenuntergang, und lagerten nachts auf der Ebene von Aralan oder am Fluss Venn. Allmählich wurde es wärmer, die Nächte waren weniger kühl, und die Pferde, Ponys und Mulis warfen ihr Winterfell ab, dessen Haar beim Striegeln in den Bürsten hängen blieb. Langsam wurde die Welt grün, Blumen blühten, die Bäume bildeten Blätter aus, und das Gras wechselte die Farbe vom trockenen Gelb zu saftigem Grün. Überall flossen Bäche. Vögel füllten den Himmel; einige waren nur auf der Durchreise, andere ließen sich in der Umgebung nieder, stießen ihre Paarungsrufe aus und forderten jeden Eindringling heraus, der es wagte, in ihr Terrain einzudringen. Unsere Gefährten sahen häufig Murmeltiere und Hasen, ab und zu auch einen Fuchs. Die Herren der Lüfte, Falken und Habichte – und gelegentlich auch ein Adler –, glitten über die Steppen oder kreisten und stießen dann zum tödlichen Fang hinab.

Während sie durch die langsam erwachende Welt ritten, funkelten Gwyllys und Faerils Augen, sie grinsten vor Lust und riefen sich ihre gemeinsame Freude über den Frühling zu. Wenn das geschah, lächelte Riatha und suchte Urus' Blick, nur um festzustellen, dass auch er sie anblickte.

Sieben Tage, nachdem sie Arask verlassen hatten, wich der Weg der Kameraden langsam vom Lauf des Venn ab. Er floss allmählich nach Westen, während die fünf Gefährten ihren südwestlichen Kurs querfeldein beibehielten. Schließlich war der Wald, der an das Flussufer grenzte, nicht mehr zu sehen, als die fünf über die Ebene von Aralan ritten.

Eine Woche verstrich, in der sie über die fruchtbare Prärie ritten. Der Frühlingsregen setzte ein und bildete graue Schleier, die von Westen nach Osten glitten. Dann ritten die fünf durch kühle Regenschauer über offenes Gelände, ohne Schutz gegen die Nässe – außer dem, den ihnen ihre

Regenumhänge boten. Es gab keine Wälder, kein Dickicht, in das sie sich vor dem Regen hätten flüchten können, ja, sie fanden nicht einmal Bäume, an denen sie eine Plane hätten befestigen können. Außerdem gab es auch keinerlei Spuren von Zivilisation weit und breit – keine Jagdhütte, kein Schuppen eines Trappers, keine Scheunen irgendwelcher Bauern, ja nicht einmal das Zelt von Wanderern.

Sie sahen neun Tage lang gar niemanden, seit sie mit einem Milchbauern und seiner Familie gesprochen hatten. Die Gefährten hatten die Mahlzeit gern angenommen und das Angebot, in der Scheune zu übernachten, die jedoch zu klein gewesen war, als dass sie auch all ihre Tiere dort hätten unterbringen können. Also hatten sie sie nur untergestellt, weil sie selbst ein trockenes Dach am dringendsten benötigten. Und, wie Gwylly sagte: »Mordskerl mag keine Ställe.«

Doch das war vor neun Tagen gewesen, also vor beinahe hundert Werst.

An einem trüben Tag erreichten sie die Überlandstraße, einen uralten Handelsweg, der in west-östlicher Richtung verlief und immer noch benutzt wurde. Doch an jenem Tag sahen sie keine Karawanen oder Handelszüge, so weit sie blicken konnten, und auch keine einsamen Reisenden. Sie waren jetzt etwa fünfzehn Tage und vierhundertdreißig Meilen von Arask entfernt, und nachdem sie die Straße überquert hatten, reisten sie nach Süden weiter, in Richtung des Tals zwischen dem Bodorian-Massiv und den Skarpal-Bergen. Hinter der Schlucht lag ihr erstes Ziel, die Hafenstadt Thrako, die dem Flug des Rabens nach gemessen etwa vierhundertdreißig Meilen entfernt war, also etwas weniger als die Strecke, die sie nehmen würden. Die Überlandstraße markierte mehr oder weniger die Hälfte von ihrer Reise vom Kleinen Moor zur Avagon-See. Aber obwohl sie fast die Hälfte der Strecke absolviert hatten, wirkte das Terrain, das jetzt vor ihnen lag, wesentlich rauer, und sie vermuteten, dass es sie noch drei bis vier Wochen kosten würde, bis sie die Hafenstadt erreichten. Dennoch ritten sie weiter, in Richtung der Furt über den Hanü, drei Pferde, zwei Ponys und zwei Maultiere, die unter dem trüben Himmel stoisch einhertrotteten.

Sie ritten in südlicher Richtung über die Ebene, während das Land allmählich hügeliger wurde und gelegentlich ein Dickicht oder kleine Gehölze auftauchten. Wenn sie einen Hügelkamm erreichten, konnten sie von dort aus bereits die Gipfel der Skarpal-Berge erkennen, graue Klippen, die aus den Ebenen von Garia aufstiegen. Denn diesem Land näherten sich die Kameraden.

Mittlerweile war Ende Mai, und die Nächte waren ebenso mild wie die Tage warm. Die Bäume blühten, und als die fünf durch den grünen Wald ritten, kam es ihnen so vor, als wären die Sorgen der Welt von ihnen abgefallen. Die Vögel trillerten ihre Lieder für jeden, der sie hören wollte, Tiere huschten durchs Unterholz, raschelten in den Blättern, andere Kreaturen rannten über die Zweige und Äste der Bäume und keckerten zu den Eindringlingen hinunter. Auf einer kleinen Lichtung stießen sie auf eine Damhirschkuh und ihr Kitz, aber keiner hatte das Herz, das Wild zu erjagen, obwohl sie schon lange keinen Rehbraten mehr auf dem Teller gehabt hatten.

Schließlich, spät am Abend, erreichten sie den Hanü. Im Wald dämmerte es bereits, als sie am moosigen Ufer ihr Lager aufschlugen. Wasser plätscherte in der Nähe, murmelte ein endloses Lied. Als der Mond aufging und sein Licht über sie ergoss, saßen sich Gwylly und Faeril gegenüber, hielten sich an der Hand und sangen leise auf Twyll.

Riatha sah sie an und blickte dann Urus an. *Liebe niemals einen Sterblichen.* Tränen traten ihr in die silberfarbenen Augen; sie stand auf und ging in die Dunkelheit davon. Urus sah ihr mit klopfendem Herzen nach. *Ich bin verflucht.* Er ballte die Fäuste so fest, dass seine Knöchel weiß hervortraten. *Ich bin verflucht.*

Schließlich stand der Hüne ebenfalls auf und ging flussabwärts, allerdings in die entgegengesetzte Richtung wie die, welche Riatha eingeschlagen hatte. Ein Stück weiter trat er ans Ufer, wo eine Strömung einen kleinen Strudel bildete. Sein Verstand befand sich ebenfalls in Aufruhr und drehte sich ebenso langsam wie der vom Mond beschienene Wirbel vor ihm. Urus streifte seine Kleidung ab; sein Bauch war flach, er hatte breite Schultern, schmale Hüften und war groß, stark und muskulös. Sein Körper hatte sich von seiner Zeit im Eis vollkommen erholt. Er sprang kopfüber ins Wasser. Ein silbriger Strom von Luftblasen tanzte um ihn herum, und der kalte Fluss vertrieb alle Zweifel, alle Verwirrung, und erneuerte seine Entschlossenheit. *Es kann niemals sein, denn ich bin ein Verfluchter.*

Er schwamm unter Wasser durch den Fluss, bis der blasse, sandige Boden anstieg. Lautlos tauchte er auf, während die silbernen Luftblasen in dem platinfarbenen Mondlicht aufstiegen. Und dort, am Ufer, stand Riatha, nackt, mit alabasterner, elfenbeinerner Haut und goldenen Haaren.

Urus war wie verzaubert. Sie war so wunderschön, dass er es kaum ertrug sie anzusehen. Doch er konnte seinen Blick dennoch nicht von ihr losreißen. Er schien nicht genug Luft zum Atmen zu haben, und das Blut rauschte in seinen Ohren. Er stand im Mondlicht, bis zur Hüfte im Fluss, während das Wasser über seinen Oberkörper rann. Mit ihren langen, schlanken, wohlgeformten Beinen schritt Riatha in das kristallene Becken bis zu ihm hin; ihre silbernen Augen schimmerten, und ihre Stimme bebte vor Gefühl. »*Vi chier ir, Urus.* Ich liebe dich. Oh, wie ich dich liebe!«

Mit hämmerndem Puls trat Urus vor, zog Riatha in seine Arme und küsste sie im Mondlicht, und zwar lange und zärtlich, dann leidenschaftlich, als sein Verlangen explodierte und sich von seiner innersten Mitte aus durch alle Fasern seines Körpers zu brennen schien. Riathas Herz sang, raste, ein wundersames Feuer floss durch ihre Brüste und Lenden, durch ihr Blut. Urus hob sie hoch, trug sie aus dem Wasser auf das moosbewachsene Ufer, legte sie auf dieses weiche Bett, sie zog ihn mit sich hinunter, ihre Körper vereinigten sich, verschmolzen, und alle Gedanken an Sterblichkeit und Verfluchungen flogen davon.

Schließlich wurden Faeril und Gwylly durch den Morgengesang der Vögel geweckt, die den neuen Tag ankündigten und sich gegenseitig erneut ihre Revierrechte zuriefen. Gwylly lag auf dem Rücken und lauschte ihnen, ahmte leise einige der Laute nach, zirpte und pfiff, tschirpte und schnalzte. Faeril stützte sich auf einen Ellbogen und brachte ihn mit einem Kuss zum Schweigen. Dann setzte sie sich auf, streckte sich und hielt plötzlich inne. Sie stieß den Bokker an. Gwylly setzte sich neben ihr auf und sah, wie sich Riatha eng an Urus schmiegte, mit dem Rücken an seinen Körper, während er sie mit den Armen umschlungen hielt. Sie schliefen noch. Aravan saß an einem kleinen Lagerfeuer und legte Zweige und Reisig hinein. Seine Miene war düster, grübelnd.

»Siehst du«, bemerkte Faeril flüsternd zu Gwylly, »ich habe es dir doch gesagt.«

Gwylly verdrehte die Augen und hob eine Hand. »Meine Dammia, selbst jemand, der so ein Torfkopf ist wie ich, hätte sehen können, dass sie sich liebten. Warum es allerdings so lange gedauert hat, Wochen um Wochen ... das werde ich bestimmt nie erfahren.«

Faeril sah Gwylly in die Augen, ihre goldgelben Facetten

musterten die smaragdgrünen. »Wochen und Wochen? *Wochen und Wochen?* Oh, mein Bokkerer, die beiden lieben sich schon mehr als tausend Jahre!«

Gwylly riss die Augen auf, als er begriff, und ließ sich dann stöhnend auf die Decke sinken. »Oh, Dammia, du hast natürlich recht. Und ich bin wirklich so dumm wie ein Stein.«

Lachend sprang Faeril auf, reichte Gwylly die Hand und zog ihn hoch. Riatha rührte sich und schlug die Augen auf. Sie wollte ebenfalls aufstehen, aber Urus drückte sie fest an sich. Die Elfe lächelte, wandte sich in seiner Umarmung herum, bis sie vor ihm lag, und küsste den Mann erst zärtlich, dann fest auf den Mund. Er öffnete die Augen und versenkte seinen Blick in den ihren.

»Trinken wir einen Tee, Aravan«, flötete Gwylly und trat ans Feuer. Der Elf blickte hoch und grinste. Seine finstere Miene war verschwunden, fast jedenfalls.

Als Aravan den Topf auf das Feuer setzte, trat Gwylly an das moosige Ufer zu Faeril und spritzte sich Wasser ins Gesicht. »Aravan scheint schlechte Laune zu haben.«

Faeril reichte Gwylly einen kleinen Waschlappen. »Ja, und ich weiß nicht, warum. Es ist nicht so, als wäre er eifersüchtig ...«

»Eifersüchtig!«

»Ja, Gwylly, eifersüchtig.«

»Auf Urus und Riatha?«

Faeril schüttelte ungläubig den Kopf darüber, wie einfältig Gwylly manchmal sein konnte, ohne zu bedenken, wie einfältig sie selbst war. »Ja, Gwylly. Eifersüchtig auf Urus und Riatha. Immerhin könnte es sein, dass Aravan auch in Riatha verliebt ist, obwohl ich das nicht glaube. Er sieht wohl mehr eine Schwester in ihr, eine *jaian*. Vielleicht stört es ihn aber auch, dass eine Elfe und ein Mensch sich lieben. Doch ich glaube nicht, dass er die Menschen der Elfen für unwürdig hält. Es könnte sein, dass es ihn stört, dass sich Urus in einen Bären verwandeln kann – und dass Urus ein sogenannter Verfluchter ist. Aber ich glaube, so etwas kommt ihm gar nicht in den Sinn.«

Gwylly blickte zum Lager zurück. »Vielleicht ist er nur verärgert, weil sie sich lieben, und er nicht.«

Faeril schüttelte bedächtig den Kopf. »Nein ... In diesem Fall hätte er sich auch über dich und mich aufgeregt.«

Gwylly lächelte und küsste Faeril. »Überall ist Liebe, was? Oi! Vielleicht ist es das! Alle lieben und werden geliebt, nur er nicht.«

»Nein, Gwylly, so ist Aravan nicht. Ich spüre, dass es um etwas vollkommen anderes geht. Nur – was es sein mag, das weiß ich nicht ...«

Am folgenden Tag suchten sie die Furt über den Hanü und fanden sie schließlich auch, als die Sonne unterging. statt jedoch im Zwielicht den Fluss zu überqueren, schlugen sie in einem Gehölz ihr Lager auf. Wie jeden Tag fütterten und tränkten sie ihre Tiere, bürsteten ihre Sattellage aus und überzeugten sich, dass sich keine Knoten in den Haaren gebildet hatten, die die Pferde ärgern und sie wundscheuern konnten.

Es wurde dunkel, als die fünf ihre Mahlzeit einnahmen, und als sie fertig waren, gingen Riatha und Urus in die Dunkelheit davon – Liebende, die ungestört sein wollten. Aravan sah ihnen nach.

Wieder bemerkte Gwylly den brütenden Ausdruck auf dem Gesicht des Elfen, und er suchte nach etwas, das die Stimmung aufheitern konnte. »Sagt, Aravan, wie habt Ihr von dieser Furt erfahren?«

Aravan blinzelte und schüttelte den Kopf, als müsste er ferne Bilder und Echos vertreiben. »Diese Furt ...?« Er schürte das Feuer, während er seine Erinnerungen beschwor.

»Der gelbäugige Mann, den ich verfolge, ist derjenige, der Galarun ermordete und das Schwert des Morgengrauens stahl, damals zur Zeit des Großen Bannkrieges. Ich bin seitdem durch die Welt gezogen und habe Männer mit gelben Augen gesucht. Einen. Um Vergeltung zu üben. Um das Schwert wiederzuholen. Um ein Gelübde einzulösen.

Vor etwa anderthalb Jahrtausenden, im Jahre 4E1461 kamen mir Gerüchte von einem Gelbäugigen im Westen zu Ohren. Damals befand ich mich auf den fernen Inseln von Mayar, weit im Osten. Aber wo im Westen dieser Gelbäugige lebte, vermochte niemand zu sagen. Dennoch reiste ich nach Westen, suchte, fragte, forschte.

In Jüng schließlich stieß ich auf einen Namen. Ydral, so wurde gemunkelt. Ydral mit den gelben Augen. Ob dieser Ydral derjenige war, den ich suchte, weiß ich nicht, aber ich folgte diesem Namen.

Jahreszeiten verstrichen, viele Jahreszeiten, und langsam gelangte ich nach Westen, folgte den Gerüchten, dem Munkeln, ich folgte dem Namen Ydral.

In Hurn, so tuschelten einige; in Alban, zischten andere; in Garia, fauchten Dritte. Immer weiter drang ich nach Westen vor, reiste dorthin, wohin mich die Gerüchte trieben.

Ich überquerte das Bodorian-Massiv im Jahr 4e1466 und fand dann diese Furt; fünf Jahre, nachdem ich von dem gelbäugigen Mann im Westen gehört hatte, fünf Jahre, nachdem der Name Ydral das erste Mal gefallen war.

Ich reiste nach Garia, mein Pferd und ich schwammen durch den Venn, der westlich von hier fließt, und ritten in die Skarpal-Berge, suchten nach einer Burg, die angeblich tief verborgen innerhalb dieser Bergkette liegen sollte. Ich ritt durch eine trostlose Landschaft, verlassene Ländereien, leere Behausungen, als wären jene, die einst dort lebten, geflüchtet, um ihr Leben zu retten.

Ydral, so dachte ich, hat sie zur Flucht getrieben. Und dann ritt ich weiter, suchte nach der Burg und folgte wieder einem Gerücht.

Ich fand sie schließlich, aber sie stand verlassen, obwohl es Anzeichen gab, dass einst Menschen darin gelebt hatten. Doch es gab auch Spuren, die bewiesen, dass Rûpt dort hausten. Die Spuren der Vernichtung waren überall zu sehen, zerstörte Gebäude, vergiftete Zisternen, und alles, was Feuer fing, war verbrannt.

Dies glaube ich: Der Gelbäugige, wer auch immer es sein mochte, steckte mit dem Gezücht unter einer Decke, und spornte sie zu vernichtendem, zerstörerischem Tun an. Das weiß ich, denn er war es auch, welcher die Rûpt befehligte, als Galarun gemeuchelt und die Silberne Klinge geraubt worden war. Die Burg, die ich fand, lag in Trümmern, geschliffen von der Brut, vielleicht auf Geheiß des Gelbäugigen, Ydral, der angeblich dort gelebt hatte. Aber das war nur ein Gerücht. Doch obwohl es das war, und ich keinerlei Beweise dafür fand, glaube ich, dass Ydral in jener Burg in Garia hauste.

Wohin er dann gegangen ist, das kann ich jedoch nicht sagen.

Vielleicht ist dieser Baron Stoke jener Ydral. Aber als ich nach einer Bestätigung suchte, fand ich seinen Turm in Vulfcwmb niedergebrannt vor, von den Drimma zerstört, ebenso sein Anwesen in Sagra, das verbrannt wurde. Ich fand nichts.« Vor Verzweiflung verdunkelte sich Aravans Stimme. »Falls Ydral dieser Gelbäugige ist, den ich suche, falls er Baron Stoke ist … oder mit ihm unter einer Decke steckt …«

Aravan schlug mit der Faust in seine andere Hand, und vor Wut verdüsterte sich seine Miene. Gwylly und Faeril wichen beunruhigt zurück. Als der Elf das sah, öffnete er seine Faust, entspannte die Hände und ließ die Anspannung von sich abgleiten.

Faeril streckte die Hand aus und berührte Aravans Arm. »Geht es Euch gut, Alor Aravan?«

Aravan nahm ihre Hand in die seine und hielt sie sanft fest. »Aye, Faeril, mir geht es gut. Ich wollte Euch keine Furcht einjagen, weder Euch noch Gwylly. Es ist nur, dass ich schon so lange nach Galaruns Mörder und dem Schwert des Morgengrauens suche ... und nur Schatten und Flüstern finde.«

Gwylly legte den Kopf auf die Seite, und seine grünen Facettenaugen funkelten. »Dieses Schwert des Morgengrauens, glaubt Ihr wirklich, dass Ihr es finden könnt? Ich meine, Ihr sucht jetzt ... seit Jahrtausenden, und wenn Ihr es nicht findet ... Vielleicht ist es ja für immer verloren. Vielleicht jagt Ihr einer trügerischen Hoffnung nach.«

Aravan holte tief Luft. »Dara Rael verlieh mir mit ihrer Weissagung von der Silbernen Klinge neue Hoffnung, und Eure Faeril hat meine Hoffnung ebenfalls aufgefrischt, denn wir haben jetzt nicht nur Raels Weissagung, sondern auch Faerils.«

Gwylly lehnte sich überrascht zurück, und Faeril riss erstaunt die Augen auf. »Meine Weissagung? Ich habe doch nie eine ...« Da erinnerte sich die Damman daran, wie sie in den Kristall gefallen war.

Aravan lächelte. »Rael weissagte:

›Strahlende Silberlerchen und das Silberne Schwert,
geboren einst in der Morgenröte ...‹

und Ihr sagtet:

›Reiter der Unmöglichkeit,
Ein Kind desselben,
Sucher, Forscher, wird er sein
Ein Reisender zwischen den Ebenen.‹«

»Sicher erkennt Ihr beide die Verbindung zwischen diesen zwei Prophezeiungen.«

Gwylly schüttelte den Kopf, und auch Faeril hob hilflos die Hände.

Aravan atmete erneut tief durch. »Meine Deutung entspricht natürlich keiner Gewissheit, denn Weissagungen sind häufig subtil ... und auch tückisch – so mögt Ihr wähnen, dass sie das eine zu meinen scheinen, obwohl sie etwas vollkommen anderes bedeuten. Was jedoch die Beziehung zwischen diesen beiden Prophezeiungen betrifft, so liegt sie meiner Meinung nach darin: Um die Silberne Klinge in die Morgendämmerung zu tragen, sie dort zu gebären, erfordert es den Dämmeritt von Adonar nach Mithgar, wie es Rael prophezeite. Aber dieser Weg ist versperrt. Also damit so etwas geschehen kann, braucht es einen Reiter der Unmöglichkeit, einen Reisenden zwischen den Ebenen, und genau das ist es, was Eure Weissagung verheißt, Faeril.«

Jetzt nickten die Wurrlinge, und Gwylly sagte: »Also haltet Ihr es für wahrscheinlich, dass die Silberne Klinge und das Schwert des Morgengrauens ein und dieselbe Waffe sind, und Ihr glaubt, dass die Weissagung meiner Dammia wie die Hand in den Handschuh von Raels Prophezeiung passt.«

Aravan lächelte über Gwyllys Ausdrucksweise. »Aye, genau das glaube ich.«

Faeril sah Aravan an. »Aber was ist mit dem Kind, diesem *Kind desselben* ... Was bedeutet das?«

Aravan lachte. »Ah, Kleine, wüssten wir das, dann würde uns die Welt zu Füßen liegen, weil unser Blick weit über das hinausginge, wie der aller anderen Wesen.«

Sie überquerten den Hanü am folgenden Tag und ritten weiter nach Süden, zu dem Tal zwischen dem Bodorian-

Massiv zu ihrer Linken und den Skarpal-Bergen zu ihrer Rechten. Die Landschaft war zerklüftet und sie kamen nur langsam voran. Sie ritten zwischen dem Vorgebirge und steilen Klippen hindurch, über bewaldete Hügel hinweg, auf und ab; manchmal mussten sie auch absitzen und die Pferde führen oder sogar umkehren, um einen einfacheren Weg zu suchen. Sie hielten häufig an und ließen ihre Pferde verschnaufen. Das Wetter war ihnen ebenfalls nicht unbedingt wohlgesonnen, denn es regnete an diesem und den folgenden Tagen so, dass die Abhänge schlüpfrig wurden, und manchmal war es so glatt, dass die Pferde nicht hinüber konnten, obwohl Ponys und Maultiere es vermocht hätten, die einen sichereren Tritt zu haben schienen.

Schließlich klarte der Himmel auf, aber die regennasse Erde machte dennoch Mühe. Am Nachmittag des darauffolgenden Tages tasteten sie sich einen steilen Hang hinab zum Ufer eines Flusses. Es war der Venn, der seinen westlichen Bogen geschlagen hatte und jetzt wieder nach Süden strömte, sich auf seine eigene Reise zur Avagon-See machte. Sie waren also wieder auf ihn getroffen. Jenseits des Venn lag Garia, im Westen; auf dieser Seite des Ufers befand sich Alban, im Osten. Vor und hinter ihnen lagen Berge und der Fluss, der sich in südlicher Richtung zwischen ihnen hindurchschlängelte.

Die fünf ritten zum Venn hinab und folgten dem Ufer des Flusses, manchmal auf der Böschung, manchmal sogar im seichten Wasser eines flachen Strandes. Sie ritten an dem mäandernden Wasserlauf entlang, denn das war einfacher, als über die steilen Hügel zu reiten. Wasser stürzte von den Bergen herab, rauschende Ströme waren das, die sich über die Hänge ergossen, Katarakte, brüllende Wasserfälle, die sich mahlend in die Wasser des Venn ergossen. Wann immer die Kameraden eine Weile in dem kristallklaren Fluss ritten, warf Gwylly eine Leine aus, an der er nur einen Krümel Zwieback als Köder befestigt hatte. Dennoch gelang es ihm, unterwegs drei Fische zu fangen. Faeril lachte voller Entzücken und Stolz über ihren Bokker.

Urus und Riatha ritten wie verzaubert; es schien ihnen, als habe die Natur selbst ihren Treueschwur anerkannt. Denn die Tage waren kühl, die Nächte warm, und es kam ihnen vor, als würden die Vögel Freudengesänge nur für ihre Ohren trällern. Selbst die Tiere des Waldes und des Flusses schienen ihrer Liebe zu huldigen, innezuhalten, die Elfe und den Baeron zu betrachten und sich von ihnen betrachten zu lassen. Otter gab es, die durch den Schlick glitten; Biber in ihren Becken unter aufgeschichteten Dämmen in Seitenarmen, die mit ihren breiten Schwänzen Wasser schlugen, wenn die beiden vorüberritten; Hirsche, die stolz dastanden, bevor sie davonpreschten; Eichhörnchen, die in den Zweigen über ihnen keckerten ... Was für ein Wunder! Idyllisch. Heiter. Das Weh der Welt schien verbannt! Jedenfalls kam es den beiden so vor.

Wenngleich Aravan stumm neben ihnen ritt.

Sieben Tage lang folgten sie dem Fluss, doch am achten verließen sie seinen Lauf, denn erneut krümmte sich der Venn nach Westen, und die fünf ritten querfeldein durch das Vorgebirge des Bodorian-Massivs, strebten auf direktem Kurs zur Hafenstadt Thrako. Erneut schlug das Wetter um; heftige Frühlingstürme peitschten das Land von der Avagon-See her. Zwei Tage lang kauerten sich die Kameraden unter eine steile Felsflanke, geschützt von einem kleinen Überhang, während der Wind und der Regen auf sie einprasselten, und gewaltige Blitze gefährlich nah einschlugen, denen dröhnende Donnerschläge folgten. Sie hatten alle Hände voll zu tun, ihre Tiere daran zu hindern zu fliehen – und fanden so gut wie keine Ruhe.

Nach dem Sturm kampierten sie zwei weitere Tage und erholten sich. Bei Anbruch des dritten Tages jedoch setzten sie ihre Reise fort, folgten Tälern über Hügel und Klippen, ritten durch Schluchten und Flussbetten, nahmen den Weg des geringsten Widerstandes. Trotzdem war es eine anstrengende Reise, und an manchen Tagen legten sie nur zehn Meilen zurück. Doch sie kämpften sich weiter, manchmal im Sattel, manchmal mit den Pferden am Strick, durch Dickichte, Gehölze und Sträucher, auf steile Hügel hinauf und wieder hinab, ritten um Klippen herum, um einen Weg hinüber zu finden und um Schluchten zu umgehen. Oft spekulierten sie, dass sie vielleicht dem Venn hätten folgen sollen, obschon er nach Westen abgebogen war, denn ganz sicher wäre diese einfachere, wenngleich längere Strecke, weit schneller zu bewältigen gewesen. Doch sie kehrten nicht um, denn sie waren bereits zu weit geritten; zudem zeigten Riathas Karten, dass der Weg leichter werden würde. Und richtig, die Hügel wurden seltener, und ihre Route führte sie auf eine weite Ebene hinab. Sie ritten strikt nach Süden, hielten sich dabei jedoch ein kleines Stück westlich, als sie in ein hügeliges Land kamen, das sich zu der Hafenstadt hin erstreckte, die noch etwa hundert Meilen entfernt lag.

Als sie in dieser Nacht kampierten, sangen Aravan und Riatha Elfenlieder, sprachen Anrufungen, und alle tanzten den langsamen, feierlichen Tanz zu dem Gesang der Elfen: Aravan, Gwylly, Faeril, Urus und Riatha selbst, alle bewegten sich zu dem Gesang und feierten die Sommersonnenwende.

In den nächsten drei Tagen häuften sich die Anzeichen von Zivilisation. Bauernhöfe, Herden von Schafen und Rindern, bestellte Felder mit Getreide, Straßen und Handelswege, Heimstätten, Katen, Scheunen, und gelegentlich auch ein Weiler.

Schließlich kamen sie nach Thrako, einer Hafenstadt, in der fünftausend Seelen lebten – für die Wurrlinge war es eine riesige Stadt.

Es war der vierundzwanzigste Tag des Monats Juni.

Zwanzig Tage mussten sie dort ausharren, bis sie ein Schiff nach Caer Pendwyr fanden. Es war ein Küstensegler aus Hovenfest, die *Orran Vamma*, was in der Sprache der Menschen aus Hoven so viel bedeutete wie: *Goldener Delfin*. Obwohl sich die dickbäuchige Kogge weit entfernt von der schlanken Schönheit dieser Meeresbewohner befand. Sie erinnerte Faeril an die Fjordlander Knorr, die *Hvalsbuck*, die *Walwanst*, und sie lächelte, als sie daran dachte und merkte, dass auch Gwylly lächelte. Dennoch, die *Orran Vamma* würde sie und ihre Pferde zur Hile-Bucht nach Pellar bringen, denn diesen Hafen in Pendwyr wollte der Kapitän anlaufen.

Also gingen sie am vierzehnten Tag im Juli an Bord der *Orran Vamma* und stachen in See mit Kurs auf Pellar.

Die *Orran Vamma* krängte und wälzte sich an der Küste entlang, lief, so schien es, jede Hafenstadt an, löschte Fracht und nahm neue an Bord. Kapitän Ammor, ein großer, fröhlicher Mann Anfang der Fünfziger, handelte, kaufte und verkaufte.

Langsam, nur sehr langsam kamen sie voran, wenn man das überhaupt ein Vorankommen nennen konnte. Sie segelten an der Küste von Garia entlang, durch die Meerenge der Steininseln. Das war ein Ort, auf dem, wie man behauptete, nichts wuchs, und uralte Steinfiguren standen. Einige behaupteten, sie wären durch Magie entstanden, andere meinten, sie wären einfach nur durch Wasser und Wind geschaffen worden. Jedenfalls genossen diese Inseln einen düsteren Ruf, denn in früheren Zeiten hatten hier Piraten ihr Quartier gefunden, und hatten von den zahllosen Meeresarmen an, die die Inseln zerpflügten, ihre Überfälle begonnen.

Sie segelten an dem Schmalen Kanal zum Binnenmeer vorbei, ohne in diesem riesigen Brackwassersee, der weder aus Süß- noch aus Salzwasser bestand, Kurs zu nehmen. Stattdessen segelten sie weiter in die Küstengewässer der Avagon-See.

An den Gestaden des Südlichen Riamon vorbei, wo sie ab und zu anlegten.

Auf dieser Etappe der Reise schließlich fanden Gwylly und Faeril heraus, warum Aravan so finster brütete. Während einer sternenklaren Sommernacht, als der Bokkerer und die Damman über das Deck schlenderten, kamen sie schließlich zum Bug der *Orran Vamma*, und dort standen Aravan und Riatha. Die beiden sprachen recht leise miteinander in der elfischen Zunge.

»... *Vio alo janna* ... Ich sage nur einfach, Riatha, dass er ein sterblicher Mensch ist, und folglich wird Euch eine Tragödie ereilen, da er ...«

»Da er altert und ich nicht.« Riathas Stimme klang bitter, der Blick ihrer Augen wirkte verzweifelt. »Aravan, Aravan, denkst du wirklich, dass ich das nicht bedacht hätte? Es hat mich mehr als tausend Jahre verfolgt!«

Aravan nahm ihre Hand. »Ich weiß, Dara. Ich weiß.« Er verstummte und fuhr kurz darauf fort: »Du bist wie eine *jaian* für mich, Riatha, eine Schwester, und ich möchte nicht mit ansehen, wie dein Herz zerbricht.«

»So wie deines in Rwn.« Ihre Worte waren eine Feststellung, keine Frage.

Aravan nickte traurig.

Sie blieben noch einen Augenblick lang dort stehen, während das Wasser unter dem Bug des Schiffes zischte. Schließlich sprach Aravan weiter. »Zudem ist da noch Folgendes, Dara. Bei unserer Verfolgung dieses gelbäugigen Monsters könnte ein Moment kommen, da du wählen musst, zwischen dem Leben deiner Liebe oder dem Tod, und auch zwischen dem Leben und dem Tod von anderen, dem der Waerlinga, deinem, meinem. Sie alle könnten in Gefahr sein. In Rwn habe ich mich entschieden. Wie willst du dich entscheiden, Dara, wie wirst du dich entscheiden?«

Als Aravan Riathas Hand losließ und sie stehen ließ, wichen Gwylly und Faeril in die Schatten zurück. Riatha blieb im Bug stehen und betrachtete die fluoreszierenden Wellen unter sich. Was sie dachte, konnten weder der Bokker noch die Damman erkennen. Nach einer Weile jedoch entfernten auch sie sich lautlos, und die Elfe hielt allein einsame Wacht.

Schließlich erreichten sie jedoch die Küstengewässer von Pellar und liefen in die Hile-Bucht ein, die von hohen Klippen eingefasst wurde, die sich mehr als dreißig Meter steil in die Luft erhoben.

Als sie in den Hafen segelten, konnten sie die Stadt von Pendwyr sehen, deren Gebäude sich auf der Längsseite des steilen Kaps erstreckten, das die Bucht schützte. An der Spitze dieses Kaps, nicht mehr als fünfzehn Meter von ihm entfernt, erhob sich eine hohe Steininsel mit glatten Felswänden aus dem Meer. Ihre Oberfläche war ebenso hoch wie die der Stadt, und eine Burg stand darauf, Caer Pendwyr. Hinter der Insel, die diese Burg trug, standen zwei weitere Inseln mit senkrechten Flanken, die sich ebenso hoch erhoben, und man konnte auch auf ihnen Gebäude erkennen, aber was sich darin befand, wusste niemand, und keiner an Bord sprach von ihrem Zweck.

Die *Orran Vamma* legte neben anderen Küstenfrachtern an. Es war später Nachtmittag. Faeril, Gwylly, Aravan, Riatha und Urus – dazu ihre Ponys, Maultiere und Pferde – wurden ausgeladen, als sich die Dämmerung bereits über das Land senkte.

Langsam ritten sie die Klippenstraße zur Stadt Pendwyr hinauf und stiegen in der *Silbermöwe* ab.

Es war der Abend des zehnten Tages im August.

Sie hatten ihre Reise in der Nacht des Frühlingstags begonnen, vor einhundertzweiundvierzig Tagen, in denen sie vom Großen Nord-Gletscher zum fernen Grimmwall bis zu dieser Herberge in Pellar gereist waren, insgesamt waren es beinahe dreitausend Meilen gewesen. Aber der Zweck für diese Reise hierher war noch nicht erfüllt, würde vielleicht auch niemals erfüllt werden, denn seine Erfüllung hing von einer Gunst ab, die in dem Schloss des Hochkönigs, das gut eine Meile entfernt lag, gewährt werden musste, und die sich auf die Erfüllung eines Gelöbnisses stützte, das ein zehnjähriges Kind vor tausendsiebenunddreißig Jahren abgelegt hatte.

6. KAPITEL

PENDWYR

Sommer 5E988 bis Herbst 5E989
(Gegenwart)

Gwylly wachte schlagartig auf. *Was war das?*

Der Bokker wusste einen Augenblick lang nicht, wo er war; er lag in einem breiten Bett, in einem Zimmer, das weder bebte noch schaukelte.

Wieder ertönte das leise Klopfen – an der Tür.

Er stöhnte, versuchte sich aufzurichten und stellte fest, dass sein Arm unter Faeril eingeklemmt war. Er war eingeschlafen, und Gwylly musste sich mühsam unter ihr herausziehen, um sich zu befreien. Als er schließlich saß, ließ er den Blick durch das Gemach gleiten. *Ach, die Silbermöwe. Kein Wunder, dass sie nicht schwankt. Ich bin nicht mehr auf der* Orren Vamma ... *Adon sei Dank.*

Gwylly glitt aus dem Bett, sein eingeschlafener Arm baumelte nutzlos an einer Seite herunter, und stolperte zur Tür. Als er sie öffnete, fand er davor Aravan.

Der Elf lächelte. »Der Morgen dämmert bereits.«

Ohne ein Wort zu sagen schwankte Gwylly zum Bett zurück und versuchte hineinzusteigen. Mit der Hilfe eines Armes wollte er in das große Vierpfoster-Bett hineinkommen, das für einen ausgewachsenen Menschen gedacht war. Er dagegen war nur ein kleiner Wurrling. Aravan hob ihn hoch, und Gwylly fiel auf die Matratze, rollte sich auf den Rücken und massierte dann seinen eingeschlafenen Arm mit der anderen Hand.

Faeril, die neben ihm lag, schlug die Augen auf.

Aravan zog die Vorhänge vom Fenster zurück. Das blasse Licht der Morgensonne erfüllte den Raum. »Kommt, Kleine, wir wollen nicht als Letzte auf der Burg ankommen. Schon bald werden die Bittsteller Schlange stehen, und wir müssen früh dort sein, wenn wir noch heute eine Audienz bekommen wollen.«

»Au! Au!«, jammerte Gwylly.

Beunruhigt richtete sich Faeril auf und kroch sogleich weiter an die Seite ihres Bokkers. »Was hast du, Gwylly? Was ist los?«

»Au«, stöhnte er. »Nadeln und Spitzen, Liebste. Mein Arm ist eingeschlafen und wacht jetzt gerade auf.«

Erleichtert ließ sich Faeril mit dem Gesicht in die Kissen fallen.

Aravan ging zur Tür zurück. »Ich erwarte Euch in Kürze unten zum Frühstück.«

»Elfen«, knurrte Gwylly. »Die schlafen nie!«

Grinsend verließ Aravan ihr Gemach, zog die Tür hinter sich zu und ging zu Riathas und Urus' Zimmer.

Faeril rutschte aus dem Bett. »Komm, mein Bokkerer, Aravan hat zweifellos recht. Wenn wir den Verwalter sprechen wollen ...«

Nach einer halben Stunde gesellten sich Faeril und Gwylly zu Aravan in den Schankraum der Silbermöwe. Der Elf wurde gerade erst bedient. Eine Magd brachte ihm eine große Platte mit Frühstückseiern, Scheiben von Schinken sowie Brot und Honig. Daneben stand ein Topf mit heißem Tee und Milch. Als sich die drei ihre Teller füllten, kamen auch Riatha und Urus an den Tisch.

Aravan lächelte, als er die finsteren Mienen seiner Gefährten bemerkte. »Eine feuchtfröhliche Nacht, gestern, hm?«

Riatha starrte den Elf an und schüttelte verwundert den Kopf. »Wie du ein Glas Branntwein nach dem anderen kippen kannst, Aravan, und doch am Morgen so munter bist, das werde ich niemals begreifen. Ist das vielleicht ein uraltes Geheimnis, das du in deinen Jahren auf See gelernt hast, hm?«

»*Akka!* Daran ist nichts Geheimnisvolles, Dara. Ich bin einfach nicht schlafen gegangen.«

Urus verschluckte sich an seinem Tee, bekam jedoch das meiste davon hinunter, bevor er erstickt lachte. »Ein uraltes Geheimnis!«, keuchte er, hustete und grinste Riatha an, die ihm auf den Rücken klopfte. »Wirklich ein tolles Geheimnis!«

Die Sonne war gerade hinter dem Horizont hervorgekommen, als sie zu der fernen Burg gingen. Es versprach ein klarer, warmer Sommertag zu werden. Vom Ozean her wehte ein Südwind sanft über das Kap. Sie gingen durch die Stadt, deren Häuser vorwiegend aus Stein, Ziegeln und Dachpfannen erbaut waren, aus Mörtel und Lehm. Die Gebäude schmiegten sich aneinander, wenngleich sie gelegentlich auch ein allein stehendes Haus sahen. Die schmalen Straßen und Gassen wanden sich durch die Stadt, das Pflaster schimmerte in verschiedenen Farben. Im Erdgeschoss vieler Gebäude befanden sich Geschäfte und darüber Wohnungen. In den großen Glasfenstern stellten die Handwerker ihre Waren aus, die Putzmacherinnen, die Kupferschmiede, die Töpfer, Juweliere, Weber, Gerber, Schuster und andere.

Die Stadt wachte allmählich auf. Ein paar Geschäftsinhaber fegten die Steinplatten des Bürgersteigs vor ihren Läden, die ersten Fuhrwerke waren bereits unterwegs. Die Hufe der Pferde klapperten auf den Pflastersteinen.

»Steine und Ziegel«, bemerkte Faeril, die sich neugierig umsah. »Es scheint fast so, als wären nur die bunten Türen aus Holz gemacht.«

»Das liegt am Wassermangel«, erklärte Aravan.

Gwylly sah den Elf an. »Wassermangel?«

»Aye. Der Mangel an Wasser.«

Der Bokker holte mit dem Arm weit aus. »Aber die Stadt ist von einem ganzen Ozean umgeben.«

»Nur – es gibt hier keine Zisternen, Gwylly, keine Brunnen.«

Als Aravan die verblüfften Mienen der Wurrlinge bemerkte, erläuterte er seine Bemerkung. »Wenn ein Feuer ausbricht, braucht man viel Wasser, um es zu löschen. Eine Stadt aus Holz, deren Gebäude sich so dicht aneinanderschmiegen ...«, er deutete auf die Häuser, »würde bei einem Brand wie eine Zunderbüchse in Flammen aufgehen ...«

»Sie könnten doch Meerwasser in Tanks lagern, oder in Fässern«, wandte Faeril ein.

Aravan nickte. »Das könnten sie, aber sie lagern stattdessen lieber Trinkwasser und nutzen es zum Kochen, zum Trinken, zum Waschen und Baden.«

Gwylly sah sich um. »Und woher bekommen sie ihr Wasser?«

»Aus Zisternen dort drüben.« Aravan deutete auf die Ebenen hinter dem Kap.

»Außerdem fangen sie das Regenwasser auf, das von den Dachpfannen herunterläuft, und sammeln es.« Riatha deutete mit einem Nicken auf das raffiniert erdachte System aus Rinnen, die das Regenwasser in große Fässer leiteten, die in den Häusern standen.

Faeril sah Gwylly an. »Kein guter Platz, um eine Stadt zu bauen«, meinte sie. »Wenn es kein Wasser gibt.«

Aravan lächelte auf sie herab. »Da habt Ihr recht, Kleine, aber es sollte auch eigentlich gar keine Stadt werden.« Er hob die Hand, um ihrer Frage zuvorzukommen. »Am Anfang gab es hier nur ein Fort, dort drüben nämlich«, er deutete auf die Burg, »das leicht gegen Feinde verteidigt werden konnte. Obwohl ausdauernde Belagerer am Ende über die Besatzung obsiegt hätten.

Die Stadt wurde erst später errichtet, wuchs langsam im Lauf der Jahrhunderte, bis sie so groß wurde, wie Ihr sie jetzt seht.« Aravan verstummte und sie setzten ihren Weg zur Burg fort.

Trotz des Windes roch es nach Abfall, und ab und zu stieg ihnen ein ranziger, widerlicher Gestank in die Nase. Schließlich verzog Gwylly das Gesicht. »Puh! Was ist das denn?«

Aravan sah Riatha an, doch es war Urus, der die Frage des Bokkers beantwortete. »Menschen, Gwylly, Menschen. Wenn so viele Menschen so eng zusammengedrängt leben ...«

Sie gingen weiter, über mehrere Marktplätze, auf denen die Händler gerade anfingen, ihre Stände für den Tag aufzubauen. Trotzdem war bereits zu erkennen, dass einige eine Vielzahl von Waren feilboten, während andere sich offenbar spezialisiert hatten: auf Fisch, Geflügel, Fleisch, auf Gemüse, Früchte und Getreide, auf Kleidung und Webwaren, auf Blumen und dergleichen mehr.

Die fünf kamen an Geschäften und Kaufhäusern vorbei, an mehr Läden, als Faeril und Gwylly sich jemals hätten ausmalen können, an Restaurants und Cafés, an Herbergen und Tavernen, an großen Gebäuden und kleinen Plätzen, an Krankenhäusern und Medici, an Kräuterhandlungen, Teegeschäften, Schmieden, Ställen, Schmuckhändlern, Kleiderhändlern, Schneidern, Schustern und Gemüsehändlern. Und all diese Geschäfte und Gewerke schienen sich gerade erst zu regen.

Als sich die Gefährten schließlich der Burg näherten, veränderten sich die Gebäude und zeigten ein anderes

Gesicht, nämlich das der Regierung. Sie sahen ein großes Gerichtsgebäude, die Halle der Steuereinnehmer, die Stadtwache mit einem Kerker im Obergeschoss, ein Feuerhaus, eine Bücherhalle, ein Haus der Volkszähler, ein Archiv, einige Gebäude der Universität und andere offizielle Stellen.

Schließlich erreichten sie eine Mauer mit einem Tor, an dem Wachen standen. Auf den Steinbänken davor hatten sich bereits einige Bittsteller niedergelassen.

Der Hauptmann der Wache war sichtlich überrascht, einen Elf zu sehen, als seine Gardisten ihn riefen. Doch am meisten staunte er über die Wurrlinge, denn in all den Jahren waren nur sehr selten Leute vom Kleinen Volk nach Pendwyr gekommen. Sie standen sogar in dem Ruf, ein legendäres Volk zu sein.

»Da will ich doch ...!«, stieß er hervor, dann aber fiel ihm sein Amt ein. »Nennt Euer Begehr!«, stieß er barsch hervor.

Urus antwortete. »Wir sind hier, um mit König Garan zu sprechen, um ein königliches Gelübde einzulösen.«

Der Hauptmann sah zu dem Hünen hinauf. »Der Hochkönig ist in Challerain und wird erst in sieben Wochen hierherkommen.«

Aravan lächelte. »Fürs Erste würde uns der Verwalter genügen.«

»Bei Adon, was für eine Geschichte!«, stieß Leith hervor, Garans Cousin und Verwalter in Pendwyr, sobald sich der König auf der Feste Challerain aufhielt. Leith war ein schlanker, grauhaariger Mann in den Fünfzigern mit den Augen eines Habichts, wie viele bald meinten. »Was sagt Ihr dazu, Lord Hanor?«

Neben Leith saß ein korpulenter Mann von etwa vierzig Jahren. Er hatte dunkelbraunes Haar und ebensolche Augen. Der Berater des Reichsverwalters und des Hochkönigs verschränkte die Finger. »Ich will nicht darum herumreden, Mylord. Hätte jemand anders als Elfen und die vom Kleinen Volk diese Geschichte erzählt, so hätten wir in Jugo entweder die Geisteskraft der Erzähler infrage gestellt – oder aber ihre Ehrlichkeit.«

Den beiden Männern gegenüber saßen die fünf Gefährten: die beiden Wurrlinge, zwei Elfen und ein Baeron – allesamt Volk, das man in Pendwyr nicht allzu häufig zu sehen bekam. Aus diesem Grund war ihnen die Bürokratie erspart geblieben und sie hatten rasch eine Audienz beim Verwalter bekommen. Jetzt saßen sie in einem der Privatgemächer des Reichsverwalters in Caer Pendwyr, der Burg, die auf dem Felsen thronte, der sich unmittelbar vor dem Kap aus dem Meer erhob.

Hanor rutschte auf seinem breiten Stuhl hin und her. Trotz seiner Leibesfülle strahlte der Berater Kraft aus. »Wahrhaftig, tausend Jahre in einem Gletscher gefangen zu sein? Seht ihn doch an: Er wirkt wie ein Mann, der kaum älter ist als dreißig Jahre. Doch wenn wir seiner Geschichte Glauben schenken sollen, so war er um die sechzig, als er in die ...«

»Ich war neunundfünfzig«, brummte Urus.

»Also gut, neunundfünfzig, sechzig, das spielt keine Rolle«, antwortete Hanor. »Angesichts Eurer Jugend und der Tatsache, dass Ihr jetzt mehr als tausend Jahre zählt ... nun, wäre es nicht ganz unmöglich, so würde ich behaupten, dass Elfenblut durch Eure Adern strömt.

Dies, oder aber das Eis hat Eure Jugend erhalten ...«

Aravan beugte sich vor. »Wie dieser Mann überlebt hat, steht hier nicht zur Erörterung. Dass er es tat, genügt.

Wir sind gekommen, um ein Gelöbnis einzulösen, das vor langer Zeit Aurion, der Sohn von Galvane, getan hat, ein Gelöbnis, das er diesem Mann, Urus, Dara Riatha sowie Tomlin und Petal, den Vorfahren dieser Letztgeborenen

Erstgeborenen Waerlinga, Gwylly und Faeril, geleistet hat. Und dieser Schwur besagte, dass er Hilfe leisten ...«

»Wartet!«, unterbrach ihn Faeril. »Lasst mich Euch seine Worte vorlesen!«

Die Damman wandte sich zu Gwylly herum, der sein Exemplar des Reisetagebuchs aus einer Tasche zog. Er hatte es immer bei sich, seit er lesen gelernt hatte.

Faeril schlug es auf der entsprechenden Seite auf.

Aber bevor er uns verließ, kam er zu Tommy und mir. »Ich bin nur ein Prinz des Reiches«, sagte er. »Aber mich deucht, mein Vater wird sich an den Schwur halten, den ich heute leiste, und der lautet folgendermaßen: Solltet Ihr, Urus oder Riatha jemals der Hilfe des Hochkönigs bedürfen, so kommt nach Caer Pendwyr oder der Feste Challerain und fordert sie ein. Wir werden Euch helfen, dieses Monster, das Ihr sucht, zur Strecke zu bringen. Dies gelobe ich im Namen von allen Hochkönigen von Mithgar, für jetzt und für alle Zeiten.«

Faeril klappte das Buch zu. »Die Worte wurden vor tausend Jahren von Petal niedergeschrieben, meiner Ahne, und der Prinz, der dieses Gelöbnis tat, war Aurion. Wir sind nun hier, um diesen Schwur einzulösen, denn wir benötigen Hilfe, um dieses Monster Stoke zur Strecke zu bringen.« Sie gab Gwylly das Reisetagebuch zurück, und er reichte es über den Tisch hinweg an Leith.

Der Verwalter warf einen Blick darauf, blätterte es durch und gab es dann an Hanor weiter. *»Pah!«*, knurrte der stämmige Mann und hob eine Braue. »Was ist das für eine Sprache?«

»Das ist Twyll«, antwortete Gwylly. »Die Sprache der Wurrlinge.«

Reichsverwalter Leith erhob sich plötzlich. »Es gibt dabei

vieles zu bedenken, und auf mich warten noch andere Aufgaben. Aber eines kann ich dennoch sagen: Nur der Hochkönig Garan kann diesen Schwur einlösen, den sein Vorfahr geleistet hat. Wir werden desungeachtet jedoch die Reichsmannen in Kenntnis setzen, dass eine Bedrohung im Lande umgeht. Und wir werden versuchen, Kunde zu erhalten, wo sich dieses Geschöpf aufhält. Eine Entscheidung über die Beteiligung der Reichsmannen an der Jagd auf diesen Feind jedoch muss das Siegel Garans tragen.

Wo seid Ihr abgestiegen?«

»In der Silbermöwe«, erwiderte Riatha.

»Ich möchte, dass Ihr Quartier in der Burg bezieht.«

»Wir haben aber Pferde«, wandte Aravan ein.

»Ponys und Maultiere auch«, setzte Gwylly hinzu.

»Bringt sie in die Enklave«, antwortete Leith und zog an einer Kordel. »Ich gebe Euch einen Bedienten mit, lasse Euch Räume zuweisen und alles, was Ihr sonst noch benötigt.«

Ein Page eilte in das Gemach und verschwand nach ein paar Worten des Verwalters. Leith drehte sich herum. »Wir werden schon bald weiter darüber sprechen, aber jetzt warten mehrere Minister auf mich, und zwar zweifellos höchst ungeduldig. Bleibt hier, der Page wird Euch zu Eurer Eskorte begleiten. Hanor?«

Lord Hanor stand auf und trat neben den Verwalter. Gemeinsam verließen sie den Raum, und Faeril konnte einen Teil dessen hören, was Hanor zu dem Verwalter sagte. »... auf Tywll, einer Sprache, von der wir noch nie erfahren haben. Und von diesem Baron Stoke habe ich ebenfalls noch nie gehört. Mir scheint ...«

Sie zogen noch am Nachmittag in die Burg um und brachten ihre Reittiere in die Stallungen der Enklave. Sie selbst befand sich hinter der bewachten Mauer, die über das gesamte Kap führte und die Enklave vom Stadtgebiet trennte. Innerhalb dieses bewachten Bereiches befanden sich etwa hundert Gebäude, in welchen Ämter und Einrichtungen des Reiches ihren Platz hatten. Außerdem boten sie den Beamten und Helfern Obdach.

Den fünf Kameraden jedoch wurden Gemächer in der Burg selbst zugewiesen. Diese befestigte Burg lag auf der Felsnadel, die dem Kap vorgelagert und mit diesem durch eine Brücke verbunden war.

Hinter der Felsspitze mit der Burg ragten zwei weitere, steile Felsnadeln aus dem Meer heraus. Auf der ersteren befanden sich die Behausungen der engsten Berater des Hochkönigs, auf der zweiten die Privatresidenz des Souveräns. Sie waren durch Hängebrücken miteinander verbunden, die etwa vierzig Meter über dem schäumenden Meer schwebten.

Zwei Tage später brachten sie ihr Anliegen Kommandeur Rori vor, dem Hauptmann der Reichsmannen. Noch am selben Tag entsandte der Kommandeur Reiter aus Pendwyr, die Einzelheiten über Baron Stoke und seine Gräueltaten verbreiten sollten.

Rori war ein hochgewachsener Vanadure von etwa fünfundvierzig Jahren mit lohgelben Zöpfen und einem geflochtenen Bart derselben Farbe. Er schlug vor, die Archive aufzusuchen, ob sie vielleicht Aufzeichnungen über den Baron und seine Baronie enthielten.

Sie folgten Rori in ein anderes Gebäude der Enklave. Dort trafen sie auf den alten Hauptarchivar Breen. »Ich würde nicht allzu viel Hoffnung auf solche Berichte setzen. Die meisten Aufzeichnungen über diese Gebiete wurden im Winterkrieg zerstört, als die Hyranier die Stadt einnahmen«, erklärte dieser.

»Und die Aufzeichnungen in der Feste Challerain?«, erkundigte sich Rori.

Breen fuhr mit der Hand über seinen kahlen Schädel. »Wurden auch zerstört. Verbrannt, von der Horde.«

»Dennoch«, knurrte Urus, »sucht heraus, was Ihr finden könnt, und benachrichtigt uns.«

Mehrere Wochen verstrichen. In dieser Zeit verbrachten Gwylly und Faeril Stunden im Archiv. Gwylly setzte seine Unterrichtstunden in Schreiben und Lesen fort, Faeril leitete ihn an und las selbst. In der Burg verdienten sich Riatha und Aravan ihren Aufenthalt, indem sie Höflinge unterhielten, Harfe spielten, sangen und Gedichte rezitierten. Urus dagegen, so schien es, lief wie eine eingesperrte Bestie herum.

Aber sie alle waren angespannt, denn irgendwo trieb Stoke sein Unwesen, und sie wussten nicht, wo.

Häufig ritten sie auf die Ebene jenseits der Wälle von Pendwyr hinaus, damit ihre Reittiere Bewegung bekamen und so für eine mögliche Reise zu einem unbekannten Ziel gesund blieben. Die fünf Gefährten genossen diese Ausflüge, denn in Pendwyr fühlten sie sich wie in einem Ameisenhaufen eingesperrt, trotz des Reizes, den die Stadt zunächst auf sie ausgeübt hatte. Oder, wie Gwylly lachend sagte: »Eingesperrt wie in einem übervölkerten Misthaufen.«

»Der Gestank ist wirklich überwältigend«, meinte der Bokker ein andermal. »Es kommt mir fast so vor, als würden sie ihren Müll und ihre Abwässer einfach auf die Straße ableiten.«

»Nein, Gwylly«, widersprach Aravan. »Sie verschmutzen stattdessen den Ozean. Das ist eben die Art der Menschen.«

Faeril sah den Elf an. »Das klingt recht grimmig, Aravan. ›Das ist die Art der Menschen‹?«

Aravan seufzte. »Aye. Die Menschheit scheint nicht zu wissen, dass auch die Welt selbst zerstört werden kann –

wie jedes lebende Wesen. Man kann sie ausrauben, vergiften, verbrennen, ertränken, ersticken und auf vielerlei andere Weise zerstören.

Menschen sind sehr einfallsreiche Kreaturen, erfinderisch, und ähneln darin ganz ungemein den Drimma, den Zwergen. Sie schaffen Dinge, die wundervoll anzusehen sind, zerstören dabei aber gleichzeitig das Land.

Seht nur Pendwyr: eine große Stadt voller Wunder, voller reizvoller Erzeugnisse auch, Beweise für den Erfindungsreichtum der Menschen.

Und dann seht Euch den Ozean unter Pendwyr an, vergiftet von den Abfällen der Menschen, von ihrem Müll, ihren Exkrementen; selbst die Steine der Mauern, welche die Stadt beschützen, sind von ihren Fäkalien, ihrem Urin, ihrem Dreck verunreinigt.

Sogar die Luft besudeln sie mit ihren Ausdünstungen, den Abwässern ihrer Erzeugnisse, den Ausflüssen ihrer Brennöfen.

Sie zerstören Wälder, vergiften Gewässer, verseuchen die Luft und vergewaltigen das Land.

Muss das aber so sein? Dass die Menschen die Welt selbst zerstören? Ist es das Schicksal der Menschheit, dass sie in ihrem Müll ersäuft?

Im Nordmeer liegt die Insel Leut, eine gewaltige Insel. Dort lebt eine winzige Kreatur, kaum länger als die Spanne einer Hand, ein Nager, den die Inselbewohner *Lemen* nennen. In Gemeinsprache heißt man sie Lemming.

Im Frühling vermehren und brüten diese Lemminge wie auch im Sommer. Und ebenso im Herbst. Durch zwei bis fünf Würfe pro Jahr wächst ihre Zahl ins Grenzenlose. Doch schon bald wird ihre Nahrung knapp, bis sie nichts mehr zu fressen haben.

Dann setzt eine gewaltige Wanderung ein, auf der die Lemminge alles fressen, was sie finden. Während dieser

Wanderung werden sie von Räubern verfolgt, von Wölfen, Füchsen, Habichten, Falken, Adlern und noch von zahlreichem mehr. Die feiern ein Festmahl ohnegleichen, und zahllose Lemminge fallen den Reißzähnen, Klauen und Schnäbeln zum Opfer.

Zudem sterben sie an Krankheiten und Hunger, aber sie wandern dennoch weiter. Die winzigen Kreaturen verheeren das Land, fressen es kahl, und oft endet diese Wanderung am Meer. Da sie keine Nahrung mehr hinter sich haben, stürzen sich diese Lemminge in die Wasser, schwimmen fernen Ufern entgegen ... doch allesamt ersaufen sie.

Die Menschheit scheint auf demselben Kurs zu sein, überzüchtet sich, verheert das Land, vernichtet es. Dass es der Mensch bisher noch nicht geschafft hat, liegt am Krieg, an Seuchen und Pestilenz, an Dürren und Überflutungen und an Feuern und Hungernöten sowie anderen Katastrophen, die immer wieder die Zahl der Menschen verringern. Ja, wie die Lemminge vermehren auch die Menschen sich sehr rasch, und sobald sich ihre Rasse wieder erholt hat, setzen sie die Ausbeutung der Welt weiter fort.

Die Elfen haben ihre Welt ebenfalls einmal beinahe vernichtet, aber wir haben noch rechtzeitig erkannt, was das Ergebnis unserer Zerstörungswut sein würde. Wir haben aufgehört, gerade noch rechtzeitig, denn unsere Welt hatte bereits schrecklichen Schaden erlitten. Jetzt begrenzen wir unsere Geburten, halten unsere Zahl deutlich unter der, welche die Welt ohne Schwierigkeiten verkraften kann. Zudem beschränken wir unsere Tätigkeiten auf solche, die dem Land, dem Wasser und der Luft keine bleibenden Schäden zufügen, oder auch den Pflanzen, den Tieren, kurz, allen lebenden Kreaturen.

Die Menschheit jedoch muss das noch lernen ... obgleich sie es vielleicht niemals begreifen wird. Denn der Mensch ist eine kurzlebige Kreatur mit vielerlei Appetit und denkt nicht darüber nach, welche Folgen es haben könnte, wenn er seine Gelüste befriedigt, und was dies der Welt letztlich antun wird. Er denkt überhaupt nie langfristig, sondern nur daran, seine kurzfristigen Bedürfnisse zu befriedigen, ganz gleich, wohin das führt – und ebenso ungeachtet des letzten Endes.

Vielleicht ist diese Kurzlebigkeit die Wurzel der Zerstörungswut des Menschen, denn im Gegensatz zu den Elfen, die unsterblich sind, existieren Menschen nicht so lange, dass sie über die Jahrhunderte mit ansehen könnten, was ihre Handlungen für Auswirkungen haben.

Dennoch, nicht alles ist unbedingt so düster. Denn die Menschenkinder bilden eine Verbindung von der Vergangenheit zur Zukunft, eine Art Unsterblichkeit. Vielleicht wird sich die Menschheit der Alarmsignale der Welt bewusst, indem das Wissen von einer Generation zur nächsten durch die Zeitalter weitergegeben wird.

Der Erfindungsreichtum der Menschen kann zu seiner eigenen Vernichtung führen, denn sie vermögen vielleicht bald Maschinen und Geräte zu bauen, die ihre Welt unwiderruflich vergiften. Aber durch genau diese selbe Gabe ihres Erfindungsreichtums können sie vielleicht auch den Schaden wieder gutmachen, den sie unausweichlich verursachen.

Sehe ich mich jedoch jetzt um und betrachte, was der Mensch geschaffen hat, so glaube ich, dass diese Welt keuchend sterben wird, vergiftet von Menschen.«

Als sie an diesem Tag nach Pendwyr zurückritten, betrachteten Gwylly und Faeril all die bemerkenswerten Dinge in der Stadt, die Märkte, Geschäfte und soliden Steinhäuser mit ihren bunten Türen und die Vielzahl der Güter bei Webern und Schustern und Lebensmittelhändlern und Kaufleuten aller Art, die ihre Waren feilboten. Ein Gewirr von Stimmen und Geschrei erfüllte dabei die belebten Straßen. Die Wurrlinge ritten durch diesen Strudel von zu Kaufendem, und als der widerliche Gestank der Abfälle ihnen in die Nase stieg, bewunderten sie all das schon nicht mehr ganz so.

Hochkönig Garan kehrte am zweiten Tag des Oktobers nach Caer Pendwyr zurück und gewährte den fünfen innerhalb einer Woche eine Audienz. Garan war von Gestalt klein und braunhaarig, Ende dreißig und hatte den Thron vor einem Jahrzehnt bestiegen, als sein Vater, Orwin, an einem Schlaganfall gestorben war.

Seine Königin Thayla war eine dickliche Frau, kaum größer als einen Meter fünfzig, und hatte mausgraues Haar.

Neben dem Thron stand der Elf Fenerin, ein Berater des Königs. Er maß einen Meter siebzig, und sein dunkelbraunes Haar reichte ihm bis auf die Schultern.

Andere Höflinge erfüllten den Saal mit ihrem leisen Gemurmel, verstummten jedoch, als Alor Aravan und Dara Riatha, Herr Gwylly und Mistress Faeril sowie Häuptling Urus angekündigt wurden. Obwohl Fenerin Riatha zunickte, als er sie erkannte, war dies das erste Auftreten der fünf vor den Höflingen, und ein Raunen ging durch die Versammelten, als die Wurrlinge eintraten, die freundlich lächelten und deren Augen, wie Edelsteine facettiert, funkelten, als sie sich dem Hochkönig näherten.

Dara Riatha, Alor Aravan und Häuptling Urus fielen vor dem König kurz auf ihre Knie, doch Gwylly und Faeril, die von Riatha in die Etikette des Hofes eingeweiht worden waren, blieben stehen. Denn, wie Riatha sagte: »Kein Waerling hat sich seit dem Bannkrieg vor einem König niedergekniet, da es ihr Privileg ist, stehen bleiben zu dürfen. Das hatte einst Herr Tipperton von dem damaligen Hochkönig erbeten.«

Garan stand auf und breitete die Arme aus. Seine braunen Augen leuchteten, als er die fünf betrachtete. »Willkommen in Caer Pendwyr«, sagte er mit seiner sonoren Stimme. »Morgen werden wir gemeinsam frühstücken, und Ihr werdet Uns Eure bemerkenswerte Geschichte erzählen. Es kommt nicht häufig vor, dass wir die langweiligen Amtsgeschäfte beiseiteschieben, und einem wahren Abenteuer lauschen können.« Als Königin Thayla lächelte, erfüllte dieses Lächeln ihr Gesicht mit Schönheit.

Garan gelobte, sie in ihrem Anliegen zu unterstützen und ehrte ohne Frage den Schwur, den vor so langer Zeit Prinz Aurion geleistet hatte. Dennoch wusste keiner so genau, was wohl vonnöten wäre, da Stokes Aufenthaltsort nicht bekannt war.

Ein Monat verstrich, dann noch einer, und trotz Gwyllys Furcht und Riathas Warnung verbrachte Faeril viel Zeit damit, in der Stadt nach einem Mentor zu suchen, der sie in der Kunst unterweisen könnte, in den Kristall zu sehen, in der Kunst des Wahrsagens also ... Aber sie fand nur Betrüger und Scharlatane, und so trug ihr Plan, Stoke mithilfe des Kristalls aufzuspüren, keine Früchte.

Anfang Dezember teilte ihnen der Hauptarchivar Breen mit, dass es keinerlei Aufzeichnungen von Stoke oder einer gleichnamigen Baronie gäbe, und dass ihn auch keinerlei Unterlagen mit Vulfcwmb in Aben oder mit Sagra in Vancha in Verbindung brachten. »... Ja, ich weiß, dass Ihr sagt, er hätte dort gelebt. Aber es gibt keine Unterlagen darüber. Wenn es welche gegeben hat, so müssen die Hyranier sie verbrannt haben.« Auch in Garia tauchte ein solcher Name nicht auf, obwohl Aravan selbst unsicher war, dass Stoke dieser gelbäugige Mann gewesen war, von dem die Gerüchte munkelten, denn sie hatten stattdessen den Namen Ydral genannt.

Rori kam zu ihnen und sagte, dass der Letzte der Reichsmannen mittlerweile benachrichtigt worden wäre. »Jetzt können wir nur noch warten«, sagte er weiter. »Falls sich diese Kreatur Stoke irgendwo im Reich des Hochkönigs befindet, werden wir es erfahren. Irgendein Reichsmann wird uns benachrichtigen.«

Also warteten sie. Gwylly lernte schreiben und lesen, setzte seine Lektionen in Twyll fort und lernte auch noch die Sprache der Baeron, die ihm Urus beibrachte. Zudem suchte er weiter die Gesellschaft von Aravan und Riatha, wollte erfahren, wie sich die Elfen um die Welt kümmerten, denn er fürchtete, dass die Menschheit eines Tages die Erde ruinieren könnte. Er wollte einen Weg finden, das zu verhindern.

»Was werdet Ihr tun, wenn es wahrscheinlich wird, dass die Menschheit Mithgar zerstört?«

»Bevor das geschieht, in den letzten Tagen, werden die Elfen diese Welt verlassen und nie wieder zurückkehren.«

»Und was ist mit den anderen, die hier gefangen sind bei den Menschen? Was ist mit den Zwergen, den Utruni, den Wurrlingen? Und den Verborgenen? Werdet Ihr sie – und uns – denn einfach der Willkür der Menschen überlassen?«

»Eines Tages, Gwylly, so sagen die Weisen, wird es eine Spaltung geben: Adon selbst wird die Menschheit von uns allen trennen, von den Zwergen, den Wurrlingen, von den Verborgenen, den Elfen, selbst von den Utruni. Das, sagen sie, wird ein Verlust für die Menschheit sein, denn wenn wir von dieser Welt fortgehen, dann werden auch das Wunder und die Verzauberung aus jener Welt verschwinden, die zurückbleibt.«

»Die Weisen? Wer sind diese Weisen?«

»Ich nehme an, Ihr nennt sie Zauberer«, antwortete Aravan.

»Oh.« Gwyllys Miene verfinsterte sich. »Aber ich mag die Menschheit, Aravan. Ich würde lieber bleiben. Wenn das, was Ihr voraussagt, eintritt, sind wir dann auf immer von der Menschheit getrennt?«

»Solange die Menschenwelt in Gefahr schwebt, wird das so sein.«

»Werden sie sich an uns erinnern, Aravan? Wird die Menschheit sich an uns erinnern?«

»Vielleicht, Gwylly, möglicherweise ja. Vielleicht in ihren Legenden und Fabeln. Vielleicht aber auch nur in ihren Träumen.«

Monate verstrichen. Der Winter kam und ging, der Frühling hielt Einzug. Sie sprachen zwar mit Kommandeur Rori, doch in den Berichten, die von den Reichsmannen eingingen, war bisher noch mit keinem Wort etwas von Stokes Aufenthalt verlautet worden. Er schien geradezu vom Antlitz der Erde verschwunden zu sein.

Als die Tage verstrichen, sich zu Wochen dehnten, zu Monaten, zermarterten sich die fünf ihr Hirn nach einer Möglichkeit, die Suche zu beschleunigen, suchten nach einem Weg – ganz gleich welcher es sein mochte –, um Stoke zu finden. Sie hofften auf etwas zu stoßen, das ihnen erlauben würde, ihn weiter zu verfolgen ... Aber sie kamen immer wieder zu denselben Schlüssen. Obwohl es ihnen schwerfiel, in der Burg zu bleiben, während sie sich so nutzlos fühlten, doch blieb die Frage, wohin sie sich wenden sollten, wenn sie sich auf eigene Faust auf die Suche machten. Die Welt war groß, und Stoke konnte überall stecken. Also bedeuteten die Reichsmannen ihre größte Hoffnung, denn Hunderte von ihnen suchten nach ihm und deckten dabei in wenigen Wochen eine größere Fläche ab, als die fünf in Jahren durchsuchen konnten. Sie wussten: Wenn sich Stoke irgendwo im Reich des Hochkönigs versteckte, dann würde die Suche der Reichsmannen am Ende auch Erfolge zeitigen.

Also warteten sie.

Falls sich Stoke jedoch nicht im Reich des Hochkönigs aufhielt …

Der Sommer kam, und immer wieder verließen die fünf Caer Pendwyr, vorgeblich, um ihren Reittieren Bewegung zu verschaffen, doch in Wirklichkeit wollten sie der erstickenden Enge und Künstlichkeit der Stadt entkommen. Es gab Tage, an denen die Gerüche und der Lärm und die Fülle sie zu überwältigen drohten. Gwylly und Faeril schienen manchmal nicht einmal mehr Luft holen zu können.

Gwylly verglich Pendwyr unwillkürlich mit dem Ardental, einem Ort, wo Kunst und Literatur, Bildhauerei und Metallarbeiten, Juwelenschleifer und Blumenbinder sowie die Kunst, winzige Bäume zu züchten, die Elfen beschäftigte. Wo es elegante Steingärten mit Bächen und kristallklaren Becken gab, die mit Fischen gefüllt waren. Riatha hatte ihnen einmal erzählt, das oftmals ein Jahrhundert oder mehr verging, bevor sich ein Elf schließlich entschied, einen besonderen Stein oder eine Blume oder einen Busch an eine gewisse Stelle zu platzieren.

Er verglich auch die Geschäfte der Stadt mit der Saat von Getreide, der Pflege von Gärten und der Ernte von Früchten und Beeren, mit dem Hüten von Herden und der Aufzucht von Geflügel.

Der Wurrling fand, dass es den Bewohnern von Pendwyr in ihrer Lebensart an vielem mangelte.

Aber so manches bewunderte er auch, obwohl er das Leben, das er kannte, diesem hier letztlich doch vorgezogen hätte.

Also zermarterte sich auch Gwylly das Hirn nach einer

Lösung, nach einer Möglichkeit, Stoke aufzuspüren. Jedoch vergeblich. Trotzdem gab der Bokker nicht auf.

Es war jedoch Faeril, die letztlich einen anderen Weg vorschlug, als einfach nur darauf zu warten, dass ein Reichsmann von einer Untat des Gelbäugigen berichtete.

Die beiden Wurrlinge saßen in der Bibliothek. Gwylly lernte, und Faeril suchte nach Wissenswertem über Wahrsagerei, denn sie hatte immer noch den in Seide gehüllten Kristall in seiner Metallkassette bei sich, obwohl sie nicht mehr versucht hatte, ihn zu benutzen. »Sag, Gwylly, sieh dir das mal an!« Faeril hielt ihm einen staubigen Wälzer vor die Nase.

Der Bokker nahm das Buch und legte es vor sich auf den Tisch.

> *»Orakel«*, las er laut vor, *»sind Personen, welche göttliches Wissen mitteilen; Personen, durch welche ein göttliches Wesen spricht; Orte, an denen Gottheiten auf diese Weise geheimes Wissen oder göttliche Absichten mitteilen.«*

Gwylly sah Faeril an. »Lies weiter«, sagte sie.

> *»Im Lauf der Ären haben Sterbliche wie auch Unsterbliche Antworten auf die Fragen gesucht, welche das Unbekannte und Unwägbare betrafen. Es wird behauptet, dass diesen Suchenden manchmal Antworten durch eine Gottheit gegeben wurde, manchmal gezielt, manchmal auch durch einen Auserwählten. Angeblich verhüllen die Götter diese Antworten gern, denn klares Wissen zu vermitteln entspricht nicht der Art des Göttlichen.*
>
> *Angeblich haben die Götter ihre Antworten durch das Rascheln von Eichenblättern verkündet, durch Windgeräusche in einer Höhle, das unzusammenhängende Plap-*

pern von Wahnsinnigen, durch die Figur eines Blitzes, das Rollen des Donners, die Lage der Eingeweide von Opfertieren, die Reihenfolge von gemischten und willkürlich aufgedeckten Karten ...«

Gwylly blickte von dem Buch hoch. »Kein Wunder, dass die Antworten im Verborgenen liegen.«

Faeril deutete auf einen Absatz. »Hier, Gwylly, lies das da.«

Gwylly richtete seinen Blick wieder auf den staubigen Folianten.

»Unter den berühmteren Orakeln sind vor allem folgende Orte hervorzuheben: der Alinianische Tempel im Uthana-Dschungel, der in der Zweiten Ära von den Vudaro March zerstört wurde; das Byllianische Labyrinth in Olor, das jetzt im Hyrigianischen Meer versunken ist; die Pythische Halle der Phrygia, welche von Ramis dem Fünften als ein Betrug enttarnt wurde; das Eichenholz von Gelen, dessen Orakelsprüche zu den genauesten überhaupt zählten – doch als der letzte Priester von Rûdûn starb, sind auch die göttlichen Weissagungen verstummt. Und als Letztes folgt noch der Ring von Dodona im Kandra-Holz, der jetzt angeblich unter dem Sand der Karoo-Wüste versunken ist. Es wurde berichtet, dass die Götter von Dodona mit jedem sprachen, und dass auch ihre Weissagungen, wenngleich obskur, unfehlbar wahr seien.«

Faeril streckte die Hand aus, blätterte zwei Seiten weiter und deutete dann auf einen anderen Abschnitt. »Hier, Gwylly, jetzt das da.«

»Angespornt von den Legenden über ihre unfehlbare Genauigkeit hat in der Zweiten Ära Prinz Juad von Vancha

eine Expedition in die Karoo-Wüste unternommen, um dort den untergegangen Ring von Dodona zu finden. Weder von ihm noch von seinen Gefolgsleuten wurde jemals wieder etwas vernommen.

Juads Vater, König Carlon der Weise, schickte eine zweite Expedition in diese Wüste, die das Schicksal seines Sohnes offen legen und den Prinzen nach Vancha zurückbringen sollte, falls er noch lebte. Ansonsten jedoch hatten seine sterblichen Überreste in die Heimat überführt zu werden. Auch diese Expedition verschwand spurlos.

König Carlon schickte nun keine weitere Expedition mehr aus, da er nunmehr den Worten der Wüstennomaden Glauben schenkte, die ihm versicherten, dass im Herzen der Karoo-Wüste, wo sich der Ring von Dodona befinden sollte, gar schreckliche Kreaturen hausten.«

Gwylly sah Faeril an. »Und, Dammia, was hast du nun im Sinn?«

Faeril spitzte nachdenklich die Lippen. »Nur Folgendes, Gwylly. Es ist schon ein Jahr her, seit wir nach Caer Pendwyr kamen, und wir haben bisher keinerlei Ergebnisse erzielt. Kommandeur Rori glaubt mittlerweile, dass sich Stoke gar nicht in den Ländereien aufhält, in welchen die Reichsmannen patrouillieren, also werden wir vielleicht niemals Kunde erhalten. Da die ganze Welt sein Zufluchtsort ist, müssen wir einen anderen Weg finden, Stoke aufzuspüren. Wenn das, was hier geschrieben steht, zutrifft, so könnten wir den Ring von Dodona finden und Stoke so aufspüren.«

Gwylly schaute wieder auf den Wälzer. »Aravan könnte auch seine Silberne Klinge finden ... Aber ich weiß nicht so recht, Faeril – diesem Buch zufolge ist der Ort des Orakels verloren. Außerdem, die Leute, die danach suchen, neigen offenbar dazu ... na ja, zu verschwinden.«

Faeril seufzte. »Du hast recht, mein Bokkerer, aber trotzdem ...«

»Hör zu«, unterbrach sie Gwylly. »Besprechen wir das doch einfach mit den anderen. Ich meine, es ist doch alles besser, als die ganze Zeit bloß in Caer Pendwyr herumzuhocken und zu warten.«

»Dodona im *Kandra*-Holz, hm? Hört, um die *Eroean* zu bauen, habe ich besonderes Holz aus der ganzen Welt benutzt. Eines dieser Hölzer war *Kandra*, das angeblich nur an zwei Orten auf der Welt existiert, in der Karoo-Wüste und im Reich Thyra. Ich dachte schon damals, dass der Sand der Karoo die letzten Gehölze des *Kandra* verschluckt hätte, also bin ich stattdessen nach Thyra gereist. Aber es gibt eine uralte Karte von der Karoo, auf der eingezeichnet ist, wo *Kandra*-Bäume einst wuchsen. Ich wusste nur nicht, dass der Ring von Dodona in der Nähe war.«

»Besitzt du diese Karte noch?«, fragte Riatha.

Aravan nickte bedächtig. »Sie liegt auf der *Eroean*. Doch, Riatha, ich denke, dass deine Karte genügt, denn ich kann mich noch sehr genau daran erinnern, wo dieser Wald angeblich stand. Denn hätte ich das Holz in Thyra nicht bekommen, so wäre ich bereit gewesen, in die Karoo zu reisen. Ich habe eine einfache Methode gefunden, den Ort dieses Gehölzes ausfindig zu machen. Eine Methode, die ich noch jetzt im Gedächtnis habe.«

Riatha stand auf. »Ich hole meine Karten.«

Als sie aus Aravans Kammer traten, wo sie sich versammelt hatten, murmelte Urus: »Glaubt Ihr, dass dieses Orakel von Dodona wirklich existiert?«

Aravan zuckte die Achseln. »Als ich aus Adonar kam, war der Ring von Dodona nur noch eine Legende.«

Faeril zog ein langes Gesicht. »Oh, Aravan. Bedeutet das, es ist nur eine Fabel?«

Aravan schüttelte den Kopf. »Nein, Kleine. Das habe ich nicht gesagt. Denn hört, es scheint so, dass alle Nationen ihre Sagen von alten Ruinen, untergegangenen Städten, uralten, wundersamen Tempeln und Schlössern, die schön sein sollen – und zwar jenseits aller Vorstellungen –, besitzen. Sagen von gesamten Zivilisationen, die untergegangen sind, von verborgenen Schätzen und fabelhaftem Reichtum, von uralten Kunden und magischen Gegenständen, und von anderen, verlorenen und verborgenen Wundern. Die meisten dieser Geschichten sind nur Fabeln, das stimmt, aber manche sollen auch wahr sein, oder entstammen doch zumindest einem wahren Funken.

Auf meinen Reisen mit der *Eroean* sind wir an so manchen Küsten vor Anker gegangen und haben auf dem Festland nach der Wahrheit einer Legende gesucht. Oft haben wir nichts gefunden, aber manchmal ... *Hai!* Was für Abenteuer meine Mannschaft und ich doch erlebt haben!

Deshalb, Faeril, sage ich nicht, dass der Ring von Dodona nur eine Fabel ist, aber ich kann auch nicht behaupten, er existierte wirklich. Alles was ich sage, ist, dass ich weiß, wo in der Karoo-Wüste *Kandra*-Bäume wuchsen.«

Faeril sah Gwylly an, doch der Bokker schüttelte nur den Kopf. »Vielleicht, meine Dammia, vielleicht gibt es keinen Ring von Dodona, vielleicht aber doch. Das Buch, das wir gelesen haben, behauptet, es hätte ihn gegeben, und ... *Hoy!* Warte einen Augenblick, Aravan. In dem Buch stand auch, dass die Wüstennomaden behaupteten, eine gar schreckliche Kreatur würde in der Region leben, in welcher dieser Ring existiert hätte. Für wie wahr hältst du das?«

Aravan hob die Hände. »Wer kann das wissen, Gwylly? Es gibt viele Legenden über die Karoo, und ich kenne nur ganz wenige davon. Geschichten über die *Djinn* und *Afrit*, von verwunschenen Brunnen und Oasen, in welchen Dämonen hausen, vom Skelett des Meister Tod, das auf einem riesigen, schwarzen Kamel daherreitet, von Sandwürmern, deren Mäuler mit Giftzähnen gefüllt sind, von Schakalen aus Feuer und Hèlhunden, die durch die Luft laufen; von Skorpionen, die größer sein sollen als Pferde, von gewaltigen Monstern unter den Dünen, die zu wirbelnden Winden werden, welche den Sand schleudern, von Phantomen und Gespenstern und Flechten, und von Geisterschlangen und anderen Dingen.

Solche Geschichten wurden schon immer erzählt und werden das auch fürderhin, ganz gleich, in welchem Reich. Manchmal stimmen sie, manchmal auch nicht. Wie gesagt, meine Mannschaft ist oft auf solche Geschichten gestoßen und hat meist festgestellt, dass sie vollkommen falsch sind. Gelegentlich jedoch konnten wir kaum unser Leben retten, als sie sich als wahr entpuppten.«

In diesem Augenblick kam Riatha in Aravans Gemach zurück und rollte ihre Karten auf dem Tisch aus. Sie beschwerte die Kanten mit Dolchen, Taschen und anderen Dingen aus dem Zimmer.

Riatha und Urus beugten sich über den Tisch und stützten sich mit den Händen auf der Karte ab, während sich Gwylly und Faeril auf Stühle stellten, damit sie sehen konnten. »Hier.« Aravan deutete auf eine besondere Stelle. »Seht Ihr diesen Ausläufer der Talâk-Berge? Zieht eine gerade Linie zur Gabel, wo der Fluss Hailé in den Pilar mündet. Auf halber Strecke«, Aravan schätzte die Entfernung und deutete dann auf die Karte, »dort stand angeblich einst das *Kandra*-Holz.«

Urus maß die Strecke mit seinem Daumen. »Hmm. Zweitausend Seemeilen über die Avagon-See, und dann die vierhundertfünfzig Meilen durch die Karoo. Das macht etwa zwei Wochen über Wasser«, Aravan nickte zustimmend, »und nochmals zwölf Tage über Land. Wir könnten also innerhalb eines Monats nach unserem Aufbruch dort sein. Falls wir nichts finden, brauchen wir einen weiteren Monat für unsere Rückkehr.« Der Baeron verstummte und dachte nach. Die anderen betrachteten die Karte. Schließlich brach er das Schweigen. »Ich würde sagen, lasst es uns versuchen.« Urus sah auf die Bokker herab. »Wie Gwylly ganz richtig sagte, alles ist doch besser, als sich hier in Pendwyr den Hintern in den Bauch zu warten.«

Bedächtig sah Urus sich am Tisch um. Riatha nickte, Faeril und Gwylly ebenfalls. Aravan lächelte, sah Urus an und antwortete mit einem starken, fremdartigen Akzent. »Schon ma' 'n Kamel geritten, hm? Wüstenschiffe, so nennt man se auch, kommen hin, eh, wo sonst keiner nicht hingeht, eh.«

Lord Leith sorgte für ein Schiff und stellte Mittel für die Expedition bereit. Kommandeur Rori stellte zwei Reichsmannen ab, die unsere fünf begleiten sollten. Reigo, einen kleinen, drahtigen Burschen aus Vanchia, mit dunklen Augen und schwarzen Haaren, er war etwas über achtundzwanzig und stammte aus der Stadt Portho. Sowie Halíd, einen etwas größeren, schwarzhaarigen Mann mit dunklen Augen und einer Hakennase. Er stammte von der Insel Gjeen und war etwas über dreißig. Jeden hatte man wegen seiner Statur, seiner Augenfarbe, der Hautfarbe und auch wegen seines Wissens ausgewählt. Mit der richtigen Kleidung konnten alle als Einheimische durchgehen, und darüber hinaus sprachen sie Kabla, die vorherrschende Sprache in der Karoo.

Sechs Wochen verstrichen, bis endlich alles bereit war. Das Schiff, mit dem sie fahren sollten, lag nämlich noch im Trockendock, wo es frisch kalfatert wurde. Dann aber schließlich, am Tag der Herbstsonnenwende, setzte das arbalinische Schiff *Bèllo Vento* Segel, stach von der Hile-Bucht aus in See und nahm Kurs auf den Wüstenhafen Sabra, am Rande der Karoo.

Als Faeril beobachtete, wie das Kap von Pendwyr hinter dem Horizont verschwand, schoben sich Wolken vor die Sonne und zogen einen dunklen Schleier über das Meer. Da lief der Damman ein kalter Schauer über den Rücken.

7. KAPITEL

AVAGON

Herbst, 5E989
(Gegenwart)

Es regnete drei Tage lang. Starker Seegang herrschte zwar, aber die *Bèllo Vento* machte gute Fahrt. Unwillkürlich verglich Faeril das schlanke, arbalinische Schiff mit der krängenden, schaukelnden *Orren Vamma* oder dem Schwanken der *Walwanst.* In diesen selben drei Tagen segelte Kapitän Legori, ein großer, schlanker Mann mit olivfarbener Haut und dunkelbraunem Haar praktisch blind, denn er konnte des Nachts kaum die Sterne sehen, und am Tag hinter der starken Bewölkung den Stand der Sonne nur grob abschätzen. Aravan und Riatha leisteten dem Kapitän dabei unschätzbare Dienste, denn, wie allgemein bekannt war, bestätigte sich die Fähigkeit der Elfen, den Stand von Sonne, Mond und Sternen jederzeit beurteilen zu können, ohne sie überhaupt sehen zu müssen. Obwohl sie nicht darauf zu deuten vermochte, weil die Wolken sie verbargen, konnten beide Elfen dem Kapitän jederzeit sagen, wo die Sonne stand, im Morgengrauen, bei Sonnenuntergang, auch mittags und sogar den Stand der Sterne bestimmten sie um Mitternacht. Da Aravan und Riatha den exakten Verlauf von Sonne, Mond und Sternen kannten, vertraute Kapitän Legori ihren Angaben. Zudem stärkte Aravans Erfahrung als Navigator das Vertrauen von Legori darin, dass die *Bèllo Vènto*, wenngleich vielleicht nicht auf ihrem exakten Kurs, so doch wenigstens nicht weit davon entfernt war.

Solange die Regenschauer auf das Schiff peitschten, blieben die sieben Passagiere meist unter Deck und besprachen ihre bevorstehende Reise in die Wüste Karoo. Aravan, Reigo, und Halíd, sie alle hatten Erfahrung mit dem Leben in der Wüste, die anderen jedoch nicht. Also sprachen sie zumeist von dem Überleben in der Wüste, wie sie es auch schon in den sechs Wochen zuvor getan hatten, in denen sie darauf warteten, dass das Schiff endlich das Trockendock verließ.

In diesen sechs Wochen waren sie alle mit passender Kleidung für die Wüste ausgestattet worden. Reigo und Halíd erklärten ihnen die Namen der Dinge auf Kabla, führten ihre Ausrüstung vor und schilderten die Sitten der Wüstenbewohner, jener K'affeyah, der Nomaden des Sandes. Aravan ergänzte ihre Schilderung noch hier und da, denn er hatte für eine Weile am Rand der Wüste gelebt und sprach darum ebenfalls Kabla.

»Dieses Kopftuch wird *kaffiyeh* oder auch *ghutrah* genannt«, erklärte Halíd gerade. »Es wird von einem Stirnband gehalten, dem *agâl*. Der Umhang heißt *jellaba*, manchmal auch *abaya*. Das Hemd ist ein *brussa*. Die Hosen nennt man *tombon*.

Es ist lebenswichtig, in der Wüste richtig bekleidet zu reisen. Denn die Kleidung schützt Euch nicht nur vor der Sonne, sondern mäßigt auch Euren Bedarf an Wasser, weil Sonne und Wind, wenn sie die ungeschützte Haut treffen, dem Körper zu viel Feuchtigkeit entziehen. Das bedeutet, Ihr trinkt häufiger, und Wasser ist das kostbarste Gut in der Karoo.«

Reigo knurrte zustimmend und fuhr dann mit der Lektion fort, indem er Dinge wie *gimbâz, Abâyeh, shatweh, kola* und *pushtin* erklärte.

Sie sprachen darüber, dass eine Frau der Karoo von Kopf bis Fuß in einen *thôbe* gehüllt einhergeht und dazu einen Schleier trägt, einen *yashmak*. Sie schlugen vor, dass sich Riatha als Mann ausgab, denn sie war so groß wie die meisten Nomadenmänner. Zudem würde sie ein Schwert tragen, den Wüstenfrauen waren aber nur kleine, dekorative *jumbiyahs* gestattet, Krummdolche.

Im gleichen Atemzug beschlossen sie, die Wurrlinge als männliche Kinder auszugeben, da Faeril ihre Wurfmesser deutlich sichtbar am Kreuzgurt trug.

Weder Urus noch Aravan würden sich verkleiden müssen, wenngleich die kleinen, drahtigen Stammesleute der Karoo Urus für einen wahren Giganten halten mochten.

Reigo und Halíd selbst würden dagegen als Eingeborene auftreten.

Beide Reichsmannen waren schon tief in der Karoo gewesen, doch es war eine riesige Wüste – fast zweitausend Meilen lang und mehr als fünfzehnhundert Meilen breit. Also konnte man auch ihre Kenntnis über diese Wüste bestenfalls eingeschränkt nennen. Doch während sie auf das Schiff warteten, hatten Reigo und Halíd die Archive durchforstet und Karten dieser Wüstenei gefunden, auf denen verschiedene Zisternen und Oasen eingetragen waren. Diese Plätze hatten sie auf Riathas Karte übertragen. Allerdings galt es keineswegs als sicher, dass sich an diesen Orten auch tatsächlich Wasser fand. Zwei Oasen lagen an ihrer Strecke: die Oase von Falídii, etwa sechzig Werst südlich von Sabra, und die Zisterne von Uâjii, etwa zwanzig Werst nördlich des Platzes, an dem angeblich das *Kandra*-Wäldchen gestanden hatte.

Sie beschäftigten sich in dieser Zeit jedoch nicht nur mit dem Unterricht über die Wüste, mit dem Überleben darin, den Sitten der Küstenbewohner und der K'affeyah-Nomaden. Reigo und Halíd bekamen auch Geschichten über

Baron Stoke zu hören und erfuhren, dass die Wurrlinge, die Elfen und der Baeron hofften, durch die Hilfe des Ringes von Dodona den Aufenthaltsort dieses Monsters herauszufinden. Das führte zu langen Spekulationen über die Zuverlässigkeit von Orakeln. Beispiele für Erfolg und Misserfolg wurden ebenso angeführt wie solche von betrügerischen Weissagern. Riatha führte die Elfe Rael und ihre Sermone an. Faeril sprach von ihrer eigenen »Weissagung«, als ihr Verstand und ihre Seele in diesen Kristall eingetaucht waren.

Und während der Regen auf die *Bèllo Vènto* prasselte und die sieben unter Deck zwang, erzählte Riatha die Geschichte von Falan dem Großspurigen, und von Shumea, der pythischen Seherin.

»Vor langer Zeit im Lande Hurn gab es das berühmte Orakel des Telos, hoch auf einem Berg, von dem aus man den Rand der Avagon-See überschauen konnte. Dort hatte man einen großen, weißen Tempel über einer Bodenspalte errichtet, aus der unsichtbare Dämpfe aufstiegen. Eine Priesterin des Telos hängte sich an Ketten über diesen Spalt und atmete die berauschenden Dämpfe ein. Nach wenigen Augenblicken begann sie in Zungen zu sprechen, Zungen, die man noch nie zuvor gehört hatte.

Vor ihr saß auf einem silbernen Thron eine Seherin von Phrygia und kaute ein Blatt des *janjah*-Strauches, ohne dessen Hilfe selbst sie die mystischen Worte der Priesterin nicht hätte auslegen können.

Neben der Seherin wiederum saß ein Schreiber, der die Worte der Seherin mitschrieb.

Viele kamen zum Orakel des Telos, um ihr Schicksal in Erfahrung zu bringen – Bauern, Krieger, Höflinge, Könige, Menschen aus allen Schichten und Landen. Manchmal bekamen sie eine Antwort, manchmal auch nicht, denn alle waren den Launen der Götter ausgeliefert. Jedenfalls wurde das immer wieder behauptet.

Einer der Besucher war nun Falan der Großspurige, der mit seiner gesamten Flotte nach Telos gesegelt war, um herauszufinden, ob er und seine Handlanger die ganze Welt erobern würden. Zu dieser Zeit war Shumea die Seherin von Telos – und zwar die letzte, wie sich bald erweisen würde.

Falan stellte seine Fragen, bekam jedoch keine Antwort. Wie so oft, war die einzige Reaktion Schweigen. Es ergrimmte ihn, dass ihn die Götter keiner Antwort würdigten, denn schließlich war er doch Falan!

So voller Zorn war sein Herz, dass er drohte, Telos zu zerstören und alle, die dort weilten, niederzumetzeln.

In diesem Augenblick nun hub die Priesterin in ihren Ketten zu sprechen an, Shumea kaute ihr *janjah*-Blatt und lauschte ihr aufmerksam. Anschließend wandte sie sich an Falan. ›Für elf Talente Gold, Edler Falan, werde ich Euch alle neun Schriftrollen von Telos übergeben, auf denen alle Prophezeiungen der Götter niedergeschrieben sind.‹

Falan weigerte sich, denn er begehrte doch nur eine Antwort, nichts anderes.

Shumea nahm drei Schriftrollen von Telos, legte sie in einen Feuerkorb, setzte sie trotz der Proteste von Falans Berater in Flammen und ließ sie zu Asche verbrennen.

Erneut wandte sich Shumea an Falan und sprach: ›Für elf Talente Gold, edler Falan, werde ich Euch die sechs restlichen Schriftrollen von Telos übergeben, auf denen viele Prophezeiungen der Götter niedergeschrieben sind.‹

Erneut lehnte Falan der Großspurige ab, trotz des Drängens seiner Ratgeber, denn er hatte immer noch keine Antwort auf seine eigene Frage erhalten.

Erneut nahm Shumea, während Falans Berater entsetzt und wütend zusehen mussten, drei der letzten sechs Schriftrollen, legte sie in einen Feuerkorb und überantwortete sie den Flammen, bis nur noch Asche übrig geblieben war.

Ein letztes Mal wandte sich Shumea an Falan. ›Für elf Talente Gold, Edler Falan, werde ich Euch die letzten drei Schriftrollen von Telos übergeben, auf denen einige Prophezeiungen der Götter niedergeschrieben sind.‹

Wieder weigerte sich Falan, und Shumea streckte die Hand zu dem Feuerkorb hin aus mit den letzten drei Schriftrollen darin.

Ein großer Aufschrei erhob sich unter Falans Ratgebern, sie fielen vor dem Großspurigen auf die Knie und flehten ihn an, das Angebot anzunehmen. Geschmeichelt von der Unterwürfigkeit seines Gefolges willigte Falan schließlich in Shumeas Bedingungen ein.

Von den Schiffen der mächtigen Armada, die in der Bucht ankerte, wurden elf Talente Gold geholt und der Seherin übergeben. Dafür reichte sie Falan die Schriftrollen. Falan verließ mit seinem Gefolge das Orakel. Die Frage des Großspurigen war zwar nicht beantwortet, aber einige seiner Ratgeber mutmaßten, dass die Antwort auf einer der Schriftrollen zu finden sein könnte.

In dieser Nacht jedoch führte Falan der Großspurige eine Schar handverlesener Männer durch die Dunkelheit zum Tempel, um das Gold zurückzuholen. Doch was mussten sie sehen: Der Tempel war verlassen, die Frauen und der Schatz verschwunden, ebenso der silberne Thron.

Außer sich vor Wut zerstörten Falan und seine Männer den Tempel, rissen ihn nieder.

Und mitten in der Nacht segelte die Armada auf der gerade einsetzenden Ebbe hinaus auf das Meer …

Unmittelbar vor Tagesanbruch jedoch bebte die Erde gewaltig, der Berg von Telos wurde zerstört. Diese gewaltige Katastrophe löste eine ebenso gewaltige Flutwelle aus, die über das Meer hinwegrauschte, auf Falans mächtige Armada traf, die Schiffe zerschmetterte und alle ertränkte, Mann und Maus in die Tiefe zog – Falan, seine Ratgeber,

Handlanger und Soldaten ... alle, einschließlich dieser drei kostbaren, unersetzlichen Schriftrollen.

So bekam Falan der Großspurige am Ende doch seine Antwort von den Göttern von Telos, die danach für immer verschwanden.«

Am vierten Tag ihrer Reise hörte der Regen auf, der Himmel klarte auf, und ein guter Wind trieb sie quer über das Meer. Alle waren froh, endlich wieder die Sonne zu sehen. Sie schlenderten über das Deck oder lagen einfach da und genossen die Wärme. Der Kurs musste, wie sich herausstellte, nur geringfügig korrigiert werden.

Zwei weitere Tage und Nächte segelten sie so weiter, während der Wind immer schwächer wurde ... am siebten Tag lagen sie still in einer Flaute mitten in einem spiegelglatten Ozean.

Hauptmann Legori schickte die Männer in Dinghis, die mit diesen Booten die *Bèllo Vènto* schleppten. Die Ruder klatschten in dem klaren Wasser, schlugen Wellen, und die Rümpfe hinterließen ein Kielwasser, das sich ebenfalls langsam ausbreitete.

Aravan stand mit Gwylly am Heck und beobachtete die sich miteinander verwebenden Muster, gefesselt von dem glitzernden Kräuseln, das die Wellen auf der spiegelglatten Fläche bildeten.

»Sie hat eintausend Gesichter ... nein, noch viel mehr«, sagte der Elf schließlich auf Sylva.

Gwylly, der die Sprache der Elfen ebenfalls gelernt hatte, antwortete: »Der Ozean, das soll eine launische Geliebte sein, wie ich höre.«

»Aye, die Geliebte vieler, doch keinem untertan.«

Sie standen eine Weile schweigend da, und nur die rhythmischen Gesänge der Ruderer störten die Stille. Schließlich fuhr Aravan fort: »Sie ist zu temperamentvoll, um von irgendwem gezähmt zu werden, und wird immer wild und frei sein ... obwohl es welche gibt, die sie zu der Ihren machen wollen.«

Gwylly schüttelte den Kopf. »Wer dürfte auch nur wähnen, dass man sie besitzen könnte?«

Aravan lachte. »Ha! Jetzt weiß ich, dass Ihr im Herzen ein Elf werdet, Gwylly, denn Ihr sprecht wie ein Lian ... oder wie einer der Verborgenen.«

Der Bokker warf Aravan einen fragenden Blick zu.

Aravan jedoch schien in Gedanken versunken, als würde sich sein Herz an die Worte eines anderen erinnern, eines Wesens aus uralten Zeiten. *Wer kann den Himmel besitzen?*, hallte die Frage durch seinen Verstand.

Tarquin saß vor dem Elf. Der Fuchsreiter war kaum größer als dreißig Zentimeter, seine Stimme war leise, und er sprach in der Zunge der Verborgenen. »Die Menschheit ist nicht wie das Volk, denn sie sucht zu besitzen, worauf sie Hand legt, alles, was man sieht und fühlt.

Doch wer kann den Himmel besitzen? Wer kann den Wind oder den Regenbogen sein Eigen nennen? Wer den Regen oder die Wasser der Welt beherrschen, das Lachen der Bäche oder das Brüllen des Donners? Oder auch nur Steine und Berge, die Knochen der Erde? Und wer besitzt das Gras und die Bäume, die Wälder und Ebenen? Und wer die Geschöpfe der Luft und jene Kreaturen der Erde, all die Wesen in den Wassern? Wer kann auch nur eines dieser Lieder der Erde für sich beanspruchen?

Die Menschen würden sagen: ›Ich. Mir gehört das alles. Ich habe die Herrschaft. Es ist mein! Und ich kann damit tun, wie mir beliebt.‹

Das Volk jedoch sagt: Nein! Niemandem gehört die Welt, oder allen, denn alles ist heilig. Jedes glänzende Blatt, jedes sandige Gestade, jeder Nebel im finsteren Wald, jedes summende Insekt. Sie alle müssen verehrt werden.

Wir sind Teil der Erde – und sie ist ein Teil von uns. Also ist sie zu ehren, zu lieben, zu pflegen, denn sie ist kostbar. Sie ist unser Vater und unsere Mutter, und alle Dinge darauf sind unsere Brüder und Schwestern. Der Bär, der Hirsch, der Adler, der Fuchs, sie alle sind unsere Verwandten, selbst die Pflanzen und Blumen. Die Luft, die über uns atmet, die schimmernden Wasser, die in Strömen und Flüssen fließen und an die Gestade der Ozeane schlagen, all dies ist unser Lebenssaft.

Die Erde gehört niemandem; stattdessen gehören wir der Erde. Alles Seiende ist in dem großen Gewebe des Lebens miteinander versponnen, und was auch immer einer Stelle dieses Gewebes angetan wird, wird Erschütterungen erzeugen, die im ganzen Gewebe zu spüren sind.

Wer besitzt die Welt? Man könnte ebenso gut fragen: Wem gehört der Wind? ...«

»Natürlich gehört der Wind niemandem, Aravan.« Gwyllys Stimme drang in Aravans Bewusstsein, und da begriff der Elf, dass er laut gedacht hatte.

Er lachte. »Aye, Gwylly. Niemandem gehört der Wind. Denn wenn doch, dann könnten wir ihn heranpfeifen und uns aus dieser Flaute befreien.«

Der Bokker wandte sich herum und blickte nach vorn. »Legori rudert, um ihn zu finden. Ich glaube, ich sehe ihm zu. Wollt Ihr mitkommen?«

»Nein, Kleiner. Ich bleibe lieber eine Weile hier.«

Der Bokker zuckte mit den Schultern und ging dann zum Bug.

Während die Männer in den Dinghis über die spiegelglatte See ruderten und die *Bèllo Vènto* langsam hinter sich herzogen, den Wind suchten, lehnte sich Aravan an die Heckreling, blickte ins Wasser und überließ sich seinen Erinnerungen ...

Und immer noch vermischten sich die funkelnden Muster, kräuselten das Meer und breiteten sich aus ...

Einen ganzen Tag und eine Nacht lang war das arabalinische Schiff auf dieser glasklaren See gefangen, während die Matrosen sie langsam nach Süden schleppten. Doch gegen Morgen zeigte ein sachtes Schlagen des schlaffen Segels an, dass sich die Luft rührte. Am Vormittag endlich kam eine schwache Brise auf, die Dinghis wurden wieder eingeholt, die Männer stimmten ein Seemannslied an, und erneut war die *Bèllo Vènto* unterwegs.

Als sie ihr Mittagsmahl einnahmen, frischte der Wind merklich auf, das Schiff krängte und durchschnitt zügig die Wellen. Faeril lächelte. »Irgendwann habe ich schon befürchtet, dass die Männer den ganzen Weg bis nach Sabra rudern müssten. Ich bin froh, dass es nicht dazu gekommen ist.«

»Ich bin froh, dass wir wieder auf der Jagd sind«, meinte Gwylly.

»Jagen, schon, aber finden, nein«, antwortete Faeril. »Jedenfalls noch nicht. Es wird wohl ein wenig dauern.«

Aravan sah Riatha und Urus an und richtete seinen Blick schließlich auf die Wurrlinge. »Es kann wahrlich eine lange Suche werden, in der Tat. Doch für die Elfen geschieht eine Jagd, die Jahrzehnte oder gar Jahrhunderte lang andauert, in nicht mehr als einem Wimpernschlag. Für Wurrlinge jedoch ... Habt Ihr diese Zeit? Es könnte nämlich ungezählte Jahre dauern.«

Faeril nahm die Hand ihres Bokkerers. »Solange ich bei Gwylly bin.«

Aus den Augenwinkeln bemerkte Gwylly, wie Riatha nach Urus' Hand tastete.

Am neunten Tag ihrer Reise schwamm eine Schule von Tümmlern vor ihrem Bug, und die einzelnen Fische sprangen voller Freude aus dem klaren, blauen Wasser empor. Faeril und Gwylly betrachteten entzückt ihr agiles Spiel.

Urus und Riatha standen ebenfalls Hand in Hand an der Reling und sahen glücklich zu. »Meine Dorfältesten«, meinte Halíd, »sagen, dass die *jeenja* Schiffbrüchigen helfen, aber ich hoffe doch, dass ich niemals herausfinden muss, ob diese Geschichte stimmt.«

Aravan lehnte auf dem Bugspriet und sah ebenfalls zu. »Aye, Halíd, sie helfen tatsächlich jenen, deren Schiffe gekentert sind. Sie unterstützen die Schwimmenden, auf dass sie nicht untergehen, und führen sie zum Land. Aber ich glaube, dass andere ebenfalls helfen, also andere Bewohner der Tiefe.«

»Lord Aravan«, Halíd sah ihn staunend an, »sprecht Ihr von den Kindern der Meere? Ai, es gibt viele Sagen unter den Gjeeniern von Wesen, die in den funkelnden Tiefen und den sich brechenden Wogen halb zu erkennen waren.«

Reigo schnaubte bei Halíds Worten verächtlich. »Kinder der Meere? Pah! Mein Vater hat geschworen, dass sie nicht existierten ... und er sollte es wissen, denn er war über dreißig Jahre lang Seemann.«

Aravan lächelte. »Dreißig Jahre? Wenn er mehr Zeit gehabt hätte, dann vielleicht ...«

Halíd musterte den Elf. »Wie lange seid Ihr gesegelt?«

Aravan sah Riatha an, als suchte er Hilfe, und erwiderte dann: »Mehr als fünftausend Jahre.«

Halíd sackte der Kiefer herunter, und Reigo keuchte: »Fünftausend ...?«

»Seht doch, seht!« Faeril streckte den Arm aus. Die Tümmler hatten eine lange, schräge Kette gebildet, und der Letzte in der Reihe hatte angefangen, über die anderen hinüberzuspringen. Kaum hatte er das getan, folgte ihm der Nächste, und so ging es weiter und weiter. Ein Tümmler folgte auf den anderen, sprang und tauchte ein, sprang und tauchte ein.

»Sie spielen Bocksprung!«, rief Gwylly.

Aber selbst dieses erstaunliche Spiel der Tümmler konnte das ehrfürchtige Staunen aus Reigos und Halíds Blick nicht bannen, mit dem sie Aravan betrachteten.

Und Riatha.

Denn sie waren beide von derselben Art.

Am Nachmittag des sechzehnten Tages seit ihrer Abreise von Pendwyr lief die *Bèllo Vènto*, das schlanke arbalinische Schiff, mit seiner menschlichen Besatzung unter dem Kommando von Kapitän Legori und im Auftrag des Hochkönigs in den breiten Hafen von Sabra ein, ankerte in der funkelnden Bucht, vor der Stadt, die sich sichelförmig vor ihr ausbreitete und in der glühenden Sonne buk.

An Deck standen auch zwei Wurrlinge, zwei Elfen, ein Baeron und zwei Reichsmannen, allesamt wie K'affeyah gekleidet, mit hellblauen Turbanen sowie jenen Umhängen, die ihr Gesicht halb verdeckten und ebenfalls hellblau waren, darunter trugen sie Hemden, Gürtel, Hosen, weiche Stiefel und anderes.

Bewaffnet waren sie ebenfalls, aber nicht mit den Waffen der Stammesleute. Ihre Klingen stammten aus dem Norden, waren gerade Schwerter, Morgensterne, Langmesser, Wurfmesser und dergleichen mehr. Nur zwei von ihnen trugen Waffen, wie sie in der Wüste üblich waren: einen Speer und eine Schlinge.

Die sieben standen an Deck und betrachteten die Bucht. Am Horizont, jenseits der Hafenstadt, in der schimmernden Hitze, sahen sie ihr nächstes Ziel: den vor Glut flimmernden Sand der riesigen Karoo.

8. KAPITEL

KAROO

Herbst, 5E989
(Gegenwart)

Sie gingen an Land und drängten sich durch das Gewühl der Gassen, die sieben Kameraden. Sie folgten dem Weg zum Blauen Halbmond, einem Quartier, das ihnen von Kapitän Legori empfohlen worden war. Während sie durch die Stadt gingen, folgte ihnen ein aufgeregtes Stimmengewirr, das ihnen dann jedoch bald schon vorauseilte. Denn wenn die Händler und Kaufleute sich vordrängten, um ihre Waren feilzubieten, sahen sie bei zwei der anmutigen Fremden mandelförmige Augen wie aus flüssigem Silber und Saphir, bei den Kleinen aber ebenso mandelförmige Augen aus Bernstein und Smaragd. Einer der Ausländer war ein wahrer Hüne, ein Gigant, vor dem die Händler furchtsam zurückzuckten. *Djinn,* so flüsterten sie über die beiden Ersten, und *zrîr Djinn* über die Kleinen, und *Afrit* über den gewaltigen Hünen. *Aber wie kann es ein, denn sie tragen blau, die heiligste aller Farben? Vielleicht sind sie ja vielmehr Seraphine?*

Aravan lachte. »Sie halten uns entweder für Agenten der Dämonen oder für Boten der Götter«, sagte er auf Sylva zu seinen Gefährten.

Gwylly wiederholte Aravans Worte für Urus in der Sprache der Baeron. »Gut«, erwiderte Urus in derselben Zunge.

»Vielleicht gereicht es uns zum Vorteil, wenn wir Kamele kaufen. Denn wer würde schon einen Engel oder einen Teufel übers Ohr hauen, hm?«

Schließlich gelangten sie zu der Herberge, und Aravan übersetzte die verzierten, filigranen Buchstaben auf dem Schild, obwohl der Halbmond, der darauf abgebildet war, den Namen für all jene darstellte, die die wunderschön geschwungenen Schriftzeichen nicht entziffern konnten.

An diesem Abend nahmen sie eine Mahlzeit aus Brot und zu Hackklopsen verarbeitetem Ochsenfleisch ein, dazu Gemüse, Zwieback, Ziegenkäse, und als Nachspeise Datteln und Orangen. Anschließend saßen sie im Schankraum und tranken aus kleinen Tassen *khla'a*, eine dunkelbraune, etwas bittere Flüssigkeit.

Erneut konsultierten sie die Karte, bis Urus sich räusperte. »Kapitän Legori wird morgen mit der Flut auslaufen und in einem Monat zurückkehren und noch einen weiteren Monat warten, falls es nötig sein sollte. Da wir etwa zwölf Tagesreisen bis zu der Stelle bewältigen müssen, an der Dodona liegt, wie wir vermuten, und weitere zwölf Tage für unsere Rückkehr benötigen, so gewährt uns das beinahe fünf Wochen Zeit für die Suche nach dem Orakel. Vielleicht ist uns Fortuna ja wohlgesonnen und wir finden den Ring an dem Tag, an dem wir dort ankommen. Was ich allerdings für sehr unwahrscheinlich halte. Falls wir das Orakel gefunden haben, ist uns Fortuna vielleicht erneut gewogen, und es beantwortet unsere Frage nach Stokes Aufenthalt, was ich ebenfalls nicht glaube. Also könnten wir, mit Fortunas Unterstützung, in fünfundzwanzig Tagen wieder hier sein ... Wie auch immer, wir müssen jedoch in spätestens sechzig Tagen nach Sabra zurückkehren, sonst nämlich segeln Kapitän Legori und die *Bèllo Vènto* ohne uns nach Pendwyr zurück.«

Die anderen nippten an ihrem bitteren *khla'a* und nickten, denn Urus fasste nur noch einmal zusammen, was sie immer und immer wieder durchgesprochen hatten. Doch es erschien allen notwendig, es noch einmal in Worte zu fassen. Schweigen senkte sich über die Gruppe, bis sich Reigo an den hünenhaften Baeron wandte. »An mir nagt eine Frage, seit wir Caer Pendwyr verlassen haben, und zwar folgende: Hat vielleicht gerade jetzt ein Reichsmann aus einem fernen Land Kommandeur Rori eine Nachricht über Baron Stoke gemeldet? Wurde Stoke vielleicht sogar gefunden, während wir noch herausfinden wollen, wo er sich denn versteckt? Mich plagt diese ... diese Frucht, dass wir in die Irre laufen könnten, während unsere Beute – also Stoke – entkommt.«

Alle sahen sich an, denn dieselbe Furcht lauerte hinter allen Augen, hinter allen, bis auf denen von Halíd, der nur die Achseln hob, mit dem typischen Fatalismus derer von Gjeen. »Sollte das der Fall sein, ist es der Wille von Rualla, der Herrin der Winde.«

Am nächsten Morgen schlenderten sie an Stallungen vorbei, in denen edle Pferde standen, schlank und heißblütig und schnell. Dann verließen sie die Stadt und gingen hinaus zu den Kamelmärkten. Aufgrund von Gesetzen waren Kamele in den Stadtgrenzen nicht erlaubt, außer um Waren zu liefern und abzuholen. Warum die Regierung der Stadt ein solches Verdikt erlassen hatte, wurde Gwylly, Faeril, Riatha und Urus rasch klar, als sie den Kamelmarkt erreichten. Der Gestank war entsetzlich. »Puh!«, keuchte Gwylly, dem Tränen in die Augen traten, als er sie zusammenkniff, was ahnen ließ, dass sich der Rest seines Gesichts unter dem Turbanschal ebenfalls zu einer angewiderten Grimasse verzogen hatte. »Kein Wunder, dass dieser Markt weit von der Stadt entfernt liegt.« Die anderen nickten zustimmend und näherten sich nur zögernd den widerlich stinkenden Tieren.

Die Münder der Kamele bewegten sich von einer Seite zur anderen, während sie wiederkäuten. Und sie grunzten und stöhnten, als würden sie sich ständig beschweren, ob sie nun arbeiteten oder nicht, standen oder lagen, reglos waren oder gingen und trotteten. Als die sieben an ihnen vorbeiliefen, verdrehten die Kamele ihre Augen und verzogen die Visagen zu entsetzlichen Fratzen. Einige spien sogar stinkenden Speichel in Richtung der Fremden.

Reigo lachte. »Das hatte ich vergessen!«

Faeril sah den Reichsmann an. »Was habt Ihr vergessen, Reigo?«

»Ein uraltes Märchen, Kleine. Es besagt, dass der Prophet Shat'weh auf seinem Lieblingskamel Onkha einst durch die Wüste floh, auf der Flucht vor seinen Verfolgern. Onkha galoppierte sehr rasch, angetrieben von Shat'weh, entkam ihren Verfolgern aber und brachte ihren Herrn und Meister ins sichere Exil. Als Belohnung flüsterte Shat'weh dem treuen Kamel den Wahren Namen Gottes ins Ohr. Von dieser Zeit an wurde dieses größte aller Geheimnisse von einem Kamel zum anderen weitergegeben. Deshalb fühlen sich alle Kamele jetzt, wenn sie eine Person ansehen, der es an diesem Wissen mangelt, überlegen, und verziehen ihr Antlitz zu einer hochmütigen Fratze.«

Reigo lachte und Faeril kicherte. Danach schritten die sieben vergnügt lachend zwischen den stinkenden Kreaturen umher. Und so näherten sie sich fröhlich der Gruppe der Kamelhändler.

Obwohl diese Händler von den Augen der Elfen und Wurrlinge sichtlich beunruhigt waren und vor Urus' Größe zurückschraken, feilschten sie lange und hart. Doch Halíd und Reigo waren in der Kunst des Kamelhandels sehr erfahren. Sie prüften die Härte der Höcker, woran sie einschätzen konnten, wie gut die Tiere ernährt worden waren; sie untersuchten die gelben Zähne und rochen den stinkenden Atem der Tiere: Beides waren Zeichen für ihr Alter. Dann ließen sie die grunzenden und sich beschwerenden Tiere aufstehen und niederlegen, woran sie ihren Gehorsam bemaßen; sie betrachteten ihre Höhe, die Länge ihrer Beine, den Zustand ihres Fells und suchten nach weiteren Anzeichen für ihre Gesundheit, Ausdauer und Geschwindigkeit.

Schließlich erwarben sie fünf schnelle *hajun*, Reitdromedare, und dazu sechs *jamâl*, Packkamele für ihren Proviant. Alles waren Weibchen, bis auf ein kastriertes Dromedar; dieses riesige Tier sollte Urus tragen.

Sie kauften auch die dazugehörige Ausrüstung sowie zwei Doppelsättel, die einem Stammesangehörigen der K'affeyah erlaubte, ein Kind mitzunehmen. Der Jüngling saß vor dem Reiter, doch etwas unterhalb seiner Höhe.

Nach einem längeren Palaver, das unter ihnen stattfand und bei dem sie den Fremden – die vielleicht *Djinn* waren, und *zrîr Djinn* und dem *Afrit* – viele furchtsame Blicke zuwarfen, näherten sich die Kamelhändler vorsichtig den beiden Menschen, Halíd und Reigo, und fragten sie, ob sie vielleicht wünschten, dass die blauen Troddeln von der Ausrüstung entfernt werden sollten. Schließlich wusste jeder, dass Blau die heilige Farbe war, mit der Kobolde und Dämonen ferngehalten werden sollten.

Reigo lachte so sehr, dass er nicht antworten konnte, doch Halíd musterte die Händler kühl und antwortete auf Kabla: »Die blauen Quasten müssen dran bleiben, denn sie verstärken die Macht unserer Herrn.«

Ehrfürchtig wandten sich die Händler zu Riatha, Aravan, Faeril und Gwylly herum und verbeugten sich tief, zuletzt vor Urus.

Reigo lachte noch mehr.

Sie erstanden die Kamele zu einem angemessenen Preis, denn es ergab sich tatsächlich so, wie Urus gesagt hatte:

»Wer wird schon einen Engel oder einen Teufel übers Ohr hauen, hm?«

Früh am nächsten Morgen verließen die sieben auf ihren spöttischen, knurrenden und protestierenden Kamelen Sabra und ritten nach Süden in die Wüste Karoo. Da Reigo und Halíd die erfahrensten Kamelreiter waren, ritten sie beide mit je einem Wurrling auf dem Doppelsattel. Faeril mit Reigo und Gwylly mit Halíd. Riatha, Aravan und Urus ritten jeder allein auf einem Dromedar, wobei Urus' Tier lautstark protestierte. Reigo, Halíd und Aravan führten jeder zwei Packkamele am Strick, die mit Schläuchen aus Ziegenleder voll von Wasser, Nahrung und Getreide für die Tiere, leichten Zeltplanen, Kochausrüstung, Holzkohle und dergleichen beladen waren. Das alles hatten sie im *suq* erstanden. Obwohl das Wasser und der größte Teil des Proviants und der Ausrüstung auf die Packkamele verteilt war, trugen die Reitdromedare ebenfalls je einen Trinkschlauch mit Wasser und einen kleinen Teil der Ausrüstung. Wie Halíd sagte: »Wenn es einem Packkamel gelingt wegzulaufen, verlieren wir wenigstens nicht alles, was wir zum Überleben brauchen.«

Als sie die Waren im Basar gekauft hatten, hatten sich Reigo und Halíd nach der Lage von Wasserstellen und Weidegründen entlang ihrer beabsichtigten Route erkundigt. Sie hatten wertvolle Neuigkeiten erhalten. Doch vor allem hatten die Karawanenführer sie vor den wirbelnden Dämonen und verwunschenen Oasen gewarnt, sowie vor dem Schwarzen Kamel und den bösen Geistern, die unter dem Sand hausten und in den Zisternen – und vor den Feuer-Schakalen. Dazu hatten ihnen die Führer eindringlich die böse Natur des Ortes geschildert, zu dem sie hinwollten, hatten Geschichten von Karawanen zitiert, die spurlos verschwunden waren ebenso wie Reisende; sie hatten sogar die verschwundene Expedition des Prinzen von Vancha als Warnung angeführt, der nach dem fabelhaften Dodona gesucht hatte. Das war eine Geschichte, an die man sich bis zum heutigen Tag erinnerte. Als Reigo über diese Märchen der Wüstenwahrheit nur lachte und sie Aberglauben nannte, hatten sie den Kopf geschüttelt. Halíd dagegen nahm sie offenbar ernster. Doch trotz der aufrichtigen Warnungen schienen Halíd und Reigo, mit ihren *Djinnain* und *zrâr Djinnain* und dem *Afrit*, entschlossen zu sein, in diesen bösen Teil der *Erg* zu reiten. Also hatten ihnen die Karawanenführer blaue Amulette geschenkt, die die Gespenster und bösen Geister und andere Dämonen fernhalten sollten. *Vielleicht,* so spekulierten die Sabraner später, *waren es wahrlich Seraphin und Cherubin und ein Herrscher, mit ihren niederen, also menschlichen Dienern, die ihnen aufwarteten. Denn nur der Herr der Weisheit würde wissen, warum sie in diese verfluchte Zone reisen wollten, in den Teil der* Erg, *den alle vernünftigen Menschen sonst tunlichst mieden. Andererseits, falls sie Dämonen waren –* Mahbûl! *Wie konnten sie Dämonen sein? Sie trugen das Blau, nahmen die blauen Amulette entgegen und wollten blaue Troddeln an ihren Kamelen ...* Bei den Debatten der Händler ging es laut und hitzig zu, und selbst die *Imamîn* wussten keine Antwort; dafür gelang es ihnen jedoch meistens, die Hitzköpfe davon zurückzuhalten, sich gegenseitig mit ihren gezückten Krummdolchen die Kehlen durchzuschneiden. Der Streit jedoch wurde dadurch nicht beigelegt, sondern ging noch mehrere Monate so weiter. In einigen Vierteln sollte er gar Jahre anhalten.

Zwei Stunden, nachdem sie aufgebrochen waren, kamen die sieben an die *Erg*, die großen Sanddünen, die sich in langen, eleganten Bögen vor ihnen erstreckten, so weit das Auge blickte. Die ganze Welt vor ihnen schien ein Meer aus sonnenhellem Beige und dunklerem Bronze zu sein. Links von ihnen stand die Sonne am Morgenhimmel. Rechts führte die sanfte Kurve der *Erg* in einem weiten, westlichen Bogen nach Norden. Hinter ihnen lag die Stadt Sabra und die Avagon-See. Und vor ihnen erstreckte sich das gewaltige Sandmeer der Karoo.

»Hut, hut, hut, hajîn!«, schrie Reigo auf Kabla. *»Yallah, yallah!«* Dann wechselte er in die Gemeinsprache. »Vorwärts, du lahmer, fauler Knochensack!«, rief er, während sein Dromedar mit einem schnaubenden Stöhnen erst protestierte, dann aber trotz seines Protestes darüber, dass es einen Mann und eine Damman tragen musste, vorwärts in die endlosen Dünen schaukelte. Die knurrenden Packkamele folgten ihnen. Dahinter ritten Halíd und Gwylly, ihre beiden maulenden Packtiere im Schlepptau. Darauf folgten Riatha und Urus, auf seinem ebenfalls mürrischen Dromedar, und als Letzter kam Aravan mit seinen beiden Packkamelen. Obwohl Reigo vorn ritt und Aravan die Nachhut bildete, folgten sie einer Route, die der Elf festgelegt hatte. Er war ihr Navigator durch die Karoo. Und so bog die kleine Karawane aus Kamelen und Reitern in das Reich der *Erg* ein.

»Das ist aber was ganz anderes als ein Pony«, murmelte Faeril.

»Was?«

»Ich sagte, Reigo, dass es ganz was anderes ist, ein Kamel zu reiten als ein Pony. Kein Wunder, dass Aravan sie ›Wüstenschiffe‹ nannte, bei diesem Schaukeln und Ruckeln. Man könnte fast seekrank werden.«

Reigo lachte. »Das passiert auch einigen, Faeril. Sie werden tatsächlich seekrank. Beobachtet nur den Gang des Kamels, es schwingt beide rechten Beine gleichzeitig vorwärts, und dann beide linken. Dies aber erzeugt beim Gehen das Schwanken, denn damit hält das Kamel sein Gleichgewicht. Wenn sie jedoch laufen, ist ihre Gangart sehr elegant und ruhig.«

Die Damman blickte hinunter. »Oh, wie die der Traber in Pendwyr.« Sie erinnerte sich an den Tag, als sie mit Gwylly ein Pferdewagenrennen besucht hatte, auf dem großen Grün in Pendwyr.

»Aye«, stimmte ihr Reigo zu. »Aber ein Pferd muss in dieser Gangart ausgebildet werden, wohingegen sie bei einem Kamel ganz natürlich ist.«

»Dann schaukele eben weiter, du prächtiges Kamel!«, schrie Faeril und streckte die Hand aus. »Über jene Sanddünen dort. Aber wenn mir schlecht wird, wirst du es als Erstes merken.«

Reigo lachte schallend, und sein Dromedar brüllte protestierend. Als die anderen das Lachen und Stöhnen vor sich hörten, lächelten sie, während die folgenden Reittiere knurrten, da sie weder den Grund für die Fröhlichkeit noch den Anlass für den Protest kannten.

Als die glühende Hitze des Tages ihren Höhepunkt erreichte, legten sie Rast ein, und setzten sich in den Schatten unter die rasch aufgespannten Zeltbahnen. Die Kamele knieten sich vor ihnen in den Sand und richteten ihre Körper dabei instinktiv zur Sonne hin aus, um ihren Strahlen so wenig Angriffsfläche zu bieten, wie sie konnten. Sie würden vom späten Vormittag bis zum Nachmittag rasten, weil es in der Zeit dazwischen viel zu heiß war, als dass man hätte reiten können.

Die Sonne hatte ihren Zenit bereits weit überschritten, als sie sich aufrafften, um ihre Reise fortzusetzen. Es war zwar immer noch heiß, aber die Hitze schien erträglich, und die weiten Umhänge und Gewänder, die sie umhüllten, schützten die Gefährten vor den sengenden Sonnenstrahlen. Immer wieder mahnte Halíd sie, genügend Wasser zu trinken. »Vergesst nicht, dass die Sonne Euch die Flüssigkeit entzieht, und auch wenn Eure Kleidung Euch vor dem

Schlimmsten bewahren mag, so müsst Ihr doch viel trinken. Trinkt, was Ihr benötigt, und speichert das Wasser lieber in Eurem Körper als in Euren Trinkschläuchen. Es sind schon Männer verdurstet, die noch die gefüllten Trinkschläuche am Gürtel hängen hatten.«

»Und was ist nun mit den Kamelen?«, erkundigte sich Faeril.

»Heute Abend sollten wir einen Weidegrund erreichen«, erklärte Halíd. »Die Karoo besteht nicht nur aus Sand; an gewissen, besonders geschützten Stellen wachsen auch Dornbüsche und Gras. Dort werden wir die Kamele anbinden, und sie werden fressen können. Sie nehmen Wasser nämlich hauptsächlich durch diese Sträucher und das Gras und die Büsche zu sich und saufen nur selten. Ich weiß, dass sie oft einen ganzen Winter lang ohne ein einziges Mal zu saufen auskommen, vor allem, wenn das Gras üppig und saftig ist, und am Morgen Tau darauf liegt.

Wir werden ihnen am Abend etwas Wasser anbieten, aber sie werden gewiss nur dann saufen, wenn es wenig Gras gibt.«

Sie bauten ihre Zeltplanen ab, banden sie auf die übel gelaunten Lasttiere, die knurrten und schnaubten und versuchten, jeden zu beißen, der sich ihnen näherte. Am Ende jedoch gehorchten sie und erhoben sich langsam, zunächst auf die Hinterbeine und dann auf erst ein Vorderbein, danach auf das zweite. Es war im besten Fall ein recht umständliches Manöver, das die ganze Zeit über von Ächzen, Knurren und Prusten begleitet wurde.

Gwylly wandte sich zu Halíd herum. »Sagt, Halíd, kommt es Euch auch so vor, als könnten wir genauso gut im Krähennest der *Bèllo Vènto* hocken, so wie wir schaukeln und krängen? Ich meine, wir sitzen hier oben in luftiger Höhe, höher als ein Mann. Wir können von hier aus ja fast die Stelle sehen, wo wir heute Nacht lagern.«

Halíd lächelte. »Nicht ganz, Gwylly. Unser nächster Lagerplatz liegt mehr als zwanzig Meilen südlich ... etwa fünf Stunden.«

Halíds Schätzung war recht genau, denn sie erreichten ihr Lager tatsächlich in etwas weniger als fünf Stunden, mitten in der Nacht.

An diesem Tag hatten sie dreizehn Werst zurückgelegt, fast neununddreißig Meilen. Das war eine sehr gute Tagesetappe, dazu eine, die sie fast jeden Tag schafften. Denn trotz der ständigen Proteste ihrer Kamele waren sie nur leicht beladen.

Sie schlugen ihr Lager auf, aßen und gossen etwas *hruja*-Öl in einen kleinen Ring um jede Bettstatt. Diese Grenze würden Skorpione nicht überschreiten.

In der Nacht hielten sie abwechselnd Wache: erst Reigo, dann Halíd, Aravan, Gwylly, Faeril, Riatha und Urus.

Beim Frühstück am nächsten Morgen blickte Faeril über die kleine Oase, sah jedoch nur Dornbüsche und karges Gras, und wunderte sich wie ein Tier dabei überleben konnte. Doch als sie den Kamelen Wasser zum Saufen anboten, prusteten diese nur angewidert. Sie tranken nicht, sondern fraßen lieber die Pflanzen, die sie mochten. Das angebotene Getreide jedoch kauten sie gierig, denn ihr Appetit schien unstillbar zu sein.

Sie ritten vier Tage lang nach Süden, lagerten erst spät in der Nacht, stellten Wachen auf, standen im Morgengrauen auf und ruhten in der Mittagshitze. Je nach Weidegründen soffen die Kamele oder fraßen stattdessen.

Die Landschaft, durch die sie reisten, wirkte öde und einsam; es gab nur Sand, Steine und spärliche Vegetation. Dennoch strahlte diese karge Natur eine gewisse Schönheit aus: Einsame Felsspitzen ragten oftmals mehr als hundert Meter in den Himmel empor, als wäre ein ganzer Berg von dem windgepeitschten Sand bis auf seinen Kern abgenagt worden, der nur einen gewaltigen Monolithen übrig gelassen hatte, der fast dreißig Meilen weit zu sehen war. Ausgetrocknete Flussbetten, *oueds,* durchzogen das Land, stumme Zeugen dafür, dass hier einst Wasser geflossen war und es vielleicht auch wieder tun würde. Hügel aus rotem Fels erhoben sich aus dem rostroten Sand, deren fantastische Strukturen und Schichten in der Sonne leuchteten. Riesige Flächen von erodierten Felssäulen, sogenannten Unglücksbringern, erstreckten sich vor den Augen der Gefährten, Pfeiler, die der Wind geformt hatte. Sie standen da – wie von der Zeit verschlungene Felder von uralten Obelisken, Königen gewidmet, die ebenfalls lange vergessen waren. Es gab Täler aus rauen Steinen, deren Oberflächen rund geschliffen waren, wie vom Wasser der Ozeane. Dabei hatten diese Kunstwerke der Wind und der Sand geschaffen. Flache, runde Flächen erstreckten sich in der Landschaft, deren Ränder und Böden von verkrustetem Salz überzogen waren. Aufrechte Felssteine standen in oft Hunderte von Metern langen Reihen da, hier und da von Löchern durchbohrt, die einen Blick wie durch ein Fenster boten. Manchmal ritten die Gefährten über blanken Fels, der sich eine Meile weit oder noch weiter erstreckte. Die K'affeyah nannten sie die Betten der Giganten. Ab und zu stießen sie auch auf ausgedehnte Felder mit grasigen Hügeln, die ihnen wie willkürlich angeordnet erschienen. Hier ließen sie ihre Kamele grasen.

Aber immer wieder ritten sie durch Dünen, durch den Sand der Karoo, über das Gesicht der mächtigen *Erg.*

Spät am Morgen des fünften Tages legten die eher gemächlichen Kamele plötzlich an Tempo zu, rannten förmlich eine weite Düne empor, während sie aufgeregt prusteten. Als sie den Scheitel der Düne erreicht hatten, erkannten die Kameraden den Grund dafür. »Grün!«, quietschte Faeril, denn vor ihnen breitete sich am Horizont eine niedrige Gebirgskette aus, und in dieser Sandbucht schimmerte ein großer Palmenhain. Endlich hatten sie die Oase von Falídii erreicht, das geschah etwa sechzig Werst südlich von Sabra.

Die Kamele grunzten laut ihre Begeisterung heraus.

»Sie wittern die Datteln«, erklärte Reigo. »Aber mir wäre ein Bad lieber.«

Er klatschte seine Reitgerte auf die Flanke seines Kamels und schrie: *»Yallah, yallah!«*, verfiel dann in den Dialekt der Sarain: *»Tazuz et h'tachat sehl'cha!«* Und sein Dromedar rannte die Düne hinab, gefolgt von den Packtieren. Sie mussten nicht erst angetrieben werden, denn alle Kamele galoppierten zu der Oase, als hätten sie Angst, dass ein anderes zuerst ankommen und ihnen alle Datteln wegfressen könnte.

Als sie sich dem Palmenhain näherten, sahen sie, dass die Gebäude nur noch Ruinen waren. Ihre Dächer waren eingefallen, einige Mauern zusammengestürzt, und der ganze Ort wirkte verlassen. Obwohl Faeril den Grund dafür nicht kannte, schlug ihr plötzlich das Herz bis in den Hals.

Nachdem sie die Kamele bei den Dattelpalmen angebunden hatten, wälzten sich die Gefährten in dem großen Wasserloch, das hinter einem steinigen Hügel verborgen lag. Das Becken wurde durch einen großen, überhängenden Felsvorsprung geschützt. Es war etwa fünfundzwanzig Meter lang und vielleicht halb so breit. Das Wasser war an der flachsten Stelle dreißig Zentimeter tief, an der tiefsten vielleicht zweieinhalb Meter ... und zudem war es kühl, kristallklar und sauber. Als Urus tauchte, fand er an der tiefsten Stelle ein Loch im Boden. Daraufhin mutmaßten sie, dass dieses Becken von einer unterirdischen Quelle gespeist werden mochte, die von den Bergen, die die Oase umgaben, hierherfloss.

»Vielleicht wird die ganze Oase von diesen Hügeln dort drüben bewässert«, spekulierte Halíd. »Ich sehe die Spuren von *oueds* auf der Oberfläche. Wenn der seltene Regen einmal einsetzt, wird das Wasser in dieses Tal geleitet und versickert in der durstigen Erde. Das Becken selbst jedoch wird vermutlich von einem Fluss gespeist, der unterirdisch die Hänge der Hügel hinabfließt.«

»Yah hoi!«, rief Gwylly und planschte herum. »Mir ist es ganz gleich, wie das Wasser hierherkommt. Dass es das tut, genügt mir völlig.«

Sie errichteten ihr Lager, und als der Abend nahte, nahmen sie die Ruinen in Augenschein, die uralten Gebäude, die auf einer Anhöhe über dem Becken standen. Sie waren aus Lehmziegeln erbaut. Die meisten Wände der Häuser waren zerfallen, die Türen nur noch gähnende Löcher, die Stürze eingefallen und die Mauern zerborsten. Dasselbe galt für die Fenster. Keines der Häuser besaß noch ein Dach, und der Sand war durch die Öffnungen hineingeweht und hatte sich in den Ecken gesammelt. Offenkundig war, dass hier schon seit undenklichen Zeiten niemand mehr gehaust hatte.

Sie durchsuchten alle Ruinen, fanden jedoch nur Trümmer vor. Sie stiegen weiter die Anhöhe hinauf, suchten eine Antwort darauf, warum die Bewohner diese Oase aufgegeben hatten, fanden jedoch keine. Schließlich erreichten sie das höchste Gebäude, und als sie durch die eingefallene Tür spähten, entdeckten sie auch hier nur eine mit Sand gefüllte Ruine. Doch halt, dort in der Ecke ... »Hoi!«, rief Gwylly und betrat das Gebäude. »Was ist das?«

Halb vergraben unter dem Sand lag ein Stück gebogenes Metall.

Gwylly achtete darauf, dass kein Skorpion im Sand lauerte, und dann zog er das Stück Metall vorsichtig aus dem Sand.

Der Bokker drehte sich herum, um den anderen seinen Fund zu zeigen.

»Das ist eine Armschiene«, erklärte Aravan. Als Gwylly ihn fragend ansah, erläuterte er: »Eine Rüstung für den Unterarm. Und nach ihrem Aussehen zu urteilen ist sie bereits sehr alt.«

Die anderen umringten die beiden. Gwylly gab ihnen seinen Fund und drehte sich dann herum, um weiter in der Ecke herumzustochern, während die Armschiene von Hand zu Hand wanderte. Als Reigo sie nahm, betrachtete er sie prüfend, wollte sie weitergeben, zog sie jedoch zurück und hielt sie schräg gegen die Sonne, die durch ein Fensterloch in die Ruine schien. *»Oiga!«,* rief er. »Seht Euch die Verzierungen an. Das ist eine Arbeit aus Vancha!«

»Das wäre gut möglich«, ließ sich Gwylly vernehmen, während er einen vergilbten, zerschmetterten Unterarmknochen in die Höhe hielt.

Als sich Reigo in dieser Nacht bereit machte, die erste Wache zu übernehmen, reichte Aravan dem Mann ein blaues Amulett. »Tragt dies, Reigo, und reicht es dem nächsten Wächter. Er soll es dann an denjenigen weitergeben, der ihn ablöst, und so fort.«

Reigo streifte sich das Lederband über den Kopf und hob nun den Stein hoch, um ihn zu betrachten. Die Lederschnur führte durch ein kleines Loch in dem Amulett. »Was ist das, Aravan?«

»Ein Warnstein ist dies, Reichsmann, und dazu auch ein Schutzamulett. Sollte es eiskalt werden, so weckt das Lager.«

Halíd hatte den Wortwechsel mitgehört und riss die Augen jetzt weit auf. »Magie!«, stieß er hervor, und Gwylly, der neben ihm stand, nickte.

Reigo dagegen hob nur skeptisch eine Braue. Trotzdem schob er das Amulett in sein Hemd, sein *brussa,* direkt auf die Haut. »Warum, Aravan? Ich meine, warum jetzt? Wir haben bisher jede Nacht Wache gehalten und es bislang nicht benötigt.«

»Diese Oase ist zu fruchtbar, als dass man sie ohne Grund aufgeben dürfte, Reigo. Hier findet sich alles, was man in der Wüste so dringend benötigt: Wasser, Dattelpalmen, Futter für die Tiere, Schutz. Zudem scheint mir, dass jene Armschiene, die Gwylly gefunden hat, wohl einem der Männer von Prinz Juad gehört haben mag, oder einem der Angehörigen der Expedition, die nach ihm gesucht hat. Sie alle sind spurlos verschwunden.

Es gibt viele Geschichten in der Wüste, die von verwunschenen Oasen berichten, und das vielleicht mit gutem Grund.

Aus diesen Gründen gebe ich Euch dieses Amulett. Tragt es und gebt es an den Nächsten weiter.

Ich werde jetzt ruhen, so wie Elfen es tun: wachen und schlafen gleichzeitig. Doch Ihr seid der Erste, der Wache hält ... Ihr und der Stein.« Mit diesen Worten entfernte sich Aravan ein Stück, setzte sich mit dem Rücken an einen großen Felsbrocken und richtete seine Gedanken auf angenehme Erinnerungen.

Als Gwylly an der Reihe war, Wache zu halten, war es zwar noch kühl, aber längst nicht so kalt wie in der offenen Wüste, wo die Temperatur schlagartig fiel, sobald die Sonne untergegangen war. In dem Hain jedoch schienen die Palmen etwas von der Kälte der Nacht abzuhalten und gaben die tagsüber gespeicherte Wärme an die Umgebung ab. Doch Gwylly achtete nicht darauf, vielleicht, weil ihm Aravans Worte Unbehagen bereiteten. Es waren doch Worte, die die Bilder einer schrecklichen Bedrohung beschworen, die dazu geführt hatte, dass diese Oase aufgegeben wurde ...

Gwylly marschierte während seiner Wache rastlos durch das Lager, während sich seine Gedanken überschlugen. Er sah einen einsamen Vanchaner, der durch die Ruinen floh, Schutz suchte, einen sicheren Ort, ein Versteck vor seinen Verfolgern, vor ... vor wem? Doch ganz gleich, wer oder was ihn fand, wie er sich da in den Schatten einer Ecke kauerte, und sie ... *Hör auf! Du Narr! Wenn du so weitermachst, rennst du noch schreiend durch die Wüste, verfolgt nur von den Ausgeburten deiner Fantasie!*

Gwylly versuchte sich zu beruhigen, aber immer wieder glaubte er, Geräusche in der Finsternis zu hören, und zweimal kam es ihm vor, als würde der Stein kühler werden, wenngleich nicht eiskalt.

Als er Faeril zu ihrer Wache weckte, reichte er ihr den Stein an dem Lederband und erinnerte auch sie an Aravans Worte. Er schärfte ihr ein, besonders gut aufzupassen und – sollte der Stein denn kalt werden – sofort nach Hilfe zu rufen.

Faeril lächelte über seine Sorge, nickte jedoch und gab ihm einen Gutenachtkuss.

Gwylly legte sich hin, bezweifelte aber, dass er Schlaf finden würde. Das Nächste, was er wahrnahm, war Urus, der ihn im Morgengrauen weckte.

Als sie den Hain verließen, rief Aravan plötzlich den anderen von seinem Standort am Ende der kleinen Karawane etwas zu. Als sich die Gefährten umdrehten, sahen sie, wie der Elf seinem Dromedar befahl, niederzuknien – und dann abstieg. Er ging zu einem kleinen Hügel zwei Meter neben dem Dromedar und fegte Sand zur Seite. Darunter kam ein uralter, umgestürzter Obelisk zum Vorschein, auf dem etwas eingemeißelt stand. Aravan warf eine Handvoll Sand auf die Stele und wischte die Inschrift damit sorgfältig sauber. Sie wurde daraufhin sichtbar. Aravan rief den anderen zu, was darauf stand: »*Djado!* Ist das eine Warnung, *Djado?*«

Halíd sog zischend die Luft zwischen die Zähne. »*Verflucht*«, fauchte er.

Gwylly drehte sich zu dem Mann herum. »Was meint Ihr mit ›verflucht‹?«

Halíd sah den Bokker vor ihm auf dem Doppelsattel an. »Man sagt, dies sei ein Ort, der *djado* ist, da er von Meister Tod selbst auf seinem schwarzen Kamel aufgesucht wird. Findet er jemanden an seiner *guelta*, seiner Wasserstelle, so müssen sie auf alle Ewigkeit mit ihm durch die endlose Finsternis reiten.«

Gwylly überlief es eiskalt. »Ach, Halíd, was für eine Furcht einflößende Geschichte.«

Der Gjeenier legte seine Hand auf die Schulter des Bokkers und drückte sie. »Lasst uns froh sein, Kleiner, dass das schwarze Kamel heute Nacht nicht durstig war.«

Aravan stieg wieder auf sein Dromedar, und kurz darauf war dieser Ort ganz und gar aus ihren Blicken verschwunden.

Sie ritten über die *Erg*, durch die endlosen Sanddünen. Am Tag war die Welt ein glühender Hochofen, bei Nacht eine kalte Ödnis. Die Landschaft verwandelte sich, während sie eine Düne nach der nächsten überquerten, ständig – und doch auch wieder nicht. Auf Weidegründe trafen sie nicht mehr, und das einzige Wasser, das sie hatten, befand sich in ihren *guerbas*, den Wasserschläuchen aus Ziegenleder. Sie fütterten die Kamele mit Getreide, aber das genügte nicht, um die knurrenden, mürrischen Tiere ausreichend zu versorgen, also fingen sie an, das Fett zu verzehren, das sie in ihren Höckern gespeichert hatten. Faeril und Gwylly machten sich schon Sorgen, und auch wenn Halíd und Reigo und Aravan ihnen versicherten, dass die Kamele solche Bedingungen kannten und ertragen konnten, bereitete dies den Wurrlingen Kummer. Dennoch ritten sie weiter durch den Sand, ihrem nächsten Ziel entgegen, das mit einem winzigen Punkt auf Riathas Karte markiert war.

Jeden Tag ritten sie bis in den Vormittag hinein und ruhten dann bis zum Nachtmittag. Danach ritten sie weiter bis nach Einbruch der Dunkelheit. Sie kampierten auf dem Sand, redeten von Gras und Schatten und fließendem Wasser und den grünen, fruchtbaren Feldern. Und dann reichten sie bei jeder Wache Aravans Amulett weiter, das zwar gelegentlich kühler zu werden schien, niemals jedoch eiskalt.

Fünf Tage reisten sie so, überquerten die endlosen Dünen und sahen ausschließlich Wellen aus Sand. Am Morgen des sechsten Tages jedoch stürmten die Kamele erneut eifrig vorwärts. »Sie wittern Wasser«, erklärte Reigo und gab seinem Dromedar die Zügel frei. Die Kamele trabten weiter, und nach einer Meile kamen sie an eine riesige flache Senke. Büsche wuchsen dort, und in der Mitte, weit entfernt, sahen sie einige trockene Palmen, deren Blätter gelb und kränkelnd aussahen – und dazwischen eine ringförmige Steinmauer: die Zisterne von Uâjii.

Halíd nickte, und Reigo warf einen Kieselstein in die Zisterne hinab. Gwylly und Faeril sahen ihm nach, als er in der schwarzen Tiefe verschwand. Es kam ihnen endlos vor, bis sie das Platschen hörten, mit dem er ins Wasser fiel. »Oha!«, rief Halíd. »Fünf Herzschläge tief!«

»Wie viel Seil?«, erkundigte sich Reigo.

»Zweihundertsechsundsechzig Cubiti«, erwiderte Halíd. »Einhundertdreiunddreißig Meter.«

Gwylly sah erstaunt hoch. »Einhundertdreiunddreißig ... Wer hat diesen Brunnen gegraben? Wer kann nur so tief mauern? Und noch tiefer. Ich meine, es sind einhundertdreiunddreißig Meter bis zum Wasserspiegel, das heißt, der Boden der Zisterne muss noch tiefer liegen. Wer vermag so etwas?«

Halíd und Reigo zuckten mit den Schultern, und selbst Aravan hob hilflos die Hände.

»So viel Seil wird schwer sein«, bemerkte Faeril, »selbst ohne einen Wassereimer am Ende.«

»Ich werde Wasser hochziehen«, brummte Urus und knüpfte Seile aneinander.

Riatha sah sich um, als suchte sie etwas. »Ich frage mich nur ... Wenn ein Reisender zu diesem Brunnen kam und weder einen Strick noch einen Eimer hatte, um das Wasser hinaufzuziehen, starb er dann vor Durst am Rand der Zisterne? Seht Euch um! Keine Winde, kein Eimer. Oder seht Ihr einen Deckel, um die Zisterne vor Verdunstung zu schützen? Nein! Das hier ist ein Rätsel.«

Sie warfen den Eimer über den Rand der Zisterne, und Halíds Berechnung erwies sich als korrekt: Urus ließ einhundertsechs Ellen von dem Seil hinab, bevor der Eimer ins Wasser fiel. Er sank auf die Seite, kippte um, und Urus ließ ihm genügend Zeit unterzugehen, bevor er den gefüllten Eimer wieder hinaufzog. Immer wieder zog der hünenhafte Baeron den Eimer hoch. Sie füllten erst ihre Trinkschläuche, und danach leerten sie einen Eimer nach dem anderen in den Trog am Rand des Brunnens. Jedes Kamel löschte seinen Durst, soff beinahe hundert Liter Wasser und ließ sich dabei genügend Zeit. Dann grunzte es aufgebläht und begann, an den Füßen gebunden, zu grasen, denn abgesehen von dem wenigen Getreide hatten die Tiere in den letzten fünf Tagen nichts gefressen. Ihre Höcker waren wegen des Mangels an Nahrung bereits schlaffer geworden.

Urus zog noch mehrmals den Eimer hoch und füllte den Trog erneut bis zum Rand, nachdem das letzte Kamel getrunken hatte. Trotz seiner Kraft war er erschöpft, denn er hatte einen Eimer nach dem anderen hinaufgezogen. »Das ist der letzte«, knurrte er, als er den letzten Eimer gerade hochziehen wollte. Aber er ließ sich nicht heben. »Er hängt fest«, stöhnte er.

»Woran?« Gwylly spähte hinab, sah jedoch in der finsteren Zisterne nur ein Teilstück des Seils, das im Nichts verschwand.

»Vielleicht an einem Stück Mauerwerk oder an einem Felsen.« Urus ging an die andere Seite der Zisterne und gab von dem Seil nach. Dann zog er wieder, jedoch vergeblich. *»Mist!«*

Erneut trat er an eine andere Stelle, stemmte den Fuß gegen den Brunnenrand und ... riss mit einem mächtigen Stöhnen an dem Seil. Der Eimer löste sich, der Baeron stolperte zurück und landete auf seinem Gesäß, ließ die Leine aber nicht los.

Gwylly lachte. »Hier, Urus«, meinte Aravan, der lächelte, »lasst mich ziehen.« Der Elf nahm dem Mann das Seil aus der Hand und trat an den Rand der Zisterne. Als er zog, riss er – erstaunt über das Gewicht von Seil, Eimer und Wasser – die Augen auf und sah Urus überrascht an. »Hai! Ihr seid wahrlich ein starker Mann, Urus. Wir hätten für diese Arbeit besser ein Kamel eingespannt.« Dennoch zog der schlanke Elf das Seil Hand über Hand hinauf, bis der letzte Eimer schließlich nach oben kam. In der Seite war ein Loch, aus dem das Wasser lief.

»Hoy!«, rief Gwylly. »Gut, dass dies hier der letzte Eimer war!«

Sie errichteten ihr Lager in der Nähe der Zisterne im dürftigen Schatten der verdorrten Palmen. Als sie ruhten, betrachtete Aravan Riathas Karte. »Wir haben siebenundsechzig Werst geschafft und sind jetzt einhundertsiebenundzwanzig

Werst von Sabra entfernt. Es sind nur noch zwanzig Werst bis zu der Stelle, wo die *Kandra*-Bäume angeblich wuchsen. Dafür brauchen wir noch anderthalb Tage.«

»Dodona!«, stieß Faeril hervor.

»Hoffen wir es«, sagte Gwylly.

Urus nickte nur, bemerkte jedoch nichts, während Riatha seinen Rücken und seine Schultermuskeln massierte. Es war sehr anstrengend gewesen, das Wasser zu schöpfen.

Reigo lehnte mit dem Rücken an einer Palme und döste mit geschlossenen Augen.

Halíd stand da und sah sich um. Als Urus ihn fragend anblickte, sagte der Gjeenier: »Ich hätte Lust, nach einer weiteren Stele zu suchen, denn auch dies hier könnte ein Ort des *Djado* sein, wie die Oase von Falídii.«

Urus lachte. »Der Ort hier ist verwünscht, allerdings ... aber nur wegen dieser verflucht tiefen Zisterne.«

Faeril stand auf. »Ich helfe Euch, Halíd. Nach dem, was Ihr Gwylly erzählt habt, will auch ich wissen, ob es hier eine andere *Djado*-Stele gibt. Ich möchte nämlich lieber woanders sein, wenn der Meister Tod auf seinem schwarzen Kamel heute Abend hier vorbeikommt.« Sie bückte sich und zog Gwylly hoch. »Komm, mein Bokkerer, wer weiß, was wir da finden werden?«

Aravan betrachtete weiter die Karte, Riatha aber massierte Urus. Reigo schlief.

Sie suchten lange, die drei, und bewegten sich in größer werdenden Kreisen von der Zisterne weg, fanden jedoch nichts. Bei ihrer Rückkehr war es jedoch wieder Gwylly, der schon die Armschiene gefunden hatte und auch diesmal auf einen Beweis des Todes stieß: Zwanzig Meter südlich von der Zisterne fand er Teile eines zerschmetterten menschlichen Kiefers in der ausgetrockneten Erde. Einige Zähne steckten noch darin fest.

Als Gwylly an der Reihe war, drückte ihm Aravan das blaue Amulett in die Hand. »Haltet Augen und Ohren auf, Gwylly, denn die Kälte steigt und fällt.«

Gwylly nahm den kleinen Stein in die Hand und spürte seine Kälte. Aravan ging etwas beiseite und lehnte sich an eine Palme. Gwylly wusste, dass der Elf gleichzeitig wachte und schlief, so wie er es getan hatte, seit sie die Oase von Falídii verlassen hatten, den Ort, an dem sie die *Djado*-Stele gefunden hatten.

Gwylly hielt das Amulett fest, während er sich auf einen Felsen hockte, um seine Gefährten aufmerksam zu bewachen. Wie lange er so dasaß, wusste er nicht, aber er beobachtete aufmerksam den Sand, der im Licht der Sterne leuchtete. Er sah jedoch nur die dunklen Umrisse der Kamele, die die Dornbüsche und das karge Gras fraßen. So saß er auf dem Felsen, das Amulett in der Hand, und beobachtete die Wüste. Er bewachte seine Kameraden und lauschte dem Rascheln des Windes in den trockenen Palmblättern, dem leisen Wispern, das wie ein leise zischendes Murmeln in seinen Ohren klang. Es erklang wie ein schwaches, sehr schwaches Lied in der Ferne, eine plätschernde Einladung, ein verwehtes Rieseln, das ein eindringliches Lied sang und ihn einlud, seinem sanften Echo zu lauschen. Da überkam ihn die Dunkelheit, der Schlaf, jener süße Schlaf, während ihn die Schwärze umströmte und eine sanfte Brise wehte. Erträumte Wunder kamen näher, noch näher, als die undurchdringliche Schwärze zugleich wuchs, hinaufwuchs, bis über den Rand der Zisterne wuchs und, gefolgt von einem wunderschönen Wesen, das sich hinüberlehnte, seine Gefährten sanft küsste. Sie empfingen es freudvoll, mit schmatzenden Lippen, von denen Flüssigkeit tropfte, während ein Maul mahlte, die Hand vor scharfer Kälte brannte und etwas lautlos schrie: Öffne die Augen, mach sie nicht zu, niemals, sieh, sieh, sieh ...

Gwylly kämpfte gegen das Unwiderstehliche, umklammerte mit der Hand das brennend kalte Amulett, während sein Verstand ihn anschrie, sich zu bewegen. Aber er konnte es nicht, denn er war an seinem Platz wie festgefroren. Trotzdem kämpfte er verzweifelt, versuchte, seinen Verstand auf das zu konzentrieren, was er da sah, bat die eisige, brennende Kälte des Amuletts, ihm zu helfen. Langsam begann er zu verstehen, erkannte vage in der pechschwarzen Finsternis die leblosen Körper seiner Gefährten, die wie tot dalagen. Doch am Brunnen, an der Zisterne, dort sah er ein schwarzes *Ding*, das sich daraus erhob, einen dicken, segmentierten, wurmartigen Körper, der von schimmerndem Schleim überzogen war, und den ganzen Brunnenschacht füllte, ihn ganz ausfüllte. Gwylly packte das eisige Amulett fester, schöpfte Kraft daraus und zwang sich hinzusehen, folgte dem Bogen dieser Kreatur, als es sich durch das Dunkel hinabließ und flacher wurde, bis zu einem stumpfen Ende, einem Maul, das an Reigos lebloser Gestalt – tatsächlich fraß. Es fraß ihn! Schleim troff aus seinem blutigen Maul, während saugende Geräusche die Luft erfüllten und es aus Reigos Leib das Blut heraussaugte. Der Anblick brannte sich in Gwyllys Hirn ein, und er brüllte vor Entsetzen auf – aber nur ein schwaches Stöhnen drang aus seinem Mund. Er zwang sich mit winzigen, ruckartigen Bewegungen, den Kopf zu drehen, und sah, dass die Nächste, an der sich dieses grauenhafte Ungetüm laben würde, Faeril war!

In diesem Augenblick zog sich das Geschöpf von Reigo zurück. Schleim und Blut troffen aus seinem roten Maul. Mit saugenden, schlürfenden Geräuschen bewegte sich der augenlose Kopf der Kreatur, mehr war es nicht, ein stumpfes Ende mit einem aufgerissenen Maul, als suchte es neue Beute. Als sein schrecklich sabberndes Maul auf Faeril deutete, hörte es auf, den Kopf zu bewegen.

Gwylly schrie in stummem Entsetzen auf und versuchte mit aller Kraft aufzuspringen. Doch er fiel nur langsam – unendlich langsam – von dem Stein herunter. Die harte Landung ging ihm durch Mark und Bein und riss ihn fast aus der Verzauberung, aber nur *fast*. Doch unmittelbar vor ihm lagen Riatha und Urus, regungslos.

Getrieben von der Verzweiflung robbte er sich vor, bis er neben der Elfe lag. Quälend langsam zwang er einen Arm vor, legte seine Hand in die ihre, drückte ihr das eisige Amulett in die Handfläche – auf ihre Haut. Er sammelte all seine Kraft und stieß einige Worte aus, flüsternd, krächzend. »Riatha. Riatha, helft! Es wird Faeril töten.«

Dann verlor er das Bewusstsein.

Worte. Worte fielen wie dunkle Steine in ein schwarzes Becken ...

Helft ... helft ... elft. Es wird Faeril töten ... es wird Faeril töten ... Faeril ... Faeril ...

Und drangen in Riathas leerte Träume, voll von Furcht.

Drängende Worte.

Riatha ... helft ...

Verzweifelte Worte.

Es wird töten ...

Geflüsterte Worte.

Helft ... Riatha, helft! ...

Sie kämpfte ... etwas Kaltes, Eisiges ... und wurde wach. Ein Echo hallte durch ihren Verstand ...

Helft ... Helft ... elft. Es wird Faeril töten ... es wird Faeril töten ... Faeril ... Faeril ...

Wer rief da?

Sie wusste es nicht. Aber etwas Eisiges verbrannte ihre Hand ... und das kannte sie.

Amulett!

Gefahr!

Sie vermochte sich nicht zu rühren.

Sie zwang ihre Lider hoch. Sie sah nichts. Alles war schwarz. Undurchdringliche Schwärze. Aus weiter Ferne hörte sie das panische Brüllen der Kamele, doch dichter, gleich neben ihr ertönte ein grauenhaftes Saugen, und dann ein Schlürfen und Blubbern. Sie roch den eisigen Duft von Blut, das alle anderen Gerüche überlagerte. Aber es mischte sich noch ein weiterer Geruch darunter, nah und dumpfig, widerlich.

Sie schloss die Hand um das Amulett, packte es fest, trieb den Zauber zurück – ein wenig.

Sie zwang ihren Arm, sich zu bewegen, mit winzigen, ruckartigen Bewegungen presste sie ihre freie Hand hoch, mit ausgestreckten Fingern, bis zu dem Schwert an ihrer Seite. Schweiß trat ihr auf die Stirn, und vor Anstrengung biss sie die Zähne zusammen. Endlich, endlich berührten ihre Fingerspitzen den Jadegriff des Schwertes, sie schloss die Finger darum, und ihre Seele weinte über das, was sie zu tun gerade im Begriff war. Die Stimme ihrer Mutter hallte durch ihren Kopf: *Es hat einen Wahren Namen … er saugt Stärke und Energie und Leben … einen schrecklichen Preis … Sterbliche können Jahre ihrer Lebensspanne verlieren … Jahre …*

Doch hatte sie überhaupt eine Wahl?

»Dúnami«, flüsterte sie, nannte den Wahren Namen des Schwertes, und plötzlich durchströmte eine Woge von Kraft ihren Körper, von Energie, von Leben – sie konnte sich bewegen! Die Klinge strahlte ein blassblaues Licht aus, das die unnatürliche Schwärze durchdrang. Sie konnte sehen!

Etwas kreischte hoch und schrill.

Riatha rollte sich zur Seite, sprang auf und sah das *Ding*, den *wyrm*, der von Faerils Körper zurückzuckte und aus dessen ovalem Maul Schleim und Blut troff. Die grauenhafte, segmentierte Monstrosität zuckte vor dem blauen Licht des Schwertes zurück und versuchte zu entweichen, in die Zisterne zu entkommen. Aber mehr als zehn Meter seines Leibes waren aus dem Loch gekrochen, und zudem war diese Masse aufgequollen, aufgebläht, und mühte sich, sich in das Loch zurückzuzwängen.

Die Furcht hämmerte in Riathas Körper, als sie mit einem wortlosen Schrei – *»Yaaah!«* – voranstürmte und das blau schimmernde Schwert mit beiden Händen hoch in der Luft schwang. Mit einem Zischen zerfetzte die Klinge den Leib dieses entsetzlichen Wesens, schwarzes und rotes Blut quollen heraus und versickerten im Boden, während die Kreatur wimmerte. Mit einem Rückhandhieb trieb Riatha Dúnamis erneut durch das Monster, riss ihm eine weitere klaffende Wunde, aus der Blut, Gewebe und Schleim strömten.

Die Monstrosität kreischte vor Qual, zuckte in die Zisterne zurück und verschwand in ihrer Tiefe; die Finsternis zerbarst, und die Sterne spendeten ihr silbernes Licht.

Riatha verfolgte das Wesen, lief zum Rand des Brunnens und spähte hinab. Das blaue Licht von Dúnamis beleuchtete den Rand der Zisterne, doch in dem Schein zeigten sich nur Schleim- und Blutflecken auf dem dunklen Stein.

Das *Ding* war verschwunden.

Riatha trat zurück. *»Dúnamis«*, flüsterte sie, nannte den Wahren Namen des Schwertes, dessen blaues Strahlen verschwand, bis nur noch das Funkeln des Dunklen Silberons übrig blieb.

Als das Licht verschwand, überkam Riatha eine Woge der Schwäche, sie fiel auf die Knie und wäre beinahe ohnmächtig geworden. Sie konnte sich nur mit Mühe aufrichten, doch da sah sie Reigo oder vielmehr das, was von ihm übrig geblieben war, und sie schlug vor Entsetzen die Hand vor den Mund und drehte sich herum, angewidert, noch während ihr die Tränen in die Augen stiegen.

Stolpernd, trocken würgend, fiel sie auf Hände und Knie zwischen die Gefährten, von denen sich gerade die ersten zwar regten, Urus, Aravan, Halíd, vor Schwäche aber nicht vermochten sich aufzurichten. Etwas weiter von ihnen entfernt lag Gwylly, und gleich neben seiner ausgestreckten Hand Faeril. Riatha schlug das Herz bis in den Hals, denn weder der Bokker noch die Damman rührten sich.

9. KAPITEL

KANDRA

Herbst, 5E989
(Gegenwart)

Urus mühte sich aufzustehen, doch er hatte kaum zwei Schritte getan, als er neben Riatha auf die Knie fiel. Seine Stimme glich einem Krächzen. »Liebste, bist du ...?«

»Die Waerlinga, Urus«, keuchte sie. »Sie bewegen sich nicht.«

Urus kroch zu Faeril. Eine widerliche Mischung aus Blut und Schleim bedeckte die Damman. Rasch wischte ihr Urus das Gesicht ab, zog der Kleinen ihren nassen Umhang und ihr *brussa* aus. Er sah jedoch keine Wunden, denn Riatha hatte gehandelt, bevor das *Ding* begonnen hatte, Faeril auszusaugen. Urus legte sein Ohr auf ihre Brust. »Sie lebt zwar noch, aber kaum.« Die Damman tat einen flachen, schwachen Atemzug.

Aravan hatte Riathas Worte gehört und kroch zu Gwylly. »Er atmet nicht ... aber sein Herz schlägt, wenn auch sehr schwach.« Er hielt Gwyllys Nase zu, legte seinen Mund auf den des Bokkers und atmete in flachen, kurzen Stößen Luft in ihn hinein. Dann hielt er den Mund zur Seite und sah zu, wie der Bokker ausatmete. Der Elf atmete daraufhin erneut in den Mund des Wurrlings, machte eine Pause, atmete, Pause, atmete ...

Riatha hielt Dúnamis so fest in der Faust, dass ihre Knöchel weiß hervortraten. Die Klinge war mit Schleim und Blut bedeckt. »Halíd«, zischte sie, »Feuer. Koch Wasser für Tee!«

»Tee?«, stieß Halíd rau hervor.

»Adon!«, knirschte Riatha und kroch weiter. »Stell keine Fragen, Halíd. Setzt einfach Wasser auf!«

Halíd quälte sich vergeblich, versuchte aufzustehen, jedoch ohne Erfolg. Schließlich robbte auch er über den Sand zum Lagerfeuer, einen Blechtopf in der Hand.

An ihrer Bettrolle löste Riatha ihre Hand von Dúnamis Griff und stellte fest, dass sie immer noch Aravans Amulett in der Linken hielt. Der Stein war kühl, aber nicht mehr eiskalt. Wie es ihr gelungen war, ihn festzuhalten und gleichzeitig mit beiden Händen einen Schlag zu führen, sie wusste es nicht. Aravan war nur eine Armlänge von ihr entfernt, beatmete immer noch Gwylly, und Riatha hielt ihm das Amulett hin. Der Elf nahm es, schlang es dem Bokker über den Kopf und im selben Augenblick begann Gwylly, ganz allein zu atmen.

Riatha durchsuchte ihr Gepäck, bis sie ein kleines Päckchen fand. »Güldminze?«, fragte Aravan. Die Elfe nickte, stand dann mühsam auf und stolperte zu Halíd hinüber. Der Mann saß am Lagerfeuer, hatte einen kupfernen Topf mit Wasser auf den niedrigen Dreifuß über die brennenden Zweige gestellt.

Halíd hatte sich hingesetzt, wiegte sich nun vor und zurück und stöhnte, während er auf die Überreste von Reigo starrte. Der Leichnam des Reichsmannes ähnelte keinem Menschen mehr, sondern stellte nur noch eine flache, leere Hülle dar, die mit Schleim und Blut überzogen, sonst aber leer gesaugt war.

Riatha ließ sich neben Halíd in den Sand sinken. »Halíd, seht nicht hin. Reigo würde nicht wollen, dass Ihr ihn so seht.«

Aber Halíd konnte seinen Blick nicht von dem Anblick losreißen. »Ich hörte Euren Schlachtruf! Ich sah, wie das blaue Licht das Dunkel durchdrang. Ich erkannte dieses ... dieses *Ding*, aber ich konnte mich nicht rühren ... ich konnte mich einfach nicht bewegen. Keinen Muskel! Und jetzt ist Reigo tot!«

»Halíd, seht mich an. SEHT MICH AN!« Langsam drehte Halíd den Kopf zu der Elfe herum. Sie legte ihm eine Hand auf den Arm und unterband sein Schaukeln. »Ihr konntet nichts tun, Halíd. Das *Ding* in der Zisterne hat uns alle mit einem Bann belegt. Ich glaube, dass es Gwylly gelungen ist, mir das Amulett in die Hand zu drücken. Aber selbst dann – versteht Ihr mich, Halíd? – selbst dann war es zu spät, denn Reigo war bereits tot. Ohne die Macht meines Schwertes hätte uns alle dasselbe Schicksal ereilt.«

Halíd starrte sie verständnislos an. Sein Blick wirkte gequält.

Das Wasser kochte. Riatha nahm den kupfernen Topf von dem Dreibein und stellte ihn in den Sand. Dann nahm sie drei goldene Blätter aus dem Päckchen und zerkrümelte sie sorgfältig in dem Wasser, rührte um und brühte den Tee auf. Ein Aroma von Minze erfüllte die Luft und vertrieb den feucht-muffigen Gestank aus dem Lager.

Dann nahm sie die Blechnäpfe aus dem Kochgeschirr, füllte einen davon mit Tee und reichte ihn Halíd. »Hier, trinkt das. Trinkt es! In kleinen Schlucken, Halíd!«

Riatha spürte, wie ihre Kraft zurückkehrte, dann trat sie zu Urus und füllte zwei weitere Becher. »Hier, einen für Faeril und einen für dich, Geliebter!«

Urus sah sie an, stumm und verwundert. »Riatha, sieh dir die Waldan an. Sieh hin.«

Urus hatte Faeril die restliche beschmutzte Kleidung ausgezogen, sie von Schleim und Blut gereinigt und in eine Decke gehüllt. Riatha kniete sich hin und betrachtete die

Kleine genau. Dann rang sie erschüttert nach Luft. Urus hatte auch den Turban der Damman entfernt, und Faerils einst rabenschwarzes Haar durchzog jetzt eine silbergraue Strähne, von ihrer rechten Braue bis zu ihrem Hinterkopf.

In Riathas Erinnerung flüsterte die Stimme ihrer Mutter: *»... wenn deine Not groß ist, wird Dúnamis das Leben selbst aussaugen ...«*

Riatha spürte eine schreckliche Leere in ihrer Brust und presste die Hände auf ihr heftig pochendes Herz. Aber sie unterdrückte das Gefühl, denn ihre Kameraden waren in Not. »Gib ihr den Tee. Nur kleine, langsame Schlucke. Und trink auch du deinen Tee auf diese Weise, Urus.« Sie betrachtete ihren Geliebten scharf, sah jedoch in seinem grau melierten Haar keinerlei Veränderung.

Als sie zwei weitere Becher zu Aravan trug, untersuchte sie auch den Elf und den Wurrling. Auf Aravan schien die Anrufung des Wahren Namens von Dúnamis keine Auswirkungen gehabt zu haben, Gwyllys Haar jedoch war unter seinem Turban an den Schläfen ergraut.

Am Lagerfeuer wickelte sie Halíds Turban ab. Sein schwarzes Haar war ebenfalls grau meliert.

»... Dúnamus wird das Leben selbst aussaugen ...«

Riatha schlug sich die Hände vor das Gesicht. *Adon, bin ich denn nicht besser als der wyrm in der Zisterne?*

Der Güldminzetee verlieh ihnen neue Kraft; Faeril und Gwylly fielen in einen natürlichen Schlaf. Sobald sie konnten, verlegten Riatha, Urus, Aravan und Halíd das Lager weit von der Zisterne weg. Urus und Aravan trugen die schlafenden Wurrlinge behutsam in ihr neues Lager. Nachdem sie all ihr Gepäck geholt hatten, kehrte Urus zu dem Brunnen zurück und wickelte Reigos sterbliche Überreste in eine Decke. Am Morgen würden sie eine Zeremonie abhalten, und die kläglichen Überreste ihres Gefährten verbrennen. Aravan und Halíd gingen in das Bassin hinab und suchten die Kamele. Die Tiere waren in Panik davongelaufen, aber so gefesselt, wie sie waren, würden sie nicht weit kommen.

Urus und Riatha blieben im Lager. Riatha trug das blaue Amulett um den Hals.

Erneut ging Urus zu dem Brunnen. Der Rand war noch von dem Schleim des *wyrms* bedeckt. Und es stank wie in einem schwarzen Moor. Obwohl der Trog aus Stein bestand und voll von Wasser war, schleppte ihn Urus von der Zisterne weg und in das neue Lager hinein. Er konnte den Gestank der Kreatur nicht ertragen und wollte Faerils Kleidung säubern.

Als der Baeron am Trog kniete und die Kleidung der Damman auswusch, gesellte sich Riatha neben ihn und reinigte Dúnamis von Schleim und Blut. Sie rieb wie besessen an der Klinge, als wäre sie besudelt: von einem unaussprechlichen Schmutz befleckt, entweiht durch das Böse, als hätte die Kreatur ihr Schwert vergewaltigt. In der Hand hielt sie eine kleine Bürste und schlug damit auf das Schwert ein, schlug sie immer wieder gegen die Klinge, schlug und schlug. Ihre Atemstöße gingen in ein Schluchzen über, und die Tränen liefen ihr über die Wangen. Unablässig hieb sie mit der Bürste auf die Klinge ein.

Bis Urus nach ihr griff und ihre Hände festhielt.

Riatha bewegte sich überhaupt nicht mehr, ließ dafür jedoch ihren Tränen freien Lauf. Urus zog sie in die Arme und drückte sie fest an sich, streichelte ihr Haar. »Still, Geliebte, ganz ruhig«, flüsterte er.

Riatha antwortete nicht, sondern schluchzte nur leise wie ein verirrtes Kind. Urus sagte nichts, sondern hielt sie, während sie weinte.

Schließlich sprach Riatha: »Dúnamis, mein Schwert. Ich habe seinen Wahren Namen genannt. Zum ersten Mal, seit ich es trage, habe ich Dúnamis angerufen.«

Urus nickte. »Ich habe gehört, wie du zu Halíd sagtest, dass wir alle ohne die Macht deines Schwertes dem Verderben anheim gefallen wären.«

»Aber es hat Lebenszeit gestohlen, Urus! Leben! Hast du Faerils Haar nicht gesehen, das von Gwylly, von Halíd? Es hat ihnen Leben genommen und mir gegeben.« Wieder brach die Elfe in Tränen aus.

Urus hielt sie sanft fest. »Hör mir zu, meine Liebste, hör mir zu: Hättest du die Macht deines Schwertes nicht angerufen, keiner von uns hätte mehr Leben in sich. Kein Einziger.«

»Ich hätte mehr versuchen können, dieses ... dieses Lied der Verzauberung zu überwinden. Vielleicht hätte ich Dúnamis' Macht nicht benötigt, aber ich habe nicht lange genug gewartet.«

»Hättest du gezögert, Riatha, so wäre Faeril jetzt ebenfalls tot.«

Riatha knirschte mit den Zähnen. »Noch nie zuvor habe ich seine Macht benutzt, und ich werde es auch nie wieder tun. Der Preis ist zu hoch.«

»Hättest du es nicht getan, so wäre der Preis noch viel, viel höher gewesen.«

Riatha weinte immer noch, aber schließlich stieß sie erstickt hervor: »Aber, oh, mein Geliebter! Was habe ich dir und den anderen angetan? Was habe ich nur getan? ... Was habe ich Euch nur angetan?«

Urus' Antwort bestand darin, sie fest in seine Arme zu nehmen.

Im Morgengrauen erwachten die Wurrlinge, verwirrt in ihrem neuen Lager, weit entfernt von der Zisterne und den Palmen.

»Wo sind wir?«, murmelte Faeril auf Twyll. Sie setzte sich auf und hielt die Decke fest an sich gedrückt. »Wo ist meine Kleidung?«

Gwylly richtete sich ebenfalls auf und umarmte die Damman leidenschaftlich. »Oh, meine Dammia, dir geht es gut! Dir geht es gut!«

Er hielt sie auf Armlänge von sich weg und betrachtete sie. Seine smaragdgrünen Augen weiteten sich, als er die silbernen Strähnen in ihrem Haar sah. Doch dann zog er sie wieder an sich. »Ach, Faeril, dieses *Ding* griff dich an, und ich konnte mich nicht bewegen.«

»Ding? Welches Ding?«

»Aus der Zisterne. Etwas Gigantisches, wie ein Blutegel, nur viel schlimmer ...« Gwylly unterbrach sich plötzlich und sah sich hastig um. Er suchte seine Gefährten, sah sie auch, alle, bis auf ... »Reigo! Wo ist Reigo?«

Riatha hockte sich neben die Wurrlinge und gab Faeril ihre frisch gewaschenen Kleider, die mittlerweile getrocknet waren. »Reigo ist tot, Gwylly. Ermordet ... von diesem ... *wyrm*.«

Faeril hatte das Gefühl, als hätte ihr jemand in den Magen geschlagen. »Reigo ist tot?«

Riatha nickte, sagte nichts, sondern deutete nur auf einen Scheiterhaufen aus Sträuchern, auf dem die in eine Decke gehüllten sterblichen Überreste des Reichsmannes lagen.

»Ach, Gwylly!« Weinend schlang die Damman ihre Arme um ihren Bokkerer, der sie fest an sich drückte, während ihm ebenfalls die Tränen über die Wangen liefen.

Nach einem lustlosen Frühstück brachen sie ihr Lager ab.

»Was ist mit dem Brunnen?«, erkundigte sich Gwylly. »Sollen wir ihn zerstören? Die Steinmauern zerbrechen und alles hinabstürzen lassen? Sollen wir das Monster darunter begraben?«

Aravan schüttelte den Kopf. »Der Brunnen enthält kostbares Wasser. Wir werden hierher zurückkehren und das

Monster dann töten. Halíd hat Warnsteine errichtet, die allen, die hierherkommen, sagen, dass sie sich auf keinen Fall in dem Bassin befinden sollen, sobald die Sonne untergegangen ist. Ich glaube nämlich nicht, dass der *wyrm* das Tageslicht erträgt.«

Faeril sah den Elf an. »Noch ein *Djado*-Ort.« Es war eine Feststellung, keine Frage.

Aravan nickte. »Noch ein *Djado*-Ort. Ein Ort, an den der Tod in einer schrecklichen Gestalt kam und einen Kameraden abschlachtete.«

Urus starrte auf die Zisterne in der Ferne. »Ein Ort, an dem der Tod noch haust.«

Jetzt traten sie zu dem Scheiterhaufen, auf dem Reigo lag. Halíd hielt eine Fackel in der Hand. Der Gjeenier sah seine Gefährten an, und dann richtete er seinen Blick auf die Decke.

»Wie der Schaft des Pfeils gefiedert ist,
mit einer der Federn des Adlers selbst,
und in den Himmel emporschießt, um auf ewig zu fliegen,
so ist auch diese Seele von ihrem Bogen geschnellt.
Möge der Himmel diesen würdigen Reichsmann aufnehmen,
der ehrenvoll lebte, die Gerechtigkeit verteidigte und die Wahrheit sprach.
Flieg empor, Reichsmann, flieg auf ewig,
denn du wurdest geliebt.«

Halíd hielt die Fackel an das Gestrüpp, und die trockenen Zweige fingen sofort knisternd Feuer. Das züngelte empor, während der Gjeenier um den Scheiterhaufen herumging, um ihn an allen vier Ecken anzuzünden.

Allen liefen die Tränen über die Wangen, als sie von dem fauchenden Holzstoß zurücktraten und langsam zu den Kamelen gingen. Gwylly wickelte sich den Turban um den Kopf. »Oh, Gwylly!«, rief Faeril, die ihn beobachtete. »Deine Schläfen sind ja ganz grau!« Bei diesen Worten wandte sich Riatha zu Urus herum und barg ihr Gesicht an seiner Brust.

Schließlich ritten sie aus dem Bassin heraus und fort von diesem Ort, diesem *Djado,* weg von der Zisterne von Uâjii. Die Kamele nahmen ihre Reise in die endlosen Dünen der *Erg* wieder auf und suchten den Ort, an dem das *Kandra* einst wuchs, einen Ort, wo das Orakel von Dodona sein mochte.

Und während sie nach Süden ritten, stieg von dem Boden des Bassins hinter ihnen eine Rauchsäule in den Himmel empor.

Sie legten an diesem Tag vierzehn Werst zurück und übernachteten in den Dünen. Als sie sich unter die Sterne setzten, sprachen sie über das *Ding* in der Zisterne.

»Vielleicht hat ja diese Kreatur den Brunnen so tief gegraben«, spekulierte Gwylly.

»Als Falle, meinst du?«, erkundigte sich Faeril.

Aravan nickte. »Möglich. Es könnte sein.«

»Vielleicht ist dieses Ding auch der Grund dafür, dass Prinz Juads Expedition verschwunden ist ... und dann auch die, die nach ihr suchte«, meinte Faeril.

Erneut nickte Aravan. »Das kann sein, Faeril, aber das erklärt noch nicht die Armschiene und den zerschmetterten Unterarmknochen, die Gwylly in der Oase von Falídii gefunden hat.«

Faeril schüttelte den Kopf. »Vielleicht war es ja ein Überlebender, der vor der Falle des *wyrm* geflohen ist, und er ist gestorben oder wurde getötet, als er Hilfe holen wollte. Es könnte natürlich auch jemand sein, der auf dem Weg zu dem Brunnen starb. Vielleicht wird dieser Ort ja von etwas anderem heimgesucht, die Oase, meine ich.«

Gwylly biss von seinem Zwieback ab. »Oi! Urus, als der Eimer am Boden festgehakt ist, hat ihn dieser Egel-*wyrm* vielleicht in seinen Klauen gehabt.«

Urus zuckte nur mit den Schultern.

Faeril sah von einem zum anderen. »Ich habe das Ding überhaupt nicht zu Gesicht bekommen«, erklärte sie »obwohl ich von etwas Schrecklichem geträumt habe, von etwas, das von der Dunkelheit verhüllt wurde.«

Gwylly sah die Damman an. »Es war in Dunkelheit gehüllt, Faeril. Ich hatte verteufelt viel Zeit, es mir anzusehen.«

Bei diesen Worten stieß Riatha, die bis jetzt geschwiegen hatte, einen Schrei aus. »Ihr saht es, Gwylly?«, rief sie. »Aber ich dachte, Ihr wäret ohnmächtig geworden, als das Licht des Schwertes die undurchdringliche Schwärze des *wyrm* vertrieb.«

»Ich war ohnmächtig, das stimmt. Aber ich habe das Licht Eures Schwertes nicht gesehen, obwohl ich mir wünschte, ich hätte es zu Gesicht bekommen. Nein, ich sah diesen Egel, wenn auch undeutlich, bevor ich Euch das Amulett in die Hand drückte. Und es war von einer schrecklichen Finsternis umhüllt.«

Faeril legte den Kopf auf die Seite. »So wie der Dusterschlund?«

Gwylly dachte nach. »Ich glaube ja, Liebste.«

In Caer Pendwyr hatten die beiden Wurrlinge die Ausgabe des Hochkönigs vom *Buch des Raben* gelesen, einem illustrierten Buch, das die Geschichte des Winterkriegs erzählte. Es beschrieb eine Dunkelheit, die sich über das Land gelegt hatte, eine Finsternis, die Modrus Horden verbarg, als sie von Gron aus nach Süden marschierten und alles eroberten, was auf ihrem Weg lag. Doch Wurrlinge konnten durch Modrus Dusterschlund hindurchblicken, und dieses Kleine Volk sollte dann auch Modrus Untergang werden, jedenfalls eine kleine Gruppe von ihnen, vor allem einer, Tuckerby Sunderbank. Er hatte auch das *Buch des Raben* geschrieben, oder, wie es genauer hieß: *»Herr Tuckerby Sunderbanks Unbeendetes Tagebuch und seine Chronik vom Winterkrieg«*.

Aravan sprang auf. »Ha! Erneut sehen die Juwelenaugen der Waerlinga durch eine böse Dunkelheit, um die Machenschaften eines bösen Feindes zu durchkreuzen!«

Gwylly lächelte den Elf an. »Aber es war Euer blaues Amulett, das uns alle gerettet hat, dies und Riathas Schwert.«

Riathas Miene verdüsterte sich; sie stand auf und ging in die Nacht hinaus.

Nach einem Augenblick erhob sich Urus und folgte ihr.

In dieser Nacht hielten nur Aravan, Riatha und Urus Wache, denn die anderen waren zu erschöpft und müde.

»Du siehst wirklich sehr würdevoll aus, Gwylly«, fand Faeril und deutete auf die grauen Schläfen des Bokkers.

Gwylly sah vom Frühstück hoch. »Vielleicht, meine Dammia, aber das ist nichts im Vergleich zu dem silbernen Streifen in deinem schwarzen Haar ... es ist wirklich ganz zauberhaft.«

»War es der *wyrm*, Gwylly, der dein Haar, das meine und das von Halíd veränderte?«

Riatha, die Faerils Worte gehört hatte, mischte sich ein. »Nein«, sagte sie bitter. »Nicht der *wyrm*. Ich habe das verursacht, ich und mein Schwert.«

Faeril trank den Güldminztee, den die Elfe gekocht hatte. Riatha glaubte, der Tee würde Faeril, Gwylly und Halíd helfen, wieder zu Kräften zu kommen. »Wie konntet Ihr das schaffen, Riatha?«, wollte die Damman wissen.

»Mein Schwert hat einen Wahren Namen, der, wenn er angerufen wird, die Kraft aus seinen Verbündeten zieht, Stärke ... und, wenn die Not groß genug ist, sogar Leben.

Das Schwert sollte die Waffe eines Paladins der Dylvana sein, und benutzt werden, wenn genügend Verbündete da sind. Denn es sollte in einer Zeit eingesetzt werden, in der ein Krieg durch einen Kampf der Paladine zur Entscheidung stünde.

Aber nachdem es geschmiedet wurde, hat es meine Mutter als Geschenk erhalten, denn das Land wurde angegriffen, und sie brauchte sofort eine Waffe. Die Reichweite und das Gewicht der Waffe waren nicht nur für einen männlichen Dylvana geeignet, sondern auch für eine weibliche Lian. Als der Krieg endete, gehörte die Waffe rechtmäßig meiner Mutter, und als ich nach Mithgar kam, schenkte sie sie mir. Keiner von uns hat je den Wahren Namen des Schwertes angerufen, bis dieser *wyrm* an der Zisterne auftauchte ...« Riatha warf Urus einen kurzen Seitenblick zu. »Und da hatte ich keine Wahl.

Ich habe das Schwert mit seinem Wahren Namen angerufen, und es hat die Energie gesogen, die es brauchte, die Stärke, das Leben, um jene Kreatur zu besiegen.« Tränen traten Riatha in die silbernen Augen. »Es hat Euch das Leben entzogen und mir gegeben, und deshalb ist Eure Strähne silbern und deshalb sind Gwyllys Schläfen grau und Halíds Haar wirkt grau meliert.«

Faeril stand auf, ging zu der Elfe und umschlang sie. Die kleine Dammia sagte nichts, sondern hielt Riatha einfach nur fest. Und Riatha, die leise weinte, umklammerte die Damman, wie eine Ertrinkende sich an einem vorübertreibenden Balken festhalten würde.

Am späten Vormittag ritten sie schließlich einen langen, steinigen Hang zum breiten Rand einer Schlucht mit senkrechten Wänden hinauf. Die Sonne stand hoch am Himmel. Sie blickten hinab in diesen tiefen Abgrund und sahen tief unten auf dem Boden etwas Grünes. Und in der Stille der

Wüste hörten sie ganz schwach das Rauschen eines Wasserfalls, das zu ihnen hinaufstieg.

Aravan zog eine von Riathas Karten, die er seit Sabra bei sich trug, unter seinen Roben hervor. Er schaute erst auf die Karte, dann auf die Stellung der Sonne. »Wir sind an dem Ort«, verkündete er dann, »an dem angeblich die *Kandra*-Bäume gewachsen sind.«

Faeril saß auf dem Doppelsattel vor dem Elf, mit dem sie seit Reigos Tod geritten war. »Dodona!«, stieß sie hervor.

»Vielleicht, Kleine, vielleicht.«

»Seht Ihr einen Weg, der hinabführt?«, brummte Urus.

Sie suchten lange nach einem Abstieg. Schließlich deutete Riatha auf eine ferne, schmale Kluft, die die gesamte Felswand der gegenüberliegenden Klippe spaltete. »Dort. Vielleicht ermöglicht uns ja dieser Spalt einen Abstieg, falls wir darin einen Einstieg finden.«

Es schien sich den sechsen keine andere Möglichkeit zu bieten, auf den Grund der Schlucht zu gelangen, obwohl der gewaltige Schlund hinter einer Biegung ihren Blicken entschwand, hinter der sich möglicherweise ein Zugang verbarg.

Sie ritten zurück, nach Norden und dann nach Westen, und kamen an die nördliche Grenze dieser breiten Schlucht. Die Wände waren hier ebenso steil wie am Boden. Sie bogen um die Kurve und ritten erneut nach Süden, bis sie schließlich näher an die Kluft herankamen, die Riatha gesehen hatte. Sie folgten ihr bis zu ihrem Anfang und stellten fest, dass sich die Dromedare und Kamele hindurchzwängen konnten. Sollten sie jedoch feststecken, so würden die Tiere keine Möglichkeit haben, sich umzuwenden.

»Halt«, rief Urus plötzlich, und dann: *»Raka, raka!«* Er befahl seinem männlichen – aber kastrierten – Dromedar niederzuknien. Zögernd und unter lautstarkem Protest gehorchte das Kamel. »Ich werde vorausgehen und nachsehen, ob eine Passage möglich ist«, erklärte der Baeron, während er abstieg.

»Ich komme mit dir, Urus«, erklärte Riatha, und auch ihr Dromedar maulte, als es niederknien musste.

In seine Proteste fiel ein Chor aus Knurren und Prusten ein, als sich auch die restlichen Kamele hinknieten, weil ihre Reiter abstiegen.

Urus und Riatha ließen Kamele und Kameraden zurück, traten in den Spalt und verschwanden im Schatten hinter einer Biegung. Faeril hörte das leise metallische Singen, als Riatha ihr Schwert zog.

Die Zeit verstrich, vielleicht eine halbe Stunde, als das Schreien einer jillianischen Krähe von den Wänden des Spalts widerhallte.

Gwylly sprang von dem Felsen hoch, auf dem er gehockt hatte. »Sichere Passage!«

Halíd sah den Bokker fragend an.

»Das ist Riatha«, erklärte Gwylly. »Der Krächzen einer Krähe bedeutet, dass alles gut ist und wir ihr folgen sollen.«

Halíd hob die Hände. »Woher wisst Ihr, dass es keine Wüstenkrähe ist, die einfach nur nach ihrem Partner ruft?«

Gwylly lächelte. »Diese besondere Krähe findet man nur auf den Jillianischen Höhen, und sie hat einen ganz besonderen Ruf.«

Halíd nickte verstehend und folgte Gwylly zu den Kamelen. Sie banden die Zügel von Riathas Dromedar an das letzte Lasttier in der Reihe, während Aravan Urus' Dromedar an das letzte Packkamel band, das ihm folgte. *»Kâm! Kâm!«,* riefen sie und trieben die prustenden Tiere an aufzustehen.

Dann ritten sie in den engen, steilen Spalt hinein. Zuerst Aravan und Faeril, dann drei Packkamele, hinter denen ein

Dromedar hertrottete, und danach Halíd und Gwylly, mit drei Packkamelen und zwei Dromedaren, denn Reigos Reittier hatten sie ebenso an die Lasttiere gebunden wie dasjenige von Riatha.

Es wurde dämmriger, als sie in den Spalt hineinritten, und die Wände waren etwas kühler. Obwohl dies mitten am Tag geschah, fühlte sich die Luft in dem schmalen Spalt richtig kalt an. Sie ritten hinab, über einen von Felsen übersäten Boden, und suchten sich einen Weg zwischen Felsbrocken und Platten, während zerklüftete Steine über ihnen hinausragten. Das unausgesetzte Prusten und Schnauben der Kamele hallte laut durch die gewundene Schlucht und wurde von den Wänden noch so verstärkt, dass es klang, als käme hier eine gewaltige Karawane, auch wenn die Tiere mit ihren weichen Hufen keinerlei Geräusche machten. Dafür sorgten ihre Schreie umso mehr dafür, dass aus ihrem Nahen kein Geheimnis gemacht wurde. Während sie also leise gingen und laut brüllten, ritten sie tiefer in den kühlen Schatten hinein, über den schmalen, anstrengenden Pfad, während über ihnen eine zerklüftete Felskante den fernen Himmel zeigte.

Schließlich sah Faeril eine große, vertikale Öffnung vor sich, hinter der gleißendes Tageslicht herrschte, was ihr verriet, dass sie endlich das Ende der Kluft erreicht hatten. Sie ritten in die sengende Hitze der Sohle hinaus. Das Sonnenlicht blendete sie und schmerzte in den Augen. Mit tränenverschleiertem Blick sah sie zwei Gestalten, die sich ihnen näherten, und nur aufgrund ihrer Stimmen wusste sie, dass es sich tatsächlich um Urus und Riatha handelte.

Halíd und Gwylly ritten ebenfalls aus dem Spalt, und Gwylly kniff die Augen zusammen. »Hoy!«, rief er. »Es ist so hell, dass ich nichts sehe, und außerdem ist es so heiß wie in einem Brennofen!«

Die Augen der Neuankömmlinge stellten sich noch auf das gleißende Tageslicht ein, während Riatha und Urus ihre Dromedare holten. Die stinkenden Tiere prusteten und grunzten ihre Proteste heraus, weil sie niederknien und dann wieder aufstehen mussten.

»Irgendwo im Süden haben wir das Rauschen eines Wasserfalls gehört«, brummte Urus. »Und in derselben Richtung liegen auch Bäume. Reiten wir dorthin und schlagen unser Lager da auf.«

Sie ritten über einen langen Geröllhang bis zur Sohle der Schlucht, wo zwischen dornigem Gestrüpp spärlich Gras wuchs. »Erstklassige Kamelweidegründe«, meinte Gwylly. Halíd stimmte ihm zu.

Sie ritten etwa eine Meile über den glühendheißen Boden der breiten Schlucht, die hier von Rand zu Rand über eine halbe Meile maß. Rechts und links von ihnen erhoben sich steile Wände aus braunem Gestein mehr als dreihundert Meter in die Höhe. Die Vegetation veränderte sich allmählich, wurde saftiger. In der Ferne sahen sie eine Reihe von Bäumen: Es waren keine Palmen, sondern ganz andere Gewächse. Und je weiter sie kamen desto lauter wurde auch das Rauschen eines Wasserfalls, als würden sie sich allmählich der Quelle nähern.

Schließlich erreichten sie die Bäume und ritten in ihren Schatten.

»Gras!«, rief Faeril. »Echtes Gras. Ich habe schon geglaubt, dass die ganze Welt nur aus Felsen und Sand bestünde ...

Aber Aravan, was sind das für Bäume?«

»Kandra«, erklärte der Elf. »Das ist ein *Kandra*-Holz.«

Die Bäume waren so groß und ausladend wie Eichen. Doch es waren keine Eichen, sondern eine vollkommen andere Baumart. Die *Kandra*-Blätter waren klein und wie Schaufeln geformt, oder wie abgerundete Pfeilspitzen aus

Stein, grün auf der Oberfläche und gelb auf der Unterseite. Sie zitterten im Wind wie Espenlaub. Die Borke der Bäume war glatt und braun, ihre dicken Stämme am Fuß ein wenig gewölbt. Knorrige Wurzeln gruben sich in den Boden. »Das Holz dieser Bäume ist goldgelb, sie haben eine dichte Maserung und es scheint einen natürlichen Glanz zu besitzen, als würde es ein Öl enthalten, obwohl es nicht brennt. Es ist ein sehr kostbares Holz und wird nur hier auf Mithgar gefunden. Nur das Holz der Greisenbäume ist noch wertvoller.«

Sie wandten sich nach rechts, folgten dem Geräusch des Wasserfalls und kamen an einen breiten Strom mit klarem Wasser, der sich unter dem Schatten der ausladenden Zweige der *Kandra*-Bäume entlangschlängelte. Etwa zweihundertfünfzig Meter stromaufwärts fanden sie den Wasserfall, der sich aus etwa drei Metern Höhe in ein funkelndes Becken ergoss. In der Gischt schillerten Regenbögen. Über dem Becken und etwa hundert Meter entfernt entsprang der Fluss aus einem breiten Spalt am Fuß der westlichen Flanke der Schlucht.

Sie lagerten flussabwärts von dem Wasserfall, wo sein Rauschen von den Bäumen etwas gedämpft wurde. Halíd und Urus führten die Kamele auf das saftige Gras am Rand des *Kandra*-Waldes und legten den Tieren ihre Fußfesseln an. Die Kamele protestierten ungeduldig, weil sie fressen wollten. Als sie dann wieder ins Lager zurückkehrten, erklärte Urus: »Ich würde vorschlagen, dass wir den Rest des Tages ruhen, denn wir haben eine anstrengende Reise hinter uns. Es ist noch früh genug, wenn wir morgen mit unserer Suche beginnen.«

Gwylly saß im Gras neben Faeril. »Wie lange haben wir gebraucht? Wie viel Zeit bleibt uns noch?«

Urus zählte an den Fingern beider Hände die Tage ab. »Wir haben zwei Tage in Sabra verbracht, und – den heutigen Tag eingerechnet – haben wir dreizehn Tage benötigt, um hierherzugelangen. Wenn wir wieder genauso lange für unsere Rückkehr benötigen, dann sind wir achtundzwanzig Tage unterwegs. Das bedeutet, wir haben höchstens zweiunddreißig Tage Zeit für unsere Suche, bis die sechzig Tage verstrichen sind, innerhalb derer wir nach Sabra zurückkehren müssen, wenn wir denn auf der *Bèllo Vènto* zurücksegeln wollen.«

Faerils bernsteingelbe Augen funkelten. »Zweiunddreißig Tage für unsere Suche? Dann werden wir sicher fündig, denn Dodona sollte doch in der Karoo liegen, an einem Ort, an dem *Kandra*-Bäume wachsen, und wir sitzen hier mitten in einem *Kandra*-Holz. Das Orakel muss ganz in der Nähe sein, ich spüre es in meinen Knochen.«

Gwylly sprang auf. »Knochen oder nicht, Liebste, ich gehe jetzt schwimmen. Außerdem habe ich vor, mich hinter dem Wasserfall umzusehen. Vielleicht gibt es da ja eine versteckte Höhle ... Und wo, frage ich dich, wäre ein besseres Versteck für den Ring von Dodona?«

Faeril riss die Augen auf. »Oh, Gwylly, glaubst du wirklich? Warte, ich komme mit.«

Am Nachmittag kehrten die Gefährten erfrischt vom Schwimmen ins Lager zurück. Gwylly hatte hinter dem Wasserfall nur einen leicht ausgehöhlten Felsvorsprung gefunden, und Urus hatte ihm hinaufhelfen müssen. Als Gwylly spuckend und hustend wieder hervorgekommen war und erklärte, dass er vergeblich gesucht hatte, war Faerils Miene lang geworden. Doch ebenso schnell hatte sie wieder gelächelt, und dann hatten sie im Wasser herumgetollt. Selbst Halíds dunkle Stimmung hatte sich ein wenig gebessert, als er sich im Wasser wälzte. Der Reichsmann trauerte immer noch um Reigo, seinen toten, langjährigen Freund.

Als sie jetzt unter den *Kandra*-Bäumen saßen, blickte Halíd auf den Fluss. *»Ilnahr taht«*, murmelte er.

Gwylly, der Faerils nasses Haar kämmte, blickte hoch. »Was? Was habt Ihr da gesagt, Halíd?«

»Oh, ich habe gerade über eine alte Legende der Wüste nachgedacht. Die Legende vom *Ilnahr taht*, dem Unterirdischen Fluss.

Angeblich soll tief unter dem Sand der Karoo ein endloser Strom fließen, der an einem jenseitigen Ort entspringt und nach einer langen, sehr langen Reise auch zu diesem jenseitigen Ort zurückfließt, und von daher ständig in sich selbst kreist.

Etliche behaupten, dass es der Fluss des Todes sei, während ihn andere den Strom des Lebens nennen. Die *imâmîn* erklären dagegen, es wäre beides, denn sind nicht, so sagen sie, Leben und Tod Teile desselben endlosen Kreislaufs?

Ich weiß weder, ob es stimmt, noch ob dieser Strom hier der *Ilnahr taht* ist, aber ich bin sehr neugierig, wo die Quelle dieses Flusses liegt und wohin er strömt, denn diese Schlucht liegt mitten in der Karoo. Wenn es nicht der *Ilnahr taht* ist, der unter dem Sand dahinströmt, dann ahmt er ihn jedenfalls sehr gut nach.«

Am Morgen des nächsten Tages konnten sie es kaum erwarten, endlich nach dem Ring von Dodona zu suchen. Beim Frühstück schlug Riatha vor, wie sie am besten vorgehen sollten.

»Wir wissen nicht, wonach wir suchen, außer dass es ein Ring ist. Die alten Legenden sind voll von Spekulationen, um was für einen Ring es sich dabei handeln könnte, und die erhaltenen Fragmente der Aufzeichnungen verraten es nicht. Vielleicht haben jene, die sie damals verfassten, ja angenommen, dass alle es wüssten. Es gibt viele Bilder, die angeblich seine Natur darstellen, aber alle zeigen etwas anderes: einen Ring aus Säulen; einen runden Tempel; ein breites Steinbecken; einen Ring aus Dolmen; eine runde Höhle; eine kristallene Kammer; einen gewaltigen Pfeiler; einen Hügel. Es könnte sogar ein Fingerring oder ein Ring aus Pilzen sein. Natürlich geworden oder künstlich geschaffen – wir wissen es nicht. Wer kann es schon sagen? Wir jedenfalls nicht.

Aber eines weiß ich: Wenn wir es sehen, falls wir es sehen, werden wir es nicht unbedingt als den Ring von Dodona erkennen. Wir dürfen nicht vergessen, dass er vielleicht verfallen oder zusammengebrochen ist, vielleicht sogar absichtlich oder durch die Kräfte der Natur zerstört wurde. Es könnte auch etwas sein, das raffiniert versteckt wurde oder aber offen vor unserem Blick liegt. Etwas, das wir nicht unbedingt als einen Ring wahrnehmen würden.

Heute möchte ich, dass wir die gesamte Schlucht abreiten, von einem Ende zum anderen, von einer Seite zur anderen, sie ausmessen. Wenn wir den Ring nicht finden, nachdem wir alles innerhalb dieser Felswände gesehen haben, müssen wir einen Plan entwerfen, dahinter zu sehen.

Was haltet Ihr davon?«

Sie suchten siebenundzwanzig Tage lang die Schlucht ab, immer in Zweiergruppen. Gwylly und Halíd, Faeril und Aravan, Riatha und Urus. Die Schlucht hatte die Gestalt eines Halbmondes, der sich in südlicher und westlicher Richtung erstreckte. Sie maß von Spitze zu Spitze sieben Meilen, und eine dreiviertel Meile an ihrer breitesten Stelle. Der einzige Zugang zu der Schlucht war der, den sie genommen hatten, mit Ausnahme natürlich des Flusses, der unter der westlichen Flanke hindurchfloss und unter der gegenüberliegenden Felswand die Schlucht wieder verließ. Er floss unterirdisch aus der Karoo und verschwand auch wieder unter ihrem Sand. Die sechs nannten ihn daraufhin den *Ilnahr taht* den Unterirdischen Fluss. Das *Kandra*-Holz wuchs an der gesamten Länge des Wasserlaufs und erstreckte sich in dieser Spanne durch die ganze Schlucht. Die Spitzen der halbmondförmigen Schlucht waren trocken und öde. Sie waren am weitesten von dem Wasser entfernt, und entsprechend karg war dort auch die Vegetation, falls überhaupt etwas wuchs.

Die mittleren vier Meilen jedoch wirkten recht fruchtbar, vor allem im *Kandra*-Holz selbst.

Dennoch, sie suchten siebenundzwanzig Tage, ohne etwas zu finden, das man hätte einen Ring nennen können. Aravan schwamm sogar, gesichert durch ein Seil um seinen Bauch, das Urus hielt, unter beide Felswände, unter denen der Fluss verschwand, um nach einer verborgenen Höhle zu suchen.

Sie gingen die Felswände am Fuß der Schlucht ab und suchten einen versteckten Spalt.

Sie suchten die Flanken des Eingangs ab.

Sie klopften an den Fels, lauschten, ob er hohl wäre, und rollten Felsbrocken zur Seite.

Halíd und Gwylly ritten hinaus und einmal um den Rand der Schlucht herum. Sie suchten nicht nur den Ring auf dem Kamm, sondern auch von oben, spähten hinab in die Schlucht, ob sie etwa eine kreisförmige Struktur erkennen konnten.

Doch all ihre Bemühungen blieben fruchtlos.

Jede Nacht kehrten sie ins Lager zurück, nach vergeblicher, enttäuschender Suche.

Siebenundzwanzig Tage hatten sie nun schon gesucht. In nur fünf Tagen mussten sie wieder umkehren.

Es war bereits nach Mitternacht, als Gwylly Faeril zu ihrer Wache weckte und ihr Aravans blaues Amulett gab. Wie sie es sich angewöhnt hatten, blieben sie noch eine Weile sitzen und unterhielten sich leise. In dieser Nacht sagte Gwylly etwas, das Faeril noch lange im Kopf herumging, nachdem ihr Bokkerer sich längst schlafen gelegt hatte. »Was wir brauchen«, hatte der Bokker erklärt, »ist ein Orakel, um das Orakel zu finden.«

Faeril dachte über Gwyllys Worte nach und fragte sich, weshalb sie ihr so nachhingen. *Vielleicht ...*

Sie ging zu ihrem Rucksack, wühlte darin herum und zog schließlich die kleine Eisenschatulle mit dem Kristall heraus. *Mondlicht, die Zukunft zu sehen. Es gibt keinen Mond, nur Sterne. Sterne, die Vergangenheit zu erkennen. Als ich ihn das letzte Mal aufgeladen habe, war es mit Mondlicht.*

Faeril kehrte zu dem Felsbrocken zurück, auf dem sie gesessen hatte, öffnete etwas zaghaft den eisernen Deckel und nahm den in Seide gewickelten Kristall heraus. *Als ich ihn das letzte Mal zu nutzen suchte, lag ich drei Tage in vollkommener Vergessenheit meiner selbst. Wenn ich mich einfach nur von ihm führen lasse, dann falle ich vielleicht nicht wieder hinein ...*

Faeril nahm den Kristall in die Hand und schloss ihre Finger um die lange, sechseckige Seite. Die Damman schloss die Augen und stimmte einen lautlosen Gesang an. *Dodona ... Dodona ... Dodona ...*

Sie fühlte ein warmes Kribbeln an ihrem Hals. Mit der freien Hand tastete sie nach der Quelle, und ihre Finger berührten Aravans Amulett.

Links, schien jemand sanft zu bitten. *Links.*

Sie riss die Augen auf. Der Stein hörte auf zu kribbeln.

Als sie die Augen wieder schloss, musste sie sich konzentrieren, um ihren aufgewühlten Verstand zu beruhigen. Schließlich schlug ihr Herz wieder wie immer, und eine ruhige Erwartung erfüllte ihr Gemüt. *Dodona ... Dodona ... Dodona ...*

Links.

Riatha weckte Gwylly. Der Bokker setzte sich auf und rieb sich die Augen. Es war noch dunkel. »Was ist?«, flüsterte er, weil er die anderen nicht wecken wollte.

Die Elfe antwortete ebenfalls flüsternd: »Gwylly, weißt du, wo Faeril ist?«

Gwylly sah sich um und sein Herzschlag beschleunigte sich. Er konnte seine Dammia nicht sehen. Angst durchströmte ihn. Aber es gelang ihm dennoch, seine Stimme zu beherrschen. »Nein«, gab er leise zurück.

Riatha ließ die Schultern sinken und hielt eine kleine eiserne Schatulle sowie ein Seidentuch hoch. »Dann, Gwylly, ist Faeril nämlich verschwunden, und ich mache mir große Sorgen um sie.«

Sie weckten das Lager und begannen mit den Waffen in der Hand die Suche. Sie bewegten sich leise durch die Nacht, denn wer konnte schon wissen, welcher Feind Faeril geholt hatte? Obwohl sie ihren Namen laut riefen, der von den Wänden zurückgeworfen wurde. Schließlich sagte Urus: »Ich werde sie finden.« Der Baeron drehte sich zu Halíd herum. »Halíd, hab keine Angst vor dem, was du jetzt siehst.«

Eine sonderbare Dunkelheit sammelte sich um Urus und hüllte ihn vollständig ein; seine Silhouette veränderte sich, wurde riesig, braun, mit langen schwarzen Klauen und elfenbeinernen Reißzähnen, ließ sich auf alle viere sinken; und wo zuvor Urus gestanden hatte, grollte jetzt ein riesiger Bär.

Halíd schrie auf, wich zurück und machte ein beschwörendes Zeichen mit den Händen. *»Afrit!«*

»Ruhig«, zischte Aravan und legte Halíd die Hand auf den Arm, hinderte ihn so daran, seine Klinge zu ziehen. »Kein Grund zur Furcht.«

Halíd starrte den Elf entsetzt an und richtete seinen Blick dann wieder auf den Bären. »Reigo hätte nur gelacht«, murmelte er und nickte Aravan zu. »Ich habe mich wieder im Griff.«

Der Bär schnüffelte an Faerils Decke, nahm Witterung auf, sah sich um, schnaufte und presste die Nase auf den Boden. Dann marschierte er in den Wald, weg vom Fluss, in die Richtung des Wasserfalls, lief kreuz und quer einer Fährte nach, die nur er wittern konnte, wenngleich ihm die anderen folgten. Doch je weiter er lief, desto langsamer wurde er, als würde ihm etwas Widerstand leisten, ihn bitten zurückzuweichen. Die Zweibeiner, die ihm folgten, schienen ebenfalls nicht weitergehen zu wollen. Doch einer von ihnen, der kleine Zweibeiner, der auf ihm geritten war, als Schnee lag, dieser Zweibeiner schien entschlossener zu sein. Obwohl auch er zweimal beinahe stehen blieb, schüttelte er jedes Mal den Kopf, als wollte er den Schlaf vertreiben, und trieb den Bär weiter an. Der Bär und dieser kleine Zweibeiner gingen auch weiter, gefolgt von den anderen, bis sie schließlich an eine Lichtung kamen, sie betraten und ... der Widerstand plötzlich verschwand.

Eine friedliche Ruhe herrschte in dieser bewaldeten Senke. Über ihnen raschelten leise die Blätter im Wind, aber merkwürdigerweise konnte man das Rauschen des Wasserfalls hier nicht hören, obwohl er nur wenige Schritte entfernt war.

Mitten auf der Lichtung lag ein anderer Zweibeiner, auch dieser war klein. Der Bär trottete an seine Seite und schnüffelte an ihm. Das war diejenige, die er gesucht hatte. Der Bär stieß sie mit der Nase an, aber sie rührte sich nicht, denn sie schlief tief und fest. Sie hielt Winterschlaf, jedenfalls kam es dem Bären so vor.

Die anderen umringten sie, knieten sich hin. Der Bär trottete ein wenig zur Seite, hockte sich und ... dachte an Urus. Ein dunkler Schimmer umhüllte den Bären, und erneut trat Halíd ehrfürchtig zurück. Denn die Gestalt vor dem Gjeenier verwandelte sich, verlor an Masse, nahm eine neue Gestalt an und plötzlich ... hockte Urus vor ihm auf dem Gras.

In der Mitte der Lichtung knieten Gwylly, Aravan und Riatha neben Faeril. Die Damman lag auf dem Rücken, hatte die Augen geschlossen und schien zu schlafen. In der Linken, die auf ihrem Bauch ruhte, hielt sie den klaren Kristall, die Rechte hatte sie an den Hals gelegt und umklammerte damit Aravans Amulett an seinem Lederband.

Aravan streckte die Hand aus und berührte den blauen Stein. Im selben Moment riss er überrascht die Augen auf. »Wartet!«, tief er.

Riatha blickte hoch und sah sich um. Ihre silbernen Augen glänzten vor Staunen. Denn sie befanden sich in der Mitte eines vollkommenen Kreises aus gleich weit voneinander entfernten *Kandra*-Bäumen. Endlich hatten sie den Ring von Dodona gefunden ...

... doch um welchen Preis?

10. KAPITEL

DODONA

Herbst, 5E989
(Gegenwart)

Die Augen fest zusammengepresst, den Kristall in der Linken, den blauen Stein in der Rechten, lautlos ihr Mantra herunterleiernd: *Dodona ... Dodona ... Dodona* ... So ging Faeril vorsichtig weiter, folgte der sanften Aufforderung. Woher sie kam, wusste sie nicht, nur, dass sie es tat.

Faeril zögerte, das Lager zu verlassen, und hätte es auch beinahe nicht getan, aber *etwas* oder *jemand* schien ihr zu versichern, dass ihre Gefährten in Sicherheit waren, dass die ganze Schlucht sicher war – beschützt. Außerdem wollte sie auch ihre Verbindung zu dieser Wesenheit nicht verlieren.

Also folgte sie den unbestimmten Aufforderungen mit geschlossenen Augen, den Kristall und das Amulett fest in der Hand. Es waren Aufforderungen, die sie mehr ahnte als spürte.

Dass sie in das *Kandra*-Holz ging, bezweifelte sie keine Sekunde, denn über ihr raschelten Blätter. Dass sie sich dem Wasserfall näherte, war ebenso eindeutig, denn das zischende Rauschen wurde lauter. Dass sie nicht stolperte oder gegen einen Baum prallte, daran dachte sie keine Sekunde lang, denn sie wusste, dass sie sicher geleitet wurde.

... Dodona ...

Sie wanderte über das weiche Gras zwischen den Bäumen, folgte dem Ruf ... folgte ihm. Schließlich gelangte sie an einen Ort, an dem bis auf das Rascheln der Blätter alle anderen Geräusche verstummten, selbst das Rauschen des Wasserfalls war plötzlich nicht mehr zu hören. Sie hätte beinahe die Augen geöffnet, widerstand jedoch dem Drang; ging stattdessen weiter, blieb stehen und ... setzte sich hin.

»Öffne die Augen, Kind«, bat sie eine sanfte Stimme.

Vor sich sah Faeril einen uralten Mann, jedenfalls kam er ihr uralt vor. Denn er hatte langes weißes Haar, einen wallenden weißen Bart und trug weiße Roben. Sein Gesicht war von Altersfalten durchfurcht und seine blassblauen Augen musterten sie unter dichten, weißen Brauen.

»Seid Ihr Dodona?«, fragte die Damman.

Der Mann lächelte freundlich. »Ich bin unter vielen Namen bekannt, auch unter diesem.«

»Was seid Ihr?«

Der Mann lächelte. »Immer geradeheraus. Immer eilig. Sterbliche.

Ich bin der Hüter, der Wächter, der Verwalter, der Sprecher. Manche würden mich auch einen Verborgenen nennen, obwohl es unter diesem Namen vieles gibt.«

Faeril lächelte auch. »Ihr seid wahrlich ein Verborgener, denn wir konnten Euch nicht finden.«

»Ich bin immer hier zu finden.«

»Aber es war schwierig, Dodona.«

»Nicht alle, die suchen, finden auch. Dieser Ring ...«, er schlang den Arm um sich, und Faeril erkannte, dass sie in einem Ring von *Kandra*-Bäumen saß, »wird durch einen einfachen Zauber vor der Entdeckung geschützt, und nur diejenigen, die ein ausreichendes Bedürfnis haben oder klug genug sind, können ihn finden.«

»Wir haben ein großes Bedürfnis, meine Gefährten und ich.«

»Ich weiß, Kind. Ihr sucht einen Tod. Ich werde nicht freiwillig denen helfen, die nach dem Tod eines anderen trachten.«

Faeril nickte. »Euer Zögern verstehe ich, Dodona, aber dieser Mann ist ein Monster. Und ich reise mit ehrbaren Gefährten.«

Der Alte richtete seinen Blick zur Seite, als sähe er etwas außerhalb des Kreises aus Bäumen. »Ja, Kind, deine Gefährten sind sehr würdig. Du reist mit einem Freund; das weiß ich, denn das Amulett um deinen Hals gehört ihm, nicht dir. Außerdem reist du mit einem BärMeister, und ich weiß, woher er kam. Du reist mit einer, welche die Hoffnung der Welt in sich tragen wird, und sie ist dessen würdig. Du reist mit einem, der helfen wird, die Welt von einer tödlichen Bedrohung zu befreien, wenngleich nicht von der, die du suchst. Und du reist mit einem, der dich liebt, mit einem, den du liebst. All diese Gefährten sind in der Tat ehrbar.«

»Und der, den wir suchen? Was ist mit seiner Ehre?«

Erneut richtete der Alte den Blick in die Ferne. »Der, den ihr sucht, hat keine Ehre, und er ist wahrlich ein Monster. Dennoch zögere ich, beim Tod von irgendetwas zu helfen.«

»Aber ich habe Euch gefunden, Dodona. Beweist das nicht, dass ich ein Bedürfnis habe, das groß genug ist?«

»Oder dass du klug genug bist.«

Faeril sah den Alten an. »In beiden Fällen suche ich Wissen.«

Der Mann erwiderte ihren Blick mit seinen blauen Augen. »Und ich bin verpflichtet, dir zu antworten, auch wenn du meine Erwiderung vielleicht nicht verstehst.«

»Gut und schön, Dodona, gut und schön, denn ich möchte Euch so viele Dinge fragen: Wo zum Beispiel können wir Baron Stoke finden? Wo liegt das Schwert des Morgengrauens? Wo findet Aravan den gelbäugigen Mann? Worin besteht das Geheimnis von Urus Herkunft? Und das von seiner Verlassenheit? Und was hat es mit seinen Eltern auf sich? Was eigentlich bedeutet Raels Prophezeiung über Silberlerchen? Und die Silberne Klinge? Was habt Ihr denn damit gemeint, als Ihr sagtet, Riatha trage die Hoffnung der Welt in sich? Und außerdem, was ist mit der Expedition von Prinz Juad geschehen, als er kam, Euch zu suchen? Was schließlich ...?«

Faeril unterbrach sich, als der Alte lächelte, den Kopf schüttelte und seine Hand hob. »Du magst das alles fragen, gewiss, aber ich werde nur eine einzige Frage von Bedeutung beantworten, und es muss eine sein, die du auswählst.«

Faeril war nicht sonderlich erfreut. »Nur eine?«

»Nur eine.«

Die Damman dachte lange nach, das Kinn in die Hand gestützt, und versuchte, zu entscheiden. Schließlich sah sie den Alten an. »Wir sind hierhergekommen, um nach dem Aufenthaltsort von Baron Stoke zu fragen, und auch wenn es noch mehr wichtige Fragen gibt, als ich stellen kann, so haben meine Gefährten und ich doch geschworen, ihn zur Strecke zu bringen. Ich nehme an, ich könnte raffiniert vorgehen und fragen, wo wir Stoke töten, damit ich nicht nur erfahre, wo er sich aufhält, sondern auch herausfinde, ob unsere Mission erfolgreich sein wird. Aber das mache ich nicht. Stattdessen, Dodona, will ich nur fragen, wo wir Baron Stoke finden können.«

Der Mann lächelte. »Es ist gut, dass du nicht versuchst, übermäßig listig zu sein, Kind, denn die Antworten, die ich gebe, sind bestenfalls vage. Je einfacher die Frage, desto verlässlicher ist von daher auch die Antwort.

Doch höre: Es ist lange her, seit jemand wie du gekommen ist, jemand, die reinen Herzens ist. Und indem ich deine Frage beantworte, werde ich dich auch mit Wissen belohnen, nach dem du zwar suchst, aber nicht gefragt hast.

Du hältst in deiner Linken einen klaren Kristall, und ich weiß, dass du mehr darüber erfahren willst. Ich werde dir vieles zeigen, was diesen Kristall betrifft, vieles, aber nicht alles.

Schau in den Kristall, Kind, denn ich will dich mit auf eine Reise nehmen.«

Faeril hielt den Kristall vor ihre bernsteinfarbenen Augen und blickte hinein. Plötzlich taumelte sie in den Kristall hinein, fiel zwischen die funkelnden Spiegel und schimmernden Scheiben, und das leise Klingeln der Windspiele ...

... auf ein Land ...

... nach Caer Pendwyr.

Dodona stand neben ihr.

Höflinge schlenderten umher, Pagen huschten hierhin und dorthin. Leute saßen auf Bänken und warteten auf eine Audienz beim Hochkönig.

Der Alte beugte sich über sie und sagte: »Sie können uns nicht sehen.«

Faeril sah zu ihm hoch. »Was ... Ist das wirklich da?« Sie konnte immer noch das leise Klingen der Windspiele hören.

Dodona lachte. »Vielleicht, mein Kind. Vielleicht auch nicht.«

Plötzlich standen sie in einer leeren Kammer der Burg.

»Ich habe dich hierhergebracht, um dir etwas zu zeigen. Sieh aus diesem Fenster. Was erkennst du?«

Faeril tat wie geheißen. Das tiefblaue Wasser der Avagon-See wogte unter ihr, die weiße Gischt der Wellenkämme rollte gegen den Fuß der steinernen Klippen. »Ich sehe das Meer.«

»Ist das alles?«

Möwen segelten im Wind, und am Horizont trieben über dem kobaltblauen Wasser weiße Wolken. Ein Segelschiff pflügte durch die Wellen. »Vögel. Wolken. Ein Schiff.«

»Ist das alles? Sieh genauer hin.«

»Was meint Ihr, Dodona?«

»Sieh in das Glas.«

»Oh.« Faeril schaute auf das Glas des Fensters. »Ich sehe Blasen im Glas, grünlich, und Schmutz auf dem Fenster.«

»Ist das alles?«

Auf dem Glas spiegelte sich die Kammer hinter ihr. »Ich sehe ein Spiegelbild des Raumes.«

»Ist das alles?«

Faeril sah genauer hin, erkannte ihre eigene Reflektion, seine goldene Flamme, und neben ihr eine freistehende silberne Flamme. »Ich sehe Euch, Dodona. Euch und mich selbst.«

»Genau! Ein Fenster, vier Blickwinkel. Hinaus. Darauf. Zurück. Selbst.

Gehen wir zu einem anderen Fenster.« Unvermittelt standen sie an einem Turmfenster und blickten über die Stadt. »Und was wir sehen, ist anders, der Blick hinaus, darauf, zurück. Nur das Selbst bleibt im Wesentlichen gleich, es sei denn, wir hätten uns entscheidend verändert.

Doch das Wichtigste ist, obwohl das Selbst dasselbe bleibt, beachte, dass alles durch das Selbst gesehen wird. Der Blick durch das Selbst hindurch, die Reflektion hinter uns durch das Selbst, selbst der Blick darauf wird durch das Selbst gesehen.«

Plötzlich blickte Dodona nach oben. »Wartet!«, schrie er. »Es ist zu gefährlich. Bewegt sie nicht!«

Aravan sah die anderen an. Überraschung zeichnete sich auf seinem Gesicht ab. »Wir dürfen Faeril nicht bewegen.«

Gwylly sah den Elf an. »Aber Aravan, sie ist wieder ins Vergessen gefallen. Letztes Mal war sie drei Tage lang bewusstlos.«

Aravan schüttelte den Kopf. »Ich weiß, Gwylly, aber wir müssen warten. Wir können sie nur stärken, ihr etwas Wasser einflößen, für sie sorgen. Wir dürfen sie nicht aus diesem Hain entfernen. Sonst schwebt sie in großer Gefahr.«

Riatha sah Aravan an. »Woher weißt du das?«

»Ich habe den Stein berührt.«

Faeril zuckte zusammen. »Worauf warten?«

»Oh, Kind, ich habe nicht zu dir gesprochen. Es war einer deiner Gefährten: der Freund.«

»Aravan?«

Der Alte nickte. »Wo war ich stehen geblieben? Ach ja, Sichtweisen ...«

Sie fielen zwischen kristallenen Scheiben hindurch, die das Davor und Dahinter spiegelten ... oder reflektierten, während Windspiele in dem wirbelnden Äther klangen.

»Sag mir, was du siehst.«

»Ich sehe Kristallscheiben, Dodona.«

»Nein, Kind. Sieh das Große. Sieh das Ganze. Wie ist das Muster?«

Faeril versuchte, alles mit ihrem Blick zu umfassen. Zuerst erkannte sie nur verwirrendes Glitzern, doch dann ... »Oh, es hat Ähnlichkeit mit einer Honigwabe, Dodona. Ein sechsseitiges Muster herrscht hier vor.«

»Gut, Kind. Du hast gesehen ... doch halt, nicht alles auf einmal. Sieh noch einmal auf das Muster.«

Da Faeril jetzt wusste, wonach sie suchen musste, blickte sie ruhiger hin, während sie mit Dodona hinabfielen. »Es scheinen drei Honigwaben zu sein, die irgendwie miteinander verbunden sind.«

Der Alte klatschte in die Hände. »Genau, drei miteinander verflochtene Muster. Doch das ist längst nicht alles. Nimm meine Hand, ich werde dich führen.«

Als sie weiter stürzten, rief Dodona erneut: »Wartet!«

Aravan blickte zu den anderen hinauf und schüttelte den Kopf. »Noch nicht.«

Gwylly rang die Hände. »Aber Aravan, sie liegt schon einen ganzen Tag da.«

»Trotzdem dürfen wir sie nicht bewegen, Gwylly.«

Urus trat vom Lager aus in den Ring, denn sie hatten es dort neben dem Kreis der Bäume errichtet. »Können wir etwas tun?«

Gwylly sah hoch und schüttelte trübsinnig den Kopf.

»Wir können nur über sie wachen«, meinte Aravan. »Und uns um sie kümmern.«

Dodona flog zu einer Ecke jener sechseckigen Flächen, und die Damman klammerte sich an seine Hand. Die Fläche schien größer zu werden, als sie sich ihr näherten.

»Oh, das ist ja gar keine Ecke!«, rief Faeril. »Es ist eine ... eine Pyramide. Eine dreiseitige Pyramide.«

»Vier Seiten, wenn du den Boden mitrechnest. Sieh nach oben und nach unten.«

Aneinander befestigte Tetraeder erstreckten sich nach oben, bis sie außer Sicht verschwanden, und führten in einer Spirale nach unten. Jede Fläche war eine Scheibe, ein Fenster, ein Spiegel.

Die kristallenen Oberflächen der Tetraeder spiegelten Faeril und Dodona wider, als sie vorüberflogen, zu der Spitze einer Pyramide, wo etwas Winziges glühte und pulsierte. Im Zentrum der Pyramide hing ein weiterer glühender Lichtfleck, der jedoch ... etwas anders war. An der Spitze fanden sie eine schimmernde Kugel, eine glitzernde Kugel, in der wieder eine Kugel steckte, in der auch eine Kugel steckte.

Sie glitten durch die Hüllen, kamen zu einer dichten Traube von glühenden Kugeln, von denen jede aus vielen anderen Kugeln bestand ... sich drehende, wirbelnde Funken, die offenbar miteinander verbunden waren ...

»Wartet!«

Halíd sprach aus, was allen klar war. »Uns läuft die Zeit davon. Das ist jetzt schon der dritte Tag. In zwei Tagen müssen wir uns auf den Rückweg machen!«

Aravan zuckte nur mit den Schultern.

»So weit bin ich bisher gekommen, Kind. In diesem Funkeln erblicken wir den Kern der Schöpfung, das Herz von allem ... den Anfang und das Ende. Hier ist der Nabel von allem, von allem, was ist, was war und was sein wird. Alle Dinge, Feuer, Wasser, Wind, Erde, der Äther, all diese Dinge sind aus diesem Stoff erschaffen ... der Puls der Zeit, die Ausdehnung des Raumes, die Dauer einer Sache, die Menge der Energie.«

Faeril betrachtete die wirbelnden Funken. »Alle Dinge, Dodona? Was ist mit dem Verstand, der Seele, dem Geist, den Herzensangelegenheiten? Bestehen auch sie nur aus diesen Funken?«

Der Alte dachte nach. »Ah, Liebes, jetzt tauchst du in die letzten Mysterien ein. Diese Fragen kann ich nicht beantworten, und doch sind es eben die Antworten, die ich ewig suche.«

Erneut blickte der Alte hoch. »Wartet!«

Halíd saß neben Riatha. »Uns bleibt nur noch ein Tag, aber vielleicht kann ich uns sieben weitere verschaffen.«

Riatha sah den Reichsmann an. »Wie?«

Halíd deutete nach Norden. »Wenn ich nur mein schnelles *hajîn* und Reigos nehme, dazu zwei Ziegenschläuche mit Wasser und ein bisschen Proviant, und dann die Kamele wechsele, so kann ich Sabra in sechs Tagen erreichen, vielleicht sogar in weniger. *Hujun* können mehrere Tage lang hundert Meilen am Tag zurücklegen.«

Riatha nickte. »Ja, Halíd. Das ist ein guter Plan. Sollte Faeril nicht rechtzeitig aufwachen, werden wir ihn umsetzen.« Dann blickte sie wieder in den Ring von Dodona, wo sich Gwylly treu um seine Faeril kümmerte.

Sie schwebten vor einer kristallenen Scheibe, die das Davor, Darauf, Dahinter und das Selbst zeigte.

Faeril sah wie durch ein halb versilbertes Glas. Die Vision *Davor* zeigte eine rote Zitadelle, die sich in die Berge schmiegte; der Blick *Darauf* zeigte einen Mann in Ketten; die Reflektion *Dahinter* schließlich spiegelte eine Bergfeste.

»Die Zeit«, sagte Dodona, »ist hier im Kristall erstarrt, und dennoch sind alle Zeiten gültig.

Der Blick *Davor* repräsentiert die Zukunft; doch was gezeigt wird, ist nicht, was sein muss, sondern nur, was sein kann.

Die Reflektion *Dahinter* ist die der Vergangenheit, oftmals verwirrt durch viele Bildnisse und miteinander widerstreitende Spiegelungen.

Der Blick *Darauf* ist eine Ansicht der Gegenwart, oft verzerrt durch das Selbst.

Und der Anblick des Selbst ist das Selbst, und er verhindert häufig, irgendetwas klar zu erkennen.«

Faeril betrachtete ihr Spiegelbild und dann Dodonas silberne Flamme. Plötzlich wusste sie – ohne zu begreifen, woher –, dass sie den wahren Dodona sah, und dass dieses Orakel jede Gestalt annehmen konnte, die ihm beliebte, die eines Alten, eines Kindes, eines Elfen, eines Mannes, einer Frau, was auch immer ihm beliebte.

Dodona lachte. »Wie ich sehe, hast du eines meiner Geheimnisse entdeckt.«

Faeril sah ihn staunend an. »Ihr habt eine Macht, die der von Urus gleicht, die Macht, Eure Gestalt zu wandeln, meine ich.«

»Viel mehr, Kind, sehr viel mehr ...«

Faeril klatschte in die Hände. »Oh, was für eine wundervolle Gabe Ihr besitzt! Ich wollte schon immer wie ein Falke fliegen ...!«

Sie hörte Dodonas Schrei nicht mehr, denn die Verwandlung hatte sich bereits vollzogen.

Halíd, der neben Gwylly saß, schrie eine Warnung, denn plötzlich flammte ein goldenes Licht in dem Hain auf, und Windspiele läuteten. Ebenso abrupt erlosch der Schein und verstummte das Läuten – und Faeril war verschwunden. An ihrer Stelle stand ein Falke, dem ein blauer Stein an einem Lederband um den Hals hing. Ein Kristall lag neben ihm auf dem Boden.

Das Tier war wild, ungezähmt, seine großen, bernsteingelben Augen leuchteten, und es entfaltete seine Schwingen, um sich in die Lüfte zu erheben.

Im selben Augenblick zuckte ein silberner Blitz aus dem Kristall, der den ganzen Ring mit seiner Helligkeit erfüllte. Weder Gwylly noch Halíd konnten etwas sehen oder hören, denn die Luft waberte von silberhellem Läuten. Riatha, Urus und Aravan stürmten in den Ring und wurden ebenfalls geblendet und betäubt. Aber alle empfanden einen überwältigenden Drang, in den Ring zu treten und wieder hinaus. Das blendende Licht erlosch, das Läuten ebbte ab, und als sie erneut sehen und hören konnten, lag Faeril schlafend vor ihnen, den blauen Stein und den Kristall in ihren Fäusten.

Der Falke war verschwunden.

»Närrin!«, fuhr Dodona sie an. »Im Kristall sind alle Gestalten möglich! Du hättest hier auf immer als ein wilder Falke gefangen sein können!«

Faeril schrumpfte bei seinen vernichtenden Worten, doch plötzlich wallte Ärger in ihr auf. »Wen nennt Ihr einen Narren, Dodona?«, erwiderte sie wütend. »Habt Ihr mich gewarnt? Ich wusste es nicht – und Ihr habt es mir nicht gesagt.«

»Ignoranz ist keine Entschuldigung«, erwiderte Dodona. »Narren hasten, wo der Weise innehält.«

Bevor Faeril antworten konnte, knirschte Dodona mit den Zähnen. »Wissen diese ungeduldigen Dummköpfe denn nicht«, stieß er hervor, »dass die Zeit hier einem anderen Schlag gehorcht?« Er hob den Kopf, schüttelte die Faust und schrie: »WARTET!«

Aravan wandte sich zu den anderen herum und schüttelte den Kopf. »Wir müssen noch warten.«

Halíd seufzte. »Neun Tage, bevor Legori in See sticht. Ich muss in drei Tagen aufbrechen.«

Aravan sah, dass Gwylly weinte, und nahm den Wurrling in den Arm. »Keine Angst, Gwylly. Faeril ist in guten Händen. Das wenigstens sehe ich.«

Der Alte blickte auf die Damman herab. Sie stand auf einer sechseckigen Kristallscheibe, hatte die Hände in die Hüften gestemmt und kochte vor Wut. Plötzlich lachte Dodona, kniete sich neben sie und umarmte sie. »Adon! Was fange ich nur mit dir an, Tochter? Du bist zu kühn!

Und recht hast du obendrein. Ich habe dich nicht gewarnt, und das tut mir leid.

Doch höre, alles innerhalb des Kristalls ist zu gefährlich für dich. Denn du stammst von der Mittleren Ebene ab und bist schlecht vorbereitet. Versuche nicht, den Kristall dafür zu nutzen, um zu *sehen*, denn dann könntest du für immer darin gefangen werden!

Stattdessen kannst du ihn als Führer verwenden, als Helfer, der dir den Weg zeigt, wenn die Wahl unsicher ist. Benutze ihn, deine Intuition zu verstärken, um dir eine undeutliche Vorahnung zu verleihen, aber versuche niemals, dich hineinzubegeben. Denn für dich ist er nur eine Tür zu ewiger Gefangenschaft. Und du bist zu kostbar, um dich so zu verschwenden.«

Faeril erwiderte Dodonas Umarmung, denn sie hatte ihn liebgewonnen, diesen Verborgenen, obwohl sie ihn erst seit zwei Stunden kannte, oder seit zwölf Tagen, je nachdem, wer die Zeit zählte.

Dodona nahm sie an die Hand und blickte nach oben. »Ja! Jetzt! Nun könnt Ihr sie wiederhaben!«, rief er in einen Himmel, der mit sechseckigen Fenstern vergittert schien, die sich ineinander verwoben, mit Kristallscheiben und Fenstern und Spiegeln, miteinander verbundenen Tetraedern, mit glühenden Kugeln, deren Hüllen schimmerten, und in denen sich wiederum Kugeln drängten. All diese Kugeln bestanden aus miteinander verwobenen Funken, die sich in einem wirbelnden Glanz drehten.

Und hinauf flogen sie in diesen kristallinen Himmel, Hand in Hand.

»Aber wartet!«, rief Faeril. »Was ist mit meiner Frage? Wo finden wir Stoke?«

Dodona sah Faeril mit seinen arglosen, blassblauen Augen an, während er und das Gitter gleichzeitig zu verblassen begannen. Sie hörte seine Worte, die trotz des Läutens der Windspiele deutlich zu verstehen waren. »Liebes, ich habe dir alle Antworten gegeben, die ich dir geben wollte, aber du bist es, die die entscheidende in deiner Erinnerung finden muss.«

Dann war Dodona verschwunden. Faeril öffnete die Augen. Über ihr raschelten *Kandra*-Blätter vor einem blauen Himmel. Sie lag auf der Seite in dem Hain, umklammerte mit der Rechten den blauen Stein und der Linken einen klaren Kristall. Gwylly kniete neben ihr, weinte vor Freude. Urus, Aravan und Halíd standen etwas abseits und lächelten. Und auf ihrer anderen Seite kniete Riatha und hielt ihr einen Becher mit Güldminze an die Lippen.

Faeril setzte sich auf und umarmte ihren Bokkerer. »Oh, Gwylly«, flüsterte sie. »Ich habe Dodona gefunden und ihm eine Frage von Bedeutung gestellt. Und tausend Antworten bekommen.«

Faeril saß den ganzen Abend wach da und erzählte, was sie gesehen, erlebt und erfahren hatte. Und während sie ihre Abenteuer schilderte, wurde ihr plötzlich klar, dass Dodona ihr tatsächlich zumindest den Teil einer Antwort auf die Frage gegeben hatte, wo sie Stoke finden würden.

»Es gab nur eine einzige Kristallscheibe, durch die ich hindurchsehen konnte. Ihr Spiegelbild zeigte eine Bergfeste.«

»Eine Feste?«, murmelte Urus. »Wie sah sie aus? Könnte es Stokes Erkerturm gewesen sein?«

Faeril beschrieb die graue Festung, die von hohen, mit Zinnen bewehrten Bastionen, umgeben war, und deren Quader ebenso grau waren wie der Fels, der sie umgab.

»Das trifft auf viele Orte zu«, meinte Aravan leise. »Doch einmal, als ich einen Gelbäugigen verfolgte, sah ich eine solche Burg in den Bergen von Garia.«

Halíd legte den Kopf schief. »Habt Ihr Euren Gelbäugigen gefunden?«

»Nein. Die Festung war verlassen, ebenso das Land.«

Gwylly drehte sich zu Faeril herum. »Sprich weiter, Liebste«, drängte er sie. »Was zeigte der Blick Darauf?«

Faeril schüttelte sich. »Einen Mann in Ketten. Ich kannte ihn nicht. Er war dunkelhäutig und dünn.«

Riatha sah Urus an. »Stoke legt seine Opfer eine Weile in Ketten. Es bereitet ihm Vergnügen, wenn sie über ihr bevorstehendes Schicksal grübeln.«

»Es gibt viele Länder«, fügte Aravan hinzu, »deren Bewohner dunkelhäutig und schlank sind. Hyree. Kistan. Gjeen. Thyra. Die Karoo und noch viele mehr. Es sind zu viele, um sie alle aufzählen zu können.«

Faeril nippte an ihrem Tee. »Der Blick Davor zeigte eine rote Zitadelle, die sich an einen Berg schmiegte.«

Halíd zischte. »Aii! Das könnte Nizari sein, die Rote Stadt der Meuchelmörder. Ein übel beleumundeter Ort.«

Aravan nickte. »Ich habe davon gehört. An der Grenze nach Hyree. Südwestlich von hier, quer durch die Karoo. Sie ist auf einer deiner Karten eingezeichnet, Riatha.«

Gwylly drehte sich zu Halíd herum. »Die Stadt der Meuchelmörder? Warum Meuchelmörder?«

Halíd fuhr mit dem Finger an seinem Hals entlang und schnalzte mit der Zunge. »Weil vor langer Zeit angeblich Meuchelmörder der Hauptexportartikel dieser Stadt gewesen sind. Manche behaupten, das wäre immer noch so.«

Urus musterte die Damman. »Beschreibt sie genau, Faeril. Vielleicht können wir ja bestätigen, dass es Nizari ist.«

Faeril beschrieb die Stadt so gut sie konnte, schilderte auch die Berge. Aber nichts, was sie sagte, konnte beweisen, dass es Nizari war. Allerdings widerlegte auch keines ihrer Worte diese Annahme. »Wenn ich sie sehen würde, wüsste ich es«, sagte sie schließlich.

Urus nickte und sah sich im Kreis der Gefährten um. »Morgen früh sind es nur noch sechs Tage, bis Kapitän Legori mit der *Bèllo Vènto* in See sticht. Wir sechs müssen heute Nacht entscheiden, was wir tun wollen: nach Sabra zurückkehren und Halíd vorausschicken, um das Schiff aufzuhalten, oder durch die Wüste nach Nizan reiten.«

Riatha breitete ihre Karten aus. »Es gibt noch eine dritte Möglichkeit, Urus. Wir schicken Halíd nach Sabra zurück, damit er den Hochkönig benachrichtigt, während wir anderen nach Nizari reiten. Falls wir scheitern, wird uns auf diese Weise jemand folgen.

Außerdem muss dieses *Ding* in der Wüste vernichtet werden. Halíd kann dafür sorgen, dass jene, die die Macht haben, mit dieser Kreatur fertig zu werden, von ihrer Existenz erfahren. Er kann zum Darda Erynian reiten, dem Großen Grünsaal, und Tuon aufsuchen. Denn er trägt den Schwarzen Galgor. Und verständigt auch Silberblatt, denn er ist klug genug, den *wyrm* aus der Zisterne zu locken, damit er dort vernichtet wird.«

Sie besprachen noch lange, was sie machen wollten, aber am Ende wurde Riathas Plan akzeptiert. Halíd war der Letzte, der sich überzeugen ließ, denn er wollte unbedingt mit ihnen nach Nizari gehen. Schließlich bereitete Riatha dem Disput ein Ende. »Ihr müsst mit dem Hochkönig selbst sprechen, Halíd, denn er will es aus dem Munde von jemandem hören, der diese Geschichte selbst erlebt hat.

Und Ihr müsst Tuon benachrichtigen. Ihr habt den *wyrm* der Zisterne gesehen und kennt sein tödliches Lied. Ihr könnt Tuon und Silberblatt und die anderen zu der Zisterne von Uâjii führen und Vergeltung für Reigos Tod nehmen.

Und schließlich, sollten wir bei unserer Mission scheitern, wird es anderen obliegen, Stoke zur Strecke zu bringen. Ihr könnt dafür sorgen, indem Ihr denen, die uns folgen, dieses Wissen übermittelt.

Aus diesen drei Gründen, Halíd, müsst Ihr reiten.«

Der Reichsmann schaute in ihre ruhigen, silbergrauen Augen, und vielleicht überzeugte ihn das, was er darin sah, noch mehr als ihre Worte. Denn schließlich nickte er und stimmte ihrem Plan zu.

Als sie sich zur Nacht vorbereiteten, durchsuchte Riatha ihren Rucksack und entdeckte Faerils kleine, eiserne Schatulle und das Seidentuch. Sie reichte beides der Damman. »Ihr habt dies zurückgelassen, als ihr gegangen seid, den Ring von Dodona zu suchen.«

Faeril nahm die Gegenstände entgegen und starrte sie an, während sie nach Worten suchte. »Ach, Riatha!«, brach es schließlich aus ihr heraus, »ich habe das Lager unbewacht gelassen, und dafür schäme ich mich. Ich hätte jemanden wecken sollen.«

Die Elfe nickte. Die beiden schwiegen, bis Riatha schließlich sagte: »Es ist nun Vergangenheit, Faeril, und sollte vergessen sein, von allen außer von Euch, damit Ihr es als Anleitung für Euer zukünftiges Handeln nutzt. Denn wer weiß, vielleicht hättet Ihr den Ring nicht gefunden, wenn Ihr Euch anders verhalten hättet. Ob es klug oder dumm war, das können wir nicht entscheiden. Was geschehen ist, ist geschehen, und wir können den Augenblick nicht wieder beschwören und anders handeln.«

Während Faeril über Riathas Worte nachdachte, stellte sie die Eisenschatulle beiseite und breitete das Seidentuch auf dem Gras aus. Dann griff sie in ihre Tasche, zog den Kristall heraus und legte ihn mitten auf die schwarze Seide. Doch als sie begann, den Kristall einzuwickeln, hielt sie inne, hob ihn hoch und hielt ihn gegen die Flammen des Lagerfeuers, während sie hineinstarrte. Der makellose Kristall schien plötzlich einen Fehler zu haben, und sie drehte ihn immer wieder herum, betrachtete ihn genau, versuchte zu erkennen, was ... Dann keuchte die Damman, denn es war kein Makel, den sie gesehen hatte. Stattdessen war, eingefroren in der Mitte des Kristalls, eine wundervoll geformte Gestalt zu sehen, fast, als hätte ein meisterhafter Handwerker sie hineingeritzt. Natürlich vermochte kein noch so brillanter Juwelenschleifer ein so vollkommenes

Kunstwerk zu schaffen wie dieses – einen wilden Falken, der seine Schwingen ausgebreitet hatte, als wollte er sich in die Lüfte erheben.

Bei Tagesanbruch bereitete sich Halíd auf seinen Ritt nach Norden vor. Urus riet ihm, die Zisterne von Uâjii zu meiden, und Aravan empfahl, die Oase von Falídii nur tagsüber zu betreten. Halíd sattelte sein Dromedar und dasjenige, das Reigo geritten hatte, und packte auf beide Tiere einen vollen Trinkschlauch mit Wasser und ein wenig Nahrung. Er musste sechs Tage und Nächte reiten, um Sabra zu erreichen, eine Strecke von vierhundertvierzig Meilen durch den Sand der *Erg*.

Faeril und Gwylly umarmten den Gjeenier und küssten ihn auf die Wange. »Gebt Acht, Reichsmann Halíd«, sagte der Bokker, »denn wir verlassen uns auf Euch. Und oh, mein Freund, wir werden Euch vermissen.«

Unter dem protestierenden Prusten der Kamele stieg Halíd auf. Riatha trat vor. »Die Reise, die vor uns liegt, ist lang und beschwerlich, und sie wird viel Zeit kosten. Aber zumindest werden wir im kommenden Jahr eine Nachricht nach Caer Pendwyr senden. Falls Ihr in diesem Jahr nichts von uns hört, dann müsst Ihr und die Euren entscheiden, was zu tun ist, falls überhaupt. Denn in diesem Fall sind wir wahrscheinlich tot.«

Riatha trat zurück und hob die Hand. »Möge Adon mit Euch reiten!«

Halíd nahm den Turbanschal von seinem Gesicht, hob seine Hand und erwiderte: »Möge die Stärke Adons in Euren Klingen sein und die Hand Elwydds Euch beschützen.« Der Reichsmann befestigte seinen Schal, wendete und ritt hinaus aus dem *Kandar*-Wald. Er ritt auf seinem Dromedar und führte Reigos am Strick hinter sich her. Langsam trabte er zu dem Hang und auf den Spalt zu, der mehr als eine

Meile von dem Wald entfernt lag. Dort hielt er noch einmal inne, drehte sich herum und winkte, wohl wissend, dass ihn die Elfen mit ihren scharfen Augen sehen konnten. Sie winkten zurück. Dann verschwand der Reichsmann in dem Spalt.

Zwei Tage später, am ersten Tag des Monats Dezember, brachen die fünf Gefährten ihr Lager ab, denn Faeril hatte sich nach Riathas Einschätzung nun so weit erholt, dass sie reisen konnte.

Bevor sie aufbrachen, trat Faeril noch einmal in die Mitte des Rings von Dodona. »Lebt wohl, mein Orakel. Ich werde Euch niemals vergessen.«

Nur das Rascheln der Blätter antwortete ihr. Sie verließ den Ring und trat in das Geräusch des Wasserfalles.

Ihre Gefährten warteten schon auf sie, und als sie herauskam, stiegen alle auf ihre Kamele und ritten davon, den Hang hinauf und durch den engen Spalt, der die halbmondförmige Schlucht mit der Außenwelt verband.

Draußen schlug ihnen ein heißer Südwestwind ins Gesicht, und sie trieben die protestierenden, schnaubenden Kamele weiter in Richtung Nizari, der Roten Stadt der Meuchelmörder, die etwa zwölfhundert Meilen entfernt lag, jenseits der mächtigen Karoo.

11. KAPITEL

BEUTE

Herbst, 5E989
(Gegenwart)

Tief in den Bergen, in der Schwärze der tiefsten Nacht, unterbrach Stoke im Turmzimmer der uralten Moschee seine rastlose Wanderung nur lange genug, um kurz hinüber zu den Talâk-Bergen zu blicken. Aber er sah nichts Bedeutsames in der mondlosen Finsternis. Sterne zogen ihre Bahn durch das schwarze Firmament, doch der Baron nutzte seinen erhöhten Standort nicht, um sie zu bewundern. Stattdessen marschierte er weiter, wie ein gefangenes Tier, als wartete er ungeduldig auf die Rückkehr seiner *Chûn*, die neue Opfer mitbrachten, Opfer, die seine Begierden stillen sollten. Aber die Befriedigung seiner Gelüste war keineswegs der Grund für seine Unruhe. Nein, weit gefehlt! Er wanderte aus Wut und Furcht rastlos umher, denn erst wenige Augenblicke zuvor hatte er entdeckt, dass *sie* kamen ...

In seinem *Psukhomanteîon* zündete Stoke seine letzte schwarze Kerze an, stellte sie so in das fünfte Feld des Kreidekreises, dass sich ihr flackerndes Licht zu dem der vier anderen Kerzen gesellte, die den rötlichen Schimmer der glühenden Kohlen in dem geschmiedeten Feuerkorb in einer Ecke der Kammer erhellten. In dem mittleren Kreis lag der Leichnam, gehäutet, mit aufgeschlitztem Bauch, aus dem die Eingeweide quollen. Sein Schädel wurde vom Licht der ersten Kerze erhellt, die Arme waren so ausgebreitet, dass die Hände auf die beiden Kerzen in Feld zwei und drei deuteten. Seine Beine waren ebenfalls gespreizt und die Füße wiesen auf die Kerzen in den Feldern vier und fünf. Der Leichnam war einst ein Mensch gewesen, jetzt war es nur eine bloße Sache.

Stoke bezog zwischen den gespreizten Beinen Stellung, jedoch außerhalb des Kreises. Er sammelte seine Energie und begann die Anrufung. *»Ákouse mè! …«*

Er äußerte Befehl nach Befehl, und jeder saugte mehr Energie aus ihm, mehr Macht, raubte ihm seine Stärke, erschöpfte seinen Willen. Doch schließlich …

»… Egò gàr Stókos dè kèleuo sé!« Das war der letzte Befehl, und Stoke musste sich anstrengen, um diese Worte überhaupt noch aussprechen zu können.

Und wie bei anderen Kadavern an anderen Orten drang aus dem Mund auch dieser Leiche eine Myriade wispernder Stimmen, die alle gleichzeitig sprachen, verebbten und wieder anschwollen, sich nach innen drängten, dann nach außen. Und beantworteten alle die Fragen des *Psukhómantis*, allerdings alle anders, denn alle Zeiten und Orte waren den Toten gleich.

Schloss … Gletscher … Kleine … Erkerturm … Wüste … Elf … wyrm … Tod … Bär … Speer … Kind … Uâjii … Avagon … Arden … Großwald … Rwn … Reichsmannen … Atala … Ozeane … Elfe … Schwert … Vorhänge … Kristall … Falídii … zischten zehntausend wispernde Stimmen. Ihre Antworten vermischten sich, ihr Murmeln verlief ineinander.

Stoke lauschte aufmerksam der Einen Stimme; da er eine frische Leiche gewählt hatte, sein letztes Opfer, war *he phéme*, die prophetische Stimme, die des Kadavers im Kreis stärker als die anderen. Als diese Stimme schließlich verstummte, stand Stoke erschüttert da.

Er hatte seine Verfolger nicht abgeschüttelt; sie waren ihm immer noch auf den Fersen! Und gerade in diesem Augenblick durchquerten sie die Karoo und waren unterwegs nach Nizari.

Deshalb marschierte Stoke hoch oben in dem Minarettzimmer furchtsam auf und ab, ergrimmt darüber, dass sie jetzt die Jäger waren und er die Beute spielte. Er blieb erneut stehen, schaute nach Norden und Osten, als wollte er seinen Blick zwingen, über die Berge und die Wüste zu fliegen und seine erbarmungslosen Feinde zu erspähen.

Da wirbelte er herum, fluchte, trampelte die Wendeltreppe hinab bis ins Untergeschoss, hastete durch Korridore aus rotem Marmor, bis er die Werkbank in seinem Laboratorium schließlich erreichte. Er versuchte, seinen Verstand zu beruhigen und einen passenden Plan für jene zu ersinnen, die ihn verfolgten. Dann nahm er die Arbeit wieder dort auf, wo er sie unterbrochen hatte, konzentrierte seinen Geist darauf, sein neuestes ... Instrument zu vervollkommnen.

Es war aus Gold, maß sieben Zentimeter im Durchmesser und sechzig Zentimeter in der Länge, und verjüngte sich an einem Ende zu einer grauenhaften Spitze und zu einer Ankerplatte am anderen. Er nahm sorgfältig Maß, kritzelte kurze Längsstriche auf das Gold, wo die dreieckigen, rasiermesserscharfen Klingen eingebettet werden sollten. Klingen waren das, die über die ganze Länge des Instrumentes und rund um den Schaft angeordnet werden würden. Ab und zu markierte er auch eine Stelle, an der er Edelsteine einarbeiten wollte, vor allem Blutjaspis.

Als er die goldene Stange fertig markiert hatte, hatte er auch einen Plan in seinem Hirn ausgebrütet. Er legte den grotesken, goldenen Stab zur Seite, lief wieder zu dem

Minarett zurück und hinauf. Dort brüllte er in die Nacht hinaus: »Jetzt werden die Jäger zu Gejagten, die Räuber zur Beute!« Seine Worte hallten von den Bergen zurück und Stoke lachte wie wahnsinnig, als seine eigene Stimme zu ihm zurückhallte. *Jäger ... Gejagte ... Räuber ... Beute.*

Als das nächste Zwielicht in die dunkle Nacht überging, schwang sich von dem Minarett her eine grauenvolle Kreatur in die Dunkelheit, deren breite, ledrige Schwingen sie nach Nizari trugen.

12. KAPITEL

MAI'ÛS SAFRA

Herbst, 5E989
(Gegenwart)

Während der heiße Wind sie vorantrieb, trottete Halíd auf seinen *hajînain* durch die Wüste, sie folgten dem Weg, den sie in der Woche zuvor in die andere Richtung geritten waren und ritten nach Norden, wobei er sich ein wenig östlich hielt und ins vierhundertvierzig Meilen entfernte Sabra eilte.

Den ganzen Morgen hielt Halíd das Tempo und wechselte etwa jede Stunde sein *hajîn.* Die prustenden Dromedare protestierten bei jedem Wechsel. Dabei kam er häufiger über raues Gelände, selten über glattes. Mit der Geschwindigkeit, die die Kamele bei diesem Terrain durchhalten konnten, hatte er, als er mittags eine Pause einlegte, bereits mehr als dreißig Meilen zurückgelegt.

Halíd und die Tiere rasteten in der glühenden Mittagshitze und dem heißen Wind. Am späten Nachmittag stieg Halíd wieder in den Sattel, und sie trotteten weiter, setzten ihre Reise fort.

Der glühende Wind setzte ihnen weiter zu und trieb sie stetig vor sich her. *Wenigstens kommt er von hinten.*

Die Stunden verflogen, die Sonne versank allmählich im Westen, die kurze Dämmerung der Wüste wurde rasch von der Nacht verschluckt, während die *hajînain* mit ihrem gleichmäßigen Trab eine Meile um die andere verschlangen. Halíd hatte erwartet, dass der Wind in der Nacht abflauen würde. Aber das tat er nicht. Jetzt jedoch wärmte er sie in der kalten Dunkelheit.

Zwischen Sonnenuntergang und Mitternacht ritten sie an dem Bassin vorbei, in welchem sich die Zisterne von Uâjii befand. Die Dromedare witterten das Wasser und wollten dorthin, aber Halíd erlaubte es ihnen nicht. Sie protestierten lautstark, trabten jedoch weiter, und schon bald lag die Zisterne weit hinter Halíd. Nicht jedoch seine Erinnerungen an Reigos Tod.

Sie ritten weitere sechs Stunden nach Norden, bis Halíd schließlich in den öden Dünen anhielt, sich zum Schlafen legte und die Dromedare ausruhen ließ. Sie hatten in diesen vierundzwanzig Stunden fast zweiundneunzig Meilen zurückgelegt. Wenn er und seine *hajînain* diese Geschwindigkeit hielten, würden sie Sabra in fünf Tagen erreichen, einen Tag vor dem Stichtag.

Immer noch wehte der Südwestwind, aber jetzt war er kühl.

Nach kaum drei Stunden Schlaf wachte Halíd bei Tagesanbruch auf. Der Reichsmann dachte über den Südwestwind nach, während er ein paar Bissen aß, aber viel Wasser trank. *Das ist ein schlechtes Zeichen. Er weht schon seit mehr als einem Tag. Möge Rualla, die Herrin der Winde, entscheiden, dass es genug ist.*

Halíd bestieg sein Dromedar und ritt weiter nach Nordwesten, über den endlosen Sand, während sich die *hajînain* wieder lautstark beschwerten, denn sie hatten weder gefressen noch getrunken, seit sie von der halbmondförmigen Bucht aufgebrochen waren.

Dennoch trotteten sie gehorsam nach Norden, über die

vom Wind geformten Dünen, während die heiße Luft in ihren Rücken blies.

In der Mittagsglut hielt Halíd erneut an und rastete, während der Wind den Sand um sie herum aufwühlte und die feinen Körner durch die Luft peitschte. Halíd zog seinen Schal über das Gesicht und döste.

Nach drei Stunden setzten sie ihre Reise fort. Halíd wechselte wie zuvor ständig das Reittier, und als sie schließlich in tiefster Dunkelheit rasteten, hatten sie achtundneunzig Meilen zurückgelegt. Der Wind blies immer noch.

Am dritten Tag ihrer Reise kamen sie auf zerklüftetes Terrain, und als sie erneut in den Dünen zur Nacht anhielten, sahen sie auf etwas mehr als fünfzig Meilen zurück. Trotzdem hatten sie in drei Tagen insgesamt zweihundertvierzig Meilen hinter sich gebracht und waren nur noch knapp zweihundert Meilen von ihrem Ziel entfernt.

Aber der Wind wehte unbarmherzig weiter, und am nächsten Tag, eine Stunde nach Sonnenuntergang, heulte eine schwarze Wand von Südwesten über die *Erg* heran.

Halíd stieg ab und zog die Dromedare durch die Dunkelheit und den sengenden Wind in den spärlichen Schutz einer Düne und schrie durch den kreischenden Lärm: *»Raka! Raka!«* Er befahl ihnen niederzuknien. Dann suchte der Mensch Schutz an den Flanken eines der Tiere und bedeckte sein Gesicht mit dem Schal.

Der kreischende Sturm geißelte sie endlos mit dem Sand, die Düne wanderte allmählich über sie hinweg, drohte Mann und Tiere unter sich zu begraben. Aber Halíd, der in dem Sandsturm kaum etwas sehen konnte, zog die Tiere fort. Und dann noch einmal, während er sich bemühte, die panischen Tiere unter Kontrolle zu behalten.

Er wusste nicht, wie lange dieser Sandsturm getobt hatte, aber dann hörte er ein anderes Geräusch, das das Heulen des Sturms schwach durchdrang. Es war etwas wie rollender Donner. Halíd zog den Schal von einem Auge weg und spähte in die Nacht hinaus, während das Brüllen stärker wurde. Plötzlich erhob sich eine schwarze, wirbelnde Säule aus der Dunkelheit und fegte auf sie zu. *Sanddämonen!*, schoss es Halíd durch den Kopf, obwohl er wusste, dass dies nur eine Fabel war. Aber dann kam der schwarze, wirbelnde Wind über sie, riss mit ohrenbetäubendem Heulen und mit unvorstellbarer Kraft an ihnen, hämmerte auf sie ein, schlug, zerrte, hob sie an ... und war verschwunden, weitergezogen.

Und hatte eines der Dromedare mitgenommen.

Zehn Stunden fegte der tosende Wind über die *Erg*, dann wurde er endlich schwächer, verebbte rasch, bis nur noch Stille herrschte.

Halíd grub sich aus dem Sand und sah sich um. Von dem verschwundenen Dromedar war nichts mehr zu sehen, aber neben ihm stand das übrig gebliebene Kamel, Reigos ehemaliges Reittier.

»Kam! Kam!«, schrie Halíd, trat zu dem Tier hin und stieg in den Sattel, während das Tier zögernd gehorchte. »Jetzt sind nur noch du und ich übrig, *sabîyi*. Nur du und ich.«

Er wandte die Nase des Tieres nach Norden, und sie brachen nach Sabra auf, das noch einhundertfünfundneunzig Meilen entfernt sein musste.

Sie erreichten die Oase von Falídii am späten Nachmittag, zwei Stunden vor Sonnenuntergang. Halíd machte dort Halt und ritt zum Wasserloch. Nachdem sich das Dromedar satt gesoffen hatte, legte ihm der Reichsmann die Fußfesseln an und ließ es grasen. Er füllte den Ziegenschlauch mit Wasser und wusch sich in dem Becken. Er war sehr müde, denn er musste noch weit reiten und hatte nur wenig Zeit. Trotzdem wartete er, bis die Sonne tief am Horizont stand, bevor er weiter nach Norden ritt. Er erinnerte sich an Aravans Worte und wollte nicht nach Einbruch der Nacht in der Oase bleiben. Letztlich war es ein *Djado*-Ort. Warum, das wusste er nicht. Und wie sie dem Bösen entgangen waren, als sie dort auf ihrem Weg zum Ring von Dodona gerastet hatten, das konnte er ebenfalls nicht sagen. Er vermutete, dass das blaue Steinamulett etwas damit zu tun gehabt hatte, dass sie nicht angegriffen wurden, obwohl es sich an der Zisterne von Uâjii als weniger nützlich erwiesen hatte.

Trotzdem hatte Halíd keinen Schutzstein, und so verließ er die Oase und ritt in die *Erg* hinein. Noch während er sie aber verließ, ging die Sonne unter, und ihm sträubten sich die Nackenhaare, als würde ihn etwas von hinten beobachten, etwas Boshaftes.

»Hut! Hut! Hut!«, spornte er das Dromedar an, aber dieses eine Mal musste er es nicht antreiben, da es förmlich davonflog.

Als sie in dem silbernen Licht des abnehmenden Mondes anhielten, hatten sie vierzig Meilen zurückgelegt. Es war das Ende des vierten Tages, und sie waren jetzt zweihundertachtzig Meilen von der halbmondförmigen Schlucht entfernt.

Sie hatten noch zwei Tage Zeit und einhundertsechzig Meilen vor sich, und Halíd verfügte nur noch über ein Dromedar.

Am nächsten Tag, dem fünften, überquerten sie erneut zerklüftetes Terrain, und als sie in dieser Nacht anhielten, hatten sie nur siebzig Meilen geschafft.

Der sechste und letzte Tag fand Halíd und sein Dromedar bereits wieder unterwegs – in der *Erg*. Der Reichsmann trieb sein Reittier bis an dessen Grenzen an. Sie galoppierten über den Sand, lange Dünen hinauf und wieder hinunter. Diesmal legte Halíd in der Mittagshitze keine Rast ein, denn sie mussten an diesem Tag neunzig Meilen zurücklegen, und obwohl der Ritt einer Reise durch einen Brennofen glich, ritten sie weiter. Das erlahmende Tier trottete über den brennenden Sand.

Es kam die Nacht, und sie ritten weiter, über die endlosen Dünen, unter einem hellgelben Dreiviertelmond. Um Mitternacht waren sie noch zwanzig Meilen von Sabra entfernt. Halíd wusste zwar nicht, wann die Flut kam, aber er wusste doch, dass Kapitän Legori und die *Bèllo Vènto* jetzt die nächste Flut nehmen konnten.

»Hut! Hut!«, schrie er das Dromedar an, das erschöpfte Tier konnte jedoch nicht mehr schneller laufen. Sie trotteten im Mondlicht über den Rand einer hohen Düne, und plötzlich kippte das Tier nach vorn. Der Sand gab unter seinen Füßen nach, und sie rutschten den Hang hinab, während der Sand sie unter sich begrub und die Düne hinter ihnen auf sie herabstürzte. Es war jedoch gar nicht die Sandlawine, die sie zu verschlingen drohte, sondern der Sand unter ihren Füßen. Das *hajîn* war in Treibsand getreten. Vor Furcht brüllte es laut auf, während beide, Tier und Mensch, in den Sand hinabgezogen wurden und lebendig begraben zu werden drohten.

Noch während das Kamel versank, kletterte Halíd auf den Rücken des Tieres und sprang von ihm weg, landete auf dem Hang des rieselnden Sandes, suchte mit Händen und Füßen nach Halt und krabbelte hinauf, während der herunterfließende Sand ihn zurückzuspülen drohte, nämlich in den sicheren Tod. Der Reichsmann kämpfte sich weiter, nur einen Fußbreit von dem Treibsand entfernt, erreichte den Rand der Lawine und war in Sicherheit. Er stolperte noch ein Stück weiter, bevor er auf Hände und Knie sank. Als er sich umdrehte, nahm er gerade noch den rieselnden Sand wahr, von seinem Dromedar jedoch war nichts mehr zu sehen.

Erinnerungen schossen ihm durch den Kopf: an Märchen aus seiner Kindheit, von bösen Dämonen, die unter dem Sand auf unschuldige Opfer lauerten, die sie hinabzogen und erstickten.

Schließlich rappelte sich Halíd erschöpft auf und trottete in Richtung Sabra weiter, das noch zwanzig Meilen weit entfernt lag.

Kurz nach Tagesanbruch stolperte ein schmutziger, abgerissener, erschöpfter Mann aus der Karoo und taumelte durch das Stadttor des Wüstenhafens Sabra. Er besaß kein Wasser, keine Nahrung, kein Kamel, sondern hatte all das an den Sand der *Erg* verloren. Doch er hatte den *mai'ûs safra*, die verzweifelte Reise, überlebt. Er stolperte in die Stadt und ging müde zum Hafen, zu den Kais. Als er dort ankam und einen Hafenarbeiter nach dem Hafenmeister fragte, führte ihn dieser zu einem korpulenten Mann, der gerade beaufsichtigte, wie ein weißer Hengst über eine Rampe aus einer dreimastigen Dhau auf die Mole geführt wurde. Eine Gruppe von *shaikhîn* hatte sich um das nervöse Tier versammelt und betrachtete es bewundernd. Der erschöpfte Mann, kein anderer als Halíd selbst, trat zum Hafenmeister und sprach ihn an. Dieser zuckte vor dem schmutzigen Kerl ein wenig zurück und deutete dann vage aufs Meer hinaus. Dort segelte die *Bèllo Vènto* gerade von ihrem Ankerplatz aus los, der hereinkommenden Flut entgegen.

Wut durchzuckte Halíd, er schickte einen Fluch himmelwärts, woraufhin der Hafenmeister beunruhigt noch weiter zurückwich. Dann sah sich der Reichsmann wild um, drängte sich rücksichtslos an den Wüstenhäuptlingen vorbei, stieß den Pferdeknecht zur Seite, der den Hengst am Strick führte, sprang auf den blanken Rücken des Pferdes und donnerte davon, nach Norden, schrie: *»Yah! Yah!«*, galoppierte wie der Teufel durch die Straßen der Stadt, durch das Nordtor hinaus und ließ die Schüsse, die seine Verfolger auf ihn abfeuerten, weit hinter sich.

Er ritt in vollem Galopp zur Spitze des Kaps, die etwa eine Meile entfernt war. Nach einem Augenblick, so schien es, hatte er den höchsten Punkt erreicht und riss an dem Strick des Hengstes, der rutschend zum Stehen kam. Dreck und Steine spritzten unter seinen Hufen auf. Der Reichsmann sprang von dem schnaubenden Hengst, riss seinen Krummdolch aus der Scheide und drehte die Klinge in der Morgensonne, die auf dem blanken Stahl funkelte.

Lange stand Halíd auf dem Vorsprung und hielt die Klinge horizontal vor sich, drehte sie unablässig in der Sonne. Als er eine wütende Menge hörte, die den Hügel hinter ihm hinaufstürmte, sah er, wie die *Bèllo Vènto* abdrehte und Kurs auf ihn nahm.

Kapitän Legori hatte die Signale des Reichsmannes endlich gesehen.

13. KAPITEL

QUER DURCH DIE WUSTE

Ende 5E989 bis Anfang 5E990
(Gegenwart)

Sie ritten geradewegs in die Fänge des heißen Südwestwindes, Aravan, Faeril auf einem *hajîn*, Riatha und Gwylly auf dem zweiten und Urus auf dem kastrierten Dromedar, und zwei Packtiere an der Leine im Schlepp. Sie ritten hinaus in die *Erg*, zu einer Oase, die laut Riathas Karte etwa einhundertvierzig Meilen entfernt lag.

Der Ritt würde etwa vier Tage dauern, doch dies war nur die erste Etappe auf ihrer langen Reise, deren fernes Ziel Nazari war, die Rote Stadt, die am anderen Ende der Karoo lag, elfhundert Meilen entfernt, gemessen am Flug des Raben. Ihre Route jedoch würde sie über zwölfhundert Meilen weit führen, denn ihr Ritt durch den Sand beschrieb einen leichten Zickzackkurs von Oase zu Wasserloch zu Zisterne.

Der Wind wehte immer heißer und feiner Sand peitschte auf ihrer Haut. Sie zogen die Schals vor die Augen und spähten durch das feinmaschige Gewebe. Dennoch fand das ein oder andere Sandkorn seinen Weg hindurch und landete in einem Auge.

Faeril blinzelte, kniff die Augen zusammen und spülte eines dieser Körner mit ihren Tränen hinaus. »Was ist mit den Kamelen, Aravan?«, erkundigte sie sich. »Bekommen sie nicht auch Sand in die Augen?«

Aravan lächelte. »Nein, Kleine. Ihr habt doch ihre dichten Wimpern gesehen. Sie halten den meisten Sand ab. Solltet Ihr jedoch dicht genug an sie herankommen, ohne dass sie Euch beißen oder nach Euch spucken, könntet Ihr erkennen, dass sie noch dazu ein inneres Augenlid besitzen, mit dem sie jedes Sandkorn, das dennoch seinen Weg durch diese Wimpern findet, hinausdrücken können.«

»Das erleichtert mich, Aravan, denn es würde mir nicht sonderlich gefallen, einem schlecht gelaunten Kamel wegen des Sandes die Augen zu verbinden.«

Aravan lachte schallend, und sie ritten weiter in den aufkommenden Sturm hinein.

In dieser Nacht lagerten sie im Schutz eines von Felsbrocken übersäten Hügels. Der Wind war immer noch warm und wehte zunehmend stark.

Eine Stunde vor Sonnenaufgang stieg Urus von dem Felshügel und weckte alle. Der Wind heulte, und er musste schreien, um sich verständlich zu machen. »Eine schwarze Wand kommt auf uns zu. Sie löscht selbst die Sterne aus!«

»*Shlûk!* Ein Sandsturm!«, rief Aravan.

Während der Elf und Urus die Dromedare in den Schutz der Felsen führten, sammelten die anderen rasch ihr Gepäck ein und verstauten es ebenfalls zwischen den Felsen.

Aravan hatte gerade noch Zeit, ihnen zuzurufen, dass sie ihre Gesichter bedecken sollten, als der Sturm über sie hereinbrach. Faeril beugte sich zu Gwylly und schrie ihm ins Ohr: »Oh, Gwylly, ich hoffe, dass Halíd nicht auch davon überrascht wird!« Gwylly drückte ihre Hand, und sie kauerten sich hinter ihren Felsbrocken, während der schwarze Wind an ihnen vorüberheulte.

Zehn Stunden hämmerte der tosende Sandsturm auf sie ein, aber trotzdem dösten Faeril und Gwylly, schreckten jedoch immer wieder hoch. Die anderen schliefen ebenfalls. Das Heulen des Sturms lullte sie ein. Ebenso plötzlich, wie er gekommen war, beruhigte er sich jedoch wieder und ließ eine Stille zurück, die beinahe ohrenbetäubend wirkte.

Aravan war als Erster auf den Füßen. Er watete durch den Sand auf die Spitze des Hügels. Seine Stiefel knirschten laut in dem feinen Sand. Urus zog Riatha hoch, und gemeinsam folgten sie dem Elf. Sie warfen in der tief stehenden Nachmittagssonne lange Schatten auf den Hang. Gwylly und Faeril waren damit beschäftigt, den Sand aus ihrem Gepäck zu klopfen. »Ich bin hungrig«, erklärte Gwylly schließlich. »Wie wär's, wenn wir etwas zu essen auspackten?«

Spät in der Nacht des vierten Tages ihrer Reise erreichten sie die Oase. Die Kamele witterten das Wasser zuerst und stürmten voran.

Als sie ihr Lager aufschlugen, erklärte Aravan: »Hier sollten wir diese und die nächste Nacht bleiben, denn die Kamele müssen grasen und auch uns täte eine Ruhepause gut. Das nächste Wasserloch kommt erst nach etwa hundert Werst, und auch wenn wir unterwegs vielleicht Nahrung für die Kamele finden mögen, sollten wir ihnen doch Zeit lassen, sich Reserven anzufressen, bevor wir weiterreiten.«

»Der Kreis der Elfen auf Mithgar kann nur kleiner werden.« Riatha stocherte in der Glut des Feuers herum, obwohl der Vollmond am westlichen Himmel so viel Licht spendete, dass sie alles in der Nähe und Ferne sehen konnten. Faeril saß bei der Elfe, und sie unterhielten sich leise, um die anderen nicht zu wecken. »Mit jedem, der fällt, wird unsere Zahl gemindert. Und mit jedem, der nach Adonar zurückkehrt, schmilzt der Kreis hier ebenfalls zusammen, denn der

Rückweg nach Mithgar ist uns versperrt.« Riatha sah die Damman an. »Und wie Ihr wisst, können wir auf dieser Welt keine Kinder empfangen.« Tränen glitzerten in Riathas Augen, und Faeril nahm ihre Hand.

»Irgendwann werdet gewiss auch Ihr ein Kind bekommen, Riatha.«

Riathas Blick zuckte zu Urus hinüber. Der Baeron schlief fest. »Aber ich will ein Kind von Urus, Faeril, und das kann doch niemals geschehen. Er ist sterblich und von Mithgar; ich aber bin unsterblich und von Adonar. Ich kann hier kein Kind empfangen, und er kann nicht mit mir dorthin gehen ... Und selbst wenn er irgendwie einen Weg auf die Hohe Ebene fände, so könnten wir dennoch kein Kind zusammen zeugen, denn die Liebe zwischen Sterblichen und Elfen trägt keine Früchte.«

Faeril wollte etwas erwidern, doch bevor sie auch nur ein Wort herausbekam, flog Riathas Hand schon an ihren Hals. *»Schnell!«*, zischte die Elfe, schleuderte Sand aufs Feuer und erstickte die Glut. *»Weck die anderen. Der Wachstein wird kalt.«*

Faeril weckte Gwylly und Aravan, während Riatha Urus rüttelte.

Sie warteten lange in der Nacht, in einem Kreis, dabei nach außen gewandt, und spähten in die mondhelle Wüste. In der Ferne, weit jenseits der Oase, glaubte Faeril dunkle Schatten über die Dünen huschen zu sehen, aber bis die anderen auf ihren Ruf herbeigeeilt waren, waren die Schatten bereits verschwunden.

Langsam wich die Eiseskälte aus dem blauen Amulett, als die Gefahr vorüberzog.

Nachdem der Stein wieder eine gewöhnliche Temperatur hatte, wickelten sich Faeril, Gwylly und Aravan in ihre Schlafrollen, während Riatha und Urus Wache hielten.

Die Damman fand jedoch keinen Schlaf. Sie schwankte

zwischen der Trauer über Riathas Worte und beunruhigenden Gedanken über das, was den Stein hatte kalt werden lassen. Nachdem sie sich eine Stunde lang rastlos hin und her gewälzt hatte, kroch sie zu Gwylly und schmiegte sich an ihn. Der Bokker zog sie an sich und hielt sie fest ... und wenige Augenblicke später hatte der Schlummer auch sie umfangen.

Bei Tagesanbruch kletterte Gwylly den langen Hang einer Düne hinauf, um nach Spuren zu suchen. Faeril begleitete ihn. Als sie den Kamm der Düne erreichten, deutete die Damman auf die nächste Düne. »Was ist das denn, Gwylly? Es sieht aus wie ... ein umgestürzter Pfeiler.«

»Das stimmt, meine Dammia. Gehen wir hin und sehen wir es uns an.« Gwylly drehte sich herum und verständigte die anderen mit einigen Pfeifsignalen, dass sie etwas gefunden hatten.

Als sie sich dem Gegenstand näherten, kamen sie an einigen Abdrücken im Sand vorbei, die von Osten nach Westen führten. »Also gut, etwas ist hier gewesen«, erklärte Faeril. »Aber was es war, kann ich nicht sagen. Dafür ist zu viel Sand in die Spuren gerieselt.«

Gwylly hockte sich neben die Fährte. »Das war mehr als ein Etwas, Liebste. Etliche waren das, wie es aussieht.«

Urus, Riatha und Aravan holten sie rasch ein, aber keiner der drei wusste, was diese Spuren hinterlassen hatte. Obwohl Urus eine Vermutung äußerte. »Vierbeiner, würde ich sagen. Die nach Osten laufen. Kleine Tiere.«

Kurz darauf gingen sie weiter, zu dem Hang, der vor ihnen lag. Als sie die Düne erreichten, fanden sie einen gewaltigen Obelisken, der auf der Seite lag und größtenteils unter dem Sand begraben war. Etwa fünfzehn Meter davon waren zu sehen, und in den Stein waren merkwürdige Reliefs eingemeißelt worden. »Kann das jemand entziffern?«, erkundigte sich Gwylly. »Ich frage mich, was es bedeutet.«

Doch niemand kannte die Sprache. »Ich vermute«, sagte Aravan schließlich, »dass dieser Obelisk hier von einem Menschenkönig aufgestellt wurde, der eine Art von Unsterblichkeit suchte.«

Sie wischten Sand weg und enthüllten weitere Reliefs, die ihnen jedoch auch nicht weiterhalfen. Die Bilder zeigten Vögel, Hunde, Pferde, Kamele und noch andere Tiere. Dazu Garben von Getreide, Menschen, Steinzeug, Räder, Wagen, Bögen, Pfeile und dergleichen. Es fanden sich alle möglichen Dinge und Lebewesen auf dem Obelisken, aber keine Elfen, Zwerge, Wurrlinge oder andere Rassen, nur Menschen.

»In Khem«, bemerkte Aravan, »einem Land südöstlich von hier, haben die Menschen große Steinpyramiden errichtet, mit Bestattungskammern, Erinnerungen an ihr Dasein, und auch steinerne Monolithen und andere Bauwerke, die für alle Ewigkeit bestehen und ihren Namen damit Unsterblichkeit verleihen sollten.«

Gwylly schüttelte sich. »Oh, Unsterblichkeit oder nicht, ich möchte nicht für alle Zeiten in so hartem, kaltem Stein begraben sein. Bestattet mich lieber in Erde oder noch besser: Weiht meine Seele Adon auf den goldenen Schwingen der Flammen.«

Faeril drückte ihrem Bokkerer die Hand.

Aravan deutete nach Osten. »Pyramiden, Monolithen, Monumente: Sie alle sollen ewig dauernden Ruhm verkünden, aber die meisten ereilt dasselbe Schicksal wie diesen Obelisken: Sie tragen Inschriften, die für die Lebenden keinerlei Bedeutung mehr haben.«

»Unsterblichkeit haben sie vielleicht«, brummte Urus, »aber niemand kennt sie.«

»Wenn die Menschheit unsterblich wäre, fragt Ihr?« Riatha sah auf die Damman herunter. *»Aro!* Mit ihrer geringen Disziplin würden sie die Welt übervölkern und mit sich ins Verderben reißen!«

Faeril spülte die Kleidung aus, die sie im Wasserloch der Oase gewaschen hatte. »Wie die Lemminge? Aravan hat Gwylly und mir von Lemmingen erzählt und wie sie in ihren Untergang hasten!«

»Schlimmer als Lemminge, Faeril. Viel schlimmer. Lemminge besitzen nicht den Verstand, die Macht oder auch nur die Fähigkeit, die Welt zu zerstören. Die Menschheit dagegen schon.«

Faeril reichte der Elfe das *brussa.* Als Riatha das Hemd über den Strick hängte, den sie zwischen zwei Bäume gespannt hatten, nahm Faeril eine Hose und tauchte sie ebenfalls ins Wasser. »Werden sich die Menschen jemals ändern? Ich meine, werden sie begreifen, dass sie ein Teil dieser Welt sind, und dass aller Schaden, den sie zufügen, ihnen selbst zugefügt wird?«

Riatha schüttelte den Kopf. »Das weiß ich nicht, Kleine. Ich kann es wirklich nicht sagen. Aber eines weiß ich: Die Menschen sind klug und einfallsreich, und wenn sie ihre Existenz verlängern können, so werden sie es tun. Doch wenn sie einfach nur ihre Zeitspanne hinausschieben, ohne ihre Wahrnehmung der Auswirkungen zu schärfen, die sie auf die Welt ausüben, dann muss das zu einem katastrophalen Ende führen. Kann der Mensch seinen unersättlichen Appetit zügeln, so besteht Hoffnung für Mithgar. Sollte er jedoch seinen gierigen Griff beibehalten, dann wird diese Welt keinen Bestand haben.«

»Yah hoi!«, schrie Gwylly. »Hier gibt es Früchte für alle.«

Gwylly, Aravan und Urus kamen zurück zum Wasserloch. Sie hatten einen Tuchbeutel mit Trauben reifer Datteln gefüllt. Gwyllys Mund war bereits braun gefleckt.

»Pass auf die Kerne auf, Liebste, sie ähneln denen von langen, dünnen Pfirsichkernen, aber sie sind so hart wie Steine.«

Als sich Aravan neben Faeril hockte und anfing, auch seine Kleidung zu waschen, lachte er und sagte: »Euer Bokkerer, Faeril, hat wahrlich Affenblut in den Adern. So wie einer von denen, deren Kunststücke wir gegen Geld auf den Straßen von Sabra sehen konnten.«

»Ha!«, rief Gwylly. »Urus hat mich die halbe Dattelpalme hinaufgeschoben.«

Riatha nahm eine Dattel, biss hinein und lächelte bei dem süßen Geschmack. »Hätten wir Zeit, könnten wir einige davon trocknen und mitnehmen, sogar durch die Karoo.«

Als der Vollmond über dem Horizont hing, summte Gwylly ein Lied. Faeril sah ihn fragend an. Er deutete auf die volle, gelbe Scheibe am Himmel und sang die Worte:

»Fiddel-di-di, fiddel-di-die,
Die Kuh springt hoch in die Wolken,
durch die Luft und über den Mond ...
Oh sieh doch, sagt der Teller zum Löffel.

Der Löffel stand auf und blickte hinauf
Und antwortete nach einer Weile ernst:
›Das ist merkwürdig, da stimme ich zu, zudem
höchst unerwartet,
ebenso seltsam, als würde der Hund mit der Katze tanzen.‹

Kaum sagte er das, da geigte die Fiddel,
und der Hund führte die Katze in eine Promenade,
und die Kuh fiel auf der anderen Seite des Mondes hinab,
und der ängstliche Teller lief mit dem Löffel davon.

Ich lachte so sehr, dass mir die Tränen kamen,
der Hund lachte auch neben mir,
die Katze miaute laut und lange,
als die Fiddel schon ein weiteres Lied kratzte ...

Aber die Kuh fiel mir mit einem Rumms auf den Kopf,
Und da wachte ich auf – und war aus dem Bett gefallen!
Bumms ... Krach!«

Urus' dröhnendes Gelächter hallte in die Nacht hinaus, übertönte Faerils Kichern und auch das Lachen von Riatha, Aravan und Gwylly.

Als wieder einigermaßen Ruhe in die Oase eingekehrt war, fragte Faeril ihren Bokkerer: »Wo hast du so einen wundervollen Unsinn gelernt, Gwylly?«

»Mein Vater, mein menschlicher Pflegevater, Orith, hat es oft gesungen, wenn er mich ins Bett brachte. Aber ich bin nicht eingeschlafen, sondern musste die ganze Zeit über lachen. Dann hat Nelda, meine Mutter, Vater gescholten, weil er mich wach hielt. Aber wenn er auf den Steinhöhen war, hat sie es mir selbst vorgesungen. Es war mein Lieblingslied.

Plötzlich hob Aravan die Hand und griff nach seinem Speer. *»Still. Der Stein!«*

Erneut bezogen sie in einem Kreis Stellung unter den Dattelpalmen.

Die Zeit dehnte sich, und erneut sah Faeril Silhouetten, die durch die Nacht liefen. Sie pfiff leise, damit sich ihre Gefährten umdrehten und sie ebenfalls sahen. In diesem Augenblick tauchte – im Mondlicht klar zu erkennen – ein geschecktes, hundeartiges Wesen auf einem der Wüstenkämme auf. Es blieb einen Augenblick stehen und blickte zu den Gefährten hinab, die zwischen den Dattelpalmen standen. Dann wirbelte es herum, folgte der Fährte der anderen und verschwand kurz darauf zwischen den Dünen der *Erg*.

»Der Stein wird wieder warm«, erklärte Aravan. »Die Gefahr nimmt ab.«

Gwylly wandte sich zu dem Elf herum. »Was war das, Aravan? Es hatte große, runde Ohren und sein Fell war scheckig. Aber es schien nicht sehr groß zu sein. Warum sollte der Stein wegen einer solchen Kreatur kalt werden?«

»Es war einer der wilden Hunde der Wüste, Gwylly. Im Rudel können sie beinahe jedes Tier erlegen. Der Stein kennt die Gefahr, die von ihnen ausgeht, sehr gut.«

Faerils Blick zuckte zum Buschwerk. »Meiner Treu! Was ist mit den Kamelen? Sind sie in Gefahr?«

Aravan schüttelte den Kopf. »Ich glaube nicht. Der Stein sollte das Rudel von uns fernhalten.«

Riatha ließ sich zurücksinken. »Gut, dass wir morgen weiterreisen, denn ich glaube, wir halten die Hunde von der Wasserstelle fern. Wenn der Durst sie zu sehr quält, werden sie kommen, Stein oder nicht.«

Aravan nickte. »Aye, Dara, da hast du recht. Einige Wesen sind zu stark, um vom Stein zurückgehalten zu werden, Vulgs, Loka, Rucha und anderes Gezücht, Drachen, die Monster der Tiefe, nur um einige zu nennen ...«

»Der *wyrm* von der Zisterne«, warf Gwylly ein.

»Aye, Gwylly, der *wyrm* auch.«

»Andere wiederum sind zu verzweifelt, als dass der Stein sie in Schach halten könnte, wenn sie von Hunger, Durst oder dem Bedürfnis getrieben werden, sich oder ihre Brut zu verteidigen, wenn sie also fliehen oder einer Gefahr entkommen wollen.

Die wilden Hunde gehören zu diesen Letzteren, denn sie werden kommen, wenn ihr Durst groß genug ist.«

Urus blickte auf die mondhellen Dünen hinaus. »Dann schlafen wir doch heute Nacht lieber nicht am Rand des Wasserlochs. Wenn sie kommen, finden sie den Weg frei.«

Fünf Tage später kampierten sie am Nachmittag neben einer *oued*, wo Kakteen und Dornenbüsche wuchsen, denn erneut hatten die Kamele eine längere Strecke ohne Nahrung zurücklegen müssen.

Gwylly und Faeril kletterten einen langen, steinigen Hang hinauf, um sich die Gegend anzusehen. »Hoy! Seht Euch das an!«, rief Gwylly, als sie den Kamm erreichten. Der Bokker deutete auf den Horizont. »Schiffe! Und ein Ozean!«

Faeril rang erstaunt nach Luft, denn in der Ferne segelten zwei Boote und Daus auf dem Meer. Doch dann schüttelte sie den Kopf. »Nein, Gwylly, wie die Seen, die wir gesehen haben, ist auch das hier eine Luftspiegelung.«

»Ich weiß, Liebste, aber ist es nicht wunderbar? Meiner Treu, die anderen sollten das auch sehen.« Gwylly drehte sich herum, stieß einen Pfiff aus und winkte den anderen am Fuß des Abhangs zu hinaufzukommen.

»Als meine Mannschaft und ich einmal durch eine Wüste in einem Land weit im Westen zogen«, erzählte Aravan an diesem Abend, »sahen wir von einer Anhöhe aus einen mächtigen Wald. Wir stiegen den Hügel hinab und wollten diesen Zufluchtsort bis zum Einbruch der Nacht erreichen. Als wir an die Stelle gelangten, wo wir den Wald vermuteten, fanden wir nur umgestürzte Baumstämme im Sand. Wir schlugen unser Lager auf, doch als einer der Drimm-Krieger mit einer Axt Feuerholz schlagen wollte, bekam die Schneide eine Scharte! Der Baumstamm bestand aus solidem Stein. Alle Stämme, die im Sand lagen, waren versteinert!

›Vielleicht‹, sagte der Krieger, dessen Axt beschädigt war, ›vielleicht haben die *Kötha* das getan.‹

Als ich ihn fragte, was denn ein *Kötha* wäre, antwortete er, es handele sich um ein bösartiges Geschöpf, dessen Blick lebende Wesen in Stein verwandeln konnte.

Wir marschierten am nächsten Tag weiter, sehr zur Erleichterung der Drimma in unserer Gruppe. Die meisten hielten diese *Kötha* zwar für Wesen aus einer Fabel, aber sie waren dann doch nicht bereit, es wirklich darauf ankommen zu lassen.

Doch der Wald der versteinerten Stämme ist nicht das Merkwürdigste an meiner Geschichte, nicht einmal die Legende der *Kötha*. Nein! Das Sonderbarste ereignete sich bei unserer Rückkehr zur *Eroean*, als wir erneut an dieser Region vorüberkamen. Mit Rücksicht auf die Drimma schlugen wir einen großen Bogen um den versteinerten Wald. Doch als wir auf dieselbe Anhöhe stiegen und uns umsahen, breitete sich vor unserem Blick erneut ein mächtiger Wald aus, genau dort nämlich, wo wir nur ein Feld aus steinernen Baumstämmen gefunden hatten.«

Sie ritten Tag um Tag durch die endlose Wüste und machten an jeder Stelle Rast, wo die Kamele Gras, Kakteen und Dornbüsche fressen konnten oder wo kleine Gehölze mit verkrüppelten Bäumen und anderen Pflanzen standen.

Zehn Tage dauerte der Ritt von der Oase zum Wasserloch, und sie legten etwa dreihundert Meilen zurück. Weitere fünf Tage benötigten sie, um den Brunnen zu erreichen, der einhundertneunzig Meilen davon entfernt lag.

Als sie ihn verließen und sich zum nächsten Wasserloch aufmachten, setzten plötzlich sintflutartige Regenfälle ein. Die ausgetrockneten *oueds* verwandelten sich in reißende Ströme, aus denen sich das Wasser in die Ebenen darunter ergoss.

Die Wüste schien plötzlich von Leben zu explodieren. Pflanzen tauchten an Stellen auf, wo zuvor nur vertrocknete Sträucher gestanden hatten, und die ganze Wüste blühte. Und, welch Wunder, sie kamen sogar an einen kleinen, flachen See, in dem es von winzigen Fischen nur so wimmelte!

»Wie kann das sein?«, erkundigte sich Faeril, »dass mitten in der Wüste Fische leben können?«

»Das weiß nur Adon, Kleine«, antwortete der Elf. »Die Welt ist voller wundersamer Dinge, und dies hier ist nur eines davon.«

Faeril drehte sich in dem Doppelsattel herum und sah zu dem Elf hinauf. »Wundersame Dinge? Wie zum Beispiel ...?«

Aravan lächelte auf sie herab. »Zum Beispiel Muschelschalen, die in Steinen hoch oben auf Bergen eingebettet sind.«

Faeril legte den Kopf schief. »Wie kann das denn sein, Aravan?«

»Ich weiß es nicht, Faeril. Einige behaupten, die Berge hätten einst den Grund eines Meeres gebildet und sich dann erhoben. Dabei hätten sie die Muscheln mit nach oben genommen.«

Faeril blickte wieder nach vorn. »Ihr meint, so wie Atala versank, so könnte sich etwas anderes auch erheben?«

»Genau so, Faeril. Allerdings ist das nicht die einzige Erklärung. Es gibt noch andere Geschichten, wie Muscheln aus dem Ozean auf Berggipfel kommen. Eine lautet so:

Es gibt ein kleines Wüstenkönigreich östlich der Avagon-See. Die Priester dort sagen, dass vor sehr langer Zeit ihr Gott, Rakka, außerordentlich zornig über sein abtrünniges Volk wurde und einen endlosen Regen schuf, der die ganze Welt überflutete. Die Ozeane stiegen an, bedeckten alles, und ihre Wogen rollten über die überschwemmten Berggipfel. In dieser Zeit lagerten sich die Seemuscheln auf den Gipfeln ab, und Rakka schloss sie in Steine ein, als Mahnung für alle, dass sein Wort Gesetz ist.

Als ich diese Geschichte zum ersten Mal hörte, war ein Drimma bei mir, der den Priestern einige markige Fragen stellte. Zunächst führte er aus, dass es Berge gäbe, die mehr als zwei Werst hoch seien, fast sieben Meilen. Dann meinte er, um die ganze Welt so zu überschwemmen, würde mehr Wasser nötig sein, als alle Ozeane der Welt zusammen fassten.

Und seine erste Frage lautete: ›Woher kam diese Menge von Wasser?‹

Seine zweite Frage war aber: ›Wohin verschwand das Wasser danach?‹

Und als Drittes stellte er die Frage: ›Wäre ein Gott, der so rachsüchtig und zornig ist, dass er alte Männer und Frauen und Kinder tötet, die Hinkenden und Lahmen, die Neugeborenen und Greise, die Blüte der Männlichkeit aller Nationen ebenso wie die Blüte der Weiblichkeit, der nicht nur die Menschen dieses Wüstenkönigreiches ersäufte, sondern auch alle Völker der ganzen Welt, alle Tiere in diesen Ländern und auch alle Vögel, denn wovon sollten sie sich ernähren?, alle Süßwasserfische, und andere Wasserbewohner an Strömen, Flüssen und Seen, alle Bäume, Blumen und Pflanzen ertränkte, der das ganze Leben auf der ganzen Welt tötete bis auf die Geschöpfe des Meeres, der das Land mit dem Salz der Ozeane unfruchtbar machte, wäre ein solcher Gott nicht böse?‹

Die Antworten der Priester auf seine Fragen lauteten immer gleich: *›Das weiß nur Rakka, denn seine Wege sind rätselhaft, von niemandem zu begreifen. Rakka ist wohlwollend und er liebt dich, also ehre und liebe du auch ihn.‹*

Der Drimma war entsetzt über ihre Antwort und wandte sich von ihnen ab. *›Du bist ein Ungläubiger, und deshalb für immer verloren!‹*, riefen ihm die Priester nach. *›Ich bin lieber ein Ungläubiger, Ihr Priester, als dass ich einen solch bösartigen Gott anbete!‹*, schrie er und kehrte zur *Eroean* zurück.

Ich blieb noch ein wenig länger und stellte den Priestern selbst Fragen. ›Wann kam diese große Flut?‹, wollte ich wissen. Und: ›Wenn alles vernichtet wurde, woher sind dann all die Tiere und Vögel gekommen, die Süßwasserfische und

Bewohner der Flüsse und Seen, die Bäume und Blumen und Pflanzen und die Völker der Welt?‹

›*Diese Flut*‹, antworteten die Priester, ›*kam vor mehr als viertausend Jahren.*‹

›Aber‹, antwortete ich, ›ich lebe schon länger als viertausend Jahre, und ich habe keine Flut gesehen, die die ganze Welt überschwemmt hätte. Und selbst wenn ich nicht schon so lange lebte, so gibt es doch andere Zivilisationen, die älter sind, und ihre Aufzeichnungen reichen noch über diese Zeit hinaus. Wie erklärt Ihr das?‹

›*Eure Erinnerungen sind falsch, eingepflanzt von dem Bösen, um Euch von Eurem Glauben abzubringen, ebenso wie diese Aufzeichnungen, von denen Ihr sprecht, allesamt falsch sind.*‹

›Und die Antwort auf meine andere Frage, Ihr Priester? Wenn alles zerstört wurde, woher kommen dann all die Tiere, die Geschöpfe des Süßwassers, die Bäume, Blumen und Pflanzen und die Völker der Welt?‹

›*Was die Rettung des Lebens angeht, so hat Rakka in seiner unermesslichen Liebe zur Menschheit eine einzige gläubige, Rakka-fürchtige Familie verschont und sie in eine große Höhle gebracht, die er versiegelte. Sie haben ein Paar von jeder Kreatur mitgenommen.*‹

›Selbst die Heuschrecken und die Würmer? Die Fliege und den Floh?‹

›*Sehr wahr, selbst die Heuschrecken und den Wurm, die Fliege und den Floh und alle anderen lebenden Kreaturen. Zwei von jeder Art. Ob sie nun auf vier Beinen gingen oder auf ihrem Bauch glitten oder hüpften, ob sie flogen oder sich in die Erde eingruben, seien es Insekten, Würmer oder Kreaturen gewesen, die man mit bloßem Auge nicht erkennen konnte, oder Geschöpfe so groß wie Elefanten.*‹

›Und die grünen, lebenden Dinge, die Bäume, Sträucher, Blumen, Getreide, und alle anderen Pflanzen?‹

›Rakka hat Samen von allen Pflanzen gesammelt und sie ebenfalls in der Höhle gerettet.‹

›Selbst die Kreaturen und Pflanzen, die man nur in den entlegensten Teilen der Welt findet?‹

›Selbst jene.‹

›Ich allein habe Tausende verschiedener Arten gesehen, Zehntausende blühender Blumen, Pflanzen mit Blättern, Zweigen und Borken, Ästen und Wurzeln, und andere, die nichts dergleichen aufwiesen. Alle wuchsen, jede war einzigartig. Dabei habe ich nicht einmal einen winzigen Bruchteil all dessen gesehen, was die Welt bietet. Wisst Ihr, wie viele verschiedene Kreaturen und Samen sich in dieser Höhle befanden? Und wie groß die Höhle hätte sein müssen, um all das aufnehmen zu können?‹

›Nein, das wissen wir nicht. Aber Rakka wusste es und hat Vorsorge getroffen.‹

›Wo ist diese Höhle? Wo hat er diese ungeheure Menagerie untergebracht?‹

›Sie ist jetzt verschollen, doch hört uns an, Ihr Ungläubiger: Rakka hat dafür gesorgt!‹

›Wie verhält es sich denn damit, Ihr Priester. Alle wissen, dass Tiere, wenn sie über Generationen nur innerhalb ihrer Familie miteinander gekreuzt werden, schließlich tödliche Schwächen entwickeln, unfruchtbar werden und Missbildungen haben, die sie lebensuntüchtig machen. Wenn nur ein Paar von jeder Tierrasse in dieser Höhle eingeschlossen wurde, während alle anderen untergingen, müssten ihre Nachfahren heute dann nicht vollkommen verloren sein?

Und schließlich, wenn nur eine einzige Familie gerettet wurde, haben dann nicht deren Kinder miteinander Kinder zeugen müssen, und so weiter, Bruder und Schwester, Vater und Tochter, Mutter und Sohn, Cousin und Cousine, Onkel und Nichte, Tante und Neffe? Hätte das nicht auch ihr Blut geschwächt und zu allen möglichen Deformationen geführt, Missbildungen des Körpers ebenso wie Schwächungen des Geistes? Und wären es nicht dennoch alles ihre Nachkommen? Alle rothäutigen Menschen, die schwarzhäutigen, gelbhäutigen, braunhäutigen, weißhäutigen, die Robbenjäger von den Inseln im Ostmeer ebenso wie die kleinen Menschen im Dschungel, die großen Menschen des Nordens? Und was ist mit den Zwergen, den Elfen, den Utruni und anderen: Woher kamen sie?‹

›Das weiß nur Rakka, aber für Rakka ist alles möglich. Denn Rakka sorgt für uns. Also betet ihn an und fürchtet ihn, denn er liebt Euch.‹

›Ich habe noch eine letzte Frage, und zwar folgende: Sagt mir, Ihr Priester, was haben die Spitzmäuse gegessen?‹

Sie verstanden die Bedeutung dieser einfachen Frage nicht ... aber ihre Antwort lautete: *›Rakka hat für sie gesorgt.‹*

Da verließ auch ich sie angewidert, und ihre Rufe folgten mir: *›Ungläubiger, du bist verdammt!‹*

Ich war froh, diesen Ort verlassen zu können, denn sie hörten nicht einmal auf die einfachste Stimme der Vernunft, sahen nicht die Welt um sich herum, suchten nicht die Wahrheit, sondern glaubten stattdessen an jeden Buchstaben der uralten Geschichten, dieser ›Wahrheiten‹ der Geschichte, der Parabeln, Mythen, Legenden und Fabeln und Tatsachen, die sich auf ihren ach so ›unfehlbaren‹ Schriftrollen vermischten.«

Aravan und Faeril ritten eine Meile schweigend weiter, bis Faeril schließlich das Wort ergriff. »Ich möchte Euch zwei Fragen stellen, Aravan. Erstens, kann an ihrer Geschichte von der Sintflut nicht etwas wahr sein? Und zweitens: Sagen wir nicht auch: ›Das weiß Adon allein!‹? Unterscheidet sich das so sehr davon zu sagen: ›Nur Rakka weiß es!‹?«

Aravan lachte. »Oh, Faeril, jetzt wollt Ihr wissen, worüber ich nur spekulieren kann, aber ich werde versuchen, Eure Frage zu beantworten.

Was den Wahrheitsgehalt dieser Sintflut angeht: Es gibt viele Legenden überall auf der Welt, die von einer großen Flut künden. Einige dieser Legenden stammen von Orten, wo ab und zu der Ozean über die Dämme fegt und das Land überflutet. Andere Sagen wiederum kommen aus Ländern, in denen Inselreiche im Meer versunken sind. Wieder andere erzählt man sich an Orten, wo gewaltige Zyklone vom Ozean landeinwärts rasen, wobei sie Regen und gewaltige Flutwellen vor sich hin treiben. Einige Geschichten entspringen Ländern unter den Bergen, wo der Regen die Hänge hinabrinnt und in die Täler strömt. Wenn dort ein gewaltiger Sturm mehrere Tage andauert, ist ihre ganze Welt überflutet. Außerdem gibt es Flüsse, die bei heftigen Stürmen über ihre Ufer treten. Manchmal schwellen sie auch bei gewaltigen Regenfällen an, und zwar stärker, als man es in der bisherigen Geschichte der Menschheit erlebt hat.

Was dieses Wüstenkönigreich angeht, so vermute ich, dass sich vor langer Zeit eine Katastrophe in der Avagon-See zugetragen hat. Eine gewaltige Verschiebung des Seebodens, eine versunkene Insel vielleicht, ein explodierender Feuerberg, wer weiß das schon? Es könnten sich jedenfalls die Wasser dieser See über das Land ergossen und dabei nahezu alles Leben ausgelöscht haben. Vielleicht ist tatsächlich eine Familie dieser Vernichtung entkommen, ist in eine hochgelegene Höhle geflohen und hat dabei ihre besten Tiere mitgenommen, Schafbock und Mutterschaf, Hahn und Huhn, Bulle und Kuh, Bock und Ziege. Vielleicht sogar mehr, vielleicht auch weniger. Sie haben gewiss auch Getreidesamen und Gemüse mit sich genommen. Als die Flut dann sank, sind sie wohlbehalten und lebendig wieder herausgekommen und haben ihrem Gott für die Rettung gedankt.

Wenn ich recht haben sollte, wäre dieses Beispiel oder

etwas Ähnliches die Grundlage für ihre Legenden. Und wie viele selbstsüchtige Menschen glauben sie, dass das, was ihnen widerfahren ist, allen geschehen sein muss, allen Völkern auf der ganzen Welt, und dass ihr Gott, verärgert über die Sünden seines Volkes, diese Katastrophe herbeigeführt haben muss.«

»Aber wenn Ihr recht habt, Aravan, dann haben sie eine Legende genommen, die von einer Naturkatastrophe ausgelöst wurde, und sie ihrem Gott Rakka zugeschrieben.«

»Oh, Kleine, ich habe nicht gesagt, dass es sich um eine *Natur*katastrophe gehandelt hat. Ob sie natürlich war oder nicht, das weiß ich nicht. Aber ich behaupte, dass es keine Katastrophe war, die sich auf der ganzen Welt ereignet hat, ganz gleich, was die Priester von *Rakka-liebt-dich* auch behaupten mögen.«

Faeril nickte. »Ganz gleich, was sie von Rakkas Wohlwollen behaupten, mir scheint eher, dass er durch Furcht regiert und nicht durch Liebe.«

»Genau das, Faeril. Diesen Priestern zufolge sagt Rakka ausdrücklich: *›Fürchtet Mich und gehorcht Mir, denn Ich bin der Herr über Alles.‹* Ich dagegen sage: Jeder Gott, der sich der Furcht bedient, um Gehorsam zu erzwingen, ist nicht besser als der Große Böse Gyphon selbst!«

»Also gut, Aravan, das kann ich hinnehmen. Aber was ist mit meiner zweiten Frage? Ich meine, wir sagen: ›Das weiß Adon allein!‹ Ist das so anders als die Antwort, in die sich die Priester dieses Wüstenkönigreichs flüchteten, wenn sie sagten: *›Nur Rakka weiß das!‹*?«

Aravan lachte, klatschte in die Hände und erklärte: »Faeril, Ihr habt Eure Frage selbst beantwortet!«

Wieder wandte Faeril den Kopf und sah den Elf an. »Warum, Aravan, warum?«

»Ganz einfach, Kleine. Als die Priester sagten: *›Nur Rakka weiß es!‹*, da haben sie sich tatsächlich hinter ihrem Glauben versteckt, sich damit vor einer Suche nach der Wahrheit geschützt und diese Antwort benutzt, um die schwierigen Fragen zu beantworten, die wir ihnen stellten. Eigentlich haben sie gesagt: ›Mein Glaube ist mein Schild!‹. Denn wenn man sich hinter Doktrinen und Worten versteckt, die in uralten Schriftrollen aufgezeichnet stehen, so bedeutet das, man weigert sich, Alternativen zu betrachten, die einen Gläubigen zwingen würden, neue Ideen oder Spekulationen oder Tatsachen zu erforschen, die im Gegensatz zum engstirnigen Wissen der schriftlich fixierten Lehrmeinung stehen. Sie glauben, dass jede Suche nach Wahrheit ihren Gott selbst infrage stellt und nur einen mangelnden Glauben beweist, und dass das Böse die Quelle aller Neugier ist, die die Geschichten des ›einen wahren Weges zur Erlösung‹ infrage stellt.

Wenn wir jedoch sagen: ›Das weiß Adon allein!‹, so geben wir zu, dass wir in diesem Augenblick nichts wissen, und glauben, dass wir irgendwo, wenn wir nur lange genug danach suchen, die Wahrheit entdecken können. Wir glauben, dass Adon Neugier fördert und die Suche nach Wahrheit stützt, ganz gleich, wohin eine solche Suche auch führen mag, denn Er hat nichts zu verbergen.«

Faeril hob die Hände. »Ich verstehe!«, rief sie. »In dem einen Fall sagen die Leute es, um es als Schild gegen die Person zu verwenden, die vielleicht eine Wahrheit entdecken könnte, welche sie zwingt, ihren Glauben neu einzuschätzen, ja, vielleicht sogar die grundlegendsten Überzeugungen über den Haufen wirft, wohingegen im anderen Fall dieses Sprichwort eine Art Startplatz für die Suche nach der Wahrheit ist, ganz gleich, welche Veränderungen im Glauben die Ergebnisse dieser Suche auch bewirken könnten.«

Aravan drückte Faerils Schulter. »Genau das, Faeril, genau das.«

Der Regen der letzten Tage hatte große Wasserlachen auf dem tief liegenden Wüstenboden hinterlassen, und die Gefährten nutzten nun jede sich bietende Gelegenheit, ihre Trinkschläuche und Flaschen zu füllen, sowie selbst viel zu trinken. Zuvor jedoch überzeugten sie sich davon, dass das Wasser auch trinkbar war. Wie sie jedoch herausgefunden hatten, war das Wasser einiger dieser Lachen nicht genießbar.

Als sie durch die wie neugeborene Wüste ritten, grasten ihre Kamele jede Nacht, und an den Plätzen, wo die an den Füßen gefesselten, prustenden Tiere weiter entfernt wandern konnten, wurden sie an langen Leinen mitten in der Vegetation festgebunden.

Dennoch war es tagsüber sehr heiß, und manchmal ritten sie auch durch trockne Dünen. Aber immer wieder fanden sie geeignete Lagerplätze. Es war Dezember. Das bedeutete: Die Nächte waren kalt, und am Morgen lag viel Tau auf dem Sand.

Fünf Tage, nachdem sie das Wasserloch verlassen hatten, erreichten sie spät in der Nacht ihr nächstes Ziel, einen Brunnen.

Am folgenden Tag ruhten sie, und in der Nacht, der Langen Nacht des Jahres, begingen sie unter den Sternen an einem mondlosen Himmel feierlich das Ritual der Wintersonnenwende. Urus gesellte sich bei dem feierlichen Tanz zu Riatha.

Am nächsten Morgen brachen sie zu einem weiteren Ziel auf, einer Zisterne, hundertdreißig Meilen entfernt.

Mitten am vierten Tag ihres Rittes kamen sie zu der Stelle, wo sich laut Karte die Zisterne befinden sollte. Doch sie fanden nur Dünen. Aravan blickte prüfend zur Sonne hinauf und schaute dann auf Riathas Karte. »Entweder ist die Markierung auf dieser Karte falsch, oder die Zisterne ist verschwunden. Vielleicht hat es sie hier auch nie gegeben.«

Riatha betrachtete den Sand ringsum. »Vielleicht, Aravan, liegt die Zisterne tatsächlich hier irgendwo unter den Wanderdünen begraben.«

»Es spielt keine Rolle«, brummte Urus. »Keine Zisterne, kein Wasser. Aber wir haben noch genug. Reiten wir weiter zur nächsten Oase.«

Also setzten sie ihre Reise fort, zu der ersten der drei Oasen, die, in der Karte vermerkt, auf ihrem Zickzackkurs nach Nizari noch vor ihnen lagen.

In der Wüste war es nachts sehr kalt, tagsüber jedoch glühend heiß. Der Wind frischte wieder auf, und während sie ritten, verwelkten Blumen und Pflanzen zusehends und wurden in nur wenigen Tagen braun. Dennoch fanden die Kamele genug zu fressen, und die beiden ersten Oasen, auf die sie trafen, waren schattig, und es gab dort viel Grün.

Als sie sich frühmorgens der letzten Oase vor Nizari näherten, sahen sie, wie eine Karawane sie gerade verließ und in den Sonnenaufgang ritt. Als die Gefährten die Palmen erreichten, brach ein junger Mann nervös sein Lager ab und spähte den Kamelen seiner Karawane nach, die sich allmählich entfernten.

Die fünf Gefährten stiegen ab, und Aravan trat zu dem Mann hin und sprach mit ihm. Dieser war von Aravans schrägen Augen sichtlich beunruhigt, und er hielt die Rechte über den Griff des Krummdolches an seinem Gürtel. Mit den Fingern der Linken formte er ein Zeichen, das böse Geister abwehren sollte, und sein Blick zuckte nervös über die vier anderen Gefährten hinweg. Dennoch beantwortete er Aravans Fragen. Sie sprachen Kabla, die Sprache der Wüste.

Schließlich trat Aravan zur Seite, der Mann lud seine letzten Habseligkeiten auf und stieg auf. Mit einem lauten *»Yallah! Yallah!«* schlug er mit einem langen Stock auf sein

Kamel ein und galoppierte davon, während das Dromedar dieser üblen Behandlung wegen lautstark protestierte. Die Kamele der Gefährten ächzten, drehten ihre Köpfe und sahen die fünf boshaft an, als erwarteten sie eine ebenso gemeine Behandlung.

Gwyllys smaragdgrüne Augen funkelten, als er sich bei Aravan erkundigte: »Was hat er gesagt, Aravan?«

Aravan sah die anderen an. »Der Mann hatte Angst, nicht nur vor uns, sondern vor der Roten Stadt, also vielmehr vor etwas, das offenbar Jagd auf die Bewohner macht. Es verschwinden Menschen ...«

»Stoke!«, riefen Riatha und Urus gleichzeitig.

»Vielleicht«, fuhr Aravan fort. »Aber es verschwinden nicht nur Menschen, sondern die Stadtwachen scheinen alle aufzuhalten und sich nach ihnen zu erkundigen. Sie wollen wissen, welchem Handwerk oder Gewerbe sie nachgehen. Das trifft jene hart, die nicht beweisen können, wer sie sind oder was sie tun, und die auch niemanden finden, der für sie bürgt.«

»Akka!«, spie Riatha aus. »So werden sie Stoke niemals fangen!«

»Vielleicht sind sie ja gar nicht hinter Stoke her«, meinte Gwylly. »Vielleicht sind sie es selbst, ist es die Wache selbst, die hinter diesem ›Verschwinden‹ steckt. Es könnte sein, dass sich Stoke gar nicht in Nizari befindet, sondern sich ganz woanders aufhält. Immerhin wissen wir nicht einmal, ob die Stadt aus Faerils Visionen tatsächlich die Rote Stadt ist. Es könnte auch ein ganz anderer Ort sein.«

Faeril sah Aravan an. »Was hat der Mann noch gesagt?«

»Dass er die Stadt verlässt, weil er Angst hat, eines Nachts auch einfach so zu verschwinden. Außerdem verabscheut er die Wache ... was mich vermuten lässt, dass dieser junge Mann nicht unbedingt ein aufrechter Bürger mit einem ehrbaren Handwerk gewesen ist.

Er sagte außerdem, dass Nizari noch etwa fünfundsiebzig Werst in südwestlicher Richtung liegt, was mit den Angaben auf unserer Karte übereinstimmt.«

Urus verschränkte die Arme. »Hat er die Wahrheit gesagt? Was denkt Ihr?«

Aravan nickte und lachte. »Ich glaube, er hatte Angst, mich anzulügen, weil der böse *Djinn*, der da vor ihm stand, sonst vielleicht den riesigen *Afrit* rufen würde, damit dieser ihn in winzige Stücke reißt.«

Vierzig Tage und vierzig Nächte nachdem sie den Ring von Dodona verlassen hatten, der im *Kandra*-Holz in der halbmondförmigen Schlucht verborgen lag, und kurz nach Tagesanbruch, ritten sie auf einen Dünenkamm. Vor ihnen lag Nizari, die Rote Stadt der Meuchelmörder. Ihre roten Gebäude schmiegten sich an dunkle, zerklüftete Berge, und eine hohe, rote Mauer umringte die ganze Stadt. Als die aufgehende Sonne auf der Kuppel der roten Zitadelle über der Stadt leuchtete, wandte sich Faeril zu ihren Gefährten herum. »Das«, sagte sie leise, »ist der Ort, den ich in meiner Vision sah.«

14. KAPITEL

NIZARI

Anfang 5E990
(Gegenwart)

Sie ritten die Düne hinunter, die fünf, ihre Blicke auf die leuchtend rote Stadt in der Ferne gerichtet, die in der aufgehenden Sonne wie Feuer glühte und sich vor dem erzroten Fels der Bergflanken hinter ihr abhob. Dabei wirkte sie so brillant wie ein Rubin, der in einen von Blut getränkten Stein eingefasst war.

»Ich möchte Euch alle daran erinnern!«, rief Riatha laut, damit alle sie hören konnten, dass im Großen Bannkrieg und auch im Winterkrieg auch die Menschen von Hyree zu den Feinden zählten. Damals beteten sie Gyphon an, und einige tun das vielleicht auch heute noch. Also meine Warnung: Seid wachsam!«

Gwylly drehte sich in dem Doppelsattel herum und blickte zu der Elfe hoch. »Was ist mit den K'affeyah? Gehörten sie auch zum Feind?«

»Ich glaube nicht«, erwiderte Riatha. »Obwohl Modru den Krieg zu einem *Jihad* erklärte, einem Heiligen Krieg. Doch die Nomaden der Wüste sind ein stolzes Volk und lassen sich nicht so schnell verführen. Sie glauben an Shat'weh und leben nach seinem Gebot – und er sagte nichts über den Krieg zwischen Gyphon und Adon.«

»Wenn sie sich also auf keine Seite gestellt haben, dann könnte diese Rote Stadt doch auch neutral gewesen sein. Schließlich liegt sie am Rand der Wüste, gehört also eher zur Karoo als zu Hyree, das sich jenseits der Berge befindet.«

»Ihr könntet recht haben, Gwylly. Aber bedenkt: Es ist auch die Stadt der Meuchelmörder, und in jenen Tagen könnten viele in Diensten des Großen Bösen gestanden haben. Um sich persönlich zu bereichern, das mag schon sein, aber dennoch standen sie in seinem Sold. Also sollten wir uns darauf gefasst machen, dass Verrat auch dort auf uns warten könnte.«

Sie ritten lange und näherten sich der Stadt, bis sie schließlich einzelne Gebäude erkennen konnten. Zum größten Teil handelte es sich um niedrige Häuser mit flachen Dächern, obwohl gelegentlich höhere Bauwerke zwischen ihnen herausragten. Zwischen den Häusern erhoben sich hohe, schlanke Minarette oder gewaltige Obelisken, das konnten sie aus der Entfernung nicht unterscheiden. Die ganze Stadt schien in einem willkürlichen Muster angelegt zu sein, als würden sich die Straßen beliebig hindurchschlängeln und -winden.

Doch das alles beherrschte die dazugehörige Zitadelle, aus deren roter zwiebelförmiger Kuppel sich ein hoher Turm erhob. Die Kuppel saß in der Mitte des großen, rechteckigen Bauwerks, und die fünf vermuteten, dass sie von einem viereckigen Hof umgeben war. Die Festung war von mächtigen Bastionen umringt. Einer der hohen Wälle schloss sich an die Stadtmauer an, die dieser jedoch um einiges überragte.

Die Stadt selbst lag am Fuß eines rostroten Berges, und ihre Bastion bewachte den Eingang eines Passes, der durch die Gebirgskette nach Westen führte. Aus diesem Grund beanspruchten die Sultane von Hyree Nizari für sich, denn die Stadt lag unmittelbar an der wichtigsten Handelsroute durch die Talâk-Berge.

Die fünf erreichten am Vormittag die Kamelgründe vor den Stadtmauern, denn wie in allen Städten rings um die Wüste herum waren Kamele auch in dieser Stadt nicht erlaubt wegen ihres Gestanks und des aufdringlichen Benehmens. Es sei denn, sie lieferten etwas oder holten Waren ab. Die fünf stiegen ab und führten ihre ächzenden, prustenden und protestierenden Reittiere auf die Gründe. Die Tiere, die bereits dort warteten, spuckten und verzogen boshaft ihre Visagen, aber die Gefährten waren mittlerweile so sehr an diese Kreaturen gewöhnt, dass ihnen der entsetzliche Gestank nicht auffiel und sie der Spucke der Tiere auswichen, ohne überhaupt nachzudenken.

Als sie den Kamelmeister fanden, sprach Aravan mit ihm über die Unterbringung ihrer Reittiere. Wie bei allen Begegnungen in diesem Reich betrachtete der Mann die Gefährten mit Beunruhigung, bemerkte ihre seltsamen Augen und Urus' hünenhafte Gestalt, und stimmte bereitwillig allem zu, was dieser *Djinn* von ihm erbat. *»Jamal, Jamal!«*, rief der Kamelmeister. Zwei Jungen traten aus einem nahegelegenen Zelt. *»Dabbir matrah liddwâbb!«* Die jungen Männer liefen herbei und nahmen die Zügel der Kamele entgegen. Aravan hielt sie nur so lange auf, dass er und seine Gefährten ihre Rucksäcke und alles andere herunternehmen konnten, das sie in der Stadt benötigten.

Als Gwylly den Rucksack mit seiner Kleidung und einigen persönlichen Habseligkeiten herunternahm, sah er sich um und bemerkte, dass die Helfer genauso viel Angst vor den fünf hatten wie der Kamelmeister selbst.

Während sich Aravan weiter mit dem Mann unterhielt und ihm ein paar Silberstücke gab, luden die jungen Männer den Rest der Ausrüstung von den Kamelen und verstauten sie in einem kleinen Zelt. Dann führten sie die Tiere weg.

Schließlich kehrte Aravan zu den vier anderen zurück. Als sie außer Hörweite waren, sagte er: »Die beste Karawanserei scheint die Grüne Palme zu sein. Wenn wir dort einkehren, verstärkt dies unsere Tarnung als Händler aus dem Norden, die hier Handelsbeziehungen knüpfen wollen. Wenn uns unsere Gespräche mit den Händlern in der Stadt nicht die gewünschten Erkundigungen bringen, dann können wir in die *Goldene Krone* umziehen. Das ist eine etwas weniger vornehme Herberge in einem weniger eleganten Viertel der Stadt, wo man sich Informationen kaufen kann.«

Aravan sah sie an und erntete von allen ein Nicken. »Also gut, auf zur *Grünen Palme.*«

»Aravan?«, fragte Gwylly, als sie sich dem Tor in der Stadtmauer näherten. »Der Kamelmeister hat *Jamal, Jamal* gerufen, damit seine Helfer kamen. Ich dachte, *Jamal* bedeute Kamel. Warum ruft er Kamel, Kamel, wenn er doch die Jungen gerufen hat?«

Aravan lachte. »Sie halten uns für Dämonen, Gwylly«, antwortete er dann. »Und man darf einem Dämonen nie seinen richtigen Namen verraten, sonst kann er deine Seele stehlen. Um zu verhindern, dass ein Dämon den Namen eines geliebten Menschen erfährt, ruft man stattdessen *Jamal.*«

Gwylly lächelte über Aravans Antwort. Sie gingen weiter bis zu dem Torbogen. Das war ein hohes, breites Portal in dem Wall, der aus massiven Steinquadern bestand – roter Fels von den Bergen hinter der Stadt. Die Stadtmauer selbst erhob sich senkrecht mehr als sieben Meter in die Höhe und hatte einen breiten Überhang, den nur die besten Kletterer hätten überwinden können. An den Steinquadern lehnten große Eisengitter mit einem gewaltigen Balken, der das Tor verriegeln würde, falls die Stadt gegen einen Angriff verteidigt werden musste. Die Mauer und das Portal waren wohl die beeindruckendsten Barrieren, die die fünf je gesehen hatten. Nicht einmal Pendwyr verfügte über eine solche Bastion.

Am Tor hatte sich bereits eine ungehaltene Menge versammelt. Die Frauen waren verschleiert, die Männer trugen Bärte und Turbane, und alle verlangten lautstark Zutritt zur Stadt, wurden jedoch von Wächtern mit roten Fezes aufgehalten, die mit schwarzen Quasten geschmückt waren. Diese Wächter befragten sorgfältig jeden, der in die Stadt wollte. Leute, die die Stadt verließen, wurden offenbar weniger aufgehalten. Die fünf stellten sich hinten an der Schlange an. Urus überragte alle Wartenden. Der Mann vor ihm wollte sich umdrehen und wegen der Wartezeit protestieren. *»Mâ bhibb id ... Wa...!«* Er sprang zur Seite und machte rasch eine Handbewegung, um böse Geister abzuwehren. Die anderen drehten sich neugierig herum, und als hätte man den Weg mit einem Schwert in der Hand geteilt, tat sich vor Aravan, Riatha, Gwylly, Faeril und Urus plötzlich eine Gasse auf, ein Korridor, durch den sie bis nach vorn gehen konnten.

Lachend ging Aravan voran, und die fünf begaben sich bis zu den Wächtern, die an den Toren postiert waren. Offenbar waren auch sie von dem Anblick der *Djinnain* und der *zrâr Djinnain* und des riesigen *Afrit* erschüttert, aber trotz ihrer abergläubischen Furcht winkten sie die fünf nicht einfach durch.

Hinter den fünfen schloss sich die Gasse wieder, und die Menge drängte sich noch dichter heran, aber nicht zu dicht. Ganz offensichtlich waren sie hin und her gerissen: zwischen ihrem Wunsch, endlich in die Stadt gelassen zu werden, und ihrem ebenso starken Verlangen zu flüchten.

In der Stadt – hinter den Toren – drehten sich andere herum und sahen auch zurück. Einige hasteten davon, andere traten rasch in Gebäude hinein, wieder andere blieben einfach stehen und glotzten. Gwylly bemerkte einen Mann mit einem gelben Turban und einem braunen Umhang, der ans Tor trat, sie genau musterte, sich umdrehte, rasch davonlief und sich geradezu durch die Menge drängte.

Gwylly zog an Faerils Ärmel, zeigte auf den Mann und flüsterte auf Twyll: *»Wenn sie alle so sind wie dieser Flüchtende da hinten, wie sollen wir dann jemals mit den Menschen dieser Stadt ins Gespräch kommen?«*

Sie schüttelte den Kopf. *»Das weiß ich nicht, Liebster.«*

Der Hauptmann der Wache, ein kleiner, korpulenter Mann mit einem goldenen Halbmond auf seinem Fez, kam aus seinem Wachhaus und unterhielt sich auf Kabla mit Aravan. Der Elf übersetzte seinen Gefährten auf Sylva, was er und der Hauptmann besprachen, und Gwylly, den Urus hochgehoben hatte, übersetzte die Worte in die Sprache der Baeron.

»Was habt Ihr in Nizari zu schaffen?«

»Wir sind Händler aus den entlegenen Nordlanden und wollen Handelsbeziehungen mit den Kaufleuten von Nizari knüpfen.«

»Und Eure Namen …?«

Aravan lächelte, dass seine weißen Zähne blitzten. *»Wollen wir wirklich unsere Namen austauschen, Hauptmann, Ihr und ich?«*

Gwylly lachte, als er die Frage für Urus übersetzte.

Der Hauptmann räusperte sich. *»Gut, das wird nicht nötig sein. Wo gedenkt Ihr zu logieren?«*

»Wir haben gehört, dass die Grüne Palme viel zu bieten hat. Habt Ihr einen anderen Vorschlag?«

Die Grüne Palme ist eine Karawanserei, die für ihren Luxus bekannt ist. Dort logieren viele Kaufleute. Ihr habt eine gute Wahl getroffen. Ich werde Euch eine Eskorte mitgeben, die Euch den Weg dorthin zeigt.«

»Das ist äußerst zuvorkommend von Euch, Hauptmann.«

Der Hauptmann blickte zu der Roten Zitadelle hinauf. *»Natürlich ist Euch klar, dass Ihr die Erlaubnis des Emir benötigt, um in Nizari Handel zu treiben. Alle Geschäfte, die in seinem Emirat getätigt werden, bedürfen seiner Zustimmung.«*

»Selbstverständlich, Hauptmann. Selbstverständlich.«

Der Hauptmann wandte sich von Aravan weg. *»Jamal! Jamal!«*, rief er. Gwylly flüsterte Urus etwas ins Ohr, und beide, Wurrling und Baeron, lachten schallend.

Kurz darauf wurden sie von zwei Wachsoldaten durch die gewundenen Straßen der Stadt eskortiert. Die rote Ziegelstraße schlängelte sich zwischen den Häusern hindurch, und immer wieder gingen Gassen und Alleen in merkwürdigen Winkeln davon ab, schlugen nach einer kurzen Strecke einen Bogen und verschwanden dahinter. Die ganze Stadt wirkte wie ein Labyrinth, wie die Gänge in einem Rattennest. Als sie an den Gebäuden vorbeigingen, bemerkten sie, dass fast alle Bauwerke aus dem roten Stein errichtet waren. Dieser verlieh der Stadt ihre Farbe.

Sie stiegen lange Treppen hoch und herunter, an Geschäften vorbei und durch Bazare hindurch, durch Gassen, in denen es nach Müll und Abwässern stank, über freie Plätze, an Gemeindebrunnen vorbei und zwischen Gebäuden, die sich rechts und links hoch in den Himmel reckten. Überall, wo sie gingen, herrschte Lärm. Kinder spielten schreiend auf den Straßen; Geschäftsleute und ihre Kunden stritten; strenge Mütter schrien nach ihren Söhnen und Töchtern; Kutscher verfluchten Lastkamele, was die Tiere mit lautem Brüllen erwiderten; Händler boten ihre Waren kreischend feil – die ganze Stadt war von Lärm erfüllt.

Sie kamen auch an Minaretten vorbei. Die beiden schlanken Türme schienen zusammengebrochen zu sein. Überall am Fuß der verlassenen Türme lag Schutt. Faeril glaubte erkennen zu können, dass die Kuppeldächer der Minarette beschädigt worden waren.

Auf ihrem verschlungenen Weg durch die Stadt hielten sie sich währenddessen immer nach Süden, in die Richtung, in der die Zitadelle lag. Schließlich erreichten sie ein etwas eleganteres Viertel der Stadt. Hier waren die Straßen breit und gerade, die Geschäfte großzügig verteilt, die Gebäude groß und geräumig, und der Lärm war zu einem fernen Murmeln herabgesunken. Auf den kleineren öffentlichen Plätzen in diesem Viertel wuchsen auch Bäume, Akazien, Feigen und andere Pflanzen, in deren Schatten Bänke standen.

Schließlich erreichten sie die Grüne Palme, eine große, dreistöckige Herberge, die von einer niedrigen Mauer umgeben war. Sie traten durch den offenen Torbogen und kamen auf einen Innenhof, auf dem Dattelpalmen standen. An einer Seite lag ein gemauerter Stall für Pferde.

Ihre Eskorte führte sie durch die Torbögen in ein elegantes Foyer hinein, wo der Verwalter sie auch bereits erwartete. »Willkommen ... Grüne Palme. Ich sprechen gut Gemein, ja?«

»Sag, Faeril, glaubst du auch, dass uns der Herbergsverwalter erwartet hat?« Gwylly hielt seinen Fuß über das Seifenwasser und schrubbte ihn heftig mit einer weichen Bürste. »Ich meine, er hat uns ohne lange Vorrede in Gemeinsprache angesprochen, noch bevor er gesehen hat, dass wir nicht aus dieser Gegend stammen.«

Faeril nickte und seifte sich Hände und Gesicht ein. »Vielleicht hat der Wachhauptmann einen Läufer vorausgeschickt ... Aber warum?«

Gwylly zuckte die Achseln und beachtete nicht, dass Faeril ihn nicht sehen konnte, weil sie wegen des Seifenschaums die Augen zusammengekniffen hatte. »Komm, Liebste, ich wasche dir den Rücken.«

Am späten Nachmittag kamen Gwylly und Faeril endlich aus ihrer Kammer und gingen in das Teezimmer hinab. Dort saß Aravan allein, trank Tee und knabberte an Dattelbrot.

»Wo sind die anderen?«, fragte Gwylly.

»Weggelaufen«, erwiderte der Elf lächelnd. »Es waren sechs Kaufleute hier, als ich hereinkam, aber sie sind gegangen, und zwar schnell.«

»Nein, ich meinte Riatha und Urus. Wo sind die?«

Aravan lachte. »Zweifellos in ihrem Zimmer, Gwylly, und holen die verlorene Zeit nach.«

Oh«, murmelte Gwylly, sah Faeril an, und beide Wurrlinge erröteten gleichzeitig.

Schließlich kletterte Faeril behände auf einen Stuhl und nahm sich ein Stück Dattelbrot. Dann sah sie sich in dem leeren Teezimmer um. »Wie sollen wir Fragen nach diesem Verschwinden stellen oder Erkundigungen über Baron Stoke sammeln, wenn alle bei unserem Anblick die Flucht ergreifen?«

»Oh, Kleine, es laufen nicht alle weg.«

Faeril und Gwylly sahen ihn fragend an.

Aravan deutete mit dem Daumen über seine Schulter. »Einer der Wächter, der uns hierherbegleitet hat, hat draußen Posten bezogen, auf der anderen Straßenseite. Der Zweite steht in der Gasse hinter uns. In der Eingangshalle sitzt ein Schreiber, der jedoch noch kein einziges Wort niedergeschrieben hat. Stattdessen sitzt er nur da und beobachtet jeden, der herein- und herauskommt. Und wenn ich an ihm vorbeigegangen bin, sieht er angestrengt zur Seite.«

»Warum?«, fragten Gwylly und Faeril gleichzeitig.

»Das weiß ich nicht. Aber wir werden beobachtet, meine Kleinen. Überwacht. Als wollte jemand wissen, wo wir uns aufhalten.«

Faeril lehnte sich auf ihrem Stuhl zurück und dachte nach. Gwylly dagegen sah sich um. »Sagt, was muss man tun, um hier bedient zu werden?«

Kurz vor Sonnenuntergang marschierte ein Trupp aus fünfzig Mann, gekleidet in kastanienbraune Uniformen mit goldenen Turbanen und goldenen Schärpen – und bewaffnet mit Krummsäbeln – in die Grüne Palme. Der verantwortliche *jemadar* fand seine fünf Opfer im Garten des Innenhofs. Er näherte sich Aravan und verbeugte sich. »Mein Herr«, sagte er in Gemeinsprache, »der Emri von Nizari und den Ländereien ringsum heißt Euch in seinem Reich willkommen. Er bittet Euch, ihm beim Abendessen Gesellschaft zu leisten.«

Aravan wandte sich zu den anderen herum und übersetzte die Worte des Mannes ins Sylva, eine Sprache, die der *jemadar* wohl kaum verstand. »Mir scheint, der Emir hat uns beobachten lassen, warum auch immer. Was sagt Ihr zu der Einladung?«

Gwylly übersetzte Urus rasch Aravans Worte.

Urus antwortete auf Baeron, und Gwylly übersetzte die Antwort ins Sylva. »Ich sage, wir gehen. Erstens können wir uns in Anbetracht dieser fünfzig Soldaten kaum wehren, und zweitens: Mit wem als dem Emir könnten wir besser über dieses ›Verschwinden‹ in seinem Reich reden?«

Gwylly nickte zustimmend, noch während er die Worte des Baeron übersetzte.

Aravan sah die anderen an, die zustimmend nickten, und wandte sich dann zu dem *jemadar* herum. »Wir fühlen uns geehrt und nehmen die Einladung gerne an. Aber wir sind schlecht vorbereitet. Unsere Kleidung muss erst noch gewaschen werden.«

Der *jemadar* lächelte. »Für angemessene Gewänder wird gesorgt. Wenn Ihr mir jetzt folgen würdet, bitte.« Trotz der höflichen Formulierung war das alles andere als eine Bitte.

Umringt von einer bewaffneten Eskorte marschierten die fünf zu der roten Zitadelle hinauf. Faeril und Gwylly mussten trotten, um Schritt zu halten. Die befestigte Mauer, vor der sie schließlich standen, war doppelt so hoch wie die Bastionen der Stadt, und in der Mitte hatte man ein schweres, stählernes Tor angebracht. Sie gingen hindurch und traten auf einen mit roten Steinen gepflasterten Hof. Faeril schnappte nach Luft, denn das Bauwerk, das da vor ihnen lag, war beeindruckend. Seine Seiten und die Kuppel waren mit rotem Marmor verkleidet. Über mehr als die halbe Länge der Front erstreckte sich ein riesiger Vorgiebel, dessen reich verziertes Dach von hohen roten Säulen gestützt wurde. Links und rechts davon standen noch andere Gebäude, die neben diesem Bauwerk jedoch winzig wirkten. Was diese Häuser beherbergten, wussten sie nicht, nur den Stall erkannten sie. Faeril vermutete, dass es sich um die Kaserne der Soldaten handelte, und vielleicht um Werkstätten der Schmiede, Waffenschmiede, Zimmerleute, Schuster, Zeugmacher und dergleichen. Sie konnte jedoch nur einen flüchtigen Blick auf diese Gebäude werfen, denn sie wurden über den Hof und eine rote Steintreppe hinaufgeführt, traten durch ein riesiges Portal, das wie ein Schlund wirkte, und dessen zwiebelförmiges Deckengewölbe die gewaltige Kuppel auf dem Bauwerk selbst nachahmte.

Sie durchquerten eine hohe Galerie, schritten über einen Marmorboden, eine breite, geschwungene Treppe hinauf, über breite, mit Teppichen ausgelegte Korridore und kamen an schweren Holztüren vorbei, von denen einige offen, andere geschlossen waren. In den Kammern dahinter befanden sich die Gemächer der Beamten, Sammlungen von Kunstgegenständen oder kostbare Teppiche und vergoldete Möbel. Die Gefährten wurden zu zwei getrennten Badezimmern geführt, einem für Frauen und einem anderen für Männer.

Eine Stunde später wurden die fünf Gefährten – inzwischen gebadet, parfümiert und in Seide und Satin gewandet, Riatha und Faeril verschleiert – in den privaten Speisesaal des Emirs geleitet. Bevor sie jedoch eintraten, sagte der Haushofmeister: »Ihr müsst Eure Waffen hier abgeben, denn außer seiner persönlichen Wache ist es allen verboten, in Gegenwart des Emirs Waffen zu tragen.«

Urus sah die anderen an. »Diese Waffen«, erklärte er dann, »geben wir niemals aus der Hand, aber wir werden sie verhüllen.«

Der Haushofmeister ließ sich nicht darauf ein. »Das ist nicht gestattet. Es ist schon lange her, seit ein Emir dies erlaubte, und er hat das Licht des nächsten Morgens nicht erblickt. Ihr müsst Eure Waffen hier lassen.«

Urus sprach in Baeron weiter. »Wenn es dazu kommt, kann der Bär kämpfen, während die anderen ihre Waffen holen.«

Gwylly übersetzte es auf Sylva.

Aravan trat vor, seinen Kristallspeer in der Hand. Seine Miene war finster. Er knirschte mit den Zähnen, als er den Haushofmeister anfuhr: »Hört, unsere Waffen sind mir und meinen Gefährten teuer. Berührt sie nicht. Sollte doch etwas mit ihnen geschehen, so werdet Ihr das Licht des nächsten Morgens nicht erblicken.«

Zögernd gaben sie, einer nach dem anderen, ihre Waffen ab. Den Kristallspeer, das Schwert aus Sternensilber, die Wurfmesser aus Silber und Stahl, Silberkugeln und Schleuder, den eisernen Morgenstern – all das legten sie auf einen langen Mahagonitisch, auf dem ein breiter Läufer aus rotem Samt lag, der mit Fransen geschmückt war.

Der sichtlich erschütterte Haushofmeister war zurückgetreten, während sich die fünf entwaffneten, doch Riatha wandte sich zu ihm herum. Ihre silbergrauen Augen wirkten eisig. »Instruiert Eure Wachen, diese Waffen so zu beschützen, als wären es die ihres Emir, sonst werden sie in der Hèl schmoren.«

Der Haushofmeister stammelte einen Befehl an seine Wachen, während Aravan aufmerksam zuhörte. Dann nickte der Elf den anderen zu, und schließlich wurden sie vor den Emir geführt.

Der Speisesaal, den sie betraten, war riesig: fast dreißig Meter lang und zwanzig breit. Rote Samtvorhänge bedeckten die Wände. Am oberen und unteren Ende war ein goldener Saum eingewirkt. Den Boden hatte man mit Marmor ausgelegt, dunkelrot mit goldenen Ornamenten. Die gewölbte Decke war das Spiegelbild des Bodens: Gold mit Rot durchsetzt. In der Mitte des Saales stand ein langes, vergoldetes Podest, reich gedeckt und mit Früchten, Brot und Fleisch beladen. Auf dem Boden lagen Satinkissen.

Am Kopfende des Podests saß der Emir. Er war ein großer, beleibter Mann, gewandet in goldgesäumter, schwarzer Seide. Sein Haar und sein kurz gestutzter Bart waren ebenfalls schwarz, wie auch seine Brauen, unter denen braune Augen funkelten. Seine Haut war blass, seine Hände weich, die Finger breit und fett. Hinter seiner linken Schulter saß ein Jüngling, ein bartloser Junge, dessen goldfarbene Kleidung schwarz gesäumt war, ein Spiegelbild des Gewandes, wie der Emir es trug. An den Wänden rechts und links hatten zehn Wachposten Aufstellung bezogen, je fünf auf einer Seite, und hinter dem Emir standen vier weitere.

Als die fünf eintraten, blickte der Emir auf, unterbrach seine Unterhaltung mit dem Jungen und musterte seine Gäste scharf. Angeführt vom Haushofmeister gingen die fünf Gefährten auf den Tisch zu und blieben fünf Schritte vor dem Emir stehen. Der Haushofmeister verbeugte sich kunstvoll. »Höchst Erhabener, Eure Gäste«, verkündete er in makelloser Gemeinsprache.

Die fünf folgten Aravans Beispiel und verbeugten sich steif in der Hüfte, verzichteten auf jede Ausschmückung. Der Emir lächelte sie an, aber Faeril bemerkte, dass Aravan ihr ein Zeichen mit den Fingern gab. *Haifisch,* besagte es. Die Damman grinste und schielte zu Gwylly hinüber, der ebenfalls grinste. Beide Wurrlinge amüsierten sich über das Paradoxon eines Haifisches, der mitten in der Wüste lebte.

»Willkommen in meinem Königreich, Ihr Reisenden.« Der Emir sprach Gemeinsprache mit einem nur sehr schwachen Akzent. »Es ist schon lange her, seit mir Elfen unter die Augen gekommen sind, und ich hatte überhaupt noch nie die Ehre, jemanden von Eurem Volk empfangen zu dürfen.« Er deutete auf die Kissen, die vor dem Podest lagen. »Bitte, nehmt Platz, denn ich verhungere fast, und obwohl ich mit Euren elfischen Speisen nicht wetteifern kann, erwarten uns doch in Honig gebratene Wachteln.«

Es gab jedoch nicht nur Wachteln, sondern auch Scheiben gerösteten Ochsen- und Hammelfleischs; drei verschiedene Suppen; eine Vielzahl von Gemüsen; Granatäpfel und Datteln, frische Pfirsiche, Orangen aus Thyra, weiße Trauben und andere saftige Früchte, dazu Brot und Kuchen.

Faeril fragte sich, wie sie mit diesem Schleier vor ihrem Gesicht essen sollte, doch dann bemerkte sie, wie Riatha ihren Schleier abnahm, und folgte ihrem Beispiel, während sie den Emir anlächelte.

Während der Mahlzeit plauderte der Emir über Belanglosigkeiten, erkundigte sich nach ihrer Reise und war überrascht, dass sie die *Erg* von Sabra aus durchquert hatten. »... man sagt doch, dass die Karoo verflucht wäre ...« Er wollte wissen, aus welchem Grund sie nach Nizari gekommen waren und welche Handelsbeziehungen mit dem Norden sie hier zu knüpfen hofften.

Der Junge neben dem Emir bediente seinen Herrn, und probierte jedes Gericht, bevor er es dem Prinzen reichte. Der Emir beobachtete den Jungen scharf, bevor er die Nahrung zu sich nahm.

Während der Mahlzeit führte Aravan das Gespräch geschickt in immer kleineren Kreisen auf das Thema zu, über das sie reden wollten. Der Emir lachte, als Aravan beschrieb, wie sie in der Stadt empfangen wurden, schilderte die Reaktion der Menge am Tor auf seine Elfenohren und auch die der Händler in der Grünen Palme. »Ah, es ist ein überhebliches, abergläubisches Volk«, erklärte der Emir.

Ab und zu mischten sich auch die anderen in das Gespräch ein. Gwylly erzählte davon, wie er mit Black gejagt hatte, und Urus schilderte den Großwald.

Es war jedoch Faeril, die dem Emir eine unerwartete Bemerkung entlockte. »Mir ist, als wir in die Stadt kamen, aufgefallen«, sagte sie, »dass die Minarette verlassen waren. Sie sind eingestürzt. Könnt Ihr uns sagen, was da geschehen ist?«

Der Emir sah erst die Damman an und wandte sich dann an Riatha. »Eure Tochter und Euer Sohn, Madame, sind entzückend und ebenso neugierig wie alle Kinder.«

Gwylly wollte den Irrtum des Emirs korrigieren, aber Urus hielt ihn mit einer unauffälligen Handbewegung davon ab.

Riatha lächelte und nickte. »Aye. Sie machen mir auch viel Freude.«

Schließlich antwortete der Emir Faeril. »Zu Zeiten meines Großvaters wurden die *imâmîn*, die Kleriker, endlich besiegt, denn sie beteten einen falschen Propheten an, nicht den wahren Gott, und das seit beinahe neunhundert Jahren. Sie wurden entsprechend bestraft, und die Moscheen und Minarette wurden von dem Ungeziefer und ihren Gefolgsleuten befreit. Wir dagegen kehrten zu den alten Sitten zurück, zu den *wahren* Sitten.«

Faeril wollte eine weitere Frage stellen, aber Riatha kam ihr zuvor. »Nimm noch etwas von diesem süßen Brot, Liebling«, sagte sie, während ihre Finger *Gefahr* andeuteten. Faeril nahm ein Stück von dem angebotenen Kuchen und verfiel in nachdenkliches Schweigen.

Erneut nahm Aravan das Gespräch auf, und als sich die Mahlzeit dem Ende näherte, kam der Elf schließlich direkt auf das zu sprechen, was sie hören wollten. »Als wir durch eine Oase nicht weit von Nizari ritten«, meinte er, »sprachen wir mit einem Reisenden aus Eurer Stadt. Es war ein junger Mann, und er sagte, er hätte Angst. Er erzählte uns, dass in der Stadt und in ihrer Nähe Menschen verschwänden.«

Der Emir nickte. »Das stimmt. Es werden Menschen vermisst. Männer, Frauen und Kinder.«

Aravan fragte weiter, jetzt, da er endlich am Ziel war. »Kennt Ihr die Wurzel dieses Übels?«

»Aber ja«, antwortete der Emir. »Doch zunächst ...«, er gab dem Vorkoster ein Zeichen. Der Junge stand auf und holte ein Tablett, auf dem eine Kristallflasche mit einer roten Flüssigkeit stand, sowie sechs kristallene Becher, zwei waren klein, die anderen größer. Dann wandte sich der Emir an Aravan. »Die Tradition gebietet es, am Ende eines Festmahls einen Toast auszubringen. Und ich kann Euch versichern, dass Ihr noch niemals ein solch köstliches Getränk gekostet habt. Werden Eure Gemahlin und Eure Kinder sowie Euer Gefährte mir dabei Gesellschaft leisten?«

Als Aravan zustimmte, lächelte der Emir, schenkte ein wenig von der Flüssigkeit in die kleinen Becher, eine größere Menge in die größeren. »Hier, die kleinen Becher sind für die Kleinen, die größeren für die Großen.«

Aravan gab ihnen ein Handzeichen. *Wartet.* Sie sahen zu, wie der Vorkoster aus dem Becher des Emir nippte, und ihn dann seinem Herrn reichte. Der Emir hob das Kristallglas in die Luft. »Auf den Erfolg Eurer Mission«, sagte er und leerte sein Glas in einem Zug.

»Auf den Erfolg unserer Mission«, antwortete Aravan, leerte sein Glas, und alle anderen folgten seinem Beispiel. Der Likör war süß, aromatisch und stark.

Als die fünf ihre leeren Gläser abstellten, lachte der Emir und gab seinen Wachen ein Zeichen. Zwei öffneten die Tür, und der Haushofmeister trat ein, gefolgt von zehn weiteren Wächtern. Jeder von ihnen war mit einer Armbrust bewaffnet, die gespannt und mit einem Bolzen geladen war. Sie bauten sich in einem Halbkreis hinter dem Emir auf und zielten mit den tödlichen Waffen auf die fünf Gefährten.

Aravan wollte schon protestieren, aber der Emir bedeutete ihm zu schweigen. »Narren!«, stieß er hervor. »Wisset: Ihr seid in *Nizari*, der Roten Stadt der Meuchelmörder, und ich, ich bin der Höchste Meuchelmörder, der Meuchelmörder aller Meuchelmörder!

Pah! Selbstverständlich kenne ich Eure wahre Mission! Ihr seid hier, um Stoke zu erledigen! Und hört: Er weiß, dass Ihr kommt, denn er hat mich angewiesen – mich! – Euch abzufangen. Und das habe ich auch getan.

Warum glaubt Ihr wohl, haben Euch meine Wachen vom Stadttor zur Grünen Palme eskortiert? Aus Freundlichkeit? Nein! Sondern um Euch zu beobachten und Euch dort festzuhalten, bis ich bereit wäre.

Händler, pah! Eine wahrhaft fadenscheinige Tarnung. Sehr fadenscheinig. O nein, Ihr seid keine Händler, sondern

Jäger, und Stoke soll Eure Beute sein, so wie Ihr die seine sein mögt.

Ihr müsst wahrhaftig mächtige Feinde sein, wenn er Euch so fürchtet. Denn auch er ist ein wahrlich gefährlicher Feind. Aber wenn er glaubt, er könnte mich deshalb nach seinem Gutdünken herumkommandieren, dann irrt er sich.«

Der Emir klatschte in die Hände, und der Haushofmeister trat vor. Er hatte einen Korb in der Hand, den er seinem Prinzen reichte. »Ich werde Euch helfen, ihn zu erledigen, aber Ihr müsst Euch beeilen. Denn gerade in diesem Augenblick könnte einer seiner Spione zu ihm eilen und ihn von Eurer Ankunft unterrichten. Diesen hier haben wir schon abgefangen.«

Der Emir schlug den Deckel des Korbes zurück und kippte seinen Inhalt auf den Tisch. Es war ein Kopf, und zwar – das sah man, als er aufhörte zu rollen – der eines Mannes mit einem gelben Turban. Gwylly keuchte und sah Faeril an. »Der Mann am Tor, der, der weglief.« Faeril nickte und wandte die Augen ab. Sie wollte den Kopf nicht länger ansehen.

Riatha richtete ihren Blick auf den Emir. »Wenn Ihr wisst, wo sich Baron Stoke aufhält, dann sagt es uns. Wir werden ihn zur Strecke bringen, das verspreche ich Euch.«

»Oh, meine Liebe, mir ist klar, dass Ihr Stoke verfolgen und ihn hoffentlich auch töten werdet, denn ich habe Vorsorge getroffen, um mich Eurer rückhaltlosen Mitarbeit zu versichern. Denn wisset, ich habe Eure Kinder vergiftet, und nur ich besitze das Gegengift.« Er hielt eine kleine Kristallphiole hoch, in der sich eine blaue Flüssigkeit befand.

Bei diesen Worten krampfte sich Gwyllys Herz zusammen, und sogleich griff er nach der Hand seiner Dammia. Urus jedoch brüllte vor Wut auf und machte Anstalten aufzustehen. Einer der Armbrustschützen bellte einen Befehl: *»Hâdir!«* Und Aravan schrie: »Urus, nicht!« Der Baeron sah auf die Armbrüste, von denen je zwei auf Gwylly, Faeril, Aravan, Riatha und ihn selbst zielten, und setzte sich langsam und knurrend wieder hin.

»Narren!«, schnaubte der Emir erneut. »Ich sah Euch zögern, warten, ob der Likör vergiftet wäre. Habe ich Euch nicht gesagt, dass dies hier die Stadt der Meuchelmörder ist? Die beiden kleinen Kristallgläser waren vergiftet, nicht aber das Getränk.

Und jetzt hört mich an: Ihr habt nur eine Woche Zeit, um Stoke zu finden, ihn zu töten und mir seinen Kopf zu bringen. Sonst nämlich werden die Kinder an dem Gift sterben ...«

Der Emir nickte seinem Haushofmeister zu, und auf dessen Zeichen hin traten vier Wachen vor, befestigten eine Schnur um die Handgelenke der Wurrlinge und führten sie weg.

»In der Zwischenzeit«, fuhr der Emir fort, während die Wurrlinge aus dem Saal geführt wurden, »werden wir gut für sie sorgen.«

Riatha, Aravan und Urus sahen ihnen nach, wütend und verzweifelt.

»Wo ist Stoke?«, fragte Riatha schließlich den Emir.

»In der Moschee in den Bergen. Sie liegt einen Tagesritt von hier entfernt. Er hält sich dort seit fast zwei Jahren auf und stiehlt mir mein Volk. Auch wenn ihm der Sultan gewogen ist, sind Stokes Gräueltaten auf lange Sicht doch nicht zu ertragen. Außerdem glaubt er, er könnte mir – *mir!* – befehlen, was ich zu tun hätte, als wäre ich seinem Willen untertan. Nun, das werden wir sehen, mein Freund. Das werden wir ja sehen.«

Urus war noch immer wütend, aber Aravan hatte sich schon wieder in der Gewalt. »Wir brauchen eine Karte,

Pferde, unsere Waffen, Vorräte, überhaupt unsere Sachen, und alles Wissenswerte, das Ihr über Stokes Schlupfwinkel habt.«

Der Emir winkte den Haushofmeister heran. »Abid wird Eure Wünsche erfüllen. Ihr könnt mich jetzt verlassen, aber beeilt Euch, denn Eure Zeit läuft ab, und das Leben Eurer Kinder verrinnt wie der Sand in einem Stundenglas.«

Umringt von Wachen und angeführt vom Haushofmeister gingen die drei hinaus, verfolgt vom krähenden Gelächter des Emirs.

Die drei Freunde bekamen ihre Waffen zurück, und man händigte ihnen ebenso Gwyllys Schleuder und Faerils Wurfmesser aus. Abid teilte ihnen mit, dass ihre Habseligkeiten bereits aus der Grünen Palme und den Kamelgründen hierhergebracht worden waren, da man ihre »Mitarbeit« vorausgesetzt hatte. Er führte sie in den Raum, in dem man ihre Habseligkeiten gelagert hatte. Riatha durchsuchte ihren Rucksack wie auch den der Wurrlinge und nahm die benötigten Gegenstände heraus: Langmesser, Dolche, Bogen und Pfeile, Kräuter und Tränke und noch anderes. Aravan und Urus packten ebenfalls aus, was sie in den nächsten Tagen benötigen könnten: Laternen, Seile, Kletterausrüstung, Zwieback, Feuerstein und Stahl und dergleichen mehr. Bis auf ihre Waffen steckten sie alles in Rucksäcke und zogen ihre Wüstenkleidung an sowie ihre Lederharnische. Riatha nahm noch zusätzliche Kleidung mit.

»Abid!«, blaffte Aravan den Haushofmeister an. »Wir brauchen Pferde. Kamele laufen zwar leiser, machen aber ansonsten zu viel Lärm. Die Hufschläge von Pferden sind dagegen zwar lauter, aber sie beschweren sich nicht die ganze Zeit.«

»Ich brauche ein besonders großes Pferd, kleiner Mann«, meinte Urus. »Eines, das mein Gewicht zu tragen vermag.«

Abid rief eine Wache und gab dem Mann ein paar Befehle. Der Soldat lief daraufhin zu den Stallungen.

Schließlich wandte sich Riatha an den Haushofmeister. »Ich bin bereit. Aber erst möchte ich meine Kinder ein letztes Mal sehen, um ihnen Mut zuzusprechen und ihnen einen Abschiedskuss zu geben.«

Abid sah die anderen an und nickte. »Aber nur Ihr, Madam. Ihr müsst Eure Waffen ablegen und dürft Euch ausschließlich der Gemeinsprache bedienen.«

Riatha reichte Aravan Dúnamis, gab ihm außerdem ihre Langmesser und den Dolch. »Ich bin bald wieder da, Aravan.«

Der Haushofmeister führte Riatha zu einem Raum in der Zitadelle, vor dem zwei Wachen standen. Auf eine Geste von Abid hin traten sie zur Seite, und der Haushofmeister zog die Tür auf.

Gwylly und Faeril standen neben einem mit Stangen gesicherten Fenster, dessen Läden geöffnet waren. Als Riatha eintrat, drehte sich Faeril herum und lief zu der Elfe. Gwylly folgte ihr. Riatha kniete sich hin, umarmte die Damman und sah jedem Wurrling prüfend ins Gesicht. »Mut, meine Kinder«, sagte sie und bedeutete ihnen: *Schon sehr bald.*

Die Elfe trug Faeril zum Fenster zurück und setzte sie dort ab. Sie blickte einmal kurz hinaus und sagte: »Ich muss gehen.«

Riatha küsste die beiden, umarmte sie ein letztes Mal und wandte sich dann an Abid. »Ich bin bereit«, sagte sie. Da führte er sie weg. Als sie sich ein letztes Mal zu den Wurrlingen herumdrehte, sah sie, wie die beiden nebeneinanderstanden und ihr nachsahen, die Arme umeinandergeschlungen. Dann schloss sich die Tür.

Riatha ging zu Aravan und Urus zurück, und mit ihnen folgte sie Abid zu den Stallungen. Dort warteten bereits drei gesattelte Pferde auf sie. Zwei Stuten und ein gewaltiger Hengst. Sie packten ihre Ausrüstung auf die Pferde.

Dann stiegen die drei auf und ritten klappernd über den Hof und hinaus aus der Zitadelle. Sie folgten einem Soldaten, der als Führer fungierte. Hinter ihnen schwangen die massiven Portale der gewaltigen Festung zu.

Faeril drückte sich die Unterarme gegen den Bauch. »Ich fühle mich nicht gut, Gwylly.«

Gwylly, leichenblass im Gesicht, streichelte ihr Haar, während ihm Tränen in die Augen traten. »Ich auch nicht, Liebste. Ich auch nicht.«

»Wenn wir uns hinlegen, vielleicht ...«

Sie kletterten auf das Bett.

Nach einiger Zeit öffnete sich die Tür. Ein Wächter kam herein, sah sich kurz um und ging wieder hinaus. Der Emir trat ein und lächelte, als er die blassen, zitternden Wurrlinge auf dem Bett liegen sah. »Nun, habe ich Euch nicht gesagt, dass ich der Meuchelmörder aller Meuchelmörder bin? Offenbar wirkt das Gift bei Elfenkindern genauso wie bei Menschen. Ihr werdet noch vor dem Morgengrauen tot sein.

Na was denn? Habt Ihr etwa meine Geschichte geglaubt, dass Ihr eine Woche Zeit hättet? Meine Güte, seid Ihr aber dumme Kinder!

Ich werde Euch jetzt verlassen, denn ich hasse es, Leiden mit ansehen zu müssen. Und glaubt mir, es wird sehr bald wesentlich schmerzhafter werden, meine Süßen. Dafür dürft ihr schreien, so viel Ihr mögt, denn alle meine Kammern sind schalldicht.

Doch halt, bevor ich gehe ...«

Er nahm die kleine, mit blauer Flüssigkeit gefüllte Kristallphiole aus einer seidenen Tasche, trat neben das Bett, und hielt die Phiole hoch, damit die Kleinen sie sahen.

Dann zog er den Korken aus der Phiole, kippte sie langsam und goss die blaue Flüssigkeit auf den Teppich.

Gwylly protestierte krächzend. Seine Worte waren nur noch ein Flüstern, und er bemühte sich, sich aufzurichten, besaß jedoch schon nicht mehr die Kraft dazu.

»Ach, Kind«, sagte der Emir, »mach dir keine Sorgen. Das ist nicht das Gegenmittel. Es ist nur gefärbtes Wasser.

Narren, sage ich! Es gibt überhaupt kein Gegenmittel gegen das Gift, das durch Eure Adern strömt!«

15. KAPITEL

BEFREIUNG

Anfang 5E990
(Gegenwart)

Die drei ritten durch die verschlungenen Straßen von Nizari, fort von der Roten Zitadelle, und folgten dem Soldaten, der ihnen den Weg wies. Es war Nacht geworden, und der Soldat trug eine Laterne, obwohl er sie hier – zwischen den erleuchteten Wohnhäusern und Geschäften der Roten Stadt – nicht benötigte. Urus ritt steif hinter ihm; er umklammerte die Zügel so fest, dass seine Knöchel weiß hervortraten, so sehr musste er darum ringen, seinen Zorn zu beherrschen. Riatha ritt schweigend neben ihm, die Lippen vor Grimm fest zusammengepresst. Aravan hing ein wenig zurück. Er knirschte vor Wut mit den Zähnen, und die Muskeln in seiner Wange zuckten. Obwohl sie dem Wachsoldaten folgten, verharrten ihre Gedanken noch in der Zitadelle, wo sich ihre gefangenen und vergifteten Gefährten in den Klauen des Prinzen dieser Stadt befanden, gleichsam als Unterpfand für Stokes Tod. Während sie durch die Straßen ritten, brannten ihre Gedanken vor Wut.

Schließlich erreichten sie das Stadttor. Auf ein Wort ihrer Eskorte hin wurden die Tore geöffnet, und so ritten sie hindurch, an den Wachen vorbei vor die hohen Mauern der Stadt.

Dann wandten sie sich nach Westen, in Richtung der Talâk-Berge. Die Felswände des Passes erhoben sich allmählich um sie herum, stiegen fast zu den Sternen hinauf. Jetzt beleuchtete die schwankende Laterne des Soldaten den felsigen Weg; ihr Schein vertrieb die Schatten in der Dunkelheit.

Sie ritten in den Pass hinein, dessen Pfad kurvig verlief, sich durch den Berg schlängelte, und dessen Flanken hier näher an sie heranrückten, dort wieder zurückwichen. Manchmal standen sie mehr als eine Viertelmeile auseinander, dann wiederum gab es nur einen wenige Schritte breiten Spalt zwischen ihnen. Der stetige Trab ihrer Pferde brachte sie gut voran, und nach nur zwei Stunden hatten sie ihr Ziel erreicht: einen schmalen Spalt, der in südwestlicher Richtung von dem eigentlichen Pass abging.

Der Soldat, der sie führte, zügelte sein Pferd und sah sie mit Augen an, die vor Furcht weit aufgerissen waren, während er darauf wartete, dass Aravan an die Spitze trabte. *»Hier entlang führt Euer Weg«*, sagte er auf Kabla und deutete auf den Spalt. *»Der Ort, den Ihr sucht, liegt mehrere Meilen entfernt am Ende dieses Weges: Es ist eine geschliffene Moschee des falschen Propheten. Hier verlasse ich Euch und überbringe eine Nachricht meines Emirs. Ich verstehe die Bedeutung seiner Worte nicht, aber ich soll sie wörtlich wiederholen: ›Vergesst nicht, das Leben Eurer Kinder verrinnt wie Sand in einem Stundenglas. Eine Woche, nicht mehr, das ist alles, was Ihr habt.‹«*

Als der Soldat verstummte, fuhr ihn Aravan an: *»Richtet Eurem Prinzen Folgendes aus: Wir werden innerhalb dieser sieben Tage zurückkehren, und zwar mit Stokes Kopf. Doch hört: Sollte einem der Kinder etwas zugestoßen sein, dann werdet Ihr erfahren, warum Stoke uns so fürchtete!«*

Aravan wendete sein Pferd und ritt in den Spalt, gefolgt von Riatha und Urus. Der Soldat blieb stehen und lauschte dem Hufschlag, während ihm der Schweiß in Strömen über das Gesicht lief. Seine Angst vor dieser verwunschenen Schlucht hätte beinahe sein Pflichtgefühl überwunden. Als er die Pferde nicht mehr hören konnte, drehte er um und galoppierte rasch davon, trieb sein Pferd in halsbrecherischer Geschwindigkeit durch den dunklen Pass.

Der leise Ruf eines Jillian hallte durch die Schlucht.

»Er ist verschwunden«, sagte Riatha und trieb ihr Pferd an. Urus knurrte und folgte ihr. Sie ritten zurück durch die Schlucht, Aravans Stute folgte dem Hengst des Baeron an einem Strick.

Als sie das Ende des Spalts erreichten und in die Schlucht einbogen, trat Aravan aus den Schatten heraus. Riatha und Urus stiegen ab.

Riatha ergriff als Erste das Wort. »Wir haben zwei Möglichkeiten zum Handeln. Wir können zu Stokes Hort reiten, ihn töten und mit seinem Kopf nach Nizari zurückkehren. Oder aber wir reiten jetzt sofort nach Nizari, befreien unsere Gefährten und reiten dann zu der Moschee, in der sich Stoke versteckt.«

Aravans Augen glitzerten im Licht der Sterne. »Ich vertraue nicht darauf, dass dieser ›Meuchelmörder aller Meuchelmörder‹ sein Wort hält. Selbst wenn wir ihm Stokes Kopf bringen, könnte er uns hintergehen.

Außerdem: Sollten wir scheitern oder auch nur zu spät kommen, so ist das Leben der Waerlinga verwirkt.

Nein, Riatha, wenn wir Stoke verfolgen, solange sich die beiden in den Klauen des Emir befinden, setzen wir Faeril und Gwylly einem beträchtlichen Risiko aus. Ich würde lieber gleich zurückreiten und sie jetzt befreien – noch in dieser Nacht.«

Riatha nickte. »Ich traue diesem ›Obersten Meuchelmörder‹ ebenfalls nicht, denn als ich zu den Waerlinga ging, waren sie bereits schwach und blass. Das Gift zeigte schon seine Wirkung.«

Urus spie aus. »Kannst du dieses Zimmer wiederfinden, in dem sie gefangen gehalten werden?«

»Aye, ich habe mich gründlich umgesehen, als ich aus dem Fenster blickte. Wenn sie die beiden nicht verlegt haben, dann befinden sie sich im zweiten Stockwerk der Zitadelle über einem Ziergarten. Links vom Fenster, wenn wir hinaussehen, rechts davon, wenn wir darauf blicken, steht eine Statue in der Mitte des Gartens, ein Mann auf einem Pferd ... Das Fenster ist jedoch vergittert.«

»Um die Gitter kümmere ich mich«, erklärte Urus. »Mir macht das Gift größere Sorgen. Wie können wir es entschärfen?«

»Mit Güldminze.«

»Wird das Kraut dem Gift des Emirs entgegenwirken?«

»Ich wüsste nicht, dass es jemals versagt hätte.«

Urus knurrte. »Trotzdem ist es ein Risiko. Der Emir hat behauptet, er besäße das einzige Gegengift. Sollten wir also Gwylly und Faeril aus der Zitadelle befreien und die Güldminze wirkt nicht ...«

»Dann haben wir ein paar Tage, um das Gegenmittel zu bekommen.«

Aravan sah die beiden ernst an. »Falls er tatsächlich ein Gegenmittel besitzt.«

Urus knurrte. »*Garn! Verflucht!* Die Unwägbarkeiten häufen sich!«

»Aye«, antwortete Riatha. »Aber Unwägbarkeiten oder nicht, wir müssen eine Entscheidung treffen.«

Aravan griff an seinen Hals. Der blaue Stein wurde merklich kühler. »Ich würde sagen, wir gehen, denn ich glaube, sie sind in Gefahr. Außerdem hat Riatha bereits eines angesprochen, das unsere Pläne vereiteln könnte: Was ist, wenn sie die Waerlinga in ein anderes Zimmer gebracht haben?«

Ohne ein weiteres Wort stiegen sie auf und galoppierten zur Roten Stadt zurück.

Als sie sich dem Zugang des Passes näherten, ging der abnehmende Mond am Himmel auf und warf sein gelbes Licht über das Land, das auf Felsen, Kämme und Säulen schimmerte. Vor ihnen sahen sie die Stadt, die sich an den Berg schmiegte. Wie sie es geplant hatten, ritten sie über den steinigen Hang, hielten sich im Schatten und strebten der südwestlichen Ecke der Mauer zu, die die Zitadelle umringte. Sie setzten darauf, dass die Wachen auf der Rückseite der Festung weniger aufmerksam waren.

Dann erreichten sie eine flache Senke, etwa eine Viertelmeile von der Stadtmauer entfernt, wo sie die Pferde an knorrige Bäume banden. Sie nahmen ihre Kletterausrüstung und Waffen und folgten geduckt den tiefen Spalten und Furchen des Bodens, während sie sich der Zitadelle näherten. Langsam rückten sie bis zu dem Hang vor und suchten eine Stelle, von wo aus sie auf die Bastionen hinabblicken konnten.

Schließlich erreichten sie einen hochgelegenen Vorsprung und beobachteten im Licht des Mondes, wie die Wachen langsam ihre Runden drehten. Es waren nur zwei, die zusammen auf den Zinnen patrouillierten. An jeder Ecke jedoch stand ebenfalls ein Wachposten, der die Landschaft unter ihm im Auge behielt, aber wenn die Patrouille an ihnen vorüberkam, blieben sie stehen und unterhielten sich.

»Hèl!«, stieß Urus hervor. »Angesichts der Standorte der Wachposten an den Ecken müssen wir wohl zwischen den Ecken die Mauer hinaufklettern!«

Aravan knurrte zustimmend. »Dann lasst uns die westlichste Mauer erklimmen, denn dort ist der Schatten, den das Mondlicht wirft, am größten.«

Riatha seufzte. »Der Raum, in dem die Waerlinga liegen,

befindet sich im östlichen Flügel der Zitadelle, dort, wo das Licht des Mondes am hellsten scheint.«

»Daran können wir nichts ändern«, erklärte Urus. »Gehen wir also.«

Die drei huschten wieder zwischen die zerklüfteten Felsen zurück und schlichen zur westlichsten Mauer.

»Die Ritzen zwischen den Steinen sind gemörtelt, die Fugen schmal und hohl«, flüsterte Riatha. »Eure Finger sind nicht so schlank wie meine, also werde ich hinaufsteigen.«

Urus wollte schon widersprechen, aber Aravan kam ihm zuvor. »Sie hat recht, Urus.«

»Wenn ich oben bin, lasse ich ein Seil herunter. Wartet auf mein Zeichen, bevor ihr klettert. Ich ziehe dreimal, wenn es sicher ist.«

Nach diesen Worten kletterte die Elfe die Mauer langsam hinauf und stieg ohne Hilfen zu einer vorspringenden Verbindung hinauf, wo zwei Reihen der massiven Quader nebeneinander emporstiegen, presste Finger und Zehen in die winzigen Spalten und ließ immer drei Gliedmaßen verankert, während sie mit der vierten einen neuen Halt suchte. Dann überprüfte sie, ob es sie trug, bevor sie weiter kletterte. Die Entfernung zu den Zinnen in der Mauer über ihr betrug fast fünfzehn Meter, und die Spitze selbst war noch einmal anderthalb Meter darüber. Es kostete sie eine Ewigkeit, diese fünfzehn Meter zu überwinden.

Kurz bevor sie die Spitze erreichte, hielt Riatha inne und lauschte, vernahm jedoch nichts. Vorsichtig stieg sie erst auf die Mauerzacken und dann in die Schießscharte hinein.

Wieder lauschte sie – nichts. Sie riskierte einen schnellen Blick nach rechts und links über die Bastion und duckte sich wieder zurück. Die Patrouille bog gerade um die südwestliche Ecke und kam auf sie zu.

Schnell und sorgfältig suchte Riatha für Finger und Zehen Halt auf den Mauerzacken, beeilte sich zwar, weil die Zeit gegen sie lief, bewegte sich aber dennoch langsam. Kleine Brocken von Mörtel fielen in die Dunkelheit unter ihr. Schließlich fand sie die Stellen, an denen sie zuvor Halt gesucht hatte und stieg wieder in die Wand hinab.

Dort blieb sie – und zwar eine Ewigkeit, wie ihr schien. Doch endlich schlurften die Wachen vorbei. Als sie weit genug entfernt waren, stieg Riatha erneut in die Schießscharte. Die Elfe zitterte vor Anspannung und Erschöpfung, als sie das Seil aufrollte und nach einem weiteren kurzen Blick die kleine Greifklaue an zwei Ecken der Mauerzacke sicherte. Dann ließ sie das Seil hinabgleiten, und als sie das Ziehen von unten fühlte, erwiderte sie dieses Zeichen mit drei kurzen Zügen.

Urus kam als Erster. Der große, schwere Mann zog sich Hand über Hand an dem Seil herauf und trat in die Schießscharte neben ihr. »Knapp hinter dem Auftritt für die Schützen gibt es eine Rampe«, flüsterte Riatha. »Geh dorthin, wenn es sicher ist.«

Urus musterte die beiden gegenüberliegenden Ecken und riskierte dann einen Blick auf die unmittelbar neben ihnen. Er bewegte sich rasch und geschmeidig, war plötzlich verschwunden und bereits die Rampe hinabgeeilt.

Erneut zog Riatha an dem Seil – und Aravan flog das Seil so empor, wie ein Seemann in die Wanten fliegt.

Während der Elf den Haken löste und das Seil aufrollte, glitt auch Riatha über den Auftritt und auf die Rampe hinab.

Aravan folgte ihr auf dem Fuß.

Die drei versammelten sich im Schatten eines Nebengebäudes, schlichen an seiner Mauer entlang durch das Dunkel, bogen dann um die Ecke und zu der anderen Seite. Sie hielten unterwegs mehrmals inne, während Soldaten im

Mondlicht vorübergingen. Schließlich kamen sie in einem weiten Kreis auf die gegenüberliegende Mauer zu. Sie drückten sich zwischen den Gebäuden hindurch und erreichten schließlich einen mit Felssteinen gepflasterten Hof. Schräg gegenüber an der Rückseite der Zitadelle sahen sie den Garten. Zwischen den niedrigen Büschen erhoben sich vereinzelte Palmen. Und in der Mitte stand die Reiterstatue, die Riatha beschrieben hatte: ein Mann auf einem Pferd. Darüber und etwas links davon lag im zweiten Stockwerk ein dunkles, vergittertes Fenster. »Dort«, zischte Riatha und streckte die Hand aus. »Das ist die Kammer, in der ich Faeril und Gwylly gesehen habe.«

Aravan ließ seinen Blick über den Hof gleiten. »Wir werden uns durch das Mondlicht bewegen müssen, wenn wir dorthin laufen wollen, und die Wand, die wir erklimmen, wird von vom Mond hell erleuchtet.«

»Trotzdem«, knurrte Urus, »müssen wir hinüber und hinauf.«

»Was ist mit dem Gitter?«, erkundigte sich Riatha.

»Schlingt ein Seil darum«, erwiderte Urus. »Der Bär wird den Rest erledigen.«

Aravan riss erstaunt die Augen auf, dann sah er Riatha an. »Du bleibst bei dem Bär auf dem Boden, Dara. Diesmal werde ich hinaufsteigen.«

»Falls der Stein es erlaubt«, erwiderte die Elfe.

Sie warteten, bis die Patrouille auf der Bastion auf der anderen Seite der Hauptkuppel angekommen war. Auf dem Hof war niemand zu sehen und die Posten an den Ecken schienen die Landschaft zu betrachten. Sie hasteten über die Felssteine und in den Garten, kauerten sich hinter den breiten Sockel des Podestes, der die Statue trug, und lauschten auf Alarmrufe. Es blieb jedoch still.

Die Skulptur, hinter der sie sich versteckten, war offenbar dem Emir nachempfunden und wirkte ein wenig heroischer als der große, korpulente Prinz. Aber er war dennoch zu erkennen.

Da sie keine Alarmrufe hörten, schlichen sie zur Wand des Gebäudes. Doch die Fugen zwischen den roten Marmorsteinen, mit denen die Fassade verkleidet war, wirkten haarfein. Sie erlaubten kein freies Klettern – und zwar niemandem.

»Vash!«, fluchte Aravan. »Wir können keine Felsnägel benutzen. Das Klopfen würde die Wachen alarmieren.« Er trat zurück und blickte hinauf. »Also eine Greifklaue ...«

»Der Lärm«, sagte Riatha warnend.

Urus riss Fetzen vom Saum seines Hemdes. »Dann werden wir die Haken eben umwickeln.«

Sie wickelten Stoff um die Haken und den Schaft der Greifklaue und warteten, bis die Patrouille erneut außer Sicht war und die Wachen an den Ecken der Zitadelle wieder die Landschaft beobachteten. Aravan schleuderte die Klaue, die sich gleich beim ersten Wurf in den Stangen des Gitters verfing. Ein leiser, gedämpfter Aufschlag war das einzige Geräusch.

Aravan wendete das Innere seines Mantels nach außen, denn obwohl die Farbe des Innentuchs nicht zu dem des Steines passte, ähnelte der Farbton dennoch dem des Marmors. »Ich gebe Euch ein Zeichen, wenn ich so weit bin.«

Der Elf wartete erneut ab, bis die Patrouille verschwunden war, und kletterte dann geschwind hinauf. Als er das Fenster erreichte, warf er einen Blick ins Zimmer. In dem fahlen Mondlicht sah er ein Bett und zwei kleine Gestalten, die darauf lagen.

Aravan hielt sich an dem schweren, schmiedeeisernen Gitter fest, löste die Greifklaue, steckte sie durch das Gitter und hakte sie am Fensterbrett fest. Dann band er eine Schlaufe in das Seil, die er mit einem Schnappring befestigte. Den Ring hakte er in seinen Kletterharnisch ein, und nachdem er sich überzeugt hatte, dass der Haken hielt, belastete er das Seil mit seinem Gewicht.

Einen zweiten Strick legte er doppelt, schlang ihn um die Gitterstäbe und ließ die beiden Enden dann zu den Wartenden hinunter.

Als die Patrouille wieder auf der Bastion erschien, hielt er den Atem an und bewegte sich nicht.

Sie blieben eine Weile bei dem Wachposten an der Ecke stehen, lachten und gingen dann langsam weiter. Als sie zu dem nächsten Wachposten kamen, machten sie eine Bemerkung, und er lachte ebenfalls, während die beiden Soldaten ihre Runde gemächlich fortsetzten.

Aravan seufzte erleichtert, als sie außer Sicht waren.

Dann tauchte unten zwischen den Bäumen aus einer schimmernden Dunkelheit ein Bär auf.

Aus Seilen fertigte Riatha einen einfachen Harnisch an, den sie dem Bären anlegte. Die Bestie erwies sich als wenig entgegenkommend, schnüffelte an den Blumen herum und grub Wurzeln aus, die sie aß. Schließlich war dennoch alles bereit.

»Urus, zieh!«, zischte die Elfe.

Der Bär betrachtete das zweibeinige Weibchen, das neben ihm stand. Ihr Haar schimmerte weiß in der mondhellen Nacht. Dann schwang er seinen massigen Schädel herum, spähte auf die Seile hinter seiner Schulter, die durch die Bäume hinaufführten. Er stieß ein heiseres Bellen aus, und schlenderte einige Schritte vor, bis sich die Seile strafften. Dann lehnte er sich hinein, zog, die Seile spannten sich ... doch vergeblich.

Und dieser Zweibeiner flüsterte die ganze Zeit in sein Ohr, drängte ihn, weiter zu ziehen.

Er zog auch, nun aber härter, kräftiger, er wusste ja, dass irgendetwas passieren sollte. Aber was es auch sein mochte, es geschah nicht. Stattdessen widersetzte es sich ihm.

Ihm!

Er brüllte auf, wütend, unfassbar wütend ...

... und das Brüllen hallte über den Hof, wurde von den Gebäuden und den Mauern der Zitadelle zurückgeworfen. Erneut brüllte er, immer wieder, immer und immer wieder, und wurde erst leiser, als er sich erneut gegen die Seile warf ...

Die Ankerhaken, die das Gitter vor dem Fenster hielten, brachen mit einem metallenen Knall; der Rahmen mitsamt dem Gitter flog nach draußen, in einem hohen Bogen in den Garten hinab. Der Bär wirbelte herum, knurrte, biss und schlug nach den schlaffen Seilen auf seinem Rücken, und jenes zweibeinige Weibchen neben ihm flüsterte: *»Urus! Urus!«*

Aravan schwang sich derweil über das Fensterbrett in den Raum hinein und zog sein Kletterseil hinterher.

Auf den Bastionen schrien aufgeregt die Wachen; ihre Schreie erzeugten ein Wirrwarr aus Echos; sie liefen durcheinander, spähten hinauf, auf die mondhellen Hänge und in die Festung hinein: auf den Hof. Doch sie vermochten die Quelle dieses schrecklichen Gebrülls nicht ausfindig zu machen.

Die Türen der Kasernen flogen auf, und Schritte klatschten über die Steine, als die Soldaten auf den Hof strömten, die Waffen in der Hand.

Der Bär sah das zweibeinige Weibchen neben sich an, setzte sich hin, ein dunkles Schimmern umhüllte ihn, er wandelte sich und Urus erschien.

»Garn!«, fluchte er, als er sich an alles erinnerte, streifte den Harnisch aus Seilen ab. »Rasch«, zischte Riatha, »wir müssen uns verstecken.«

Sie krochen hinter den Sockel des Standbildes, während Urus das Seil mit dem Gitter heranzog und es von den Stangen löste.

Wachsoldaten rannten über den Hof an ihnen vorbei und zur Vorderseite des Gebäudes.

In dem Zimmer hoch oben in der Zitadelle trat Aravan an das Bett, in dem Gwylly und Faeril lagen – bewusstlos. Sie atmeten flach, ihr Puls schlug schnell und schwach.

Der Elf schlang das Seil unter Faerils Arme und um ihre Brust, hob die Damman auf und trug sie zum Fenster. Er spähte hinaus und sah die Wachen vorbeilaufen, zur vorderen Mauer, als erwarteten sie einen Angriff. Ihre Schreie hallten durch den kleinen Hof. Auf den Zinnen standen noch mehr Soldaten und spähten hinaus, suchten den Feind.

Dann war der Hof leer und Aravan ließ Faeril rasch in den Garten hinab. In der Dunkelheit huschte Riatha zu der Damman und löste das Seil, das Aravan dann ebenso rasch wieder hinaufzog.

Wenige Augenblicke später schwebte Gwylly hinunter, und kaum hatte der Bokker den Boden berührt, da schwang sich Aravan schon über das Fensterbrett hinaus. Er nahm sich gerade noch die Zeit, die Fensterläden zu schließen, bevor er sich ebenfalls in den Garten abseilte. Als Urus Gwylly zum Fuß der Statue trug, löste Aravan mit einem kurzen Rucken seines Handgelenks die Greifklaue aus dem Fenster und folgte ihm.

»Das gefällt mir nicht«, meinte Riatha, die ihr Ohr von Faerils Brust nahm und anschließend Gwyllys Puls fühlte. »Die Waerlinga liegen im Sterben. Wir müssen sie schnellstens an einen sicheren Ort bringen, wo wir sie behandeln können.«

Während immer mehr Wachen durch den Garten rannten, zog die Elfe ein Paket unter ihrem Umhang hervor, aus dem sie zwei Blätter Güldminze nahm. Eines schob sie sich in den Mund und reichte Urus das zweite. »Hier, kau es, aber schluck nicht. Und spuck dann die Flüssigkeit in Gwyllys Mund.«

Während Urus ihren Anweisungen folgte, tat Riatha dasselbe für Faeril. Der Bokker und die Dammen schluckten aus einem Reflex den Speichel.

»Und jetzt den Brei«, befahl Riatha, und legte den kleinen Klumpen in Faerils Wangentasche. Urus folgte ihrem Beispiel bei Gwylly.

»Jetzt müssen wir hier weg«, erklärte Riatha. »Aber wir können die Waerlinga nicht einfach offen durch den Garten tragen.«

»Wir schnallen sie uns auf den Rücken unter unsere Umhänge«, schlug Aravan vor. »Urus nimmt Gwylly, ich Faeril.«

Aravan band einen Seilharnisch, einen einfachen Bootsmannsstuhl, schlang das Seil unter Gwyllys Schenkel und um seine Taille und Brust herum, und befestigte es dann an Urus' Kletterharnisch. Der bewusstlose Wurrling saß jetzt wie ein Rucksack auf dem Rücken des Baeron, so wie einige Völker ihre Kinder tragen. Dann wiederholte Aravan dasselbe bei Faeril, und Riatha half ihm, sich die Damman auf den Rücken zu binden.

Nachdem Urus und Aravan ihre Umhänge über die Wurrlinge geworfen hatten, bedeuteten sie Riatha, dass sie fertig waren.

»Dann nichts wie weg«, rief die Elfe gedämpft. »Ich würde sagen, dass wir angesichts der allgemeinen Verwirrung ganz offen gehen können.«

Urus nickte. »Zur Rampe, hinauf auf die Bastion und dann über die Mauer. Drei Seile. Greifklauen. Und danach am Seil hinab.«

Aravan knurrte zustimmend, zog den Turbanschal vor sein Gesicht und streifte seine Kletterhandschuhe über. Urus und Riatha taten desgleichen.

Die drei traten hinter dem Podest hervor.

»Shû 'ammâl ta'mil?«, rief sie plötzlich jemand an.

Sie drehten sich herum und sahen einen Mann mit einem goldenen Turban am Rand des Gartens. Urus und Riatha wollten schon nach ihren Waffen greifen. *»Nicht!«*, zischte Aravan. Dann deutete der Elf auf den Garten und rief: *»Fattish 'ala a'âdi, Jemadar.«*

»Taiyib! Kammal!«

»Na'am yâ sîdi!«

Als der Mann weiterging, durchsuchte Aravan mit großer Geste die Büsche, und auch Riatha und Urus stocherten darin herum. Als der *jemadar* außer Hörweite war, flüsterte Aravan: »Geht bis zum Ende des Gartens, denn er könnte sich umdrehen. Ich habe ihm gesagt, dass wir hier nach Eindringlingen suchen.«

»Dachte ich mir«, knurrte Urus.

Sobald der Mann um die nächste Ecke verschwunden war, verließen die drei den Garten, marschierten hastig um die Ecke des Gebäudes und nahmen Kurs auf die mittlere Rampe, die zu den Bastionen hinaufführte. Unterwegs kamen sie an mehreren Gruppen von Soldaten vorbei, und jedes Mal rechneten sie mit einer Entdeckung. Aber niemand nahm Notiz von den drei Wesen, die durch das Mondlicht gingen.

Sie liefen die Rampe hinauf bis ganz auf die Wälle, auf denen es jetzt von Soldaten wimmelte, die allesamt auf das Land hinausblickten. Doch die meisten hatten sich an den Ecken versammelt, und die drei bemerkten drei freie Schießscharten in der Nähe. Aravan sah seine Gefährten an und zeigte ihnen, wer welche nehmen sollte. Also traten sie an die Zinnen.

Nachdem sie die Haken der Greifklauen aufgeklappt hatten, setzten sie sie in die Mauerzacken. Dann beugten sie sich heraus, als wollten sie nach unten spähen, und ließen die Seile fallen, die sie unter den Umhängen verborgen hatten.

Sie sahen sich an. »Hai!«, rief Aravan, und gleichzeitig sprangen sie in die Schießscharten, über die Mauer und glitten hinab. Die Wachposten auf der Bastion starrten ihnen nach. Einer schrie erstaunt auf, doch dann: *»Jemadar! Aravan'âdi!«*

Es waren mehr als fünfzehn Meter bis nach unten, doch die drei glitten im Nu an den Seilen herunter auf den Boden und rannten durch das fahle Mondlicht über das zerklüftete Terrain bis zu der Schlucht, wo sie die Pferde gelassen hatten. In die Alarmrufe in ihrem Rücken mischten sich gebrüllte Befehle. Sie waren etwa vierzig Meter gelaufen, als neben ihnen der erste Pfeil in die Felsen einschlug. Keiner der drei riskierte einen Blick zurück, sondern sie rannten einfach weiter, verfolgt von lauten Schreien und Befehlen.

Jetzt prallten mehrere Pfeile dicht neben ihnen auf den Boden, einige auch vor ihnen. Dennoch rannten sie weiter durch das schwache, fahle Mondlicht, darauf vertrauend, dass sowohl die Elfenaugen als auch der Blick eines Bären den Weg erkannten.

Schließlich erreichten sie eine flache Senke. Urus blieb stehen und hockte sich hin. »Die Waldana!«, rief er. »Wir können sie nicht als Schild benutzen!« Aravan war bereits in die Senke gesprungen und löste nun – wie Urus – seinen Kletterharnisch, um den Wurrling in seine Arme zu nehmen.

Hinter ihnen glitten Soldaten die Seile hinab und machten sich an die Verfolgung.

Urus und Aravan sprangen auf und rannten weiter, die Wurrlinge in den Armen, um sie vor den zischenden Pfeilen zu schützen. Rasch hatten sie die Reichweite eines genauen Schusses verlassen, aber immer noch klapperten Pfeile neben ihnen auf den Felsen. Die Bogenschützen feuerten jetzt nur noch auf gut Glück.

Riatha war vorausgelaufen und hatte die Schlucht erreicht. Ihr Herz schlug ihr bis in den Hals, denn sie sah keine Pferde! Sie schaute nach links, und ihr Blick folgte der Schlucht talaufwärts. *Da sind sie!*

»Hier entlang!«, rief sie und rannte bergauf.

Urus und Aravan folgten ihr, je einen bewusstlosen Wurrling in den Armen.

Hinter ihnen schrien Männer und liefen ihnen nach. Einige stolperten und stürzten in ihrer Hast, da sie nicht mit der Sehkraft eines Elfen gesegnet waren.

Im nächsten Augenblick ritt Riatha aus dem Graben, Urus' und Aravans Tiere am Zügel. Die beiden stiegen, jeweils mit einem Wurrling in einem Arm, rasch auf – und mit einem *»Yah! Yah!«* donnerten sie in den Graben und mit ihrer kostbaren Last durch die Senke davon, Dunkelheit und Geschrei ließen sie hinter sich.

Nach einem kurzen Galopp durch die Schlucht wurden sie langsamer. Das Terrain war uneben, und für ein Pferd wäre es verheerend gewesen, wenn es auf diesem felsigen Boden gestürzt und sich vielleicht ein Bein gebrochen hätte.

Kurz darauf erreichten sie die Straße zum Pass und galoppierten langsam in den Berg hinein.

»Wir müssen anhalten und uns um die Waerlinga kümmern!«, rief Riatha.

Aravan blickte zurück nach Nizari. »Nicht jetzt, Dara, denn die Männer des Emirs verfolgen uns.«

Im selben Augenblick sahen sie, wie ein Trupp berittener Soldaten aus dem Tor preschte und in ihre Richtung donnerte.

Erneut trieben sie ihre Pferde zu einem Galopp an und rasten voraus, in den dunklen Pass hinein.

Das Trommeln der Hufe sagte ihnen, dass ihnen ihre erbarmungslosen Verfolger auf den Fersen waren.

Das Echo der trommelnden Hufe donnerte durch den Engpass. Die drei Pferde der Gefährten machten einen Lärm wie eine ganze Schwadron Kavallerie, als sie durch den gewundenen Pass galoppierten. Der silberne Mond spendete den Tieren so viel Licht, dass sie sahen, wohin sie liefen, obwohl sie auch oft genug durch düstere Passagen preschten.

Aravan ritt mit Faeril in den Armen voraus, gefolgt von Urus und Gwylly. Riatha bildete den Abschluss. Ab und zu glaubte die Elfe, das Geräusch von anderen Reitern zu hören. Doch bei den Echos konnte sie nicht ganz sicher sein.

Sie galoppierten mehr als eine Meile, vielleicht fast zwei, bevor Aravan sein Pferd zu einem Trab abbremste. »Wir können nicht die ganze Zeit vollen Galopp reiten!«, rief er den anderen zu, sonst bringen wir die Pferde noch um. Wenn jemand seine Tiere zuschanden reiten soll, dann unsere Verfolger.«

»Mich deucht«, antwortete Riatha von hinten, »wir sind noch zwei bis drei Werst von der Abzweigung zu Stokes Moschee entfernt. Es ist eine Schlucht, die unser Führer nur sehr ungern betrat. Vielleicht empfinden unsere Verfolger ja ebenso. Dann haben wir eine Chance, falls wir sie vor ihnen erreichen.«

»Die Launen des Schicksals«, erklärte Urus.

»Was meint Ihr damit?«, erkundigte sich Aravan.

»Dass Männer uns verfolgen, obwohl wir genau dorthin reiten, wohin uns der Emir haben will.«

»Die Launen des Schicksals, wahrhaftig«, antwortete Aravan. »Denn wir hätten uns Stokes auf jeden Fall angenommen, ganz gleich, welche Pläne der Emir hatte.«

»Aye«, sagte Urus. »Ich wollte, der Bär hätte nicht gebrüllt, denn dann müssten wir jetzt nicht fliehen.«

Riatha lenkte ihre Stute neben Urus' Hengst. »Vielleicht, Geliebter, ich jedoch glaube: Wäre der Bär nicht wütend geworden, dann wäre das Gitter auch nicht gebrochen.«

Sie ritten weiter, Urus mit Gwylly und Aravan mit Faeril, und sie kamen rasch voran. Aber jetzt hörten sie hinter sich unzweifelhaft das Klappern von Hufen. Wie weit es entfernt war, konnten sie nicht abschätzen, weil die Echos das Geräusch verzerrten.

Schließlich erreichten sie die schmale Schlucht, die von dem Pass abging und zur Moschee führte. Als sie hineinritten, zügelte Urus sein Pferd, stieg ab und reichte Gwylly Riatha. Der bewusstlose Bokker war immer noch mit dem Seil an Urus' Harnisch gebunden. Außerdem reichte Urus der Elfe den Zügel seines Pferdes. »Hier, Liebste, nimm Gwylly und mein Pferd. Ich habe noch einen Trick auf Lager, den ich unseren Verfolgern gern zeigen möchte.«

Riathas Miene verdüsterte sich vor Kummer, aber sie nahm den Bokker und die Zügel des Hengstes, ohne zu widersprechen. »Wir reiten eine Meile weit in die Schlucht und warten. *Vi chier ir, Urus.*«

»Und ich, ich liebe dich«, antwortete er und berührte sanft ihre Hand. »Und jetzt geht.«

Das Hufgeklapper ihrer Verfolger wurde lauter.

Aravan ritt in die dunkle Schlucht voran, und kurz darauf waren sie nicht mehr zu sehen. Urus lauschte einen Augenblick lang auf das Trommeln der Hufe, das jetzt rasch näher kam, und trat dann in den Schatten des Spalts.

»Jemadar, wir kommen zu diesem verwunschenen Engpass! Die, welche wir verfolgen, werden doch gewiss nicht dort hineinreiten!«

»Wer weiß, Kauwâs, wer weiß? Wir wissen ja nicht einmal, wen wir verfolgen, oder was sie in der Zitadelle wollten!«

»Aiee! Ich hatte gerade einen höchst beunruhigenden Gedanken, Jemadar!«

»Und was für einen?«

»Wenn sie verrückt genug sind zu versuchen, in die Zitadelle einzudringen, könnten sie auch vielleicht verrückt genug sein, in die verfluchte Schlucht zu reiten!«

Die Männer, die hinter dem *jemadar* und seinem *kauwâs* herritten, warfen sich im Mondlicht unbehagliche Blicke zu, und ein Flüstern lief durch die Schwadron.

Aber sie ritten weiter, bis sie zu diesem schrecklichen Spalt kamen. Der *jemadar* zügelte sein Pferd und hielt die Kolonne an. Der *kauwâs* neben ihm musterte nervös den stockfinsteren Spalt. Die Pferde schnaubten und tänzelten furchtsam auf der Stelle, und die Männer hatten Mühe, sie zu zügeln. Aber trotz des Hufklapperns ihrer eigenen Pferde hörten der *jemadar* und sein *kauwâs* ganz deutlich das Trommeln von Hufen in dem Engpass: Jemand ritt durch die Schlucht.

Grimmig packte der *jemadar* die Zügel seines tänzelnden, verängstigten Vollblüters. Er wollte gerade etwas sagen, einen Befehl bellen, doch in diesem Augenblick ...

... zerriss ein markerschütterndes Brüllen die Luft. Die Echos schlugen zwischen den Felsen hin und her, und aus dem verwunschenen Spalt erschien ein gewaltiges, titanenhaftes Monster, das die Arme hoch erhoben hatte, bereit, sofort zuzuschlagen.

Der *kauwâs* kreischte vor Angst. *»Dämonen Afrit!«*, brüllte er. Pferde bäumten sich auf und wieherten schrill vor Panik, während sie davonschossen. Die Männer schrien, rammten ihren Tieren die Sporen in die Flanken, um sie noch mehr anzutreiben. Panik und Chaos! Sie galoppierten in halsbrecherischer Geschwindigkeit den Pass hinauf – und auch hinab –, flohen blindlings, ohne darauf zu achten, wohin überhaupt, nur weg, weg! Denn sie wussten, jeder Einzelne von ihnen wusste, dass dieser gefürchtete *Afrit* nur hinter ihm her war, nur hinter ihm allein.

Nach wenigen Sekunden waren sie verschwunden.

Der Bär ließ sich gelassen auf alle viere sinken, zufrieden, dass er erneut seine Macht hatte unter Beweis stellen können.

Dann dachte er an Urus, und ein dunkles Schimmern umhüllte ihn.

Urus war etwa fünfhundert Meter durch den Spalt gegangen, als ihn der leise Ruf einer Krähe erreichte. Er blickte zum östlichen Rand der Schlucht hinauf und sah Aravans Silhouette vor dem nächtlichen Himmel. Der Elf deutete auf einen Vorsprung in der Felswand, der vom Boden steil zum oberen Rand führte.

Der Baeron stieg den schmalen Pfad hinauf und betrat das Lager, als Riatha, die zwischen den Felsen kniete, einen kleinen Topf mit Wasser auf das Dreibein und über ein kleines Feuer stellte. Als er näher kam, sprang die Elfe auf und zog ihn fest an sich. Urus küsste sie zärtlich.

Aravan begann derweil, die Gesichter der Wurrlinge mit einem feuchten, kühlen Tuch abzutupfen. Zuerst Faerils, dann Gwyllys. Als er das Gesicht des Bokkers wusch, stöhnte Gwylly ein wenig auf und öffnete flatternd die Lider. Er sah den Elfen an und zog ihn schwach zu sich herunter. Dann flüsterte er etwas. Aravan hörte genau zu. Danach schloss der Bokker die Augen und sprach nicht weiter.

Riatha sah Aravan an. »Was hat er gesagt?«

Aravans Miene war bestürzt und Trauer erfüllte seinen Blick. »Er sagte: ›Kein Gegenmittel. Tot im Morgengrauen.‹«

Riatha keuchte, und ihr Blick zuckte zum östlichen Horizont hin, an dem sich gerade ein blasser Silberstreif zeigte.

16. KAPITEL

ZUFLUCHT

Anfang 5E990
(Gegenwart)

Der Himmel im Osten hellte sich schon auf, der Morgen nahte, aber die Sonne war noch immer hinter den Kämmen der Berge versteckt.

»Wir können nur warten und zusehen«, erklärte Riatha und stellte den leeren Topf weg, in dem der Güldminztee gewesen war.

Vor der Elfe lagen die Wurrlinge. Sie atmeten schwach und waren leichenblass.

Hinter ihr saß Urus am Feuer, hatte die Arme um seine angezogenen Knie geschlungen, ließ die Hände schlaff herunterhängen, hielt den Kopf gesenkt und konzentrierte sich ... vielleicht auf einen unsichtbaren Punkt tief in der Erde.

Aravan stand etwas abseits und beobachtete den Morgenhimmel.

Riatha setzte sich neben Urus. »Ich habe Angst um die Waerlinga, Geliebter«, sagte sie. »Auch wenn sie Güldminze getrunken haben, taumeln sie doch am Abgrund des Todes ... Ohne die Minze wären sie gewiss schon tot.«

Urus ballte die Fäuste. »Der Emir hat nie beabsichtigt, sie überleben zu lassen. Die Woche, die er uns gegeben hatte, um ihm Stokes Kopf zu bringen, war eine Lüge.«

Riatha nahm seine Faust, öffnete die Finger und streichelte sie. »Wenn das, was Gwylly geflüstert hat, stimmt, dann hat der Emir auch gelogen, was das Gegengift betrifft. Vielleicht hat er gar keines.«

Urus sah in ihre silbergrauen Augen. »Ich komme mir so nutzlos vor, so hilflos.«

Riatha seufzte und küsste seine Hand. »Wie wir alle, Liebster, wie wir alle.«

Aravan drehte sich herum und ging zu seinem Pferd. »Ich bin nur wütend. Aber dies sage ich Euch: Sollte ich unser Vorhaben überleben, wird der Emir von Nizari für seine Untat teuer bezahlen.«

Er stieg auf seine Stute. »Wir werden Wasser und Nahrung für uns und unsere Pferde brauchen, und zwar für eine längere Zeit, denn die Genesung der Waerlinga wird lange dauern. Ich habe zwei Tauben gesehen, die nach Osten flogen, und in einem solchen Land sind sie in der Morgen- und Abenddämmerung die besten Führer zu Wasserstellen.

Außerdem müssen wir unser Lager aus dieser Schlucht verlegen. Ich vermute, es gibt gute Gründe, warum sie so gefürchtet ist, und ich möchte weder unsere Geräusche noch unseren Geruch so nahe an ihrem Rand wissen.

Ich folge jetzt den Tauben und suche dabei einen Platz, an dem wir sicher sind. Denn es gibt nichts, gar nichts«, seine Stimme klang verzweifelt, sein Blick aber wurde weich, als er zu den Wurrlingen blickte, »nichts, was ich hier tun kann.«

Aravan wendete sein Pferd und ritt nach Osten davon.

Nach einer Weile sagte Riatha: »Adon, bin ich müde.«

Urus zog sie an sich und nahm sie in den Arm. »Schlaf, Geliebte. Ich werde dich wecken, falls das nötig sein sollte.«

Am Vormittag ritt Aravan wieder ins Lager. Urus kniete am Feuer und legte die Zweige eines Dornbusches hinein. Auf dem Dreibein begann das Wasser in einem Topf gerade zu kochen.

Riatha schlummerte im Schatten, unter Urus' Umhang.

Die Wurrlinge lagen ebenfalls im Schatten. Über ihre Köpfe war eine Decke gespannt.

Aravan stieg ab, band seine Stute an einen Zweig des Busches und nahm einen Zwieback entgegen, den Urus ihm hinhielt.

»Glück gehabt?«, erkundigte sich Urus leise.

»Aye«, antwortete Aravan ebenfalls mit gedämpfter Stimme. »Etwa einen Werst von hier entfernt. Schwer zu finden. In einer Felsspalte. Aber die Tauben haben mich hingeführt.«

Urus nahm den dampfenden Topf vom Feuer, krümelte Teeblätter in das Wasser und bedeckte es mit einem Tuch, um den Tee ziehen zu lassen. Aravan sah zu den Wurrlingen hinüber und hob dann fragend eine Augenbraue in Urus' Richtung. »Unverändert«, beantwortete der Baeron die stumme Frage.

Sie saßen schweigend da, während der Tee zog. Sein Duft wehte bereits durch die Luft.

Riatha regte sich und schlug die Augen auf. Sie stöhnte, setzte sich auf, erhob sich, und trat zu Gwylly und Faeril. Dort kniete sie sich hin und beobachtete ihre Atmung, während sie ihren Pulsschlag fühlte. Bei beiden zog sie jeweils ein Augenlid zurück und untersuchte die Reaktion ihrer Pupille auf das Tageslicht. Dann schüttelte sie den Kopf. »Keine Veränderung«, stellte sie fest und stand auf. »Setzt mehr Wasser auf. Wir versuchen es erneut mit der Güldminze.«

Am Nachmittag verlegten sie ihr Lager. Aravan ritt voraus, mit Faeril in seinen Armen. Riatha folgte ihm und Urus bildete mit Gwylly den Abschluss. Sie ritten etwa drei Meilen nach Osten auf ein Steinmassiv zu, dessen lange, runde Ausläufer abfielen und hier und da hohe Schluchten bildeten. Als sie an die Wand der Spitzkuppe kamen, ritt Aravan direkt auf die Barriere zu, als wollte er in die Berge selbst hineinreiten. Im letzten Augenblick jedoch bog er ab und verschwand. Riatha, die ihm unmittelbar folgte, stieß zwar einen überraschten Schrei aus, aber dann verschwand auch sie. Urus, der ganz hinten ritt, fand schließlich eine schmale Öffnung, die nach rechts führte, wo sich der Fels senkrecht überlappte und sich so ein kleiner Durchgang bildete. Doch selbst als er unmittelbar davorstand, hätte er den Weg ohne Anleitung nicht gesehen. Niemand konnte ihn erkennen, denn die Form und Farbe des Steines lieferte die vollkommene optische Täuschung einer soliden Wand.

Urus schnalzte mit der Zunge, und sein Hengst bewegte sich weiter, zwängte sich in die Öffnung und folgte dem schmalen Durchgang durch die Wand. Vor ihm ritt Riatha und vor ihr Aravan.

Der Durchgang schwenkte nach links ab, verbreiterte sich und endete nach zwanzig Metern an einem moosigen Unterschlupf, der im Schutz eines gewaltigen Überhangs lag. Sonnenstrahlen fielen durch die hohe Öffnung der äußeren Felswand und spendeten ein diffuses Licht in das Innere dieser großen Höhle. Sie ritten weiter und betrachteten staunend diesen Zufluchtsort. Die Luft in der Höhle war kühl und duftete schwach nach süßer Minze. Auf der Rückseite, etwa vierzig Meter entfernt, lief das Wasser in Strömen über eine flache Felswand in ein schattiges Becken. Daneben stand ein ausladender Baum mit einem mächtigen Stamm. Seine Zweige reichten weit über das dunkle Becken.

Es herrschte eine tiefe Stille, die das leise Rieseln des Wassers nur zu unterstreichen schien.

»Wüsste ich es nicht besser«, flüsterte Urus, so würde ich sagen, dieser Baum ist eine Eiche. Aber ein solcher Baum wächst in Hyree nicht.«

Aravan wandte sich im Sattel zu dem Baeron herum. »Eure Augen täuschen Euch nicht, Urus, denn hier, an diesem wundersamen Ort, wächst tatsächlich eine Eiche.«

Riatha stieg ab, trat zu Aravan und nahm ihm Faeril ab. Der Elf glitt ebenfalls aus dem Sattel.

Urus stieg auch ab, mit Gwylly im Arm.

Während Riatha und Urus einen Ruheplatz für die Wurrlinge vorbereiteten, sattelte Aravan die Pferde ab und führte sie zum Becken. Denn dort fanden sie nicht nur kühles Wasser zum Trinken, sondern auch saftiges Gras, eine willkommene Ergänzung zu ihrem Vorrat an Hafer.

Urus ging durch den Durchgang nach draußen, wo er knorrige Sträucher sammelte, und kehrte kurz darauf schwer beladen wieder zurück. »Für das Feuer, um Tee zu machen«, erklärte er, als er es aufhäufte. »Wartet noch, bis ich Steine für einen Feuerring gesammelt habe.«

Nachdem er mehrmals hin und her gegangen war, schichteten Aravan und er die Steine zu einem Ring zusammen, und Riatha entzündete ein kleines Feuer. Als die Flammen aufloderten, fuhr der Wind so seufzend durch die Höhle, als würde sie selbst den Anblick der Flammen bedauern. Die Zweige der Eiche zitterten, als wären sie aufgeregt.

Aravan stand auf und sah sich um. »Es ist notwendig!«, rief er. »Wir haben keine Wahl.« An wen er diese Worte richtete, das wussten weder Riatha noch Urus.

Erneut kehrte in der Höhle Ruhe ein, wenngleich das Rieseln des Wassers jetzt ein wenig verstört klang, geradezu beunruhigt.

Aravan wandte sich zu Riatha herum. »Wenn der Tee fertig ist, lösch das Feuer.«

Die Elfe nickte und stellte den Topf auf das Dreibein.

»Immer noch keine Veränderung«, erklärte Riatha und legte Gwyllys Hand auf seine Brust.

»Wie lange schon?«, fragte Urus.

Aravan hielt den Daumen und zwei weitere seiner Finger hoch. »Drei Tage. Einen auf dem Rand der Schlucht und zwei hier in der Höhle.«

Riatha kümmerte sich um Faeril und legte ihr Ohr auf die Brust der Damman. »Ihr Herz schlägt noch, aber kraftlos. Ich fürchte, die Güldminze kann das Gift des Emirs nur in Schach halten. Wenn unser Vorrat zu Ende geht, wird das Gift erneut seine tödliche Wirkung entfalten.«

Urus verschränkte seine Finger und presste sie so fest zusammen, dass seine Knöchel weiß hervortraten. »Es muss aber einfach etwas geben, das wir tun können ... Vielleicht besitzt der Emir ja doch ein Gegenmittel, und wenn wir es bekommen können ...«

Aravan schüttelte den Kopf. »Nein, Urus. Gwylly wusste es. Der Emir hat kein Gegengift.«

In der Nacht wachte Aravan über die Wurrlinge. Auf der einen Seite lagen Urus und Riatha im Schlaf aneinandergeschmiegt. Es war dunkel in der Höhle, aber nicht stockfinster, denn das Licht der Sterne fiel durch die Öffnung hoch oben hinein. Der Elf saß auf einem Stein am Becken und sah zu, wie das Wasser über die Felswand in das Bassin rieselte. Warum es nicht überfloss, und wohin sich das Wasser ergoss, das wusste er nicht ... vermutlich versickerte es in der Erde.

Aravan schaute zu den Waerlinga hinüber, die so ruhig dalagen, so bleich, so nah dem Tode.

Und er wusste, dass Riathas Vorrat an Güldminze zu Ende ging.

Der Elf beruhigte sich, sammelte sich für ein Gebet zu Adon, wie er es jede Nacht getan hatte, seit sie in der Höhle lagerten.

Er betete, obwohl er wusste, dass Adon geschworen hatte, sich niemals direkt in Angelegenheiten der Mittelebene einzumischen. Sonst, so hatte Adon gesagt, würden die Hände der Götter das vernichten, was Sie geschaffen hatten, denn Ihre Macht ist zu groß, und jene, denen Sie zu helfen suchten, waren zu schwach. Außerdem hatte Adon gesagt, dass den Göttern, wenn Sie sich denn einmischten, der Freie Wille beschnitten würde.

Trotzdem betete Aravan, hoffte wider alle Hoffnung, dass sich der Hohe Gott dennoch einmischte.

In dieser Nacht hielt er das blaue Steinamulett in der Hand, als er seine Worte an Allvater richtete. »Adon, wenn es Dein Wille ist, dann nimm die Seelen dieser kleinen Waerlinga an Dich. Aber falls es nicht Dein Plan ist, diese Kleinen in den Tod gehen zu lassen, dann sende Hilfe. Sende Hilfe, denn wir sind verzweifelt und haben nur noch sehr wenig Zeit.«

Nur Schweigen antwortete ihm.

Aravan drehte sich verzweifelt zu der großen Eiche um. »Ach Baum«, bemerkte er, »mir will scheinen, dass sich Adon an Seinen Schwur hält. Ich wünschte, du hättest die Macht zu helfen, dann würde ich rufen ... ich würde rufen.«

In den Zweigen schien sich plötzlich eine Dunkelheit zu sammeln und Aravan sog den Atem ein. Rasch schaute er zu den Sternen hinauf. Er konnte sie sehen. Sie funkelten immer noch am Himmel, kein Wölkchen war zu erkennen. Aber in den Zweigen der Eiche sammelte sich ohne Zweifel eine Dunkelheit.

Wie eine Rauchfahne glitt diese Dunkelheit hinab und wand sich um den gewaltigen Stamm der Eiche. Aravan griff nach seinem Speer, rief ihn jedoch nicht bei seinem Wahren Namen, denn das blaue Amulett fühlte sich eher warm an, keinesfalls eiskalt.

Der Elf riss die Augen auf, als plötzlich eine Stimme in

seinem Kopf hallte. *Freund.* Sie sprach in der Zunge der Verborgenen.

»Freund«, antwortete Aravan in derselben Sprache.

Ich habe dich nicht erkannt, bis du durch den Stein gesprochen hast. Die mentale Stimme klang weiblich, aber dessen war sich Aravan nicht wirklich sicher.

»Ich wusste nicht, dass der Stein die Macht hat zu rufen.«

Die hat er auch nicht. Aber er kann zu einem wie mir sprechen, ja, diese Macht hat er.

Der Schatten hatte das Moos am Fuß des Stammes erreicht und verwandelte sich zu einer unbestimmten Erscheinung, die etwa vierzig Zentimeter hoch war. Sie bewegte sich über den Boden, bis sie vor dem Elf verharrte. Aravan glaubte, eine undeutliche Dunkelheit in dem Schatten zu erkennen, als wäre das Wesen vor ihm noch kleiner und würde sich in den dunklen Schatten verbergen.

Du hast um Hilfe gerufen.

»Aye. Wir sind in größter Not. Die beiden Kleinen sterben an Gift, und wir verfügen über kein Gegenmittel. Wir können ihren Tod nur eine Weile hinausschieben. Aber bald haben wir keine Macht mehr, um die Hand des Großen Dunklen zu hemmen.«

Ist es nicht das Schicksal aller Sterblichen, eines Tages zu sterben?

»Aye, das stimmt. Aber ich möchte, dass sie eines natürlichen Todes sterben, und nicht dieses unverdiente Ende erleben.«

Welche Rolle spielen ein paar Jahre für einen Sterblichen? Sie vergehen doch so rasch wie eine Eintagsfliege letzten Endes.

»Welche Rolle ein paar Jahre spielen? Nun, sie haben aber nicht mehr als diese Zeit. Ich möchte ihr ohnehin kurzes Leben nicht um einen Augenblick verkürzen.«

Du sprichst sehr überzeugend, Aravan.

»Du kennst meinen Namen? Wie das?«

Du hältst den Stein, Elf.

»Wie darf ich dich nennen?«

Du kannst mich Nimué nennen, obgleich das nicht mein Wahrer Name ist.

»Kannst du helfen, Nimué?«

Der Schatten glitt über den moosigen Boden zu Gwylly und Faeril. Lange blieb Nimué vor jedem der beiden stehen, dann trat der Schatten zu dem Päckchen mit Güldminze und verharrte auch dort lange Zeit. Schließlich, beinah furchtsam, schwebte der Schatten zu Aravan zurück und berührte kurz das Amulett, bevor er hastig zurückwich, als hätte er Angst, zu dicht an dem Elf zu stehen.

Aravan wiederholte seine Frage. *»Nimué, kannst du helfen?«*

Vielleicht, doch was ich dir anbieten kann, ist ein zweischneidiges Schwert, das in beide Richtungen schneidet, beladen mit Gefahr.

»Gefahr?«

Hm. Es kann heilen oder töten. Was aber, das kann ich nicht sagen.

Aravan dachte nach. Nach einer Weile antwortete er: *»Ohne Hilfe sind sie auf jeden Fall tot. Besser eine Chance unter tausend Möglichkeiten als gar keine. So sprich, Nimué, ich höre zu.«*

Es gibt eine Blume, die nur des Nachts blüht: Nyktohrodon, die Nachtrose. Mische eine Blüte dieser Blume mit einem Blatt der Güldminze; dadurch vermischen sich die verfeinerten Mächte der Nacht mit der strahlenden Kraft des Tages.

Braue eine Tee daraus, je ein Blatt von beiden für je eines der Opfer. Tauche das Amulett hinein, wenn die Flüssigkeit siedet, denn ich habe den Stein berührt, und so wird er jetzt bei der Vereinigung helfen.

Die Vergifteten sollen diesen Tee in drei aufeinanderfolgenden Nächten trinken. Dann wartet fünf Tage und wiederholt die Prozedur.

Doch gebt Acht: Die Behandlung wird große Qualen verursachen, und darin liegt ihre zweischneidige Natur: Der Schmerz allein vermag die Sterblichen zu töten.

»Aber der so gemischte Tee vermag auch zu heilen?«

Ja.

»Wo finde ich dieses Nyktohrodon? Wie sieht es aus?«

Westlich von hier liegt eine schmale Schlucht ...

»Ich war da.«

In der Schlucht, nah an ihrem Rand, blüht die Nachtrose ...

»Und ihre Farbe?«

Mondweiß.

»Muss ich etwas Besonderes beachten?«

Pflücke nicht die Blume selbst, sondern nimm nur das, was du brauchst. Acht Blüten, von acht verschiedenen Pflanzen ... und zwar in der Dunkelheit, bevor der Mond aufgeht, denn auf die Blüten darf kein Mondlicht fallen, sonst verlieren sie ihre Macht, bis sich die Blüte in der nächsten mondlosen Nacht wieder öffnet. Und lass auch die Sonne nicht auf deine Ernte scheinen, sonst werden sie ebenfalls unwirksam. Wickle die Blüten in ein dunkles Tuch, um sie hierherzubringen. Und lass sie darin eingewickelt, bis du sie benutzt. Dies tu nur bei dunklem Mond und dunkler Sonne.

»Gibt es noch etwas zu beachten?«

Aye. Wenn du in der Nacht gehst, um die Blumen zu holen, so gib Acht, denn im Dunkel der Schlucht treiben böse Dinge ihr Unwesen.

»Geschöpfe aus Neddra?«

Die meisten. Aber nicht alle.

»Ich werde wachsam sein. Gibt es etwas, das du von uns erbitten möchtest?«

Nur dies: Wenn Ihr fertig seid und die Sterblichen gesund oder tot sind ... dann möchte ich, dass ihr in meinem Reich keine Flammen mehr entzündet.

»Aravan, sprichst du mit Faeril oder Gwylly?«, hörte Aravan plötzlich Riathas Stimme hinter sich. »Sind sie aufgewacht?«

Aravan blickte die Elfe an, die sich auf den Ellbogen stützte und zu den Wurrlingen hinüberspähte. Nach einem Atemzug wandte er den Kopf, aber das Schattenwesen Nimué war schon verschwunden, wohl geflohen. Aravans Blick zuckte zu der großen Eiche hin, und er glaubte zu erkennen, wie dort ein Dunkel rasch zwischen den hohen Zweigen verschwand.

Urus beschattete seine Augen mit der Hand. »Die Sonne geht unter.«

Aravan stand neben dem Baeron und blickte in die Schlucht hinab. Seinen Speer Krystallopyr hatte er sich über den Rücken geschlungen. »In einer Stunde ist es dunkel. Der Mond wird erst zwischen Mitternacht und der Morgendämmerung aufgehen. Wir haben etwa neun Stunden Zeit, die Blüten der weißen Nachtrose zu finden.«

Jeder trug seinen Kletterharnisch, obwohl sie geplant hatten, dass Aravan allein in den Spalt steigen und so viel Blüten sammeln sollte, wie er nur konnte, während Urus über ihm aufpasste und die Leine hielt.

Die Dämmerung senkte sich über die Berge, und kurz darauf wurde es finster. Schon bald schimmerten nur noch die Sterne auf die beiden herab.

Sie traten vor bis zum Rand der Schlucht, spähten hinab und suchten nach den weißen Blüten.

»Wann werden sie aufgehen?«, fragte Urus.

»Ich weiß es nicht«, antwortete Aravan. »Das hat Nimué nicht gesagt.«

Eine Stunde war verstrichen, als Urus plötzlich zischte: »Da, seht.«

In der Felswand, etwa drei Meter unter seinen Füßen, hatte eine weiße Blume ihren Kelch geöffnet und reckte nun ihre Blüten dem Licht der Sterne entgegen, als suchte sie deren schillernden Schein.

Rasch hackte Urus das Seil in Aravans Harnisch ein, und der Elf ließ sich rückwärts über den Rand hinab.

Als er die Blume erreichte, sog er ihren Duft ein. »Sie riecht ein wenig wie eine ganz gewöhnliche weiße Rose«, rief er leise zu Urus hinauf. »Nur noch feiner.«

Sorgfältig pflückte Aravan ein einzelnes Blütenblatt ab und schob es in die Tasche seines Wamses. Dann kletterte er wieder zum Rand hinauf.

Dort schichteten sie einen kleinen Steinhaufen auf, um die Stelle zu markieren, damit sie von dieser Blume nicht erneut ein Blatt pflückten.

Sie suchten weiter, während sie am Rand der Schlucht entlanggingen und in die Tiefe hinabspähten.

Erneut sah Urus eine Blume, und als Aravan ein Blütenblatt abpflückte, bemerkte er gleich daneben eine dritte Nachtrose.

Zwei Stunden verstrichen, bevor sie eine weitere Blume sahen, und als Aravan sich gerade in die Schlucht hinabgelassen hatte, rief er leise zu Urus hinauf: »Der blaue Stein, Urus, er wird kalt.«

Rasch stieg er wieder hoch. Die beiden Gefährten legten sich flach auf den Bauch und beobachteten den schattigen Grund der Schlucht. Schließlich hörten sie das Klappern eines Pferdes, doch das Echo verhinderte, dass sie erkennen konnten, woher das Geräusch wirklich kam. Schließlich bog ein Reiter um eine Kurve und ritt nach Süden. Er war leichenblass und hatte pechschwarzes Haar. Er trug einen schweren, dunklen Mantel über seiner Kleidung und hielt einen Speer mit bösartigen Widerhaken in der Hand. An seiner Taille hing ein Krummsäbel, und er trug eine schwarze Hose und schwarze Stiefel, aber keinen Helm. Dafür hatte er einen mit Stacheln besetzten Eisenkragen um den Hals, der so breit und dick war, als sollte er ihn davor schützen, geköpft zu werden.

Das Tier, auf dem er ritt, ähnelte einem Pferd, aber dennoch war es keines. Sondern eine haarlose Kreatur mit einem Spalthuf, und als es vorbeiritt, sahen die beiden, dass es einen schuppigen Schwanz hatte, der wie der eines Reptils aussah. Ein fauliger Geruch stieg zu den Betrachtern empor.

Plötzlich wieherte das Tier schrill und blieb stehen, blähte die Nüstern und warf den Kopf herum, als versuchte es, etwas oder jemanden zu wittern. Der Reiter fuhr es mit rauen, gutturalen Worten an, die eindeutig Slûk waren, aber auch er sah sich suchend um.

Aravan und Urus glitten vom Rand zurück, außer Sicht.

Einige Herzschläge später hörten sie ein gutturales Kommando, und dann entfernten sich die Hufschläge wieder. Nach einem Augenblick spähte Urus vorsichtig über den Rand. Er sah, wie sich Ross und Reiter nach Süden bewegten und um eine Biegung verschwanden. Sie waren offenbar dorthin unterwegs, wo angeblich Stokes Schlupfwinkel lag.

Als der Reiter außer Hörweite war, atmete Aravan aus. »Ghûlk! Auf einem Hèlross!«

Urus warf einen Blick über die Schulter auf sein und Aravans Pferd. Die Tiere waren etwas weiter entfernt an einen Busch gebunden, und er wusste, dass sie in Panik davongaloppieren würden, wenn sie die Witterung des Hèlrosses aufnehmen würden. Sie trampelten unruhig hin und her, als ihnen ein Hauch des Leichengestanks in die Nüstern stieg, beruhigten sich jedoch wieder, als der Wind ihn vertrieb.

Urus drehte sich erneut zu Aravan herum. »Glaubt Ihr, dass dieses Hèlross ihren Geruch gewittert hat? Ist es deshalb stehen geblieben? Wenn ja ...«

Aravan schüttelte den Kopf. »Nein, Urus. Mir scheint eher, dass es den Schutz des Amuletts gewittert hat; manche Kreaturen sind empfänglicher dafür als andere. Ich habe versucht, den Stein einzusetzen, um dieses Geschöpf weiterzutreiben. Vielleicht habe ich Erfolg gehabt, vielleicht aber auch nicht. Sei es wie es sei, aber diese Bestie und ihr Reiter sind jedenfalls verschwunden.

Trotzdem: Dass hier ein Ghûlk und ein Hèlross entlanggekommen sind, ist eine schlechte Kunde, denn ich dachte bislang, sie wären im Winterkrieg alle vernichtet worden.«

Urus knurrte. »Ich weiß nur das über diesen Winterkrieg, was man mir erzählt hat. Aber ich kenne diese Guula. Sie sind ein fürchterlicher Feind, beinahe unverwundbar. Wunden schaden ihnen nicht, es sei denn, sie stammen von einer silbernen Klinge oder einer besonderen Waffe.«

Aravan nickte. »Aye, aber es gibt noch etwas. Ein Holzpflock durch ihr Herz, ein Stock oder ein Speer oder sogar ein Pfeil, Enthauptung, Zerstückelung, Feuer, das Tageslicht; all das tötet die Ghûlka ebenfalls.«

Urus stand auf. »Trotzdem, Aravan, falls Stoke seine Verbündeten um sich schart, bekommen wir es mit einem schrecklichen Gegner zu tun.«

»Aye, Urus, und vergesst die Hèlrösser nicht, denn sie sind ebenfalls tödliche Feinde und dürfen nicht unterschätzt werden.«

Urus nahm das Seil hoch, das noch an Aravans Harnisch geklinkt war. »Auf was für Feinde werden wir in Stokes Moschee wohl noch treffen, frage ich mich. Auf Rutcha und Drôkha ganz gewiss, und wohl auch auf Guula und Hèlrösser ...«

Während sich Aravan wieder rückwärts über den Rand der Schlucht hinabließ, ergänzte er Urus' Liste. »Vergesst nicht die Vulgs, Urus. und falls Stoke tatsächlich unsere alten Feinde versammelt, dann stehen ihm vielleicht auch Trolle zur Verfügung.«

Urus verzog grimmig das Gesicht. »Ogrus«, murmelte er.

Nachdem Aravan die achte und letzte Blüte gepflückt hatte, stieg er wieder zum Rand der Schlucht hinauf. Urus sah zum Himmel hinauf und versuchte, die Nachtzeit abzuschätzen. Als Aravan seinen Harnisch ablegte, meinte er: »Uns bleibt noch etwa eine Stunde, bis der Mond aufgeht, Urus. Vielleicht genug Zeit, um noch heute Nacht mit der Behandlung zu beginnen.«

Der Baeron schlang sich das zusammengerollte Seil und seinen Kletterharnisch über die Schultern. »Dann lasst uns reiten.«

Sie liefen rasch zu ihren Pferden, lösten die Fußstricke, stiegen auf und trieben sie an. Sie ritten zu ihrem Schlupfwinkel in der Felswand. Das Terrain war jedoch so uneben, dass sie nicht galoppieren konnten, nicht einmal gemäßigt, obwohl sie hier und da in einen leichten Trab verfielen. Trotzdem benötigten sie weniger als eine Stunde für die drei Meilen.

Sie bogen in die dunkle Passage ein und kamen in der Senke dahinter wieder heraus. Die Elfenaugen und die des Bären vermochten die Umgebung in dem dämmrigen Schimmer des Sternenlichts gleichermaßen gut zu erkennen.

Riatha stand auf und kam auf sie zu. »Entzünde das Feuer, Dara«, rief Aravan. »Wir hatten Erfolg.«

Nach wenigen Augenblicken züngelte bereits eine winzige Flamme empor, deren Licht die Senke gegen das Licht der Sterne kaum erhellte.

Urus sattelte die Pferde ab, während Aravan und Riatha

die Behandlung erneut durchsprachen. Der Baeron striegelte ihre Pferde und war gerade mit einem fertig, als das Wasser kochte.

Riatha nahm den Topf von der Flamme, zerstückelte vorsichtig die Blüte der Nachtrose, bevor sie sie ins Wasser gab, und ließ sofort ein goldenes Blatt Güldminze folgen. Als sie die Nachtrose zerteilte, murmelte sie leise: »Maiglöckchen, Lorbeer und Rose« – das war eine Beschreibung des Duftes, der von der weißen Blüte aufstieg.

Aravan streifte sich das Band mit dem blauen Stein über den Kopf, tunkte das Amulett am Lederband kurz in die heiße Flüssigkeit und schwenkte es einmal langsam herum.

Riatha zerteilte ein weiteres Rosenblatt und gab es mit einem zweiten Blatt der Güldminze in das Wasser.

Dann saßen sie besorgt da, während Aravan rührte und ab und zu die Richtung änderte. »Wir haben nur noch eine Viertelstunde, bis der Mond aufgeht«, erklärte Riatha schließlich, die sich auf ihre Elfengabe verlassen konnte, die ihr den Stand der Sonne, des Mondes und der Sterne stets unfehlbar verriet.

Aravan rührte langsam weiter. »Er geht auf der anderen Seite der Bergkette auf, Dara. Trotzdem wäre es mir lieb, wenn wir diese erste Behandlung beendet hätten, bevor der Mond über den Horizont steigt.«

Urus war mit den Pferden fertig, kam zu ihnen und setzte sich neben sie.

Aravan beugte sich über den Tee, inhalierte das Aroma und hielt anschließend Riatha den Topf hin, auf dass auch sie daran röche. »Was denkst du, Dara? Ich kann weder die Güldminze noch die Nachtrose erkennen.«

Riatha sog den Duft ein. »Aye, der Trank ist fertig.«

Aravan füllte zwei Becher, nahm einen und kniete sich neben Faeril hin. Riatha ging zu Gwylly. Behutsam flößten sie den Wurrlingen die Flüssigkeit ein, aber immer nur tropfenweise, und Faeril und Gwylly schluckten sie in einem Reflex.

Nur langsam wurde der Trank weniger, die verzweifelten Elfen beeilten sich aber dennoch nicht, obwohl es nur noch Minuten dauern konnte, bis der abnehmende Mond über den Horizont stieg.

»Ich bin fertig«, sagte Riatha endlich und wischte Gwylly den Mund ab.

»Ich auch«, erklärte Aravan nur Sekunden später und stellte seinen Becher zur Seite.

»Keine Sekunde zu früh«, flüsterte Riatha, die sich auf die Hacken setzte. »Denn der Mond geht auf und zwar ... jetzt.«

Im selben Augenblick fing Gwylly an zu schreien.

Einen Herzschlag später stimmte Faeril in seine Schreie ein.

Während der nächsten drei Tage wechselten sich Riatha, Aravan und Urus ab, um vor den schrecklichen Schmerzensschreien der Wurrlinge zu flüchten, obgleich sie dem Schmerz in ihrem Herzen nicht entkommen konnten.

Riatha nahm die Wurrlinge abwechselnd in die Arme, wiegte sie an ihrer Brust und sang leise, während ihr die Tränen über die Wangen liefen, als sich die Kleinen in ihren Armen in unerträglichen Schmerzen wanden. Sie rissen die Münder vor stiller Qual auf und schrien ohne Pause, obwohl doch kein Geräusch mehr aus ihrem Mund drang, da sie sich schon in der ersten Stunde heiser geschrien und ihre Stimmen verloren hatten.

Nach der zweiten Behandlung öffneten Gwylly und Faeril die Augen, aber ihre Blicke waren wild und nahmen nichts wahr. Sie warfen sich herum, schlugen um sich, schlugen sich selbst und wären geflohen, wenn sie es vermocht hätten. Ihre schrillen Worte schnitten tief in die Herzen derer, die sie pflegten: *Es brennt! Es brennt! Alles brennt! Oh, Adon, wie es brennt!*

Urus schlug vor, die beiden in das Becken zu tauchen, aber das schien es nur noch schlimmer zu machen. Also hielten sie die Kleinen in den Armen, versuchten vergeblich, sie zu trösten, während ihnen die unaufhörlichen, lautlosen Schreie fast das Herz zerrissen, obwohl sie nur als fauchende Luft herauskamen.

Als sie die dritte Gabe von Güldminze und Nachtrose verabreichten, sah Gwylly Riatha in die Augen. Sein Blick war wirr, panisch, und mit einer kaum verständlichen, heiseren Stimme krächzte er: *»Oh, Adon, warum quälst du mich so?«*

Als Riatha versuchte, ihn dazu zu bringen, den Tee zu trinken, stieß er ihre Hand weg. *»Nein«*, fauchte er fast unhörbar, *»nein, nein, nein …«*

Sie mussten den Bokker zu zweit bändigen, während ihnen der Dritte den Tee gewaltsam einflößte.

Sie weinten, während sie es taten.

Dann wiederholten sie dasselbe bei Faeril, die ebenfalls fast wahnsinnig vor Schmerzen war.

Aravan schrie so laut, dass es die ganze Welt hören konnte: »Emir! Schurke! Dafür wirst du sterben!«

Während des nächsten Tages wurden die heiseren Schreie der Wurrlinge langsam weniger und hörten dann kurz vor Einbruch der Dämmerung vollkommen auf. Riatha hörte den Herzschlag der beiden ab. »Oh, Adon, Ihr Leben hängt nur an einem dünnen Faden!«, sagte sie, als sie sich wieder aufrichtete. Ihre Augen schwammen in Tränen.

Aravan sah zu der Eiche hinüber. »Nimué sagte, es wäre ein zweischneidiges Schwert, das in beide Richtungen schneidet. Leben oder Tod, wir wissen nicht, was es bringen wird.«

Die Stille in der Senke lastete schwer auf allen. Nur das leise Rieseln des Wassers war zu hören. »Schlaft«, sagte Aravan schließlich. »Ich werde wachen.«

Zu erschöpft, um zu widersprechen, legten sich Riatha und Urus hin und schliefen sofort ein.

Drei Stunden vor Tagesanbruch regte sich Faeril, rollte sich auf die Seite und sah Aravans Silhouette vor dem Licht der Sterne. Sie versuchte zu sprechen, doch vergeblich. Ihre Stimme fehlte.

Aravan kniete sich rasch neben sie, fühlte ihren Puls, zog sie an sich und küsste sie auf die Stirn. Tränen der Erleichterung traten ihm in die Augen.

Erneut versuchte sie, etwas zu flüstern, vermochte es jedoch nicht. Trotzdem spürte Aravan, was sie wollte, und reichte der Damman einen Becher Wasser und einen Zwieback. Aber sie schlief ein, noch bevor sie beides verzehren konnte.

Zwei Stunden später wachte Gwylly auf. Sein Puls schlug kräftig. Aravan umarmte und küsste ihn und gab auch ihm Wasser und Zwieback. Der Bokker verzehrte beides, bevor er zusammenbrach und einschlief.

Am nächsten Tag schlief Aravan. Riatha und Urus wachten über die Wurrlinge.

Am Nachmittag wachte Gwylly auf, und nachdem er Wasser und Zwieback gegessen und getrunken hatte, wachte auch Faeril wieder auf.

Gwylly lächelte seine Dammia an, und sie erwiderte sein Lächeln schwach. Er kroch ein Stück auf sie zu, gab ihr einen Kuss und flüsterte ihr etwas ins Ohr. Sie grinste breit und hätte auch gelacht, hätte sie schon wieder Gewalt über ihre Stimme gehabt. Trotzdem winkte sie Urus heran und flüsterte ihm etwas ins Ohr. Sein dröhnendes Gelächter rollte durch ihren Schlupfwinkel.

Dann wandte sich Urus an Riatha. »Gwylly hat gesagt: ›Diese Abenteuer machen wirklich Spaß, was?‹«

Erneut hallte Lachen durch die Senke.

Die Tage verstrichen langsam. Riatha, Urus und Aravan erholten sich rasch von ihren anstrengenden Tagen und Nächten, Faeril und Gwylly dagegen benötigten länger für ihre Genesung.

Aravan schilderte dem Bokker und der Damman, was ihnen zugestoßen war, erzählte von ihrer Rettung und Flucht, und wie sie diesen Schlupfwinkel gefunden hatten, von Nimué und den Nachtrosen, von dem Ghûlk und dem Hèlross und von den Behandlungen.

Urus schilderte, wie der Bär zweimal gebrüllt, beim ersten Mal ihre Rettung damit gefährdet und beim zweiten Mal die Verfolger abgeschreckt hatte.

Die Wurrlinge lachten lautlos über diese letztere Schilderung, denn ihre Stimmen waren immer noch nicht zurückgekehrt.

Riatha erinnerte sie daran, dass ihnen noch eine Behandlung bevorstand, und zwar schon bald.

In der tiefsten Nacht schwenkte Gwylly den Becher mit dem Tee in der Hand. Dann drehte er sich zu Faeril herum und hob ihn hoch. »Ich liebe dich«, stieß er heiser hervor und trank den Becher in einem langen Zug leer.

»Ich dich auch, mein Bokkerer«, erwiderte Faeril, deren Stimme nur ein raues Krächzen war, und leerte ihren Becher ebenfalls mit einem Zug.

»Mir ... wird heiß«, sagte Gwylly fast augenblicklich, und Faeril nickte.

»Oh, oh ... das brennt. Es brennt. Alles brennt!« Gwylly griff mit schmerzverzerrtem Gesicht nach Faerils Hand. Sie streckte ihre eigene Hand aus, aber noch bevor sie sich berührten, begannen sie zu kreischen und warfen sich, von Qualen geschüttelt, herum.

Riatha nahm Faeril und Urus Gwylly in die Arme. Sie hielten die beiden kreischenden Wurrlinge, wiegten sie sanft und weinten.

Aravan dagegen ging rastlos auf und ab, kaum imstande, seinen unbändigen Zorn zu bändigen.

In der Stunde vor Mitternacht glitt ein Schatten von der Eiche herab und kroch an die Seite der schlafenden Wurrlinge. Vor jedem der Kleinen blieb er lange stehen. Schließlich kehrte er zu dem Baum zurück. Aravan ging zu dem Becken darunter, das Amulett in der Hand.

»Nimué …«

Diesmal hat das Schwert den einen Weg geschnitten, das nächste Mal jedoch könnte es sehr gut auch den anderen nehmen.

»Sag mir, Nimué, hat das Schwert den Tod vertrieben, oder stattdessen das Leben zerstört?«

Deine beiden sterblichen Freunde, Aravan, scheinen von einem zähen Geschlecht abzustammen, denn mir scheint, sie werden beide leben.

Aravan sank auf den Boden, schlug die Hände vors Gesicht und schluchzte so laut, dass Riatha davon erwachte.

17. KAPITEL

GENESUNG

Anfang 5E990
(Gegenwart)

»Es fühlte sich an, als würden alle Fasern meines Körpers brennen«, flüsterte Gwylly. Sein Rachen war rau und seine Stimme kaum zu verstehen. »Aber mein Körper erinnert sich nicht an den Schmerz, nur mein Verstand.«

Riatha strich dem Bokker über die Hand. »Es ist gut, dass Ihr den Schmerz der Vergangenheit nicht mehr fühlen könnt, sonst würdet Ihr schon bei der bloßen Erinnerung daran sterben.«

»Warum hat es nur so wehgetan, Riatha?«, erkundigte sich Faeril. Ihre eigene Stimme war ebenfalls nur ein heiseres Flüstern. »Warum war das Gegenmittel schmerzhafter als das Gift selbst?«

»Das kann ich nicht mit Sicherheit sagen, Faeril, aber mich deucht, dass die beiden Gifte wahrlich ein Feuer entzündet haben, dass die Mischung aus Nachtrose und Güldminze das Gift des Emirs suchten und es schließlich verbrannten. Es lag eine lange Zeit zwischen der Einnahme des Giftes und der Kur mit dem Gegenmittel. Deshalb konnte das Gift Euer ganzes Wesen durchdringen, und deswegen hat auch das Gegenmittel Euren Körper ganz und gar mit seinem Feuer reinigen müssen.«

»Ich weiß nur«, sagte Gwylly, »dass es wie ein Feuersturm brannte.«

Faeril lächelte. »Wirklich, Gwylly, es war eine Flammenhölle ... jedenfalls fühlte es sich so an.«

»Der Emir soll verflucht sein!«, knurrte Urus. »Er hat versucht, uns zu etwas zu zwingen, das wir schon selbst auf unsere Fahnen geschrieben hatten.«

»Und für diese Verfehlung wird er zahlen«, setzte Aravan hinzu.

»Vielleicht haben wir ja bei seinem Vergehen mitgeholfen«, flüsterte Faeril.

Riatha sah sie erstaunt an. »Wie denn dies?«

»Hätte er gewusst, dass Gwylly und ich Wurrlinge sind, so hätte er vielleicht Krieger in uns gesehen und keine Kinder von Elfen, Jünglinge, die die Aufgabe vielleicht sogar behinderten. Vielleicht hätte er darauf gehört, dass wir unseren Schwur erfüllen wollten, Stoke zu erledigen, statt zu versuchen, Euch drei zu zwingen, Stoke zu töten, während er uns als Geiseln hielt.«

Aravan sprang auf und ging hin und her. »Nein, Kleine«, widersprach er schließlich. »Mir scheint, diese Art von Niedertracht lebte schon immer in seinem Herzen. Er wusste, dass wir kommen, er kannte uns. Wie aber das?, frage ich.

Es ist sicher, dass Stoke irgendwie von unserer erbarmungslosen Jagd auf ihn erfahren hat und sich der perfiden Hilfe des Emirs versicherte.

Und was die Geiselnahme angeht ... Pah! Seine Versprechungen waren doch von Anfang an falsch.

Trotzdem will er Stokes Tod – und hat versucht, dies durch seine verruchte List zu erreichen.«

Gwylly griff nach einem Zwieback. »Wenn er Stokes Tod will«, flüsterte der Bokker, »warum hat er dann nicht einfach seine Armee zu der Moschee geschickt und den Baron getötet? Oder ist mit ihnen gegangen, um Stoke selbst zu erledigen?«

Aravan unterbrach seine rastlose Wanderung und setzte sich wieder hin. »Erstens, Gwylly, der Emir würde niemals selbst gehen. Denn damit begäbe er sich in Gefahr ... und wir wissen, dass er ein Feigling ist, der den Tod durch die Hand eines Meuchelmörders fürchtet. Habt Ihr nicht gesehen, wie er sich mit Wachen umgibt? Und er nimmt keine Nahrung zu sich oder ein Getränk, ohne dass ein Vorkoster es geprüft hat. Nein, er würde nicht mit seiner Armee dorthin reiten, sondern seinen Willen stattdessen durch andere ausführen lassen.

Zweitens kann er seine Armee nicht entsenden, da er selbst sagte, dass Stoke in der Gunst des Sultans von Hyree steht. Der Emir würde aber niemals offen gegen den Sultan vorgehen.

Doch merkt auf: Indem er uns schickt, kann er seine Hände in Unschuld waschen. Keine rebellische Handlung wird so bis zu ihm zurückverfolgt werden. Sollte es uns gelingen, Stoke zu töten, und sollte ihn der Sultan dafür zur Rede stellen, wird der Emir behaupten, dass wir Fremde auf der Durchreise waren und es keinen Grund gab, misstrauisch zu sein. Warum hätte er auf die Idee kommen sollen, dass wir vorhatten, den Baron zu töten?

Wäre der Plan des Emirs aufgegangen – und wir hätten Erfolg bei unserer Mission gehabt –, so hätte er uns, wenn wir versucht hätten, die Geiseln auszulösen, bei unserer Rückkehr zweifellos ohne Gewissensbisse ermordet, um dem Sultan melden zu können, dass er die Mörder exekutiert hätte.

Und wären wir seinem Plan gefolgt, aber dabei gescheitert, so hätte der Emir Stoke gegenüber einfach behauptet, dass wir ihm entkommen wären, er aber zumindest Euch beide getötet hätte.

Doch da ihr jetzt gerettet seid, wird er, falls wir scheitern und Stoke obsiegt, einfach behaupten, wir alle wären entkommen.«

Aravan verstummte und Faeril schüttelte bedauernd den Kopf. »Dieser Emir ist gerissen und heimtückisch. Ganz gleich, ob wir siegen oder scheitern, er hat eine richtige Antwort für den Sultan oder den Baron bereit, je nachdem, wer ihn zur Rede stellt.«

»Meiner Seel, was für ein bemerkenswerter Ort das ist«, zischte Gwylly, und Faeril nickte zustimmend.

Die beiden trotteten über das Moos unter der Eiche, und Faeril blickte in die Zweige hinauf, ob sie vielleicht Nimué erspähte. Aber sie sah nur die Äste und die grünen Blätter. »Hoffentlich stört sie das nicht«, flüsterte Faeril, als sie und ihr Bokkerer sich auszogen und in das kühle Wasser glitten.

»Warum glaubst du, dass Nimué eine Sie ist?«, wollte Gwylly wissen, der zitterte und zusah, wie er von dem kalten Wasser eine Gänsehaut bekam.

»Ich weiß es nicht. Aber diese wundersame Senke passt irgendwie besser zu einer Sie als zu einem Er.«

Gwylly tauchte unter, prustete und rieb sich das Wasser aus den Augen. »Der Boden des Beckens ist sandig. Da wir keine Seife haben, muss das genügen.« Er hielt Faeril eine Handvoll Sand hin.

Sie schrubbten ihre Haut und wuschen sich ihr Haar, tauchten unter, um den Sand auszuspülen und vom Boden des Beckens sauberen zu holen. Gwylly trat zu Faeril hinüber. »So, Liebste«, sagte er, »jetzt lass mich dir den Rücken waschen.«

Faeril lächelte, hob ihr Haar von ihrem Hals und wandte ihrem Bokkerer den Rücken zu. »Du weißt genau, wohin das führt, wenn du mir den Rücken wäschst.«

»Allerdings, Liebste, das weiß ich. Ganz genau.«

Kurz darauf hörte man in dem Moos unter der schützenden Eiche jemanden flüstern: »Ich hoffe sehr, dass Nimué so anständig ist wegzusehen.«

Zwei weitere Tage verstrichen, in denen sich die Wurrlinge erholten. An diesem Tag waren Urus und Aravan, die nicht das Herz hatten, die Tauben zu töten, die in die Senke kamen, weggeritten, um zu jagen. Als sie zurückkamen, hatten sie ein paar Bergschnepfen erbeutet. Und als der Wind am Nachmittag über die Berghänge fegte, entzündete Urus ein kleines Feuer außerhalb ihres Refugiums und briet die Vögel.

Es war das erste Fleisch, das sie seit siebzehn Tagen bekamen.

Als sie dasaßen und aßen, fragte Gwylly mit vollem Mund und heiser: »Riatha, eines gibt mir noch Rätsel auf. Wie kann ein solches Monster wie Baron Stoke die Gunst des Sultans von Hyree erlangen?«

»Das wissen nur die beiden selbst mit Gewissheit«, erwiderte Riatha, »aber vielleicht gibt es einige Hinweise. Führen wir sie auf:

Im Großen Bannkrieg und auch im Winterkrieg stand Hyree beide Male auf der Seite des Feindes.

Zu beiden Zeiten beteten sie Gyphon an, den Großen Betrüger.

Als wir durch Nizari kamen, sahen wir aufgegebene Moscheen und zerstörte Minarette. Als Faeril nach dem Grund fragte, sagte der Emir, dass zu Zeiten seines Großvaters die *imâmîn*, die Kleriker, gestürzt worden wären, weil sie einem falschen Propheten folgten statt dem Wahren Gott, und dass sie dies fast neunhundert Jahre lang getan hätten.

Doch hört: Neunhundert Jahre vor der Zeit des Großvaters des Emirs tobte der Winterkrieg, in dem Hyree Gyphon anbetete.

Und nach dem Krieg herrschte die Wüstenreligion des Propheten Shat'weh in Hyree. Also waren diese Moscheen und Minarette die von Shat'weh, die der Emir einen falschen Propheten nannte.

Der Emir hat weiterhin erklärt, Hyree wäre zu ihren alten Sitten zurückgekehrt, zum Wahren Glauben. Und das kann nur einer sein, der zu ...«

»Gyphon!«, unterbrach Faeril sie. »Oh, Riatha, jetzt verstehe ich auch, warum du mich unterbrochen hast, als ich den Emir nach den Moscheen und Minaretten fragte, nach den falschen Propheten und dem Wahren Glauben ...«

Riatha nickte. »Aye. Wir wussten damals noch nichts von seiner Heimtücke, und ich wollte nicht, dass er glaubte, wir wüssten genug von ihrem Glauben an Gyphon, um dem Hochkönig in Pellar davon berichten zu können.«

»Das verheißt nichts Gutes für Mithgar«, sagte Aravan.

»Noch ein Krieg um die Vorherrschaft, denkt Ihr?«, wollte Urus wissen.

Aravan spreizte die Hände und hob die Handflächen nach oben. »Wer weiß? Aber eines ist klar: Als der Große Bannkrieg endete, lebten noch Sterbliche in Adonar, und als sie nach Mithgar zurückkehrten ...«

»Aber ich dachte, die Wege zwischen den Ebenen wären versperrt worden, bevor der Krieg endete«, mischte sich Gwylly ein.

»Nicht für die vom Blute Mithgars, Gwylly. Der Weg nach Mithgar war für sie offen, und er ist es immer noch. Nur für die Elfen ist er versperrt. So wie der Weg nach Adonar für die Elfen offen steht, aber für die Sterblichen unpassierbar ist.«

»Ach ja«, fiel dem Bokker wieder ein. »Das habe ich vergessen.«

»Jedenfalls haben die Sterblichen die Kunde mitgebracht, dessen nämlich, was geschehen ist, als Gyphon unter Adons

Verdikt fiel. Der Betrüger wurde jenseits der Sphären verbannt, doch noch bevor er in Den Abgrund fiel, sprach er: *›Selbst jetzt habe ich Ereignisse in Bewegung gesetzt, die Du nicht aufhalten kannst! Ich werde zurückkehren! Ich werde erobern! Ich werde herrschen!‹*

Der Myrkenstein war eines dieser Ereignisse, welches Gyphon vorhergesagt hatte, und er hat den Winterkrieg verursacht. Wer weiß schon, welche Listen er noch ausgeheckt hat, die er jetzt nutzen kann?«

»Oh, mir läuft ein Schauer über den Rücken«, meinte Gwylly.

»Mir auch«, erklärte Faeril und legte den Kopf auf die Seite. »Aber was hat das mit Stoke zu tun?«

Jetzt ergriff Urus das Wort. »Der Sultan würde Stoke nur wohlgesonnen gegenüberstehen, wenn er einen mächtigen Bundesgenossen in ihm sähe. Denn Stoke zieht die Brut an. Vielleicht glaubt der Sultan ja, dass Stoke ihm eine Armee aus diesen Kreaturen zur Verfügung stellen kann. Eine Armee, mit der er die Nacht regieren könnte!«

»Meiner Seel!«, hauchte Gwylly. »Könnte das die Vorbereitung für einen weiteren Krieg mit Gyphon sein? Wenn ja, dann wann, frage ich mich.« Der Bokker sah sich unter seinen Gefährten um, aber keiner wusste eine Antwort.

»Wenn wir Erfolg haben«, meinte Urus schließlich, dann haben wir wenigstens Stoke aus den Reihen der Feinde getilgt.«

Der Baeron stand auf und sah in den Himmel. Die Sonne ging hinter den Berggipfeln bereits unter. »Ich werde eine Schaufel holen und das Feuer und die Knochen vergraben, denn die Nacht kommt, und ich will nicht, dass ihr Geruch weiter in der Luft hängt.«

»Man hat uns gesagt, dass die Moschee nur einen knappen Tagesritt von Nizari entfernt liegt«, meinte Faeril. Ihre

Stimme hatte sich mittlerweile vollkommen erholt. »Aber der Ghûl, den Ihr auf seinem Hèlross gesehen habt, ging bloß Schritt. Das kann nur eines bedeuten: Irgendwo unterwegs muss es einen sicheren Unterschlupf für diejenigen geben, die unter dem Bann leiden … einen Spalt vielleicht, eine Höhle oder dergleichen, einen Ort, an dem sie kein Sonnenlicht trifft.«

Urus nickte und sah Aravan lächelnd an. »Wir hätten zu derselben Schlussfolgerung kommen können, wir sind es jedoch nicht, Aravan. Diese Waldana sind klug … jedenfalls diese hier.«

Faeril grinste erfreut. »Ich hatte gute Lehrer«, meinte sie.

»Nein, Kleine«, widersprach Aravan. »Klugheit ist etwas, das wir nicht lehren können. Wir können sie höchstens ein wenig fördern.«

»Sprecht weiter, Faeril«, drängte Riatha. »Was würdet Ihr also vorschlagen zu tun?«

»Wenn es wirklich ein anstrengender Tagesritt bis zu der Moschee ist«, antwortete die Damman, »und wenn wir am Tage reiten, dann werden wir dort ankommen, wenn es Nacht ist. Und in der Nacht sind Rukhs und ihresgleichen am stärksten, denn dann müssen sie die Sonne nicht fürchten.

In der Nacht jedoch können wir nicht reiten, vor allem nicht durch die Schlucht, denn dann benutzt die Brut ihn selbst.

Ich glaube sogar, wir sollten gar nicht durch diese Schlucht reiten, sonst hinterlassen wir Spuren für die Vulgs, denen sie folgen können. Vor allem wenn es irgendwo einen Zufluchtsort für die Brut in der Schlucht gibt oder in ihrer Nähe. Denn dann werden sie vermutlich Patrouillen aufstellen, und ich möchte nicht, dass sie uns dort finden. Stattdessen sollten wir eine Route suchen, die es uns erlaubt, die Schlucht ganz zu vermeiden, damit wir keine Fährte zurücklassen, über die sie stolpern.

Also schlage ich Folgendes vor: Wir reiten tagsüber am Rand entlang, und halten uns vor allem nachts von der Schlucht fern, weil wir uns dann vor den Feinden verbergen müssen.

Wenn wir aber die Moschee finden, so sollten wir, sofern es möglich ist, noch bis zum Tagesanbruch warten, bevor wir sie betreten. So können wir uns, falls wir es nämlich mit einer Übermacht zu tun bekommen, zurück in die Sonne flüchten.«

Faeril verstummte, und für eine Weile sagte niemand etwas. Schließlich brummte Urus: »Seht Ihr, ich habe doch gesagt, dass diese Waldana gerissen sind.«

Als die anderen nickten und dem Plan zustimmten, umarmte Gwylly seine Damman und küsste sie. »Und du gehörst mir«, flüsterte er. »Mir ganz allein.«

Am zweiundzwanzigsten Tag nachdem sie dieses Refugium entdeckt hatten, bereiteten sich die fünf im Morgengrauen zum Aufbruch vor.

Vor einer Woche hatten Faeril und Gwylly die Sachen durchsucht, die Riatha für die Wurrlinge aus der Zitadelle gerettet hatte, und fanden darunter fast alles, was sie für die folgenden Tage benötigten: Waffen, ihre Kletterausrüstungen, Kleidung und anderes. Als sie die Dinge sortierten, hatte Riatha gesagt: »Noch als uns der Emir von Euch getrennt hat, wussten wir, dass wir Euch holen würden. Deshalb haben wir auch Eure Waffen von dem Tisch mitgenommen, als wir gingen, und ich habe alles andere bereits zuvor gepackt. Wären die Wachen aufmerksam gewesen, so hätten sie gesehen, was wir taten und uns aufgehalten. Doch sie waren nachlässig, also haben wir das hier alles gerettet.«

Und jetzt war die Zeit gekommen, ihre Mission fortzusetzen. Die Zeit der Genesung und Planung war zu Ende.

Während Riatha, Urus, und Aravan die Pferde sattelten und beluden, schnallten sich Gwylly und Faeril ihren Kreuzgurt, die Kugeltaschen, die Wurfmesser und die Schleuder um, dazu Dolche und Langmesser. Sie trugen ihre Wüstenkleidung und ließen die Seide und das Satin des Emirs zurück, denn das hatten sie getragen, als sie befreit wurden. Sie hatten die Garderobe gewaschen und fein säuberlich zusammengefaltet unter die Eiche gelegt. Die prachtvollen Gewänder sollten ein Geschenk an Nimué sein. Schließlich war alles fertig, und nach einem letzten Blick auf ihr wundersames Refugium drehten sie sich um und gingen hinaus.

Urus und Riatha führten die Pferde voran, Faeril und Gwylly folgten ihnen. Aravan jedoch verweilte noch einen Augenblick, den blauen Stein in der Hand. Als seine Gefährten in der Passage verschwunden waren, hallte seine ruhige Stimme durch die Senke.

»Nimué, wir danken dir dafür, dass wir dein Refugium nutzen durften, einen Zufluchtsort, den wir wahrlich dringend benötigten. Doch noch mehr danken wir dir für das Leben der Waerlinga, denn sie sind uns teuer – und die Welt ist ein besserer Ort, wenn sie hier leben.

Wir gehen jetzt, um alte Verfehlungen zu sühnen und die Welt von einem Monster zu befreien. Sollten wir überleben und es etwas gibt, was wir für dich tun können ...«

Der Elf verstummte, aber nur Schweigen antwortete ihm.

Er drehte sich herum und führte sein Pferd zu dem Durchlass im Stein. Doch ehe er die Passage betreten konnte ...

Freund, ertönte die lautlose Stimme.

Freund, antwortete Aravan und wartete gespannt ... Aber mehr kam nicht, also trat er auch hinaus, wo seine Gefährten im Licht des frühen Tages warteten.

Sie ritten nach Süden. Gwylly saß vor Riatha auf dem Rist des Pferdes, und Faeril saß ebenso vor dem Elf Aravan.

Das Land war rau und widriger, als sie es erwartet hatten, aber Urus betrachtete dies als einen Vorteil. »Stokes Schergen werden nur schwerlich hier entlangreiten, sondern lieber den einfachen Weg durch die Schlucht nehmen.«

Also ritten sie über felsige Kämme, zerklüftete Plateaus und von Felsbrocken übersäte Hänge und kamen ab und zu an Spalten, um die sie lange Umwege machen mussten oder aber hinübersprangen, wenn diese nicht zu breit waren. Dafür schwangen sich die Wurrlinge hinter den Rücken der Reiter und hielten sich fest. Die Pferde nahmen Anlauf, sprangen ab, flogen durch die Luft und landeten sicher auf der anderen Seite.

Sie ritten tagsüber und machten viele Pausen, damit die Pferde verschnaufen konnten, und manchmal stiegen sie auch ab und führten sie am Zügel. Als sich die Sonne dem westlichen Horizont näherte, suchten sie das Terrain nach einem geeigneten Unterschlupf ab und fanden in einer nahen Felswand einen schmalen Spalt, der in einer Sackgasse endete.

Sie vermuteten, dass sie an diesem Tag höchstens fünf Werst geschafft hatten, knapp fünfzehn Meilen.

Sie hielten abwechselnd Wache, und der jeweils Wachende hielt Aravans Amulett. Die Temperatur des Steins fiel und nahm wieder zu, wurde kühl und kühler, und dann wieder wärmer. Aber niemals wurde er eiskalt.

Um Mitternacht zog ein Vollmond über ihnen seine Bahn, und der Hang war beinahe taghell erleuchtet. Doch trotzdem, als der Stein kalt wurde, sahen sie keinen Feind. Und jeder Wachende schloss daraus, dass die Feinde unten in der fernen Schlucht patrouillierten.

Der zweite Tag verlief beinahe genauso. Sie ritten durch das zerklüftete Land, blieben immer in Sichtweite der Schlucht und ließen sich von ihr zu ihrem Ziel führen. Wo genau sich diese Moschee befand, hatte ihnen der Haushofmeister des Emirs nicht sagen können. »Irgendwo in der Nähe der Schlucht, wurde mir berichtet.« Mehr hatte Abid nicht gesagt.

Und so ritten sie oben am Rand der Schlucht entlang und ließen sie weit rechts liegen. Und von jeder Anhöhe, jedem Kamm und jedem Hügel auf ihrem Weg suchten sie die Landschaft in der Ferne ab, nach Minaretten, Kuppeln, Türmen ... sie suchten überall, sahen jedoch keine.

Als es Abend wurde, kamen sie an einen Bach, der aus der Bergflanke floss. Sie folgten ihm stromaufwärts und entdeckten, dass er aus einer Spalte strömte. Sie blieben jedoch nicht darin, weil sie sich weit in den Berg hinein erstreckte, weiter, als sie forschen konnten. »Diese Spalte führt Wasser und könnte ein Schlupfwinkel der Ruchen sein«, vermutete Riatha. Sie kniete neben dem Bach und füllte ihren Trinkschlauch stromaufwärts von den saufenden Pferden. »Ich möchte mich nicht gern dort verstecken, wohin die Brut kommen könnte. Suchen wir lieber woanders nach einem Platz.«

Als die Sonne sank und es Nacht wurde, lagerten sie eine Meile von dem Spalt entfernt zwischen einigen großen Felsbrocken.

Sie hielten in derselben Reihenfolge Wache wie an den Tagen zuvor. Erst Aravan, dann Gwylly, Faeril, Riatha und Urus.

Es war kurz vor dem Morgengrauen, als der Stein eiskalt wurde und Urus die Silhouette eines großen, fliegenden *Dings* sah, die sich von dem Mond abhob und nach Süden strebte.

»Stoke!«, zischte er.

Dann war die Silhouette verschwunden.

Der Baeron weckte die anderen nicht.

Sie ritten den ganzen folgenden Tag zwischen großen Felsbrocken hindurch und folgten einer schwierigen Route nach Süden. Manchmal ritten sie aus der Deckung und konnten sich orientierten – suchten die Schlucht. Manchmal jedoch, wenn sie länger geritten waren, ohne dass sie diese Felsen hätten verlassen können, blieben sie stehen, und einer von ihnen kletterte auf einen Felsbrocken, um zu sehen, wo sich die Schlucht befand, und den anderen zuzurufen, welche Richtung sie einschlagen mussten. Einmal stießen sie gänzlich unerwartet an einen Abgrund und spähten plötzlich in die Schlucht hinein. Denn sie hatte eine scharfe Biegung gemacht und ihren Weg schräg gekreuzt. Sie zogen sich hastig zurück und schlugen einen weiten Bogen um diese Kurve.

Schließlich jedoch ließen sie die Felsen hinter sich und erreichten den Fuß einer langen Hügelkette, die allmählich anstieg. Als sie den Kamm der Kette erreichten, sahen sie unvermittelt in der Ferne, weit vor sich in den Bergen, eine große, von Wällen umringte Moschee, deren Gebäude in der Nachmittagssonne mattrot schimmerten. Die Kuppel glühte blass orangefarben. Und an einer Seite erhob sich ein schlankes Minarett.

Gwylly schlug das Herz bis in den Hals, das Blut rauschte ihm in den Ohren. Er sah Faeril an und bemerkte, dass auch sie ihn anstarrte. Ihr Blick war grimmig. Erneut schaute er zu der Moschee hin.

Aus dieser Entfernung sahen sie zwar keine Bewegungen irgendwelcher lebendiger Kreaturen, aber keiner von ihnen hegte den geringsten Zweifel ...

Irgendwo dort lag ein Monster auf der Lauer.

18. KAPITEL

MOSCHEE

Anfang 5E990
(Gegenwart)

Urus warf einen Blick auf die untergehende Sonne. »Ich glaube nicht, dass wir die Moschee noch bei Tageslicht erreichen und unsere Mission vollenden können. Auch wenn es mir widerstrebt, ihm zu folgen, aber Faerils Plan ist klug. Der Tempel muss bis morgen früh warten. Also müssen wir einen Unterschlupf für die Nacht suchen. Klettern wir ein wenig höher, zu einer Stelle über der Moschee, damit wir darauf heruntersehen und unsere Pläne danach schmieden können, was wir dort erkennen.«

Sie musterten den Berg, bemerkten mehrere mögliche Verstecke und entschieden sich schließlich für eine Ansammlung von Spalten und Klippen auf einem horizontalen Kamm, der ein wenig höher lag als das Plateau mit der Moschee.

Sie ritten hinauf und führten die Pferde gelegentlich am Zügel, um ihnen die Last zu erleichtern. Währenddessen ging die Sonne unter.

»Puh«, schnaufte Gwylly. »Diese Klippen sind weiter entfernt, als es aussieht.«

»Stimmt«, erklärte Urus. »Die Berge können einen täuschen, was die Entfernungen betrifft. Das hat etwas mit ihrer Größe zu tun.«

»Wie eine Luftspiegelung? Eine Fata Morgana?«, erkundigte sich der Bokker.

»Mehr wie eine Täuschung«, warf Faeril ein, die über einen Überhang kletterte.

Während sie hinaufkletterten, warfen sie immer wieder Blicke zu der Moschee und deren Umgebung hinüber, konnten jedoch keine Bewegung entdecken. Die Sonne ging rasch unter, und ihre kupferroten Strahlen wurden im Westen bereits von der Dunkelheit verschluckt.

»Himmel!«, rief Gwylly. »Mir ist gerade ein schrecklicher Gedanke gekommen. Wenn in diesen Klippen nun die Brut herumschwärmt?«

»Dann steht uns ein Kampf bevor«, erwiderte Aravan.

»Es geht um alles oder nichts«, setzte Urus hinzu. »Dazwischen gibt es nichts.«

»Wir werden bald schon ganz genau wissen, ob unsere Entscheidung klug war«, meinte Faeril, während sie das letzte Stück der Steigung hinaufging. Sie zogen ihre Pferde hinter sich her.

Schließlich erreichten sie die Felszacken, deren steinerne Pfeiler wie große, steinerne Wächter emporragten, welche die Hänge nach Westen beobachteten. Die rötlichen Strahlen der untergehenden Sonne schimmerten auf ihren unnachgiebigen Flanken. Ein Labyrinth aus kleineren Schluchten durchzog dieses Steinfeld. Es war ein Feld, zum Himmel hin geöffnet, und bildete dachlose Kammern. Mit den Waffen in der Hand und den Pferden am Zügel drangen die fünf in das Labyrinth vor. Sie fanden eine ebene Stelle, wo sie ihre Pferde anbinden konnten.

»Lasst und dorthin zurückgehen«, meinte Riatha zu den anderen, »wo wir die Moschee sehen und unseren Plan für morgen entwerfen können.

Ich will Euch alle daran erinnern, alles zu verhüllen, was glänzen könnte. Faeril, bedecke deine Dolche, Aravan, die

Kristallspitze deines Speeres. Ich möchte nicht, dass die Sonne etwas blitzen lässt und unsere Nähe damit an mögliche Wächter in der Moschee verrät. Ich will nicht das Risiko eingehen, dass sie uns in der Nacht überfallen oder wir morgen früh in eine Falle gehen.«

Als Gwylly diese Worte hörte, überkam ihn eine böse Vorahnung. Also tastete er nach Faerils Hand. Sie zitterte. Er umarmte sie rasch und flüsterte: »Ich liebe dich.« Gemeinsam folgten sie den anderen durch das Gewirr der Steinpfeiler. Die Damman zog ihren Umhang über den Kreuzgurt.

Kurz darauf erreichten sie den Platz, von dem aus sie auf die Moschee hinabblicken konnten. Er war etwa eine halbe Meile von der Stelle entfernt, wo sie die Pferde gelassen hatten, und lag knapp einhundert Meter tiefer. Die sinkende Sonne warf lange Schatten, aber die Kameraden konnten dennoch gut genug sehen. Als sie sich zwischen den Pfeilern versteckt hatten und nach unten blickten, ergriff Aravan das Wort. Er lenkte ihre Aufmerksamkeit auf Einzelheiten, die für ihren Plan vielleicht von entscheidender Bedeutung waren.

»Meiner Schätzung nach ist die Moschee etwa dreißig Meter hoch, vom Hof bis zur Spitze des Turms gemessen. Der Durchmesser der Kuppel dürfte ungefähr dasselbe betragen.

Das Hauptgebäude ist gut fünfzehn Meter hoch und knapp dreißig Meter lang.

Die Mauer, die sie sichert, ist sechs bis sieben Meter hoch und etwa doppelt so lang und breit wie die Moschee selbst. Das macht ungefähr zweihundert Meter.

Das Minarett scheint ebenso hoch zu sein wie die Moschee selbst, gut dreißig oder fünfunddreißig Meter. Und achtet auf die beiden Balkone, die auf gleicher Höhe liegen. Dann gibt es noch einen ganz oben, unter den Bögen, die die Kuppel stützen.

Hinter der Moschee, innerhalb der Mauern, befinden sich drei ...«

»Leise!«, zischte Faeril. Ihre Stimme klang angespannt. »Ich habe eine Bewegung im Hof gesehen, in der hinteren linken Ecke.«

Gwyllys Herz hämmerte.

Im Schatten zwischen den drei großen Nebengebäuden, die an der schwarzen Wand standen, regte sich irgendetwas.

»Ein Pferd«, sagte Riatha schließlich. »Dort befinden sich eine Koppel und die Stallungen.«

»Vermutlich dient es als Nahrungsmittel«, brummte Urus. »Rutcha essen Pferde.«

Die Sonne verschwand schließlich hinter dem Horizont, und die Gebäude lagen im Dämmerlicht. Aravan beeilte sich, seine Schilderung der Moschee zu beenden, denn in diesem Teil der Welt folgte dem Zwielicht äußerst rasch die Nacht. »Das Plateau, auf dem die Moschee liegt, ist klein, hat steil abfallende Flanken, und die Berge dahinter türmen sich hoch auf.

Und achtet auch auf den kleinen Graben, der sich der Moschee nähert. Und auf die gewundene Straße, die zum Tor führt. Es ist der einzige Weg, über den wir unsere Pferde führen können.«

»Nehmen wir denn die Pferde mit?«, erkundigte sich Gwylly.

Faeril nickte. »Das sollten wir, falls wir besonders schnell reiten müssen, um jemanden zu verfolgen oder ... um zu fliehen.«

Aravan lachte. »Aye, Kleine, kämpfen oder fliehen.«

Urus knurrte. »Ich habe nicht vor zu fliehen.«

»Ich auch nicht«, pflichtete Riatha ihm bei.

Noch während sie die Moschee beobachteten, wurde es Nacht und die ersten Sterne blinkten am Himmel. Irgendwo in den Bergen im Osten ging der Vollmond auf. Sein fahles Licht schimmerte auf den Gipfeln über ihnen.

»Also, Aravan«, bemerkte Faeril. »Bis auf das Minarett und diese zwiebelförmige Kuppel könnte das sehr gut eine Festung sein.«

»Es ist auch sehr wahrscheinlich eine, Kleine«, antwortete der Elf. »Eine Festung, meine ich. Denn als die Tempel des Propheten Shat'weh gebaut wurden, wurden sie von den Anhängern des alten Glaubens, von Gyphons Anhängern, häufig angegriffen. Wenn diese Moschee aus jener Zeit stammt, dann sind die Wände wie bei den anderen, die ich gesehen habe, dick, die Fenster vergittert und von innen zu verschließen und die Tore und Türen nur schwer aufzubrechen. Die äußere Mauer verfügt gewiss über Bastionen, auf denen Krieger stehen konnten, und Schießscharten, um von dort aus Pfeile gegen die Feinde zu verschießen. Und in den Torbögen werden Mordlöcher eingelassen sein, durch die man von oben brennendes Öl auf die Feinde kippen konnte.«

»Puh!«, knurrte Gwylly. »Wenn Ihr mich fragt, ist das überhaupt kein Ort der Anbetung, und auch kein besonders heiliger Platz, wenn er vor allem gebaut wurde, um andere zu töten.«

Aravan schlug Gwylly die Hand auf die Schulter. »Das, Junge, würde ich nicht abstreiten.«

Faeril verschränkte ihre Finger mit denen Gwyllys und drehte sich erneut zu Aravan herum. »Wie sieht es denn am wahrscheinlichsten in der Moschee aus?«

Aravan richtete seinen Blick auf die Enklave, die vom Licht der Sterne beleuchtet wurde. »Die Haupthalle für die Anbetungen wird unter der Kuppel liegen. Rechts und links davon liegen Seitenschiffe. Und die Wohnquartiere befinden sich in den Nebengebäuden an den Außenwänden und auf der Rückseite.«

»Vielleicht gibt es auch unterirdische Kammern«, setzte Riatha hinzu. »Zweigeschossige Keller.«

»Oh!«, rief Gwylly. »Wie bei dem Kloster über dem Gletscher. Fast alle ihre Quartier lagen unter der Erde.«

»Aye«, antwortete Riatha. »Das wäre möglich.«

»Seht!«, zischte Urus.

Unter ihnen erhellte ein gelbes Licht den Vorhof, als hätte man die Tore der Moschee geöffnet, sodass das Licht hinausströmen konnte. Aber von dort, wo sich die Kameraden versteckten, konnten sie die Vorderseite des Gebäudes nicht sehen, nur die Nordseite und die Rückseite. Dass die Türen geöffnet worden waren, war jedoch offenkundig, denn plötzlich marschierte eine Abteilung Rûcks auf den Hof, mit Fackeln in den Händen. Ein Hlök führte sie an.

Gwylly schlug das Herz bis in den Hals, und er drückte Faerils Hand, um sie zu beruhigen. Sie erwiderte die Geste sogleich.

»Wenn wir nicht vermutet hätten, dass sich Stoke dort aufhält, wüssten wir es jetzt mit Sicherheit.«

Während einige der Brut den großen Balken vom Eingangstor zogen, schwärmten andere auf die Bastionen, um Wache zu halten. Der Hlök war bei ihnen.

In der Stille drangen Geräusche zu den Klippen hinauf, zumeist unverständliches Gemurmel. Doch als die Worte deutlicher wurden, verstanden die fünf sie dennoch nicht, denn der Feind sprach Slûk.

»Ich sehe keine Vulgs«, bemerkte Gwylly.

»Hoffen wir, dass sie auch keine haben«, erwiderte Riatha. »Wir haben nur noch sehr wenig Güldminze übrig.«

Urus veränderte seine Stellung. »So wie ich Stoke kenne, werden gewiss Vulgs in der Nähe sein. Wir haben ihn dreimal getroffen, viermal, wenn du sein Versteck in dem Schluchtkessel in der Nähe des Gletschers mitzählst, und er hatte jedes Mal Rutcha, Drôhka und Vulgs in seinem Gefolge.«

»Und jetzt vielleicht noch Ghûlk und Hèlrösser«, meinte Aravan. »Möglicherweise mehr als einen.«

»Köpfen, Holz durchs Herz, silberne Klingen, Feuer, Zerstückelung«, wiederholte Gwylly. »Das sind die Arten, wie man einen Ghûl töten kann. Aber was ist mit einem Hèlross?«

»Wie ein Pferd, obwohl sie keine Pferde sind«, antwortete Aravan. »Sie sind auch einzeln gefährliche Gegner. Ihre Haut ist haarlos, zäh wie gekochtes Leder und schwer mit einer Klinge zu durchdringen. Sie sind sehr wild und ihre gespaltenen Hufe gelten als tödliche Waffen. Auch wenn ihr Biss nicht sofort tötet, so kann er doch noch Tage später zum Tod führen. Sie sind zwar nicht giftig, aber der Biss kann sich entzünden, wenn die Wunde nicht sorgfältig gereinigt wird.«

»Ich habe gehört, dass einige behaupten, ihre reptilienartigen Schwänze könnten wie eine Peitsche brennen«, setzte Riatha hinzu. »Andere dagegen halten das für ein Gerücht.«

»Peitsche oder nicht, greift sie trotzdem von hinten an«, riet Aravan. »Denn ihr Tritt ist fast tödlich.«

»Ja«, stimmte ihm Gwylly zu. »Aber wie tötet man sie?«

»Möglichst aus der Entfernung«, meinte Urus. »Mit Speeren, Pfeilen oder Schleudern. Selbst mit Fallen, Todesfallen, Gruben und dergleichen. Aus der Nähe jedoch genügt jede Waffe, muss jede Waffe genügen, vorausgesetzt Ihr könnt es vermeiden, dass diese Bestien Euch vorher töten.«

»Klingt fast schlimmer als ein Ghûl«, gab Gwylly zurück.

»Nein, Gwylly«, widersprach Aravan. »Ein Hèlross ist nur wild und hat nicht diesen heimtückischen Verstand eines Ghûlk.«

Sie schwiegen eine Weile und beobachteten die Brut. Dann stellten sie Fackeln auf den Mauern auf und öffneten die Tore so weit, als würden sie Besucher erwarten.

»Ich frage mich, welcher Feind uns noch in dieser Moschee da unten erwartet.«

»Nun«, sagte Gwylly, »was wir noch nicht genannt haben sind Kraken und Ogrus und Drachen.«

»Es könnten noch andere Gräuel auf uns warten«, meinte Aravan. »Kreaturen, die weit schrecklicher sind als Rucha, Loka, Ghûlka und Trolle.«

»Gargons«, sagte Gwylly.

Aravan und Riatha sogen beide gleichzeitig zischend die Luft durch die Zähne. »Gargoni, aye, sie wären wahrhaft schlimmer. Aber es gibt noch mehr. Nur glaube ich nicht, dass sie sich in Stokes Gefolge befinden.«

»Das ist unwahrscheinlich, aye«, stimmte Riatha ihm zu. »Aber nicht vollkommen ausgeschlossen. Doch vergesst nicht, wie für alle vom Gezücht gilt auch für sie, dass das Tageslicht sie ausnahmslos tötet.«

»Aber zuerst«, gab Urus zu bedenken, »musst du sie überhaupt ins Tageslicht locken.«

Eine Rotte von Rukhs marschierte mit Fackeln in der Hand aus dem Tor und verschwand außer Sicht auf der anderen Seite der Mauer. Die Rukhen-Wächter verschlossen das Portal hinter ihnen und zogen auch den Balken davor. Dann kam die Rotte wieder jenseits der Mauern ins Blickfeld der Gefährten. Sie marschierten die Straße zu der Schlucht herunter.

»Vielleicht wollen sie in der Schlucht patrouillieren«, mutmaßte Aravan.

»Oder sie wollen die Wache an der Wegstation ablösen«, setzte Faeril hinzu. »Falls es tatsächlich irgendwo in der Schlucht ein Schlupfloch für die Brut gibt.«

Die Rotte marschierte in die Schlucht hinein, wandte sich nach Norden und obwohl die fünf sie in der Schlucht nicht mehr sehen konnten, erkannten sie an dem flackernden Licht ihrer Fackeln, das den Rand erleuchtete, wohin sie sich wandten.

Schließlich sprach Urus Aravan an. »Weckt mich, falls

etwas Unvorhergesehenes passiert. Ich kümmere mich um die Pferde.«

»Ich schlage vor, dass wir alle zu den Pferden zurückkehren«, meinte Riatha. »Alle bis auf einen, der Wache hält. Wir müssen uns für morgen ausruhen, aber das können wir nicht, wenn wir die ganze Zeit Wache halten.«

»Ich bringe Euch Wasser und Zwieback«, sagte Faeril leise zu Aravan.

Die vier ließen den Elf zurück, entfernten sich lautlos vom Rand der Schlucht und suchten sich so lange den Weg durch das Labyrinth der Steintürme, bis sie zu ihren Pferden kamen.

Über ihnen zog der Vollmond seine Bahn, und Gwylly beobachtete die Moschee, die unter ihm lag. Das blaue Amulett hing ihm um den Hals. Der Bokker hatte keinen Schlaf finden können, weil er im Herzen und im Geist ständig daran dachte, was morgen passieren konnte. Jetzt hielt er Wache und spähte auf die von Fackeln beleuchtete Festung in der Ferne – und fragte sich, was der morgige Tag wohl bringen würde.

Rukhs patrouillierten auf den Bastionen, drehten ihre Runden und gelegentlich drangen ihre Stimmen auch undeutlich zu Gwylly empor.

Der blaue Stein war kalt, aber nicht eisig. Doch als ein Kieselstein hinter ihm polternd herunterfiel, sprang Gwylly hoch, als hätte ihn ein Pfeil getroffen, drehte sich herum und sah ... Faeril, die sich ihren Weg zwischen den Klippen suchte.

»Oh!«, zischte Gwylly. »Du hast mich vielleicht erschreckt, meine Dammia.«

»Ich konnte nicht schlafen, Gwylly. Es gibt einfach zu viele ... Unwägbarkeiten.«

»Hah! Ich weiß genau, was du damit meinst, Liebste. Die

ganze Nacht schon glüht mein Gehirn mit den Wenns und Falls und den ›Ich weiß nicht‹.«

Faeril setzte sich neben Gwylly und nahm seine Hand in die ihre. »Ich muss immer daran denken, dass unsere Chancen so schlecht sind. Ich meine, wir sind nur zu fünft, und wer weiß, wie viele von denen es da unten gibt … oder von welcher Art sie sein mögen. Und sie haben sich in dieser Festung verschanzt, in Stokes Bollwerk. Wir wissen aber weder, wie die Räume aussehen, noch wer sich wo aufhält, oder welche Fallen er für die Achtlosen aufgestellt hat. Oder …«

»Ach, Faeril, das sind dieselben Dinge, über die ich auch ständig nachdenke.«

Faeril streichelte zärtlich seine Finger. »Man nennt dieses Warten ja immer die Ruhe vor dem Sturm, aber ich bin alles andere als ruhig.«

Gwylly schlang seinen Arm um ihre Schultern, und nun saßen sie schweigend da, während sie die Moschee beobachteten. Die Rukhs und ihresgleichen standen immer noch auf den Zinnen und beobachteten das Land, während der strahlende Mond auf seinen Zenit zukroch.

Gwylly streichelte Faerils Haar. Ihre silberne Locke schimmerte im Mondlicht. Der Bokker lächelte. »Riatha hat gesagt, wir sollen alles verdecken, auf dem das Mondlicht leuchten könnte, und deine silberne Strähne …«

Faeril keuchte, und ihre Hand zuckte zu ihrem Haar. »Oh, Gwylly, glaubst du wirklich? Ich hatte es vergessen.«

Gwylly zog sie an sich und küsste sie rasch. »Nein, Liebste. Ich habe nur Spaß gemacht. Ich glaube nicht, dass …«

»Ich bedecke sie sicherheitshalber trotzdem«, unterbrach ihn Faeril und zog ihre Kapuze über. »Ich möchte uns nicht verraten.«

Um Mitternacht hatte der Mond seinen höchsten Punkt erreicht. »Also, mein Bokkerer, jetzt muss ich wachen, und du solltest dich schlafen legen.« Faeril streckte ihre Hand aus.

Gwylly nahm das blaue Amulett an seinem Band vom Hals und reichte es der Damman. »Hier ist dein Amtssiegel, Liebste. Aber ich glaube, ich bleibe lieber noch eine Weile bei dir sitzen, statt mich hinzulegen.«

Sie spendeten sich gegenseitig Trost, als sie dasaßen, Hand in Hand, schweigend und aufmerksam.

Nach einer Weile streckte Faeril die Hand aus. »Sieh doch, Gwylly, in der Schlucht. Dort.«

Gwylly folgte ihrer ausgestreckten Hand und sah einen breiten Streifen von Helligkeit an der gegenüberliegenden Wand der Schlucht. Es war das Licht von Fackeln, das dort zurückgeworfen wurde. Es kroch langsam zum Eingang der Schlucht, wo die Straße zum Haupttor der Moschee abging. Dann kam ein Ghûl auf einem Hèlross in Sicht, begleitet von einem Rukh mit einer Fackel, der neben ihm herging. Den beiden folgte eine lange Reihe von Gefangenen, die mit einer einzigen, langen Kette gefesselt waren und von Brut flankiert wurden, die glühende Brandeisen trugen.

Gwyllys Herz pochte wie wild in seiner Brust, und Faeril nahm die Hand des Bokkerers. Ihre Augen schwammen in Tränen. »Oh, Gwylly, sie schleppen Gefangene zu Stoke.«

»Ja, Liebste. Menschen, würde ich sagen, obwohl das von hier oben aus schwer zu erkennen ist.«

Der Reihe von Gefangenen folgten scheuende, nervöse Reitpferde und Packkamele, die von einer Horde Vulgs getrieben wurden. Der Gestank des Hèlrosses versetzte die Pferde und Kamele zwar fast in Panik, doch noch mehr Furcht hatten sie vor den schwarzen, wolfsähnlichen Kreaturen, die neben ihnen rannten.

»Himmel!«, stieß Gwylly hervor. »Sie haben tatsächlich Vulgs.«

»Und einen Ghûl mit einem Hèlross«, setzte Faeril sofort hinzu.

Ein Hornsignal zerriss die Nacht, und während Rukhs zu

den Toren liefen, um sie zu öffnen, ertönten auf den Wällen Jubelschreie.

»Sie haben eine Karawane gefangen.« Faeril wischte sich die Tränen aus den Augen. »Rasch, wir müssen zählen, was wir sehen.«

Sorgfältig zählte Faeril Freund und Feind gleichermaßen, während Gwylly knurrend zustimmte. »Ein Ghûl, ein Hèlross, eins, zwei, drei ... vierzehn Gefangene, sieben Vulgs, neun Rukhs, drei Pferde, achtzehn Kamele, sieben Rukhs auf den Zinnen und ...«

Plötzlich verstummte Faeril. »Das Minarett, Gwylly«, zischte sie dann. »Jemand steht dort im Schatten.«

Gwyllys Blick zuckte zur Spitze des schlanken Turms. In der Dunkelheit unter dem Pavillon der Kuppel erkannte er in dem Licht der Fackeln, das vom Hof herüberschien, eine undeutliche Gestalt. Die gleich darauf in einem schwarzen Wirbel verschwand.

»Stoke, glaubst du?«, flüsterte Gwylly. Sein Herz raste.

Faeril nickte. Ihre Lippen waren zwei dünne Striche in ihrem Gesicht. »Ja ... Vielleicht sollten wir die anderen wecken.«

Gwylly schüttelte den Kopf. »Besser nicht, Liebste, denn wir können nichts tun. Dass wir Stoke gesehen haben könnten, ändert nichts.«

»Richtig. Außerdem«, setzte Faeril hinzu, »wenn unsere Gefährten schlafen, wollen sie doch ruhen und nicht noch mehr Sorgen wälzen.«

Die Gefangenen wurden durch das Tor in die Moschee geführt, die Pferde und Kamele in die Koppel getrieben und dort eingeschlossen. Dann begannen die Rukhs, die Packtiere abzuladen und schleppten die Fracht in das nächstgelegene Nebengebäude.

Der Ghûl ritt auf seinem Hèlross durch den Nebenhof und zu dem letzten Nebengebäude an der rückwärtigen

Mauer. Ein Rukh öffnete ihm die Tür, der Ghûl stieg ab und führte das Hèlross hinein.

Das Haupttor wurde erneut geschlossen.

Nur um kurz darauf wieder aufzuschwingen: Eine weitere Rotte marschierte hindurch. Sie folgten ebenfalls der Straße und verschwanden in der Schlucht, und das Licht ihrer Fackeln verriet, dass auch sie nach Norden gingen. »Ich habe zwölf gezählt«, flüsterte Gwylly. »Sie werden sich vermutlich mit den anderen zusammentun.«

»Sie haben keine Vulgs mitgenommen«, sagte Faeril. »Also sind die noch in der Moschee.«

Schließlich kam der Ghûl aus dem Schuppen, überquerte den Nebenhof und betrat die Moschee.

Eine weitere Stunde verstrich, in der der Mond langsam seine Bahn über den Himmel zog und das Sternenzelt ebenfalls seinen Weg nach Westen fortsetzte. Schließlich kam Riatha durch die Dunkelheit zu ihnen. »Gwylly, Ihr solltet schlafen, nicht mit Faeril Wache halten.«

»Ich weiß, Riatha, aber ich konnte nicht schlafen«, erwiderte Gwylly und zuckte mit den Schultern.

Faeril nahm das Band mit dem blauen Stein vom Hals und reichte es der Elfe. »Riatha, wir haben Stoke gesehen. Das glauben wir wenigstens. In dem Minarett. Er hat zugesehen, als ihm neue Gefangene gebracht wurden. Menschen. Eine Karawane, jedenfalls sah es so aus. Pferde und Kamele waren auch dabei.«

Riatha richtete ihren Blick auf die ferne Moschee. »Hat das Horn dies verkündet?«, fragte sie.

»Das habt Ihr gehört, ja?«, wollte Gwylly wissen. »Ihr habt also auch nicht geschlafen, hm?«

Riatha lächelte. »Ich glaube, keiner hat geschlafen. Geruht, ja, aber nicht geschlafen.«

Die Elfe sah Faeril an. »Wie viele Gefangene? Und wie viele Feinde?«

»Vierzehn Gefangene, drei Pferde, achtzehn Kamele, ein Ghûl, ein Hèlross, sieben Vulgs, neun Rukhs als Eskorte und sieben Rukhs auf den Mauern.«

»Und anschließend«, fuhr Gwylly fort, »sind zwölf Rukhs in die Schlucht marschiert, nach Norden. Wie die anderen. Entweder laufen sie Patrouille, oder sie sollen sich irgendwo verstecken.«

»Das Hèlross steht in dem Schuppen in der Ecke an der nördlichen Mauer«, erklärte Faeril. »Soweit wir wissen, sind die Vulgs aber in der Moschee geblieben. Jedenfalls ist keiner von ihnen mit der Patrouille gegangen.«

Riatha blickte erneut zur Moschee, und ein Ausdruck der Resignation zeichnete sich auf ihrem Gesicht ab. »Ich hatte erwartet, dass dort Vulgs seien, denn immerhin haust dort der Vulgmeister.«

Die Elfe drehte sich wieder zu den Wurrlingen herum. »Geht jetzt und ruht. Der Morgen wird noch früh genug kommen, auch ohne dass wir ihn wach herbeisehnen.«

Faeril ging voraus, gefolgt von Gwylly, suchte sich einen Weg durch das steinerne Labyrinth zu ihrem Lager, in dem sie kein Feuer entzündet hatten. Die Pferde dösten zwischen den Pfeilern. An einer Seite schien Aravan zu meditieren, wie es Elfenart war. Er saß an einem Felsbrocken, hatte den Speer quer über dem Schoß liegen und seine Augen glitzerten im Mondlicht. Urus saß ebenfalls an einen Felsen gelehnt. Er hatte die Augen geschlossen.

Gwylly und Faeril legten ihre Decken auf die Erde und schmiegten sich aneinander. Sie versuchten, es sich auf dem harten Boden gemütlich zu machen. Keiner von beiden glaubte, dass sie Schlaf finden würden ...

... und nur Augenblicke später, so schien es, wurden sie von Riatha geweckt.

Sie tränkten und fütterten die Pferde und aßen dann selbst etwas. Gwylly knabberte unlustig an dem Zwieback herum, während sein Herz wie rasend schlug. »Gwylly«, meinte Urus schließlich, »auf einem Feldzug oder wenn du dich auf einen Kampf vorbereitest, solltest du dich an das Credo der Krieger halten: ›Iss bei jeder Gelegenheit, denn du weißt nicht, wann du wieder etwas zu essen bekommst.‹«

Der Bokker biss ein großes Stück von dem Brot ab, kaute lustlos daran herum, verzehrte es jedoch ganz.

»Sind die Vulgs noch in der Moschee?«, wollte Faeril wissen.

»Während meiner oder Urus' Wache hat keiner sie verlassen«, antwortete Riatha. »Und es ist auch keiner aus der Schlucht gekommen. Jetzt sind die Tore verschlossen und verrammelt.«

Gwylly schluckte. »Also hält sich die ganze Brut noch in der Moschee auf: Rukhs, Hlöks, Vulgs und ein Ghûl.«

Der Bokker biss ein Stück Zwieback ab. »Und ein Hèlross im Stall.«

»Aye«, gab Riatha zurück. »Doch merkt auf: Unsere Aufgabe ist es, hineinzukommen und Stoke zu finden, ihn zu töten und wieder hinauszugelangen. Wir sind nicht hier, um Brut zu töten. Also sind Verstohlenheit und List erforderlich, nicht das Abschlachten des Gezüchts.

Sie werden sich ohnehin zerstreuen, sobald ihr Herr tot ist.«

Aravan hob den Kopf. »Falls Stoke derjenige ist, den ich suche, dieser Mann mit den gelben Augen, dann geht es auch noch um das Schwert des Morgengrauens. Es könnte in der Moschee verborgen sein. Wenn ja, dann möchte ich es zurückholen.«

»Ich helfe Euch dabei«, brummte Urus.

Aravan sah die anderen an. Sie nickten. »Aber wir müssen dieses Meer erst überqueren, wenn wir es erreichen.«

»Und die Gefangenen?«, wollte Faeril wissen. »Wir können sie doch nicht einfach in ihren Kerkern lassen.«

Urus knurrte. »Falls sie noch leben, werden wir sie befreien. Aber ich hege kaum Hoffnung, dass einer von ihnen überlebt hat.«

»Die Sonne taucht gerade über dem Rand des Horizonts auf«, erklärte Riatha. »Gehen wir.«

Sie führten die Pferde aus dem Felsenlabyrinth heraus, bis sie an eine Stelle kamen, wo sie reiten konnten. Dort stiegen sie auf, Gwylly vor Riatha und Faeril vor Aravan, und ritten dorthin, wo die Straße aus der Schlucht abbog. Dieser Weg war die einzige Möglichkeit, das steile Plateau zu Pferde zu erreichen.

Sie ritten langsam die Böschung hinab, deren steiniger Boden zerklüftet war. Zu ihrer Linken erhob sich die Moschee, deren Kuppel und Mauern in der aufgehenden Sonne rot und orange glühten, während der Rest noch im Dunkeln lag.

Sie ritten an dem Plateau vorbei bis zu der Schlucht, an die Stelle nämlich, wo ihre Pferde über den Graben auf die Straße springen konnten. Dann nahmen sie Kurs nach Osten, zu den roten Mauern, und folgten den Windungen der Straße. An der linken Ecke der Moschee erhob sich das Minarett, dessen Kuppel mehr als dreißig Meter über der Mauer schwebte. In der Mitte der Mauer befand sich das große Portal mit seinen gewaltigen eisenbeschlagenen Flügeln. Hinter dem Portal sahen sie das Obergeschoss der Moschee und ihre Kuppel.

Als sie sich dem Bauwerk näherten, holte Gwylly tief Luft. »Riatha«, meinte er, »warum schlägt mein Herz so schnell? Ich meine, ich habe für genau diese Mission geübt, und doch habe ich das Gefühl, ich wäre unvorbereitet.«

Riatha lächelte den Bokker an. »Unser aller Herzen schlagen schnell, Gwylly. Ich kenne keine Übung, die einen davor bewahren kann. Das ist die Folge, wenn man sich dem Unbekannten stellt. Glaubt mir, Ihr seid vorbereitet, denn wenn es Zeit wird zu handeln, werdet Ihr Herz, Hände, Körper und Geist in einem vollkommenen Miteinander finden, so wie Ihr es gelernt habt.«

»Ich hoffe, Ihr habt recht, Riatha. Das hoffe ich sehr.«

Schließlich erreichten sie das verrammelte Portal und stiegen ab.

»Ich klettere über die Mauer und öffne die Tore«, erklärte Urus, reichte Aravan die Zügel seines Hengstes und wickelte ein Seil aus.

Er schleuderte den Greifhaken über die Mauer, zog das Seil straff, bis die Haken griffen, und kletterte dann die sieben Meter am Stein hinauf. Kurz darauf hörten sie, wie der Balken zurückgezogen wurde, und nur einige Sekunden später öffnete sich der rechte Flügel des Portals. Die versteckten Angeln kreischten protestierend, als Urus es nach außen schob. Jetzt sahen sie den Vorgiebel der Moschee etwa dreißig Meter entfernt. Darunter schimmerte eine große eherne Tür in der Mitte des Gebäudes.

Aravan legte einen Finger auf die Lippen. »Auch wenn es Tag ist«, sagte er leise, »und die Brut schläft, rate ich doch zur Ruhe, denn in den verschlossenen Kammern der Festung könnten durchaus einige Rûpt Wache halten.«

Mit den Waffen in der Hand durchquerten sie den Vorhof und führten die Pferde am Zügel hinter sich her. Bis auf ihr Hufgetrappel blieb alles gespenstisch ruhig.

Jetzt konnten sie die ganze Moschee und die reich verzierte Fassade sehen, die sich über ihre gesamte Länge erstreckte. Glockenförmige Öffnungen waren in regelmäßigen Abständen darüber verteilt, über die ganze Länge und die drei Stockwerke. Jedes dieser Stockwerke war ebenfalls über die ganze Länge von Veranden umgeben, die jeweils etwa fünfzehn Meter tief waren, bevor sie an die Wände der Moschee stießen. In der Mitte befand sich die größte Öffnung. Sie maß etwa fünfzehn Meter und erstreckte sich über alle drei Stockwerke. Dahinter lag das eherne Portal. Der Rest der Öffnungen war nur vier Meter hoch, und dahinter sahen sie auf jedem Stockwerk mit starken Gittern gesicherte Fenster, hinter denen die tiefste Dunkelheit herrschte.

Sie banden die Pferde an den Ringpfosten neben dem Haupteingang fest, traten durch den Torbogen des großen Eingangs auf die breite Veranda hinaus und gingen zu dem Bronzeportal, neben dem sich Schießscharten befanden, tief und schmal. Als Gwylly hineinspähte, sah er eiserne Fensterläden im Inneren des Gebäudes, die die Schießscharten versperrten.

Urus schob und zog an der ehernen Tür. Sie gab jedoch nicht nach. »Verschlossen.«

»Die Fenster auch«, flüsterte Aravan. »Sie sind von innen durch Eisenläden gesichert.«

Sie gingen über die Veranda, stellten jedoch fest, dass sämtliche Fenster auf dieselbe Art verriegelt waren.

Sie fanden die Treppen, die in die oberen Stockwerke führten, doch auch dort war es dasselbe: Kein Zugang schien geöffnet. Die bronzenen Türen waren fest verriegelt und die Fenster vergittert und mit Läden verschlossen.

Also stiegen sie wieder hinab und gingen um das Gebäude herum, vorbei an der Koppel mit den Kamelen. Von den Pferden war nichts zu sehen. Und sie fanden auch keinen Eingang in die Moschee, obwohl sie alle Türen ausprobierten und durch alle Fenster und Schießscharten spähten. Überall war es das gleiche Bild. Die Eingänge waren verschlossen, verriegelt und mit Läden gesichert.

Obwohl die Sonne über den Bergen aufstieg, stand die befestigte Moschee noch im Schatten des Berges, der gleich hinter ihr aufragte. Das würde auch bis gegen Mittag so bleiben.

Sie schlugen einen Kreis und landeten wieder am Haupteingang. »Es muss doch einen Weg hinein geben«, meinte Faeril. Als sie dann an einer der kleineren Türen vorbeikamen, fragte sie: »Was ist mit dem Bär? Könnte er sie aufbrechen?«

Urus schüttelte den Kopf. »Vielleicht, vielleicht aber auch nicht. Mir wäre es lieber, wenn wir einen anderen Weg fänden – wie Riatha sagte: Hier ist Verstohlenheit und List gefragt, was beides nicht gerade die Stärke des Bären ist. Ich würde lieber als Mann dort hineingehen, denn, wie wir ja bei Eurer Rettung aus der Zitadelle sahen, der Bär ist einfach zu unberechenbar.

Nein, Faeril, jetzt ist nicht die Zeit, den Bären zu rufen.«

»Etwas geht mir nicht aus dem Kopf«, meinte Gwylly, »aber ich komme einfach nicht ... Hoy, Augenblick mal, jetzt weiß ich wieder.

Als wir Stoke in dem Minarett sahen, ist er nach unten verschwunden ...«

Faeril klatschte in die Hände. »Und ist nicht über den Hof gelaufen! Oh, Gwylly, du bist ein Wunder!« Sie schnappte sich ihren Bokkerer und küsste ihn.

»Also muss es einen unterirdischen Gang geben«, beendete Gwylly seinen Gedanken und grinste über die Schulter seiner Dammia. »Falls der offen ist ...«

Sie überquerten den Hof und gingen zum Minarett. Eine kleine eherne Tür befand sich in ihrem Fuß ... auch sie war verriegelt. »Wenn wir eine Tür aufbrechen wollen«, meinte Urus, »dann diese hier.«

Der Baeron spähte an dem Minarett empor. Zwei Balkone umringten den schlanken Turm. Sie waren in regelmäßigem Abstand zwischen dem Boden und der Kuppel angebracht. »Fünf Spannen bis zum ersten, fünf bis zum zweiten und dann noch fünf bis zur Kuppel.«

»Spannen?«, erkundigte sich Gwylly.

»Ein Längenmaß«, erwiderte Aravan. »Eine Spanne misst sechs Fuß.«

»Oh.«

Erneut rollte Urus Seil und Greifklaue aus. »Tretet zurück, falls ich vorbeiwerfe.«

Er traf jedoch, kletterte rasch empor, erreichte den ersten Balkon und stieg über die Balustrade. Die Tür dort war ebenfalls verschlossen. Erneut schwang er die Greifklaue, schleuderte sie auf den zweiten Balkon, stieg hinauf und ... die Tür dort war ebenfalls verschlossen. Als er schließlich die Spitze des Minaretts erreichte, verschwand er für einen Augenblick in dem Pavillon, tauchte dann wieder auf, beugte sich über das Geländer und winkte den anderen.

Eine Ewigkeit schien zu verstreichen, bis sie plötzlich den Riegel der Tür im Erdgeschoss knarren hörten und die Tür aufschwang. Urus grinste sie an. »Ganz oben gab es nur eine offene Falltür«, erklärte er und winkte sie herein. »Wir brauchen Laternen, denn dort führt ein Weg hinab.«

Aravan und Faeril gingen zu den Pferden und holten drei winzige Tarnlaternen aus den Satteltaschen. »Ich schlage vor, dass Faeril, Riatha und Urus die Lampen tragen«, sagte Aravan. »Gwylly und ich brauchen für unsere Waffen zwei Hände.«

Riatha nickte, nahm eine Laterne und entzündete sie mit einem Funkenrad, das in der Laterne angebracht war. »Lasst die Klappen davor, damit wir nicht entdeckt werden. Es wird auch so genug Licht herausdringen, dass wir den Weg erkennen können.«

Sie betraten das Minarett. Eine Wendeltreppe führte in die Kuppel hinauf, und durch die geöffnete Falltür fiel Tageslicht herein. Vor ihnen gähnte eine dunkle Öffnung, und sie sahen eine gerade Treppe, die nach unten führte, offenbar unter dem Hof hinweg in Richtung der Moschee.

Sie traten durch die Öffnung in den Gang. Urus als Erster, hinter ihm Riatha, dann Gwylly und Faeril, und als Letzter Aravan.

Erneut hämmerte Gwyllys Herz wie rasend, und um sich abzulenken zählte er seine Schritte und schätzte ab, wie weit sie gegangen waren.

Dreißig Schritte mussten sie hinabgestiegen sein, als sie an einen Treppenabsatz kamen, wo ihnen ein Fallgitter den Weg versperrte. Die scharfen Spitzen des Gatters ruhten in den dafür vorgesehenen Löchern im Boden. Hinter dem Gatter erstreckte sich ein schmaler Korridor geradeaus in Richtung der Moschee. An der Wand ein Stück entfernt befand sich die Winde. Urus und Aravan versuchten, das Fallgitter anzuheben, jedoch vergeblich. »Es ist verriegelt«, sagte Urus leise.

»Wie können wir es öffnen?«, erkundigte sich Faeril. »Gibt es einen Schlüssel oder so etwas?«

Riatha deutete auf die Winde hinter dem Gatter. »Seht ihr diesen Hebel hinter der Winde? Das ist der Schlüssel. Wenn wir ihn umlegen können, dann können wir es auch öffnen.«

Faeril legte den Kopf gegen das Gatter und sah sich den Hebel an.

»Wenn diese Stäbe auch nur etwas weiter auseinanderstehen würden«, erklärte Gwylly, oder ein wenig gebogen wären, dann könnten Faeril und ich hindurchschlüpfen.«

Aravan sah die Stangen an. »Sie sind zu schwer, um sie mit der Hand zu biegen, selbst für Urus, aber wenn wir einen langen Hebel hätten ...«

»Wie wäre es mit dem Riegel von der Tür oben?«, meinte Faeril.

Aravan schüttelte den Kopf. »Zu kurz.«

»Dann ein schweres Brett von dem Zaun der Koppel«, schlug Faeril vor.

Einige Minuten später schleppten Urus und Aravan einen Pfosten die Treppe hinunter zum Gatter. Sie schoben ihn zwischen die Stäbe, in halber Höhe zwischen Boden und Decke, wo das Gatter am nachgiebigsten sein musste. Dann wuchteten Urus, Aravan und Riatha ihr ganzes Gewicht auf den Hebel; sie bemühten sich, und die Stangen gaben langsam nach. Aber dann stieß das Ende des Balkens an die Wand.

»Versucht es«, sagte Urus und hob Gwylly zu der Lücke zwischen den Stangen. Aber der Wurrling bekam nicht einmal den Kopf hindurch. »Warte, lass mich das versuchen«, meinte Faeril. Sie streifte ihren Kreuzgurt ab, ihren Umhang ebenso, und schnallte dann den Gurt mit dem Langmesser und dem Dolch ab.

Urus hielt sie fest, und Faeril zischte vor Schmerzen, als sie sich an den Stangen ihre Haut aufriss. Aber sie konnte den Kopf hindurchzwängen. Dann verdrehte sie ihren Körper, zappelte herum, zwängte sich hindurch und landete schließlich auf dem Boden hinter dem Gitter.

Erneut pochte Gwyllys Herz wie rasend, denn jetzt war seine Dammia dort und er hier – und sollte in diesem Augenblick die Brut kommen ... Gwylly schüttelte den Kopf, um diese üblen Gedanken zu vertreiben, aber sein Herz schlug dennoch schmerzhaft schnell.

»Hier«, Riatha reichte Faeril ihren Kreuzgurt durch die Stäbe.

Die Damman nahm die Gurte in die Hand und lief leichtfüßig zu dem Hebel hinter der Winde und schaffte es mit Mühe, ihn umzulegen und die Sperre des Gatters zu entriegeln.

Jetzt schob Urus den Zaunpfahl unter das Gatter und wuchtete ihn hoch. Das Gatter protestierte quietschend, als es in seinen Schienen nach oben glitt. Gwylly war der Erste, der durch den Spalt unter den spitzen Enden schlüpfte und

Faeril im selben Augenblick umarmte, als er wieder auf den Füßen stand. Riatha folgte ihm, und ihr folgte Aravan. Er versuchte kurz, das Portal mit der Winde anzuheben, aber schon nach einer kleinen Drehung wusste er, dass das Klacken des Zahnrades und das Quietschen des Gatters zu viel Lärm verursachen würde. Also benutzten Gwylly, Faeril, Riatha und Aravan den Pfosten, um das Gatter anzuheben, damit Urus sich darunter hindurchzwängen konnte.

Faeril legte ihre Waffen und den Umhang wieder an und bedeutete den anderen mit einem Nicken, dass sie fertig war.

Sie schlichen durch den schmalen Steinkorridor, während das Tageslicht, das durch die Treppe hereinfiel, immer schwächer wurde, je weiter sie kamen. Plötzlich glaubte Gwylly, in der Ferne Stimmen zu hören.

»Riatha«, flüsterte er, »hörst du das Murmeln auch?«

»Aye«, antwortete sie. »Echos von fernen Stimmen.«

Schon bald schritten sie durch eine Finsternis, die nur von dem schwachen Licht aus ihren Tarnlaternen ein wenig erhellt wurde. Doch dann hörten sie weit vor sich das Trampeln von Schritten, gutturale Stimmen und sahen einen schwachen Lichtschein. Sie verbargen die Laternen unter ihren Mänteln und pressten sich an die Wand.

In der Ferne marschierte eine Gruppe von Rukhs mit Fackeln durch einen Quergang. Ihre Stimmen und das Licht ihrer Fackeln drangen durch die Finsternis. Gwylly wandte den Blick ab, weil er nicht wollte, dass die Reflektionen in seinen Augen sie verrieten.

Doch die Gruppe ging zügig weiter, Licht und Stimmen wurden schwächer.

Gwylly atmete aus und merkte erst jetzt, dass er die Luft angehalten hatte.

»Gehen wir«, zischte Urus. Sie glitten weiter durch die Dunkelheit, nur geführt von dem spärlichen Licht, das aus den Schlitzen ihrer Tarnlaternen fiel.

Schon bald kamen sie an eine Kreuzung, die nach Gwyllys Schätzung etwa achtzig Meter von dem Minarett entfernt lag. Aber er war nicht sicher, weil er vor einer Weile aufgehört hatte zu zählen, als die Brut an ihnen vorbeimarschiert war. Von der Kreuzung führten mehrere Korridore ab, von denen wiederum Türen und Bögen abgingen. Man hörte immer noch Stimmen in der Ferne, und aus einigen Öffnungen fiel ein schwaches Licht in die Gänge, als würden in den Räumen dahinter Fackeln brennen.

Auf der anderen Seite dieser Kreuzung führte der Korridor weiter, still und finster. »Ich glaube, wir sind im Untergeschoss der Moschee«, hauchte Riatha. »Unter den äußeren Kreuzgängen. Der Gang nach rechts führt zur Vorderseite der Moschee und der nach links zur Nordseite des Tempels. Vor uns dürfte die Hauptkammer unter der Kuppel liegen.«

»Wenn es eine Kammer unter der Kuppel gibt«, flüsterte Urus, »wird sich Stoke dort aufhalten, in der Mitte von allem, umringt von seinen Schergen.«

Riatha nickte.

Sie spähten nach rechts und nach links, konnten keine Wachen mit Fackeln entdecken und überquerten einer nach dem anderen lautlos die Kreuzung.

Darauf folgten sie dem Korridor weiter und waren kaum sieben Meter gegangen, als sie an den Fuß einer Treppe stießen, die nach oben zu einer geschlossenen Tür führte. Urus ging die Stufen empor, zweiunddreißig insgesamt. Riatha, Gwylly, Faeril und Aravan folgten ihm.

Hinter ihnen ertönten erneut Stimmen sowie die Schritte von eisenbewehrten Stiefeln. Sie verbargen ihre Laternen und standen regungslos im Dunkel oben auf der Treppe. Eine weitere Rotte der Brut marschierte im Flur unter ihnen vorbei.

Als sie verschwunden war, blickte Urus, der an der Tür stand, die anderen an und erntete von allen ein Nicken.

Langsam drehte der Baeron den Schlossring. Mit einem leisen Klicken öffnete sich der Riegel, und vorsichtig schob Urus die Tür auf. Die Angeln quietschten nur sacht.

Aus dem Raum drang das Licht von Fackeln durch den Spalt und auf die Treppe, begleitet von hallenden, murmelnden Stimmen. Urus spähte hinaus und trat dann durch die Öffnung, gefolgt von Riatha, und dann kamen Gwylly, Faeril und Aravan.

Sie standen in der Hauptkammer der Moschee. Die hohle Kuppel lag hoch über ihnen im Dunkeln. In der Mitte des Raumes brannten an den Ecken eines Podestes Fackeln und tauchten den Raum in ihr flackerndes Licht. In der Halle befand sich keine Brut, obwohl ihre murmelnden Stimmen zu hören waren. Der Raum war groß und quadratisch, etwa fünfzig Meter im Geviert. Bis auf das mit Fackeln erleuchtete Podest und den Altar in der Mitte des Raumes, unmittelbar unter der Kuppel, befanden sich keinerlei Möbel darin. In der Mitte der vorderen Wand gähnte ein Torbogen, ebenso wie in der Mitte der Seitenwände.

»Ich glaube, hier ist der Haupteingang«, meinte Gwylly und deutete auf den Bogen in der Vorderfront. »Aber wohin die anderen führen, das weiß ich nicht ... zu den Arkaden, nehme ich an.«

»Wohin jetzt?«, fragte Faeril.

Urus spähte in den hinteren Teil der Halle. Dort gähnte ebenfalls ein Durchgang. »In dem Kloster über dem Gletscher befand sich unter der Haupthalle die Sakristei. Stoke finden wir unter uns.«

»Gehen wir«, flüsterte Riatha.

Sie huschten an den Wänden entlang, während die trampelnden Schritte der Brut und ihr Murmeln an- und abschwoll. Gerade als sie den Seitengang erreichten, tauchte eine gewaltige Gestalt darin auf. Sie war riesig, fast fünf

Meter hoch, und sah wie ein gigantischer Rukh aus. Es war jedoch keiner. Sondern ein Ogru.

»Troll!«, schrie Riatha.

Und unmittelbar hinter diesem Ungeheuer folgte eine Rotte von Rukhs und Hlöks.

Der Troll starrte die Eindringlinge überrascht an, dann verzerrte sich seine Fratze vor Wut. Mit einem ungeheuren Brüllen sprang das Monster auf Urus zu, die gewaltigen Hände ausgestreckt, um den Eindringling zu zerquetschen.

Urus sprang zur Seite und schwang mit aller Kraft seinen Morgenstern. Die mit Stacheln gespickte eiserne Kugel krachte in die steinartige Haut des Trolls und trieb die Kreatur zurück. Der Troll brüllte vor Schmerz und Wut.

Die Rukhs und Hlöks stürzten sich heulend, mit Krummsäbeln und Keulen bewaffnet, auf die fünf. Ihr Ansturm trieb Riatha und die Wurrlinge gegen Aravan.

»Krystallopyr«, flüsterte der Elf, nannte den Wahren Namen seiner Waffe, sprang vor und versuchte durch das Gewühl hindurch zu Urus zu gelangen, um ihm zu helfen. Ein krummsäbelschwingender Hlök trat dem Elf jedoch in den Weg. Aravan parierte den Schlag des Hlök mit dem Schaft seines Speeres und führte einen Seitenhieb mit der kristallenen Spitze, deren Klinge den Bauch des Feindes so aufriss, dass dessen Gedärme herausquollen. Der Hlök schrie auf und stürzte tot zu Boden, doch zwei andere nahmen seinen Platz ein und griffen Aravan mit gezückten Waffen an.

Gwylly erledigte einen Angreifer mit einer Kugel aus seiner Schleuder, zerschmetterte dem Rukh die Stirn, und Faerils Messer tötete einen zweiten. Doch die restlichen Rukhs stürzten sich auf Faeril und Gwylly. Riatha trieb sie zurück, während ihr Schwert Dúnamis in metallischen Klängen das Lied vom Tod sang.

Irgendwo schmetterte ein Horn, dessen greller Klang um Hilfe rief.

Erneut sprang Urus zur Seite und hämmerte dem Troll seinen Morgenstern in die Rippen. Das Monster brüllte vor Schmerz auf. Urus riskierte einen Seitenblick auf seine Gefährten. »Bringt Euch in Sicherheit!«, brüllte er, und im selben Augenblick packte der Troll Urus, riss ihn von den Beinen, presste den Mann an sich und quetschte ihn so stark, dass sich seine gewaltigen Muskeln unter dieser Anstrengung hervorwölbten. Urus versuchte, dem Troll den Morgenstern an den Schädel zu hämmern, aber er konnte seine Waffe nicht richtig einsetzen. Vielleicht hätte der Bär dem Troll widerstehen können, aber er hatte keine Zeit für die Verwandlung gehabt, weil der Troll ihn angegriffen hatte, bevor er auch nur eine Entscheidung hatte treffen können. Und jetzt baumelte Urus schlaff im Griff dieser grauenvollen Kreatur, ebenso wie ein Kind in den Händen eines Erwachsenen gehangen hätte. Seine Gegenwehr war schwach – und vergeblich.

»Urus!«, kreischte Riatha und sprang vor. Aber erneut griffen die Rukhs die Wurrlinge an, und wieder kam ihnen Riatha zu Hilfe.

Gwylly schleuderte eine Kugel auf den Troll, die krachend an seinem Schädel landete, dann aber von den granitharten Knochen des Wesens zurücksprang. Im nächsten Augenblick stürzte sich ein heulender Rukh auf den Bokker und schwang seinen Streitkolben. Dann schien ein Messer aus seinem Hals zu wachsen und trieb ihn zurück. Aber noch während der Feind tot zu Boden fiel, streifte die Keule Gwylly, riss ihn von den Füßen und betäubte ihn.

Im selben Augenblick ertönte ein schrecklich knackendes Geräusch, als der Troll Urus' Knochen brach. Der Mann hing schlaff und leblos in seinem Griff, und das Blut strömte ihm aus dem Mund. Dann schleuderte der Troll den Baeron gegen die Wand, und Urus' zerschmetterter Körper flog gegen den Stein und fiel mit einem dumpfen Klatschen zu Boden. Der Troll sprang hinterher und schlug noch weiter auf Urus ein, um ganz sicher zu gehen, dass der Mensch auch wirklich tot war.

Faeril stand über ihrem am Boden liegenden Bokkerer, ein Messer in jeder Hand, und kreischte auf Twyll einen Schlachtruf: *»Blût vor blût!«*

Aravan riss Krystallopyr aus einem toten Hlök und trat neben Riatha. Sein kristallener Speer war bereit, den Feind zu durchbohren, mit dem sie gerade focht, aber Riathas Klinge aus Sternensilber fuhr durch die Kehle des Angreifers. Der Rukh stolperte zurück, presste seine Hände auf den Hals und sank tot zu Boden.

Die restliche Brut wich ebenfalls zurück. Die Furcht stand ihnen deutlich ins Gesicht geschrieben.

Jetzt sah Riatha Urus' Leiche, über die sich der Troll beugte. »URUS!«, kreischte sie und wollte sich schon auf den Troll werfen, aber Aravan vertrat ihr den Weg, hielt sie fest und zog sie zurück

»Du kannst nichts mehr für ihn tun, Dara!«, schrie er scharf. »Es ist zu spät!«

»Urus!«, rief sie erneut und versuchte, sich aus Aravans Griff zu befreien.

»Nein, Dara!«, stieß er angestrengt hervor. »Wir müssen jetzt seine letzten Worte würdigen und uns in Sicherheit bringen.«

Die Elfe schüttelte den Kopf, um die Tränen aus ihren Augen zu vertreiben, und ihr Blick glitt von Urus' Leiche zu dem Troll hinüber, der auf den leblosen Körper einschlug. »Nicht, bevor ich den Troll nicht getötet habe«, schnarrte Riatha, packte Dúnamis fester und versuchte, sich an Aravan vorbeizudrängen. Aber er gab nicht nach.

»Die Waerlinga, Dara, die Waerlinga. Jetzt ist der Augenblick gekommen, die Lebenden zu schützen, nicht die Toten zu rächen.«

Riatha sah zu Faeril hinüber, die über Gwylly stand. Der Bokker rappelte sich gerade auf. Dann warf sie wieder einen Blick auf Urus und den Troll.

Hinter ihnen kreischte Metall, und als Riatha sich umdrehte, sah sie gerade noch, wie ein Gittertor mit lautem Krachen vor der Tür herunterfiel, durch die sie hereingekommen waren.

Und immer noch schmetterte ein rûptisches Horn Alarm.

Gwylly schüttelte seine Betäubung ab. »Zum Haupteingang«, stieß Riatha hervor.

Noch während sie sprach, ließ der Troll von Urus ab und drehte sich zu den Freunden herum. Rukhs und Hlöks johlten vor Freude.

Die verbliebenen vier fuhren herum und rannten zu dem Torbogen in der vorderen Wand, rannten um ihr Leben auf die gähnende Öffnung zu. Und über dem Johlen der Brut und dem Schmettern des Horns hörten sie die donnernden Schritte des Trolls, der ihnen auf den Fersen folgte. Rukhs und Hlöks drängten sich hinter ihm.

Sie rasten vor dem Troll durch den Gang und kamen in eine Vorhalle, die etwa acht Meter breit und fünfzehn Meter lang war. Irgendwo im Schatten vor ihnen musste sich die Tür befinden, aber auch sie war mit einem Fallgitter versperrt, das darüber hinaus auch noch den Balken vor dem Portal hielt.

»Nein!«, schrie Gwylly, als er die Sperre sah. Der Bokker suchte verzweifelt nach einer Winde und einem Hebel, während sich Aravan und Riatha herumdrehten, um den Angriff des Trolls zu erwarten. Das Monster stürmte gerade in die Vorhalle, Rukhs und Hlöks waren unmittelbar hinter ihm.

Gwyllys Blick zuckte nach rechts und links, aber es gab keine Winde und auch keine Seitentüren. Über ihnen jedoch sah er Mordlöcher, durch die man brennendes Öl und andere todbringende Dinge auf seine Feinde herunterregnen lassen konnte. Über dem Torbogen zur Hauptkammer befand sich eine große Schießscharte, und man sah die spitzen Enden eines weiteren Fallgitters. Diese Vorhalle war eine Todesfalle – und zwar für jeden, der sie betrat.

Eine Todesfalle, in die sie gerannt waren.

Aber es stürzte nichts Todbringendes von oben auf sie herab. Stattdessen kam der Tod in Gestalt eines gewaltigen Trolls auf sie zu, der von johlenden Rukhs und Hlöks flankiert wurde.

Verzweifelt drehte sich Gwylly herum und hämmerte gegen einen der eisernen Fensterläden, die die Schießscharten verschlossen.

Der Troll griff Aravan an, doch der Elf duckte sich unter seinem Schlag weg, während Riatha vorwärtssprang und Dúnamis gegen die Flanke des Monsters schwang. Das Schwert aus Sternensilber prallte jedoch wirkungslos von der Haut des Trolls ab. Das Monster brüllte auf und fegte die Elfe mit einem Schlag des Handrückens einfach von den Beinen. Sie landete krachend an der Wand der Vorhalle. Dúnamis rutschte ihr aus den Fingern und segelte klappernd über die Steine.

Ein Hlök sprang die gestürzte Elfe an, aber Faeril schleuderte ein stählernes Messer und tötete den Rûpt. Die anderen wichen ängstlich zurück.

Aravan trat derweil unter den Armen des Trolls hinweg und dicht an ihn heran, riss Krystallopyr hoch – und die glühende Klinge drang tief in den Bauch des Trolls ein. Das Monster brüllte. Mit einem Ruck riss Aravan die Klinge zur Seite, und das Kristall durchtrennte auch noch die Eingeweide der Kreatur. Der Troll riss die Augen auf, als Aravan den Speer nach oben zog, ihn dann tiefer hineinstieß, und Krystallopyr das Herz des Monsters zerfetzte. Der Troll stolperte zurück, während Aravan den

Speer herausriss. Die kristallene Klinge gleißte. Der Ogru taumelte mehrere Schritte zurück, während schwarzes Blut aus seinen Wunden strömte. Steine zischten und sprangen, wo das Blut der Kreatur landete, und dunkler Rauch stieg auf. Dann krachte das Geschöpf tot auf den Steinboden.

Und gab den Blick auf den Torbogen hinter ihm frei.

In dem ein Mann stand.

Mit gelben Augen.

Stoke.

Und neben ihm warteten knurrende Vulgs.

»Balak!«, schrie er, und mit einem lauten Kreischen ratterten die inneren Fallgitter herunter, landeten krachend in den Sockeln am Boden, und es klackte vernehmlich, als irgendwo ein Hebel betätigt wurde, der die Sicherungsbolzen vorschob.

»Gluktu glush!«, befahl Stoke, woraufhin die Rukhs und Hlöks in der Vorhalle vorstürmten.

Im selben Augenblick jedoch gelang es Gwylly endlich, den Riegel des Fensterladens freizubekommen. »Wie gefällt euch *das*, Ihr *skuts*!«, schrie der Bokker, als er den Fensterladen vor der Schießscharte zurückzog. Das Panel gab kreischend nach und Tageslicht strömte sogleich durch den schmalen Schlitz.

Die Rukhs und Hlöks, die von dem Licht getroffen wurden, fanden nur noch die Zeit, panisch hochzublicken, als sie auch schon zusammenbrachen und zu Staub zerfielen. Die an der Seite wandten sich noch zur Flucht, doch schon nach einem Schritt fielen sie kreischend zu Boden, verwelkten und schrumpften, ihre Gliedmaßen zuckten grotesk, ihr Brustkorb fiel zusammen – nach innen – und ihre Schreie verstummten, als hätte man sie mit einer Klinge abgeschnitten. Der Leichnam des getöteten Trolls zerfiel ebenfalls zu Staub, sein gewaltiges Skelett wurde sichtbar, bis sich die Knorpel und Sehnen ebenfalls auflösten und die schweren Knochen sich trennten und zu Boden polterten. Von oben ertönten schrille Schreie durch die Mordlöcher, als sich Kreaturen offenbar in Todesqualen wälzten. Dann kehrte Stille ein und nur Asche wehte lautlos herab.

Hinter den Gattern brachen auch die Vulgs zusammen und Stoke heulte vor Schmerz auf, zuckte zurück und zur Seite, als ein silbernes Wurfmesser an ihm vorbeizischte, sein Ohr so streifte, dass das Blut spritzte, und die Klinge klappernd im Dunkeln zu Boden fiel, während Stoke in den Schatten verschwand.

Dann herrschte grimmiges Schweigen.

Faeril drehte sich zu Gwylly herum und überzeugte sich, dass er gesund war. Dann kniete sie neben Riatha und legte ihr Ohr auf die Brust der Elfe. Noch während sie das tat, bewegte sich Riatha. Faeril nahm ihre Hand. »Riatha! Riatha!«, rief sie.

Aravan trat an den Trollknochen vorbei und kniete sich neben Faeril. Rasch untersuchte er die Elfe. »Sie ist nur betäubt und kommt gerade wieder zu sich.«

Gwylly trat zu ihnen und strich Faeril über das Haar. Die Damman sah zu ihm hoch. »Ich habe ein Messer geschleudert und ihn verfehlt«, sagte sie. »Ich habe Stoke verfehlt. Er konnte entkommen.«

»Stoke war hier?«, stieß Gwylly hervor. »Ich habe ihn gar nicht gesehen. Dieser Fensterladen ... Ich hätte ihn fast nicht öffnen können.«

»Aber Ihr habt es geschafft, Gwylly«, rief Aravan und lächelte. »Und uns so vermutlich alle gerettet.«

Tränen rannen Riatha über die Wangen, noch während sie das Bewusstsein wiedererlangte. *»Chieran«*, murmelte sie. *»Avó, chieran.«*

Auch Gwylly und Faeril traten die Tränen in die Augen. Aravan stand auf und trat zu dem Fallgitter. Einen Augenblick später sagte er: »Wir müssen einen Weg aus dieser Falle finden.«

Gwylly wischte sich die Augen und trat neben den Elf an das Fallgitter. Sie spähten beide in die Haupthalle der Moschee. Außerhalb des Tageslichtes, das durch die offenen Läden strömte, lag eines von Faerils silbernen Wurfmessern im Schatten auf dem Boden. Seine Klinge funkelte im Licht der Fackeln, die am Altar brannten. Und an der gegenüberliegenden Wand lag Urus' lebloser Körper. Rasch blickte Gwylly zur Seite, denn er wusste, dass sie jetzt keine Zeit zum Trauern hatten.

Der Bokker räusperte sich und versuchte, seine Traurigkeit hinunterzuschlucken, aber seine Stimme brach, als er durch die Tränen das Gitter vor sich musterte und sagte: »Vielleicht können wir diese Stangen ja ebenfalls verbiegen«, er wischte sich die Tränen aus den Augen, »wie jene im Gang. Aber wir brauchen einen Hebel.«

Der Bokker drehte sich herum und sein Blick fiel auf die Knochen des Trolls. »Vielleicht dieser Oberschenkelknochen ...« Er trat zu dem Knochen hin und versuchte, ihn anzuheben. »Puh!« Der Knochen war mehr als einen Meter lang, und sein Gewicht wog schwerer, als der Wurrling zu heben vermochte. Er schaffte es nur, eines der Enden etwas anzuheben. »Himmel, ist der schwer!«

»Trollknochen und Drachenhaut«, sagte Aravan und ging zu Gwylly. »Vielleicht liegt es an ihrer Masse, dass sie Adons Bann trotzen können.« Aravan hob den Knochen an, knurrte vor Anstrengung und schleppte ihn zu dem Fallgitter, wo er ihn fallen ließ. Der Knochen fiel mit einem lauten Krachen zu Boden.

Riatha stand auf und wischte sich mit dem Handrücken die Tränen aus den Augen. Faeril holte ihr Schwert aus Sternensilber und übergab es der Elfe. Sie schob es in die Schulterscheide.

Zusammen gingen Elfe und Damman zu dem Fallgitter. Riathas trostloser Blick glitt zu Urus' schlaffem Körper, der weit hinten im Schatten lag.

»Dara, wir werden später trauern«, sagte Aravan sanft. »Jetzt müssen wir erst versuchen, dieser Falle zu entrinnen, denn wir müssen es schaffen, bevor die Sonne untergeht.«

Die Elfe nickte wortlos, unfähig zu sprechen.

»Ich glaube, das Schloss und die Winde sind irgendwo über uns«, sagte Aravan und sah zu den Mordlöchern hinauf. »Wenn wir einen Weg nach oben fänden, könnten wir nicht nur diese Fallgitter öffnen, sondern vermutlich auch jenes, das die Tür nach außen versperrt.«

Gwylly trat an den Knochen. »Dann lasst uns damit anfangen.«

»Der Knochen ist vielleicht nicht lang genug, um ihn als Hebel einzusetzen, Gwylly«, gab Aravan zu bedenken, »aber wir werden es versuchen.«

»Wie können wir helfen?«, erkundigte sich Faeril. »Ich meine Gwylly und mich. Wenn Ihr ihn weit oben ansetzt, wo die Stangen am leichtesten nachgeben, können wir ihn nicht erreichen. Aber Ihr werdet unsere Kraft brauchen, weil Urus nicht ...« Faeril verstummte.

Einen Augenblick lang schwiegen alle, bis Aravan schließlich das Wort ergriff. »Zuerst werden Riatha und ich es versuchen. Wenn wir die Stangen nicht biegen können, müssen wir ein Seil um den Hebel binden und durch die Stangen führen, damit Ihr daran ziehen könnt.«

»Still!«, zischte Riatha. »Über uns bewegt sich jemand.«

Sie hörten das Scharren von Füßen und dann ein rollendes Geräusch, wie von einer Glasflasche. Plötzlich fiel eine glitzernde Kugel durch ein Mörderloch und zerschellte auf dem Boden. Widerliche grüne Dämpfe quollen daraus hervor.

»Haltet die Luft an!«, rief Riatha. »Das ist Gas!«

Gwylly holte keuchend Luft und presste dann die Lippen aufeinander. Eine weitere Kugel fiel in die Vorhalle und zersplitterte. Auch aus ihr stiegen sofort die grünen Dämpfe auf.

Aravan bedeutete Gwylly, Faeril und Riatha, sich auf den Boden zu legen, mit den Gesichtern zum Fallgitter, wo die Öffnung zu der großen Halle lag.

Hinter ihnen fielen weitere Kugeln zu Boden und zersprangen.

Gwylly konnte die widerlichen Dämpfe sehen, die an ihnen vorbei in die Haupthalle waberten. Er packte Faerils Hand und hielt den Atem an, presste die Lippen fest zusammen, während seine Lungen nach Luft schrien, sein Magen sich verkrampfte und sein ganzer Körper verzweifelt nach Atemluft verlangte. Der Rand seines Blickfeldes wurde schwarz, als er das Bewusstsein zu verlieren drohte. *Nein!*, schrie sein Verstand. *Ich werde nicht atmen ...!*

... Doch am Ende konnte er es nicht verhindern und sog mit keuchenden Atemzügen die gelbgrünen Dämpfe ein. Sein Verstand stürzte trudelnd in eine grenzenlose Finsternis hinab.

19. KAPITEL

VERGELTUNG

Anfang 5E990
(Gegenwart)

Faeril stand auf einem Friedhof, in einem Schlachthaus, einem Totenhaus, und sah zu, wie Meister Tod, als Schlachter – als Baron Stoke – seine tödliche Sense schwang, Vieh mordete und ebenso Menschen, Elfen, Zwerge, Wurrlinge. Rukhs standen im Hintergrund und johlten, Blut lief ihnen über die Arme, während sie bis zum Ellbogen in den Kadavern gemetzelter Pferde wühlten, Fleischstücke hinausrissen, die in ihren Händen baumelten, während das Blut daran heruntertroff. Fliegen summten unaufhörlich um sie herum, und der grausige Gestank des Todes schwebte über allem. Sie hörte, wie irgendwo, hoch über ihr, wo ein dämmriges Licht schien, Gwylly ihren Namen rief.

Faeril stöhnte vor Furcht und zerrte an ihren Fesseln, richtete sich in der schwarzen Dunkelheit mühsam auf und wandte sich dem Licht zu, zog die schweren, langen Fesseln hinter sich her, während schreckliche Bilder in der Dunkelheit ringsum lauerten – Ströme von Blut, brechende Knochen, herausquellende Eingeweide; einige Bilder waren zu grauenhaft, um sie auch nur zu beschreiben; der Verstand weigerte sich zu begreifen, was das Auge gesehen hatte – aber die Damman kämpfte sich weiter zur Stimme ihres Bokkerers vor, während Gwylly rief … und rief … und rief …

Noch während Faeril das Bewusstsein erlangte, hörte sie, wie sie selbst vor Entsetzen stöhnte, als der Albtraum an ihr zerrte, sie nicht loslassen wollte. Ein widerlich fauliger Gestank lag in der Luft. Als sie die Augen öffnete, fand sie sich auf dem Steinboden einer schwach beleuchteten Kammer wieder. Sie hörte, wie Gwylly hinter ihr rief, und rollte sich herum. Der Bokker kniete ein Stück von ihr entfernt auf dem Boden. Jetzt erkannte sie auch, dass er ebenfalls gefesselt war und eiserne Schellen um seine Handgelenke trug, deren Ketten in der Steinwand verankert waren.

Faeril richtete sich stöhnend auf. Von der Anstrengung verschwamm ihr alles vor den Augen. Ihre Handgelenke waren ebenfalls in Eisen geschlagen, und die rasselnden Ketten hatte man mit schweren Ringen verbunden, die in den Stein eingelassen waren.

Auf Gwyllys Miene zeichnete sich Erleichterung und Sorge ab. »Liebste, geht es dir gut?«

Faeril holte tief Luft und schüttelte den Kopf, versuchte, sowohl ihre Benommenheit abzuschütteln als auch die Reste dieses schrecklichen Traumes. »Mir ist etwas schwindlig, Gwylly.«

»Das geht vorbei, Liebste. Dieses grüne Gas, weißt du … Genau, so ist es richtig: Tief durchatmen, das hilft. Aber nur durch den Mund.«

Faeril atmete mehrmals ein und aus. »Wo sind wir? Und wo sind …?« Sie unterbrach sich, denn hinter Gwylly – und ebenfalls angekettet – lagen Aravan und Riatha. Die Elfen waren bewusstlos. »Leben sie noch, Gwylly?«

»Sie atmen, Liebste. Und ich habe gesehen, dass sie sich bewegt haben.«

Gwylly hob die Hand und deutete durch die Kammer.

»Da wären wir also, meine Dammia, in einer Art von Hèlloch, würde ich sagen.«

Faeril sah sich in der Dämmerung um und zuckte mit einem entsetzten Stöhnen zurück. In der Dunkelheit lagen Leichen herum – deren grinsende Kiefer aufgerissen waren und blicklos ins Leere starrten. Die Haut war von einem schrecklichen, dunklen Rot, als wären sie voll und ganz von getrocknetem Blut überzogen …

Dann sah Faeril, dass sie *gehäutet* worden waren.

Und gepfählt.

Sie waren vom Schoß bis zum Nabel aufgerissen, ihre Unterleiber waren aufgerissen und ihre Eingeweide quollen heraus.

Ich bin immer noch in meinem Albtraum gefangen!

Doch nein, das war kein Albtraum. Es war grauenhaft wirklich.

Faeril schlug die Hände vor ihr Gesicht, doch sie konnte die Bilder immer noch sehen. Und den fauligen Leichengeruch wahrnehmen.

»Oh, Gwylly …«

»Ich weiß, Liebste«, antwortete Gwylly leise. »Ich weiß.«

Ohne die Leichen anzusehen kroch Faeril so weit an ihren Bokkerer heran, wie ihre Ketten es erlaubten. Sie hielten sie knapp vor ihm zurück. »Sie sind nicht so lang, dass die Gefangenen sich erreichen könnten«, erklärte Gwylly.

Faeril untersuchte die Schellen und Ketten. Sie bestanden aus Eisen, die Schellen waren mit einem Schloss versehen und saßen eng auf den Handgelenken. Die Ketten waren vielleicht anderthalb Meter lang und in knapp einem Meter Höhe in der Wand verankert.

Faeril blieb eine Weile reglos sitzen und sammelte ihren Mut, wappnete sich für das, was, wie sie wusste, als Nächstes kommen würde. *Also gut, meine Liebe, du kannst keine Flucht planen, wenn du nicht weißt, wie es hier aussieht.*

Faeril knirschte mit den Zähnen, stand auf und zwang sich, sich in der dämmrigen Kammer umzusehen. Ihr Blick glitt über die verwesenden Kadaver.

Das Verlies wurde von einer kleinen Öllampe erleuchtet, die an einer Kette in der Mitte des Raumes von der Decke hing. Sie spendete so viel Licht, dass Faeril die Ausmaße des Kerkers erkennen konnte. Es war ein fast viereckiger, riesiger Raum, zwanzig Meter lang und breit, und etwa fünfeinhalb Meter hoch. Von der Decke hingen noch weitere Öllampen herunter, die nicht brannten. In der Mitte des Raumes standen vier Steinpfeiler um eine etwa sieben Quadratmeter große Fläche herum und stützten einen Aufbau von schweren Balken, die kreuz und quer über ihren Köpfen hingen.

Neben jedem Tisch stand ein langer, schmaler Tisch, und Faeril verließ fast der Mut, als sie sah, dass jeder Tisch blutüberströmt war und Riemen aufwies, mit denen man Gefangene binden konnte.

Unter der Lampe stand ein weiterer Tisch, auf dem Werkzeuge lagen, Geräte, die Faeril, bis auf die Zangen und die Messer mit den langen, dünnen Klingen, nicht kannte.

In der Mitte des Raumes hingen weitere Ketten und Schellen von den Balken herunter. Die Fesseln baumelten etwa zweieinhalb Meter über dem Boden.

An der gegenüberliegenden Wand lagen keine Kadaver, wie Faeril zuerst angenommen hatte, sondern stattdessen Satteltaschen, Schlafrollen und ihre Waffen, und zwar in einem großen Haufen. Faerils Herz krampfte sich zusammen, als sie Urus' Morgenstern erkannte, aber sie schüttelte heftig den Kopf. Trauern werde ich später, schwor sie sich, und konzentrierte sich wieder auf die Aufgabe, die vor ihr lag.

In der Mitte der Wände waren Holztüren eingelassen, die fest verschlossen waren. In die restlichen Wandflächen waren in regelmäßigen Abständen ringsum Handschellen und Ketten an Ringen befestigt. Sie reichten für insgesamt sechzehn Gefangene, vier an jeder Wand, jeweils zwei rechts und links neben den Türen.

Faeril und Gwylly waren nebeneinander angekettet, Faeril neben der Tür, Gwylly näher an der Ecke des Verlieses. Riatha lag an der anderen Wand neben Gwylly, und neben der Elfe Aravan.

Als Faeril ihre Gefährten betrachtete, rührte sich Riatha und schlug die Augen auf. Die Elfe atmete tief durch und versuchte sofort, sich von den Nachwirkungen des Gases zu befreien.

Während Riatha langsam zu sich kam, setzte Faeril die Musterung ihres Gefängnisses fort und zwang sich jetzt auch, die Leichen zu betrachten, ließ ihren Blick rasch von einem zum anderen gleiten. *Adon sei Dank, Urus ist nicht unter ihnen!*

Erneut betrachtete sie die Leichen, die ausgestreckt und mit verrenkten Gliedern dalagen. Sie waren nackt und bewaffnet, wie zu einem Gefecht. Einige trugen Helme, Armschienen oder Handschuhe. Das Metall war direkt auf ihr rohes Fleisch und ihre Knochen – an Kopf, Armen und Beinen – geschnallt. Einige der Abgeschlachteten waren offenbar schon lange tot, während andere gerade erst ermordet zu sein schienen. Alle waren gehäutet und gepfählt worden. Faeril zählte sie durch: neun Verfaulte, mit verwesendem Fleisch, das bereits schnell verfiel, vierzehn recht *frische* Tote, die wie Vieh geschlachtet und noch nicht der Verwesung anheim gefallen waren. *Neun alte Opfer, vierzehn neue. Aber wo ...?* Faeril keuchte, als sie begriff. *Die vierzehn, das waren die Gefangenen von der Karawane. Stoke hat sie alle ermordet!* Faeril riss ihren Blick von den Kadavern los, unfähig, diese Gemetzelten weiter anzusehen.

Riatha hatte sich mit dem Rücken an die Wand gelehnt und nahm mit dem Blick ihrer silbernen Augen die Kammer und ihre Grauen erregenden Bewohner in sich auf.

Neben ihr bewegte sich jetzt auch Aravan.

Faeril durchsuchte ihre Kleidung nach etwas, mit dem man ein Schloss öffnen könnte, auch wenn sie in diesen Dingen keine Erfahrung hatte. »Nichts«, sagte sie schließlich und sah Aravan an.

Der Elf richtete den Blick auf Gwylly, der ebenfalls den Kopf schüttelte. Riatha, die durch den Raum auf Urus' Morgenstern blickte, schüttelte ebenfalls den Kopf. »Das dachte ich mir«, erklärte Aravan. »Sie haben uns alles weggenommen, das als Dietrich fungieren könnte.«

Gwylly ließ sich zurücksinken und hob dann den Kopf. »Habt Ihr Euer Amulett noch, Aravan?«

Der Elf nickte. »Aye, und es ist eiskalt. Wahrscheinlich haben sich Stokes Schergen davor gefürchtet und fassen es nur an, wenn man sie dazu zwingt.«

Der Elf drehte sich herum, stemmte die Füße gegen die Wand und nahm die schlaffe Kette in die rechte Hand. Nicht zum ersten Mal versuchte er, ein Kettenglied zu sprengen oder die Halterung aus dem Stein zu lösen. Aber es fruchtete nichts.

»Ziemlicher Schlamassel, oder?«, meinte Gwylly.

»Was ... was hast du gesagt, Gwylly?«, erkundigte sich Faeril. »Ich habe dich nicht verstanden.«

»Ich sagte, wir haben uns diesmal in einen ziemlichen Schlamassel hineinmanövriert. Das ist doch so, oder?«

Die Damman sah ihren Bokkerer an. »Zudem ist es einer, aus dem wir vermutlich nicht lebendig herauskommen werden.«

Auch wenn sie sich nicht erreichen konnten, hielt Gwylly ihr seine Hand hin. »Ach, Liebste, noch atmen wir. Und wo Leben ist ... Ich will sagen, wir müssen uns darauf gefasst machen, jede noch so kleine Chance zu ergreifen, um uns zu befreien. Wenn auch nur einer von uns überlebt, besteht noch die Möglichkeit, Stoke zur Strecke zu bringen. Da wir übrigens gerade von Stoke sprechen: Vielleicht ist er ja bereits tot, im Tageslicht zu Staub zerfallen.«

Riatha schüttelte den Kopf. »Nein, Gwylly. Ich glaube, er hat das Licht der Sonne überlebt. Diese Glaskugeln, die durch die Mordlöcher heruntergefallen sind ... Stoke hat so etwas schon einmal benutzt.«

»Ich weiß«, antwortete der Bokker. »Davon habe ich im Tagebuch der Erstgeborenen gelesen.«

»Wie spät es wohl sein mag?«, überlegte Faeril.

»Kurz vor Sonnenuntergang«, antwortete Aravan, dessen Elfengabe auch unter seiner Einkerkerung nicht gelitten hatte.

Faerils Herz schlug schneller, als sie das hörte. »Dann werden wir wohl bald erfahren, ob Stoke noch lebt.«

Kurz vor Mitternacht kündigte das Klappern eines Schlüssels und das Kreischen der Riegel, die zurückgeschoben wurden, Stokes Erscheinen an.

Die Tür schwang auf und er kam herein. Begleitet von einem halben Dutzend Hlöks, die mit Streitkolben und Krummsäbeln bewaffnet waren. Die langen, gebogenen Klingen schimmerten rot im Licht der Laternen. Im Schatten hinter Stoke tauchte auch ein Ghûl auf. Zwei Rukhs huschten ebenfalls herein. Die dunkelhäutigen *Rûpt* hasteten durch das Verlies und zündeten eilig die Öllampen an, deren Licht die Finsternis zurückdrängte.

Stoke hielt eine lange, goldene Stange in der Hand, die über die ganze Länge mit dreieckigen Stahlklingen besetzt war.

Einen Augenblick lang blieb er vor dem Tisch mit den Instrumenten stehen, als wollte er sich davon überzeugen, dass alle an ihrem Platz lagen. Er war groß und bleich, hatte schwarzes Haar und lange, schlanke Hände. Sein Gesicht war schmal, seine Nase gerade und dünn und seine weißen Wangen bartlos. Seine Lippen waren zu einem boshaften Grinsen verzogen, das seine langen, spitzen Zähne entblößte. Er schien in den Dreißigern zu sein, obwohl er beinahe eintausendsechshundert Jahre alt sein musste, von denen er tausend Jahre in einem Gletscher eingeschlossen verbracht hatte. Dann blickte er zu seinen Gefangenen hoch. Seine Augen wirkten blass bernsteinfarben. Gelb, würden manche sagen.

Faeril wich zur Wand zurück. Gwylly stand auf und trat zu ihr, als wollte er sich zwischen seine Dammia und Stoke stellen, was seine Ketten jedoch nicht zuließen.

Riatha war ebenfalls aufgestanden und hatte den Blick ihrer silbergrauen Augen auf den Brudermörder gerichtet, der vor ihr stand. Ihre Augen glühten in bitterem Hass.

Aravans Schultern sackten herunter. »Auch wenn er Galaruns Mörder ähnelt«, sagte er auf Sylva, »ist das nicht der Gelbäugige, den ich suche.«

Sorgfältig platzierte Stoke die goldene Stange zwischen die anderen Instrumente und trat dann vor seine Gefangenen. Er hatte die Fäuste in die Hüften gestemmt, seine gelben Augen glühten.

Unmittelbar hinter ihm stand der mannsgroße Ghûl, dessen schwarze, tote, seelenlose Augen in der teigig weißen Haut glänzten. In dem roten Schlitz seines Mundes schimmerten spitze, gelbe Zähne, er hielt einen Speer mit Widerhaken in der Hand und hatte einen mit Stacheln bewehrten Eisenkragen um den Hals. Doch eine Seite seines Gesichtes war von Brandblasen entstellt, als wäre er dort verbrannt worden. Und die Hand, mit der er den Speer umklammerte, war ebenfalls verbrannt, so wie Knöchel, Handgelenke und Unterarm vom Feuer gezeichnet schienen.

Er sah Gwylly hasserfüllt an, als würde er den Bokker am liebsten umbringen, und er knurrte hohl.

Stoke jedoch schenkte dem Ghûl keine Beachtung, sondern musterte nur aufmerksam seine Gefangenen. Als er Faeril und Gwylly sah, weiteten sich seine Augen ein wenig. Dann richtete er seinen wahnsinnigen Blick auf Riatha und sprach in einem Flüsterton, bei dem es Faeril kalt überlief. »Es ist schon lange her, seit ich das Vergnügen hatte, einen Elf zu *ernten*«, sein Blick zuckte zu Aravan, »geschweige denn deren zwei.«

Riatha blieb stumm und ballte nur ihre Hände zu Fäusten.

Stokes Blick glitt zu den Wurrlingen und wieder zurück. »Ich bin überrascht, dass diese beiden Euch noch begleiten, Elfe. Ich wusste gar nicht, dass ihre Rasse so langlebig ist. Sie werden mir sehr viel Freude bereiten.«

Faeril warf Gwylly einen Seitenblick zu, bevor sie wieder Stoke anstarrte. *Adon! Er glaubt, wir wären Tomlin und Petal!*

Stoke schaute zur gegenüberliegenden Wand, wo sich ihre Waffen befanden, und drehte sich dann wieder zu Riatha herum. »Zu schade um meinen alten Feind Urus. Es hätte mich entzückt, sein Heulen zu hören, wenn ich ihm die Haut abziehe. Aber auch wenn ich dieses Vergnügens nun beraubt bin, wird er mir trotzdem dienen. Ich habe seinen Kadaver heute Morgen in die Leichenhalle bringen lassen«, Stoke deutete auf die Tür, durch die er eingetreten war, »und später, aber noch in dieser Nacht wird er in die Reihen meiner unbesiegbaren Armee eintreten.«

Riatha biss vor Wut die Zähne aufeinander und wäre vorgetreten, wenn die Ketten sie nicht daran gehindert hätten. »Urus ist ermordet worden, Stoke, und wird Euch nie mehr dienen!«

Über ihre Erwiderung lachte Stoke boshaft. »Er wird mir nicht dienen? Ihr Närrin, Ihr wisst doch nicht, wovon ich spreche!«

Er deutete mit einer Handbewegung auf die Leichen in der Kammer. »Als Ihr angekettet wurdet, hätte ich Euch im Dunkeln gelassen, aber ich wollte, dass Ihr meine ... meine Kunstwerke seht. So hattet Ihr genug Zeit, sie zu bewundern und Euer bevorstehendes Schicksal zu erkennen und zu genießen.

Aber nur durch den Anblick der Toten, wie wunderschön sie auch sein mögen, und ungeachtet der exquisiten Art und Weise, in der sie starben, könnt Ihr Eure Bestimmung nicht genügend schätzen.

Nein, ich muss Euch zeigen, was Ihr selbst bald sein werdet, und wie Ihr und die Euren mir, Baron Stoke, dienen werdet.«

Stoke drehte sich herum und blickte in das Verlies. Er blieb für einen Augenblick schweigend stehen, als müsste er sich sammeln, seine Kraft sammeln. Dann erhob er unvermittelt die Stimme.

»Ô nekroi!«

Die Worte in dieser uralten, geheimen Sprache schienen in der Luft zu hängen, so wie Eis, das sich still über die Dinge legt. Die Rucks und Hlöks sahen sich nervös um und wichen zur Tür zurück, als würden sie am liebsten aus dem Raum fliehen.

»Egò gàr ho Stókos dè kèleuo humás!«

Kälte sickerte in das Verlies, Gwylly erschauerte und sah Faeril an, die die Arme um sich schlang und die Augen voller böser Vorahnung weit aufriss.

»Akoúsete mè!«

Aravans Hand zuckte zu seinem Hals. Der blaue Stein war eiskalt.

»Peísesthe moi!«

In dem flackernden Licht der Öllampen glaubte Faeril, eine schwache Bewegung zwischen den Kadavern zu erkennen. Ihr Herz hämmerte wie wild, und als sie den Kopf in die Richtung drehte, sah sie, wie ein schwarzer Käfer aus dem klaffenden Mund eines der Leichname kroch und hastig flüchtete. *Oh, Adon, kam er aus seinem Mund?*

Dann durchdrangen Stokes barsche Worte die Kälte.

»Stánton!«

Ein geisterhaftes Wispern wie aus zehntausend Kehlen rann durch das Verlies, und jetzt war Faeril sicher, dass einer der Toten seinen Schädel bewegte. Er rollte auf die Seite – und die toten Augen starrten Stoke an. Oder glotzten sie in Faerils Richtung?

»Stánton!«

Zehntausend Stimmen stöhnten gequält, und die Leichen begannen, sich zu bewegen, hoben die toten Arme und Beine, während ein gespenstisches Klagen den Raum erfüllte. Die Rukhs hielten es nicht mehr aus und flüchteten in den dunklen Flur hinter der offenen Tür.

Die Leichen richteten sich auf, stellten sich hin, die Waffen in der Hand, während die Eingeweide aus ihren aufgerissenen Bäuchen quollen.

Als sie alle vor Stoke Aufstellung genommen hatten, streckte ihnen der Baron seine zu einer Klaue gekrümmte Hand entgegen.

»Léksete!«

Das Stöhnen von zehntausend Stimmen hallte durch das Verlies, drang aus den schlaffen Kiefern. *M'alim ... Kibr ... Kúmandân ... Mîr ...*

Jetzt flüchteten auch die Hlöks und schlugen die Tür hinter sich zu.

Nur der Ghûl blieb stehen, das entstellte Gesicht zu einem bösartigen Grinsen verzogen.

Stoke wandte sich zu Riatha herum. »Seht Ihr? Das erwartet auch Euch: Ihr werdet ein ebensolcher Soldat in meiner unbesiegbaren Armee sein.

Hört Ihr, wie sie mich nennen?«

Wispern und Stöhnen zischte durch den Kerker, als die geisterhaften Stimmen der Toten wie eine gespenstische Welle an- und abschwollen.

»Sie sprechen die Sprache der Wüste«, antwortete Aravan, »und sie nennen Euch Meister, Erhabener, Kommandant, Prinz und mehr. Doch merkt auf, Stoke, Ihr seid von Übel, Euch solchen Dingen zu widmen, eine solche mörderische Übeltat auf diese Toten herabzubeschwören.«

»Pah!«, gab Stoke unter dem grauenvollen Murmeln zurück. »Ich habe weit mehr ...«

Er brach jedoch ab und wirbelte zu den Toten herum. *»Hesukhádsete!«*, befahl er. Und die Stimmen verstummten.

Daraufhin wandte sich der Baron erneut Aravan zu. »Ich habe die Fähigkeiten meines Mentors Yrdal bei Weitem übertroffen. Er war es, der mir einst die Freuden der Ernte zeigte, er, der jetzt gern selbst meine Geheimnisse erfahren würde.

Doch würde ich einem anderen eine solche Macht in die Hand geben? Nein, denn sie gehört mir, mir ganz allein, und ich kann sie anwenden, wie ich will. Welche Rolle spielt es schon, dass er mein wahrer Vater ist? Er würde nur selbst eine Armee ausheben, um mit meiner zu wetteifern.«

»Wo ist denn Euer Vater?«, erkundigte sich Aravan leise.

Stokes Augen weiteten sich, doch ehe er antworten konnte ...

»Warum?«, schrie Faeril. »Warum braucht Ihr eine solch grauenvolle Armee. Eine Legion aus grausam Abgeschlachteten?«

Stoke lachte und wandte sich zu der Dammia herum. »Weil ich mit ihr die Welt beherrschen kann. Denkt darüber nach, Zwerg! Wo ich marschiere, wird mir die Furcht vorauseilen. Waffen können nichts gegen die ausrichten, die bereits abgeschlachtet sind. Adons Bann hat keine Macht über diese Soldaten, und mit ihnen werde ich alles erobern.

Pah, der Sultan von Hyree glaubt, ich stelle diese Armee für ihn auf, meine Armee der Toten. Er hat nicht die geringste Ahnung, was ich wirklich im Schilde führe.

Soll er seinen religiösen Krieg ausfechten, seinen *jihad*. Ich habe Größeres im Sinn.«

Aravan wiederholte seine Frage. »Stoke, ich fragte Euch, wo sich Euer Vater befindet. Wo ist Ydral?«

Baron Stoke deutete unbestimmt nach Osten, doch dann glühten seine Augen vor Zorn. »Narr! Bin ich der Hüter meines Vaters? Ich bin nicht hier, um Fragen zu beantworten!«

Aufgeregt marschierte er auf und ab und betrachtete seine Gefangenen, als wären sie Sklaven. Dann breitete sich ein grausames Lächeln auf seinem Gesicht aus. »Stattdessen bin ich hier, um mich meinen ... bescheidenen Freuden zu widmen.«

Er trat vor Gwylly. »Und du, Zwerg, wirst am meisten leiden.

Hast du wirklich geglaubt, dass mich das Sonnenlicht töten könnte? Bah! Ich bin ein Gestaltwandler und werde niemals sterben, denn niemand ist klug genug, mich zu töten. Wenn ich nicht durch reines Silber, das seltene Sternensilber, durch Feuer oder die Fänge einer Kreatur meiner Art getötet werde, lebe ich ewig.

Elfen sind nicht die einzigen Unsterblichen.

Und was Euren erbärmlichen Versuch angeht: Ich befand mich in meiner derzeitigen Gestalt, in der die Sonne mir nur Schmerzen zufügen kann ... Wofür Ihr allerdings teuer bezahlen werdet.

Doch merkt auf: Ich leide nicht unter Adons Bann, im Gegensatz zu meinem *jemadar*«, er deutete auf den Ghûl,

»der im Tageslicht tatsächlich sterben würde. Seht, was selbst ein schwaches Dämmerlicht ihm angetan hat! Sein Gesicht und sein Arm sind verbrannt, entstellt. Dabei stand er weit hinten in der Vorhalle, als Ihr den Fensterladen öffnetet, und nur ein schwacher Abglanz des Lichts fiel auf ihn. Aber es verbrannte ihn wie ein Feuer, bis er aus seiner Reichweite floh.«

»Zu schade«, gab Gwylly zurück. »Ich hätte warten sollen, bis er näher herangekommen war.«

Stoke murmelte ein Wort in Slûk. Der Ghûl trat vor, und schmetterte Gwylly die Faust ins Gesicht. Der Hieb riss den kleinen Wurrling von den Füßen, er krachte gegen die Wand und sackte daran zu Boden.

»Du Schurke!«, schrie Faeril und sprang auf den Ghûl zu, wurde jedoch von ihren Ketten zurückgehalten.

»Faeril, nein!«, schrie Gwylly auf Twyll und rappelte sich auf, während das Blut aus seiner Nase troff. *»Es geht mir gut, und ich will nicht, dass er dir etwas tut!«*

Der leichenblasse Feind trat zurück, den roten Mund zu einem klaffenden Grinsen aufgerissen. Erneut murmelte Stoke etwas auf Slûk, und der Ghûl, immer noch grinsend, trat zu einem der steinernen Pfeiler und nahm einen Schlüssel aus einem Spalt.

»Offenbar«, sagte Stoke zu Gwylly, »ist Euch dieser weibliche Zwerg also lieb. Jetzt weiß ich, wie Ihr leiden werdet.«

Der Ghûl packte Faerils Handgelenke und schloss die Fesseln auf. Die Damman wehrte sich und trat – jedoch vergeblich –, als er sie in die Mitte des Verlieses zwischen die Leichen zerrte, die immer noch aufrecht standen.

»Stoke! Du *skut*!«, schrie Gwylly und riss an seinen Ketten. »Lass sie in Ruhe, du Mordbube!«

Riatha und Aravan zogen in grimmigem Schweigen an ihren Ketten, doch das Eisen gab nicht nach.

Stoke lächelte und drehte sich herum, um zu beobachten, wie der Ghûl Faeril an einem Arm anhob und ihr Handgelenk in eine der von der Decke baumelnden Schellen legte. Mit ihrem anderen Arm verfuhr er genauso, während die Damman um sich trat und ihm Flüche auf Twyll an den Kopf warf.

Stoke winkte den Ghûl zu sich und drehte sich zu dem Bokker herum. »Ah, keine Angst, Zwerg, denn Ihr dürft aus nächster Nähe zusehen.«

Mit unglaublicher Kraft packte der Ghûl Gwyllys Wams, knurrte den Wurrling an, der ihm so viel Schmerzen bereitet hatte und hämmerte Gwylly gegen die Wand, bis er betäubt war. Dann löste der Ghûl rasch die Schellen und zerrte auch Gwylly in die Mitte des Raumes, hob ihn hoch und kettete ihn schräg gegenüber von Faeril an.

Hinter ihnen stimmten Riatha und Aravan ein Sterbelied an, denn sie konnten nichts tun, also sangen sie zu Adon, baten Ihn, die Seelen der Kleinen in sein Reich aufzunehmen.

Nachdem der Ghûl den Schlüssel wieder in die Nische gelegt hatte, trat Stoke zu dem Tisch mit den Instrumenten und nahm eine Phiole mit einer blutroten Flüssigkeit hoch. Damit trat er vor Faeril und hielt die Phiole in das Licht der Laterne. »Ihr müsst das trinken, denn ich möchte nicht, dass Ihr vor Vergnügen ohnmächtig werdet. Dieses Elexier wird Euch bis zum Ende wach halten und die exquisiten Empfindungen noch verstärken, die ich Euch angedeihen lasse ... so, wie ich es auch bei den anderen getan habe.« Er deutete auf die Toten, deren starre Augen geöffnet waren und deren Kiefer grauenvoll auseinanderklafften. »Bei Euren Waffengefährten.«

Stoke hielt der Dammia die Phiole hin, aber sie drehte den Kopf weg und presste die Lippen fest zusammen.

»Was? Ihr vertraut mir nicht? Aber das ist kein Gift, seht selbst ...« Stoke setzte die Phiole an seine Lippen und trank einen Schluck. »Nur ein kleines Schlückchen, mehr ist gar nicht vonnöten.«

Erneut hielt er sie Faeril hin, aber sie bog nur den Kopf zurück.

Stoke gab dem Ghûl ein Zeichen, der die Damman daraufhin festhielt, während der Baron ihr die Flüssigkeit mit Gewalt einflößte. Gwylly schrie ihn hasserfüllt an, schwang an seinen Ketten hin und her, strampelte und versuchte sie zu erreichen – doch vergeblich.

Jetzt drehten sie sich zu dem Bokker herum. Der Ghûl hämmerte dem Wurrling seine Faust in den Leib. Der Schlag nahm Gwylly den Atem, machte ihn benommen vor Schmerz. Stoke kippte aber rasch die Flüssigkeit in den offenen Mund des Wurrlings und zwang ihn zu schlucken.

Danach trat der Baron erneut an den Tisch und legte die Phiole ab. Danach nahm er die goldene Stange hoch, die etwa sieben Zentimeter im Durchmesser maß und sechzig Zentimeter lang war. An einem Ende verjüngte sie sich zu einem stumpfen Ende, auf dem vier Klingen saßen. Über die gesamte Länge zogen sich rasiermesserscharfe, dreieckige Stahlklingen, zwischen denen Blutjaspis eingelassen waren, und der Schaft war auf einer polierten Stahlplatte am anderen Ende montiert.

Stoke trat vor Gwylly hin, der von dem Schlag in den Magen immer noch keuchte. »Wie ich Euch leiden lassen werde, Zwerg? Einfach nur, indem ich Euch erlaube, zuzusehen und zuzuhören, während ich mich Eurem Schätzchen widme.«

Stoke wandte sich an Faeril. Seine Stimme klang weich und sanft, verbarg seine grausame Härte. »Und jetzt gebt fein Acht, mein Schätzchen. Erst werde ich Euch entkleiden, damit ich Eure schöne Haut sehen kann ... die ich dann ebenfalls entfernen werde, und zwar angefangen bei Euren Füßen.«

Faeril riss vor Entsetzen die Augen auf, ihr Herz hämmerte und sie strampelte wie verrückt mit den Füßen. Sie wehrte sich gegen ihre Fesseln, und ihre Ketten klapperten, während sie sich vergeblich bemühte.

Stoke lächelte über die Wirkung, die seine Worte hatten. »Oh, fürchtet Euch nicht«, sagte er tröstend, »denn das Elexier, das Ihr getrunken habt, wird nicht nur Eure Sinne so schärfen, dass diese exquisiten Empfindungen selbst Eure kühnsten Träume weit übertreffen werden, sondern Ihr werdet auch die ganze Zeit über bei Bewusstsein bleiben und jeden quälenden Augenblick aufs Deutlichste wahrnehmen.«

Jetzt stöhnte Faeril vor Entsetzen, und Gwylly brüllte hinter ihr vor Wut, während Aravan und Riatha an der Wand das Sterbelied sangen.

Stoke musste die Stimme anheben, um sich verständlich machen zu können. »Und wenn ich Euch die Haut abgezogen habe«, er hielt den grausamen Stab hoch und drehte ihn so im Licht, dass das Gold glänzte und der Stahl funkelte, »wird dies hier Eure nächste Belohnung sein.«

Mit einem irren Lachen trat Stoke zurück und stellte den Stab so auf den Boden, dass Faeril ihn sehen konnte. Das Instrument stand auf der stählernen Platte, das schreckliche Ding ragte empor und die Messer daran funkelten.

Dann trat der Baron rasch zum Tisch, nahm ein Messer mit einer dünnen Klinge hoch und kehrte wieder zu Faeril zurück. Er bedeutete dem Ghûl, Faerils Beine festzuhalten, riss ihr die Stiefel von den Füßen und schleuderte sie zur Seite. Seine Hände zitterten vor Eifer, als er das Messer an die Kleidung der Damman ansetzte, es hinaufführte und ihr die Kleidung vom Leib riss.

Kurz darauf war Faeril nackt und Stoke drehte sich zu Gwylly herum. »Jetzt, Zwerg, dürft Ihr das Vergnügen genießen zuzusehen, wie Eure Geliebte einen fürchterlich qualvollen Tod stirbt.«

Gwylly schloss die Augen und drehte das Gesicht nach oben, weigerte sich hinzusehen.

Gerade als Stoke das Messer an die Sohle von Faerils Fuß ansetzte, entstand plötzlich Unruhe. Drei Rukhs stürmten herein und schlugen hastig die Tür hinter sich zu.

Gwylly schlug die Augen auf und blickte hinauf und ... riss erstaunt die Augen noch weiter auf.

Wütend wirbelte Stoke herum und fluchte auf Slûk. Doch seine Stimme ging in einem ohrenbetäubenden Gebrüll unter ...

... und dann kam das Krachen, als die Tür unter einem gewaltigen Hieb zerbarst und aus den Angeln flog. Die Füllung kippte in den Raum und zerschmetterte die Rukhs. Auf den Trümmern stand eine gewaltige Bestie.

Der Bär war gekommen.

Stoke fuhr herum und schrie den Leichen einen Befehl zu. *»Ekeî eisìn hoi polémioi hoi emoí!«*

Die Leichen suchten den Bären und starrten ihn mit ihren unbewegten Augen an. Andere wandten sich zu Riatha und Aravan herum, und wieder andere zu Faeril und Gwylly.

»Faeril! Faeril!«, schrie Gwylly, der an der Kette hinaufkletterte, an der die Schelle um seine rechte Hand befestigt war.

Die Damman sah ihren Bokkerer an und blickte dann hinauf. Sofort fing auch sie an sich hochzuziehen, zu dem Balken, an dem ihre Ketten mit Haken befestigt waren.

»Thanatósete autoús!«, brüllte Stoke.

Das gespenstische Heulen von zehntausend Stimmen schwoll aus den aufgerissenen Kiefern, als die Phalanx der Untoten vormarschierte, mit erhobenen Säbeln und Streitkolben. Die Toten wollten den Bären töten, die Elfen und die Wurrlinge.

Der Bär wusste, dass diese Zweibeiner keine *Urwa* waren. Trotzdem griffen sie ihn an! Brüllend vor Wut stürmte er auf die schlurfenden Kadaver los und seine gewaltigen Klauen zerfetzten die Leiber rechts und links.

Gwylly hatte mittlerweile den Balken erreicht, hob den Arm und hakte das oberste Kettenglied seiner linken Kette auf den Ankerhaken und zog, riss – und schließlich gelang es ihm, es durch den Spalt zu ziehen.

Er sah hoch, als Faeril ihren Balken erreichte. Auf ihrer Miene zeichnete sich grimmige Entschlossenheit ab. Sie erwiderte seinen Blick. »Gwylly, hol den Schlüssel und befreie Aravan und Riatha. Ich hole unsere Waffen.«

Unter ihnen brüllte der Bär und zerschmetterte die Reihen der Untoten, schleuderte sie zurück, hieb sie zu Boden. Seine gewaltigen Klauen zerfetzten ihr verfaulendes Fleisch – kein Lebender hätte diese Schläge überlebt. Aber diese Soldaten waren bereits tot, also standen sie immer wieder auf und griffen erneut an.

Dann stürmten die heulenden Zombies auf Aravan und Riatha los. Die Elfen wurden von den Ketten behindert, die in der Wand hinter ihnen eingelassen waren. Trotzdem gelang es Riatha mit einem Tritt, einem der schlurfenden Untoten die Kniescheibe zu zerschmettern. Sie brach mit einem scharfen Knacken. Die Elfe riss dem Untoten den Krummsäbel aus der Hand, köpfte die Kreatur und drehte sich gerade noch rechtzeitig herum, um den Schlag des nächsten Untoten zu parieren.

Neben ihr wich Aravan im letzten Augenblick einem gewaltigen Schlag aus, packte das Handgelenk des Untoten, zertrümmerte dessen Ellbogen auf seinem Knie und wand ihm dabei den Streitkolben aus den Fingern. Dann hämmerte der Elf die eiserne Waffe in den Schädel des nächsten Untoten, der wie ein verfaultes Ei zerplatzte.

In der Mitte des Raumes hüllte derweil ein dunkler Schimmer die Gestalt von Baron Stoke ein, die sich veränderte, auf alle viere hinabsank, eine neue Gestalt annahm und dann stand dort, wo er eben noch gestanden hatte, ein riesiger, schwarzer Vulg, von dessen giftigen Fängen der Geifer troff.

Über ihm packte Gwylly die nächste Kette, um das Gewicht von seiner rechten Hand zu nehmen. Dann hob er das oberste Glied auf die Spitze des Hakens und riss es ebenfalls los.

Der Bokker war jetzt frei, auch wenn fast zweieinhalb Meter Kette von seinen beiden Handgelenken herunterbaumelten. Aber unter ihm standen die untoten Soldaten mit ihren Waffen in der Hand und ihren gespenstisch jammernden Stimmen.

Als der Vulg den Bären angriff, glitt Gwylly die andere Kette ein Stück hinab, holte Schwung und schaffte es, die nächste zu erreichen. Die Untoten schlurften hinterher. Wieder schaukelte Gwylly hin und her, holte Schwung – und auf dem Scheitelpunkt des Bogens ließ er los, flog weit durch die Luft und landete krachend am Boden. Das Elixier verstärkte den Schmerz des Aufpralls. Als er sich aufrappelte, zuckte eine brennender Stich sein Bein empor, und sein Verstand kreischte gequält. Gwylly humpelte weiter, während ihm der Schmerz die Tränen in die Augen trieb, und blickte zu Faeril hinauf. Die Damman machte gerade Anstalten, sich ebenfalls auf den Boden herunterzulassen. Von den Untoten, die ihm gefolgt waren, schwenkten jetzt einige ab und steuerten auf seine Dammia zu.

Der Bär hatte sich mittlerweile auf die Hinterbeine aufgerichtet und landete einen furchtbaren Schlag auf den Schädel des großen, schwarzen Vulg, der die Bestie zur Seite schleuderte. Der Bär hatte schon lange gegen diesen *Urwa* gefochten, der ihn beinahe getötet hatte. Der Bär brüllte seine Herausforderung heraus und stürzte sich auf den am Boden liegenden Vulg, die Säbel und Streitkolben der Untoten nicht achtend. Er wusste, dass dieser schwarze Vierbeiner sein wahrer Feind war.

Riatha hackte derweil klaffende Wunden in die heranstürmenden Untoten, aber sie schlurften trotzdem weiter auf sie zu. Selbst ein kopfloser Soldat taumelte zwischen ihnen herum und schlug blindlings um sich. Die Elfe wusste, dass es nur einen Weg gab, sie aufzuhalten: Sie musste ihnen die Arme und Beine abhacken, damit sie keine Waffen packen und auch nicht laufen konnten. Und sie musste ihnen möglichst den Kopf abschlagen, damit sie nichts mehr sahen. Sie machte sich an dieses Gemetzel, obwohl sie wusste, dass die Untoten sie am Ende überwältigen würden, da sie an die Wand gekettet war.

Neben ihr zerschmetterte Aravan Schädel, brach Arme und Beine, Untote stürzten zu Boden, nur um sich augenblicklich wieder zu erheben, um erneut von dem Elfenkrieger gefällt zu werden. Doch auch er war an der Wand angekettet.

Faeril ließ sich die letzten drei Meter bis zum Boden herunterfallen, schrie bei dem Aufprall auf, als der von dem Elixier verstärkte Schmerz sie durchzuckte, während sie auf den Steinen landete – auf Hände und Knie niederfiel. Die Untoten stürzten sich mit Klingen und Eisenknüppeln auf sie, aber trotz ihrer Qual gelang es Faeril, sich zur Seite abzurollen und auf die Füße zu springen. Sie rannte zwischen den Untoten hindurch, zerrte ihre Ketten hinter sich her und lief zur Wand, vor der die Waffen aufgehäuft waren. Sie lagen neben der zerschmetterten Tür.

Als der Vulg erneut hochsprang, schleuderte ihn der Bär wiederum zu Boden und sprang dann auf den Rücken der liegenden, schwarzen Bestie. Kämpfend rollten sie zwischen die Untoten und fegten sie beiseite. Der Vulg konnte weder seine Klauen noch seine Fänge einsetzen, da ihn der Bär von hinten umklammert hielt.

Gwylly hatte mittlerweile den Steinpfeiler erreicht, hob den Arm und tastete in der Nische nach dem Schlüssel für die Ketten, den er schließlich unter seinen Fingern fühlte. Triumphierend packte er ihn, riss ihn heraus, drehte sich herum und wurde im nächsten Augenblick von dem Schaft eines mit Widerhaken gespickten Speers gegen den Pfeiler geschleudert, an dem er voller Qual heruntersackte.

Dieser Schlag hätte Gwylly üblicherweise bewusstlos geschlagen, doch auch er hatte ja Stokes Elixier getrunken, das nicht nur Gwyllys Schmerz vergrößerte, sondern den Bokker auch daran hinderte, bewusstlos zu werden. Also nahm er weiterhin alles sehr deutlich wahr.

Voller Angst blickte Gwylly hoch und sah den Ghûl vor sich stehen. Sein blutroter Mund klaffte in einem breiten Grinsen auseinander, die spitzen, gelben Zähne schimmerten, und er genoss diesen Augenblick der Rache, als er den Speer zum tödlichen Stoß hob.

Doch der Ghûl hatte nicht mit der unglaublichen Flinkheit dieses Kleinen Volks gerechnet. Trotz seines Schmerzes rollte sich Gwylly zur Seite und die eisernen Widerhaken schlugen Funken auf dem Stein. Er kletterte hastig weg, sprang auf und packte die beiden Ketten, die an seinen Schellen hingen. Er wirbelte sie um den Kopf und schleuderte sie mit aller Kraft in den Ghûl hinein, dessen Knochen krachten, als das Eisen sie zerschmetterte.

Der Ghûl jedoch grinste nur, denn er war gegen solche Schmerzen unempfindlich.

Erneut schleuderte Gwylly die Ketten auf den Ghûl zu, doch diesmal war sein Feind darauf vorbereitet. Er fing die Ketten auf und zog den sich heftig wehrenden Wurrling langsam auf sich zu, während die Haken seines Speeres bösartig schimmerten.

Faeril unterdessen hatte sich einen Weg zwischen den Untoten gesucht und den Haufen mit den Satteltaschen und den Waffen erreicht. Sie riss Riathas Schwert und Aravans Speer heraus und wich aus, als einer der Untoten einen Schlag gegen sie führte. Er verfehlte sie jedoch. Die Damman sprang zu dem Haufen zurück, riss ihren Kreuzgurt hoch, konnte Gwyllys Schleuder und die Langmesser aber nicht finden. Also nahm sie nur ihren Elfendolch für ihn mit.

Der Bär hatte sich wieder aufgerichtet, sich mit seinem mächtigen Kiefer in dem Schulterblatt des Vulgs verbissen, umklammerte ihn mit seinen Armen und hatte die Klauen tief in die Brust des heulenden Vulgs gegraben, während er ihn immer fester an sich presste. Dann hob der Bär den Vulg vom Boden hoch.

Gwylly zog und zog, der Ghûl aber zerrte ihn immer dichter an sich heran, schleuderte den Bokker schließlich zu Boden und hielt ihn mit dem Fuß fest. Dann hob er seinen grauenvollen Speer und rammte ihn in den Bokker hinein. Gwylly schrie vor Qual, als ihn die Haken durchbohrten, die Spitze bis auf die Steine unter ihm drang – und der Speer dann wieder herausgerissen wurde.

Faeril rannte durch das Verlies, zerrte ihre Ketten hinter sich her, wich den Schlägen der Untoten behände aus und schleppte die Waffen zu der Wand, an der Riatha und Aravan angekettet waren und verzweifelt kämpften. Die beiden Elfen hatten bereits Wunden von Säbeln und Streitkolben davongetragen. Aber schließlich erreichte die Damman den Kampf und schaffte es, an den Untoten vorbeizulaufen, drückte Aravan den Schaft seines Speeres in die Hand und ... wurde wieder so weit zurückgetrieben, dass sie Riatha nicht erreichen konnte.

Während Aravan mit dem Speer einen Untoten beiseiteschleuderte, murmelte er: *»Krystallopyr!«*, nannte den Speer mit seinem Wahren Namen und stieß zu. Wenn die glühende Klinge jetzt einen Untoten durchbohrte, fiel er zu Boden und erhob sich nimmermehr. »Zu mir, Riatha!«, schrie Aravan, denn die Reichweite seiner Waffe war so lang, dass er mit ihr auch die Elfe verteidigen konnte.

Faeril krabbelte hastig aus dem Tumult heraus, drehte sich um und sah ... *»Gwylly!«*, kreischte sie, als der Ghûl den Bokker erneut mit dem Speer durchbohrte.

Und noch einmal.

Faeril ließ alles bis auf ihren Elfendolch fallen, schrie vor Wut auf und rannte kreischend auf den Ghûl zu. Bevor dieser reagieren konnte, sprang sie ihm auf den Rücken und rammte ihm immer wieder die Klinge hinein. Der Ghûl brüllte vor Schmerz auf, ließ seinen Speer fallen und schlug nach hinten, auf seinen Rücken, klaubte an der Damman. Doch sie war ja nackt, entkleidet von Baron Stoke, sodass sie den Fingern des Ghûl keine Angriffsfläche bot. Der Ghûl drehte sich vor Schmerz immer wieder herum, denn die Klinge des Elfendolchs bestand aus Silber: Seine Stiche bereiteten ihm schreckliche Qualen.

Gwylly kroch über den Boden, zerrte die Ketten hinter sich her und hinterließ eine lange, blutverschmierte Spur, während das Leben rasch aus ihm heraussickerte. Doch er blieb trotz der schrecklichen Qualen bei Bewusstsein, da Stokes Elixier noch wirkte. Vor sich sah er Aravan und Riatha, die von den Untoten angegriffen wurden, die sich vor ihren Füßen stapelten.

Er wusste, dass er sie erreichen musste.

Es wurde ihm schwarz vor Augen, und eine schreckliche Kälte durchströmte ihn. Er war so müde, so entsetzlich müde, und er wusste, dass er nicht weiterkriechen konnte, obwohl er es musste.

Ein zischendes Brüllen rauschte in seinen Ohren, und obwohl er Riatha sehen konnte – und sie ihn –, hörte er nicht, was sie ihm zurief.

Aber er musste sie erreichen. Er musste diese wenigen Schritte noch überwinden.

Denn er hatte immer noch den Schlüssel in der Hand.

Mit letzter Kraft streckte er die Hand aus, fühlte, wie Riatha seine Hand in die ihre nahm. Und er lächelte.

Dann legte sich die ewige Dunkelheit über ihn.

Dem Ghûl war es endlich gelungen, Faerils Haar zu erwischen, er riss die Damman hoch und nach vorn, und dann hielt er sie auf Armeslänge von sich fern. Vor Wut hatte sich sein entstelltes Gesicht zu einer unkenntlichen Fratze verzerrt.

»Du Schurke!«, schrie sie und spie ihm ins Gesicht.

Der Ghûl packte ihre Kehle und schüttelte sie wütend hin und her. Und sie, sie rammte ihm die silberne Klinge ins Herz. Seine sterbenden Augen weiteten sich vor Entsetzen, als ihm klar wurde, was er getan hatte – und was sie getan hatte. Er heulte mit seiner hohlen Stimme noch einmal laut auf und brach dann auf dem Boden zusammen.

Die Untoten versammelten sich um Faeril herum und wollten sie töten, aber bevor sie auch nur einen Schlag tun konnten, hielten der Kristallspeer und das Silberschwert eine mörderische Ernte. Aravan und Riatha hatten sich endlich von den Ketten befreien können.

In der Mitte des Verlieses wirbelte der Bär zwischen den Untoten herum, zerquetschte mit seinen gewaltigen Armen den schwarzen Vulg und riss ihm Fell und Fleisch aus dem Nacken. Dann fiel der Blick des Bären auf einen goldenen Dorn, der auf dem Boden stand. Er hob den Vulg hoch, noch höher, und rammte die Bestie dann nach unten, spießte ihn auf Stokes eigener, goldenen Stange auf, rammte ihn darauf herunter – bis ganz auf den Boden. Die Stahlklingen zerfetzten Haut und Gewebe, als die mit Klingen besetzte, stumpfe Spitze durch den Körper des Vulg drang, wieder hinausdrang – und die Eingeweide hervorquollen.

Zehntausend geisterhafte Stimmen stöhnten auf, die Untoten wichen zurück.

Der Vulg heulte, versuchte das schreckliche Ding, das ihn durchbohrte, zu beißen. Aber er kam nicht heran, und jedes Mal, wenn er sich bewegte, zerfetzten die Klingen weiteres Gewebe in ihm.

Ein dunkler Schimmer legte sich über die Bestie, ihre Gestalt änderte sich, wurde größer, länger, breiter, und wo ein Vulg gewesen war, hockte jetzt ein riesiges Wesen, dessen schwarze, ledrige Schwingen heftig flatterten. Am Ende jeder Schwinge schimmerte ein sichelförmiger Dorn, im Maul der Kreatur glänzten spitze Zähne, und die Klauen ihrer Füße verkrampften sich in der Luft, während sie vor Qualen krächzte. Denn auch dieses Wesen war aufgespießt.

Erneut hüllte der dunkle Schimmer es ein, wieder veränderte es seine Gestalt, wurde kleiner, die Schwingen verschwanden, stattdessen bildeten sich Arme und Beine, der Schnabel schrumpfte, der Kopf wurde rund, und wo die Kreatur eben noch gewesen war, brüllte jetzt Baron Stoke seine Qual heraus, denn er war ebenso aufgespießt, sein Bauch aufgerissen und seine Gedärme quollen heraus.

Das Elixier, von dem er getrunken hatte, vergrößerte seine Qualen noch und hielt den Schock von ihm fern, hielt ihn bei Bewusstsein.

Doch sterben würde er nicht, obwohl er aufgespießt war, denn er war ein unsterbliches Monster.

Der Bär trat vor, um ihn zu zerfetzen, hob die Klauen.

Und ließ sie im letzten Augenblick wieder sinken.

Er schwang den mächtigen Schädel zu dem zweibeinigen Weibchen, das dieses dunkle Metall in der Hand hielt, das mit Sternen gefüllt war.

Der Bär brüllte einmal und trat dann zurück.

Riatha trat vor Stoke, Dúnamis in der Hand. Der Baron kreischte, die Augen in grauenvoller Pein weit aufgerissen, während die rasiermesserscharfe Klinge bei jeder Bewegung das Gewebe in ihm zerschnitt, ganz gleich, wie geringfügig sie auch sein mochte.

Während er endlos heulte, starrte er die Elfe an.

»Das ist für Talar«, sagte sie, holte mit ihrem Schwert aus Sternensilber weit aus, während ihr die Tränen die Wangen hinunterliefen. »Für Gwylly. Und für all die anderen!«

Mit einem mächtigen Schwung des Schwertes aus dunklem Silberon, der Klinge aus Sternensilber, die glitzerte, als das Licht der Öllampen auf sie fiel, trennte Riatha Baron Stoke den Kopf vom Rumpf.

Die Untoten fielen zu Boden, nicht länger untot, sondern – tot.

Der Bär setzte sich, und ein dunkler Schimmer umhüllte das mächtige Tier. Riatha trat vor, als es sich rasch wandelte, an Masse verlor, Gestalt annahm – und dann saß plötzlich ein Hüne von einem Mann vor ihr, ein Baeron. Urus.

Sie kniete sich neben ihn, nahm seine Hand, küsste sie, drückte sie an ihre Wange, während ihr Gesicht von Tränen überströmt war. »*Chieran! Avó, chieran.* Ich dachte, du seist tot.«

Urus umarmte sie und küsste sie zärtlich.

Doch dann traten auch ihm Tränen in die braunen Augen, denn über ihrer Schulter im Schatten sah er einen trauernden Aravan, der bei Faeril Wache hielt. Die kleine Damman saß auf dem Steinboden, wiegte sich und klagte, ihren toten Bokkerer in den Armen.

20. KAPITEL

SCHWINGEN AUS FEUER

Fünfter Februar, 5E990
(Gegenwart)

Urus erhob sich und zog Riatha mit sich hinauf. Der hünenhafte Mann drückte mit einem Blinzeln die Tränen aus seinen Augen. »Wir haben keine Zeit zum Trauern«, stieß er zwischen den Zähnen hervor, »denn wir müssen uns den Weg freikämpfen. Um Gwylly werden wir später trauern.

Und du bist verwundet, Liebste, von einer Klinge der Rutch ... ebenso wie Faeril und Aravan. Wir müssen die Wunden säubern und verbinden, denn die Waffen der Wrg sind oft vergiftet. Die Verletzungen, die sie einem damit zufügen, können noch Tage später den Tod bringen.«

Riatha nickte, wischte ihre Tränen ab und wandte sich zu ihrem Haufen mit Habseligkeiten herum. »Halte an der zertrümmerten Tür Wache, denn die Feinde könnten einen weiteren Angriff wagen. Ich werde in meinem Gepäck solange nach Kräutern und Tinkturen suchen, die sie vielleicht übersehen haben. Und nach Verbänden, ebenso nach Kleidung für Faeril.«

Die Satteltaschen waren noch verschlossen, die Schlafrollen gebunden, und während Riatha die Riemen der Ledertaschen öffnete und sie durchsuchte, nahm Urus seinen eisernen Morgenstern, trat an die Tür und hielt Wache. Er räumte weder die Trümmer der Tür noch die toten Rutcha darunter fort, sondern ließ sie liegen, weil sie mögliche Angreifer behindern würden.

Die Elfe fand rasch ihren Medizinbeutel und Faerils Ersatzkleidung, außerdem ein weißes Unterhemd, das man zerreißen und als Verband für die Wunden benutzen konnte.

Zudem fand sie Trinkschläuche, und als sie sie schüttelte, stellte sie fest, dass sie noch Wasser enthielten. Riatha öffnete die Verschlüsse, roch daran und öffnete dann ihren Beutel mit den Heilkräutern. Sie wählte ein weißes Puder aus, und ließ ein wenig davon in jeden Trinkschlauch fallen, lauschte und verschloss sie danach wieder. Sie reichte einen Schlauch Urus weiter und schlang sich die vier anderen über die Schulter. »Trink«, sagte sie. »Es ist ungefährlich.«

Dann suchte sich die Elfe den Weg zwischen den Leichen zu Faeril und Aravan und sammelte unterwegs die Stiefel der Dammia ein.

»Hier.« Sie reichte Aravan einen Schlauch und stellte die anderen auf den Boden. »Trinkt. Es ist ungefährlich, und außerdem ist genug da. Es reicht auch, um die Wunden zu säubern.«

Die Elfe kniete sich neben Faeril. »Kleine, wir müssen uns zum Aufbruch rüsten. Es könnten noch Feinde auf uns warten.« Riatha sah zu Aravan hoch.

»Der Stein ist kalt«, sagte der Elf, aber nicht so eisig wie vorher. In der Nähe halten sich also Feinde auf. Um wen es sich handelt, vermag ich nicht zu sagen, doch gewiss ist, dass es noch Lokha und Rucha in der Moschee gibt. Ob auch Vulgs und anderes Gezücht darunter sind, das weiß ich nicht.«

Faeril saß da, hielt Gwylly in den Armen und streichelte ihrem Bokkerer übers Haar, während ihr die Tränen die Wangen hinunterliefen. Sie blickte nicht hoch, als sie den

Kopf schüttelte. »Es gibt keine Vulgs mehr. Sonst wären sie bei Stokes Geheul gekommen. Gwylly hat sie alle mit dem Tageslicht getötet. Er hat sie alle getötet ...«

»Dennoch, Faeril«, fuhr Riatha fort, »wäre Gwylly jetzt hier, er würde Euch drängen, Euer Leben nicht unnötig wegzuwerfen. Er würde Euch raten, Euch für das zu rüsten, was vor uns liegt.«

Die Elfe nahm den Schlüssel und öffnete die Schellen um Faerils Handgelenke, warf die Ketten achtlos zur Seite. Die Damman blickte hoch. »Gwyllys auch«, bat sie, und Riatha folgte ihrem Wunsch.

Dann nahm die Elfe Faerils Gesicht zwischen ihre Hände. »Kommt, Kleine, steht auf und lasst mich Eure Wunden verbinden. Außerdem müsst Ihr Euch anziehen und bewaffnen, denn wir müssen uns den Weg – fort von diesem Ort des Todes – freikämpfen und brauchen dazu Eure Hilfe.«

Faeril hielt lange inne, sah von Riatha zu Aravan und zu Urus hinüber. Schließlich blickte sie auf Gwylly hinab und bettete den toten Bokkerer dann sanft auf den Steinboden. Sie stand auf und ließ sich von Riatha untersuchen. Die Elfe drehte sie herum, doch bis auf die Abschürfungen an den Handgelenken, wo die Schellen auf der Haut gerieben hatten, war die Damman unversehrt.

Riatha reichte ihr einen Trinkschlauch. »Trinkt – und dann zieht Euch an.«

Faerils Kehle war wie ausgedörrt, und so trank sie reichlich, denn sie hatte genau wie die anderen seit Stunden nichts mehr getrunken, das heißt: seit ihrem Abstieg von den Klippen. Und das war im Morgengrauen gewesen.

Nachdem die Damman ihre Kleidung angelegt und ihren Kreuzgurt übergestreift hatte, wusch und verband Riatha Aravans Wunden. Der Elf tat dasselbe bei ihr.

Riatha nahm einen langen Zug aus dem Trinkschlauch.

»Aravan, halte du Wache an der Tür«, sagte sie dann, »während ich mich um Urus kümmere.«

Als Urus zu der Elfe trat, damit sie seine Wunden untersuchte, stellte sie zu ihrer Überraschung fest, dass sich die meisten bereits schlossen und einige nur noch aus roten Narben auf seiner Haut bestanden. »Das war schon immer so bei mir«, sagte er. »Es ist meine Natur.«

»Reines Silber und seltenes Sternensilber«, murmelte Faeril. »Das ist alles, was Euch schaden kann. Dies und Feuer ... und die Fänge und Klauen von einem, der ebenfalls verflucht ist.«

Riatha sah erst Faeril und dann Urus an. In ihren silbergrauen Augen zeichnete sich Erstaunen ab. Nachdenklich reinigte sie Urus' Schnittwunden, strich Salbe darauf und verband ein oder zwei.

Als sich der Baeron angekleidet hatte, sagte Riatha: »Jetzt müssen wir überlegen, wie wir vorgehen, entscheiden, wo wir den Rest der Nacht verbringen, denn es dauert noch fünf Stunden bis zum Sonnenaufgang.«

Urus knurrte. »Ich sage, wir versuchen hinauszukommen, denn je näher der Morgen rückt, desto eher werden die Wrg zaudern, uns anzugreifen. Sollten wir jedoch hierbleiben, werden sie uns irgendwann angreifen, ganz gleich ob es Tag oder Nacht ist.«

Sie sahen zu Aravan hinüber, der an der Tür mitgehört hatte. »Ich sehe es so wie Urus!«, rief er. »Je früher wir hier herauskommen, desto eher sind wir auch in Sicherheit.«

»Aber auch draußen können sie uns angreifen, solange Nacht ist«, erwiderte Riatha. »Also brauchen wir einen sicheren Platz, bis der Tag anbricht.«

Urus nickte und starrte nachdenklich zu Boden. Schließlich blickte er hoch. »Das Minarett! Wenn wir ganz oben sind, können wir die Falltür schließen. Und selbst wenn sie uns dort angreifen, kommt immer nur einer hindurch.«

Riatha nickte. »Gehen wir.«

»Wartet!«, rief Faeril. »Ich werde Gwylly nicht hier in diesem«, sie deutete um sich, »Schlachthaus liegen lassen, an diesem grauenvollen Ort des Todes.«

Riatha kniete sich neben sie und umarmte sie. »Aber Kleine, natürlich lassen wir ihn nicht hier bei diesen ... Monstrositäten. Ich trage ihn selbst.«

»Wartet!«, rief Aravan. »Bevor wir gehen, muss ich noch etwas erledigen.« Während die anderen die Dinge aussortierten, die sie mitnehmen wollten, trat der Elf zu jeder Leiche und bohrte ihnen die Spitze von Krystallopyr ins Herz. Der Speer verbrannte die Toten, und Aravan sorgte mit dieser grausigen Tat dafür, dass sich keiner von ihnen je wieder erheben würde.

Als Riatha das sah, trat sie zu dem Ghûlk, den Faeril getötet hatte, und enthauptete ihn mit einem Schlag, der unter dem eisernen Kragen traf. Danach hieb sie ihm sämtliche Gliedmaßen ab. Als sie fertig war, zog sie Faerils Elfenklinge aus dem Herzen des Ghûlk und reichte die silberne Waffe der Damman.

Faeril gürtete ihr Langmesser um ihre Taille und schob den silbernen Dolch in seine Scheide. Sie nahm auch Gwyllys Schleuder, den Beutel mit den Kugeln und seine anderen Waffen, ebenso wie ihre und seine Schlafrolle. Ihre schnallte sie sich auf den Rücken, während sie die von Gwylly ausrollte und ihren Bokkerer darin einwickelte.

Schließlich traten sie durch die zertrümmerte Tür, Urus an der Spitze, dann Riatha, Faeril, mit Gwyllys in die Decke gehüllter Leiche in den Armen, und als Letzter kam Aravan.

Als sie aus dem Verließ traten, ahmte Urus das Brüllen des Bären nach, und Faeril hörte die hastigen Schritte, die über den Flur huschten und sich von ihnen entfernten.

Urus führte sie zu einer Wendeltreppe. Sie stiegen hinauf und gelangten durch eine geöffnete Falltür auf das Altarpodest in der großen Halle. An den vier Ecken des Podestes brannten Fackeln, die den Raum in ein helles Licht tauchten. Diesmal hörte man kein schwaches Gemurmel von fernen Stimmen wie zuvor, als sie die Halle betreten hatten.

Sie stiegen von dem Podest herunter. Faerils Herz hämmerte wie wild, denn sie erwartete jede Sekunde, dass Pfeile mit den schwarzen Schäften oder Armbrustbolzen aus den Schatten auf sie zupfiffen.

Dann aber sah sie etwas Glänzendes auf dem Boden und ging darauf zu. Es war das silberne Wurfmesser, das sie auf Stoke geschleudert und das ihn nur knapp verfehlt hatte. Rasch hob Faeril das Messer auf und schob es in seine Schlaufe in ihrem Kreuzgurt. Die meisten Wurfmesser aus Stahl hatte sie im Kampf verbraucht, aber dafür hatte sie jetzt beide Silbermesser wieder.

Sie nahmen denselben Weg, auf dem sie zuvor in die Halle gekommen waren, vor den Türen in der Ecke waren die Fallgitter allerdings noch heruntergelassen, deshalb änderte Urus die Richtung. Sie nahmen Kurs auf die Tür, durch die der Troll gekommen war.

So erreichten sie einen kurzen Flur, der in eine Halle führte, von der mehrere Gänge abzweigten, die sich im Schatten verloren. Vor ihnen lag eine Treppe, die nach oben und unten führte. »Ich denke, hier kommen wir nach unten, dorthin wo der Tunnel zum Minarett liegt«, zischte Urus, und sie schlugen diesen Weg ein.

In dem unterirdischen Flur begegnete ihnen kein Feind, und sie kamen rasch zu dem Tunnel. Dort nahmen sie eine flackernde Fackel aus ihrer Halterung, gingen schnell durch den unterirdischen Gang und kamen an das Fallgitter, das noch immer geöffnet war. Der Pfahl von der Koppel lag immer noch an der Wand. Urus drehte die Winde, deren Zahnräder laut klackten. Die Ketten rasselten und das eiserne Fallgitter hob sich mit kreischendem Protest.

Nachdem die anderen hindurchgegangen waren, stemmte Urus den Pfahl unter das Fallgitter, ging zu der Winde zurück und zerstörte mit dem Morgenstern die Ketten und den Zahnradmechanismus. Dann trat der Baeron unter dem Fallgitter hindurch und zog mit einem angestrengten Knurren den Balken weg. Das Gitter fuhr quietschend herunter und landete mit einem lauten Krachen in seinen Halterungen.

Sie gingen die Treppe hinauf und erreichten das Erdgeschoss des Minaretts. Die Tür zum Hof stand noch offen, und helles Mondlicht schien herein. »Nach unserem Eindringen sind die Wrg vielleicht gar nicht mehr hierhergekommen«, erklärte Urus und legte seine Last ab. »Trotzdem, es könnten sich einige dort oben versteckt haben. Obwohl das quietschende Gitter und das Rasseln der Ketten unsere Anwesenheit verraten hat, denken sie vielleicht, dass wir nur andere Rutcha sind. Ich werde vorangehen, falls irgendwelche Wrg dort auf der Lauer liegen. Aravan, löscht die Fackel und kommt mit. Riatha, bleib bei Faeril ... und Gwylly.«

Urus nahm seinen Morgenstern in die linke Hand und schlich die Wendeltreppe hinauf. Aravan folgte ihm mit dem Speer, zum Stoß bereit.

Faerils Herz raste, als sie hinaufgingen, und sie hörte ihre leisen Schritte, bis sie außer Sicht waren. Dann herrschte tiefste Stille.

Sanft legte Riatha Gwyllys Leiche auf den Boden. Dann zog sie Dúnamis, trat zur Tür und spähte wachsam hinaus.

Faeril zog ihr Langmesser und blieb im Schatten abwartend stehen.

Alles war still, die Moschee lag im Dunkeln. Von ihren Pferden war nichts zu sehen.

Es dauerte lange, scheinbar eine Ewigkeit, bis Urus schließlich zurückkehrte. »Alles ist in Ordnung.«

Faeril ging die Treppe hinauf, gefolgt von Riatha, die Gwylly in den Armen hielt. Unter ihnen verschloss Urus die Tür zum Hof und verriegelte sie, sammelte die restliche Ausrüstung ein und folgte ihnen.

Aravan wartete im schattigen Pavillon unter der Kuppel des Minaretts auf sie. Er spähte durch die Bögen zwischen den Säulen hinaus auf den Hof. Vor zwei Tagen war Vollmond gewesen, und die silberne Scheibe des Mondes stand noch fast in ihrem Zenit. Sein fahles Licht fiel auf die Moschee, den Hof und das Gelände vor den Wällen der Festung.

Faeril und Riatha stiegen durch die Falltür, dann kam Urus. Der Baeron ließ die Ausrüstung zu Boden gleiten, während Riatha Gwylly sanft ablegte. »Ins Mondlicht, Riatha«, bat Faeril, in deren Augen Tränen glänzten. »Gwylly hat immer gesagt, dass das Mondlicht etwas ganz Besonderes sei.«

Während die Elfe den Leichnam des Bokkers auf die Steine legte, auf die die silbernen Strahlen fielen, stieg Urus erneut die Wendeltreppe hinab. Faeril setzte sich neben ihren Bokkerer, schob die Decke zurück und hielt seine kalte Hand, während sie leise weinte.

Augenblicke später kehrte Urus zurück. Er hatte den Pfahl geholt. Der Baeron verschloss die Falltür und legte den Pfahl darüber, dessen eines Ende er durch einen Abflusskanal zwängte, und dessen anderes Ende er unter den gebogenen Sockel eines steinernen Tisches schob. »So«, sagte er, »das sollte ...«

Aus der Ferne hörten sie Klappern und Rasseln.

Aravan legte den Kopf auf die Seite und lauschte. »Ein Fallgitter wird angehoben«, zischte er.

Faeril stand auf und zog ihr Langmesser. »Unter uns?«

»Nein.« Aravan steckte die Hand aus. »Dort, am Haupteingang, meine ich.«

Riatha zückte Dúnamis. »Sie kommen«, erklärte sie finster.

Dann ertönte ein metallisches Wummern, als die schweren, ehernen Portale gegen den Stein schlugen. Im nächsten Augenblick flackerte das wabernde Licht von Fackeln unter dem Vorgiebel auf. Einige Sekunden verstrichen, bis fünf Hlöks schließlich hinauseilten und zum Haupttor in der Mauer hasteten. Einer von ihnen trug eine Fackel, die anderen zogen den Balken zurück und öffneten das linke Portal weit genug, um sich hindurchzwängen zu können. Sie rannten die Straße entlang und flohen in die Schlucht. Noch bevor sie sie erreichten, folgten ihnen drei Rukhs aus der Moschee, rasten durch das helle Mondlicht und versuchten, die Hlöks einzuholen.

Aravan umklammerte sein Amulett und lachte leise. »Es ist noch kühl, wird jedoch schon zusehends wärmer. Mir scheint, das waren die Letzten von der Brut, die zurückgeblieben sind.

Vielleicht fürchten sie ja, dass der Bär noch in der Moschee ist, und sind deshalb geflohen.«

»Trotzdem!«, stieß Riatha hervor und schob Dúnamis wieder in die Scheide, »wir sollten Fortuna nicht herausfordern. Es sind nur noch fünf Stunden bis zum Sonnenaufgang. Dann können wir diesen luftigen Horst verlassen.«

Aravan sah zu, wie die *Rûpt* in die Schlucht liefen und nach Norden flüchteten. Dann wandte sich der Elf zu Urus herum. »Mein Freund, wir hielten Euch für tot. Sagt uns nun, was hat sich zugetragen?«

Urus setzte sich auf den Steinboden, zog Riatha zu sich herunter und bedeutete Faeril, sich ebenfalls neben ihn zu setzen, platzierte sie absichtlich so, dass sie Gwyllys Leiche nicht sehen konnte. »Als mich der Ogru in seinen Klauen hatte, wusste ich, dass ich des Todes war, denn das Monster presste mir das Leben aus dem Leib, meine Knochen brachen, Blut quoll in meine Brust, füllte meine Lungen, meinen Hals, erstickte mich schließlich. Dann wurde alles schwarz.

Ich weiß nicht, wie lange ich durch das Dunkel fiel, aber als ich aufwachte, wusste ich nur, dass ich tot gewesen war …

Vielleicht hat Faeril recht, und nur reines Silber, seltenes Sternensilber kann mich töten … oder Feuer oder die Fänge und Klauen eines Verfluchten.

Jedenfalls fand ich mich nach meinem Erwachen auf einen Tisch geschnallt. Ich war jedoch vollkommen wach und spürte, dass die Wunden, die mir der Ogru versetzt hatte, mittlerweile geheilt waren. Denn das Atmen schmerzte nicht mehr, und in meiner Luftröhre und meinen Lungen befand sich auch kein Blut mehr. Als ich wusste, dass ich heil und gesund war, sah ich mich um. Neben mir lagen schrecklich verstümmelte Leichen; ihre Brustkörbe waren aufgeschlitzt, die Schädel gespalten, Beine und Arme gehäutet, Muskeln, Sehnen, Körpergewebe und Organe lagen überall herum, als wäre ein Wahnsinniger über sie hergefallen – Stoke. Ich befand mich in seinem Laboratorium.

Nun versuchte ich mich zu befreien, aber die Riemen waren zu stark für mich. Nur der Bär würde sie zerfetzen können.

Also konzentrierte ich mich auf einen Gedanken, sagte dem Bären, er solle Euch suchen und befreien, falls Ihr noch lebtet, und begann die Wandlung …«

Wütend, weil er gebunden war, richtete sich der Bär auf, zerfetzte mühelos die Riemen und rollte sich von der Platte herunter. Tote Zweibeiner befanden sich in dem Raum, an andere Platten geschnallt. Er schnüffelte an allen, doch keiner war einer jener Zweibeiner, die er suchte. Er knurrte leise, denn er wusste, dass seine zweibeinigen Kameraden in Gefahr waren.

Der Bär schlich aus der Kammer und gelangte in einen Korridor. An einer Seite befanden sich noch mehr Kammern, von denen manche offen, andere verschlossen waren. Auf der anderen Seite sah es genauso aus. Der Bär hatte keine Wahl und wandte sich in die Richtung seiner dunkleren Tatze, schnüffelte in der Luft und versuchte, die Witterung seiner Gefährten aufzunehmen. Es würde schwierig sein, sie zu finden, denn diese Höhle der Zweibeiner war mit dem Gestank von Tod erfüllt.

Der Bär trottete durch den Gang, spähte in jeden Raum und zertrümmerte die Türen, wenn sie ihm den Weg versperrten. Die Kammern enthielten uralte Geräte, deren Zwecke er nicht verstand; eiserne Käfige, die von der Decke hingen, mit toten Zweibeinern darin; andere bestanden aus eisernen Türen, zwischen denen Zweibeiner zerquetscht worden waren; dann wieder gab es lange Platten, auf die ebenfalls tote Zweibeiner geschnallt lagen, die zuvor zerfetzt worden waren. Ihre Arme lagen hier, ihre Beine dort. Zwar war keiner der Toten ein Gefährte des Bären, doch er wusste, dass er sie finden musste, bevor sie ein ähnliches Schicksal ereilte.

Hinter einer zertrümmerten Tür fand der Bär schließlich den Bau des Feindes, und zwar eines Feindes, den er schon seit Langem bekämpfte. Es roch nach *Urwa*, und doch nicht nach *Urwa*. In der Kammer befand sich das zerwühlte Bett seines Erzfeindes. Und in dieser Höhle stank es nach dem Blut eines Zweibeiners, der noch nicht allzu lange tot sein konnte, höchstens einen Tag. Doch es war nicht der Geruch eines der zweibeinigen Gefährten, die er suchte.

Der Bär schnaubte, um seine Nase von dem Gestank zu befreien, trottete in den Flur hinaus und fand sich drei *Urwa* gegenüber.

Sie schrien vor Entsetzen auf, drehten sich herum und flohen.

Der Bär brüllte auf und machte sich an die Verfolgung. Die *Urwa* flohen vor ihm, kreischend vor Panik.

Doch über ihren Schreien hörte der Bär noch andere Geräusche, andere Schreie und Gebrüll, und er erkannte sie, sie kamen von den kleinen Zweibeinern, deren Freund er geworden war.

Jetzt verfolgte der Bär die *Urwa* nicht mehr, obwohl sie immer noch vor ihm her liefen. Stattdessen folgte er den Schreien seiner Kameraden.

Die *Urwa* rannten vor ihm durch eine Tür und schlugen sie hinter sich zu. Doch eben hinter dieser Tür konnte der Bär die Schreie der kleinen Zweibeiner hören. Er bäumte sich auf, stellte sich auf die Hinterbeine, und warf sich nach vorn, brach durch die Tür, die vor ihm zu Boden krachte und die *Urwa*, die dahinterstanden, zerquetschte.

Als der Bär auf den Trümmern stand, hörte er die Schreie seiner Kameraden und sah sie an Ketten von der Decke baumeln ... und er roch seinen Erzfeind – den *Urwa, der keiner war* – hörte die Stimme seines Feindes, sah, wie sich tote Zweibeiner zum Angriff wandten ... und wurde wütend.

»... den Rest kennt Ihr«, schloss Urus.

Aravan drehte sich von seinem Ausguck um. »Gesegnet sei der Bär, Urus, denn er kam gerade noch rechtzeitig.« Dann fiel Aravans Blick auf den kleinen Leichnam, der in die Decke eingewickelt war.

Neben Urus begann Faeril zu weinen. Der Hüne nahm sie sanft in die Arme und wiegte sie, strich ihr übers Haar, während sie verzweifelt schluchzte. Was er murmelte, weiß man nicht, aber er summte leise, ein tiefes Rumpeln geschah in seiner Brust. Und die erschöpfte Damman weinte sich in seinen Armen in den Schlaf.

Der Morgen kam, und mit ihm die Sonne, die hinter den Bergen aufging. Die vier verließen das Minarett, Riatha mit Gwylly in den Armen. Sie gingen zur Moschee zurück und fanden Kamele in der Koppel. Von ihren Pferden war nichts zu sehen. »Von den Rutcha geschlachtet und gefressen, denke ich«, sagte Urus. »Wenn sie nicht sehr gut ausgebildet sind, können sie den Gestank und die Geräusche von Kamelen nicht ertragen. Ich nehme an, dass die Wrg unsere Tiere geschlachtet haben, statt sich ihrer Panik oder Wut auszusetzen. Außerdem haben sie gewiss gern den Vorwand genutzt, Pferdefleisch zu fressen.«

»Pferde oder nicht«, meinte Aravan, »wir haben eine lange Reise vor uns. Wir brauchen Nahrung, Wasser und Ausrüstung für die Kamele.«

»Ihr drei sucht danach«, erklärte Faeril mit bebender Stimme. »Ich bleibe hier bei meinem Liebsten. Aber vergesst nicht, dass wir einen Scheiterhaufen für Gwylly brauchen. Es war sein Wunsch, so bestattet zu werden.«

Das Gebäude neben dem Stall war einst eine Schmiede gewesen. Sie fanden dort eine Esse samt Blasebälgen, Hämmern, Zangen und Ambossen und anderen Gegenständen, die schon lange nicht mehr benutzt worden waren. Und auch große Haufen mit der Beute von Überfällen, Fracht von Karawanen: Seide und Satin; Schnitzereien aus Elfenbein und Ebenholz, mit Halbedelsteinen geschmückt; alle Arten von Gewürzen, die in Dosen und Kisten verpackt waren, Teekisten; Ölkrüge; Kisten, deren Inhalt sie nicht kannten; Lampen aus Messing und Bronze; Webteppiche und Haufen anderer Schätze. Sie suchten lange in dem Haufen herum, fanden schließlich auch Sättel und Zaumzeug für Kamele, wenngleich keinen Doppelsattel, der ein Kind hätte tragen können ... oder Faeril.

Im nächsten Gebäude, einem Lagerhaus, fanden sie noch mehr Beute – und eine Treppe, die nach unten führte. Als sie an ihrem oberen Absatz standen, flüsterte Riatha: »Still! Ich höre das Tröpfeln von Wasser.«

Im Untergeschoss fanden sie eine Zisterne. Das Wasser lief von der Felswand in den Brunnen. Außerdem ging dort ein Tunnel ab, der wieder in die Moschee zu führen schien. Urus schöpfte eine Handvoll Wasser, roch daran und kostete es. Nickte.

»Jetzt haben wir alles, um diesen Platz verlassen zu können«, sagte Aravan. »Wasser. Nahrung. Kamele.«

Riatha wandte sich an den Elf. »Um nach Nizari zu reiten? Und dann durch die Karoo? Das ist sehr riskant.«

Aravan stimmte ihr zu. »Du hast recht, Dara. In der Roten Stadt wollen sie unseren Tod, und wir werden nicht einmal bei Nacht unbemerkt hineinschlüpfen können. Stattdessen wenden wir uns von hier aus nach Westen, reisen nach Hyree, reiten dann an der nördlichen Flanke der Talâk-Gebirgskette entlang und geben uns als Reisende in einer Karawane aus. Im Norden liegt der Hafen von Kahlísha an der Avagon-See. Von dort aus können wir eine Überfahrt nach Pellar nehmen.«

Riatha hob die Hand. »Wenn wir nach Hyree reisen, brauchen wir eine Tarnung, denn falls sie sich tatsächlich zum *jihad* rüsten, werden sie uns für Spione halten, es sei denn, wir verbergen unsere wahre Natur.«

Aravan nickte und sah Urus an.

»Fangen wir also an«, bemerkte der Hüne nur.

Sie trugen Eimer mit Wasser zu den Kamelen und ließen sie saufen, so viel sie wollten. Dann sattelten sie die Tiere, beluden sie mit Wasserschläuchen und Proviant und auch mit Fracht, die sie aus der Beute auswählten.

Als sie fertig waren, bauten sie den Zaun der Koppel ab und schichteten das Holz zu einem Scheiterhaufen auf, den sie mit Seide und Satin verhüllten.

Anschließend wuschen sie Gwylly das Blut ab, kleideten

ihn in seine Elfengarderobe und legten ihn auf den Scheiterhaufen.

Während der Reinigung ging Aravan davon. Der Elf hatte Tränen in den Augen, aber er hatte auch noch etwas anderes zu erledigen.

Er nahm seinen Speer mit, einen Krug mit Öl und einen schweren Vorschlaghammer. Damit ging er zu dem dritten Gebäude. Ein stechender, fauliger Gestank hing in der Luft, und er hörte das Kreischen eines wütenden Tieres hinter den verschlossenen Toren. Er zog die Doppeltür weit auf, ließ die Sonne hinein; der wütende Schrei verstummte augenblicklich – das Hèlross starb und zerfiel zu Staub.

Aravan umfasste sein Amulett und nickte. Der Stein war warm. Er ging zum Haupteingang der Moschee und stieß das zweite Portal weit auf – es flog mit einem metallischen Dröhnen gegen die Steinmauer.

Aravan schritt hinein, an den Knochen des toten Troll vorbei in die Haupthalle, die jetzt in hellem Sonnenschein lag. Er ging zu dem nördlichen Bogengang und sammelte aus Staubhaufen die stählernen Wurfmesser ein, die er sich in den Gürtel schob.

Dann trat er auf das Podest, ging die Wendeltreppe hinab und betrat die Kammer des Todes, wo Stoke lag. Er rammte Krystallopyr in Stokes Körper. Die kristallene Spitze brannte sich durch das Herz des Feindes. Dann riss er die goldene, mit stählernen Messern gespickte Stange aus der Leiche und zertrümmerte sie mit dem Vorschlaghammer auf dem Steinboden. Er schleppte die Trümmer der Holztür in die Mitte des Raumes, schleuderte Stokes Überreste darauf, goss Öl darüber und setzte den Haufen in Brand. Das trockene Holz fing sofort Feuer und brannte lodernd. Stokes Leichnam wurde von den Flammen verzehrt. Die Hitze war sengend. »Mögest du für immer in der Hölle brennen«, stieß Aravan zwischen den Zähnen hervor.

Als er dem Inferno den Rücken kehrte, packte er den Schädel des Ghûlk an den Haaren, hob den mit Widerhaken besetzten Speer auf und stieg die Wendeltreppe wieder hinauf ans Tageslicht. Im selben Augenblick verbrannte die Sonne den Schädel des Ghûlk zu Staub, und der stählerne, mit Stacheln besetzte Kragen fiel klappernd zu Boden.

»Jetzt, Gwylly, ist es vollbracht!«

Als Aravan zu den Gefährten zurückkehrte, gab er Faeril die Wurfmesser zurück, warf den Stahlkragen und den Speer des Ghûlk, den er in zwei Stücke zerbrochen hatte, vor den Scheiterhaufen und sagte: »Die Waffen und die Rüstung seines Feindes sollten zu seinen Füßen liegen.«

Faeril drückte Gwylly weinend seine Schleuder in die Hand, mit einer silbernen Kugel beladen. Dann goss sie duftendes Öl über die Seide, das Satin und das Holz.

Schließlich war alles bereit. Faeril gab ihrem Bokkerer einen letzten Kuss. »Ich liebe dich, Gwylly«, flüsterte sie mit vor Gram erstickter Stimme.

Sie trat zurück, und Urus, der vier Fackeln in den Händen hielt, gab jedem der drei anderen Gefährten eine davon.

Sie stellten sich in den vier Himmelsrichtungen vor dem Scheiterhaufen auf und zündeten ihn weinend an.

Mit ihren silbernen Stimmen sangen Riatha und Aravan Gwyllys Seele in den Himmel hinauf.

Sie ritten durch das Haupttor, eine lange Reihe von Kamelen im Schlepptau. Als sie unter dem Torbogen hindurchritten, segelte eine weiße Taube über sie hinweg und flog nach Norden. »Ein Omen für eine sichere Reise«, murmelte Aravan. »Hoffen wir, dass es stimmt.«

Sie ritten über die Straße auf die Schlucht zu. Kurz bevor sie darin verschwanden, wandte sich Faeril, die vor Aravan auf einem notdürftigen Sattel saß, zu der Moschee herum. Eine graue Rauchsäule erhob sich in den Himmel und schimmerte golden, als sie aus dem Schatten der Berge in die Strahlen der Morgensonne hinaufstieg.

Tränen verschleierten Faerils Blick, als sie flüsterte: »Steig auf, mein Liebster, steig auf zu Adon – auf den goldenen Schwingen des Feuers.«

21. KAPITEL

REISEN

Winter bis Frühherbst, 5E990
(Gegenwart)

Sie ritten nach Norden durch die Schlucht, deren Felswände sich rechts und links steil erhoben und sie einengten. Obwohl die Schlucht sich wand, scharf nach rechts und links abbog, kamen sie zügig voran, denn sie wollten diesen Schlund hinter sich lassen, bevor die Nacht anbrach, was noch etwa neun Stunden dauerte. Der Ausgang des Passes lag etwa vierzig Meilen vor ihnen. Meist ritten sie schweigend, die Reiter in Gedanken versunken, obwohl ab und zu ein Kamel eher beiläufig protestierte. Es waren insgesamt achtzehn Kamele, von denen fünfzehn mit leichter Fracht beladen waren. Drei trugen Reiter, aber alle führten Wasser mit sich. Aravan ritt mit Faeril an der Spitze. Ihnen folgten fünf Lastkamele, dann kam Riatha, dann wieder fünf Lastkamele, und als Letzter ritt Urus, dem ebenfalls fünf Packtiere folgten. Nach Norden kamen sie durch die gewundene Schlucht, während es Mittag wurde und die Sonne ihren Zenit überschritt.

Sie waren schon vier Stunden geritten, und die Sonne sank bereits, als Aravan die Hand hob. »Der Stein wird kalt!«, rief er den anderen zu.

Sie ritten weiter, und Faerils Herz hämmerte heftig, bis

ihr etwas einfiel. »Es ist Tageslicht«, rief sie. »Da haben wir doch wenig zu befürchten.«

»Aye, Faeril«, bestätigte Aravan. »Es wird keinen Angriff geben, es sei denn, sie hätten Menschen bei sich, was aber sehr unwahrscheinlich ist.«

Sie ritten weiter und kamen an einer breiten, dunklen Spalte vorbei, die in der östlichen Felswand klaffte. »Das«, sagte Aravan und deutete darauf, »wird ihr Schlupfwinkel sein.«

Faeril spähte in den dunklen Spalt, aber er war ebenfalls verschlungen und sie konnte nichts erkennen. »Wie weit sind wir gekommen?«

»Etwa sieben Werst.«

»Einundzwanzig Meilen«, rechnete Faeril nach. »Dann ist das die Stelle, wo sich der Ghûl und das Hèlross versteckt haben, als Urus sie sah. Und wohin die Rukhs und Hlöks gestern Nacht geflohen sind.«

»Aye, Faeril, ich glaube, damit habt Ihr recht.«

Sie ritten an dem Spalt vorbei, und Aravans Stein wurde wärmer, als sie sich davon entfernten.

»Ich habe das Gefühl, als hätten wir eine Aufgabe nicht zu Ende geführt«, bemerkte Faeril. »Ein Pestloch, das ausgeräuchert und verstopft werden muss.«

»Vielleicht, Kleine. Aber die *Rûpt* sind jetzt führerlos, und daher längst keine so große Bedrohung mehr. Ohne Anleitung werden sie sich in den Bergen verstecken und untereinander streiten.«

»Meint Ihr, dass die Überfälle aufhören werden, Aravan?«

»Nein, Faeril, es wird weitere Überfälle geben, aber weit seltener und mit viel weniger Erfolg. Denn ohne einen listigen Verstand, der die Brut führt, haben Reisende, Siedler und Stadtbewohner weit weniger zu fürchten.«

Sie trotteten vier Stunden weiter nach Norden, bis sie schließlich den Pass erreichten und die Schlucht hinter sich ließen.

Sie bogen nach links ab, nach Westen, in Richtung Hyree. Obwohl sie noch eine Stunde Tageslicht hatten, legten sie auch keine Rast ein, als die Dämmerung einbrach, denn sie wollten mehr Abstand zwischen sich und den Schlupfwinkel der Rukhs bringen.

Also ritten sie weiter, folgten dem gewundenen Pass zwischen den Talâk-Bergen, während die Sterne am Himmel funkelten. Der Mond ging auf, und die Strahlen der gelben Kugel warfen lange Schatten. Als würden sie von den fahlen Strahlen angetrieben, trotteten die achtzehn Kamele folgsam nach Westen.

Schließlich schlugen sie mitten in der Nacht ihr Lager auf, im Pass, etwa siebzehn Werst von dem Schlupfloch entfernt. Das waren gut fünfzig Meilen.

Während Riatha den Verband um Aravans Wunden wechselte, betrachtete Urus Riathas Karte im Licht des Lagerfeuers. »Heute haben wir gut siebzig Meilen zurückgelegt. Dieses Tempo können die Kamele nicht lange durchhalten.«

Aravan stöhnte. »Ich auch nicht, Urus. Oder vielmehr, mein Hintern kann das nicht.«

Riatha befestigte Aravans Bandagen und wandte sich dann zu Urus.

»Wir werden in den nächsten Tagen nicht annähernd so hart reiten«, fuhr der Elf fort und rollte den Ärmel seines Wamses herunter. »Jetzt, da wir die Schlucht hinter uns gelassen haben.«

Urus knurrte. »Es sind noch einhundertfünfzig Meilen bis zum Ausgang des Passes, und dann, schätze ich, gut eintausend bis zum Hafen von Khalísh.«

»Zieh dein Hemd aus, *chieran*«, befahl Riatha.

Urus band sein Wams auf und zog es sich über den Kopf.

»Aye«, antwortete ihm Aravan. »In etwa einem Monat sollten wir die Avagon-See erreichen.«

Urus nickte zustimmend, während Riatha die Bandage an der Schulter des Baeron entfernte. Nur noch ein hellrosafarbener Strich verriet, wo Urus verwundet worden war. An den beiden anderen Stellen, an Handgelenk und Rippenkasten, zeigte sich nicht einmal eine Narbe. »Deine Verletzungen sind gänzlich verheilt, Urus!«, stieß Riatha staunend hervor.

Urus grinste. »Das ist meine Natur, Geliebte.«

Riatha wandte sich wieder an Aravan, reichte ihm Salbe und Verbände und zog ihr Wams aus. Während der Elf sie behandelte, sagte er: »Morgen werden du und Faeril die Kleidung anlegen müssen, die wir unter der Beute in der Moschee gefunden haben. Urus und ich werden uns ebenfalls verkleiden. Sollten wir auf Soldaten stoßen, so werden sie nicht merken, dass wir etwas anderes sind, als wir zu sein vorgeben: nämlich Reisende in einer Karawane.«

Aravan sah die anderen an. Urus und Riatha nickten zustimmend.

Doch Faeril saß etwas abseits und starrte in den strahlenden Mond, während ihr die Tränen die Wangen herunterliefen. Die Damman dachte an andere Zeiten, andere Orte ... andere Monde.

Sie dachte an Gwylly.

Am nächsten Morgen legten Riatha und Faeril ihre *thôbes* an, die schwarzen Gewänder mit dem Schleier, die Faerils facettierte, schräge Augen und die Elfenaugen Riathas ebenso verhüllten wie das goldblonde Haar der Elfe. Die Roben bedeckten sie am ganzen Körper – bis auf die Hände. So war es bei den Frauen in der Wüste Sitte.

Aravan schmierte sich Gesicht und Hände mit naturfarbener, brauner Schminke ein, schlang sich ein Band um den Kopf, das seine spitzen Ohren unter seinem schwarzen Haar verbarg, und das er sich sofort über die Augen ziehen konnte. Auf den Kopf setzte er einen weißen *kaffiyeh*, der von einem mit Perlen besetzten *agâl* gehalten wurde. Und zuletzt warf er sich einen hellblauen *jellaba* über die Schultern, einen langen Umhang aus fließendem Stoff.

Der sonnengebräunte Urus färbte sich nur Haar und Bart etwas dunkler und ersetzte seinen eisernen Morgenstern durch einen breiten Krummsäbel, den er durch die breite blaue Schärpe um seine Taille schob. Dann wickelte er sich einen blauen Turban um den Kopf und wickelte das Gesichtstuch vor den Mund.

Alles war bereit, und sie machten sich auf die Reise durch Hyree.

Am fünften Tag seit ihrem Aufbruch von der Moschee verließ die Karawane den Pass und erreichte das Sultanat von Hyree. Am Ausgang befand sich eine kleine Garnison, die von Grenzposten bemannt war. Zwei Wachen traten aus der Station und hielten den Kamelzug an.

»Was gibt es Neues aus Nizari?«, fragte der Wächter auf Hyrinianisch. *»Wie steht es in der Stadt?«*

»Die Stadt erträgt es«, antwortete der blinde Karawanenmeister, dessen vollkommen verschleierte Tochter vor ihm auf dem Kamel saß, *»an den Zöllen, die sie erheben, reich zu werden.«*

Der andere Wachsoldat ging an dem Kamelzug entlang, betrachtete die Waren, als wollte er wissen, was die Karawane geladen hatte, und warf einen Blick auf das Weib des Meisters in ihrer *thôbe*. Dann setzte er seine Überprüfung fort. *»Irgendwelche Schwierigkeiten in der verwunschenen Schlucht?«*, rief er nach vorn.

»Keine«, gab der Karawanenmeister zurück. *»Natürlich habe ich teuer für eine Eskorte aus Nizari bezahlt, die mich sicher hindurchgeleitet hat.«*

»Habt Ihr Fremde auf Pferden gesehen? Drei Personen und vielleicht zwei Kinder? Oder zwei Männer und eine Frau? Oder die Gräber von Kindern?«

»Aber nein!«, antwortete der Blinde und deutete auf seine Augenbinde. *»Allerdings sehe ich auch nur sehr wenig.«* Er lachte.

Der andere Soldat schnaubte verächtlich und lächelte zu dem Karawanenmeister hinauf. *»Khassim, du hast das Gehirn eines Esels! Diese Geschichte ist vor einem Monat geschehen. Diese Flüchtigen sind doch längst entweder verschwunden oder tot.«*

»Man hat uns aufgetragen zu fragen«, protestierte Khassim. *»Man hat es uns befohlen.«*

»Dann hör jetzt damit auf, sage ich dir. Niemand überlebt auch nur eine Nacht in der Nähe der Schlucht, geschweige denn einen ganzen Monat. Sie sind zweifellos tot, ermordet von diesem Monster aus der verwunschenen Schlucht, und längst von ihm verspeist.«

Der blinde Karawanenmeister drehte sich in die Richtung seines stummen Leibwächters um, der am Ende des Zuges ritt. *»Jula!«*, schrie er und gab ihm Zeichen mit den Händen. *»Suche angemessene Geschenke für diese braven Soldaten.«*

Nach kurzer Zeit ritt die Karawane weiter, während die Soldaten hinter ihr ihre neuen *kaffiyehs* bewunderten, die Kopfbedeckungen austauschten und versuchten, sich zwischen dem seidenen Weiß und dem heiligen Blau zu entscheiden, wobei sie sich gegenseitig als Spiegel benutzten.

Sie ritten weiter nach Norden, folgten der westlichen Flanke der Talâk-Gebirgskette. Diese Seite der Berge war mit

Vegetation bewachsen, denn hier entlockten die hohen Gipfel dem Himmel den Regen und ließen fast nichts für die trockenen Winde übrig, die den Sand der Karoo über die mächtige *Erg* bliesen.

Am dritten Tag ihrer Reise nach Norden saßen Aravan und Riatha zusammen und unterhielten sich in einer mondlosen Nacht.

Aravan legte einen Zweig auf das niedrige Feuer. »Dara, als wir einst an der Küste entlang nach Pellar segelten, fragte ich dich, wen du verteidigen würdest, wenn sich dir die Wahl stellen würde – deinen Geliebten oder jene, die deiner Hilfe vielleicht dringender bedürften ... Riatha, zweimal, sogar dreimal wurdest du vor diese Entscheidung gestellt, und jedes Mal bist du den Kleinen zu Hilfe geeilt. Ich bitte dich, mir meinen Zweifel zu vergeben.«

Riatha schüttelte den Kopf. »Du hattest recht, mich infrage zu stellen. Denn ich wusste es selbst nicht, bis die Zeit kam ...«

Sie warf einen Blick auf den schlafenden Baeron. »Ah, hätte ich gewusst, dass Urus die Wunden hinnimmt, ohne dass sie eine andauernde Wirkung zeitigen. Es hätte mir viel Verwirrung erspart.«

Aravan sah ebenfalls zu Urus hinüber. »Dara, wie alt, würdest du sagen, erscheint er dir?«

»*Aro*, Aravan, ich kann die Jahre eines Sterblichen nicht abschätzen.«

»Ich würde sagen, er ist noch ... jung«, überlegte Aravan sinnend. »Lord Hanor in Caer Pendwyr schätzte ihn auf nicht älter als dreißig Jahre.«

»Worauf willst du hinaus, Aravan?«

»Auf dieses, Dara: Baron Stoke sagte, dass Elfen nicht die einzigen Unsterblichen wären. Und damit hatte er recht ... die Verborgenen sind unsterblich, ebenso die Götter, aber auch noch andere.

Stoke behauptete nicht nur, er wäre unsterblich, sondern auch, dass er nur mit reinem Silber, oder dem raren Sternensilber, durch Feuer, oder in den Fängen und Klauen eines anderen ...«

»... so Verfluchten getötet werden könnte!«, unterbrach ihn Riatha. Ihr Herz hämmerte in der Brust, als eine wilde Hoffnung in ihr aufkeimte. »Urus ist auf diese Weise verflucht. Oh, Aravan, glaubst du ...?«

Aravan hob die Hände mit den Handflächen nach oben. »Wir können nur abwarten, Dara. Urus könnte sehr wohl unsterblich sein, aber auch nur über die Lebensspanne eines Sterblichen verfügen, oder keines von beiden. Aber eines wissen wir: Die Zeit wird es erweisen ... das wird sie allerdings.«

Sie reisten tagsüber und lagerten des Nachts, der blinde Karawanenmeister, seine Gemahlin, seine Tochter und sein hünenhafter Leibwächter. Gelegentlich kehrten sie in Dörfern entlang des Vorgebirges ein und verbrachten eine Nacht in einer angenehmen Herberge, benutzten die Gelegenheit für ein privates Bad, schliefen in Betten und füllten ihre Vorräte auf.

Unterwegs sahen sie viele Anzeichen für die Vernichtung der Religion des Propheten Shat'weh, zerfallene Minarette und verlassene Tempel und Moscheen. Niemand rief zum Morgen- oder Abendgebet, und ab und zu ritt ein Trupp Soldaten an ihnen vorbei. Ob das in diesem entlegenen Land üblich war, wussten die vier nicht, aber auch in dem Fall wäre es ihnen bedeutungsvoll erschienen.

Es regnete zweimal in dieser Zeit: Einmal war es ein sanfter Regen, doch beim zweiten Mal wurde ein Wolkenbruch von einem scharfen Wind gepeitscht. Noch Tage danach mussten sie Flüsse überqueren, deren Wasser von den Gebirgsbächen angeschwollen waren.

Sie ritten fast einen Monat nach Norden, bis schließlich der Tag kam, der neunundzwanzigste seit ihrem Aufbruch von der Moschee, als sie von einem Hügelkamm aus die azurnen Wasser der Avagon-See erblickten. Vor ihnen lag die Hafenstadt Khalish, und in der Bucht segelten Dhaus mit ihren Segeln. Als Faeril sie sah, brach sie in Tränen aus. Auf Aravans Frage antwortete sie: »Ach, Aravan, erinnert Ihr Euch an diese Luftspiegelung? An diese Schiffe, die durch die Wüste zu segeln schienen? Gwylly war damals so glücklich. Und ich auch, o ja, auch ich war glücklich.«

Sie behielten nur wenige Dinge für sich und verkauften die Waren und die Kamele in der Stadt. Der blinde Karawanenmeister handelte sehr geschickt und erzielte einen gerechten Preis für alles. Sein stummer Leibwächter mit dem großen Krummsäbel wog das Silber und Gold aus.

Sie buchten eine Überfahrt nach Arbalin, da kein Schiff aus Khalish nach Pellar segelte. Und neun Tage nach ihrer Ankunft in der Hafenstadt stach eine dreimastige Dhau – die *Hilâl* – mit ihnen an Bord in See.

Sie segelten über die Aragon-See, Tag und Nacht. Die Mannschaft des Schiffes bestand aus dunkelhäutigen, drahtigen Seeleuten. Sie fuhren durch Gewässer, die von Rovers beherrscht wurden, aber offenbar ohne Furcht. Hyree und Kistan unterhielten seit jeher Handelsbeziehungen zueinander, waren Waffengefährten und hatten dieselbe Religion. Also fuhren sie des Nachts mit angezündeten Laternen und mit leuchtend roten Segeln am Tage und verkündeten allen, dass hier ein mutiges Schiff segelte, ein Schiff der Menschen.

Obwohl der Kapitän seine Kabine zur Verfügung stellte, und die Mannschaft ihre Quartiere unten im Laderaum hatte, schliefen der blinde Karawanenmeister und sein hünenhafter Sklave an Deck, wo sich seine Frau und ihre

Tochter ein kleines Zelt teilten, das sie ebenfalls an Deck aufgeschlagen hatten. Diese weiblichen Passagiere blieben tagsüber in ihrem Zelt und vertraten sich erst nach Einbruch der Dunkelheit die Beine, wie es für hyrinianische Frauen an Bord von Schiffen Sitte war. Während einer dieser Nächte näherten sich Riatha und Faeril unbemerkt dem Steuermann, auf leisen Elfen- und Wurrlingssohlen. Er hatte das Gesicht zu den Sternen gewandt und betete zu dem Propheten, denn sie hörten das Wort Shat'weh. Als der Seemann sah, dass er beobachtet wurde, flehte er die in ihre *thôbe* verhüllten Frauen inständig an. Was er sagte, wussten sie nicht, denn er sprach nur Hyrinianisch. Aber sie verbeugten sich steif und stumm und setzten ihren Spaziergang fort. Hinter ihr packte der erschütterte Steuermann die Ruderpinne und beobachtete sie mit ängstlichem Blick.

Die nächste Nacht war die Nacht der Frühlingssonnenwende. Aravan trat zu demselben Steuermann hin und sprach leise mit ihm. In den frühen Stunden des Morgens sah der Seemann erstaunt zu, wie die vier Passagiere mit feierlichen Schritten den Elfenritus des kommenden Frühlings begingen, während Riatha und Aravan leise die rituellen Hymnen summten.

Als der Tanz vorbei war, liefen Faeril hinter ihrem Schleier die Tränen über die Wangen. »Ich muss aufhören, bei jeder Kleinigkeit zu weinen«, sagte sie. »Aber wie soll ich das tun, wie kann man aufhören, sich an die Vergangenheit zu erinnern, wenn einst jemand anders neben einem stand, eine Liebe, die jetzt verschwunden ist?«

Urus kniete sich hin und umarmte die kleine Damman. »Ihr dürft nicht einmal versuchen, ihn zu vergessen, Faeril. Niemals. Sondern genießt die Erinnerung an diese guten Zeiten, die Ihr erlebt habt. Denn solange wir uns erinnern, solange wird auch etwas von Gwylly weiterleben.«

Die See blieb ruhig, auch wenn es mehrmals regnete, und ein steter Wind blähte das Hauptsegel. Alles in allem benötigten sie einundzwanzig Tage, bis sie die Insel Arbalin erreichten. Mit der Nachmittagsflut liefen sie ein.

An diesem Abend tauchten erneut zwei Lian an Land auf, eine kleine Wurrling-Damman und ein hünenhafter Baeron. Der blinde Karawanenmeister und sein stummer Leibwächter waren für immer im Schaum eines Bades untergetaucht, so wie auch seine Gemahlin und Tochter verschwunden waren – wie eine abgelegte *thôbe*.

Sie hatten Glück und konnten recht bald eine Überfahrt auf einem abalinischen Schiff – der *Delfino* – buchen, einer Carracke, die in nur zwei Tagen nach Pellar in See stechen würde. Am elften Tag des Aprils lichteten sie im frühen Morgengrauen die Anker.

Sie segelten an den Gestaden von Jugo vorbei, ebenso an der Mündung des mächtigen Argon, und dann war die Küste, die an der Backbordseite des Schiffes auftauchte, das Reich von Pellar. Sie segelten an dem Thell-Busen vorbei, wo in einer Grotte die *Eroean* verborgen lag, und weiter nach Osten, die Küste von Pellar entlang.

Mit der Mittagsflut segelten sie in die Hile-Bucht, die von den Klippen von Pendwyr umringt war. Faeril war erleichtert, wieder in der Stadt zu sein, wenngleich auch überall, wohin sie blickte, die zerstörerische Hand der Menschen zu sehen war: die Wasser der Kanalisation, die die steilen, blanken Felsen von Caer Pendwyr herunterrannen, den Stein färbten und das Meer verunreinigten.

Am frühen Nachmittag gingen sie an Land und stiegen die steilen Treppen zur Klippe hinauf, durch die laute, dicht besiedelte Stadt mit ihrem penetranten Gestank von Abfall und den Ausdünstungen der Abwässer.

Auf dem Caer wurden sie von Kommandeur Rori empfangen und in angemessene Quartiere geführt. Später benachrichtigte Rori sie, dass er für den nächsten Tag ein Treffen mit Lord Leith, dem Verwalter, angesetzt hatte, denn König Garon und Königin Thayla befanden sich selbstverständlich in der Feste Challerain, wohin sie im Frühling gesegelt waren. Sie würden erst zum Anfang des Herbstes zurückkehren.

Bei Einbruch der Dämmerung legte sich Faeril schlafen und dachte daran, wie gut es war, wieder hier zu sein. Aber noch besser wäre es, nach Hause zu gehen, wo auch immer das sein mochte. Wenn sie an Heimat dachte, dann beschwor ihr Verstand kein Bild von den Waldsenken herauf, sondern sie sah stattdessen eine Kate im Ardental, wo der Bokker und die Damman auf einem Hügel über dem Fluss Tumbel gelebt hatten.

In dieser Nacht weinte sich Faeril in den Schlaf.

»Hölle und Verdammnis!«, fluchte der beleibte Mann und schlug krachend seine Faust auf den Tisch. »Schon wieder ein *jihad*? Werden sie es denn nie lernen?«

»Mein Lord Hanor«, versuchte Lord Leith zu beschwichtigen, »es wurde nicht gesagt, dass es einen *jihad* gibt, sondern nur, dass die Moscheen des Propheten geschliffen wurden. Das ist keine Neuigkeit. Unsere Spione haben ...«

»Truppenbewegungen, das habe ich gehört! Was soll das aber sein, wenn keine Vorbereitung für einen *jihad*?«

Der Verwalter wandte sich an Kommandeur Rori. »Was haben unsere Spione diesbezüglich gemeldet, Rori?«

»Die Truppenbewegungen scheinen sich zu verstärken«, erwiderte der Reichsmann. »Es sieht aus, als wäre da etwas im Busch.«

Aravan räusperte sich. »Vielleicht haben die Pläne des Sultans einen Rückschlag erlitten, denn nach Stokes Tod ist das Vorhaben, eine Armee aus Toten aufzustellen, zu Asche verfallen – und auch das Geheimnis, wie dies bewerkstelligt werden könnte, mag mit dem Monster verbrannt sein.«

Lord Keith seufzte. »Möglich, Lord Aravan. Doch König Garon muss unbedingt davon erfahren. Ich werde gleich morgen früh einen Reiter zur Feste Challerain entsenden, der ihm Eure Kunde überbringt.«

Schweigen legte sich über die Versammlung. Schließlich wandte sich Faeril an Rori. »Ist Halíd zurückgekehrt, Kommandeur? Als wir ihn zuletzt sahen, war er aufgebrochen, um durch die Wüste nach Sabra zu reiten, weil er Kapitän Legori und die *Bèllo Vènto* abfangen wollte.«

»Aye, er ist zurückgekehrt«, antwortete der Kommandeur der Reichsmannen und streifte mit dem Blick die silberne Strähne in dem sonst schwarzen Haar der Damman. »Er kam im Dezember hier an. Sagte, er wäre beinahe als Pferdedieb in Sabra gehängt worden.

Er ist jedoch nur einen Tag hiergeblieben und am nächsten Morgen sofort zum Darda Erynian aufgebrochen. Anfang April dann tauchte er mit zwei Elfen, Silberblatt und Tuon, hier in Pendwyr auf und stach sofort wieder nach Sabra in See. Sie wollten zu einer Zisterne in der Karoo, wo diese Kreatur haust.«

»Uâjii«, murmelte Aravan.

»Genau, so heißt sie«, erwiderte Rori. »Die Zisterne von Uâjii. Sie wollten diesen *wyrm* töten und Reigo rächen. Ihr habt sie nur um ... mal sehen ... nur um acht Tage verpasst.«

»Kinkerlitzchen sage ich zu diesem Monster in seinem Loch in der Wüste«, knurrte Lord Hanor. »Ein noch größeres Monstrum hockt auf dem Thron von Hyree, und dagegen müssen wir etwas tun. Vielleicht schicken wir ihm einen Meuchelmörder, sonst steht uns tatsächlich ein neuer *jihad* bevor.«

Der Blick aus Aravans saphirblauen Augen richtete sich auf den Ratgeber. »Der Sultan ist ein Monstrum, sagt Ihr?

Wir haben nur Mutmaßungen mitgebracht. Habt Ihr denn Beweise für monströse Taten?«

Hanor ballte eine Faust. »Pah! Ich brauche keine Beweise, Lord Aravan. Mein Verdacht genügt vollkommen. Ich sage, er ist ein Monstrum, und wie alle anderen Monstren all überall sollte auch er getötet werden.«

Aravans Blick wurde eisig. »Unterwegs sind wir etlichen Monstern begegnet und haben die größten getötet, wenngleich nicht das eine, das ich suche. Aber es gibt noch unendlich viel mehr Monstren in der Welt, Lord Hanor, und solltet Ihr vorhaben, sie alle zur Strecke zu bringen, so habt Ihr Euch eine Aufgabe gestellt, die Ihr unmöglich vollenden könnt. Denn gerade in diesem Augenblick, da wir darüber sprechen, wächst mehr als eines heran.

Vielleicht habt Ihr recht, und sie verdienen alle den Tod, und ganz sicher werden sie auch sterben, wenn sie nur Sterbliche sind. Aber weder Ihr noch jemand sonst, den ich kenne, vermochte den Schleier der Zeit zu lüften. Ihr äußert nur einen Verdacht über üble Taten, die noch kommen sollen; bisher wurden jedoch keine begangen. Daher frage ich Euch, Lord Hanor: Wollt Ihr wirklich jeden morden, den Ihr verdächtigt, in der Zukunft einen verbrecherischen Akt zu begehen? Und ich frage Euch auch dies: Wenn Ihr jeden nur aufgrund Eures Argwohns töten würdet, wer wäre dann das Monster?

Vielleicht tut Ihr recht daran, wenn Ihr den Tod jener sucht, der das Töten von Unschuldigen verursacht, aber ich glaube, dass es zunächst noch andere Möglichkeiten gibt, ihre boshaften Ränke zu vereiteln.«

Hanor schnaubte. »Ihr müsst gerade reden, Elf, denn Ihr sucht doch den Tod eines anderen. Und aus welchen Gründen? Aus Rache!«

»Das streite ich nicht ab, Lord Hanor. Aber in vielerlei Hinsicht ist Rache das reinste Motiv von allen. Dabei wird hier

Vergeltung für eine ungerechte Tat geübt, die geschehen ist, und letzten Endes besteht der Antrieb für Eure Handlung aus eigenen, von Menschen gemachten Gesetzen.«

Lord Leith hob die Hände, als wollte er zwischen den Elf und den Menschen treten. »Lasst gut sein, Ihr Lords. Aber so viel will ich sagen: Lord Aravan, Eure Argumente sind gehört worden ... aber was die Annahme angeht, dass wir nur vermuten, was in der Zukunft geschehen könnte: Wer weiß schon genau, welche schändlichen Taten noch ans Licht der Welt kommen werden? Wenn wir das wüssten, dann könnten wir sie verhindern, aber leider vermögen wir das nicht.«

Lord Hanor knirschte mit den Zähnen. »Ich bin fest davon überzeugt, dass der Sultan von Hyree ...«

»Hanor, ich sagte, lasst es gut sein!«, fuhr Leith ihn an.

Hanor verstummte, aber es fiel ihm offenkundig schwer.

Eine unbehagliches Schweigen breitete sich aus, doch dann stand der Verwalter auf, trat zu Faeril und nahm die winzige Hand der Damman in die seine. »Mistress, es stimmt mich zutiefst traurig, von Eurem Verlust zu hören. Aber wisset: Euer Herr Gwylly war ein Held, und die Welt ist ein ärmerer Ort ohne ihn.«

Faerils Augen schwammen in Tränen, als sich Lord Leith herunterbeugte und ihre Hand küsste. Auf seine Worte jedoch wusste sie nichts zu antworten.

Drei Tage später verließen Faeril, Aravan, Riatha und Urus Caer Pendwyr und ritten nach Norden, zurück nach Hause. Sie hatten sechs Pferde dabei, vier Reittiere und zwei Packpferde.

Sie ritten die Glave-Hügel hinauf und erreichten den Großwald. Urus führte sie an und zog Faerils Pferd an einem Strick hinter sich her. Hinter ihnen folgten Riatha und Aravan, jeder mit einem Packpferd im Schlepptau.

Es war Frühling, das Leben sprießte, Blüten öffneten sich, hellgrüne Blätter wuchsen an den Bäumen, das gelbe Gras wurde grün, und überall brachen Blumen aus der Erde. Faeril stellte fest, dass sie fast vergessen hatte, wie grün das Reich des Hochkönigs war, denn die Reisen über die Ozeane führten über dunkles, tiefes Wasser, und der Sand der Karoo war ihr auch gefährlich dunkelbraun erschienen. Selbst das Grün im Vorgebirge der Talâk-Berge wirkte im Vergleich zu der hiesigen Vegetation blass und spärlich.

Als sie durch den erwachenden Wald ritten, weckten die Vögel, die gerade von ihrer langen Reise zurückgekehrt waren, sie jeden Morgen mit ihrem Gesang. Tiere huschten zwischen den Bäumen umher und gelegentlich sahen sie ein scheues Reh, das vor ihnen flüchtete. Des Abends unterhielt sie ein Froschkonzert.

Dann setzten die Frühlingsregen ein, und sie ritten tagelang durch einen Wald, von dessen Blättern und Nadeln es unaufhörlich prasselte und tropfte. Aber ihre Regenkleidung hielt das Wasser ab. Nachts lagerten sie, wo sie konnten, manchmal unter hastig aufgespannten Zeltplanen oder unter Felsvorsprüngen, und manchmal, wenngleich auch selten, im Schuppen eines Holzfällers oder in der Scheune eines Bauern.

Wenn es nicht regnete, kampierten sie im Freien, und redeten viel, wenn sie um ihr Lagerfeuer saßen.

An eine Nacht erinnerte sich Faeril besonders gut, und zwar an jene, in der sie sich auf einen Dornenzweig setzte.

»Au!« Die Damman sprang auf, und die anderen sahen zu ihr hin. »Puh! Nun sieh an, Herr Dornenzweig, ich habe vor, mich auf diesen Stamm zu setzen!«

Faeril suchte in ihren Satteltaschen ihre Kletterhandschuhe und zog sie an. Dann packte sie den langen Zweig und zog ihn aus der Erde. Aber er gab nicht nach.

Sie versuchte es wieder, jedoch vergeblich.

Urus trat zu ihr, die Wasserschläuche über der Schulter. »Kommt, Kleine, lasst uns zusammen ziehen.«

Faeril zog erneut mit aller Kraft, und Urus half ihr ein wenig aus. Schließlich gab der Dornenzweig nach und kam aus der Erde. Die Wurzel war fast so lang wie der Zweig selbst.

Faeril sah Urus an und grinste. Der Baeron erwiderte das Grinsen, dann ging er mit Riatha zum Fluss. Der Blick der Damman folgte ihnen ein wenig, blickte dann zum Halbmond hinauf und lächelte. Sie drehte sich herum, warf den Dornenzweig ins Feuer und sah in Gedanken versunken zu, wie er verbrannte.

Als sie nach einer Weile hochsah, merkte sie, dass Aravan sie beobachtete. »Wenn nur alle unsere Probleme so einfach zu lösen wären«, sagte sie und deutete auf den brennenden Dornenzweig.

Aravan nickte. »Einige Probleme haben jedoch höchst verflochtene Wurzeln, die sehr tief reichen.«

»Ich frage mich, Aravan – ich meine, nach dem Streit zwischen Euch und Lord Hanor damals im Caer – wird die Menschheit jemals zu den Wurzeln dieser Probleme kommen? Das heißt, so wie es den Elfen gelungen ist?«

Aravan lächelte und schüttelte den Kopf. »Ah, Kleine, aber die Elfen haben längst nicht alle Probleme gelöst, die sich ihnen stellen.«

»Aber Ihr ... ich meine, die Elfen, zerstören doch nicht das Land. Und wenn ich mich an unsere Unterhaltungen erinnere, versucht Ihr auch nicht mehr, alles zu erobern, zu beherrschen.«

»Das stimmt, Faeril, wir haben viele der eher dornigen Themen gelöst, aber es sind noch ebenso viele übrig. Aber ich verstehe, wonach Ihr fragt.

Wird die Menschheit jemals zur Wurzel ihres Problems kommen? ... Ich glaube, dass Menschen einfach nicht lange genug leben, um das zu schaffen.

Es gibt Elfen, die alles erlebt haben. Es sind diejenigen, die die Wandlung vollzogen und begannen, sich den Wurzeln unserer Probleme zu widmen. Trotzdem haben wir letztlich erfahren, dass wir an den Wurzeln alle miteinander verbunden sind, so wie die Menschen auch. Der Mensch wird das herausfinden, wenn er versucht, eine der Wurzeln herauszuziehen. Er wird damit nur immer eine andere freilegen und danach die nächste.

Nur ist die Menschheit kurzlebig. Der Mensch ist zu sehr damit beschäftigt, seinen zügellosen Appetit zu stillen, zu sehr davon vereinnahmt sich fortzupflanzen, sodass, wie ich fürchte, eines Tages zu viele Menschen die Erde bevölkern und ausplündern werden. Wer von ihnen wird seine Gier überwinden und die Wirkung bedenken, die die Menschen auf die Erde haben? Wer von ihnen wird lange genug leben, um das Wissen anzusammeln, das erforderlich ist, um diese Erleuchtung zu erreichen?«

Faeril stocherte in der Glut des Dornenzweigs herum. »Aravan, Ihr habt einmal gesagt, dass die Kinder der Menschheit die Glieder darstellen, die von der Vergangenheit bis zur Zukunft reichen. Könnten die Menschen nicht gemeinsam daran arbeiten, dieses Wissen zu sammeln und dann das, was sie gelernt haben, von einer Generation auf die nächste übergeben, sodass die neuen Generationen auf dem Wissen der Alten aufbauen, von Generation zu Generation, bis die Weisheit gewonnen ist, die Erleuchtung?«

»Das könnten sie zwar, Faeril, doch merkt auf: um zu lernen, muss man zuhören ... und der Mensch ist zu sehr damit beschäftigt zu schreien, als dass er hören könnte.«

Faeril schüttelte bedächtig den Kopf. »So wie Urus und ich zusammenarbeiteten, um die Wurzel herauszuziehen, nur so, scheint mir, könnte auch die Menschheit jemals ihre Probleme lösen. Wenn sie an die Wurzeln der Dinge kommt und sie ins Licht zieht, sie untersucht, dann vielleicht kann sie Dornenzweige zu Blumen verwandeln, und Dornenhecken zu Gärten. Ansonsten schneidet sie das Problem vielleicht ein wenig zurück, und aus denselben Wurzeln entstehen immer wieder neue Dornen. Zum Beispiel will Lord Hanor den Sultan von Hyree töten, und vielleicht würde das auch gelingen. Aber wäre es nicht nur eine Beschneidung? Werden nicht neue Despoten aus derselben Wurzel wachsen?«

Aravan lächelte Faeril an. »Ah, meine Kleine, nun fangt Ihr an, Euch mit demselben Problem abzumühen, mit dem sich auch unsere Elfenphilosophen schon vor so langer Zeit geplagt haben.«

»Aber Aravan, warum geben die Elfen den Menschen denn nicht einfach die Antwort?«

»Der Mensch hört nicht zu, Faeril. Die Menschheit muss die Folgen ihrer Handlungen erkennen, bevor sie handelt, und bevor sie versteht, dass sie sich verändern muss. Selbst dann bringt sie vielleicht nicht die Kraft dafür auf. Erinnert Euch an die Lemminge. Sie wissen nichts von ihrem gemeinsamen Hang zur Selbstvernichtung. Solltet Ihr versuchen, sie aufzuhalten, dann werden sie nur über Euch hinweglaufen, auf dem Weg zum Untergang. Hoffen wir, dass die Menschheit ihren eigenen Kurs erkennt, bevor es zu spät ist, und dann auch noch die Kraft aufbringt zu tun, was getan werden muss.«

Der Großwald war ein mächtiger Forst, mehr als siebenhundert Meilen lang und zweihundertfünfzig Meilen breit. Urus schien jedoch jeden Zentimeter davon zu kennen – und er ritt unbeirrt dorthin, wohin sie wollten. Schließlich kamen sie auf eine gewaltige Lichtung mitten in dem Wald, die man einfach *Die Lichtung* nannte. Sie maß mehr als dreißig Meilen im Durchmesser, war so groß, dass man den gegenüberliegenden Waldrand nicht erkennen konnte.

Faeril fiel plötzlich etwas ein. »Hierher seid Ihr gekommen, Riatha, damals mit Tomlin und Petal, vor tausend Jahren, und habt von Urus' Heldentaten gesungen!«

Urus sah die Elfe fragend an. »Ja, Liebster«, sagte sie. »Damals wurdest du zu einer Legende. Tomlin hat von deinen Taten berichtet und ich habe sie besungen.«

Urus schüttelte knurrend den Kopf, aber Faeril sah, dass er sich insgeheim freute.

Die vier überquerten dieses freie Feld, ritten zur anderen Seite, und an einem späten Maiabend erreichten sie ein verborgenes Walddorf, das unmittelbar hinter dem Waldrand im Laubwerk versteckt war.

Sie blieben einen ganzen Monat in diesem Weiler der Baeron, warteten auf den Längsten Tag des Jahres, an dem die Übereinkunft stattfand. Dann kamen alle Baeron im Großwald auf der Lichtung zusammen und veranstalteten Wettbewerbe, sangen Lieder und berichteten von großen Taten. Deshalb hatte sich Urus gefreut, als er von Tomlins und Riathas Darbietungen erfuhr, denn es gehörte zu den größten Ehren, die man jemandem erweisen konnte, wenn seine Taten auf der Übereinkunft der Baeron besungen wurden.

Aber als dieser Tag diesmal kam, waren es Gwyllys Taten, die geschildert, war es Gwyllys Lied, das gesungen wurde, was die versammelten Baeron fesselte und ihnen beinahe das Herz brach. Kein Auge blieb trocken, als Riatha ihr Lied beendete und der letzte Ton ihrer Harfe noch lange in der stillen Luft hing.

Anschließend ritten sie weiter nach Norden, überquerten den Rissanin an der Eryn-Furt, betraten den Darda Erynian, den man auch unter dem Namen Großer Grünsaal kannte – oder als Schwarzen Wald der Alten.

Sie durchquerten auch diesen gewaltigen Forst, begleitet von den Dylvana, den Waldelfen. Diese Verwandten der Lian waren ein wenig kleiner von Statur.

Die langen Sommertage und lauen Nächte schienen zahllos zu verstreichen, doch bereits nach zwei Wochen erreichten sie die Überlandstraße und setzten über den mächtigen Strom Argon.

Dort verabschiedeten sich die Dylvana von ihnen, und die vier ritten weiter zum Crestan-Pass im Grimmwall.

Zwei weitere Tage verstrichen, als sie ins Hochland gelangten, mit seinen rauschenden Strömen, den Wasserfällen, Nadelwäldern und ruhigen Wiesen, die im Sommer von Wildblumen übersät waren.

Auf der anderen Seite des Grimmwall ritten sie den Pass hinab, wofür sie erneut zwei Tage benötigten, bis sie am neunten Tag des Monats Juli endlich ihr Ziel erreichten und in Ardental ankamen.

Sie wurden mit offenen Armen begrüßt, und auch mit Tränen in den Augen, als die Elfen von Arden hörten, was geschehen war.

Faeril striegelte Schwarzschweif und Flecker, die aus der Hafenstadt Ander am Nordmeer vor beinahe drei Jahren nach Ardental zurückgebracht worden waren.

Riatha betrat lächelnd die Stallungen. Sie hielt ein gefaltetes Pergament in der Hand. »Faeril, sieh nur.«

»Was ist das, Riatha?«

»Ein Brief von den Adonitischen Priestern aus dem Kloster über dem Gletscher. Er wurde vor zwei Jahren abgeschickt, ist an Aravan adressiert und heute angekommen. Dabei war auch der Brief, den Aravan vor drei Jahren an Alor Inarion geschrieben hatte, als Aravan in dem Kloster war, während sich Urus erholte.

Als Inarion ihn erhielt, lachte Aravan und sagte, es wäre

gut, dass keine wichtigen Pläne von der Zustellung dieses Briefes abgehangen hätten.

Was diesen Brief von Abt Doran betrifft, dachte Aravan, wir würden auch gern die Worte des Abtes lesen. Er hat ihn mir gegeben, damit ich ihn lese und dann dir und anschließend Urus bringe.«

Riatha reichte Faeril den Brief.

Sie öffnete das Pergament und las.

Mein lieber Lord Aravan,

wie Ihr uns geraten habt, sind Gavan und ich – als der Sommer kam – hinab zu den Weiden gegangen, wo die Herden grasen, und fanden dort auch die Aleutani. Sie trauerten sehr, als sie die Nachricht vom Tode B'arrs, Tchukas und Ruluks durch die Hände der Brut erfuhren, und sie haben eine Expedition in den Grimmwall entsendet, die jedoch fruchtlos zurückkehrte.

Als der Herbst nahte, nahmen sie uns mit zu dem Dorf Innuk an den Gestaden des Nordmeers.

Gavan und ich haben lange auf ein Schiff der Fjordmänner gewartet, und jetzt endlich ist eines angekommen. Doch es sind fast zwei Jahre verstrichen, bis wir dieses Dorf erreichten. Nun endlich können wir Euren Brief nach Ardental senden, wir Ihr es wünschtet.

Ich habe auch an den Patriarchen meines eigenen Ordens geschrieben und ihm von dem berichtet, was hier und in der Abtei geschehen ist. Wie Ihr vorschlugt, habe ich ihm geraten, dass er, falls er wünscht, das Kloster über dem Gletscher erneut zu besetzen, Kriegermönche dorthin schicken möge, denn an diesem gefährlichen Ort sind solche Brüder erforderlich.

Was dagegen Gavan und mich angeht – wir haben unsere Bestimmung darin gefunden, den Aleutani zu dienen, hier in Innuk wie auch in anderen ihrer Dörfer.

Doch sind sie eine außerordentlich halsstarrige Rasse und bestehen hartnäckig darauf, dass alles Gute von Tak'lat aus dem Schnee fließt, statt von Adon oder von Shuwah aus dem Meer oder von Jinnik aus der Luft oder von ... sei's drum, sie scheinen tausend Gottheiten zu haben, mehr oder weniger, Krähengötter, Fischgötter, Robbengötter, Waldgötter, Baumgötter, Schneegötter, Eisgötter, Feuergötter, Wassergötter, Regengötter und so weiter und so fort. Was auch immer hier auf der Erde lebt oder darunter und im Himmel oder jenseits dessen, auf dem Meer oder darin, ob es wirklich sein mag oder eingebildet, stofflich oder körperlos, bekannt oder unbekannt, lebendig oder tot – die Aleutani können mit einem Gott für alles aufwarten.

Ich hoffe, dass Gavan mit einem langen Leben bedacht ist, denn diese Arbeit werde ich in meiner Lebensspanne nicht mehr zu Ende bringen.

Ich hoffe, dass Euch dieser Brief bei guter Gesundheit antrifft und Eure Aufgabe zu einem befriedigenden Ende gekommen ist.

Der Eure In Adon
Doran, Abt

Riatha und Urus wurden in der Nacht der Herbstsonnengleiche nach der Elfenzeremonie verheiratet. Inarion verlas ihre Gelöbnisse füreinander, dort in der hell erleuchteten Elfenhalle. Riatha strahlte in einem blassgrünen, seidenen Gewand mit langen Ärmeln, das mit goldenen Bändern gesäumt war, und hatte blassgrüne Bänder in ihr goldblondes Haar geflochten und trug ein Band mit einem goldenen Beryl, der auf ihrer Stirn befestigt war.

Urus wirkte stattlich – in seinem dunkelbraunen Samt, mit hellbraunen Einlagen in den gepufften Schultern und seinen langen Ärmeln, hellbraunen Rüschen an den Handgelenken und einer ebensolchen, die über seiner Brust verlief.

Nicht wenige wunderten sich, dass Riatha mit einem Sterblichen ein Ehegelöbnis tauschte, auch wenn er trotz seiner mehr als tausend Jahre noch recht jugendlich aussah.

Und Faeril weinte, als würde sie niemals mehr aufhören können, denn ihr Herz sang vor Freude, und gleichzeitig strömte es über vor Leid. Denn vor fünf Jahren hatten in derselben Nacht am selben Ort mit denselben Schwüren Gwylly und sie geheiratet.

Als der Oktober kam, verabschiedete sich Faeril von Riatha und Urus. Die kleine Damman reiste zurück zu den Waldsenken. Die Elfe und der Baeron waren beide traurig, dass sie ging. Sie sagte auch Lebewohl zu Alor Inarion und anderen, ihren Freunden hier im Ardental. Bevor sie ging, erklärte Inarion: »Sollte Euch jemals das Bedürfnis ereilen, so seid Ihr immer herzlich willkommen, hier zu leben, solange Ihr es wünscht.« Faeril umarmte ihn, küsste ihn zum Abschied auf die Wangen und versicherte, dass sie frohen Herzens in das Tal kommen würde, wenn sie jemals der Wunsch packte. Dann ritten sie und Aravan zur Schlucht. Sie ritt auf Schwarzschweif, während sie Flecker als Packtier am Strick hinter sich führte, und Aravan saß auf einem rostbraunen Fuchs.

Nach zwei Tagen hatten sie Ardental verlassen, waren unter den donnernden Wasserfällen hindurchgeritten, hatten die Querlandstraße erreicht und den Weg nach Westen eingeschlagen. Die Luft duftete herbstlich, die Tage waren kühl und wurden kürzer, die Nächte waren kalt und dehnten sich länger. Faeril fand eine Erinnerung in jedem Hügel, in jedem Strom, ein Bild in jedem Baum, Reminiszenzen an glückliche Tage, die schon lange verflossen waren, als ein anderer an ihrer Seite geritten war.

Und oft schimmerten Tränen in ihren Augen.

Die Tage vergingen rasch, die Nächte langsamer, während sie ihren Weg nach Westen fortsetzten. Sie überquerten die Arden-Furt, wateten durch den Tumbel und erreichten den Ödwald im Lande Rhone.

Tage später überquerten sie die Steinbogenbrücke über dem Caire und kamen ins Wilderland, zwischen den Reichen von Harth und Rian. Sie ritten unterhalb der Wildnishöhen und über die Ebene, die dahinter lag. Schließlich sahen sie Beacontor, wo die Schwarzen Füchse die Brut besiegt hatten.

Hinter Beacontor wandten sich Faeril und Aravan nach Norden, um Orith und Nelda aufzusuchen, Gwyllys menschliche Pflegeeltern, dort am Rand des wilden Weitimholz.

Der Abend dämmerte bereits, als das Gehöft in Sicht kam, und als Faeril und Aravan auf den Hof ritten und abstiegen, stürmte Black aus dem Haus, kläffte und sprang wie verrückt um sie herum.

Nelda trat auf die Veranda und spähte durch das Zwielicht auf diese Reiter. Orith folgte ihr auf dem Fuß. Staunend erblickten sie den Elfen-Lord, hinter dem Faeril hervortrat.

»Oh, Kind, du bist nach Hause gekommen!«, rief Nelda, lief die Stufen der Treppe hinab, umarmte die Damman und weinte vor Freude.

Dann hielt sie die Damman auf Armeslänge von sich fern. »Lass mich dich ansehen! Meine Güte, wie hübsch du aussiehst!«

Dann blickte sie an Faeril vorbei ins Dunkle. »Und wo ist unser abtrünniger Sohn, hm?«

Faeril brach in Tränen aus.

Sieben Tage blieben sie bei Orith und Nelda, erzählten, was ihnen widerfahren war und sprachen über Gwylly. Orith und Nelda schilderten mit Tränen in den Augen, wie sie ihn fanden und berichteten von seiner Kindheit; Faeril beschrieb ihr gemeinsames Leben, und Aravan erzählte von ihrer Suche. Sie sprachen leise, in Erinnerungen versunken.

Während sie redeten, lag Black an der Tür, den traurigen Blick auf Faeril gerichtet, und hob beim leisesten Geräusch den Kopf, als erwartete er, dass Gwylly jeden Augenblick hereinkommen würde.

Am Abend des vierten Tages nach ihrer Ankunft wusch sich Faeril vor dem Schlafengehen das Gesicht, als sie in dem kühlen Zwielicht auf der Veranda Orith sitzen sah. Der Herbst hatte Einzug gehalten. Sie hüllte sich in eine Decke und trat hinaus, um herauszufinden, ob vielleicht etwas nicht in Ordnung wäre. Orith saß jedoch nur da und starrte die dünne Sichel des Halbmondes an, die tief am westlichen Horizont stand. Wolken zogen darüber hinweg, vom kalten Wind getrieben.

»Einmal«, sagte Faeril, »als wir mitten in der Wüste waren, hat Gwylly zu dem gelben Mond hinaufgeschaut und von einer Kuh und einer Katze und einem Hund gesungen, von einer Fiedel, einem Teller und einem Löffel ... Meiner Seel, was habe ich gelacht! Und ich habe ihn gefragt, wo er diesen wundervollen Unsinn wohl gelernt hätte. Wisst Ihr, was er da sagte?«

Orith sah die Damman an. Seine Augen flossen vor Tränen über. »Ich habe ihm das Lied beigebracht. Es war sein Lieblingslied.«

Faeril schlang ihre Arme um Orith und küsste ihn auf die Wangen. »Genau. Genau das hat er gesagt.«

Sieben Tage nachdem sie bei Orith und Nelda angekommen waren, verließen Aravan und Faeril das Gehöft und nahmen Kurs auf die Waldsenken. Black folgte ihnen ein kurzes Stück, blieb jedoch stehen, als Orith nach ihm pfiff. Bevor sie um eine Kurve bogen, wandte sich Faeril herum und winkte ihnen zum Abschied. Das Letzte, was sie von den beiden sah, war, wie Orith Nelda den Arm um die Taille schlang und sie zurück in ihr einsames Haus führte.

Der Weitimholz schimmerte von Gelb, Gold und Rot. Sie ritten an ihm vorbei, ließen ihn rechts liegen, während sich zu ihrer Linken eine niedrige Hügelkette erhob. Sie hielten sich erst nach Süden, dann nach Südwesten, und kampierten in dieser Nacht zwischen den Hügeln.

Kurz vor Sonnenaufgang setzte ein kalter Nieselregen ein, und sie trotteten durch die unangenehme Kälte, bis sie die Querlandstraße erreichten, die sich in eine Schlammpiste verwandelt hatte.

Dort ritten sie nach Westen. Ab und zu führten sie ihre Pferde auch am Zügel, damit Aravans Fuchs und Faerils Pony verschnaufen konnten.

Am späten Nachmittag erreichten sie Steinberg und betraten die Stadt durch das Osttor. Sie ritten über die gepflasterten Straßen zum *Weißen Einhorn*, der besten Herberge am Ort. Vor den Stallungen stiegen sie ab, übergaben ihre Pferde einem drahtigen Stallburschen und betraten die warme Gaststube, in der eine fröhliche Stimmung herrschte. Maltby Brewster, der Wirt, und Murium, sein Eheweib, begrüßten Faeril herzlich. Vor fünf Jahren war sie durch Steinberg gekommen und hatte einen Gwylly Fenn gesucht ... Beide waren sehr traurig, als sie erfuhren, dass der Bokker getötet worden war. Gleichzeitig jedoch waren sie überrascht, dass die Damman mit einem Elfen-Lord reiste, stellten ihnen jedoch ein angemessenes Quartier zur Verfügung.

Die Kunde über diese Besucher verbreitete sich rasch in Steinberg, und viele Gäste kamen ins Weiße Einhorn, um sich bei einem Bier und einer Mahlzeit diesen Elfen-Lord mit eigenen Augen anzusehen. Aravan enttäuschte sie nicht, nahm eine sechssaitige Laute und unterhielt sie mit

Liedern von der See, einige waren leise und melancholisch, andere hell und fröhlich, wieder andere wild und anzüglich und voll von herzhaftem Lachen.

Sie blieben diese Nacht im Weißen Einhorn, den nächsten Tag und auch die folgende Nacht, während sie darauf warteten, dass sich das Wetter besserte.

Der übernächste Morgen war schön und klar, und als sich Aravan und Faeril bereit machten, Steinberg zu verlassen, wollten weder Maltby noch Murium Geld von ihnen annehmen, sondern sagten, dass Aravans Lieder ausreichend Bezahlung gewesen seien.

Also verließen sie Steinberg, während der kalte Morgennebel noch zwischen den Bäumen waberte. Sie ritten nordwärts, über die Poststraße, die von der Feste Challerain im Norden bis nach Caer Pendwyr weit im Süden führte. Es war dieselbe Straße, die Hochkönig Garon und seine Königin Thayla auf ihren Reisen nahmen.

Die Straße führte ein Stück nach Westen, bevor sie wieder nach Norden abbog, umging die Hänge der Schlachttäler – sie bildeten den Schauplatz eines einst geführten Krieges. Man trottete weiter, Pferd und Pony mit ihren Reitern, erst nach Westen, dann nach Nordwesten und schließlich nach Norden. Sie reisten am Tage und kampierten des Nachts. Schließlich kamen sie an die Zweifurt-Straße, in die sie einbogen.

Jetzt wandten sie sich geradewegs zu den Waldsenken, die westlich von ihnen lagen, und am dritten Tag nach ihrem Aufbruch aus Steinberg erblickten sie den gewaltigen Dornwall, die mächtige Barriere, die das ganze Land vor ihnen umgab. Er erstreckte sich nach links und rechts, so weit das Auge blickte. Und ragte hoch auf, mehr als fünfzehn Meter. Es war eine massive Sperre aus Spindeldorn, die an manchen Stellen mehr als eine Meile tief war und an keiner weniger als eine Viertelmeile maß. Dieser Wall war so dicht, dass selbst Vögel Schwierigkeiten hatten, ihn zu durchdringen, und hielt Freund wie Feind gleichermaßen fern. Wenngleich es auch an einigen Stellen Öffnungen gab, durch die Reisende und andere hindurchkamen.

Die Spindelfurt war eine dieser Stellen, und hierher waren Aravan und Faeril geritten. Doch als sie zu dem Tunnel unter dem Dornwall kamen, zügelte Aravan sein Pferd und sagte, dass er nicht mit hineinkommen werde, sondern stieg ab und trat zu Faerils Pony. Jetzt waren sie auf Augenhöhe.

»Faeril«, sagte der Lian, »dieses Land gehört den Wurrlingen, und nur in Fällen äußerster Not würde ich es betreten.

Ihr seid jetzt in Sicherheit: in Eurem Reich. Und ich habe auf unserer Reise einen Schwur geleistet. Wenn ich das Gelöbnis, Vergeltung zu üben, erfüllt habe, muss ich meine Suche fortsetzen. Denn irgendwo auf dieser Welt treibt ein gelbäugiger Mann sein Unwesen, ein Schwertdieb, der Mörder eines Freundes. Vielleicht ist es Ydral, vielleicht auch nicht; aber meine Suche ist noch nicht zu Ende.

Also werde ich Euch hier verlassen, doch merkt auf: Solltet Ihr jemals meine Hilfe brauchen, dann schickt mir die Kunde davon, und ich komme. Denn ich liebe Euch sehr, meine tapfere Freundin, und ich werde mich auf ewig Eurer erinnern.«

Faeril traten die Tränen in die Augen. Sie umarmte und küsste den Elfen-Lord. »Und an Euch, Alor Aravan«, antwortete sie auf Sylva, »werde ich mich erinnern, so lange ich lebe.«

Aravan stieg wieder auf sein Pferd, und mit einem lauten *»Yah! Yah!«* galoppierte er den Weg zurück, den sie gekommen waren, über die Straße und die Anhöhe, und verschwand hinter der Kuppe außer Sicht.

Faeril wandte sich zu dem Tunnel durch den Dornwall herum und trieb Schwarzschweif weiter. Das Pony trabte in den dunklen Durchgang, Flecker am Strick hinterher.

Diese Nacht verbrachte Faeril im Quartier der Dornenwanderer an der Spindeldorn-Furt. Der eine Dornenwanderer, der für diesen Übergang zuständig war, schien über ihre Gesellschaft froh zu sein.

Am nächsten Tag ritt Faeril weiter, den Dornwall zur Rechten. Sie ritt den ganzen Tag, kam am frühen Morgen an Hobs Steinhügel vorbei und bog in den Hochland-Weg ein. Am Abend erreichte sie den Rand des Nordwaldes, wo sie bei Einbruch der Dunkelheit lagerte.

Als sie am nächsten Morgen aufwachte, lag Raureif auf der Landschaft, ein kleiner Vorgeschmack auf den bevorstehenden Winter. Sie brach das Lager ab und ritt in den Wald hinein. Sie näherte sich ihrer Heimstatt, die noch knapp fünfzig Meile entfernt war. Faeril ritt den ganzen Tag und auch den folgenden, bis sie am späten Nachmittag die Siedlung erreichte, in der sie aufgewachsen war.

Faeril ritt in den kleinen Hof der winzigen Kate und sah ihren Vater, der Holz hackte. Er ließ das Beil fallen, als er sie erkannte: seine Dammsel, die mehr als fünf Jahre von zu Hause fort gewesen war. Er umarmte sie, küsste sie, führte sie ins Haus und rief alle zusammen, damit sie sahen, was er gefunden hatte. Lorra ließ alles stehen und liegen, umarmte sie inbrünstig und küsste sie. »Willkommen zu Hause, meine Faeril. Willkommen! Endlich bist du wieder zu Hause.«

Als ihre Brüder hereinstürmten und Faeril sie alle drei umarmte und küsste, sah sich die kleine Damman um und hatte Tränen in den Augen. Denn ganz tief in ihrem Herzen wusste sie, dass sie zwar wieder mit denen zusammen war, die sie liebte … aber es war nicht mehr ihr Zuhause, ganz und gar nicht.

22. KAPITEL

RACHE

Anfang Frühling, 5E991
(Fünf Monate später)

Der Emir von Nizari verschloss die gut bewachte Tür hinter sich und betrat, nur mit einer Kerze in der Hand, sein dämmriges Schlafgemach. Er gähnte ausgiebig, denn er war von dem Liebesspiel mit seinem neuesten Lustknaben müde und ermattet. Die Kerze warf einen weichen Schein, als er durch das Zimmer ging, ein schwaches, gelblich flackerndes Licht, das die Dunkelheit nur in einem kleinen Kreis um den Emir herum zurücktrieb.

Der Emir merkte erst, dass er nicht allein war, als sich das Licht der Kerze in einem Paar eisiger, mandelförmiger Augen spiegelte, die wie Saphire schimmerten und einer verhüllten, mit einem Turban bekleideten Gestalt gehörten, deren Gesicht von einem dunklen Tuch verhüllt war.

»Wer ...?«, fauchte der Emir auf Hyrinianisch, hob die Kerze und wich gleichzeitig zurück.

Langsam hob die Gestalt eine Hand und zog das Tuch vor ihrem Gesicht zurück.

»Ihr!«, zischte der Emir.

Vielleicht schrie er, als er starb, doch das sollte niemals jemand erfahren, denn alle Räume der Roten Zitadelle waren schalldicht.

Man weiß nur, dass am nächsten Morgen der Haushofmeister Abid das Gemach betrat, um seinen Herrn zu wecken. Sein Gebieter jedoch war tot, durchbohrt von einer brennenden Waffe. Jedenfalls nahm man das an, denn die Wunde war kauterisiert, als wäre ein rot glühender Speer durch das Herz seines Herrn gedrungen.

Wer diese Tat begangen hatte, das wusste keiner. Obwohl die Spekulationen blühten, dass nur ein *Djinn* es vermocht hätte, ungesehen an den Wachen vorbeizukommen.

23. KAPITEL

WEISSAGUNGEN

Zwei Jahre später ...
... und noch viel länger darüber hinaus.

Der Schnee schmolz endlich, und hier und da flossen Bäche, als sich der Frühling überall in den Waldsenken regte. In einer kleinen Kate im Nordwald saßen Faeril, ihr Vater, ihre Mutter und ihr jüngster Bruder vor dem Feuer, tranken ihren Nachmittagstee und plauderten über Dinge, die verflossen waren, über solche, die gerade herrschten und auch über welche, die noch kommen sollten.

Faerils Vater wiegte sich in seinem Schaukelstuhl. »Du bist fest entschlossen, das zu tun, Kind?«

»Ja, Vater. Ich habe das Gefühl, dass ich es tun muss.«

»Ach Faeril«, meinte Dibby, der mit gekreuzten Beinen auf dem Boden saß. »Die Waldsenken auf immer zu verlassen und ins Ardental zu gehen ... also, ich weiß nicht.«

»Du wirst mit niemandem deiner Art zusammen sein«, setzte Lorra hinzu und drehte den Stickrahmen in ihrer Hand, drehte ihn, drehte ihn, ohne zu sticken, sondern kämpfte stattdessen mit den Tränen.

»Aber Mutter, ich war dort so glücklich.«

Lorra legte den Stickrahmen beiseite und nahm ihre Teetasse. »Sie weiß es, Arlo, sie weiß es.«

Es war ein trister, feuchter Tag. Das Wasser tröpfelte von

den Giebeln, rann über die Fensterscheiben und ließ das schwache Licht, das hereinschien, schillern. Die wabernden Schatten verstärkten jene, die schon im Raum tanzten. Das Feuer drängte die Dunkelheit und die feuchte Kälte zurück und sein roter Schein schimmerte auf Faerils silberner Strähne, färbte sie kupfern.

Faeril starrte lange ins Feuer. »Ich glaube«, sagte sie schließlich, »als wir damals an der Furt des Hanû kampierten, sagte Aravan etwas, das ich erst jetzt verstanden habe: ›Weissagungen sind häufig subtil ... und auch tückisch – so mögt Ihr wähnen, dass sie das eine zu meinen scheinen, obwohl sie etwas vollkommen anderes bedeuten.‹

Niemand von uns hat all die Jahre die Bedeutung von Raels Prophezeiung wirklich ermessen, jene, die das Auge des Jägers betraf. Aber jetzt begreife ich sie ... jetzt weiß ich es.«

Lorras Tonfall nahm einen beschwörenden Singsang an.

»Wenn der Frühling ins Land zieht
das der Winter noch in seiner eisigen Faust hält,
und das Auge des Jägers über den nächtlichen Himmel zieht,
werden sich Bann und Segen erneut erheben.
Die Letztgeborenen Erstgeborenen derer, die dort waren,
stehen an deiner Seite im Licht des Bären.
Jäger und Gejagte, wer kann sagen,
wer welches ist an jenem Tage?«

»Aye, Mutter«, sagte Faeril leise. »So etwa lautete die Prophezeiung.«

»Und wo, meine Dammsel, wurde sie falsch gedeutet?«

Faeril wischte sich mit den Handrücken die Tränen von den Wangen. »Sie wurde nicht falsch gedeutet; sondern sie wurde nicht gänzlich verstanden. Uns ist die ganze Tiefe dieser Weissagung entgangen, jetzt jedoch wird sie klar.

Wir haben immer geglaubt, dass der Begriff *Letztgeborene Erstgeborene* die Letzten in einer langen Reihe von Erstgeborenen Dammsel und Erstgeborenen Bokkern meinte. Doch sie bedeutet mehr als das: Sie bedeutet: die Allerletzte in der Reihe der Erstgeborenen, nach der diese Blutlinie unterbrochen wird ...

Oh, Mutter, ich habe niemals jemanden so geliebt, wie ich Gwylly liebte, und ich werde niemals wieder jemanden so lieben ... niemals.«

Faeril brach in Tränen aus und Lorra setzte sich neben sie, um sie zu trösten.

Dibby sah sie hilflos an, weil er nicht wusste, was er tun sollte. Arlo zog ein Taschentuch aus seiner Tasche und tupfte seine eigenen Augen ab. Auch wenn keiner aus ihrer Familie Gwylly jemals kennengelernt hatte, so wussten sie doch, dass Faerils Herz gebrochen war. Und sie litten mit ihr.

»Vater«, sagte Dibby schließlich schüchtern, »ich verstehe das nicht.«

Arlo sah seinen Sohn an. »So ist das Leben, Dibs. Einige von uns lieben ein einziges Mal und dann nie wieder. Deine Schwester ist eine dieser Wurrlinge. Sie wird nie wieder heiraten, keine Kinder bekommen. Und mit ihr wird die Blutlinie enden, es wird keine weiteren Erstgeborenen mehr geben. Sie und Gwylly waren wahrhaftig die Letztgeborenen Erstgeborenen, so wie es die Prophezeiung vorhersagte, nur dass bis jetzt keiner wusste, was das bedeutete. Sie ist die Letzte, die Allerletzte Erstgeborene.«

Jetzt begann auch Dibby zu weinen.

»Wann willst du uns verlassen?«, erkundigte sich Arlo, während er weiter an dem Holzstück schnitzte.

Faeril blickte hinaus in den Regen. »Am Ende des Frühlings, wenn es wärmer wird.«

»Nun, Dammsel, diesmal werde ich herauskommen, um mich von dir zu verabschieden.«

Arlo stieß mit dem Messer ein Loch ins Holz. »Ich habe dich das letzte Mal beobachtet, als du davongeritten bist«, sagte er leise.

Faeril sah von ihrer Stickerei hoch. »Hast du das wirklich getan?«

»Aye. Deine Brüder auch. Heimlich, von dem Fenster aus – dort.« Arlo zeigte darauf.

»Warum bist du nicht herausgekommen?«

»Ich wusste doch, dass ich dich bitten würde, nicht zu gehen, wenn ich zu dir kommen und dich zum Abschied küssen würde. Und ich wusste auch, dass du deiner Bestimmung folgtest, und das wollte ich nicht vereiteln.«

Faeril saß lange schweigend da, während der Regen auf das Dach plätscherte und das Messer ihres Vaters schabende Geräusche auf dem Holzstück machte. Schließlich stand sie auf, ging zu ihm und küsste ihn auf die Wange.

Es blitzte und donnerte, während ein wolkenbruchartiger Regen auf die Kate herunterprasselte. Als sie sich zum Abendessen an den Tisch setzten, hörten sie alle durch das Wüten des Sturmes das Donnern von Hufen und das Gellen eines Horns.

»Was zum …?« Dibby sprang zu dem beschlagenen Fenster, rieb ein Loch hinein und spähte hinaus. Arlo trat neben ihn, Faeril und Lorra liefen ins Schlafzimmer.

Wieder ertönte das Hornsignal, diesmal kam es aus größerer Nähe.

Faeril stürmte wieder herein, hatte ihren Kreuzgurt mit den Wurfmessern angelegt und gürtete ein Langmesser um ihre Taille.

Lorra trug ebenfalls einen Gurt mit Wurfmessern über der Brust.

Dibby drehte sich zu ihnen herum. »Meiner Treu!«, stieß er hervor, als er ihre Waffen sah. »Glaubt Ihr, es droht Gefahr?«

»Vielleicht, Dibs«, gab Faeril zurück. Ihr Bruder hastete zur Ecke des Zimmers und packte zwei knorrige Stäbe, einen für sich selbst, den anderen für seinen Vater.

Jetzt ritt ein Reiter durch die Pfützen vor die Kate, dass der Schlamm und das Wasser in alle Richtungen spritzte. Er führte ein zweites Pferd am Strick hinter sich.

»Es ist nur ein Mann«, murmelte Arlo und spähte angestrengt durch die beschlagene Scheibe. Er konnte kaum etwas erkennen, denn das Wasser verzerrte alles.

Aber als der Reiter abstieg und die Kapuze zurückschlug, blitzte es. »Nein!«, rief Faeril, »es ist kein Mann, sondern ein Elf! Das ist Jandrel aus dem Ardental! Etwas ist geschehen!«

Sie stürmte hinaus in den Wolkenbruch. »Jandrel! Jandrel! Was gibt es? Was ist Schreckliches geschehen?«

Ein breites Lächeln zeichnete sich auf dem regennassen Gesicht des Elfen ab, als er Faeril vom Boden in die Arme hob und sie herumwirbelte, während der Regen sie beide durchnässte. »Schreckliches? Schreckliches? Wohlan, meine kleine, liebe Faeril, was sollte Schreckliches daran sein? Ich bin gekommen, Euch zu holen, nach Ardental zu entführen, damit Ihr das Wunder mit eigenen Augen seht. Nämlich die erste Elfengeburt auf Mithgar – und zwar seit Anbeginn der Zeiten!

Dara Riatha ist mit einem Kind gesegnet!«

»Ihr meint, sie hat ein Kind bekommen?«

»Nein, aber sie ist schwanger! Sie trägt Urus' Kind unter dem Herzen. Ist das nicht wundervoll?«

»Aber Jandrel, das ist unmöglich! Elfen können auf Mithgar nicht schwanger werden! Und selbst wenn, so könnten Elfen und Menschen doch keine Kinder miteinander zeugen!«

»Aye.« Jandrel grinste wie ein Honigkuchenpferd. »Sagte ich nicht, es wäre ein Wunder, hm?«

Er ließ Faeril wieder auf den Boden herunter. »Riatha schickt mich. Könnt Ihr morgen früh abreisen? Sie will Euch an ihrer Seite wissen, wenn das Kind kommt.«

Kalter Regen hämmerte auf sie herab. »So rasch schon? Wann, wann ist es denn so weit?«

Jandrel lachte voller Freude und hob die Hände mit den Handflächen nach oben. »Ah, Kleine, das weiß niemand. Wir haben überhaupt keine Erfahrung mit dieser Art von Wundern. Die letzte Geburt, die ein Elf sah, ereignete sich vor fünftausend Jahren auf Adonar. Das war vor der Spaltung der Ebenen.

Aber da Urus der Vater ist, wer kann da schon sagen, wann das Kind kommt?«

Dibby und Arlo liefen in den Regen hinaus, durch den Schlamm. Sie hatten Faerils Regenmantel dabei und warfen ihn der Damman über die Schultern. »Eure Pferde sind zu groß für meinen Ponystall!«, tief Arlo, »aber Ihr könnt sie dort in der Scheune unterstellen.« Der Wurrling sah zu dem Elfen hoch. »Und was für Eure Pferde gilt, das gilt auch für Euch: Ihr seid zu groß, um in mein Haus zu schreiten. Wenn es Euch jedoch nichts ausmacht hineinzukriechen, dann wartet ein Abendbrot auf dem Tisch. Es ist genug da.«

Am nächsten Morgen, dem zehnten Tag des Monats April des Jahres 5E993, machten sich Faeril und Jandrel für ihren Ritt zum Ardental bereit.

Mitten in dem tränenreichen Abschied trat Arlo zu seiner Tochter und küsste sie. »Ich würde dich bitten, nicht zu gehen, wenn ich nicht überzeugt wäre, dass es dein Schicksal ist. Gib gut auf dich Acht, meine Dammsel.«

Dibby trat ebenfalls vor. »Ich richte Finch und Hawly deinen Abschied aus, wenn sie zurückkehren.«

Faeril umarmte ihn. »Geh zu Lacey und richte auch ihr meine Grüße aus. Sie mag dich, weißt du. Und sag ihr ... sag ihr, dass ich schreiben werde.«

Lorra umarmte sie. »Ich glaube, dein Vater hat recht. Dies alles ist so, wie es sein sollte. Trotzdem werden wir dich sehr vermissen.«

»Ich werde euch auch vermissen, Mutter. Aber ich werde oft schreiben, wenn ich Kuriere finde, die hier entlang reiten; vielleicht werden nicht einmal zwei oder drei Jahre zwischen den Briefen verstreichen.«

Jandrel führte die Pferde heran, und nach letzten Küssen für ihren Vater, ihre Mutter und ihren Bruder stieg Faeril auf, das heißt, der Elf hob sie in den Sattel. Dann ritten sie los, nach Ardental, und zwar recht zügig. Der Elf galoppierte voran, die Damman auf dem Pferd am Strick hinterher. Noch bevor sie auf dem nach Osten führenden Weg außer Sicht kamen, setzte Jandrel sein Horn an die Lippen, und sein Abschiedsruf tönte durch den ganzen Nordwald.

Vier Nächte später machten sie Rast in Steinberg, und in der nächsten Nacht bei Orith und Nelda. Fünf Tage nachdem sie das Gehöft der beiden verlassen hatten, erreichten sie den Eingang zum Ardental am Wasserfall. Am folgenden Tag ritten sie unter lauten Jubelrufen in die Elfensiedlung am Nordende der Schlucht ein. Mehr als fünfzig Meilen hatten sie pro Tag zurückgelegt, siebzehn bis achtzehn Werst. Jandrel hatte das Tempo variiert, damit die Pferde durchhielten, und so die fast sechshundert Meilen in nur elf Tagen bewältigt.

Riatha strahlte und Urus strotzte vor Stolz.

Faeril betrachtete die Elfe aufmerksam. »Man hat mir gesagt, Ihr gingt mit einem Kind, aber ich sehe nichts ...«

Riatha lachte. »Soweit wir es einschätzen können, wird das Kind erst im Herbst geboren ... vielleicht im Oktober.«

Faeril rechnete kurz nach. Fünf bis sechs Monate. »Wie kann das sein, Riatha? Ich dachte, dass Elfen auf Mithgar keine Kinder bekommen können. Und dass eine Empfängnis zwischen Elfen und Menschen niemals möglich wäre.«

»Es ist wahrhaft bemerkenswert. Doch Urus und ich wähnen, dass der Grund seine Natur sein mag. Er ist mehr als ein Mensch.«

»Ein Verfluchter«, brummte Urus, »jedenfalls dachte ich das immer. Bis jetzt.«

Faeril betrachtete den Baeron. »Und wie denkt Ihr nun darüber?«

»Nun? Nun bin ich ein Gebenedeiter«, antwortete Urus grinsend und umarmte Riatha.

Faeril zog wieder in die Kate, in der sie früher mit Gwylly gelebt hatte, oberhalb des Tumbel. Inarion hatte diesen Ort für sie freigehalten, als hätte er gewusst, dass sie zurückkehren würde.

In den nächsten Wochen kamen staunende Elfen aus ganz Mithgar ins Ardental, um bei der Geburt anwesend zu sein.

Inarion und Urus schickten Boten zum Großwald, um eine Hebamme der Baeron zu holen, denn die Elfen hatten nur wenig Erfahrung mit Geburten, jedenfalls in den letzten Jahrtausenden. Sie kam, eine dralle, stämmige Frau von fast einem Meter neunzig. Aber sie war sanft, hieß Yselle – und sie und Riatha freundeten sich rasch miteinander an.

In den Werkstätten von Ardental machten sich die Künstler, die mit edlen Metallen, Edelsteinen und anderen wertvollen Materialen arbeiteten, daran, Geschenke für das Kind zu fertigen, obwohl sie nicht wussten, ob es ein Junge oder ein Mädchen werden würde.

Unter den Handwerkern befand sich auch eine kleine Damman, die die Kunst erlernte, feine Ketten zu fertigen. Denn Faeril wollte unbedingt ein selbst gefertigtes Geburtstagsgeschenk beisteuern. Also schuf sie einen kristallenen Anhänger an einer Platinkette. Der Stein war aufgrund dessen, was sich darin befand, besonders bemerkenswert: die winzige Figur eines Vogels, eines Falken, der seine Schwingen ausgebreitet hatte, als wollte er sich in die Luft erheben. Warum sie statt Gold oder Silber oder gar Sternensilber Platin wählte, wusste Faeril nicht, doch als sie das Edelmetall zum ersten Mal berührte, spürte sie, dass es das Richtige war. Während sie an dem Schmuckstück arbeitete, ging ihr immer wieder etwas im Kopf herum, ein Gedanke, den sie nicht fassen konnte, der sich ihr immer wieder entzog; sie erhaschte ihn von fern, konnte ihn jedoch nie klar erkennen. Als sie ihr Kunstwerk aber beendete und die Kette sowie der Kristall im hellen Sonnenlicht funkelten, da erinnerte sie sich plötzlich an die Worte von Dodona, dort, im Ring des *Kandra*-Holzes.

Der Alte richtete seinen Blick zur Seite, als sähe er etwas außerhalb des Kreises aus Bäumen. »Ja, Kind, deine Gefährten sind sehr würdig. Du reist mit einem Freund; das weiß ich, denn das Amulett um deinen Hals gehört ihm, nicht dir. Außerdem reist du mit einem BärMeister, und ich weiß, woher er kam. Du reist mit einer, welche die Hoffnung der Welt in sich tragen wird, und auch sie ist dessen würdig. Du reist mit einem, der helfen wird, die Welt von einer tödlichen Bedrohung zu befreien, wenngleich nicht von der, die du suchst. Und du reist mit einem, der dich liebt, einem, den du liebst. All diese Gefährten sind in der Tat ehrbar.«

Faeril stockte der Atem. *»Du reist mit einer, welche die Hoffnung der Welt in sich tragen wird, und auch sie ist dessen würdig.«*

Überwältigt von diesem Gedanken setzte sich Faeril und starrte auf den Kristall in ihrer Hand. *Könnte Dodona das gemeint haben? Dass Riatha ein Kind in sich trägt, das die Hoffnung der Welt sein wird?*

Plötzlich klangen ihr Aravans Worte in den Ohren: *›Weissagungen sind häufig subtil ... und auch tückisch – so mögt Ihr wähnen, dass sie das eine zu meinen scheinen, obwohl sie etwas vollkommen anderes bedeuten.‹*

Faeril behielt ihre Überlegungen jedoch für sich, weil sie länger über Dodonas Worte nachdenken wollte, bevor sie ihre Einsicht mit jemandem teilte. Häufig jedoch blickte sie in den klaren Kristall und betrachtete den Vogel darin.

Und als wäre ein Damm gebrochen, so strömten jetzt Vorstellungen und Sätze in ihren Verstand, als sie sich an ihre erste, gefährliche Reise in die Tiefen dieses transparenten Steins erinnerte.

Plötzlich sah sie eine Elfe – Riatha? Das wusste sie nicht. Hinter ihr stand ein großer Mensch, ein Mann. Ihnen folgte ein Reiter – Mann oder Elf? –, dem ein Falke auf der Schulter saß und in dessen Händen etwas funkelte.

Sie schrie Worte auf Twyll:

»'Ritana fi Za'o
De Kiler fi ca omos,
Sekena, ircuma, va lin du
En Vailena fi ca Lomos.«

Diese Worte bedeuteten:

›Reiter der Unmöglichkeit,
Ein Kind desselben,
Sucher, Forscher, wird er sein
Ein Reisender zwischen den Ebenen.‹

Noch Tage danach kehrten Faerils Gedanken immer wieder zu diesen Bildern zurück, zu diesen Worten:

Reiter der Unmöglichkeit, ein Kind desselben.
Kind desselben ...
Desselben ...
Reiter der Unmöglichkeit ...
Kind der Unmöglichkeit?
Riathas Kind: Das unmögliche Kind.

Faerils Herz hämmerte fast schmerzhaft in ihrer Brust. *Das ist es! Riathas Kind ist das unmögliche Kind. Ein Sucher, Forschender, so wird er der Reisende zwischen den Ebenen sein!*

Faeril schwindelte, während sie eine Kanne Tee zubereitete. Und dann saß sie da, ohne davon zu trinken, ließ ihn kalt werden. Sie war in ihre Gedanken versunken, verloren in all den Möglichkeiten.

Ein Falke, der auf seiner Schulter saß, und etwas Funkelndes in seinen Händen ... Das Schwert des Morgengrauens? Faeril hob die Kette mit dem kristallenen Anhänger hoch. Es war der Kristall, der sie auf vielen ihrer Reisen durch Mithgar begleitet hatte, und sie betrachtete das Bildnis des Falken darin. *Hat dieser Falke etwas mit dem Falken auf seiner Schulter zu tun?*

Wieder klangen ihr Aravans Worte in den Ohren: *›Weissagungen sind häufig subtil ... und auch tückisch – so mögt Ihr wähnen, dass sie das eine zu meinen scheinen, obwohl sie etwas vollkommen anderes bedeuten.‹*

Am ersten Tag des Monats Oktober befanden sich unter den Besuchern, die zu der Geburt ins Ardental kamen, auch zwei schlanke Elfen, von denen einer einen schwarzen Speer trug, der andere einen Elfenbogen. Es waren Tuon und Silberblatt, beide aus dem Darda Erynian. Tuons Speer hieß Schwarzer Galgor, und Silberblatts Bogen bestand aus weißem Horn.

Mit ihnen reiste ein Mann, ein dunkelhäutiger, drahtiger Mann, ein Gjeenier, ein Reichsmann – Halíd.

Er suchte Faeril auf und sprach mit ihr leise über Gwylly, beschrieb ihr seine Trauer, versicherte ihr sein Mitgefühl: »... denn auch ich habe ihn sehr gemocht.«

Als sich Faeril nach dem Ausgang ihrer Mission erkundigte, erwiderte Halíd: »Lasst mich Euch von dem *wyrm* in der Zisterne von Uâjii berichten, und ... *aina'àm* ... auch von Silberblatts wahrhaft *wundervollem* Plan, der uns alle beinahe das Leben gekostet hätte ...«

Faeril und Halíd schlenderten durch den Kiefernwald, während Halíd angeregt schilderte, was sich zugetragen hatte. Seine Hände flogen nur so durch die Luft, als er seine Worte mit lebhaften Gesten unterstrich, während Tuon und Silberblatt, die hinter ihnen her flanierten, mit Faeril über die bildhaften Beschreibungen des Gjeeniers lachten.

Am neunten Tag des Oktobers im Jahr 5E993, gegen Mittag, wurde Riatha von einem Jungen entbunden. Faeril saß während der Geburt an ihrer Seite. Die Hebamme Yselle und zwei ausgesuchte Elfen halfen.

Nachdem sie die Nabelschnur durchtrennt und das Kind gewaschen hatten, übertrugen sie Faeril die Ehre, den krähenden Neugeborenen zu Urus zu bringen, der wie ein Bär in einem Gehege vor der Kammer herumlief. Als sie ihm seinen Sohn reichte, nahm der Hüne das winzige Kind in seine gewaltigen Arme, so sanft wie ein Lufthauch. Urus hob die weiche Decke, die das Kind umhüllte, und betrachtete seinen Sohn recht lange. Das kleine Gesicht war zu einer brüllenden Grimasse verzerrt. Da drehte sich der Baeron zu Inarion herum und erklärte: »Sieht ein wenig elfisch aus und auch ein bisschen menschlich, aber er brüllt wie ein neugeborener Bär.«

Sie traten gemeinsam auf die Veranda der Großen Halle, vor der sich alle versammelt hatten, und Urus hob das Kind empor, dem Neuen Mond entgegen, der in den Armen des alten lag. »Am heutigen Tag hat sich ein Wunder ereignet!«, rief er den Versammelten zu, »denn heute hat Riatha ein Kind zur Welt gebracht. Unser Sohn ist geboren!«

Ein Schrei aus zahllosen Kehlen erhob sich wie ein Donnerhall in den Himmel hinauf.

Die Feierlichkeiten dauerten bis spät in die Nacht. Wein floss in Strömen, Freudenschreie und Gelächter erfüllten die Nacht, es wurde getanzt, gegessen und getrunken, Barden sangen und erzählten Geschichten ...

In eben dieser Nacht legte jemand einen wundervoll gemeißelten Steinring neben das Kind, in den ein schwarzer Edelstein eingelassen war. Er war groß genug, um auf den Finger eines Mannes zu passen. Wer immer ihn auch dorthin gelegt hatte, er war unbemerkt herein- und herausgekommen. Wer es war? Das wusste niemand. Aber in dieser Nacht hörten die Feiernden auch Füchse, die im Wald bellten und kläfften.

Aravan kam am nächsten Tag an. Er kam aus dem Süden und brachte ein wahrlich angemessenes Geschenk mit. Einen goldverzierten, mit Glas überzogenen Pfeil, der stets nach Norden zeigte. Er brachte sowohl dieses Geschenk mit als auch die Kunde, dass jemand den Emir von Nizari getötet hatte. Urus lächelte befriedigt über die Nachricht, dass jemand den Meuchelmörder aller Meuchelmörder gemeuchelt hatte.

Am selben Tag wurde auf der Lichtung der Feierlichkeiten die elfische Zeremonie der Namensgebung abgehalten, die Inarion leitete. Der Elfen-Lord sprach in Sylva. Und zu diesem Sakrament waren alle Bewohner des Tales eingeladen, denn keiner hatte seit mehr als fünftausend Jahren die Worte des Ritus vernommen.

Inarion sprenkelte kristallklares Wasser auf die Stirn des Neugeborenen und intonierte: *»Wasser!«* Dann tupfte er die winzigen Füße und Hände des Kindes in saubere Erde, die dort in einer irdenen Schale stand. *»Erde!«* – und fächerte mit einem Lorbeerzweig den duftenden Rauch von brennendem Greisenholz über das Kind: *»Luft!«* Anschließend beleuchtete er das Gesicht des schlafenden Kindes mit dem Licht eines brennenden Eibenzweiges: *»Feuer!«* Und er legte einen Magneteisenstein auf die kleinen Hände und Füße, die Schläfen und das Herz. *»Äther!«*

Zuletzt wandte sich Inarion zu Riatha herum. *»Und wie soll sein Name lauten?«*

Riatha blickte zu Urus hinauf, und dann auf das Kind. *»Er soll lauten Bair.«*

»Bair«, flüsterte Inarion erst in das rechte Ohr des Kindes, dann in sein linkes, und wandte sich daraufhin an die Versammelten. *»Ladys und Lords, Daras und Alors!«*, verkündete Inarion. *»Vom heutigen Tag an soll er Bair gerufen werden!«*

»Alor Bair!«, dröhnte die Antwort über die Lichtung und durch das Tal, dreimal.

Das Kind gähnte und wäre fast aufgewacht, schlief jedoch weiter. Und an dem Tag, seinem Namenstag, war Bair einen Tag alt. Doch sein Alter spielte keine Rolle, denn sein Leben hatte gerade erst begonnen.

Eine Woche danach suchte Aravan Faeril auf. Sie setzte sich mit ihm zusammen und berichtete ihm von ihren Vermutungen, was die Weissagungen betraf und erinnerte ihn an seine eigenen Worte über ihre Tücken. »Mir scheint«, erwiderte Aravan jedoch, »dass Ihr ganz recht vermutet. Vielleicht ist Bair wahrhaftig der Reiter zwischen den Ebenen, der Reiter der Morgendämmerung. Dennoch kann ich meine Suche nach dem Schwert des Morgengrauens nicht aufgeben, ebenso wenig wie die Jagd auf den gelbäugigen Mörder von Galarun, denn das habe ich geschworen.

Habt Ihr Riatha und Urus schon von Euren Gedanken berichtet?«

Faeril schüttelte den Kopf.

»Dann bitte ich Euch, ihnen Eure Mutmaßungen mitzuteilen, denn es könnte schlimme Folgen haben, wenn Ihr sie für Euch behaltet.«

»Ebenso schlimme, wie sie mitzuteilen«, erwiderte Faeril. »Was ich sage, wird gewiss die Art und Weise beeinflussen, wie er erzogen wird, zum Guten oder zum Schlechten, wer kann das schon vorhersagen? Ich nicht, Aravan, ich nicht.«

»Ich ebenso wenig, Faeril. Aber merkt auf: Im Wissen liegt Stärke, in der Ignoranz aber Schwäche. Es ist immer besser, zu wissen, auch wenn es nur um einen Teil geht, als gar nichts zu wissen.«

Faeril nickte langsam und respektierte seine Worte.

Sie blieben noch eine Weile schweigend nebeneinander sitzen. Schließlich sagte Aravan: »Ich reise morgen ab.«

Faeril seufzte. »Wohin?«

»Nach Osten.« Einen Atemzug später fuhr er fort: »Als Stoke meine Frage, wo sich Ydral aufhalte, beinahe beantwortet hätte, deutete er nach Osten.«

»Aber Aravan, im Osten liegt eine ganze Welt.«

Aravan zuckte die Achseln. »Ich habe Zeit, Faeril. Ich habe viel Zeit.«

Am nächsten Tag ritt Aravan davon, und nachdem sich alle winkend von ihm verabschiedet hatten, wandte sich Faeril an Riatha und Urus, der Bair im Arm hielt. »Kommt«, sagte die Damman. »Setzen wir uns ein Weilchen hin. Ich möchte Euch etwas sagen ... Euch etwas enthüllen.«

In den nächsten Jahren lebte Faeril in Ardental, in der Kate, die sie und Gwylly gemeinsam bewohnt hatten. Ihr Leben war zwar noch nicht so lang wie das der anderen Wurrlinge, doch es war voller Zärtlichkeit und Liebe.

Im Lauf der Jahre, die ihr langes, dunkles Haar allmählich verfärbten, bis es sich an ihre silbergraue Strähne anpasste, kamen viele Freunde, um diese goldäugige Damman zu besuchen, diese Allerletzte der Letztgeborenen Erstgeborenen.

Und es sollte sich noch vieles zutragen, von dem zu berichten sein wird, bis sie schließlich an jenem letzten Sommerabend, dem Abend der Herbstsonnenwende, achtundachtzig Jahre alt war. Nach der Zeremonie auf der Lichtung der Feierlichkeiten, den Feiern in der Großen Elfenhalle, nachdem sie sich von allen und jedem verabschiedet und ihnen eine gute Nacht gewünscht hatte, schlenderte sie zwischen den dunklen, grünen Kiefern und über die Wiese, um in dieser lauen Nacht noch ein wenig vor ihrer Kate zu sitzen, den Grillen zu lauschen und den Sternen zuzusehen, die funkelnd über ihr ihre Bahnen zogen, während der volle, platinsilberne Mond zwischen den Wipfeln hing.

Und da, in dem stillen, silberhellen Murmeln des Tumbel unten in der Schlucht, da glaubte Faeril, leise Schritte zu hören, blickte auf und sah ... »Oh, mein Bokkerer! Ich wusste, dass du mich holen würdest.« Sie nahm seine Hand.

»Werden sie sich an uns erinnern, Aravan?
Wird die Menschheit sich an uns erinnern?«

»Vielleicht, Gwylly, möglicherweise.
Vielleicht in ihren Legenden und Fabeln.
Vielleicht auch nur in ihren Träumen.«

DANKSAGUNG

Meine Wertschätzung und Dankbarkeit gilt folgenden Personen: Daniel Kian McKiernan, ohne dessen Hilfe ich das lautmalerische Altgriechisch niemals als magische Sprache hätte verwenden können; Dr. John Barr, dessen Rat über Schlitten, Schlittenfahren und Schlittenhunde sich als unschätzbar erwiesen hat; Al Sarantonio, der mich aus dem Schlamm gezogen hat; Pat LoBrutto, der eine Karriere begründet hat; Janna Silverstein, die einen Samen pflanzte; John Silbersack für seinen Glauben; und Jonathan Matson, der Berge versetzen kann.

Sowie Chief Seattle und allen anderen, die die Weisheiten der Elfen achten.

Patricia Briggs

Ruf des Mondes

Der große Mystery-Bestseller - von der Autorin von *Drachenzauber*

Mercy Thompson ist stolze Besitzerin einer kleinen Autowerkstatt. Und sie ist eine Walkerin – das heißt, sie verfügt seit Geburt an über die Gabe, sich in einen Kojoten zu verwandeln. Als eines Tages ein junger Werwolf in ihrer Werkstatt auftaucht, ahnt sie, dass seine Anwesenheit Ärger bedeutet, großen Ärger …

978-3-453-52373-9

»Magisch und düster - Patricia Briggs Mercy-Thompson-Romane sind einfach großartig!«
Kim Harrison, Autorin von ***Blutspur***

HEYNE